Zu diesem Buch

Henry Millers Briefe an seine Freundin und Vertraute, Anaïs Nin, entstanden in den Jahren von 1931 bis 1946. Die 197 Briefe dieses Bandes leisten einen unschätzbaren Beitrag zum Verständnis seines Werkes, dessen bahnbrechende Bedeutung für die literarische Welt des 20. Jahrhunderts nicht mehr zu leugnen ist. Überdies fügen sich diese Briefe zu einem Selbstporträt Millers, das an Spontaneität und Authentizität nicht seinesgleichen hat und um so wichtiger ist, als das Bild dieses Autors durch mancherlei Legenden entstellt wurde.

Oft hastig auf alte Briefumschläge oder die Rückseiten von Speisekarten geschrieben, nie in dem Gedanken an eine spätere Veröffentlichung, lassen sie den Leser teilhaben an den tagtäglichen Begegnungen und Eindrücken, Lektüren und Gesprächen, Hoffnungen und Enttäuschungen, Entdeckungen und Anregungen, von denen seine Werke geprägt wurden.

Henry Miller, der am 26. Dezember 1891 in New York geborene deutschstämmige Außenseiter der modernen amerikanischen Literatur, wuchs in den Großstadtstraßen Brooklyns auf. Neun Jahre gehörte er dann den Pariser Kreisen der «American Exiles» an. In der von Peter Neagoe herausgegebenen avantgardistischen Anthologie «Americans Abroad» (1932) erregte er erstmals mit der Erzählung «Mademoiselle Claude» Aufsehen, die auch in dem rororo-Band Millerscher Meistererzählungen «Lachen, Liebe, Nächte» (rororo Nr. 227) enthalten ist. Ein Jahr vorher hatte er sein vielumstrittenes, erstes größeres Werk «Wendekreis des Krebses» (rororo Nr. 4361) abgeschlossen, ohne Hoffnung, dieses alle moralischen und formalen Maßstäbe zertrümmernde Werk jemals gedruckt zu sehen. Ihm folgte der romanhaft-autobiographische «Wendekreis des Steinbocks» (rororo Nr. 4510), dann der Erzählungsband «Schwarzer Frühling» (rororo Nr. 1610). Diese Werke sowie «Der Koloß von Maroussi» (rororo Nr. 758), «Big Sur und die Orangen des Hieronymus Bosch» (rororo Nr. 849) und «Land der Erinnerung» (rororo Nr. 934) machten Henry Miller auch in Deutschland bekannt. Ferner erschien die aufsehenerregende Trilogie «The Rosy Crucifixion» mit den Bänden «Sexus» (rororo Nr. 4612), «Plexus» (rororo Nr. 1285) und «Nexus» (rororo Nr. 1242), «Lawrence Durrell – Henry Miller: Briefe 1935–1959» (Rowohlt 1967), «Stille Tage in Clichy» (Rowohlt 1968), «Sämtliche Erzählungen» (Rowohlt 1968), «Mein Leben und meine Welt» (rororo Nr. 1745), «Der klimatisierte Alptraum» (rororo Nr. 1851), «Vom großen Aufstand» (rororo Nr. 1974), «Insomnia» (rororo Nr. 4087), «Jugendfreunde» (Rowohlt 1977), «Von der Unmoral der Moral» (rororo Nr. 4396) und das von Lawrence Durrell herausgegebene «Henry Miller Lesebuch» (rororo Nr. 1461).

In «rowohlts monographien» erschien als Band 61 eine Darstellung Henry Millers in Selbstzeugnissen und Bilddokumenten von Walter Schmiele, die eine ausführliche Bibliographie enthält. Henry Miller starb am 7. Juni 1980 in Pacific Palisades/Cal.

Henry Miller

Briefe an Anaïs Nin

Herausgegeben von
Gunther Stuhlmann

Deutsch von
Mark W. Rien

rororo

Rowohlt

Übertragen nach der 1965 unter dem Titel «Letters to Anaïs Nin»
bei G. P. Putnam's Sons, New York, erschienenen Originalausgabe
Umschlagentwurf Werner Rebhuhn
(Foto von José Alemany: Anaïs Nin 1941 in Princetown)

Veröffentlicht im Rowohlt Taschenbuch Verlag GmbH,
Reinbek bei Hamburg, Mai 1981

Gesamtherstellung Clausen & Bosse, Leck
Printed in Germany
1080 – ISBN 3 499 14751 3

Einleitung

Die Briefe Henry Millers an Anaïs Nin, die in diesem Band vereinigt wurden, entstanden in den Jahren von 1931 bis 1946. Diese fünfzehn Jahre waren vielleicht die wichtigste Periode in Millers Leben, die fruchtbarste Phase in seiner schriftstellerischen Laufbahn und zugleich die entscheidende in seiner menschlichen Entwicklung. In vieler Hinsicht aber waren sie auch die schwierigsten Jahre für ihn.

Jeder Leser, der mit Millers Werk und seinem ausgeprägt autobiographischen Charakter vertraut ist, wird in diesen Briefen viel von dem Rohmaterial seiner schriftstellerischen Arbeiten entdecken. Er wird überdies neue Teilstücke eines Selbstporträts des Menschen und des Schriftstellers Miller darin finden – das sehr persönliche, unmittelbare Spiegelbild eines Mannes, dessen Bild allzuoft überschattet wird von bestimmten Aspekten seines Werkes. Ein Vorfall, von dem in einem der Briefe die Rede ist, darf vielleicht als symptomatisch bezeichnet werden für jene landläufige Vorstellung, in der sich von Anbeginn Mensch und Werk aufs engste verknüpften. Ende 1934, nachdem sein erstes Buch erschienen war, ging Miller in einen der beiden Buchläden auf dem Montparnasse, von denen am ehesten zu erwarten war, daß sie einige Exemplare seines *Wendekreis des Krebses* bestellen oder vorrätig haben würden. Nach einem kurzen Gespräch über die Werbemaßnahmen im Zusammenhang mit der Veröffentlichung des Buches wurde der Frau im Laden plötzlich klar, daß der Autor höchstselbst vor ihr stand, und sie rief erstaunt: «Aber Sie sehen gar nicht so obszön aus!»

Die Streitigkeiten und Sensationen, die Millers Werk umgaben, die Kämpfe mit den Zensurbehörden, der heimliche Handel mit seinen Büchern, die hitzigen Paragraphengefechte um die Veröffentlichung seines wichtigsten Buches in seinem eigenen Land – fast dreißig Jahre später – und nicht zuletzt Millers Identifikation mit dem «Ich» seiner Bücher: all das hat die Eigentümlichkeit seines ungeheuren Beitrags zur Literatur des 20. Jahrhunderts, aber auch die Vorstellung von dem Menschen Henry Miller verdunkelt.

Die in diesem Band zusammengestellten Briefe Millers an seine langjährige Freundin und Vertraute Anaïs Nin, die nicht selten hastig auf Papierfetzen, Briefumschläge oder die Rückseiten von Speisekarten geschrieben oder getippt wurden, ohne daß Miller dabei an eine spätere Veröffentlichung oder an die Nachwelt gedacht hätte (an verschiedenen Stellen macht er sich sogar über derlei Gedanken lustig), bieten in ihrer Gesamtheit vielleicht das ungeschminkteste, unmittelbarste «autobiographische» Porträt des Henry Miller dieser entscheidenden Jahre, das uns je zugänglich sein wird.

Hier werden wir, ohne daß die täglichen Ereignisse zuvor nach künstlerischen Gesichtspunkten gefiltert, bewußt geordnet und umgestellt wurden, ins Vertrauen gezogen und haben unmittelbar teil an den Gedanken – gelegentlich auch an den inneren Widersprüchen – eines der bedeutendsten Schriftsteller unserer Zeit, eines «Chinesen» von eigenen Gnaden, der, obwohl in chronischer Geldnot, heimgesucht von den Schatten seiner Vergangenheit und besessen von einem unzähmbaren Drang zum Ausdruck, sich mit allem irgendwie abfand und zufrieden war. «Sie sagen, auch ich sei ein Idealist», schreibt er im Juli 1933 an Anaïs Nin. «Ja, das bin ich! Und zwar ein radikaler. ... Ich habe stets so viel gewollt, so viel, daß ich mich im Bewußtsein der Unerfüllbarkeit meiner ehrgeizigen Wünsche, meiner Träume, mit fast nichts zufriedengeben kann.»

Durch diese Briefe nehmen wir teil an dem Wechselspiel von Menschen und Ereignissen, an den Anregungen und Entdeckungen, aus denen seine Hauptwerke erwuchsen und von denen sie geprägt wurden; wir erleben in ihnen die ersten Pariser Jahre, die ihren hymnischen Ausdruck im *Wendekreis des Krebses* fanden, die Begegnung mit der Welt des D. H. Lawrence, die fortschreitende Entdeckung seiner selbst und die Rückkehr zu seiner amerikanischen Vergangenheit, von denen *Schwarzer Frühling* und *Wendekreis des Steinbocks* berichten, das Griechenlanderlebnis des Jahres 1939 («Erst hier habe ich begriffen, was Natur bedeutet»), das im *Koloß von Maroussi* seinen Niederschlag findet, die Ereignisse, die zum Anlaß für die wachsende Zahl seiner Aufsätze und Charakterporträts wurden (von denen einige in den Band *Max and the White Phagocytes* aufgenommen wurden), das schonungslose Protokoll seiner Wiederentdeckung Amerikas zu Beginn der vierziger Jahre (*The Air-Conditioned Nightmare*) und schließlich die Anfänge von *The Rosy Crucifixion.*

Wir folgen dem langen Weg seiner Rebellion gegen den Albtraum Amerika, das Symbol einer schmerzlichen Vergangenheit, von den harten, aber dennoch heiteren Tagen seines freiwilligen Exils in Frankreich über seine Flucht aus dem vom Krieg heimgesuchten Europa («Ich halte nichts von einem Ausharren bis zur letzten Minute») bis zu der langsamen Entwicklung eines «Heimatgefühls» an der kalifornischen Küste in den vierziger Jahren («Ich lebe mehr und mehr im Frieden mit mir selber»). Überdies lassen uns die Briefe Zeugen des allmählichen, qualvollen Prozesses der Anerkennung seines Werkes werden – von den unbezahlten Anfängen, den Jahren des Wartens und der Enttäuschung, den vergeblichen Mühen in Hollywood und den Bittbriefen und Appellen an die Welt bis zu dem Augenblick, da unmittelbar nach dem Zweiten Weltkrieg eine neue Generation in Europa sich seine Sache zu eigen macht. «Machen Sie sich nicht die Mühe, für meine Bücher zu kämpfen», schreibt er im Juli 1946 von Big Sur aus an Anaïs Nin, «ich glaube nicht, daß irgendeiner dieser kommerziellen amerikanischen Verleger den Mut und die Macht hat, sie zu drucken. Ich kann warten. Ich werde in so vielen anderen Ländern veröffentlicht, warum sollte ich mir Gedanken über das arme Amerika machen?»

Dieses einmalige Zeugnis eines einmaligen Lebens – das hier in der repräsentativen Auswahl aus einer umfassenden Korrespondenz, die sich unmöglich in einem Band vereinigen ließe, vorgelegt wird – ist einer Freundschaft zu verdanken, die im Herbst 1931 in Paris begann und länger als dreißig Jahre währte.

Als Henry Miller Anaïs Nin kennenlernte, war er fast vierzig Jahre alt. Er war seit März 1930 in Paris gewesen und erlebte gerade etwas, das er in der Rückschau als die zweite Feuerprobe bezeichnete. Als mittelloser Fremder in dem von der Depression heimgesuchten und politisch unstabilen Frankreich, ohne Arbeit, ohne Arbeitserlaubnis und kaum in der Lage, sich in der Sprache des Landes verständlich zu machen, hatte er mehr als ein Jahr lang ein unsicheres Leben geführt – heimatlos und manchmal auch hungrig. Aber seine Flucht aus Amerika, seine Befreiung von den Fesseln der Vergangenheit und von der Verantwortung hatten ihn in eine Hochstimmung versetzt, wie er sie augenscheinlich nie zuvor erlebt hatte. «Ein Gefangener der Straße zu sein, wie ich es lange Zeit war», so schrieb er später in *Remember to Remember*, «bedeutete ständige Erholung. Ich brauchte keine Adresse, solange mir die Straßen zum Durchwandern offenstanden.»

Nach den trostlosen und nutzlosen Jahren in New York hatte das Leben in Frankreich für ihn ein Gefühl der Befreiung mit sich gebracht und ihm neue Kraft gegeben, wenn auch die äußeren Umstände dieses Lebens nicht selten schwieriger waren, als er es aus den Vereinigten Staaten gewohnt war. Das Leben im Amerika der Jahre vor und nach dem Ersten Weltkrieg war für ihn ein einziges Trauma gewesen; die Qualen und Enttäuschungen jener Zeit spiegeln sich in seinem späteren Werk deutlich wider. Die Erinnerung an die Kindheit in den provinziellen Straßen von Brooklyn, das zu jener Zeit noch nichts Großstädtisches hatte, verfolgte ihn («Warum hasse ich den anderen Bezirk so sehr – Decatur Street nahe beim Evergreen-Friedhof, wo ich von meinem zehnten Lebensjahr bis zu meiner Eheschließung [mit 25] lebte?»): die Straßenbahnexkursionen des Jugendlichen von der Brooklyn Bridge in das Manhattan des unteren Mittelstandes; die stickige *Gemütlichkeit* der deutschstämmigen Familie im typischen Einwanderermilieu am Ufer des East River; 1909 die erste stumpfsinnige Arbeit des Achtzehnjährigen im New Yorker Büro einer Zementfabrik; danach, bis 1920, eine Reihe von kurzlebigen, unerwünschten Jobs in New York und an der Westküste und schließlich eine vierjährige Tätigkeit – seine längste ununterbrochene Angestelltentätigkeit – bei der Cosmodemonic Telegraph Company in New York, die er 1924 aufgab, entschlossen, «nie wieder für irgend jemanden zu arbeiten, sondern ohne Einschränkung mein eigener Herr zu sein». Seine erste, ereignislose Ehe mit seiner Klavierlehrerin (Miller hatte einmal von einer Karriere als Musiker geträumt), die 1917 geschlossen wurde und aus der 1918 seine Tochter Barbara hervorging, endete 1924 mit einer Scheidung. Im gleichen Jahre heiratete er June Edith Smith, eine aufregende Schönheit, die er in einem Tanzlokal, in dem sie beschäftigt war, kennenlernte, und die für fast neun Jahre das Zentrum zahlreicher Gefühlsstürme war. («Wenn ich einmal in die Situation käme, zwischen ihr und dem, was ich meine Kunst nenne, wählen zu müssen», schreibt Miller im April 1932, «dann würde ich mich für June entscheiden.») Arm und immer von der Hand in den Mund lebend, verbrachten sie einige gemeinsame Jahre in Brooklyn; danach betrieb Miller für kurze Zeit glücklos eine Flüsterkneipe in Greenwich Village. Hinter seiner fast anarchistischen Rebellion gegen den stumpfsinnigen spießbürgerlichen Lebensstil stand bei ihm das quälende Gefühl, «daß es kein Morgen gab, nur die endlose Aussicht auf ein tödlich graues Einerlei». Er fühlte sich wie «der Stier in der Arena, und das Ende war der sichere Tod». Die Flucht vor diesem leeren, bedrückenden Leben wurde zur unabdingbaren Notwendigkeit.

Eine plötzliche Wandlung ihrer finanziellen Lage im Jahre 1928 gab June und Henry Miller die Möglichkeit, fast ein Jahr lang – zum Teil mit dem Fahrrad – durch Europa zu reisen. Obgleich diese erste Begegnung mit der «alten Welt» offenbar kein überwältigendes Erlebnis für Miller war (vielleicht, weil er als «Tourist» reiste), war er entschlossen, nach Europa zurückzukehren.

«Von verzweifeltem Hunger nicht nur nach dem physischen und dem sinnlichen Erlebnis, sondern zugleich nach Inspiration und Erleuchtung getrieben», fuhr er 1930 ein zweitesmal nach Europa. June blieb in New York und sollte später nachkommen. Sein ursprüngliches Ziel war Spanien – das Sonnenland seiner Träume –, aber stets unpraktisch in Gelddingen und nie von der Zuversicht verlassen, daß sich irgendwie irgendwann sicher irgend etwas ergeben werde, blieb er schon bald in Paris hängen. Seine hoffnungsvollen Beutezüge zu den Büros der American Express Company brachten ihm wenig klingende Münze ein.

Aber getreu seinem Motto – «Man muß nur verzweifelt genug sein; dann wenden sich die Dinge von selbst zum besten» – gelang es Miller, sich über Wasser zu halten. Alfred Perlès, den Miller und June 1928 im Hôtel des Écoles in der rue Delambre kennengelernt hatten, und der für die Pariser Ausgabe der Chicagoer *Tribune* arbeitete, traf Miller wieder und schmuggelte ihn, da er sah, daß er «völlig am Ende» war, heimlich in sein eigenes Zimmer im Hôtel Central in der rue du Maine ein. Richard Osborn, ein junger Anwalt aus Bridgeport, Connecticut, der tagsüber für die Pariser Niederlage der National City Bank arbeitete und des Nachts ein Bohemeleben führte, brachte Miller während des Winters 1930 in seiner geräumigen Wohnung 2 rue Auguste-Bartholdi nahe dem Champ-de-Mars unter. Andere kamen Miller mit einer Mahlzeit zu Hilfe, mit ein paar diskret überreichten Francs (der Franc war damals nur etwa 4 Cents wert), einem Anzug, ein Paar Schuhen und gelegentlich auch mit einer Gelegenheitsarbeit (als Faktotum, Englischlehrer, Werber für eine *maison publique*, als ‹Ghost-writer› für einen Geschäftsmann, der in jiddischen Zeitungen Artikel veröffentlichte, und so weiter). Anfang der dreißiger Jahre war Paris voll von Flüchtlingen und

Vertriebenen, die langsam an die Stelle der früher so zahlreichen Touristen rückten. «Eine gemeinsame Not brachte uns zusammen. Nur die Verzweifelten können diese Art von Gemeinschaft verstehen und recht beurteilen.»

Niemand hatte 1930 von dem Schriftsteller Henry Miller gehört. «Henry war für uns eine mehr oder weniger unbekannte Größe, als er in Montparnasse auftauchte», schrieb Samuel Putnam, einer der führenden Köpfe unter den amerikanischen Exilliteraten jener Tage, später in seinen Memoiren (*Paris Was Our Mistress*). «Sehr wenige ahnten, daß er sich fürs Schreiben interessierte, oder gar daß er selber schrieb.» Dabei hatte sich Miller bereits seit fast zwanzig Jahren bemüht zu schreiben. («Es war nicht leicht für mich, ein Schriftsteller zu werden», meinte er später einmal.)

Millers eigene Erinnerungen an die ersten Manifestationen seines Wunsches, seines unbändigen Verlangens, sich im geschriebenen Wort zum Ausdruck zu bringen, gehen bis in das Jahr 1912 zurück, in eine Zeit, in der er als Einundzwanzigjähriger vorübergehend im Schneiderladen seines Vaters arbeitete. Aber nichts von dem, was er in den darauffolgenden zehn Jahren zu Papier brachte, gelangte augenscheinlich je in die Druckpresse (abgesehen von ein paar Berichten, die er in Washington, wo er 1917 für kurze Zeit einen kleinen Posten im Kriegsministerium hatte, für eine Zeitung verfaßte). 1922, als er eine Anstellung als Leiter der Botenzentrale der Western Union in New York erhalten hatte, schrieb er während eines dreiwöchigen Urlaubs in aller Eile einen 75 000 Worte umfassenden Roman. Aber *Clipped Wings*, die Lebensgeschichte von zwölf Botenjungen, blieb unveröffentlicht. (In *Wendekreis des Steinbocks* kommt Miller auf dieses Erlebnis zu sprechen.) 1924 gab er seine Stellung bei der Western Union auf und machte die Schriftstellerei endgültig zu seinem Beruf. Aber, so erinnert er sich später, von dem Zeitpunkt, «an dem ich, wie man sagt, die Kunst als Beruf auszuüben begann, bis zum Jahre 1934, wurde mit Ausnahme von drei oder vier kurzen Texten, die in unbedeutenden Zeitschriften erschienen, nichts von dem, was ich schrieb, je veröffentlicht.» Laut Angabe in der Bibliographie der Henry Miller Society erschien 1924 eine kurze Arbeit mit dem Titel «Black and White» in der New Yorker Zeitschrift *Crisis*. Aber sie wurde unter dem Pseudonym «Valentin Nieting», dem Namen von Millers deutschem Großvater, veröffentlicht, der, etwa 1850 geboren, von Hessen aus nach Amerika emigriert war, um, wie es scheint, dem Militärdienst zu entgehen. Sechs Jahre später druckte eine Zeitschrift in Philadelphia namens *U. S. A.* Millers «Jazzazza» ab; dieser Text war vermutlich der erste, der mit der Verfasserzeile H. (= Henry) V. (= Valentin) Miller erschien.

Während er in der Wohnung 91 Remsen Street in Brooklyn lebte, besann sich Miller überdies auf einen althergebrachten Ausweg jener Schriftsteller, die keinen Verleger finden können: er ließ einige seiner Arbeiten auf eigene Kosten drucken. (Viele seiner Freunde, darunter auch Anaïs Nin, folgten später dieser ehrwürdigen literarischen Praxis.) Auf steifem Farbpapier entstand eine Serie von fünfzehn Einblattdrucken mit einer Auflage von je hundert Exemplaren; es waren Prosagedichte, die er «mezzotints» nannte und von denen die meisten mit dem Signum «June E. Mansfield», einige aber auch unter Millers eigenem Namen erschienen. June verkaufte die Drucke von Haus zu Haus, in Cabarets und Nachtclubs. Das erste Gedicht trug den Titel «A Bowery Phoenix»; und viele der folgenden – wie «Circe», «Dawn Travellers» und so weiter – lassen bereits Millers späteren Stil erkennen.

Auch seine beiden nächsten Romane, deren jeder mehr als 100 000 Worte umfaßte – *Moloch* und *This Gentile World* –, blieben unveröffentlicht – «nicht weil mein Werk von Pornographie durchsetzt war», wie Miller 1957 in einem Essay über das Obszöne in der Literatur schrieb, «sondern, davon bin ich heute überzeugt. weil ich noch nicht meine eigene Identität entdeckt hatte».

Als Miller 1930 in Paris ankam, hatte er einen neuen Roman mit dem Titel *Crazy Cock* bei sich, den er später auf dreihundert Seiten kürzte und in Paris zu veröffentlichen suchte. Aber, wie er selbst später zugab, ruinierten die Streichungen das Buch; das Manuskript war lange verschollen und blieb auch nach seiner Wiederentdeckung unveröffentlicht. Nach und nach jedoch erschienen – teils unter seinem eigenen Namen, teils unter verschiedenen anderen – einige kurze Texte Millers in Pariser Zeitschriften. (Ironischerweise entdeckte der englische Schriftsteller und Kritiker Cyril Connolly eine Arbeit Millers, die unter Perlès' Namen veröffentlicht worden war, und gratulierte dem «falschen» Autor zu seiner Originalität.)

Elliot Paul, der Mitherausgeber von Eugene Jolas' berühmter Zeitschrift *Transition*, bat Miller, eine kurze Skizze über den «Cirque Medrano» für die Pariser Ausgabe des New Yorker *Herald* zu schreiben, für die Paul arbeitete. 1931 erschien in derselben Zeitung Millers Bericht über das «Six Day Bike Race». Samuel Putnam, der in Paris eine Vierteljahresschrift in englischer Sprache – *The New Review* – gegründet hatte (die sich der stolzen Zahl von 73 Subskribenten rühmen konnte), nahm in die Sommer-Ausgabe 1931 einen Essay auf, den Miller nach dem Erlebnis von Luis Buñuels surrealistischem Film *Das Goldene Zeitalter* [*L'âge d'or*] geschrieben hatte. In der dritten Nummer seiner Zeitschrift schließlich druckte er «Mademoiselle Claude» ab. Millers erste Erzählung, die seither ihren Weg in zahlreiche Anthologien gefunden hat. «Sie gefiel mir als Prosatext», schrieb Putnam in seinen Memoiren, «vor allem aber hatte ich das Gefühl, daß sie ein gutes Bild des Lebens am Montparnasse in jenen Jahren und eines damals verbreiteten Typs des freiwillig im Exil Lebenden vermittelt – des Henry-Miller-Typs.»

Aber wenn Miller je ein «Typ» oder der typische Vertreter einer neuen Art von Menschen, die im Exil lebten, war, so ähnelte er sicherlich kaum den verhältnismäßig gutsituierten amerikanischen Exilliteraten der zwanziger Jahre. Er war einem persönlichen Zwang gefolgt, als er aus Amerika floh, nicht hingegen dem Verlangen nach interessanten Abenteuern, nach dem heiteren Leben der «Boheme». «Kann den Anblick des Dome und der Coupole nicht mehr ertragen», schreibt er in «Mademoiselle Claude». «Diese Männer, die auf der Caféterrasse herumsitzen, so sauber und gesund aussehend mit ihrer Sonnenbräune, ihren gestärkten Hemden und ihrem Eau-de-Cologne.» Und obwohl er viele amerikanische Freunde und Bekannte in Paris hatte und sich oft genug auf sie verließ, wenn es hieß, sich über Wasser zu halten, fühlte er sich, wenn er «Inspiration und Erleuchtung» suchte, stets intensiv zu dem hingezogen, was man das «europäische» Element nennen könnte: Zu den wahrhaft Verbannten, Enterbten und Desillusionierten, die – sei es freiwillig oder durch politischen Zwang – entwurzelt und jetzt in vielen Kulturen zu Hause waren, zu den neuen «Internationalisten» ohne Internationale. Zum engeren Kreis dieser Menschen gehörten der in Österreich geborene Alfred Perlès, der sein bester Freund wurde, Michael Fraenkel (der stark von seinem russischen Erbe geprägt war), Walter Lowenfels und Hilaire Hiler (beides Amerikaner mit «internationalen» Auffassungen), der ungarische Fotograf Brassaï und der deutsche Maler Hans Reichel, um nur einige zu nennen. Miller war überdies bemüht, das zwangsläufig Gettohafte der Existenz im Exil durch seine Ausflüge in das Leben der Stadt und seine Vorliebe für dieses Leben zu überwinden. Er fühlte sich zu Hause unter den Einheimischen, den anderen Getretenen, den blaujackigen Arbeitern, den Prostituierten und den Halbweltleuten. (Er genoß es, für einen einheimischen Arbeiter gehalten zu werden, als er sich einmal ein paar grobe Stiefel kaufte.) Er stürzte sich begierig auf die französische Kultur und Literatur. Er machte sich daran, zuerst bei Perlès und später bei Monsieur Lantelme, einem Südfranzosen, die Sprache des Landes zu lernen. Mit Hilfe des Lexikons las er französische Autoren, und die Sprache der Franzosen wurde ihm, wie er später schrieb, zur «Mutter, Geliebten, Heimat und Muse. In Paris war es, wo ich mich selbst entdeckte, als Mensch wie auch als Künstler.»

Aber der Schriftsteller Miller, wie ihn die Welt kennenlernen sollte, war noch nicht sichtbar geworden. (Und der Mensch Henry Miller vergoß gelegentlich in einem dunklen Kino heimliche Tränen, wenn er einen amerikanischen Stummfilm sah.) Er hatte, wie gesagt, versucht, *Crazy Cock* zu neuem Leben zu erwecken, aber es war mißlungen. Immerhin ließ diese Arbeit ein neues Projekt in ihm reifen: die wilde lyrische Erkundung seines Lebens in Paris. «Ich geriet in eine solche Verzweiflung, daß ich mich endlich entschloß zu explodieren – und ich explodierte –, ich schrieb keinen Roman: Ich schrieb ein autobiographisches Dokument, ein menschliches Buch.»

«Ich wollte mich offen zeigen, so nackt und schamlos wie möglich», schrieb er später in seinem Essay über das Obszöne in der Literatur. «Wenn man mich fragt, warum ich das tun wollte, kann ich nur antworten: weil mich meine Natur oder mein Temperament dazu zwingen. Mich interessiert das Leben, das ganze Leben in jedem seiner Aspekte. Das Leben aber, das ich am besten kenne, ist mein eigenes. Indem ich mein eigenes Leben untersuche, es in allen Einzelheiten beschreibe, es skrupellos zur Schau stelle, gebe ich denen, die mich lesen, das Leben in gesteigerter und intensivierter Form zurück.»

Das Buch, mit dem er begonnen hatte, war *Wendekreis des Krebses.*

Miller lernte Anaïs Nin zu der Zeit kennen, als er am ersten Entwurf dieses Buches arbeitete. Anaïs Nin lebte damals in Louveciennes, einem stillen Dorf mit Straßen aus Kopfsteinpflaster, das auf einem Hügel oberhalb der Seine lag, von dem aus man in klaren Nächten bis nach Paris sehen konnte. Richard Osborn, der in einer Rechtssache mit Anaïs Nin zu tun hatte, war der Initiator der Begegnung gewesen. Es war eine zwanglose Einladung gewesen, und Miller, dem stets an einer freien Mahlzeit gelegen war (er hatte sogar ein einfallsreiches System entwickelt, nach dem er sich mit Einladungen versorgte), hatte mit Vergnügen akzeptiert.

Anaïs Nin arbeitete in jener Zeit gerade an ihrem ersten Buch, einer einfühlenden kritischen Würdigung von D. H. Lawrence, der ein Jahr zuvor, im Alter von 45 Jahren, gestorben war, und dessen letztes Werk, *Lady Chatterley*, wegen seiner angeblichen «Obszönität» einen Sturm von Kontroversen heraufbeschworen hatte, und in seiner Heimat England verboten worden war. Es war das erste von einer Frau geschriebene Buch, in dem Lawrence als ein großer Schriftsteller dargestellt wurde, und das eine feinnervige Analyse seines Werkes bot. (In seiner Einleitung zu einer Neuauflage des Buches aus dem Jahre 1964 schrieb Professor Harry T. Moore: «Die besondere Art der Intuition – der gefühlsmäßigen Erkenntnis –, die wir in Anaïs Nins späteren Romanen so sehr schätzen, kam zuerst in ihrer Deutung von Lawrence zum Tragen. Dieses erste öffentliche Auftreten mit ihrer sensiblen Interpretation von Lawrence darf wahrscheinlich als die Überwindung des Weges vom Mädchen zur jungen Frau bezeichnet werden. Und was sie in ihrer Jugend so großartig erspürte und in Lawrences Werk wiederfand, ist immer noch überaus wertvoll, wertvoll für uns alle.»)

Als Miller, der Mann der Großstadtstraßen, in Louveciennes eintraf, war er offensichtlich verzaubert von dem Eindruck, der sich ihm bot: Das alte Haus mit den Fensterläden, hinter dem ein verwilderter Garten lag, verbarg sich hinter einer Mauer mit einem knarrenden, grünen Eisentor. Das Innere des Hauses war farbenprächtig und fremdartig; an den Wänden reihten sich Bücher; und alles strahlte für Miller eine Atmosphäre der Verwunschenheit aus. Auch von seiner Gastgeberin war Miller offenbar fasziniert – einer zerbrechlich aussehenden, zarten jungen Frau, die die vollkommene Verkörperung jener weltbürgerlichen Kultur und aufgeschlossenen, intellektuellen Sensibilität war, nach der Miller in Europa gesucht hatte.

Anaïs Nin wurde am Rande von Paris, in Neuilly, geboren und hatte einen Teil ihres Lebens in den Vereinigten Staaten verbracht. Ihr Vater war der spanische Pianist und Komponist Joacquin Nin, ihre Mutter die Sängerin Rose Culmell, die d'Annunzio gefeiert hatte, und deren Vorfahren in Frankreich, New Orleans und Kuba gelebt hatten. Ihre Eltern hatten sich in Kuba kennengelernt, und als Kind hatte sie den von ihr verehrten Vater auf seinen Konzert-Tournees durch ganz Europa begleitet. Nach der Scheidung der Eltern war sie im Alter von elf Jahren mit der Mutter nach New York gezogen. Aufgewachsen in den strengen Traditionen des spanischen Katholizismus und einer am Männlichen orientierten, vom Manne beherrschten Kultur, hatte sie sich plötzlich wie im Exil gefühlt, als sie eine neue Sprache lernen und sich einen neuen Lebensstil zu eigen machen mußte. Später jedoch war sie mit der Mutter und ihren Brüdern nach Frankreich zurückgekehrt. Während ihres Aufenthaltes in den Vereinigten Staaten hatte Anaïs Nin ihrer geistigen Neugier freien Lauf gelassen. Als passionierte Leserin hatte sie sich mit jugendlicher Begeisterung darangemacht, in der Public Library von New York die Bücher der Weltliteratur nach dem Alphabet zu verschlingen. Daneben hatte sie begonnen, ein Tagebuch zu führen, in das sie – zuerst in Französisch und später in dem neu erlernten Englisch – jahrein, jahraus ihre Eintragungen machte und das inzwischen den Umfang eines gewichtigen literarischen Dokuments angenommen hatte. (Immer wieder kommt Miller in seinen Briefen auf das Thema der Veröffentlichung dieser Tagebücher zurück, die er als «ein monumentales Bekenntnis» bezeichnet hat, «das, wenn es der Welt geschenkt wird, seinen Platz neben den Offenbarungen von Augustinus, Petronius, Abälard, Rousseau, Proust und anderen» finden werde. Er widmete den Tagebüchern einen Essay mit dem Titel «Un Être Étoilique», der zuerst 1936 erschien und später in dem 1939 veröffentlichten Band *The Cosmological Eye* aufgenommen wurde.) Zunächst ein stummes Gespräch mit dem Vater, der sie, wie sie fühlt, verlassen hat, wird das Tagebuch langsam zum Versuchsgelände der künftigen Schriftstellerin, deren spätere Romane ihre Substanz und ihre Technik diesem Journal verdanken.

«Während ich ein Tagebuch schrieb», erinnert sich Anaïs Nin (in «On Writing»), «entdeckte ich, wie sich die Augenblicke des Lebens festhalten lassen. In dem Tagebuch schrieb ich nur das nieder, was mich wirklich interessierte, was ich in dem jeweiligen Augenblick am intensivsten fühlte, und ich merkte, daß aus dieser Glut, dieser Begeisterung eine Lebendigkeit erwuchs, die in den durchgeformten Werken nachließ. Die ständige Auseinandersetzung mit der unmittelbaren Gegenwart, dem Warmen, dem Nahen, die Gluthitze des Schreibens, ließ bei mir eine Liebe für den lebendigen Augenblick, für die unmittelbare emotionale Reaktion auf Erlebnisse entstehen, die mir offenbarte, daß die Kraft zur Neuerschaffung im Gefühl liegt und nicht im Gedächtnis oder in der kritischen intellektuellen Wahrnehmung.»

Auf den ersten Blick schienen Anaïs Nin und Henry Miller wenig gemeinsam zu haben. Ihre Temperamente, ihre Art zu leben, ihre Welten schienen absolut verschieden. Auf der einen Seite der vagabundierende, bebrillte Mann in mittleren Jahren, dessen Haar schütter wurde, der amerikanische «Gangster-Autor», wie einige der Freunde ihn scherzhaft nannten, der ehemalige Landstreicher und Totengräber, der «Chinese», der sich damit abgefunden und gelernt hatte, in einer schmutzigen Welt zu leben, der immer wieder auf den Füßen landete und der sich wenig später auf einen Kreuzzug gegen alle Tabus machen sollte. Auf der anderen Seite die wohlbehütete europäische «Kind-Frau» (um Edmund Wilsons Ausdruck zu benutzen) von Welt, die trotz mancher Schwierigkeiten niemals den echt weiblichen Wunsch aufgegeben hatte, sich mit einer harmonischen, schönen, bunten und vielgestaltigen Welt zu umgeben (man hatte ihr gelegentlich sogar vorgeworfen, sie sei preziös).

Auch als Künstler schienen sie wenig gemeinsam zu haben. Während Anaïs Nin als Schriftstellerin wie auch als Frau mit dem beschäftigt war, was Oliver Evans in einer scharfsichtigen Würdigung ihres späteren Werkes die «Entdeckung des inneren Raumes» genannt hat, stand bei Miller der autobiographische Ausbruch im Zentrum. Er schlang die Welt, die ihn umgab, in sich hinein, die Welt der schmutzigen Straßen und schmutzigen Leute, und spie sie wieder aus – verwandelt, mit neuer Lebenskraft erfüllt, wiedergeboren – auf eine Weise, die ganz und gar dem 20. Jahrhundert angemessen war und die bis dahin bei keinem Schriftsteller ihresgleichen hatte. Wie Picasso, der eine alte Fahrradlenkstange in den Kopf eines leidenden Tieres verwandelte, ergriff Miller die Abfälle der Welt – die Kursberichte, mit denen er als Korrektor zu tun hatte, die zufällige Begegnung, das Straßenschild, den Fetzen einer Unterhaltung, den er im Vorbeigehen erhaschte, die Gedanken, die er aus einem Buch aufgeschnappt hatte – und schleuderte sie in sein Werk hinein, in die große idealistische «Mülltonne». Anaïs Nin versuchte in die Wirklichkeit unter der Oberfläche einzudringen, die Wirklichkeit des Traumes und der mannigfaltigen Aspekte des Charakters. Miller hingegen war mit seiner Entdeckung einer neuen Welt beschäftigt, mischte, fügte zusammen, karikierte und verglich – ein «Dadaist», ein «Surrealist» von eigenen Gnaden.

Hinter der Oberfläche der Gegensätzlichkeiten jedoch bestand eine Verwandtschaft zwischen beiden. Autodidaktisch (Miller verließ das City College nach kürzester Zeit, Anaïs Nin verschaffte sich ihr Wissen jenseits der Akademien), erfüllt von unersättlicher Wißbegier, unzufrieden mit den konventionellen Ausdrucksmitteln, waren beide auf der Suche nach neuen Formen, mit denen sich die neue Wirklichkeit des 20. Jahrhunderts erfassen ließ. Beide waren mit der Entdeckung ihrer selbst beschäftigt, beide waren auf autobiographischen Wegen; nur ihre Richtungen und

Methoden unterschieden sich voneinander. Beiden widerstrebte es, sich für oberflächliche Ideologien, politische Ideen und Überzeugungen zu engagieren. Das war ein Kapitalverbrechen in den Tagen des proletarischen Romans, des spanischen Bürgerkriegs, Hitlers und Stalins, ein Verbrechen, das den «gesellschaftsbewußten» Kritikern unverzeihlich schien. (Man vergleiche George Orwells Aufsatz «Inside the Whale» aus dem Jahre 1940, die erste Gesamtwürdigung von Millers Werk.) Beide gingen als Einzelgänger ihren Weg, abseits der Schulen und literarischen Bewegungen. Diese Tatsache wirkte sich – neben der Zensur im Falle Millers – für Jahre negativ auf die Aufnahme ihrer Werke aus, die sich nur schwer einordnen ließen; selbst heute erscheinen nur sehr wenige fundierte Auseinandersetzungen mit diesen beiden Autoren. Und beide galten jahrelang bei der Mehrzahl der Verleger als – nach konventionellen Maßstäben – «unkommerziell».

Daneben spielte wahrscheinlich noch etwas anderes bei Anaïs Nins Einstellung zu Henry Miller eine Rolle. So wie sie für Miller die Verkörperung alles «Europäischen» gewesen sein muß, so muß Miller für sie die Inkarnation all jener positiven Züge «Amerikas» gewesen sein, die einen erschöpften, vergeistigten, übersättigten Europäer am meisten ansprechen mußten: Energie, Begeisterung, der etwas naive, aber erfrischende ungeheure Hunger, das ganze Universum der Kultur zu absorbieren, zu verschlingen, jener Hunger, der im schlimmsten Falle seinen Ausdruck darin fand, daß man ganze Schlösser nach Kalifornien verschiffte, und der im besten Falle das entscheidende Motiv für ein Phänomen wie Henry Miller war.

Zunächst zögerte Miller, Anaïs Nin Teile seines neuen Buches, ja selbst das Manuskript von *Crazy Cock* zu zeigen, aus Furcht, die junge Frau damit zu verletzen. («Dennoch bin ich besorgt, es ist eine unfertige Sache.») Aber Anaïs Nin reagierte überaus positiv. «In eine Welt, die durch Selbstbespiegelung gelähmt ist und sich an erlesenen geistigen Speisen übernommen hat, dringt diese brutale Bloßstellung des wirklichen Körpers wie ein lebenspendender Blutstrom», schrieb sie später in ihrem Vorwort zu Millers Buch. Wie bei D. H. Lawrence, für dessen Werk sie sich gegen die vorherrschende Meinung der damaligen Kritik einsetzte, erkannte sie bei Miller eine entscheidende neue Qualität. In der Tat wird hinter der Verfeinerung ihres eigenen Werkes, hinter der glitzernden, gefeilten Prosa, hinter der Oberfläche eines mythischen Wesenszuges stets eine erdgebundene Erkenntnis der realen Welt, ein festes und sicheres Bewußtsein spürbar, daß hinter den Falten ihres Samtcapes verborgen ist. Und es besteht kein Zweifel, daß Miller dies sehr schnell erfaßte.

«Es ist absurd zu behaupten (wie es gelegentlich geschehen ist), daß Anaïs Nin nicht über das Leben schreibt», notiert Oliver Evans im Jahre 1962, «sie schreibt über das Leben, aber sie tut es auf einem Niveau, das sehr wenige Romanschreiber erreichen: Motivation und Charakterzeichnung in ihrem Werk sind ungeheuer kompliziert; denn was sie interessiert, ist das letzte Motiv, auf das sich alle sichtbaren Motive zurückführen lassen, das wahre Ich, das unter den vielen falschen verborgen ist.» Und Deena P. Metzger, eine junge Kritikerin von der Westküste, knüpft im Zusammenhang mit Anaïs Nins neuestem Buch, *Collages*, an diesem Punkt an, wenn sie sagt: «Einige meinen, das Werk Anaïs Nins sei traumartig, ihre Gegenstände und Bilder gehörten dem Traumleben an. Sie sagen dies, weil sie ihre Sprache fürchten. Die Autorin ist zu sinnlich für sie, und sie sagt zu viele Wahrheiten. Wenn ihre Geschichten nicht wirklich sind, dann ist nichts wirklich.»

Als Millers Frau June im Herbst 1931 nach Paris kam, freundete sie sich mit Anaïs Nin an (June erscheint als eine Gestalt in Anaïs Nins Romanwerk); die beiden Frauen waren wechselseitig fasziniert von der Polarität ihrer Persönlichkeiten. Aber June blieb – auf die Dauer der erbärmlichen Verhältnisse, in denen Miller lebte (der schmutzigen Hotels, der argwöhnischen Concierges, seiner «verrückten» Freunde), überdrüssig, nicht in der Lage, sich für die Arbeit zu erwärmen, mit der Miller beschäftigt war, und ungeduldig, in ihre New Yorker Heimat zurückzukehren – nur kurze Zeit in Paris; und Anaïs Nin wurde in Louveciennes zur Empfängerin einer Flut von Briefen Henry Millers, des passionierten Briefschreibers.

Im Januar 1932 ging Miller in der Hoffnung auf eine Verbesserung seiner finanziellen Lage nach Dijon, wo er als *répétiteur d'anglais*, als Englischlehrer, am Lycée Carnot arbeiten konnte. Aber die Flucht vor dem Elend in Paris brachte ihm nur einen neuen Albtraum ein: einen ernüchternden Posten in einem trostlosen Institut, für den es nicht einmal Geld gab; Miller hat diese Episode später in den letzten Teil seines *Wendekreis des Krebses* eingearbeitet. Nachdem er den ersten Schock überwunden hatte, faßte er den Entschluß, auf keinen Fall seine Freunde zu enttäuschen, die ihm diese Stellung besorgt hatten. Doch als Alfred Perlès einen Posten als «stellvertretender Wirtschaftsredakteur» der Pariser Ausgabe der Chicagoer *Tribune* für ihn erkämpfte, kehrte Miller, «glücklich wie ein Häftling, der entlassen wird», Dijon den Rücken.

Wenn sich auch herausstellte, daß der neue Posten wenig mehr als der eines besseren Korrektors war, so brachte er Miller doch ein monatliches Gehalt von 1200 Francs ein. Jetzt, da er «reich» war, entschloß er sich, nachdem er für kurze Zeit ein Zimmer im Hôtel Central gehabt hatte, mit Alfred Perlès zusammen eine Wohnung in der rue Anatole-France in dem Arbeiterbezirk Clichy zu nehmen, der ihn an die armselige Gegend am oberen Ende der New Yorker Park Avenue erinnerte. Die Wohnung bestand aus einer Küche, einem Bad, einem Korridor und zwei separaten Zimmern. Zum erstenmal, seit er nach Paris gekommen war, hatte Miller jetzt eine feste Adresse, seine eigenen vier Wände. Da für ihn und Perlès die Arbeit erst in den Abendstunden begann, konnten sie über die Tage frei verfügen. In den Morgenstunden arbeitete Perlès an seinem Roman, nachmittags unternahm er mit Vorliebe Radtouren. Für Miller, der nach langem Hin und Her eine Schreibmaschine bekommen hatte und von Anaïs Nin und der American Library in Paris mit Bergen von Büchern versorgt wurde, begann die vielleicht fruchtbarste Phase seiner künstlerischen Entwicklung. «Ich kann mich an keine Periode meines Lebens erinnern, in der die Zeit so rasch dahinflog wie in Clichy.» Seine Briefe legen Zeugnis ab von der fieberhaften Aktivität, die er jetzt entfaltete: «Mein Gott, der Gedanke, daß nur ein Tag ohne Schreiben vergehen muß, macht mich verrückt. Ich werde das nie, nie wieder aufholen. Das ist ohne Zweifel der Grund für die Vehemenz, die Verquältheit, die meine schriftstellerische Arbeit kennzeichnet.» Und: «Ich fühle, daß ich jemand bin, eine Kraft, eine Notwendigkeit.»

Neben seinem neuen Roman (er hatte schließlich *Crazy Cock* aufgegeben, nachdem er noch einmal mit Anaïs Nins Hilfe versucht hatte, das Buch zu retten) hatte er mit der Arbeit an einer «Broschüre» über D. H. Lawrence begonnen. (Anaïs Nins *D. H. Lawrence: An Unprofessional Study* war im Frühling 1932 in einer Auflage von 500 Exemplaren unter dem Impressum des «Black Manikin»-Verlags erschienen, den Edward Titus von seinem Buchladen in der rue Delambre aus dirigierte.) Er sammelte Aufzeichnungen zu verschiedenen Themen, besonders zum Film, der zu jener Zeit eine wichtige Rolle in seinem Leben spielte, und arbeitete daneben an seinen Aquarellen (man vergleiche hierzu seinen Essay «Der Engel ist mein Wasserzeichen»). Vor allem aber war sein Leben geprägt von einer unentwegten Auseinandersetzung mit seiner amerikanischen Vergangenheit und seinem Verhältnis zu June (das in ein kritisches Stadium getreten war und 1934 schließlich mit einer Scheidung endete). In einer ungeheueren Anstrengung befreite er sich von seinem früheren Ich. «Wo immer ich mein Bett aufschlug», schreibt er einmal, «kämpfte ich wie ein Rasender, um die Vergangenheit zu vertreiben.»

Seinen Posten bei der *Tribune* behielt er nur kurze Zeit, und seine finanzielle Lage blieb außerordentlich heikel. Anaïs Nin war in der Lage, ihm sein Leben mit kleinen Geschenken zu verschönern: mit einer Lampe, einem Fahrrad, einem Grammophon und mit Büchern. Aufmerksam verfolgte sie das Wachsen seines Werks und war stets zur Stelle, wenn es galt, ihm bei seiner Arbeit neue Impulse zu geben. Die Küche in Clichy wurde zum Schauplatz geistiger Duelle, zur Gemeinschaftswerkstatt und zum Zentrum des Lachens und des Spaßes. «Vielleicht hatte unsere Überschwenglichkeit ihren Grund darin, daß wir zum erstenmal seit vielen Jahren das genossen, was man ein verhältnismäßig gesichertes Dasein nennen könnte. Zum erstenmal seit Ewigkeiten hatte ich eine feste Adresse.»

Nachdem Miller den ersten Entwurf von *Wendekreis des Krebses* abgeschlossen hatte, gab er das Manuskript William Bradley, einem Amerikaner aus seinem Bekanntenkreis, der in Paris Literaturagent geworden war. Bradley wiederum reichte es mit seinem «vorsichtigen und zurückhaltenden Segen» an Jack Kahane weiter. Kahane, ein Engländer, der in Paris einen kleinen Verlag, die Obelisk Press, gegründet hatte, hatte eine Reihe von einigermaßen umstrittenen, leicht obszönen Büchern in englischer Sprache veröffentlicht, die vorwiegend für den Verkauf an Touristen bestimmt waren. Er nahm das Manuskript von Millers Buch übers Wochenende mit in sein Landhaus Le Fond de Forêts. Sechs Jahre danach schrieb er in seinen Erinnerungen (*Memoirs of a Bootlegger*, Michael Joseph, 1939): «Ich begann nach dem Frühstück im Schatten einer großen Blutbuche darin zu lesen ... und die Abenddämmerung wich der Nacht, als ich meine Lektüre beendet hatte. ‹Endlich›, murmelte ich vor mich hin. Ich hatte das furchtbarste, das scheußlichste und das großartigste Manuskript gelesen, das mir je in die Hände gefallen war; nichts von dem, was ich bis dahin zu Gesicht bekommen hatte, ließ sich – was die Brillanz der Darstellung, die unergründliche Tiefe der Verzweiflung, den Reiz der Charakterzeichnung, den unbändigen Humor betraf – mit ihm vergleichen. Ich ging ins Haus mit dem triumphierenden Gefühl des Forschers, der endlich das entdeckt hat, was er seit Jahren gesucht hat. Ich hielt ein geniales Werk in meinen Händen, und es war mir zur Veröffentlichung angeboten worden.»

Aber trotz all der Begeisterung, die hier aus der Rückschau von Jack Kahane geschildert wird, vergingen zwei Jahre voller Enttäuschungen, ehe das Buch gedruckt wurde. Obgleich er mit Miller einen Vertrag gemacht hatte, zögerte Kahane, das Werk herauszubringen. Die Gründe waren zum Teil wirtschaftlicher Natur (die unsicheren Kurse, der Mangel an Käufern); ohne Zweifel aber spielte dabei auch die Furcht vor den möglichen Auswirkungen eines Verbotes des Buchs durch die französische Zensur eine Rolle. Während Kahane Frank Harris' *My Life and Loves* und andere riskante Bücher, die er selbst unter dem Pseudonym Cecil Barr geschrieben hatte, mit Erfolg auf den Markt bringen konnte, hatte ein Buch, das von ihm abgelehnt worden war – D. H. Lawrences *Lady Chatterley* – einen Skandal ausgelöst, als Edward Titus es herausbrachte; und nur der Intervention einiger französischer Intellektueller war es zu verdanken gewesen, daß das Buch von den französischen Behörden freigegeben worden war. Wer aber, so mußte sich Kahane fragen, würde für den unbekannten Henry Miller eintreten? Zweifellos stand auch die Erinnerung an diese *cause célèbre* im Zusammenhang mit seinem Zaudern.

Im Mai 1934 waren Miller und Anaïs Nin der Unschlüssigkeit Kahanes müde. Miller schrieb: «Wenn es nicht bald erscheint, dann wird es nie erscheinen! Es wird überholt sein. Alles hat seinen Augenblick – und dies ist der Augenblick für mein Buch.» So entschloß sich Anaïs Nin, ihren Teil zu seiner Veröffentlichung beizutragen, indem sie Kahane gegen jedes finanzielle Risiko absicherte. In einem Vorwort zu *Wendekreis des Krebses*, das, obwohl es knapp drei Seiten umfaßt, vermutlich immer noch zu den scharfsichtigsten Beurteilungen nicht nur dieses Buches, sondern ebenso des Tenors seiner späteren Werke gehört, schrieb Anaïs Nin:

«Hier haben wir ein Buch, das, wenn es dergleichen gäbe, unser Verlangen nach den ursprünglichen Wirklichkeiten wieder wekken kann. Sein vorherrschender Ton wird ein Ton der Bitterkeit scheinen, und wirklich ist darin Bitterkeit die Fülle. Doch auch eine wilde Ausgelassenheit ist darin, eine irre Fröhlichkeit, eine Verve, ein lustvolles Behagen, zuweilen fast ein Delirium. Ein ständiges Schwanken zwischen den Extremen mit öden Zwischenstrecken, die wie Messing schmecken und den ganzen Geschmack der Leere hinterlassen. Es steht jenseits von Optimismus oder Pessimismus. Der Verfasser hat uns den letzten *frisson* gegeben. Geheimere Schlupfwinkel kennt der Schmerz nicht. ... Die Ursprünge dieses wilden Lyrismus liegen nicht in einem falschen Primitivismus. Er ist keine rückschrittliche Tendenz, sondern ein Schritt vorwärts auf unbetretenen Boden. Ein nacktes Buch wie dieses mit demselben kritischen Blick zu betrachten, den man sogar auf so verschiedene Erscheinungen wie Lawrence, Breton, Joyce und Céline wirft, ist ein Mißverständnis. Wir wollen lieber versuchen, es mit den Augen eines Patagoniers zu betrachten, für den alles in unserer Welt Geheiligte und Tabuierte bedeutungslos ist. Denn das Abenteuer, das den Verfasser zu den geistigen Endpunkten der Erde geführt hat, ist die Geschichte jedes Künstlers, der, um sich selbst auszudrücken, das ungreifbare Netzwerk seiner Phantasiewelt durchqueren muß. Die Luftlöcher, die Alkaliwüsten, die zerfallenden Monumente, die verwesenden Leichen, der verrückte Gigue- und Madentanz, all das bildet ein großes Fresko unserer Epoche, das mit zerstörerischer Sprachgewalt und lauten, schrillen Hammerschlägen ausgeführt ist.»

In der Zeit zwischen dem Abschluß des Vertrages Ende 1932 und der Veröffentlichung von *Wendekreis des Krebses* im September 1934 überarbeitete Miller das Manuskript dreimal. Daneben arbeitete er wie besessen an «The World of D. H. Lawrence» weiter, der «Broschüre», die sich zu einem voluminösen Manuskript, einem «Schlachthaus der Ideen» ausgewachsen hatte. Miller hatte auf großen Papierbögen Wandpläne entworfen, auf denen die Themen des umfänglichen Projekts skizziert waren. Er hatte sich die «Tagebuchgewohnheit» zu eigen gemacht und sammelte in einer Reihe von «notebooks» Ideen, Zitate, Auszüge und Skizzen, die das Rohmaterial seines zukünftigen Werks darstellten. Überdies hatte er noch ein drittes Projekt in Angriff genommen, ein «Selbstporträt», wie er es zuerst nannte. In ihm setzte er sich aufs neue mit seiner Kindheit in Brooklyn («Der vierzehnte Bezirk») und dem Leben in seiner Familie («Der Schneiderladen») auseinander. In überschwenglichen Karikaturen zeichnete er seine Pariser Freunde («Jabberwhorl Cronstadt») und entwickelte seine Vorstellung vom Leben («Hin und Her in China»): «Ich bin kein Reisender und kein Abenteurer ... Wenn ich nachmittags in La Fourche sitze, frage ich mich in aller Gemütsruhe: ‹Wohin geht die Reise von hier aus?› ... Hier an der Wegkreuzung mache ich einen Überschlag und träume mich zurück durch all meine einzelnen und unsterblichen Ichs.» Zusammengefaßt in dem Band *Schwarzer Frühling*, der Anaïs Nin gewidmet ist, wurde das «Selbstporträt» zu Millers zweitem Buch, das im Juni 1936 bei der Obelisk Press erschien. Für Miller war *Schwarzer Frühling* ein Buch, «das mir, glaube ich, näher kam als irgendeines der Bücher, die ich vorher oder danach geschrieben habe.» (*The Books in My Life*).

In dieser Zeit großer Produktivität machte Anaïs Nin Miller mit vielen ihrer Freunde, wie zum Beispiel mit dem surrealistischen Dichter und Theatermann Antonin Artaud und den beiden bekannten Psychiatern Dr. René Allendy und Dr. Otto Rank, bekannt. Im April 1934 fuhr sie nach London, um Rebecca West, eine Bewunderin ihres Werks, aufzusuchen und nahm bei dieser Gelegenheit die Manuskripte von Millers *Schwarzer Frühling* und «The World of D. H. Lawrence» mit. Es zeigte sich indes, daß das literarische Establishment in England vorerst noch nicht bereit war, Henry Millers Werk zu akzeptieren. Die Reaktion war ein höfliches Schweigen. «The World of D. H. Lawrence» wurde übrigens bis heute nicht veröffentlicht; große Stücke daraus erschienen allerdings in Millers späteren Büchern (in *The Cosmological Eye*, *The Wisdom of the Heart* und *Sunday After the War*). Nach ihrer Rückkehr aus London zog Anaïs Nin nach Paris; die Folge war, daß von diesem Zeitpunkt an erheblich weniger Briefe zwischen den beiden gewechselt wurden; hinzu kommt, daß augenscheinlich nur ein kleiner Teil der Korrespondenz aus jener Phase erhalten ist. Nur als Anaïs Nin für einige Zeit nach New York fuhr und als sie (1936) eine Reise durch Nordafrika unternahm, wurde der Briefwechsel naturgemäß wieder reger.

Das Echo, das *Wendekreis des Krebses* bei seinem Erscheinen im September 1934 fand, war sehr unterschiedlich. In seinen Memoiren schreibt Kahane: «Die einen fanden es großartig, die anderen miserabel; die einen fanden es tödlich langweilig, die anderen ungeheuer erregend. Es dauerte eher drei als zwei Jahre, bis die ersten tausend Exemplare verkauft waren.»

Dennoch brachte Millers erste Veröffentlichung in Buchform einen entscheidenden Wandel in seinem Leben. Nach Jahren der Enttäuschung, nach zehn Jahren ernsthafter Arbeit war er gedruckt worden und andere Schriftsteller – Ezra Pound, Katherine Anne Porter, T. S. Eliot – begannen, von seiner Existenz Kenntnis zu nehmen. Miller schrieb Hunderte von Briefen, um zu erreichen, daß sein Buch gelesen und besprochen wurde. War die Aufnahme seines Buches auch nicht einhellig positiv gewesen und hatte sich seine finanzielle Lage auch nicht verbessert, so war er doch voller Unternehmungsgeist. Im Dezember 1934 schreibt er: «Ich brodele vor Erregung und Nervosität, vor Interviews und Briefen.»

Zur gleichen Zeit als *Wendekreis des Krebses* erschien, zog Miller in eine neue Gegend (nach der Aufgabe der Wohnung in

Clichy hatte er wieder eine Zeitlang in verschiedenen Hotels und Unterkünften gelebt), in der er bis Mai 1939 wohnen sollte. «Als ich in die Villa Seurat zog, entstand eine ganz neue Atmosphäre.» Die Villa Seurat war eine kurze Sackgasse voller Künstlerateliers im 14. Arrondissement in der Nähe der Métrostation Alésia. Für eine kurze Zeit hatte Miller bereits einmal als Gast auf Michael Fraenkels Couch im Haus Nummer 18 genächtigt; diesmal jedoch zog er als ordentlicher Mieter ein. Nahe bei der Villa Seurat, in der Impasse du Rouet, wohnten seine Freunde David Edgar und der Maler Hans Reichel, und auch Alfred Perlès schlug hier seine Zelte auf, nachdem er ein Dutzend Gegenden ausprobiert hatte. Ein Bistro in der Nachbarschaft, das Café Zeyer (später Boléro) wurde zu einem ihrer Treffpunkte.

Die ersten Zeichen einer öffentlichen Anerkennung seines Talents erreichten Miller hier in der Villa Seurat, und einer der ersten Franzosen, die ihn aufsuchten, war Blaise Cendrars. Dieser Besuch des einarmigen französischen Schriftstellers, der selber ein Abenteurerleben geführt hatte, machte einen tiefen Eindruck auf Miller, und er wurde zum glühenden Bewunderer der Werke dieses Autors.

Im November 1934 fuhr Anaïs Nin vorübergehend nach New York, und auch Miller kehrte im Frühjahr 1935 für einige Monate in die Staaten zurück, um dann auf dem schnellsten Wege wieder nach Paris zu eilen. *Wendekreis des Krebses* wurde von dem Hüter der amerikanischen Moral, dem Finanzministerium, als obszön eingestuft, und das Buch konnte – genau wie später *Schwarzer Frühling* und *Wendekreis des Steinbocks* – in den Vereinigten Staaten nicht veröffentlicht werden, ohne daß damit gegen das Gesetz verstoßen worden wäre. Auch in England blieb es jahrelang verboten, obgleich Millers Bücher (auch in Ausgaben, die ohne Genehmigung des Verfassers gedruckt worden waren) in beiden Ländern unter der Hand verkauft wurden.

Nach der Rückkehr nach Frankreich setzte Miller seine Arbeit mit höchster Intensität fort. Ein Anhang, den er aus Spaß für *Schwarzer Frühling* geschrieben hatte, wurde zum Vorwort von Michael Fraenkels *Bastard Death.* Nachdem er die ersten 100 Seiten von Alfred Perlès' Roman *Le quatuor en ré majeur* gelesen hatte, schrieb Miller im September 1935 einen «offenen Brief» mit der Überschrift «What Are You Going to Do About Alf?», in dem er den Vorschlag machte, Alfs Freunde sollten – da dieser «stets nach einem bequemen Zimmer sucht, in dem er schreiben kann» – durch Subskription ein wenig Geld zusammenbringen und ihm auf diese Weise ermöglichen, nach Ibiza auf den

Balearen zu fahren und dort seinen Roman abzuschließen. (Perlès hatte seine Stellung bei der Chicagoer *Tribune* verloren, als die Pariser Ausgabe 1934 eingestellt wurde.) Aber die Aktion blieb – genau wie andere halb scherzhafte Unternehmungen Millers und seiner Freunde – ohne Ergebnis. Am 2. November 1935 begann Miller die sogenannte «Hamlet»-Korrespondenz mit Michael Fraenkel. Diese Korrespondenz, die auf einen Gedanken zurückging, der im Café Zeyer gefaßt worden war, knüpfte an eine Diskussion an, die 1930 begonnen worden war und nun für drei Jahre fortgeführt wurde, während Fraenkel durch Europa und Nordamerika reiste. Aus einer Darlegung der Millerschen Ideen über die Kunst und eine Reihe von anderen Themen, von denen sehr wenige mit dem «Hamlet» zu tun hatten, wurde dabei nach und nach eine ideologische Fehde mit Fraenkel. (Später wurde diese Korrespondenz von Fraenkel in Puerto Rico und Mexiko in zwei Bänden als Privatdruck herausgebracht.) Das ganze Jahr hindurch hoffte Miller auf die Veröffentlichung von *Schwarzer Frühling*, die immer wieder verschoben wurde. Aufs neue machte er die zermürbende Erfahrung des Wartens.

Im Januar 1936 unternahm Miller seine zweite Reise in die Vereinigten Staaten, aber bereits im April war er wieder in Paris. Amerika hatte ihn nicht halten können. Anaïs Nin bereiste zu jener Zeit den Norden Afrikas, und man schrieb sich einige Briefe, ehe sie nach Paris zurückkam und wieder dem «Villa Seurat»-Kreis angehörte. Miller setzte seine «Hamlet»-Korrespondenz fort und arbeitete am *Wendekreis des Steinbocks* sowie an einer Reihe von Erzählungen, Essays und Porträts, die später in dem Band *Max and the White Phagocytes* zusammengefaßt wurden. Im August faßte Miller den Plan, Paris zu verlassen und in Europa umherzureisen. Er machte reinen Tisch und warf viele der Aufzeichnungen über Proust und andere Themen fort, die er mühsam zusammengetragen hatte. Aber gegen Ende des Jahres war er immer noch in Paris. Der Gedanke zu reisen, reizte ihn wenig. «Meine Gedanken sind stets zu Hause, wenn ich auf Reisen bin», hatte er 1933 geschrieben. «Warum, weiß ich nicht. Meine besten Reisen mache ich am Schreibtisch.» Im Januar 1937 schloß er die Erzählung über seine mißlungene Fahrt nach England – «Via Dieppe – Newhaven» – ab, und im Mai war das Manuskript von *Max and the White Phagocytes* fertig. Die Veröffentlichung von *Wendekreis des Steinbocks* schien endgültig für Juni 1938 festgesetzt zu sein. Jack Kahane hatte ursprünglich den *Wendekreis des Steinbocks* auf *Schwarzer Frühling* folgen lassen wollen, doch nach vielem Hin und Her wurde schließlich *Max*

1938 herausgebracht, während *Wendekreis des Steinbocks* auf das folgende Jahr verschoben wurde.

Im Juli 1937 hatte Alfred Perlès die Redaktion von *The Booster* übernommen, einer Zeitschrift, die ursprünglich im Namen des American Country Club in Paris erschien. Mit großem Geschick verwandelte er diese Zeitschrift in ein «Hausorgan» des Villa-Seurat-Kreises mit Miller, Anaïs Nin, William Saroyan, Hilaire Hiler, Lawrence Durrell, Abe Rattner und anderen als Beiträgern. Nach drei aufregenden Nummern jedoch ergaben sich die ersten Schwierigkeiten, und die Zeitschrift wurde in *Delta* umbenannt. Und nach drei weiteren Nummern (im Jahre 1939) mußte sie, wie so viele der kurzlebigen «kleinen Zeitschriften», ihr Erscheinen einstellen. Solange sie jedoch erschien, fehlte es Miller und seinen Freunden nicht an Spaß.

Im September 1937 folgte Lawrence Durrell Millers Einladung und kam nach Paris, und wenig später schon war die Idee für ein gemeinsames Publikationsprogramm, die «Villa Seurat Library» geboren. Miller sollte *Max and the White Phagocytes*, beisteuern, Durrell seine *Schwarze Chronik* und Anaïs Nin *Winter of Artifice*. (Anaïs Nins erstes Romanwerk, das Prosagedicht *House of Incest*, war 1936 erschienen; durch dieses Buch inspiriert, hatte Miller jenes «Scenario» für einen Tonfilm geschrieben, das später in seinem Band *The Cosmological Eye* aufgenommen wurde.) Zwischen Mai und Oktober 1938 legte Miller letzte Hand an seinen Roman *Wendekreis des Steinbocks*, und im Januar 1939 lagen die Korrekturfahnen des Buches vor. Die Veröffentlichung jedoch wurde noch einmal verschoben – vom April auf den 10. Mai. Die Krise von München im Jahre 1938 hatte deutlich gemacht, daß sich die Weltlage rapide verschlechterte und ein Krieg bevorstand. Miller war entschlossen, sich in Sicherheit zu bringen. Ende Mai nahm er Abschied von der Villa Seurat. Seine wenigen Habseligkeiten wurden verteilt. Einige seiner Manuskripte und Papiere wurden eingelagert, und nach einer kurzen Reise durch Südfrankreich schiffte er sich am 14. Juli 1939 in Marseille nach Korfu ein, um Durrell und seine Frau zu besuchen und den Rest des Jahres in Griechenland zu verbringen. Die Zeit seines europäischen Exils ging zu Ende; Miller näherte sich seinem 50. Geburtstag.

Schon im Februar 1939 begann sich eine neue Stimmung, eine neue Erkenntnis bei ihm durchzusetzen: «Wenn ich, wie es oft geschieht, sage, daß mein Leben vom einundzwanzigsten Lebensjahr bis vor kurzem ein einziger Umweg war, so meine ich damit, daß ein Großteil meiner Anstrengungen in einem uneingestandenen Kampf um die Anpassung an die Welt vergeudet wurde, um die endgültige Anpassung, die sich als der Versuch maskierte, die Welt durch meine schöpferische Kraft als Schriftsteller zu erobern oder zu verführen. Ich hätte mich mir selber anpassen sollen. Ich hätte versuchen sollen, jene Identifizierung der beiden lebenswichtigen Zentren zuwege zu bringen wie in jenem Beispiel von dem Pferd, das ich Ihnen einmal erzählt habe. Ich handelte unbewußt, kein Zweifel. Nach endlosem Umhertasten kommt einem endlich das Bewußtsein – die willkürlichen Schüsse im Dunkel sind zu unüberhörbar, als daß sie ignoriert werden könnten. Jede tiefgreifende Erkenntnis dieser Art ist ein echter Fortschritt, eine echte Lenkung des bis dahin blinden Griffs nach der Wahrheit. Plötzlich wird einem klar, daß die Wahrheit ständig in einem spricht, wenn man nur recht hinhört. Und dann wird man sehr still und zurückhaltend. Man hört auf, mehr tun zu wollen, als man tun kann. Gleichzeitig aber tut man auch nie weniger, als man tun kann. Man arbeitet und handelt auf einer neuen Ebene, die wie eine unerschöpfliche Quelle der Kraft und der Inspiration ist.»

Das Ende der zehn Jahre, die Miller in Europa verbrachte, war zugleich das Ende seiner produktivsten, überschwenglichsten Phase. *Wendekreis des Krebses*, der überzeugende Tribut an seine «Befreiung» von Amerika, faßte die Erlebnisse seiner ersten beiden Jahre in Frankreich zusammen und vergegenwärtigte in karikierender Form und kaum verhüllt einige seiner Freunde (Fillmore, Carl Van Norden, Boris, Peckover, Cronstadt). In *Schwarzer Frühling*, dem «Selbstporträt», deutet sich bereits eine Rückkehr zu seiner Beschäftigung mit der Vergangenheit an, und mit dem Roman *Wendekreis des Steinbocks*, der mit seiner Begegnung mit «Mara» im Jahre 1923 endet, ist er endgültig wieder bei Amerika, mag auch in einigen Abschnitten etwas von Paris sichtbar werden. Nach seiner Rückkehr in die Vereinigten Staaten griff er – zuerst 1944 und noch einmal fünf Jahre später – aufs neue das vielbändige Projekt der «Rosy Crucifixion» auf, das geruht hatte, seit er 1930 nach Frankreich gefahren war. Doch indem er zu seinen Quellen zurückging, fand Miller einen Weg in die Zukunft.

Von den 197 Briefen dieses Bandes, die unter dem Gesichtspunkt der Relevanz und des literarischen Interesses aus der umfangreichen Korrespondenz ausgewählt wurden, entstand mehr als die Hälfte in Europa, und zwar vorwiegend in den Jahren zwischen 1931 und 1934 sowie zwischen 1938 und 1939, als Anaïs Nin und Henry Miller an verschiedenen Orten wohnten. Aus der Zeit von 1935 bis 1938, als beide sich vorwiegend in Paris aufhielten, scheinen nur wenige Briefe erhalten. (Diese Phase wird bis zu einem gewissen Grade in der Korrespondenz zwischen Henry Miller und Lawrence Durrell ausgeleuchtet.)[1] Im Laufe der Jahre erschienen überdies in Broschüren und Zeitschriften einige Briefe Millers an andere Adressaten (Emil Schnellock, Herbert F. West, Walter Lowenfels u. a.).

Die meisten der Briefe dieser Auswahl wurden ungekürzt wiedergegeben; nur in wenigen Fällen wurden unwichtige Details gestrichen (die ohne einen umfänglichen klärenden Apparat unverständlich geblieben wären). Überdies wurden einige Wiederholungen und Nebenbemerkungen eliminiert, gelegentliche Irrtümer, die beim Abschreiben unterliefen, richtiggestellt und die Schreibung vereinheitlicht. Ein Großteil der Briefe lag handschriftlich vor, und nicht wenige darunter wurden auf dem Schreibpapier von Cafés und Hotels geschrieben, das Miller zu sammeln pflegte. Die farbigen Briefköpfe dieser Bögen sind insofern von Interesse, als sie das Bild vieler Schauplätze heraufbeschwören, die in Millers Werk eine Rolle spielen (Café Wetzler, La Fourche, Dome, La Coupole); andererseits jedoch sind sie häufig irreführend, da sie keineswegs immer auf den Ort verweisen, an dem der jeweilige Brief entstand. Aus diesem Grunde wurde auf eine Wiedergabe solcher Briefköpfe grundsätzlich verzichtet. Eines der Hauptprobleme des Herausgebers stellte die Datierung der Briefe dar. (In der Mehrzahl enthalten sie nur die Angabe von Wochentag und Stunde der Niederschrift; von den 107 Briefen, die in Europa geschrieben wurden, wurden nur 23 von Miller datiert.) Wenn es dennoch möglich war, die Briefe dieses Bandes mit näheren Angaben zur Entstehungszeit zu versehen, so verdankt der Herausgeber diesen Umstand einerseits Henry Miller selbst, der die Chronologie der Briefe in großen Zügen aus dem Gedächtnis bestimmen konnte, und andererseits Anaïs Nin, die für diesen Zweck ihr Tagebuch zur Verfügung stellte, das von unschätzbarem Wert war. Alle Daten, die der Herausgeber ermittelt hat, wurden durch eckige Klammern gekennzeichnet; etwaige Fehler, die dabei unterlaufen sein könnten, gehen allein zu seinen Lasten. Von den 90 in Amerika geschriebenen Briefen des zweiten Teils waren 37 mit Daten versehen; die übrigen Briefe, die 1940 und 1941 während der Reisen Millers durch die

1 Vgl. Lawrence Durrell – Henry Miller, *Briefe 1935–1959*. Reinbek (Rowohlt Verlag) 1967.

Vereinigten Staaten entstanden, konnten mit Hilfe der Angaben in der Faksimile-Ausgabe von Millers *Red Notebook* exakt datiert werden. Die Originale einiger Briefe dieser Sammlung befinden sich jetzt in der Bibliothek der Southern Illinois University. Die Manuskripte der übrigen Briefe sind Teil der umfangreichen Sammlung Anaïs Nins.

Man mag die Frage stellen, warum keiner der erhaltenen Briefe Anaïs Nins an Henry Miller in den vorliegenden Band aufgenommen wurden. Die Antwort ist im Grunde einfach. Ein solches Verfahren hätte entweder den Band allzu sehr anwachsen lassen oder man hätte sich entschließen müssen, auf den Abdruck manches interessanten Briefes von Miller zu verzichten. Die entscheidende Tatsache jedoch ist, daß Henry Millers Briefe, wie jeder Leser dieser Auswahl rasch erkennen wird, keine Antwort verlangen; sie sprechen für sich. Diese Sammlung ist ihrem Wesen nach ein Monolog, Millers eigene Geschichte jener fünfzehn entscheidenden Jahre seines Lebens. Sie ist eine «Autobiographie» im besten und wahrsten Sinne des Wortes. Anaïs Nins Briefe an Miller hätten dieser Geschichte wenig hinzugefügt. Sie sind Teil ihrer eigenen Autobiographie, die ihren überzeugendsten Ausdruck in den Tagebüchern der Schriftstellerin findet.

In einem Brief aus Anderson Creek, Big Sur, vom 17. Mai 1946 schrieb Miller an Anaïs Nin: «Sie sind der einzige Mensch, den ich kenne, der das Schweigen wirklich zu nutzen wußte. Es war manchmal in der Tat niederschmetternd – ich glaube freilich nicht, daß Sie sich dessen bewußt waren. Aber die Menschen bekamen mehr und wirksamere Antworten von Ihnen als ich mit meinem Brüllen und Toben, mit meinem Schmeicheln und Zureden ihnen je geben konnte.»

Vielleicht trägt Anaïs Nins Schweigen in diesem Bande nur dazu bei, daß er zu einem neuen, frischen und erregenden «Selbstporträt» des Schriftstellers und des Menschen Henry Miller wird.

New York, Dezember 1964 Gunther Stuhlmann

Vorbemerkung des Übersetzers

Bedeutung und Reiz der Briefe Millers an Anaïs Nin liegen vor allem in der Spontaneität und Authentizität des Bildes, das sie dem Leser von der Person und dem Schriftsteller Henry Miller vermitteln. Wie der Autor selbst und der amerikanische Herausgeber deshalb konsequent den glättenden Eingriff in die ursprüngliche Gestalt der Texte vermieden haben, so sah sich auch der Übersetzer genötigt, auf jeden Versuch einer ‹Glättung› – die allzu leicht die Unmittelbarkeit der Briefe beeinträchtigt hätte – zu verzichten und sich statt dessen so eng wie möglich an den Wortlaut der Vorlage zu halten.

Um eine möglichst flüssige Lektüre zu gewährleisten, wurden vom Übersetzer nur dann Fußnoten angebracht, wenn sie für das Verständnis des jeweiligen Zusammenhangs notwendig schienen. Einige der sorgfältig erarbeiteten Fußnoten des amerikanischen Herausgebers, die naturgemäß auf das amerikanische Lesepublikum zugeschnitten sind, wurden deshalb nicht übernommen, während andererseits für die deutsche Ausgabe einige wenige zusätzliche Hinweise nützlich schienen. Unvollständige Namen, abgekürzte Titel oder Titel von Büchern, über die zwar gesprochen wird, deren Name jedoch unerwähnt bleibt, wurden nach Möglichkeit in eckigen Klammern nachgestellt.

Überdies schien es dem Übersetzer ratsam, die Namen solcher Personen, deren Kenntnis beim Leser nicht unbedingt vorausgesetzt werden konnte, soweit das möglich war mit kurzen Erläuterungen zu versehen. Dabei konnte er in einigen Fällen auf die Angaben zurückgreifen, die in der Originalausgabe unter der Überschrift «Some Biographical Notes» zusammengefaßt sind. Daneben wurden die im Text erwähnten Verlagsnamen aufgenommen. Auf diese Weise entstand ein teilweise kommentiertes Register, das einer zusätzlichen Erhellung der in den Briefen erörterten Zusammenhänge dienen mag.

Dem gleichen Zweck dient das Titelregister, das der Übersetzer für die deutsche Ausgabe zusammengestellt hat. In ihm wurden die in den Briefen – oft ohne Angabe des Verfassers oder in abgekürzter Form – genannten Titel (wiederum soweit wie möglich) mit bibliographischen Daten (Originaltitel, befassen, Ort, Jahr; deutscher Titel, Ort, Jahr) versehen. Außer den Buchtiteln finden sich in diesem Register Filmtitel sowie die Namen der im Text erwähnten Zeitschriften, unter denen jeweils die in ihnen veröffentlichten Arbeiten Millers angeführt wurden. Diese Hinweise sollen nicht zuletzt ein – wenn auch bescheidener – Beitrag zu einer noch ausstehenden umfassenden Henry Miller-Bibliographie sein.

Mark W. Rien

Teil 1 *Europa*

[Paris, Oktober 1931]
Café de la Liberté

LIEBE ANAÏS NIN:
Wenn mein kluger und gütiger Freund Osborn es für richtig hält, werden, noch ehe ich selbst komme, ein paar Seiten des Buches, an dem ich gegenwärtig arbeite [*Wendekreis des Krebses*], bei Ihnen eintreffen. Den vollständigen Roman halte ich vorerst zurück; denn als ich ihn kürzlich noch einmal durchsah, schienen mir plötzlich so tiefgreifende und radikale Änderungen nötig, daß ich meine, es würde Sie nur gegen mich einnehmen, wenn ich ihn in seiner jetzigen Form vorzeigte.

Das mögen freilich diese wenigen Seiten des eben erst entstehenden Werkes genauso tun; aber letztlich kümmert es mich auch wieder nicht so sehr, ob das Buch gefällt oder nicht; Hauptsache, es bereitet mir selber (fürs erste) ein wenig Freude und Befriedigung.

Dennoch bin ich besorgt. Es ist eine unfertige Sache. Und ich habe noch nicht mit der Überarbeitung begonnen – noch ist kein Wort geändert. Das kommt später, viel später, wenn mir der Stoff ausgegangen ist.

Übrigens hat das Eintreffen meiner Frau[1] eine Unterbrechung von drei Wochen mit sich gebracht. Seit sie da ist, bleibt alles liegen. Ich konnte einfach nicht zu mir selbst finden. Ich habe etwas verloren.

Wie dem auch sei: ich werde wahrscheinlich die übrigen Seiten und ein paar Tagebuchnotizen und Briefe mitbringen, falls Sie sich dafür interessieren. Es liegt mir viel an Ihrem Interesse. Ich bin sehr dankbar für die Gastfreundlichkeit, die Sympathie und die Hilfsbereitschaft, die Sie mir gegenüber bewiesen haben. Gleichzeitig fühle ich mich sehr unsicher – aus Furcht, mißverstanden zu werden oder vielleicht aus einem weniger bestimmten, faßbaren und doch ähnlichen Grunde. Ich will nicht, daß man glaubt, ich hätte etwas Schmutziges im Sinn. Andererseits will ich auch mein schriftstellerisches Werk nicht beschönigen, verteidigen und so weiter. Ich will, daß es um seines eigenen Wertes willen geachtet (oder verachtet) wird. Ich weiß, daß es eine Menge über mich aussagen wird; und ich selber habe auf all das keine Antwort. Die Menschen werden mich stets besser kennen, als ich selber mich kenne.

Wenn ich daher Osborn bitte, es vorher zu lesen, so tue ich das,

1 Millers zweite Frau, June Edith Smith, blieb in den USA, als er 1930 nach Frankreich fuhr, besuchte ihn jedoch 1931 und im Winter 1932.

weil ich in einer etwas heiklen Lage bin. Mein eigenes Urteilsvermögen ist überaus schwach. Ich weiß sehr wenig von Vorsicht, Diplomatie und derlei Dingen. Ich hasse das alles. In meiner Leidenschaft für Menschen neige ich zu schweren Fehlern. Nun denn, ich möchte solche Fehler lieber vermeiden. Ich möchte lieber Ihr Freund bleiben, als Sie durch eine derbe Sprache verletzen. Vielleicht mache ich einen Elefanten aus einer Mücke. Ich will nichts weiter dazu sagen.

Ich bin sehr, sehr froh, Sie am Samstag wiederzusehen, dazu das kleine Mädchen, die funkelnden Gläser und die Regale voller Bücher. Ein wunderbares Gefühl des Friedens und der Sicherheit überkam mich, als ich in Ihr Haus eintrat. Hier sind die Menschen wirklich lebendig, dachte ich. Leben Sie bitte so weiter. Fürchten Sie nicht den Kompromiß. Man ist stets gezwungen, auf die eine oder andere Weise Zugeständnisse zu machen. Das Leben, das bei Ihnen gelebt wird, scheint mir bewundernswert – das *eine* Leben, sollte ich eigentlich sagen. Denn genau das ist es – die Einheit, die Harmonie. Glauben Sie mir, ich bin tief bewegt.

Ihr ergebener
HENRY V. MILLER

Dijon, le 29 Janvier, 1932

LIEBE ANAÏS NIN:

Das Lycée Carnot[1], wie sich das Institut hier nennt, scheint für mich nicht viel mehr als eine Strafanstalt. Der Ausdruck ‹spartanisches Regime›, den Dr. Krans[2] gebrauchte, gibt keine Vorstellung davon. Vielleicht trägt das Wetter das seine zur Schauerlichkeit des Bildes bei. Fest steht, daß ich außer in London[3] (wo es immerhin selbst im Februar noch milder war, als es hier zur Zeit ist) nie etwas Vergleichbares erlebt habe. Die Stadt scheint in ein dickes Leichentuch von eisigem Nebel gehüllt, die Bäume sind weiß von Frost und jedermann sieht zerschunden und rissig aus.

1 Vgl. *Wendekreis des Krebses* sowie Land der Erinnerung in *Remember to Remember.*

2 Um Miller die Möglichkeit zu geben, sich aus seinem finanziellen Dilemma zu befreien, hatte ihn ein Freund mit Dr. Krans vom französischen Erziehungsministerium bekanntgemacht, der ihm eine Stelle als *répétiteur d'anglais* am Lycée Carnot in Dijon vermittelte.

3 Miller hatte sich eine Zeitlang in London aufgehalten, ehe er zum zweitenmal nach Paris kam.

Nein, diese Stadt ist ganz anders als das Dijon, das ich im Sommer erlebte. Der Empfang war durchaus herzlich, und jeder zeigt sich von der liebenswürdigen Seite, aber – die Gebäude sind wie Eisschränke, obendrein düster, baufällig, verschimmelt und was sonst noch alles. Ich bin umgeben von einem Dutzend Aufsehern, sogenannten *surveillants*: alles arme Teufel, die um ihre akademischen Grade kämpfen und sich trotz des armseligen Essens, der Kälte und der allgemeinen Reizlosigkeit des Lebens hier zuversichtlich geben.

Um ehrlich zu sein: mein erster Impuls heute morgen war, sofort wieder zu verschwinden. Ein entsetzlich kalter Raum ohne fließendes Wasser im oberen Stockwerk eines Wohngebäudes, das einem beim Eintreten das angenehme Gefühl vermittelt, in eine Leichenhalle zu kommen. Glauben Sie mir, ich will hier nicht dick auftragen. Ich schreibe Ihnen das alles ganz privat. Nach einer Woche werde ich die Enttäuschungen vermutlich nicht mehr zur Kenntnis nehmen. Aber die ersten paar Stunden – entsetzlich! Kein Platz für einen anständigen Menschen. Das entre nous.

Um das Bild der Freude zu vervollständigen, lassen Sie mich hinzufügen, daß man mir heute morgen mitteilte, eine Bezahlung sei für meine Arbeit nicht vorgesehen – nur Kost und Wohnung, wie sie auch sein mag. Bei meiner Seele, hätte ich das geahnt (trotz des Wortes ‹spartanisch›), ich wäre in Paris geblieben, ganz gleich unter welchen Umständen. Wie die Dinge nun mal liegen, fühle ich mich verpflichtet, einen Versuch zu machen. (Das Unterrichten macht keine Schwierigkeiten, und ich muß nur 9 Stunden in der Woche bestreiten.)

An Dr. Krans schreibe ich vorerst nicht. Ich erinnere mich, daß er ausdrücklich sagte, ich solle mich «nicht vom ersten Eindruck leiten lassen»; aber wenn ich moralisch nicht verpflichtet gewesen wäre, ich hätte auf der Stelle kehrtgemacht. Trotzdem: sollten Sie ihn demnächst einmal sehen, sagen Sie bitte nur, ich sei ein wenig enttäuscht, weil ich kein Gehalt bekäme. Ich weiß genau, daß er und Desclos (vom Office National) ausdrücklich gesagt haben, ich würde Geld bekommen. Was das übrige betrifft, so erwähnen Sie bitte nichts davon. Vielleicht gelingt es mir, mich darauf einzustellen; jedenfalls werde ich mir besondere Mühe geben, da ich so bereit war, jede Arbeit zu übernehmen, die sich bot. Ich möchte nicht undankbar wirken oder den Eindruck eines Schwächlings machen. Immerhin: meine beiden Amtsvorgänger, ein Amerikaner und ein Engländer, konnten es hier auch nicht aushalten. Man hat mir erzählt, der Engländer sei nach dem zweiten Tag bei Nacht und Nebel verschwunden.

Es widerstrebt mir, Ihnen dies alles zu schreiben; aber ich habe das Gefühl, offen mit Ihnen reden zu können. Natürlich bleibe ich bei der Stange, so lange ich kann. Es gibt auch gar keine andere Möglichkeit für mich. Ich habe jetzt alle Brücken hinter mir abgebrochen. Ich möchte Sie bitten, auf keinen Fall Aufhebens von der Sache zu machen. Ich nehme an, das Ganze ist eine typisch französische Situation, an der sich nichts ändern läßt. Und was Sie und ich auch sagen würden, man würde uns für verrückte Amerikaner halten, die durch allzu großen materiellen Komfort verweichlicht sind. Wenn ich an das Hotel Princess zurückdenke, das June so schwer erträglich fand, so kommt es mir jetzt geradezu herrlich vor.

Ein einziges Bild mag genügen – vom «Refektorium». Das ist der Raum, in dem wir essen, die *surveillants* und ich. Es ist wie in einem billigen jüdischen Krankenhaus: Tische mit Marmorplatten, kalt wie Eis. Das ganze Essen wird auf einmal hereingebracht – Suppe, Fleisch, Gemüse, Nachtisch. Morgens gibt es eine Schale schwachen, bereits gezuckerten und mit Milch verdünnten Kaffee. Der Rest – Brot ohne Butter, ohne Marmelade, ohne alles. Das ist um halb acht Uhr. Bis zum Mittag ist man fast verhungert; dazu die Kälte und so weiter. Das nächste Essen um sieben Uhr abends. Kein Kaffee zu den Hauptmahlzeiten. Um das wettzumachen und um sich nichts anmerken zu lassen, singen die Jungens, beten inbrünstig und politisieren. Jesus, sie tun mir leid. Es sind nette Kerle. Ganz in der Nähe meines Zimmers ist die Krankenabteilung, in der die Schüler behandelt werden, wenn ihnen etwas fehlt. Der Schlafsaal, in dem sie liegen, ist erbärmlich kalt. Die Treppe erinnert an eine Szene von Edgar Allan Poe – oder so etwas wie eine Grand Guignol-Tragödie.

Aber, zum Teufel – genug davon. Vielleicht kann ich das nächste Mal Interessanteres schreiben.

Ihr ergebener
HENRY

[Januar 1932]
Lycée Carnot
Boulevard Thiers
Dijon, Côte d'Or

LIEBE ANAÏS NIN:

Hier sitze ich nun im Lycée, und alle schönen Hoffnungen sind dahin. Die Essenszeit ist vorüber, und da es mit dem besten Willen nichts gibt, was ich tun könnte, werde ich Sie mit einem mageren Bericht von dem Leben, das sich mir hier bietet, erquicken.

Unterbrechung

Soeben hat sich etwas höchst Erstaunliches ereignet. Eine Biene ist plötzlich zum Leben erwacht und summt wie wild im Zimmer umher. Wie und wo sie es fertiggebracht hat zu überleben, ist mir unbegreiflich, da man sich hier – wie Ihnen bald klar sein wird – nur mit äußerster Anstrengung am Leben halten kann. Es herrscht nicht nur Winter hier, sondern Tod, Elend, Langeweile, vor allem aber «le brouillard». Letzteres ist etwas, das jeder Beschreibung trotzt. Es ist, wie wenn man ohne Schutzmaske in einer Wolke von Gas steht. Es dringt durch die Schlüssellöcher und die Zehen an den Füßen. Man ringt nach Luft und stottert. Obgleich ich mich in einer fremden Stadt selten unwohl fühle, packt mich hier das Grauen. Als ich heute nachmittag aus einem Geschäft kam (ich hatte mir einen Rasierspiegel gekauft), winkte mir eine Prostituierte zu. Ich redete ein paar Minuten mit ihr: Verzweifelter Versuch, ein Stück Realität zu erhaschen. Sie war ein menschliches Wesen und kein Nebel, kein dämlicher Lehrplan, keine abstrakte Hingabe an ein totes Ideal. Sie wissen, Universitäten waren nie mein Fall. Aber dieser Laden macht mich körperlich krank. Es ist ekelhaft. Lassen Sie mich ein wenig zurückdenken – an die Zeit, als ich aus Paris wegging! In letzter Minute die Jagd nach Geld. Wenn du erst einmal in Dijon bist, sagte ich mir ständig, wird sich alles regeln. Ich sah mich die kleinen Schulden zurückzahlen, die sich angehäuft hatten, und im Hintergrund stand unentwegt das Bild von Mallorca.[1]

Es ist mir unmöglich, Ihnen zu sagen, wie elend ich mich jetzt fühle. Vielleicht ist alles in Wirklichkeit nicht halb so schlimm, wie ich es sehe. Aber das ändert nichts. Für mich ist das alles hier absolut wirklich und absolut entsetzlich. Heute nachmittag dachte ich in meinem Kummer an Unamuno – seine Geschichte in der *New Review*. Ich fühle mich jetzt sehr wie der Verbannte, der Ausgestoßene. Die jungen Männer, denen ich mich hier anschließen muß (les surveillants), gehen mir mit ihrer gezwungenen Heiterkeit auf die Nerven. Sie geben sich irgendwelchen Illusionen hin. Sie leben von der Zukunft. Sie sind furchtbar jung und furchtbar romantisch oder zumindest enthusiastisch. Daß sie häu-

1 Als Miller – zwei Jahre nach seiner ersten Europareise mit June – 1930 zum zweitenmal nach Europa aufbrach, war sein Ziel ursprünglich Spanien. Erst in Paris änderte er seinen Plan.

fig bei Tisch singen, würde mich normalerweise freuen. Aber ich merke, daß sie nur singen, um nicht zu weinen.

Heute morgen saß ich in einer Klasse und hörte zu, wie der Fachvorsteher für Englisch unterrichtete. Dieser Mann ist ein perfekter Sadist. Manchmal wäre ich am liebsten aufgesprungen, um ihn zu versprügeln. Und was für ein Unsinn! Stellen Sie sich vor: zwölf- bis vierzehnjährige französische Jungen müssen Dinge wie «John Gilpin's Ride»[1] lesen. Wenn sie nicht richtig antworten, kneift und boxt er sie, nennt sie schwachsinnig und sonstwas. Das Ganze ekelt mich an. Eine Art chinesischer Erziehung, völlig ohne Sinn und Verstand. Beim Hinausgehen sagte er zu mir: «Es ist gut, ihnen schwierige Sachen vorzusetzen; dann bleiben sie auf dem Posten.»

Die Vorstellung war komisch. Monsieur le Proviseur war nicht da. Ich wurde von einem Schwachkopf zum Büro von Monsieur le Censeur geführt. Ein typischer Beamter, der eine Perücke und einen Gehrock trug, einen schmierigen übrigens. Kein Blut in den Adern. Der kommt sofort auf meine Arbeit zu sprechen, führt mich zum Büro von Monsieur l'Économe und zieht sich zurück. Dann nimmt mich ein Zwerg ins Schlepptau – der *chef des garçons*. Wenn Sie Knut Hamsuns *Mysterien* lesen, bekommen Sie ein Bild von diesem Burschen. Schließlich werde ich an den garçon selbst weitergereicht, der ein Holzbein hat, und wir gehen mit einem Schubkarren zum Bahnhof und holen das Gepäck. Dann zeigt man mir, wie der Ofen angemacht wird und ermahnt mich, nur nicht zuviel Holz zu verbrauchen. Alles, vom Holz bis zur Bildung, wird hier nach strengen Regeln in kleinen Mengen ausgegeben. Natürlich ging der Ofen mitten in der Nacht aus, und als ich aufstand, war ich so gut wie erfroren. Kein fließendes Wasser, ein Waschbecken mit schmierigen Ringen drum herum – ohne Zweifel der Dreck meines Vorgängers und so weiter. Den größten Teil der Nacht hindurch lag ich wach und überlegte, was ich tun sollte. Hinzu kam die Furcht, das Frühstück um sieben Uhr dreißig zu versäumen, da ich keinen Wecker habe und man mich von den andern getrennt hat. Das Frühstück war ein Witz. Eine Schale blauen Kaffee, kaum gesüßt, und Brot ohne Butter. Die Mahlzeiten sind dürftig. Um alles noch schlimmer zu machen, wird einem das ganze Essen auf einmal vorgeworfen. Man ißt, so schnell man kann, damit nicht alles kalt wird. Heute abend, zum Beispiel, aß ich die Suppe zuletzt, weil sie am heißesten aus-

1 Gemeint ist die Ballade *The Diverting History of John Gilpin* von William Cowper.

sah. Die ganze Atmosphäre hier ähnelt der in einer Besserungsanstalt. Wenn man abends ausgeht, kann es einem passieren, daß man eine Stunde lang in der Kälte stehen muß, weil der Nachtwächter gerade seine Runden macht. Schlüssel werden nicht ausgegeben, weil sie fürchten, es könnten heimlich Frauen eingeschleust werden. Borniert, trostlos und verrückt das alles.

Wenn die Dinge in etwa einer Woche nicht besser aussehen, werde ich mich irgendwie wieder nach Paris absetzen. Sollte es zum Schlimmsten kommen, kann ich vermutlich mit Fred das Bett teilen oder nach altgewohnter Weise wieder von einem zum anderen wandern und neue Eßgelegenheiten auskundschaften. Paris hat jedenfalls einen warmen menschlichen Pulsschlag. Dies hier ist nichts als Tod und Stagnation. Aber irgendwie ist mein Stolz verletzt. Ob es daran liegt, daß ich zu empfindlich bin oder nicht: ich habe das Gefühl, alle wären mächtig froh, mich loszuwerden. Ich glaube, ich war ein Problem für sie. Und das ist schmerzlich. Der arme Lowenfels, zum Beispiel, wird seine hundert Francs nun nicht bekommen.

Unterbrechung

Die Glocke schlägt zehn. Es klingt wie das Grabgeläut einer Friedhofsglocke, wenn der Leichenwagen durchs Tor fährt. Ich habe es regelmäßig gehört, als ich in der rue Froideveaux gegenüber von der cimetière de Montparnasse wohnte. Denken Sie sich hinzu, daß ich durstig bin und kein Glas habe und daß das Wasser im Waschraum, in dem wir uns zitternd rasieren, nicht trinkbar ist. All diese kleinen Probleme sind so absurd. Und Frankreich schwimmt im Gold ...

Irgendwie fühle ich mich wie Dostojevski, als er die *Aufzeichnungen aus einem Totenhaus* schrieb. Man kommt sich langsam wie ein Tier vor. Und all das geschieht im Namen der Zivilisation, der Kultur, der Bildung und so weiter.

Verzeihen Sie mir, daß ich mich so wild gebärde. Wenn ich in Louveciennes[1] wäre, würde ich das alles lachend erzählen. Mein Gott, Ihr schönes Heim scheint so weit weg, so unwirklich. Wenn man hier durch die Stadt geht, fühlt man, daß jeder ihrer Bürger dies scheußliche, erbärmliche Leben lebt. Kirchen und Denkmäler allenthalben – Überreste einer glorreichen Vergangenheit. Aber düster heute, in der Atmosphäre des 20. Jahrhunderts, in dieser

1 Anaïs Nin wohnte in Louveciennes bei Paris in einem villenartigen Landhaus, das ehedem zum Schloßkomplex der Madame Du Barry gehört hatte.

Zivilisation, die den Menschen noch nicht einmal von seinen materiellen Sorgen befreit hat.

Vor mir auf dem Tisch liegt ein Band Proust. Ich habe nicht das Herz, ihn aufzuschlagen. Einer von Junes Strümpfen, den ich mitgenommen habe, liegt auf der Kommode. Ich putze meine Schuhe damit. Ich kann nicht glauben, daß einmal Junes Bein darin war. Es ist, als wäre ich seit einem Jahr oder länger von Paris fort. Und June? Mein Gott, ich wage nicht, an sie zu denken. Täte ich es, ich glaube, ich würde aufschreien. Ich sitze mit dem Blick auf ein kahles Fenster, das zur Straße hinausgeht. Ich spüre den Drang, es zu öffnen und zu springen. Ein harter Aufschlag und alles ist vorüber. Aber nicht einmal dazu habe ich gegenwärtig den Mut. Nein, ich werde wahrscheinlich bald ins Bett kriechen und beten, daß ich das Frühstück nicht verpasse. Diese entsetzliche, nutzlose Vergeudung ist es, die mich fertigmacht. Ewig enttäuscht zu werden. Furchtbar. Niederträchtig. Ich hoffe, Sie verstehen das.

Ich schicke diesen Brief in die Schweiz. Ich wüßte gern, wie es Ihnen geht und ob Sie wenigstens ein bißchen vorankommen. Das Buch[1] gefiel mir sehr. Ich habe ganz großes Vertrauen in Ihr Talent. Ich war erstaunt, wieviel Sie in so kurzer Zeit geschafft haben. Und ich hoffe von Herzen, daß ich Sie mit meiner Stegreif-Kritik nicht verwirrt habe.

Samstagabend

Die surveillants waren hier auf meinem Zimmer, und wir haben uns gegenseitig unser Herz ausgeschüttet. Gesungen wurde auch wieder. In meinem armseligen Französisch habe ich jedem einzelnen seinen Charakter gedeutet. Dann habe ich ihnen ein wenig von meinem Leben in Paris erzählt. Was ihnen am meisten gefiel, war meine Vorliebe für den Wein. Es sieht so aus, als ob mein Vorgänger so etwas wie ein Aristokrat war. Ich vermute, er war ein Snob. Er mied jeden Kontakt mit ihnen und sprach selbst beim Essen kaum ein Wort. Nun, ich jedenfalls habe stets mit ihnen gesprochen, und drei oder vier lassen mich bereits merken, daß ihnen sehr viel an meiner Freundschaft gelegen ist. Meine offene Art scheint ihnen Eindruck zu machen, und meine Sprache scheint sie nicht wenig zu amüsieren. Sooft ich etwas Witziges (auf französisch) sage, klopfen sie mir auf die Schulter.

1 Anaïs Nins erster titelloser und bis heute unveröffentlichter Roman, dessen Manuskript in der Bibliothek der Northwestern University in Evanston, Illinois, liegt.

Sie drängen mich durchzuhalten. In einem Monat, sagen sie, kommt das gute Wetter, le beau soleil, und man redet von Wein, Frauen, Tanz und gutem Essen. Heute begleiteten mich zwei von ihnen, als ich auf der Suche nach einer Schreibmaschine in der Stadt umherlief. Aber ach! wir mußten uns überzeugen lassen, daß es in Dijon keine Leihmaschine mit amerikanischer Tastatur gibt. Und mit den anderen werde ich nicht fertig, da ich ziemlich rasch und praktisch blind schreibe. Ich bedaure jetzt, daß ich keinen Gebrauch von Ihrem Angebot gemacht und mir Ihre eigene Maschine ausgeliehen habe – oder hat Ihre am Ende auch eine französische Tastatur? Was nun? Hindernisse auf allen Seiten. Ich kann einfach nicht mit der Hand schreiben. Das entspricht nicht meiner Art zu denken.

Jedenfalls bessere ich mein Französisch auf. Aber das ist ein Luxus. Heute kam die Sonne durch, und die Stadt sah gleich erheblich besser aus. Donnerstag, so wurde mir berichtet, kann man duschen – aber nur morgens. Voilà! Heute fand ich die rue Émile Zola. Auf dem Schild war zu lesen: «E. Z. – romancier des idées matérialistes». Auch die Spitznamen sämtlicher surveillants lernte ich heute kennen. Einer darunter, ein mürrischer Bursche, wird ‹Le Pénible› genannt. Ganz hübsch. Er ist gegen den Krieg. Alle sind gegen den Krieg. Aber sie reden sich die Köpfe darüber heiß, ob Frankreich sich bis an die Zähne bewaffnen oder ganz und gar abrüsten soll. Ich glaube, sie mögen mich, weil ich offen mit ihnen rede. Ich sage ihnen klar und deutlich, wofür und wogegen ich bin. Sie sind überrascht und sehr befriedigt darüber, daß ich nicht viel von Amerika halte. Und vor allem: sie freuen sich über meine Schilderungen von Paris – mit la vie bohème, wie es heißt. Es scheint jetzt in der Tat bohèmehaft.

Nachdem sie mich so oft vom vin d'Anjou haben reden hören, haben sie sich entschlossen, mich heute abend in ein Café zu führen und ihn mir zu spendieren. Außerdem haben sie mir versprochen, mich, wie das hier Tradition ist, demnächst zu den bordellos zu begleiten. Nur mal schauen – sagen sie. Sie haben mich bereits warnend darauf hingewiesen, daß es in Dijon eine Menge Krankheiten gäbe. Dijon soll in dieser Hinsicht die zweitschlimmste Stadt in Frankreich sein.

Nun, ich glaube, es ist genug des Klatsches. Bitte, lassen Sie von sich hören. Sollte ich plötzlich davonlaufen, so werde ich eine Adresse für die Post hinterlassen. Ich hoffe, Ihr Aufenthalt in der Schweiz wird der Arbeit förderlich sein.

Ihr ergebener
HENRY

[4. Februar 1932]
Lycée Carnot, Dijon
Donnerstag

Ich weiß nicht, wo ich anfangen soll. Stoff in Hülle und Fülle. Alors, ich habe Ihren Brief bekommen, das Telegramm. Allem voraus: Bravo! Ihr Interesse gibt mir einen ungeheuren Auftrieb – und mehr brauche ich nicht. Es wird nicht nötig sein, nach Paris oder Louveciennes zurückzukehren, wenn ich auch Ihre Gastfreundschaft gewiß sehr zu schätzen weiß. Wir wollen uns die Gelegenheit aufsparen – es könnten einmal schlechtere Tage kommen. Fürs erste fühle ich mich hinreichend gestärkt, um durchzuhalten. Ich glaube, der Umfang dieses Briefes wird meinen wachsenden Mut bezeugen. Die materiellen Handicaps werde ich zu überwinden lernen. Die Schreibmaschine ist alles, was mir fehlt, und ich werde noch heute versuchen, eine der Firmen hier in Dijon dazu zu bringen, eine Maschine aus Paris kommen zu lassen. Sollte dieser Versuch scheitern, so werde ich Ihnen schreiben, das nötige Geld beifügen und Sie bitten, die Sache vom anderen Ende her zu arrangieren (die monatliche Leihgebühr beträgt für gewöhnlich 60 Francs). Außerdem mache ich heute noch «einen Spaziergang» mit dem Fachvorsteher für Englisch, und ich werde ihn fragen, ob er mir helfen kann, Privatschüler zu bekommen. Man sagt mir, er sei, trotz seiner Strenge, seiner sadistischen Anwandlungen im Unterricht, ein netter Kerl.

Vielleicht habe ich wie ein Trauerkloß geklungen. Was für ein jämmerliches Geschwätz mußten Sie über sich ergehen lassen! Zum Kuckuck, ich konnte schließlich nicht erwarten, auf Rosen gebettet zu werden. Wenn ich in Zukunft tobe und wüte, so betrachten Sie das bitte als die Überschwenglichkeit eines Literaten. Alles hat seine zwei Seiten ... Nachdem ich diese praktischen Erklärungen (die ich, weiß der Teufel, hasse) losgeworden bin, will ich gleich noch ein paar andere Entschuldigungen anbringen – und dann zu interessanteren Dingen. Erstens: Verzeihen Sie das Papier. Das gute Schreibmaschinenpapier, das ich noch habe, hebe ich auf, und wenn Sie an diesem Formfehler keinen Anstoß nehmen – nun, um so besser. Vielleicht haben Sie Ihren Spaß an den Gelegenheitsnotizen auf der Rückseite. Ich brauche sie nicht mehr. Zweitens: Verzeihen Sie das Fehlen der Anrede. Ich habe noch immer nicht gelernt, Sie bei Ihrem Vornamen zu nennen, und Miss Nin klingt steif wie eine Einladung zum Tee. Ich würde gern einfach Anaïs sagen, aber das braucht seine Zeit. (Osborn, zum Beispiel, ist für mich immer noch Osborn.)

Wie deutsch das klingt. Na ja, so bin ich nun einmal. Ich nehme an, Sie sind zur Zeit in der Schweiz – schicke den Brief also dorthin. Ich lege Verschiedenes bei: einen eigenen Aufsatz über den «Cirque Medrano» (den Sie mir bitte zurückschicken wollen, da ich in meinem Buch über den Medrano[1] schreiben will), ein paar Notizen über Proust, Auszüge aus *La Nouvelle Revue Française* und so weiter. Von diesen Auszügen werde ich, wenn Sie daran interessiert sind, Maschinenabschriften machen. Deshalb möchte ich sie zurückhaben. Ich finde sie gut – sehr gut, wie in dieser Arbeit der Unterschied zwischen Frankreich und der übrigen Welt dargestellt wird. Und dabei stammt sie von einem Deutschen.[2] Ich fand sie in der Dezember-Ausgabe 1931. Dort stieß ich auch auf eine kurze Erzählung von C. F. Ramuz mit dem Titel «Le Cirque», die mir sehr gefiel. Vielleicht um so mehr, als ich in Dijon bin, wo man «von 7 bis 9 Uhr abends ein wenig frische Luft schnappt – et c'est tout». Sie werden besser begreifen, was das heißt, wenn sie die Erzählung lesen. Manchmal glaube ich, mein Verhältnis zur französischen Literatur ist ein wenig schief. Sie klingt so schön für mich, weil es in ihr immer noch Bereiche des Geheimnisvollen, Unbestimmten gibt, die meine Einbildungskraft beinahe schwärmerisch ausfüllt. Die Sprache von Curtius hingegen genieße ich wegen ihrer Klarheit und Präzision. Bei «Le Cirque» ist das ganz anders.

Was Proust [*Auf der Suche nach der verlorenen Zeit*] betrifft, so habe ich von Zeit zu Zeit hineingeschaut. Gestern abend eine bittere Pille im Café Miroir, einem riesigen, trostlosen Lokal mit Orchester. All die Konzertnummern, bei denen einen die Melancholie packt: das «Zigeunermädchen», «Mignon», die «Elegie» von Massenet, Rudolphs «Narrative» und so weiter; es ist einfach phantastisch, wie die Franzosen herumsitzen und so tun, als genössen sie diese Musik. Entweder haben sie keinen Geschmack, oder sie sind ästhetisch verhungert. Sie sitzen und sitzen – es macht einen verrückt! Aber Prousts Stil! Wie orthodox klingt er jetzt in meinen Ohren, da ich ihn auf französisch lese (und übrigens, mit Ihrer Erlaubnis, meine Zeichen an den Rand mache). Was mag nur die Erregung bewirkt haben? Sieht man von der wuchernden Sprache ab, so gibt es hier nichts, was erschrecken könnte. Der Stil scheint absolut konventionell, beinahe klassisch. Aber oh! welcher Genuß. Jenes unaufhörliche Zerreißen von Schleiern, jene furchtbaren Einblicke in die Wirklichkeit, in ein

1 Nach seinem Besitzer benannter Zirkus in der Pariser rue des Martyres.

2 Ernst Robert Curtius: «Abandon de la culture».

Schicksal, das um so grausamer wirkt, weil es so fremd ist. Selten nur findet sich hier das, was man Tiefe nennen könnte. Nein, auch in dieser Hinsicht ist sein Werk durch und durch französisch – hier wird mit dem nackten Auge geschaut, mit Vernunft und Intellekt erfaßt und gebändigt. Und immer (wie Curtius so deutlich macht) die Form! Ja das! Das ist es, was ich erreichen möchte.

Heute, zum Beispiel, vermisse ich meinen Freund Monsieur Renaud, der nach Beaune gefahren ist, um seine Familie zu besuchen. Monsieur Renaud ist kaum einundzwanzig Jahre alt. Er wird einmal Deutschlehrer werden. Gestern abend ging ich allein in die Stadt. Auf meinem Heimweg kam ich, durchdrungen von Albertine[1], an der St. Michael-Kirche auf der place Edgard Quinet vorbei. Von diesem Platz aus gelangt man in eine schmale Gasse, rue de la Monnaie genannt – eine herrliche alte Gasse. Als ich stehenblieb und einen letzten Blick auf die Kathedrale warf, erinnerte ich mich, daß ich das erste Mal mit Monsieur Renaud hier gewesen war. Monsieur Renauds Worte – glauben Sie mir: nicht weniger großartig als Prousts eigene Beschreibung der Turmspitzen von Martinville, des Blicks auf das Meer bei Elstir oder der Stilleben im Hotel von Baalbek. Monsieur Renaud ist einer von den geborenen Schriftstellern (obgleich er selber das noch nicht ahnt). Die Sprache gibt ihm eine magische Kraft. Er beschreibt – zuerst ganz einfach. Dann greift er das Beschriebene noch einmal auf, differenziert es, gestaltet es, malt es aus, spielt mit seinem Gegenstand und geht allen Nuancen und flüchtigen Gedanken nach, die er evoziert. Und auf das Konkrete, das Plastische folgt mit Notwendigkeit das Allgemeine: das Metaphysische, die Erörterung, die Form, die Einschätzung. Einundzwanzigjährige dieser Art sucht man in Amerika vergebens. Er ist erfahren, klug. Seine Toleranz, seine Urteilskraft, sein Scharfblick – einfach verblüffend. Phänomene wie dieses sind es, an die ich denke, wenn ich sage, daß alles «seine zwei Seiten» hat. Ich kann viel von ihm lernen. In ihm konkretisiert sich die Schönheit, die Weisheit Frankreichs. Hut ab vor Monsieur Renaud!

Da ich vorerst keine Gelegenheit haben werde, mit Ihnen lange Diskussionen zu führen (außer vielleicht zu Ostern; oder werden Sie dann wegfahren?), bleibt uns nichts anderes übrig, als die Dinge brieflich durchzuhecheln. Bitte, bewahren Sie die Notizen, die ich Ihnen schicke, auf, wenn Sie sie gelesen haben. Wie ich Ihnen schon sagte, blieb sehr viel in den Roman [*Crazy Cock*] ungesagt. Ich will darauf zurückkommen, will es ergänzen, indem

1 Vgl. Proust: *Auf der Suche nach der verlorenen Zeit.*

ich einiges von meinem Material in das neue Buch [*Wendekreis des Krebses*] einbaue. Natürlich haben Sie erraten, wie kostbar diese «Albertine» für mich sein muß. Ist nicht June sehr ähnlich – viel komplizierter vielleicht, orchestrierter gleichsam? Wieviel mehr Rätsel muß ich lösen als Albertine aufgibt? Wieviel mehr weiß ich, habe ich erlebt, ertragen, erahnt, entdeckt – und dennoch, wieviel liegt jenseits der Erkenntnis! Darum ist die Lektüre von Proust eine Form des ekstatischen Leidens. Und dann – jenseits von June – der ganze Bereich meiner persönlichen Erfahrungen ... Mein Gott, der Gedanke, daß auch nur ein einziger Tag ohne Schreiben vergehen muß, macht mich verrückt. Ich werde das nie, nie wieder aufholen. Das ist ohne Zweifel der Grund für die Vehemenz, die Verquältheit, die meine schriftstellerische Arbeit kennzeichnet. Es ist die Verzweiflung ... Und gleichzeitig wächst eine gewisse harte Selbstsüchtigkeit – oder Egozentrik. Ich weiß nicht, ob ich langsam zum Solipsisten oder zum Narzißten werde. Die Welt kreist mehr und mehr um mich, in mir. Die Idee dieses Krans, «das Provinzleben, die französischen Sitten oder die Eigenart der Universitäten zu studieren» – wie blaß, wie vage, wie lächerlich wirkt das alles. Was habe ich mit all dem zu schaffen? Gott, ich spüre, daß ich jemand bin, eine Kraft, eine Notwendigkeit – und irgendeine köstliche Ironie will es, daß ich in eine Wüste verpflanzt bin mit einem absolut sinnlosen, lächerlichen Auftrag.

Ja, ich hoffe, Anaïs, daß Sie schreiben werden. Ich habe viel zu sagen, was nicht in Bücher paßt. Und ich will wissen, was Sie denken. Ich komme noch einmal zurück auf Ihr Buch, auf meine ersten, lebhaften Eindrücke. Die unglaubliche Schönheit gewisser Passagen. Vor allem die Sicherheit, die Spannweite, die ich leider niemals erlangen werde. Die Zusammensetzung Ihres Blutes, Ihr Erbe hat Sie, ohne daß Sie selbst es wissen, vielleicht vor Problemen und Schmerzen bewahrt, die die meisten Schriftsteller zu durchleben verpflichtet sind. Sie sind Ihrem Wesen nach Künstlerin, ob Sie nun eine kleine oder eine große Leinwand wählen. Sie haben, durch Ihr Fühlen allein, eine Kraft, die Ihre Leser fesseln wird. Nur: Hüten Sie sich vor Ihrer Vernunft, Ihrem Verstand. Versuchen Sie nicht, Lösungen zu bieten. Versuchen Sie statt dessen – wenn Sie mir den Rat verzeihen –, Probleme, Fragen aufzuwerfen. Kultivieren Sie den Wahnsinn. Laufen Sie nicht vor ihm davon. Im Wahnsinn liegt Weisheit für den Künstler. Lassen Sie sich alles zu Kopfe steigen und lassen Sie es dort sieden. Sie besitzen die Form, die Herrschaft über Ihr Medium. *Predigen Sie nicht!* Keine moralischen Schlußfolgerungen. Es gibt ohnehin keine. Nein, ich erinnere mich an die Passage (sie wird mir nie aus dem Sinn gehen) – der Gesang, oben im Bug. Wie war der genaue Wortlaut? Oh, das war glänzend. Und nicht nur dies, auch anderes hier und dort. Ja, glauben Sie mir – Sie haben es geschafft. Ich gratuliere Ihnen. Zögern Sie nicht. Schreiben Sie weiter! Schreiben Sie, auch wenn Sie von der Schweiz nach Timbuktu reisen, obgleich es mir persönlich ein Rätsel ist, warum Louveciennes nicht ausreichen sollte.

Ich selber habe gelernt, beinahe überall zu schreiben. Was an Dijon schlecht war, habe ich bereits zum Guten gewendet. Sie sollen sehen, daß ich hier schreiben werde. Es ist gut, daß ich keinerlei Kontakte habe. Vorerst lese ich viel und bringe mich gleichsam zur Ruhe. Ich höre immer noch das Blut in meinen Ohren hämmern. Manchmal erschreckt mich das. Ich speichere alles auf, bis morgen die Maschine kommt. Ich werde im wahrsten Sinne des Wortes über sie herfallen. Eine ungeheure Menge Fingerarbeit. Ich liebe allein schon ihren Klang, wenn ich con furioso in die Tasten greife. Später, wenn ich Zeit dazu habe, werde ich eine Abschrift der Aufzeichnungen über June für den Roman machen. Wenn es Ihnen keine allzu große Mühe macht, schicken Sie mir in der Zwischenzeit doch bitte alles, was Sie mir von Ihren Notizen über sie geben wollen. Die Seiten über «The Mansfield Woman»[1] habe ich hier, aber sie kommen mir blaß vor und ich halte sie, jedenfalls vorerst noch, zurück. Es scheint Ewigkeiten her, daß June bei mir in Paris war. Könnten Sie sich vorstellen, daß sie durch die Straßen von Dijon geht? Wie fatal wäre es gewesen, sie mit hierherzubringen. Wir wären inzwischen beide wahnsinnig.

Ich mache mir Notizen über das Leben hier, und wenn ich die Schreibmaschine habe, werden Sie einen ausführlicheren Bericht bekommen. Ich bin weit davon entfernt, tot zu sein. Es tut sich trotz allem etwas. Nichts Überwältigendes, aber es hält einen aufrecht. Ich habe mir vorgenommen, *Le Journal de Salavin* zu übersetzen. Das ist ein härterer Brocken, als ich zunächst dachte.

Übrigens, der bekannteste amerikanische Autor hier ist Jack London. Das wird mir von allen Seiten bestätigt. Auch Sinclair Lewis' *Babbitt* ist beliebt. (Heute im Refektorium erfuhr ich, daß überdies *Der alte Seefahrer* hoch im Kurs steht.) Wie ungewöhnlich. Ich habe die «surveillants» bereits mit dem Virus Spenglers infiziert. Erstaunlich, was man in einer fremden Sprache zustande bringen kann, wenn man dazu gezwungen ist. Stellen Sie

1 June Smith nannte sich gelegentlich «June Mansfield».

sich vor: ich erkläre Spengler auf französisch – oder etwa (wie ich es gleich am ersten Tage getan habe) *Die Physik der Liebe* von Gourmont. Die Jungens haben das wahrhaft verschlungen. Besonders als ich auf den liebenden Elefanten zu sprechen kam. Einige von ihnen bleiben länger, als sie eigentlich müssen – augenscheinlich aus Interesse am Englischkurs. Ich verhalte mich ihnen gegenüber ganz zwanglos, mache Witze und so weiter, und stehe rauchend am Ofen. Einer der Jungen hat versprochen, mich in die Geheimnisse des Spanischen einzuweihen.

Halt. Wunder der Wunder! Gestern abend gab es eine Massenversammlung, auf der es um das Thema Rußland ging. Und wer war der Hauptredner: der Mann, der am Lycée Griechisch und Latein unterrichtet. Es war eine herrliche Geschichte. Ich habe ohne Schwierigkeiten neun Zehntel mitbekommen. Der Professor war ein glühender Kommunist. Unter den Zuhörern saßen seine Kollegen mit ihren Frauen. Gegen Ende kam es zu einem Tumult – wegen einiger böser Bemerkungen an die Adresse von Monsieur le Curé. Die Menge ganz im Stil des Rabelais – oder besser: ganz burgundisch. Ein Riesenspaß für mich. Ich bedaure jetzt, daß ich in Paris soviel Zeit unter Amerikanern verschwendet habe.

Im Refektorium hat «Paulchen» (ein surveillant, ein Dandy, ein Reaktionär) an die Tafel geschrieben: «À partir de jeudi je ne parlerai plus de femmes!» Um das würdigen zu können, muß man Paulchen kennen. Er ist Südfranzose. Es gibt hier mehrere Jungen aus dem Midi – sie sind die besten. Lebhafte, gesunde, unbekümmerte Burschen. Heißblütig. Leidenschaftliche Debatierer, die sorglos mit der Flasche umgehen. Deftig ... So, der Professor erwartet mich. Wir wollen einen Spaziergang machen. Bis auf weiteres halte ich die Festung. Heute gab es Gänseknochen zu Mittag. Das Essen bessert sich.

Herzlichst
HENRY

Postscriptum
Der Professor und ich sind durch die ganze Stadt gelaufen, und kein Geschäft war bereit, eine Maschine von Paris anzufordern. Darf ich Sie noch einmal behelligen und Sie bitten, sich bei irgendeiner Agentur in Paris zu erkundigen, ob sie bereit ist, mir eine Schreibmaschine zu schicken. Ich hege langsam erhebliche Zweifel. Vielleicht werde ich selbst nach Paris fahren müssen, um sie zu holen. Ich hoffe nicht.

Der Professor ist soeben gegangen. Zuerst wollte er mit mir in den Park gehen («die Natur ist immer schön», sagte er); aber es war leicht, ihn umzustimmen. Wir hatten ein recht interessantes

Gespräch über Literatur und kamen prächtig miteinander aus. Was die Privatschüler betrifft, so klingt er nicht sehr zuversichtlich. Aber ich denke, irgend etwas wird sich schon ergeben. Wie gewöhnlich. Der Professor hat mir eine Menge Bier gegeben, und ich kann nichts damit anfangen. Es ist Donnerstag, aber alles ist wie am Sonntag. Das Orchester hat gerade «Wenn die Blumen nur Augen hätten» von Massenet gespielt. Abscheulich!

Habe ich Ihnen erzählt, daß die *surveillants* die Angewohnheit haben, bei Tisch zu rülpsen? O ja! Es ist so etwas wie ein allgemeiner Wettstreit. Nur Monsieur le Prince rülpst nicht. Er ist Sportler. Er hält sich stets in bester Verfassung. Trinkt nicht einmal Wein – oder zumindest très peu.

Hier nun, nach einem mehrstündigen Gespräch mit dem Professor, eine Liste dessen, was er mag und nicht mag. Er ist:

für	*gegen*
O'Henry	Proust
Norman Douglas	Wm. James
Sinclair Lewis	Huxley
Anatole France	André Gide
James Joyce	Dostojevskij
H. L. Mencken	Paul Valéry
Dickens	*La Nouvelle Revue Française*
Duhamel	die Sowjets
Dos Passos	Jack London
Remy de Gourmont	Theo. Dreiser
Nietzsche	H. G. Wells
Ruskin	Bernard Shaw
Robinson Jeffers	Ibsen
Walt Whitman	Strindberg
	Carlyle
	McFee
	Emerson

Lücken:

Élie Faure, Spengler, Henri Fabre, Jean Cocteau, W. H. Hudson, Thoreau, Gertrude Stein.

Übereinstimmungen:

Wir sind beide gegen Amerika. Wir sind gegen den Krieg. Wir sind für: Wein, Weib und Gesang, gutes Essen, bequeme Sitzgelegenheiten, Kinos mit Ventilation, den Sommer, die Rückkehr zum status quo ante.

Sie sehen, alles in allem haben wir genug gemeinsam, um miteinander auszukommen. Einiges werde ich mir für den nächsten Brief aufbewahren.

HVM

Sonntag, den 7. Febr. 1932
Lycée Carnot

Proust steigt mir zu Kopfe. Ich nähere mich dem Ende des ersten Bandes [*In Swanns Welt*] und habe bewußt die Lektüre abgebrochen, weil ich meinen Genuß und meinen Schmerz rationieren will. Ich habe an der Stelle unterbrochen, wo ein Brief von Aimé schildert, was zwischen Albertine und der kleinen blanchisseuse geschah. («Tu me mets aux anges» – erinnern Sie sich daran?) Es scheint, daß meine Anmerkungen zwischen den Zeilen, meine schwärmerischen Notizen häufiger werden, je tiefer ich in dieses Buch eindringe. Wahrhaftig, diese symphonische Behandlung der Eifersucht ist so ungeheuerlich, so lückenlos kommentiert und dokumentiert, daß sie den Gegenstand erschöpft. Das einzige, was sich mir zum Vergleich anbietet, ist die Meisterschaft der Form, die Bach in seiner Musik erlangte.

Ich stehe in Flammen, wenn ich *Albertine* gelesen habe. Nur das hindert mich daran, jede Zeile anzustreichen. Dieser Mann scheint mir die Worte aus dem Mund zu nehmen, mich meiner ureigenen Erfahrungen, Gefühle, Gedanken, Erkenntnisse, Ahnungen, Traurigkeiten, Qualen und so weiter und so weiter zu berauben.

Ich frage mich – stehe ich allein mit diesem Gefühl, oder haben es all jene, die Proust gierig verschlingen? Wohlgemerkt, in diesem Buch ist es weniger – weit weniger – die Schönheit der Sprache, der Nuancenreichtum und so weiter, was mich fesselt. Mich faszinieren Inhalt und Gefühlslage. Ich kann nur wiederholen – es ist, als habe er das alles für mich persönlich geschrieben. Und deshalb frage ich mich sehr ernsthaft, was andere darin finden, Menschen, die diese eigentümliche Erfahrung nicht gemacht haben. Statt der Anhäufung von Details, der leicht variierenden Wiederholungen, die er so geschickt handhabt, überdrüssig zu werden, bin ich gefesselt und fürchte das unausweichliche Ende. Aber die Art, wie er seinen Gegenstand behandelt, kennt im Grunde kein Ende. Sie ist grenzenlos wie das Universum selbst.

Heute nachmittag las ich ihn im Café Miroir (der tristen *salle,* von der ich bereits sprach). Der Laden war überfüllt, und zwischen den Krämpfen des Orchesters wurde applaudiert und geredet. Obgleich ich (wegen des französischen Textes) mit äußerster Konzentration lesen mußte, blieb ich fasziniert dabei, und weder die Musik noch der Beifall störte mich im geringsten. Von Zeit zu Zeit blickte ich auf und ließ meine Augen der Kette der cafés crèmes folgen, die von einem Ende des Raumes zum anderen lief. Es gibt auch Typen hier, die mich interessieren, und ich dachte zwischendurch immer wieder ein bißchen über sie nach. Ich meine besonders die Frauen – Frauen, über die Flaubert geschrieben hätte. Einige unter ihnen tragen Zeichen des Leidens – eine gehetzte Angst in den Augen – Angst, keinen Mann zu bekommen, Angst, ihr ganzes Leben lang an diesen trostlosen Ort gefesselt zu sein. Da war besonders eine (ich hatte sie zuvor schon einmal unten im «caveau» gesehen): Sie war ganz die Dame, die Frau mit Geist und Sensibilität. Ein Gang, um den eine Königin sie beneiden könnte. Und dazu eine prachtvolle Figur. Leider ist sie nicht hübsch – wenngleich sie auch nicht häßlich ist (wie die meisten Frauen hier). Nein, nur ein wenig âpre ist sie, ein Zug von Grausamkeit oder Kleinlichkeit um den Mund, eine gewisse Art, verächtlich die Nase zu rümpfen, die später, wenn sie verwelkt, allzu quälend sein wird. Jetzt könnte sie vielleicht noch gerettet werden – aber wo ist der Mann?

Fast hätte ich den Mut aufgebracht, zu ihr hinüberzugehen und sie anzusprechen. Aber wenn sie mein Französisch gehört hätte, wäre sie sofort argwöhnisch geworden – und hätte nicht geglaubt, daß ich nur mit ihr reden wollte.

Noch eine Abschweifung, wenn Sie erlauben. Gestern abend schleppten mich die Burschen von einem *bal* zum andern. In einem der Lokale sah ich ein Mädchen (man sagt mir, sie sei eine Hure), in die ich augenblicklich vernarrt war. Glückwünsche und Schulterklopfen zu meiner Wahl! Aber was sie nicht bemerkten, war, daß es mich hart erwischt hatte. Wissen Sie, diese Jungen nehmen derlei Dinge so herrlich leicht. Ihr Beifall wäre nicht anders gewesen, wenn ich, zum Beispiel, einen besonders erlesenen Wein bestellt hätte. Nun, ich tanzte nicht mit der jungen Dame. Ich saß und schaute zu, wie sie mit anderen tanzte. Ich spannte mich bewußt auf die Folter, indem ich beobachtete, wie ungezwungen die anderen sie behandelten. Ich überließ mich der Vorstellung, wie gleichgültig sie sich dem ersten besten Bewerber hingeben würde. Und ich, ja, ich wäre bereit gewesen, vor ihr auf die Knie zu sinken. Wenn sie in meine Richtung sah (und sie schaute durch einen hindurch, ohne jede Gemeinheit oder Dreistigkeit), begann ich regelrecht zu zittern. Ich finde mich mit der Vorstellung ab, daß sie unerreichbar ist. Ja, ich *will*, daß sie es ist. Ich will das Gefühl haben, ihr eines Tages, wenn ich durch die Straßen gehe, begegnen und, ohne das sie es weiß, in einiger Entfernung folgen zu können. Erst eine Woche hier und voilà, une femme! Immer auf der Suche nach etwas, das ich anbeten kann. Immer die wählend, die ohne Mühe zu haben sind. Was für ein Schauspiel!

Auf dem Heimweg ein sonderbarer kleiner Zwischenfall. Zwei junge Frauen vor mir. Recht hübsch. Plötzlich läßt die eine ihre Handtasche fallen, und all ihre Habseligkeiten ergießen sich auf die Straße. Ich bücke mich instinktiv und beginne, die verstreuten Dinge aufzusammeln (und präge mir gleichzeitig ein, wie sie aussehen). Die Frau beugt sich ebenfalls herab; unsere Hände berühren sich. Und dann, als sie sich aufrichtet – «C'est *trop* aimable. Merci bien, monsieur.» Ich ziehe bloß meinen Hut. Ich habe völlig vergessen, wie man auf französisch «keine Ursache» sagt. Ihre Stimme hypnotisierte mich, die Art, wie sie die einzelnen Worte betonte. Und überdies: sie hatte «trop aimable» gesagt, und mein Gehirn arbeitete fieberhaft, um herauszufinden, ob das ein Ausdruck besonderer Freundlichkeit war oder nichts als eine Variation des üblichen. Und nicht nur das: die *liaison* zwischen dem «p» und dem «a». Es war das zweite Mal, daß ich sie bemerkt hatte – und – töricht oder nicht – ich finde sie hinreißend. «Trop heureux», «trop aimable». Ja, und ihre Hand berührte die meine. Ob zufällig oder mit Absicht, ich weiß es nicht. Vielleicht hatte sie ihre Handtasche absichtlich fallen lassen. Nein. Aber warum kicherten sie dann, als ich weiterging, nachdem ich meinen Hut gezogen hatte?

Das erinnerte mich daran, daß ich Flauberts *Buvard et Pécuchet*[1] lesen muß. Monsieur Renaud kennzeichnet es als ein Buch, das von zwei Idioten handelt. «Idioten?» frage ich. «Sind Sie sicher?» – «Oui, idiots», antwortet er. Und als ich begeistert sage, ich müsse es augenblicklich lesen, wenn es wirklich von zwei Idioten handele, meint er: «Vraiment, vous êtes amusant.»

Monsieur Renaud und ich haben uns die Köpfe heiß geredet über eine Erzählung in *La Nouvelle Revue Française* (Dezember 1931) mit dem Titel «Le Cirque». Er findet die Sprache idiotisch. Es sind nicht genügend «verbs» darin. Der Grundgedanke ist gut, aber was hätte ein Flaubert daraus gemacht! Ich halte hartnäckig dagegen, daß Flaubert nichts daran hätte besser ma-

1 Gemeint ist *Bouvard et Pécuchet.*

chen können – ja, daß er die Erzählung vermutlich um ihren Reiz gebracht hätte. Wir kreisen unentwegt um das Thema der Form – der klassischen Form. Andererseits stimuliert mich Monsieur Passeleau, mit seiner Bewunderung für Rabelais, Villon und Ronsard. Er nennt Verlaine den größten französischen Dichter und spricht mir Verse vor (impairs toujours, beharrt er). Mit dem Wort «impair» verbindet sich für mich die Erinnerung, daß es bei der Métro-Station d'Iéna, glaube ich, und vielleicht auch in «Marbeuf» Pfeile gibt mit der Aufschrift «Numéros Impairs». Es dauerte Ewigkeiten, bis ich dahinterkam, daß das «ungerade Zahlen auf dieser Straßenseite» heißt. Sie sehen, kuriose Dinge gehen in meinem Kopf vor, wenn ich der französischen Sprache lausche. Während Monsieur Passeleau sich verzückt über *La colline inspirée* ausläßt, frage ich mich, ob Maurice Barrès ein uneheliches Kind der Sarah Bernhardt gewesen sein mag. Wenn er «François Ier» sagt, fällt mir die verrückte Treppe in Fontainebleau ein – und mit dem besten Willen nichts anderes. Ich brenne langsam darauf, mich ernsthaft mit der gesamten französischen Geschichte zu befassen – von den frühesten Zeiten an.

Heute beim Abendessen gibt mir Monsieur Renaud das Buch über New York zurück, das ich ihm geliehen habe. Das beste in dem ganzen Buch, sagt er, sei dies: «L'écrivain américain a beaucoup à dire, mais il ne sait pas encore s'exprimer. Tandis que vous, en Europe, vous avez maté l'expression, mais vous n'avez plus à dire.»

Kurz vor diesem Satz sehe ich ein Zitat von Waldo Frank: «L'Amérique est un géant inquiet, mais encore sans parole.»

Aber nun zurück zu Proust. Sobald ich den ersten Band durchgelesen habe, werde ich ihn an Sie abschicken (wenn Sie ihn nicht bereits haben). Ich möchte, daß Sie die Stellen, die ich angestrichen habe, lesen und sich das Ganze einmal durch den Kopf gehen lassen. Es wäre wunderbar, wenn wir uns darüber aussprechen könnten, sobald ich wieder in Paris bin. Über diese Abschnitte zu schreiben, wird eine ungeheure Geduld erfordern. Dennoch würde ich mich über einige Zeilen dazu freuen, wenn Sie inzwischen Zeit und Lust haben, sie für mich aufzuschreiben. Mich würde ungeheuer interessieren, wie ein weiblicher Geist darauf reagiert.

Die große Frage, die mich ständig beschäftigt, betrifft Albertines Geschlecht. Ist es wahr, daß das Modell für Albertine ein Mann, ein Homosexueller, war? Es geht, wie Sie wahrscheinlich wissen, das Gerücht um, daß Albertine noch lebe und des öfteren in den Trois Colonnes in der rue de Lappe zu sehen sei. Ich ging einmal hin und versuchte, etwas darüber herauszufinden, erfuhr aber nicht das geringste. Mir persönlich fällt es schwer, diesem Gerücht zu glauben. Ich versuchte, gewisse Stellen noch einmal zu lesen und mir dabei ständig vorzustellen, daß Albertine keine Lesbierin, sondern ein Homosexueller sei. Manche sagen: es ist gleichgültig, es läuft auf dasselbe hinaus. Aber ich bin sicher, Sie werden mir zustimmen, wenn ich sage, daß es keineswegs auf dasselbe hinausläuft. Wir wissen, zum Beispiel, daß Proust geheiratet hat (stammte die Frau nicht aus der Familie Bergsons?). Auch Wilde war verheiratet und hatte, glaube ich, sogar Kinder. Aber Wilde war ein übersättigtes Individuum; von Proust kann ich mir das nicht vorstellen – und wenn er ein Homosexueller gewesen wäre, dann kann ich mir nicht vorstellen, warum er geheiratet haben sollte. Aus welchem Grund? Hinzu kommt sein Abscheu vor dem Gedanken an eine perverse Albertine – ein Abscheu vor der Sache selbst, soweit ich sehen kann. Und schließlich all die grausamen Schilderungen von Homosexuellen und Perversen. (Könnte man sich so gegen die eigene Person wenden, so sich selbst in Stücke reißen?) Ich zweifle, ich zweifle. Und dennoch: June, zum Beispiel, zeigte meinen Roman einem Mann, der sie liebt, und der hielt ihn für ihren eigenen, meinte aber gleichzeitig, die Frau (von der er annahm, es sei June) sei widerwärtig, gemein und so weiter. Glaubte er wirklich, sie könne so über sich selber schreiben? Er gilt als durchaus intelligent. Ich kenne ihn nicht. Was für ein Vergnügen wäre es, ihn auszuhorchen, wenn ich ihm einmal über den Weg liefe. Auch der Homo glaubte, sie sei der Autor; und er ist ein kluger Kopf – péniblement. Er war es auch, der behauptete, Proust sei homosexuell gewesen – «ein großer Homosexueller» –, und er sah mich verachtungsvoll an, als ich mich skeptisch zeigte. Er sagte dem Sinne nach, meine Stumpfheit sei typisch maskulin. Er wies darauf hin, daß Prousts übermäßiger Gebrauch ornamentaler Stilmittel, seine sinnlichen Züge, seine Vorliebe für den Klatsch und seine Boshaftigkeit im Hinblick auf gewisse Gestalten nur zu eindeutig Manifestationen seiner Homosexualität seien.

Aber auch wenn ich mir all das vor Augen halte, bin ich nicht überzeugt. Wenn ich für Gilberte, die Herzogin de Guermantes, Odette und so weiter und so weiter eigentlich Herr Soundso einsetzen müßte, nun, dann ist er wahrhaft ein brillanter Akrobat. Aber auch ohne das ist er brillant. Auch ohne das erhalten wir eine umfassende und unvoreingenommene Darstellung des Bereichs der Homosexualität. Sie scheint erschöpfend. Sie erinnern sich gewiß, daß er das ganze Werk ursprünglich *Sodom und Go-*

morra nennen wollte. Ich frage Sie: Hält ein wirklicher Homosexueller seinen Himmel für Sodom und Gomorra?

Ich stehe vor einem Rätsel. Wenn Sie irgendeine verläßliche Auskunft zu diesem Thema beibringen könnten, wäre mir wohler.

Erzählen Sie mir ein wenig über *Buvard et Pécuchet*[1] und *La colline inspirée.*

Ich habe herausgefunden, daß sich die Bordelle ganz in der Nähe des Lycée befinden. Die Straße hat den herrlichen Namen «Philibert Papillon, Bibliographe». Bisher bin ich noch in keinem von ihnen gewesen, aber von außen sehen sie freundlich aus. Eines hat ein hübsches, kleines Nebengebäude, aus dem der Duft von gebratenen Hähnchen, Pommes frites, Knoblauch und so weiter aufsteigt. Wäre mein seemännischer Freund hier, er hätte bereits die Bekanntschaft der Madame gemacht und seine Freunde zum Essen in der rue Philibert Papillon eingeladen. Auch ich hätte nicht übel Lust dazu. Ich bin überzeugt, daß dort besser und vergnüglicher gegessen wird als hier.

Übrigens, die Unterhaltung bei Tisch ist ebenso unbeschreiblich wie die Sitten. Ganz und gar Rabelais. Keine Lüsternheit, aber viel Genüßlichkeit und ein unstillbares Verlangen nach Sinnenfreude. Alles wird mit den Geschlechtsorganen und dem Akt der Darmentleerung in Verbindung gebracht. Rülpsen aus allen Himmelsrichtungen und Handgemenge um das letzte Stückchen Fleisch und den letzten Krümel Kuchen. Das einzige, was übrigbleibt, ist der Wein – und der bietet dann mir Gelegenheit zur Demonstration meiner schweinischen Wesenszüge. Manchmal verzichte ich um des Schauspiels willen auf meinen Anteil am Essen. Die Balgerei, die dadurch ausgelöst wird, ist prachtvoll. Sie stürzen sich darauf wie eine Meute Hyänen. Die Unterhaltung bei Tisch ist für mich nahezu unverständlich. Später wird mir alles erklärt. Und wohlgemerkt, dieselben Burschen, die noch einen Augenblick zuvor diesen Jargon von sich gegeben haben, entzücken mich dann mit der Reinheit ihrer Sprache. Jetzt oder nie werde ich Bekanntschaft mit der Dichtung Rimbauds und Verlaines machen.

Zum Schluß ein paar Zeilen von Proust, die mich aufgerüttelt haben:

«Je me disais, ‹Elle aime peut-être les femmes›, comme on dit ‹Je peux mourir ce soir›; on se le dit, mais on ne le croit pas, on fait des projets pour le lendemain.»

Herzlichst
HENRY V. MILLER

1 Vgl. Anm. 1, S. 53.

[12. Februar 1932]
Dijon, Lycée Carnot, Freitag

Anaïs –
Gestern um Mitternacht lagen so viele Notizen auf meinem Tisch herum, daß ich – außerstande, sie in ein System zu bringen und einen zusammenhängenden Brief zu verfassen – verzweifelt aufgab und ins Bett ging. Das Zimmer ist unendlich viel wohnlicher geworden, seit ich (nach zwei Wochen) herausgefunden habe, daß man das Licht verändern kann. Ich muß sagen, daß ich dem großen Kohlenkasten nicht wenig zugetan bin. Er ist das beste Stück des ganzen Raumes.

Gegenwärtig ist es eiskalt (ebenso wie in Paris, nehme ich an) und sämtliche sanitären Anlagen außer Betrieb, weil sie eingefroren sind. Dadurch ist das ganze Lycée aus den Fugen geraten. Das bedeutet eine Existenz, wie Sie Ihnen in den *Aufzeichnungen aus einem Totenhaus* lebendig vor Augen geführt worden ist. Dazu müssen Sie sich vorstellen, daß wegen des schlechten Essens hier jeder Verstopfung hat – das heißt gerade in dem Augenblick, wo die sanitären Anlagen ausfallen, nimmt jeder Abführmittel. Wenn ich mich stets vor den Schützengräben gefürchtet habe, so hatte das seinen Grund weitgehend in meinem Grauen vor Ungeziefer, in dem Mangel an sanitären Einrichtungen; vor den Kugeln fürchtete ich mich nicht. Das hier jedoch unterscheidet sich kaum vom Leben im Schützengraben.

Deshalb versetzte mir alles, was Sie über Dostojewskij sagten, einen Schlag. Gestern abend ging es mir unentwegt im Kopf herum. Es scheint mir, daß Sie alles, was Sie gegen ihn vorbrachten, im weiteren Verlauf wunderschön wieder zurücknahmen. Ich fand die Zeile «ahnt etwas so Ungeheuerliches, daß er wie ein Medium schreibt» sehr gut; glänzend. Natürlich «konnte er das ungeheure Chaos nicht ordnen». Aber allein der Versuch! Und was tut es, wenn man sich darin wälzt? Es ist ein Bad in dem reichsten Strom, den wir kennen. Und als ich in Ihrem Brief las: «Er hat die Psychologie nicht mit beiden Händen gepackt», sagte ich mir: «Zum Glück nicht!» Die Psychologie ist der Versuch, das Namenlose zu benennen. Sie wissen, daß alle Jubeljahr die Terminologie sich ändert und mit ihr die Theorien, die Deutungen und so weiter.

Es ist schade, daß wir nie wieder die Gelegenheit haben werden, einen Mann zu lesen oder zu sehen, der inmitten des Geheimnisses steht, der durch seine Erleuchtungen die Dinge für uns erhellt und uns zugleich die Tiefe, die Unermeßlichkeit des Dunkels zeigt. Sie selbst haben dies erkannt, da Sie sich aufs neue mit Gide beschäftigten[1] – und doch steht da der Satz: «Vielleicht mit etwas zuwenig Verstand, um sich all der Geheimnisse voll bewußt zu sein.» Der Verstand hilft nicht, begreifen Sie doch! Gide hat Verstand, Dostojevskij hat das andere, und gerade auf dieses andere – wie immer man es nennen mag – kommt es an. Ich erinnere mich an meine Gespräche mit June, die Dostojevskij verehrt, und daran, daß ich Schwächen bei ihm ausfindig machte, auf seine künstlerischen Mängel hinwies – auf all die Dinge, an denen Sie so sehr Anstoß nehmen.

So verhielt ich mich June gegenüber. Ihnen gegenüber jedoch verteidige ich ihn mit Nachdruck. Man muß lernen zu lieben, ehe man zerstört, heißt es dem Sinne nach irgendwo bei Nietzsche. Er wandte sich damit gegen jene Antichristen, die noch nicht die Weisheit des Christentums begriffen hatten. Drücke ich mich verständlich aus? Oder ist es vielleicht unfair von mir, Ihnen diesen Satz vorzuhalten? Ja, ich gebe es zu: Gides Erklärung erweckte in mir die gleiche Bewunderung. Es gab da einige Abschnitte, die mich beinahe in Verwirrung brachten ... Es sind drei oder vier Jahre vergangen, seit ich sie las; deshalb kann ich nichts Genaueres darüber sagen. Aber es gibt, wie ich Ihnen früher schon einmal erzählt habe, einen Skandinavier, der in einem Buch von gleichem Umfang noch klügere Dinge gesagt hat als Gide. Ich glaube, er heißt Janko Lavrin[2]. Vielleicht ist er auch Ungar und nicht Schwede[3].

Was den Roman *Der Idiot* betrifft und jene zwei Moskauer Jahre des Stavrogin, die so unbefriedigend dargestellt werden: Wissen Sie, daß dieser Teil des Buches gestrichen wurde (ich glaube, er fiel der Zensur zum Opfer)? Wie dem auch sei: heute liegt uns ein Buch vor, in dem sich Abschnitte und Bemerkungen über all das finden, was ursprünglich nur angedeutet wurde. Und denken Sie vor allem daran, daß Dostojevskij weder Zeit noch Geld hatte. Er schrieb für Geld, das er stets schon im voraus verbrauchte. Sein Leben war grausam, grausam. Keine Möglichkeit zur künstlerischen Durchformung, zur Verarbeitung dessen, was in seinem Kopf herumging. Er mußte gegen Hunger, Krankheit und vieles mehr schreiben. Alles in allem ist es ein Wunder, daß er dennoch so Großartiges schuf.

1 Vgl. André Gide: *Dostoïevsky. (Articles et causeries)*

2 Janko Lavrin: *Dostoevsky and His creation. A psycho-critical* Study. Vgl. auch J. L.: *Dostoevsky and Proust.*

3 Janko Lavrin wurde 1887 im slowenischen Teil des ehemaligen Österreich geboren, lebte bis 1917 vorwiegend in Rußland und lebt seither in England.

Es gibt noch einen anderen Mann, der ihn gut verstanden hat: John Cowper Powys[1]. Ich hatte das Vergnügen, ihn in Vorträgen zu hören und später dabeizusein, als er aus seinen Büchern vorlas. Darunter ist eine kritische Auseinandersetzung mit modernen Autoren – ich habe den Titel vergessen. Schauen Sie hinein; Sie werden fasziniert sein. Überdies werden Sie dann auch an Conrad Gefallen finden, mit dem Sie, wie mir scheint, bislang nicht viel anfangen können. Ich bin jetzt endlich zu der Ansicht gekommen, daß alles, was Dostojevskij getan hat, richtig war. Ich vergebe ihm nicht nur, ich zolle ihm Beifall, ich bewundere ihn. (Nur keine Verehrung! Das überlasse ich June.)

Bei Goethe ist das freilich ganz anders. Er ist, wie Dante, jemand, bei dem ich immer das Gefühl hatte, ihn eigentlich bewundern zu müssen, ohne ihn je bewundern zu können. Neulich abend nahm ich an einer Feierstunde in der Universität teil, die anläßlich seines Geburtstags abgehalten wurde. Ich bin jetzt mehr denn je davon überzeugt, daß ich recht habe mit meiner Meinung über ihn. Ich bin gegen ihn, gegen seine gelassene, heitere, allzu bürgerliche Haltung, seine gesunde pantheistische Umarmung des Universums, seine nachahmende Verehrung der Natur und so weiter und so weiter; Nietzsche und Goethe? Wie bringt man die beiden in Einklang? Diese Dinge verwirren mich. Ich bin überzeugt, daß der *Faust* langweilig ist; und wenn er gotisch ist, dann hat diese Gotik nichts zu tun mit jenen herrlichen Kathedralen, die ich so liebe. Nein, diese Deutschen, die da feierlich aufstanden und in ihrer barbarischen Sprache Goethe rezitierten, ließen mich kalt und machten mich ein wenig melancholisch. Ich stelle Rabelais weit über Goethe. Sogar Cervantes und Swift. Ich lege die Texte aus dem Programm bei, um Sie zu überzeugen. Lesen Sie, was Goethe über die deutschen Städte gesagt hat. Einfältig! Merkwürdigerweise stieß ich gestern abend auf einen Aufsatz über ‹Sénèque le Tragique›. Beachten Sie folgende Sätze daraus:

«Par cette intelligence, rival de Sophocle, Sénèque est pourtant plus près de nous encore: car tous les sentiments que nous croyons avoir inventés, il les connaissait. Le gout maladif de la pitié, presque sadique, ce ne sont pas les romans russes qui l'ont mis à la mode pour la première fois. Sénèque en 1900 eut-il aimé Dostojevskij?»

Dann dies, was ich übrigens bezweifle: «... Sénèque le Tra-

1 John Cowper Powys faßte die Ergebnisse seiner früheren Untersuchungen zusammen in dem Buch *Dostoievsky.*

gique était un très grand poète et que, comme Eschyle, Shakespeare ou Baudelaire, il était joint au monde par des liens mystérieux ...» (Warum Baudelaire?)

Das Folgende gefällt mir sehr:

«De celui qui a touché les lacs des serments divins
Il ne reste rien, nulle part! ...
Il n'y a rien après la Mort, et la Mort elle-même n'est rien,

C'est la borne suprème d'un stade vertigineux ...
Où seras-tu, veux-tu le dire, après la Mort?
Où sont les êtres avant de naître.»

Stellen Sie daneben die Zeilen von Max Jacob: «Musique Mécanique Dans un Bistro. Le corbeau d'Edgar Poe a une auréole qu'il éteint parfois.» Oder:

«Le pauvre examine le manteau de Saint Martin et dit: ‹Pas de poches?›»

O. K. Max. Ein guter Versuch. Du hast der Musik von Picassos Gitarren gelauscht. (Cocteau möge verzeihen.)

Ich habe einen zweiten Brief in die Schweiz geschickt. Ist er angekommen? Und hatte ich, wie versprochen, die Bücherliste beigefügt? Lassen Sie sich nicht von der Postlawine erschrecken. Eine schlechte Angewohnheit von mir, und da ich nicht mit dem Federhalter arbeiten kann, ist dies ganz einfach meine Art, mich abzureagieren. Ihre schmeichelhaften Worte treiben mir fast die Tränen in die Augen. Nein, ich bin weit davon entfernt, der Künstler zu sein, für den Sie mich halten. Vielleicht habe ich Anlagen dazu – aber sie haben sich noch nicht entfaltet. Ihre Freundschaft jedoch, Ihre wunderbare Anteilnahme, bedeutet mir alles.

Bin gerade nach einer prächtigen Unterrichtsstunde aus der Klasse gekommen. Es ist erstaunlich, wie diese Jungen vorankommen. In kürzester Zeit schaffen wir eine Vielzahl von Themen, und da das Gerücht die Runde macht, ich sei ein feiner Kerl, wird meine Klasse immer größer. Einige der Schüler tauchen Tag für Tag auf, weil es in meiner Klasse warm und unterhaltsam ist. Es sieht so aus, als ob meine Vorgänger ständig Zeitungen verteilt hätten, aus denen die Jungen vorlesen mußten – was sie zu Tode gelangweilt hat. Immer wieder kommen wir auf das Thema Frauen zu sprechen. Heute reisten wir auf der Suche nach Schönheit um den ganzen Globus und legten in Japan. Tahiti, Martinique, Bali und Polynesien erquickliche Aufenthalte ein. Sie geben zu, daß die französische Frau nur selten schön ist. (Ich stelle fest, daß wir über Amerika nicht allzu viele Worte verlieren; um die Wahrheit zu sagen: ich lasse mich in diesem Punkt von ihnen belehren; meine Fragen nehmen kein Ende.) Was die Professoren betrifft, so nehmen sie keine Notiz von mir. In der hiesigen Hierarchie rangiere ich irgendwo zwischen den repetiteur und dem veilleur de nuit. Dieser Nachtwächter ist eine herrliche Type. Er ist vor Kälte und Rheumatismus steif wie eine Gliederpuppe. Hat dicke rote Backen, kurzgeschorenes Haar und einen prachtvollen Wanst. Er spricht langsam und streichelt dabei zärtlich die einzelnen Worte wie einen Hund. Es ist eine Wonne, wenn er am Abend hereinkommt, um seine zwei Glas Wein zu trinken. Ich wünschte, ich könnte ihn malen!!! Van Gogh wäre hingerissen gewesen von ihm. Und wenn jedermann Französisch spräche wie er, wie leicht hätte ich es dann. Er läßt alle Worte schmelzen; wenn er seinen Mund auftut, sehe ich Capri und Neapel, die warme Sonne des Mittelmeers, die Ruinen von Pompeji, Olivenhaine, saftige Orangen, die ganze Erde in voller Blüte. *Er ist wahrhaftig das einzige menschliche Wesen hier!* (Hervorhebung für die Nachwelt; meine Anklage gegen das französische Bildungssystem.) Und dafür gibt man ihm eine Laterne, ein Schlüsselbund, Rheumatismus und zwei Glas vin ordinaire gratuit. Man sollte den Nachtwächterposten lieber Monsieur L'Économe überlassen. Ich würde das alles ändern. Wenn er die Tür für mich öffnet, erkundigt er sich besorgt, ob mir kalt sei, ob ich lange gewartet hätte und so weiter. Und dann sehe ich plötzlich über ihm das Sternbild, das strahlend über der Kapelle steht, und beneide ihn. Es ist wunderbar, in einer milden Nacht im Hof zu stehen, umgeben von einer Ruhe, die die Schläfen pochen läßt, und zum strahlenden Nachthimmel hinaufzusehen. Außerdem hat er bestimmt ein gemütliches kleines Plätzchen in der Loge, wo er kocht, liest und dann und wann ein Nickerchen macht. Stunde für Stunde nimmt er Laterne und Schlüssel und macht seine Runde – durch die frostigen Gänge, in denen die Farbe von den Wänden abblättert, über die feuchtkalten Treppen, vorbei an gefrorenen Fensterscheiben. Wenn man das Wohn- und Schlafgebäude betritt, bietet sich einem der schaurigste Anblick; ich werde ihn nie vergessen. Um wieviel schöner ist (für den Dichter) *sein* Leben als das von Monsieur le Proviseur. Schaut Monsieur le Proviseur jemals zu den Sternen hinauf? Nimmt Monsieur l'Économe jemals einen kräftigen Zug aus der Flasche, läßt er je seine Vokale schmelzen? Kürzlich erlebte ich eine herrliche Nacht, in der mich ein solches Hochgefühl überkam, daß ich es kaum ertragen konnte ... was? Ich weiß es nicht. Alles berührte mich mit einer ungewöhnlichen Intensität. Ich wartete etwa eine halbe Stunde darauf, daß mir die Tür geöffnet wurde. Ich hatte Zeit, alles in Ruhe in mich aufzunehmen – den toten Baum vor der Schule, dessen Zweige wie Tauwerk aussahen; die Häuser auf der gegenüberliegenden Seite, die in der Nacht ihre Farbe gewechselt hatten; das Geräusch des Zuges, der durch die Nacht rollte ... dann tauchte plötzlich von irgendwoher ein Liebespaar auf, und ich beobachtete die beiden. Alle paar Meter blieben sie stehen und umarmten sich, und noch als ich sie nicht mehr sehen konnte, hörte ich ihre Schritte, das plötzliche Innehalten und dann wieder das ziellose Weiterwandern. Da dachte ich an June – ging sie allein umher, führte sie ein einsames Leben? Wohl kaum. Und wenn ich in jenem Augenblick gewußt hätte, wo sie war, was sie tat, was dann? Das Furchtbare ist nicht, daß wir uns so viele Gedanken machen, sondern daß wir *wissen* wollen. Und wenn wir die äußeren Tatsachen wissen, sind wir dennoch nicht zufrieden. Wir wollen wissen, was sie denkt, wie sie denkt, wollen ihre Sehnsüchte und Wünsche kennen. Wir wollen wissen, was nicht einmal sie selber recht weiß. In Ihrem Brief sind zwei oder drei Stellen, die mich foltern. Albertine = June ... «Sie sind nicht dazu bestimmt, in diese Welt etc. einzudringen.» Das ist wahr. Aber ich werde niemals aufhören, ihre Türen zu berennen. Wenn es mir nicht gelingt, einen Blick in diese Welt zu werfen, wird mich der Wahnsinn packen. Nein, nicht symbolisch will ich es. Sie machen es zu schwer. Der Weg ist ohnehin dunkel genug, und jetzt wollen Sie auch noch einen langen Gang davor setzen, durch den ich mich unter Qualen vorwärts tasten muß. Schon mit diesen Zeilen machen Sie mich irre. Sie sprechen eine Sprache, die ich nicht verstehe und deren Unfaßbarkeit mich wütend macht. Wozu habe ich meinen Verstand? Was für neue Organe muß ich mir wachsen lassen? Ein Satz wie – «Es ist eine Sache der Sprache» – zum Beispiel, verwirrt mich. Es *muß* eine Sache der Sprache sein, warum sollte ich es sonst nicht verstehen, begreifen? Ich meine das in mehrfachem Sinne. Ich meine zum Beispiel, daß es auf eine lähmende Weise verwirrend ist, wenn man weiß, daß eine Frau, wenn sie das eine sagt, das andere meint, vieles andere, ja und nein zugleich. Proust führt viele Beispiele an, *aber* ... wie sollen wir wissen, ob er recht hat? Es klingt herrlich überzeugend, weil es keine wirkliche Albertine, Andrée oder Herzogin de Guermantes aus Fleisch und Blut gibt, die aufspringen und ihm widersprechen könnte. Das Ganze hat die Wahrscheinlichkeit der Kunst – mehr als dies kann ich ihm nicht zugestehen. Sein ständiges Daraufhinweisen, daß wir absolut allein, isoliert, unbegreiflich und geheimnisvoll sind, ist eindeutig das Eingeständnis seiner Schwäche. Aber wir müssen uns dieses Faktum immer wieder, Tag für Tag, bewußt machen.

Kürzlich las ich *Vol de Nuit* und fand das Buch glänzend. Sämtliche surveillants lesen es (es ist in gutem Zustand). Und man ist sich einig über sein hohes Verdienst. Die Abschnitte über der Erde, besonders jener letzte Flug – einfach großartig. Wenn ein Amerikaner mit solchem Tempo schriebe, er würde alles verlieren. Gides Vorwort fügt dem Buch nichts hinzu. Er hätte besser den Mund gehalten. Und Rivière, der Boss: ist Ihnen aufgefallen, was für ein Supermann à la Jack London er ist? Aber natürlich sind seine Gedanken unendlich viel besser als die des *Seewolf*. Er kennt seinen Nietzsche genauer, und die zeitliche Distanz glättet die schroffen Konturen der Philosophie. Aber ich könnte mir vorstellen, daß ein Typus wie Rivière in der französischen Literatur selten ist. Er kommt mit der Maschine. Monsieur Renaud findet den Stil außerordentlich überzeugend – das Klassische und das Moderne sind in ihm auf harmonische Weise vereint. Nichts von der Idiotie in «Le Cirque». Alors, qu'est-ce que c'est l'idiotie? On ne sait pas ici.

Ein kleines Echo Prousts:

«Pour cette femme aussi la mort de Fabien commencerait demain à peine, dans chaque acte désormais vain, dans chaque object. Fabien quitterai lentement sa maison.»

Viele, viele herrliche, zarte Details. Ich muß einfach noch eines davon hier zitieren, das sich gegen Ende des Buches findet:

«Fabien erre sur la splendeur d'une mer de nuages, la nuit, mais, plus bas, c'est l'éternité. Il est perdu parmi les constellations qu'il habite seul. Il tient encore le monde dans les mains et contre sa poitrine le balance. Il serre dans son volant le poids de la richesse humaine, et promène, désesperé, d'une toile à l'autre, l'inutile trésor, qu'il faudra bien rendre . . .»

Übertragen Sie das in der Queen höchsteigenes Englisch und es wird niemals auch nur annähernd die Schönheit haben, die es im Französischen besitzt. Sie ahnen gar nicht, wie dankbar ich bin, daß Sie mir diese französischen Bücher geliehen haben. Wenn ich Ostern zurückkomme, werde ich sie alle mitbringen und Sie, wenn es erlaubt ist, um ein paar neue bitten. Ihr Heim erinnert mich an die Bibelzeile: «In meines Vaters Haus sind viele Wohnungen» . . . nur weiß ich im Augenblick nicht genau – heißt es *Haus*? Haus klingt falsch. Aber auf die Wohnungen kommt es mir an.

Kennen Sie übrigens das Buch Sirach? Das, müssen Sie wissen, ist mein Favorit unter den Kleinoden der Bibel. Diese Bibelsprache – wer darin schwelgen kann, der hat die englische Sprache erfaßt. Sie bleibt das beste, was je in unserer Sprache geschrieben wurde.

Ich könnte den ganzen Tag so weiterschreiben. Das erinnert mich an Fred. Was für Briefe schrieb dieser Mann! Auf französisch, auf deutsch, auf englisch, dann und wann auf italienisch und lateinisch. Dann und wann Illustrationen. Dann und wann eine Seite von mir darunter (die ich an andere geschrieben hatte). Freds Freundin verschlang sie wie Austern aus der Schale. Mehr, mehr! rief sie, und Fred bat mich um Durchschläge und alte Zeitungsartikel. Sie hatte einen gewaltig hungrigen Magen. Einfach unersättlich. Und wenn Fred nicht mehr als neun oder zehn Seiten zusammenbrachte, begann sie zu greinen.

Apropos – bevor ich Paris verließ, schrieb ich X und fragte an, ob ich mir einige von meinen Briefen ausleihen könnte, um bestimmte Stellen abzuschreiben. Ich erhielt die mehr oder weniger stereotype Antwort, sie habe sie «an dem Tage, als meine Handlungsweise nicht mehr mit meinen Worten in Einklang stand», vernichtet. Ich glaube, so hieß es. Das gibt Ihnen einen treffenden Eindruck von ihr. Und da ich in Wahrheit nie etwas anderes tat als sie zu ignorieren, bekommt das Ganze beinahe etwas Komisches. Aber ich kann Ihnen versichern: zu lesen, daß die Briefe vernichtet waren, kostete mich einige Schweißperlen. (Offen gesagt, ich glaube nicht daran!) Es war nicht X, für die ich diese Briefe schrieb. Sie war nur ein Vorwand. Sie schrieb mir die albernsten Antworten, und ich nahm sie regelmäßig, vertiefte mich in sie und blies sie zu ungeheuren halluzinatorischen Gebilden auf. Die Hälfte der Zeit schrieb ich um Freds willen. Und wenn irgend etwas Unverständliches, Unpassendes oder Mysteriöses in den Briefen stand, merkte sie das nicht ein einziges Mal. Sie waren immer «herrlich, rührend, hinreißend» und so weiter. Einmal verpaßte ich ihr eine Dosis aus *Le Poisson Soluble* – auch das fand sie rührend, schön und so weiter. Aber ich muß zugeben, daß ich sie liebte ... eine Zeitlang. Ich vermute, ich werde auch weiterhin eine nach der andern so lieben, aber June hält mich stets zurück und beweist mir, wie unbedeutend sie sind. Mein Gott, wenn June nur begriffe, wie ungeheuer meine Leidenschaft für sie ist. Dann würde sie keine Spur von Eifersucht mehr kennen. Es macht mich wütend, sie eifersüchtig zu sehen. Es ist, als ob man gehängt wird, weil man für einen Wolf gehalten wird, obwohl man ein Schaf oder ein Kaninchen ist.

Werden Sie June irgendwann einmal schreiben? Ich bin neugierig, ob sie Ihnen antworten wird. Haben Sie ihre Adresse? Die Geschichte von dem Mann, dessen Liebe sie um meinetwillen zerstörte – ich hatte Unrecht, als ich sagte, sie habe gelogen. Nein, ich war verwirrt. Ich weiß jetzt, wen sie meint. Ich dachte damals an einen anderen Mann, einen aus der jüngsten Zeit. Und ich glaubte, ihn hätte sie gemeint, als sie sagte, sie sei einem davongelaufen. Ich wünschte, ich könnte eine Kammer meines Gehirns öffnen und Ihnen zeigen, was ich über diese Episode denke. Wie, zum Teufel, man es fertigbringt, alle Türen zu verriegeln, die ins Irrenhaus führen, ist mir ein Rätsel. Ich brauche nur eine Tür, eine einzige Tür, einen Spalt weit zu öffnen, und schon habe ich genug zum Nachsinnen für eine lange Nacht. Eine Nacht! Ein Euphemismus!

Habe noch nichts von dem Gehalt gehört. Gestern abend einen Brief an Krans geschrieben. Haben Sie irgend etwas erfahren?

Herzlichst
HENRY

[Dijon, 13. Februar 1932]
Samstag

ANAÏS:

Eben erhielt ich Ihre beiden Briefe und weiß nun, daß Sie den zweiten, den ich in die Schweiz schickte, doch bekommen haben. Wenn die Schreibmaschine eine amerikanische Standardtastatur hat, werde ich mit Sicherheit darauf schreiben können, und selbst wenn sie ein bißchen anders ist, werde ich bestimmt damit fertig werden. Mein Wunsch nach einer normalen Tastatur hat seinen Grund darin, daß ich sehr schnell tippe und den Faden verliere, wenn ich überlegen muß, wo die einzelnen Tasten sind. Aus dem ersten Brief geht hervor, daß Sie sie schicken, und im zweiten fragen Sie, ob ich sie gebrauchen kann. Ich habe gestern abend einen langen Brief abgesandt.

Daß Sie den alten Roman [*Crazy Cock*] zum Teil gelungen fanden und glauben, er könne auffrisiert und publizierbar gemacht werden, ist gut. Natürlich wäre ich entzückt, wenn Sie ihn durcharbeiten und zurechtstutzen könnten. Und wenn nur hundert Seiten übrigbleiben, und diese hundert Seiten sind gut – mir soll's recht sein. Vielleicht könnte ich mich irgendwann einmal revanchieren und das gleiche für Sie tun. Schießen Sie los und versuchen Sie Ihr Glück. Es kann dem Roman nur guttun. Ich kann mich allemal französischen Verhältnissen anpassen. Ich glaube, ich wäre mit allen Ihren Streichungsvorschlägen einverstanden. Wenn Sie das Buch erst einmal bearbeitet haben, werde ich wohl auch genügend Begeisterung aufbringen, um selbst noch ein paar Korrekturen vorzunehmen. Ich erinnere mich an die Traum-Stelle – ich weiß, daß ich auch sie verbessern könnte. Sie erwecken in mir die Lust dazu.

Ich glaube, Sie haben völlig recht mit der Hypersexualität, der Wirkung der vielen Frauen und so weiter. Eigenartig, daß die Cora-Episode so schwach ausgefallen ist. Cora war der wichtigste Einfluß meiner Jugendzeit. Ich glaube, sie hat mich zum Krüppel gemacht. (Ich sah sie später noch einmal, als sie verheiratet war und ein Kind hatte – was für eine dumme Gans war aus ihr geworden. Aber wenn ich von ihr träume, wie ich es manchmal tue, dann ist sie wunderbar. Ich werde auf all das in meinem Buch zu sprechen kommen.)

Jesus – die Geschichte mit der Schreibmaschine! Nein, zum Kuckuck. Mag sein, daß ich ein Schuft bin, aber so etwas würde ich denn doch nicht tun.[1] Früher allerdings habe ich so etwas gemacht. Ich muß lachen, wenn ich Ihre Worte lese. Wie gut Sie die Verantwortungslosigkeit des Künstlers kennen. Aber mir scheint, heutzutage bin ich zu derlei Dingen nicht mehr in der Lage – vielleicht ist das bedauerlich, oder?

Zum Lachen finde ich auch das, was Sie über Casanova sagen. Pardon, Sie wissen noch nicht, wie die Männer sind. Ich bin so ziemlich normal. Gewiß, ich schwimme in einem unendlichen Meer von Sex, aber die Praxis hält sich in Grenzen. Ich glaube, die Sache sieht eher so aus: Ich bin stets bereit zur Liebe, stets hungrig auf Liebe. Ich meine Liebe, nicht Sex. Und es stört mich nicht im geringsten, wenn mein Werk davon erfüllt ist – von *Sex,* meine ich –, weil ich keine Angst davor habe und mich fast hinstellen und darüber predigen möchte wie der verrückte Kerl in *The Women of Point Sur*. Er war verrückt und daher vergeben die Leute ihm, aber mein Verstand ist gesund, fast zu gesund, wahnwitzig gesund. Nein, ich will aufhören, mich selber zu erklären. Ich will *Sie* erklären lassen, wie ich bin – das klingt intelligent. Haben Sie keine Sorge, daß Sie mich beleidigen könnten – das ist völlig unmöglich.

Was Proust betrifft, so haben Sie mich in der Tat überrascht. Ich

1 Anaïs Nin hatte im Scherz gemeint, Miller sei imstande, die Schreibmaschine, die sie für ihn aufzutreiben versuchte, ins Pfandhaus zu bringen oder zu verkaufen.

war also ganz und gar im Irrtum. Er war am Ende doch ein Homosexueller. Gut, ich akzeptiere Ihren Spruch – vermutlich wissen Sie Bescheid. Aber was für ein Esel bin ich! Nein, es läßt mir immer noch keine Ruhe. Einverstanden: Albertine befriedigt nicht – ist unvollständig. Aber ich kann Ihnen Dutzende von Beispielen aus der Literatur nennen für Frauen, die ebenso unvollständig sind – und es waren Männer, die die Bücher geschrieben haben. Albertine oder nicht Albertine *oder schlicht Albert*: Was ich vielleicht übersehe, ist, daß es keinen Unterschied macht. Was uns fesselt, ist die breite Skala von Falschheit, Heimtücke, Lüge und Eifersucht. Alles wird provoziert durch das Phänomen, nicht durch die Kreatur. Cézanne nahm künstliche Blumen und Früchte, andere nahmen Chromolithographien und siehe da! Van Gogh schaute ein Kornfeld an, eine gleißende Sonne und – mein Gott, sieht man das Korn oder die Sonne noch?

Nun zu Ihrem Buch [*The House of Incest*]: Es ist schwer für mich, darüber zu sprechen, besonders deshalb, weil ich es nicht vor mir habe. Mir ist im Augenblick nur die Atmosphäre gegenwärtig. Gewöhnlich habe ich ein sehr schlechtes Gedächtnis für Handlungsabläufe. Nicht einmal die Handlung meiner Lieblingsbücher könnte ich Ihnen schildern. Dieses Element interessiert mich nicht allzusehr. In Ihrem Fall nahm mich die Art der Darstellung so gefangen, daß die Story ganz in den Hintergrund rückte. Nur an dem Punkt, wo ich mit Nachdruck darauf hingewiesen wurde, war ich gezwungen, mir die Handlung bewußt zu machen. Der Eindruck, den diese flüchtige Lektüre hinterlassen hat, war der, daß ich einen Traum durchlebte. Und das ist es, meine ich, was Ihren Roman zu einem schönen Buch macht. Glauben Sie mir, wenn ich Ihnen konkret helfen könnte, würde ich es nur zu gern tun. Sie müssen verstehen, ich habe es gelesen, um es zu genießen, nicht um es zu kritisieren. Wenn Sie es, zum Beispiel, noch einmal abschreiben und mir, während Sie weiterarbeiten, jeweils das bereits Abgeschriebene zuschicken würden, würde ich mich hinsetzen und Ihnen eine kritische Stellungnahme und Vorschläge mitteilen. Vielleicht ist es schon zu spät dafür. Mein Eindruck jedoch ist so günstig, daß ich mich frage, ob Sie wirklich Hilfe brauchen.

Die Mappe mit den B. F. P.[1] ist eindrucksvoll. Es ist kurios, Sie in der Gesellschaft von Mark Twain und Djuna Barnes zu finden. Kennen Sie die Barnes? Ich habe sie einmal mit Wambly

1 *Books from Paris*, eine Postwurfsendung, in der u. a. Anaïs Nins Buch *D. H. Lawrence. An Unprofessional Study* angekündigt wurde.

Bald zusammen interviewt. Sie war kühl wie ein Fisch, schlagfertig und sehr geschmackvoll gekleidet. Wir fragten sie, ob sie schon einmal von June Mansfield[1] gehört habe. Sie verneinte. Was die Mark Twain-Sache betrifft, so erinnere ich mich, sie vor Jahren gelesen zu haben, aber ich will verdammt sein, wenn ich irgend etwas darin gesehen habe, was an Rabelais gemahnt. Aber wie dem auch sei: da stehen Sie – «zwischen zwei Buchdekkeln» wie es so schön heißt. Ich gratuliere! Wie ist das Gefühl, gedruckt zu sein?

Nun zu den Namen. In Paris weiß ich niemanden, der Geld hat, außer Fraenkel. Ich nenne Ihnen diese Namen, für den Fall. daß Sie auch Bücher nach Amerika schicken können. Und wenn mir künftig noch andere einfallen, werde ich Ihnen auch die mitteilen. Ich meine, June müßte in der Lage sein, eine Reihe von Leuten zu interessieren. Schicken Sie ihr ein paar Rundschreiben ...

Ich habe mich gefragt, ob ich nicht vielleicht ein modernes französisches Buch übersetzen und die Übersetzung verkaufen könnte. Ich habe mit dem *Journal de Salavin* begonnen, fürchte aber, daß bei der gegenwärtigen Popularität Duhamels die Übersetzungsrechte bereits vergeben sind. Eine solche Arbeit scheint mir der einzige Weg, ein bißchen Geld zu verdienen. Ich habe mit dem Proviseur hier und dem Englischprofessor gesprochen. Sie scheinen nicht sehr optimistisch, was die Möglichkeit betrifft, um diese Jahreszeit Privatschüler zu bekommen. Auch Privatschüler können saisonbedingt sein.

Henry

P. S. Die Art, wie ich über Ihre Geschenke und Ihre Bücher hinweggehe, muß ziemlich gleichgültig wirken. Ich bin Ihnen sehr dankbar dafür, daß Sie mir Ihre eigene Schreibmaschine leihen wollen. Bedeutet das, daß Sie selber keine haben werden? Oder können Sie in Paris eine Maschine für sich mieten oder borgen? Ich habe gerade einen Brief von einem meiner ehemaligen Schüler in Neuilly – einem Geschäftsmann – erhalten. Er ist bereit, mir durch seine Firma eine Maschine zu einem annehmbaren Preis zu mieten und sagt, daß ich keine Garantiesumme zu hinterlegen brauche. Sagen Sie mir deshalb bitte ganz offen, wie es um Ihre Finanzen bestellt ist. Mich quält der Gedanke, Sie könnten Ihre letzten Habseligkeiten zusammenkratzen, um mir zu helfen.

1 «June Mansfield» war das Pseudonym, unter dem Miller und seine zweite Frau June in New York Privatdrucke seiner Prosagedichte verkauften.

Manchmal habe ich das Gefühl, daß ich nichts als ein großer Schnorrer bin. Verflucht noch mal, wenn ich eine Möglichkeit fände, meinen Lebensunterhalt zu verdienen, ich würde mich für den Rest meiner Tage verkaufen. Im Ernst!

HVM

[Dijon, 21. Februar 1932]
Sonntag

Encore une et c'est fini, la grande correspondance.

Ich gehe hier weg – glücklich wie ein Sträfling, der entlassen wird.

Ich erhielt ein Telegramm und einen Brief von meinem Freund Fred, aus denen hervorgeht, daß der Chefredakteur mir eine feste Anstellung als stellvertretender Wirtschaftsredakteur bei der *Tribune*[1] angeboten hat. Anfangsgehalt 1200 frs. im Monat (pas beaucoup!), aber die Möglichkeit einer baldigen Erhöhung. Bürostunden von $20.^{30}$ bis $1.^{00}$ Uhr (meine Stunden) und leichte Arbeit.

Was konnte ich anderes tun als annehmen? Das bedeutet eine gewisse Unabhängigkeit, *Paris* und *Leben*. Ich werde schreiben können, da der Tag mir gehört. Dazu bekomme ich einen freien Tag in der Woche.

Tadeln Sie mich dafür, daß ich den Posten annehme? Ich hoffe nicht. Ich meine, es war im Grunde klug und vernünftig. Glauben Sie mir, wenn man das nächste Mal einen Amerikaner hier herunterschickt, nimmt man besser einen Chinesen oder einen Eskimo.

Übrigens, die Schreibmaschine ist noch nicht angekommen. Ich werde *nicht vor Dienstag mittag* hier abreisen – am Dienstag abend melde ich mich zur Arbeit. Ich denke, die Maschine müßte vorher eintreffen. Wenn das jedoch nicht der Fall sein sollte, werde ich einem meiner zuverlässigen Freunde hier genaue Instruktionen hinterlassen.

Ich hatte keine Moneten für die Rückfahrt und konnte nicht wissen, ob Fred sie zusammenbringen würde – er ist ewig in der Klemme. Deshalb das Telegramm. Ich bat um etwas mehr für Taxi, Wäsche und die Schuhe, die ich bisher noch nie spazierenführen konnte. Das übrige Geld ging größtenteils für zusätzliche Mahlzeiten drauf. Jeder hier ißt nebenbei noch etwas – unmöglich, mit dem Fraß im Lycée auszukommen.

1 Pariser Ausgabe der Chicagoer *Tribune*.

Meine Adresse wird einstweilen c/o Chicago Tribune, 5 rue Lamartine, Paris, lauten. Verzeihen Sie die Hast – bringe diesen Brief in aller Eile zum Postkasten.

HENRY

[Paris, 27. Februar 1932]
2.00 Uhr nachts, Samstag

Alle möglichen Sorten Papier, nur kein gewöhnliches weißes! Ich habe in letzter Zeit die Runde durch bescheidene und obskure Restaurants gemacht. Ich fand ein Prachtexemplar – was saumäßiges Essen und komische Typen betrifft.[1] Es ist neben dem Bühneneingang der Folies Bergères, wo ich mit meinem russischen Freund Prince – dessen Vater Admiral auf dem Schlachtschiff *Potemkin* war – Insektenvertilgungsmittel abzuliefern pflegte. Cité Saulnier ist abends eine meiner Lieblingsstraßen.

Die Antwort auf Ihren Brief, mit der ich bereits begonnen hatte, habe ich weggeworfen. Ich werde ihn nach und nach beantworten. Ich habe jetzt so viele Dinge im Kopf, daß ich fast ein wenig durcheinander bin. Sie sehen, ich beginne wieder zu denken – schriftstellerisch zu denken. Ich komme zu mir selbst zurück. Montag wird eine Schreibmaschine eintreffen und bald auch ein Stoß Briefe von June. Ich entnahm das einer kurzen Notiz, die dem Brief eines Freundes beigefügt war, den sie mir heute schickte. Es tut sich was, sagt sie. Sie klingt wieder optimistisch. Es liegt etwas in der Luft.

Und was mich betrifft, so sieht es jetzt auch besser aus. Ich bin in Hochstimmung. Ich wache nach fünf oder sechs Stunden Schlaf auf und denke an die nächste Zeile für mein Buch. Gleichzeitig denke ich in Farben. Ich will mir auch die Zeit für ein paar Aquarelle nehmen, wenigstens eines oder zwei jeden Tag. Ich will alle französischen Bücher lesen, die ich bekommen kann. Ich will alles tun. Ich lebe wieder, und meine Finger fliegen über das Papier. Bon! Ja, und Rilke [*Die Aufzeichnungen des Malte Laurids Brigge*] ist stellenweise gut. Manchmal Duhamel in [*Le Journal de*] *Salavin* sehr ähnlich. Ich werde Ihnen später erklären, was ich meine. Ich streiche verschiedene Stellen an. Etwas verbindet mich mit ihnen, mit Salavin und Malte Laurids Brigge. Auch ich bin so eine Art quelconque quiconque. Ein Heiliger. Ich denke in alle Richtungen ... der neue Explosivismus.

1 Das Café *Au Rendez-vous des Machinistes* in der rue Saulnier.

Der Aufsatz war mir ein bißchen rätselhaft. Manchmal läßt mich mein Französisch im Stich – besonders wenn ich abgespannt bin. Ich werde eines schönen Morgens darüber nachdenken, wenn ich mich pfeifend rasiere. Ja, ich singe und pfeife jetzt morgens. Zuerst Orangen, dann Porridge in der Coupole. Mittagessen in Freds Zimmer, wo wir Schweineschnitzel und Kartoffeln auf einem Spirituskocher braten und wie hypnotisiert unsere alten Aquarelle anschauen. Ja, ich habe Stefan Zweigs Buch [*Verwirrung der Gefühle*][1] Ihnen gegenüber erwähnt – June ebenfalls. Sie war beeindruckt davon. Ich dagegen war tief enttäuscht, zumal die französischen Kritiker es so sehr gelobt hatten. Wir hatten eines Abends in der Rotonde eine große Auseinandersetzung darüber, und ich schlug meine sämtlichen Gegner in die Flucht. Zweig ist altmodisch in diesem Buch. Gehört zur Schule der Buddenbrooks ... zuviel Antimakassar. (Ich brauche dringend ein paar neue Wörter, mein Vokabular ist in letzter Zeit eingerostet!) Aber lesen Sie die Geschichte von den vierundzwanzig Stunden im Leben einer Frau – ich will Ihnen erklären, was daran psychologisch nicht in Ordnung ist. Eine der anderen Geschichten des Bandes ist besser.

HENRY

[Hotel Central, 1 bis Rue du Maine, Paris 14, 6. März 1932]
Sonntag, 1.30 nachts

ANAÏS:
Das strapaziöseste Tempo heute abend. Bin gerade in den Trois Portes gewesen, um ein paar Glas Bier zu trinken. Ich zitterte noch von dem Arbeitstempo, als ich sie hinunterkippte. Völlig benommen vor lauter Gestalten ... benommen, benommen, sage ich Ihnen. Und das Eigentümliche ist: es macht mir nichts aus. Ich komme auf Hochspannung.

Heute setzte ich mich, vermummt in Bademantel, Überzieher, Schal und Hut, hin und schrieb zehn Seiten für das Buch [*Wendekreis des Krebses*]. Nachdem ich die zehn Seiten fertig habe. schleppt mich Fred in ein Restaurant in der rue St. Anne, um mir eine Prinzessin zu zeigen, die er gestern abend entdeckt hat. Ich wollte gar keine Prinzessin sehen, und zum Glück war sie auch

1 Eine englische Ausgabe dieses Bandes erschien in der Übersetzung von Eden und Cedar Paul unter dem Titel *Three Tales* in New York 1927.

nicht da. Aber ein Priester saß uns gegenüber, der während des ganzen Essens mit einem Riesen spanisch sprach.

Ich werde ständig unterbrochen. Ich will versuchen, zu Hause weiterzumachen.

Habe Leo Stein aufgesucht. Ein ungewöhnlicher Sonntagnachmittag in Gegenwart eines Mannes von Geist. Das Wort ‹menschlich› tauchte in unserm Gespräch nicht ein einziges Mal auf – er verweilte drei Stunden lang im Bereich der reinen Ideen. Und wenn ich auch noch vieles andere über ihn zu berichten und zu schreiben habe – ein Satz durchdringt alles, was er sagte, und geht mir tief unter die Haut: «Das Wort *wirklich* sollte nie als Adjektiv gebraucht werden; wir sollten es nur als Adverb verwenden . . .» *Wirklich was?* Mit seinen sechzig Jahren ist er gerade dabei, seine Zurückhaltung zu überwinden. Ich hatte geglaubt, er könne mich einschüchtern, fand aber heraus, daß ich ohne Schwierigkeiten mit ihm fertig werden könnte. Ich ging freundlich mit ihm um – ich tat kaum meinen Mund auf.

Ich erfahre von Fred, daß wir auf unserm Weg nach Clichy eine gefährliche Gegend durchqueren müssen – das kurze Stück von der Porte bis zum Haus. Das macht mir Spaß. Will mir den schweren mexikanischen Stock zurückholen, den ich aus Amerika mitgebracht habe und den ich dem Sohn des Admirals Potemkin[1] gegeben habe. Fred will immer ein Messer bei sich tragen. Prächtig. Ich kann mir schon jetzt vorstellen, wie es im Büro aussehen wird, wenn die Nachricht von unserm Tod eintrifft. Jules, der Chefredakteur, wird sagen: «Leute, hört mal 'n Moment zu. Miller und Perlès sind gerade umgebracht worden. Kann irgend jemand 'ne kleine Notiz verfassen?» Dann wird Egan, der Sportredakteur, herumgehen und Geld für die Blumen sammeln. Und in den Trois Portes werden sie in der Pause einen etwas kräftigeren Zug nehmen, um sich zu wappnen. Mein einziger Wunsch wäre, Augen zu haben, um ihre Gesichter auf dem Weg zum Friedhof sehen zu können: Lee Dickson aus der Tin Pan Alley reibt sich die Augen und sagt «meine Jungs». Die Setzer notieren die Spenden auf dem Zettel neben dem Telefon – ah, les Américains, mon Dieu!

Auf zur Straßenszene . . .

HENRY

1 Vgl. S. 70.

[Clichy, April 1932]
Sonntag

Habe soeben *Lichter der Großstadt* gesehen und das Kino in der tiefen Überzeugung verlassen, daß Chaplin großartig ist. Jahrelang habe ich auf ihn geschimpft, aber jetzt, nach jenen beiden letzten Minuten des Films, glaube ich an ihn. Von ihm haben wir in den kommenden Jahren noch Großes zu erwarten. Dieser Film stellt einen Wendepunkt dar. Er ist von beinahe Shakespearescher Kraft.

Ich schaute mich um, als ich aus dem Kino ging, um zu sehen, ob jemand feuchte Augen hatte. Am Schluß herrschte Totenstille – es war eindrucksvoll. Aber ich sah niemanden weinen. Warum also weinte ich? Und ich weinte bitterlich. In dem Augenblick, als er sich umdrehte und sie vor sich im Fenster sah – in diesem Augenblick stieß ich einen Seufzer aus. Ich konnte ihn einfach nicht unterdrücken. Chaplin hatte die Situation gut vorbereitet. Eine herrliche Schwermut war in seinen Bewegungen, als er verloren durch die Straßen wanderte. Gewisse Gesten vor Schaufenstern, Gesten der Vergeblichkeit, des Sich-Verbergens begannen sich mir mit ungeheurer Macht einzuprägen. Ich weiß genau, was es heißt, sich gejagt zu fühlen, ziellos die Straßen auf und ab zu gehen, mit leerem Blick um sich zu schauen, umhergeschoben und -gestoßen zu werden, aber durch einen inneren Schmerz so abgestumpft und betäubt zu sein, daß man es sogar begrüßt, wie wenn jeder Kontakt mit einem Ellenbogen oder einer Schulter das Bewußtsein der körperlichen Existenz wiederbringen könnte. Ich weiß genau, wie es ist, wenn man dasteht, die Hände in den Taschen, den Kragen hochgeschlagen – ein herrliches Gefühl der Verrufenheit. Wußten Sie, daß ich wirklich schon gebettelt habe – *in New York*? Ja, einmal bin ich sogar einem Kerl gefolgt, hab ihn gestellt und ihm gedroht, ihn zusammenzuschlagen, wenn er nicht mit dem Geld herausrücke. Das war beim Times Square während des Ansturms auf die Theater. Eine großartige Geschichte. Ich werde sie Ihnen gelegentlich erzählen.

Es fällt mir schwer, zu Rande zu kommen mit dem, was ich sagen will. Zunächst wollte ich zur *Tribune* gehn, um dort zu tippen, doch ich fürchtete, alles vergessen zu haben, ehe ich dort sein würde. Ich ging also in mein Zimmer, aber es war so kalt, daß ich sofort wieder hinunterging. Ich stürmte ins Select und bestellte in meiner Aufregung etwas zu essen, was ich gar nicht haben wollte. Ich wechselte meinen Platz wegen des Zugs und gab dem bediensteten Geist ein hohes Trinkgeld dafür, daß er mir eine neue Schreibfeder besorgte. In einer solchen Stimmung bin ich imstande, hundert Francs für eine Feder auszugeben; aber da ich nie hundert Francs bei mir habe, kann nichts passieren.

Das Ganze fing mit dem Aufstehen an. Ich erwachte mit einer unbezähmbaren Lust zum Schreiben. Hatte mit Bald abgemacht, daß ich ihn gleich nach dem Aufstehen abholen, mit ihm frühstükken und ihm bei dem Artikel für seine Spalte helfen würde. Nun, ich drückte mich, weil ich der Meinung war, es sei wichtiger, meine eigene Arbeit zu machen. Aber das Glück will es, daß Osborn mich besucht und ich gezwungen bin, mich hinzusetzen und mir anderthalb Stunden lang seinen Unsinn über Spengler anzuhören. Als ich mich endlich davonmachen will, laufe ich Bald in die Arme. «Mensch, ich hab dich überall gesucht», sagt er und strahlt vor Vergnügen.

«Mann, ich habe dich auch gesucht», lüge ich taktvoll. «Joe», sagt er, «du weißt gar nicht, was für einen Gefallen du mir tust. Ein englischer Magnat ist hier in der Stadt, der glaubt, ich sei 'ne Sensation. Vielleicht gibt er mir 'ne Stellung an seiner Zeitung. Wir müssen 'ne gute Spalte zusammenbringen. Davon hängt alles für mich ab.»

Als ich das höre, werde ich weich. Wir gehen also auf sein Zimmer, und er sagt mir, wie er sich's vorstellt – leider nur schrecklich vage. «Brauchst du 'ne Flasche, Joe?» fragt er. «Nein, Joe, brauch ich nicht, bloß: hau ab. Laß mich anfangen.» – «Weißt du denn, was du schreiben willst?» – «Nein, aber gleich wird's mir einfallen.»

Doch bevor er geht, erzählt er mir noch eine Geschichte von irgendeiner Frau, die er kürzlich auf seinem Zimmer gehabt hat. Diese Geschichte beraubt mich endgültig meiner Sinne. Ich schlage ihm die Tür vor der Nase zu und überprüfe meine Barschaft. Ich fühle mich versucht, aus dem Zimmer zu stürzen und irgendwohin zu laufen. Ich gehe fieberhaft auf und ab. Dann beginne ich mich über mich selbst zu ärgern, setze mich hin und hämmere auf die Tasten ein. Als ich eine Seite geschrieben habe, kommt er mit einer Flasche Cointreau und einer Frau zurück. Die Frau wirft sich aufs Bett, und er fällt auf sie drauf. Verzweifelt mache ich mich über die Flasche her. Jetzt bin ich vollends am Ende, aber mein Stolz gebietet mir, den Artikel unter allen Umständen fertigzumachen. Während er sie also traktiert, schreibe ich und halte mich dabei an die Flasche. Ab und zu öffnet er das Fenster und läßt den Rauch abziehen und dann zieht das Mädchen sich aus. Es kostet mich Stunden, bis ich mit drei Seiten fertig bin. Schließlich fragt Joe nach dem Schlüssel für mein Zimmer und verschwindet mit dem Mädchen. Als ich aus dem Zimmer schwanke, bin ich völlig betrunken. Nach dem Essen werde ich ein wenig nüchterner und schaue in die Zeitungen, um herauszufinden, in welches Kino ich gehen kann. Es ist mein freier Abend, und da ich nicht schreiben kann, fasse ich den Entschluß, mir etwas Unterhaltung zu verschaffen. Ich merke, wie es mich überkommt. Eigentlich wollte ich ins Studio 28, aber es ist zu weit, und ich fühle mich wie tot. Also gehe ich in die rue de la Gaieté, obwohl ich schon im voraus mit einer Enttäuschung rechne.

Der erste Film, den ich mir anschaue, Bebe Daniels und Ben Lyons, macht mich weich. Jimmy und Gertie sind ein Gaunerpaar. Sie versuchen, keine krummen Sachen mehr zu machen, und das ist ein hartes Stück Arbeit. Das gibt Ihnen zwar eine Vorstellung davon, worum es in dem Film geht, aber es erklärt nicht meine Reaktion. Es ist ein Stummfilm, müssen Sie wissen, und als ich erkenne, daß ich ihnen die Worte vom Munde ablesen kann, überkommt mich eine eigentümliche Stimmung. Ich habe plötzlich Heimweh. Mein ganzes Amerikanertum meldet sich, und ich staune. Als, zum Beispiel. Bebe in einem entscheidenden Augenblick stumm zu ihm sagt. «Do you mean that, Jimmy» (was auf der Leinwand nicht übersetzt ist), bin ich einen Augenblick lang so angespannt, daß ich glaube, meine Schläfen zerspringen. Ich sehe noch einmal in aller Deutlichkeit vor mir, wie unreif unsere Frauen sind. Und zugleich sehe ich den Zauber, der darin liegt, und ich weiß, daß niemand unter den Zuschauern spürt, was ich spüre – dies Blutsgeheimnis. Am Ende beuge ich mich zu meinem Nachbarn, einem jungen Franzosen, hinüber und frage ihn, wie er den Film finde – ich muß von irgend jemanden erfahren, was er davon hält. «Pas mal, monsieur», sagt er, «pas de tout», und auch das gefällt mir – die Art, wie er sich negativ ausdrückt. Das klingt so zivilisiert. Natürlich haben wir den gleichen Ausdruck, aber die Franzosen scheinen ihn intelligenter zu verwenden. Meine Ohren tönten noch von der berauschten Sprache Osborns; der Gegensatz war erfrischend. Mir gefiel Bebe Daniels trotz ihrer Austernaugen und ihres grausamen Mundes. Ich weiß, sie ist dumm; ich weiß, die Sache war dürftig, aber gewisse Szenen aus Amerika wurden in mir wieder lebendig. Besonders der Detektiv erinnerte mich daran. June und ich hatten nämlich einmal ein merkwürdiges Erlebnis mit einem solchen Detektiv. Wir aßen in einem italienischen Restaurant in Brooklyn Heights, wo es Rotwein gab. Man kannte uns dort, und wir waren gerngesehene Gäste. Eines Abends beim Essen kam das Gespräch auf die Polizei. Bei mir war einmal, wegen eines Artikels, den ich über die brutale Behandlung eines Negers durch einen Bullen geschrieben hatte, ein Leutnant vom Polizeirevier erschienen. Der Artikel war in die Hände der Polizei gefallen. Wir wohnten damals in einem prachtvollen Bau in der Remsen Street – einem alten Herrenhaus. Der Leutnant war sichtlich überrascht, als er die Bude sah – und argwöhnisch zugleich, wie ich glaube. Glücklicherweise war June da. Ich sage glücklicherweise, weil ich im Verlauf der Unterhaltung so frech wurde, daß er mir bestimmt Ärger gemacht hätte. Aber June rettete mich, und er verließ uns in bester Verfassung. Im Restaurant nun kamen wir auf diese Begebenheit zu sprechen. Mit uns an einem Tisch saß eine junge, recht gut aussehende Frau. Sie hatte ihren Spaß daran. Am Nebentisch saß ein Detektiv, der alles mitanhörte. Schließlich kam er herüber und fragte, ob er sich zu uns setzen dürfe. Das ärgerte mich. Ich taxierte ihn auf der Stelle richtig ein und wurde wiederum ziemlich ausfallend. Statt mir das zu verübeln, wurde er immer freundlicher und bestellte Wein und später Likör. Zu guter Letzt lud er uns ein, mit ihm in ein Kabarett zu gehen. Eine komische Szene. June und ich waren völlig fehl am Platze. Wir standen an der Tür und zögerten weiterzugehen. Und da plötzlich, genau wie in einem Dostojevskij-Roman, reißt dieser Einfaltspinsel ein Kruzifix heraus, küßt es und fleht uns an, es auch zu küssen und ewige Freundschaft zu schwören. Können Sie sich vorstellen, daß wir diese Farce über uns ergehen lassen? Und können Sie sich vorstellen, daß ich mich am folgenden Tag hinsetze und ihm bei klarem Kopf einen Brief schreibe, in dem ich ihn um das Mietgeld bitte? Ihn an unsere ewigen Schwüre erinnere? Ich weiß nicht, ob Sie das verstehen. Wir brauchten das Geld nicht. Ich tat es, um ihn zu verletzen – ein Protest gegen diese idiotische Szene im Kabarett. Natürlich hat er nie auf den Brief geantwortet. Auch das ärgerte mich. Also schickte ich ihm ein Telegramm. Es nützte nichts. Die Sache war damit erledigt.

Sie sehen, ich komme dem Chaplin-Film näher. Heute nachmittag in der Coupole lief ich dem Homo in die Arme. Er erzählte mir, er werde in zwei Wochen in die Staaten zurückfahren. Obwohl ich weiß, wie er sein Geld auf die Seite gelegt hat – in Zehn-Francs-Scheinen und Dollar-Noten –, habe ich den Verdacht, daß June ihm Geld für die Rückfahrt geschickt hat. Eine verrückte Idee, aber ich habe nun einmal den Verdacht. Sie wissen, June schrieb mir ungefähr drei Zeilen – ein Postscriptum zu dem Brief eines Freundes –, in denen es hieß, alles sei in Ordnung und ein Stoß Post werde mit der *France* folgen, die noch nicht einmal auf der Liste steht. Glauben Sie mir, auf diesem Schiff wird keine solche Post sein. Warten Sie ab. Wie dem auch sei,

June ist wohlauf und offenbar bei guter Laune, und das gibt mir beachtlichen Auftrieb.

Ich bringe morgen die Notizen mit, die ich Ihnen zu zeigen versprach. Dazu vielleicht noch ein paar andere Sachen. Da ich heute nicht im Büro war, weiß ich nicht, ob dort Post für mich liegt – das heißt, ob Sie unsere Verabredung für Montag in der Rotonde abgesagt haben. Aber ich werde auf alle Fälle hingehen. Sie ahnen nicht, wieviel Mut zum Schreiben Sie mir gemacht haben.

Damit komme ich nun endgültig zu Chaplin – seiner Großartigkeit. Wie habe ich für ihn gezittert, als die Schlußszene näherrückte. Die grausame Demütigung durch die Zeitungsjungen war ein Omen. (Ich fragte mich einen Augenblick lang, wieviel er wohl Jannings verdankte – der Szene aus dem «Blauen Engel».) Aber dann drang er in größere Tiefen vor. Als er sagte «Siehst du es jetzt ein?» und sie antwortete «Ja . . .» – das war großartig. Wir kennen das seit unerdenklichen Zeiten, aus Legenden, Fabeln und Märchen, aber hier war es wieder ganz neu. Wenn wir unsere Augen öffnen, leiden wir. Wie wahr das ist! Früher hatte er nicht den Mut, an diesem Punkt abzubrechen. Immer tat er irgendwelche törichten Dinge, um uns abzulenken. Aber jetzt, da er älter wird, lernt er dazu. Was sich so lange schon bei ihm angedeutet hat, wird am Ende vielleicht doch noch Wirklichkeit. Eines Tages wird uns Chaplin vielleicht eine Tragödie von höchstem Rang schenken. Sie steckt ihm im Blut. Es gibt so viele Dinge, die ich in meinem Buch [*Wendekreis des Krebses*] festhalten will. In Dijon habe ich Notizen gemacht, die ich jetzt, wenn ich sie noch einmal anschaue, kaum zu verarbeiten wage. June wird niemals, niemals Verständnis dafür haben. Wenn ich sie zu Papier bringe, ist es, als ob ich mein eigenes Todesurteil besiegle; dennoch muß ich es tun. Gefühlsmäßig ist das alles für mich etwas Unpersönliches, wenn auch allenthalten ein ungeheures Maß von Ichbezogenheit durchschimmert. Wirklich, ich kann nicht finden, daß ich ein Egoist oder ein Egotist bin (June legt großen Wert auf diese Unterscheidung). Nein, ich fühle mich einzig und allein wie eine Kraft, die sich um jeden Preis zum Ausdruck bringen muß. Ich bin immer noch bei der Vorarbeit – aus Angst, daß ich versengen und verbrennen werde. Sie ermutigen mich dazu. Sie mit Ihrem klaren, klugen Kopf, hören Sie mir zu: Sind Sie sicher, daß ich nicht verrückt bin? Ich meine, ist all dies persönliche Erzählen zu rechtfertigen? Dies eine Mal sehen Sie mich schwach. Das Ganze ist weitgehend eine Frage der Kunst. Nein, das ist nicht wahr. Im Grunde kümmere ich mich einen Dreck um die Kunst. Aber ich fühle bereits den Widerstand, den dieses Buch provozieren wird. Die Leute werden sagen, ich sei ein Monstrum, ein moralisch Gestörter, der in die Irrenanstalt gehöre. Ich weiß, daß ich gesund wie der Teufel bin. Beinahe zu gesund. Verstehen Sie, was ich damit meine – wie gerät man, wenn man geistig absolut gesund ist, an den Rand des Wahnsinns, der Kriminalität?

Und ich muß gestehen, daß ich kapitulieren würde, wenn ich diese Sache mit June ausfechten müßte. In gewisser Hinsicht ist es gut, daß sie nicht hier ist. Denn wenn ich einmal in die Situation käme, zwischen ihr und dem, was ich meine Kunst nenne, wählen zu müssen, dann würde ich mich für June entscheiden. Ich bin ein Feigling, wenn es um sie geht. Keine andere Frau könnte mich soweit bringen – ich schwöre es! Was also tue ich, wenn ich diese Dinge schreibe? Sie kennen nicht alles, was ich sagen will. Ich glaube langsam, daß selbst Sie davor zurückscheuen werden. Aber ich habe mir gesagt: «Es darf keine Grenzen geben.» Ich muß der einzige Mensch auf der Welt sein, der alles wagt, alles sagt. Ich bin absolut fanatisch in diesem Punkt. Deshalb kümmert es mich auch nicht, wenn ich dann und wann nachlässig oder unbeholfen schreibe, obgleich ich, bevor ich alles hinter mir habe, bestimmt eine Reihe von Änderungen und vielleicht auch ein paar Kürzungen vornehmen werde, die dem Buch zugute kommen.

Wenn Sie mich fragten, ob ich glaubte, mein Werk könne als erotisch gedeutet werden, müßte ich antworten: Ja. Aber das ist nicht genug – einfach nur: Ja. Ich betrachte es nicht als ein Werk, das bestimmt ist durch dieses oder jenes, das dieses oder jenes darstellt. Ich versuche, ein Mensch zu sein, zu sprechen, wie ein Mensch spricht und nichts aus prinzipiellen, künstlerischen oder irgendwelchen andern Gründen, die die Menschen früher zurückgehalten haben, auszulassen. Und wenn ich in der ersten Person schreibe, so tue ich das, um der Wahrscheinlichkeit näherzukommen – nicht um realistisch zu sein. Gewisse Dinge bei Joyce, der so weit ging, verletzen mich, weil sie künstlich sind, aus zweiter Hand. Ich bin nie ganz einverstanden mit dem Roman, der auf der Gestaltung von Charakteren basiert. Es ist schwer genug, die eigenen Gedanken und Empfindungen sichtbar werden zu lassen. Ich bin mir durchaus bewußt, daß Erdichtetes sich selbst in meine ernsthaftesten Bemühungen einschleicht. Aber schließlich: scheitere ich auf diesem Weg, so komme ich, ohne es beabsichtigt zu haben, auf einem andern zum Erfolg. Mit anderen Worten, wenn man richtig liest, sagen selbst die falschen Wege, die Leerstellen, Bedeutsames über den Autor aus. Ich lüge gelegentlich – warum nicht? Mein Lügen steht im Einklang mit meinem Bemühen, die Wahrheit über mich zu sagen. Keine Maschine ist es, die hier das Bild einer Seele aufzeichnet, sondern ein menschliches Wesen, und ich stelle mich in erster Linie als ein *menschliches Wesen* zur Diskussion. (Es ist, zum Beispiel, kein Betrug, wenn ich mir, während ich dies schreibe, bewußt bin, daß diese Bemerkungen sich hervorragend für ein Vorwort eignen würden. Ich bin mir unentwegt der Dinge bewußt, die ich tue. Oft, wenn ich bei einer Frau bin, läßt mich eben diese Bewußtheit im falschen Augenblick auflachen. Und eine Frau ist völlig im Recht, wenn sie einen Mann haßt, ja verabscheut, der sich eines solchen Vergehens schuldig macht. Es ist ein echtes Sakrileg. Ich gebe es zu.)

Ich muß schließen. Ich will noch ein wenig Rilke lesen, bevor ich ins Bett gehe.

HENRY

[Clichy, April 1932]
4.15 Uhr morgens

Statt eines Briefes schicke ich Ihnen einen Durchschlag meines heutigen Arbeitsertrages. Es ist ein Experiment. Begann damit heute nachmittag in Balds Zimmer und schloß es am frühen Abend nach der Redaktionsarbeit ab – nach einer Extrasitzung, in der ich jeden dieser verdammten Kurszettel von A bis Z mit sämtlichen Höchstständen und Tiefstständen, Eröffnungs- und Schlußkursen, Dividenden und so weiter und so weiter durchlas. Vielleicht zeigen meine vierzehn Seiten, was das kostet.

Wie dem auch sei, ich werde Ihren langen Brief rechtzeitig beantworten. Im Augenblick bin ich völlig fertig. Zu meiner Linken wird Poker gespielt. Der Lärm treibt mich hinaus. Genug für heute.

HENRY

P. S. Der erste Satz in Rilkes Buch [*Die Aufzeichnungen des Malte Laurids Brigge*] ist ein gutes Omen: «So, also hierher kommen die Leute, um zu leben . . .?»

Es gibt Bücher, die man nach der ersten Zeile beiseite legt.

[Clichy, April 1932]
Samstagnacht

Es ist Mitternacht, und ich habe alle Rekorde gebrochen, um mit der Arbeit durchzukommen. Ich habe gerade mit Louis dem

Atlas ein paar Glas Bier getrunken; er hat mir zwanzig Francs Vorschuß auf die Geschichten gegeben, die ich für die jüdische Pressezentrale geschrieben habe[1]. Ich vernehme mit Staunen, daß meine Artikel in jüdischen Zeitungen in Irland, Schottland und New Orleans erschienen sind und daß man den über den Mathematiker (der Einstein demütigte – den habe ich, wohlgemerkt, auf französisch gemacht!) als meisterhaft bezeichnet hat. Louis' Lob hat mich direkt ein wenig betrunken gemacht. Er sagt, ich hätte das Zeug ... Warum ich mich nicht ein bißchen mehr prostituierte und für die Sonntagsbeilagen in Amerika schriebe? Kleine Liebesgeschichten – fünfundzwanzig Dollar das Stück, oder Aufsätze mit Fotos über Paris? Ja, ich würde mich gerne prostituieren, aber ich bin keine Hure. Ich weiche nur ein bißchen von der Norm ab.

Aber ich sage Ihnen – wenn ich diese beiden Artikel über Montparnasse und über Lawrence schreibe, werde ich sie losschikken. Was die Lawrence-Sache[2] betrifft, so habe ich beinahe Angst, damit zu beginnen. Ich will so viel sagen, daß ich fürchte, sie wird zu lang werden, um in irgendeine Zeitschrift oder Zeitung zu passen.

Heute abend habe ich auf Kredit zwei Karten für das Pferdetoto im Juni gekauft. Vielleicht erwische ich einen Gewinn. Das würde einen Haufen Probleme aus der Welt schaffen.

HENRY

[Clichy, April 1932]

ANAÏS:

Ich möchte über das Lawrence-Buch[3] sprechen. Ich finde es ungemein aufregend. Ein großes, umfassendes Porträt. Um dieses Porträts willen, mag ich das Buch, aber die Frau – sie ist ein Scheusal! Auf jeder Seite könnte ich ihr aufs neue den Bauch aufschlitzen. Und wissen Sie, auch Lawrence sinkt in meiner Achtung

1 Als Ghost-writer eines Geschäftsmannes schrieb Miller Artikel für verschiedene jiddische Blätter.

2 Ursprünglich als Aufsatz geplant, wuchs sich diese Arbeit, die neben *Schwarzer Frühling* der bedeutendste Versuch der sogenannten *Black Spring Period* ist, zu dem außerordentlich voluminösen Fragment eines Werkes aus, das den Titel *The World of Lawrence* erhalten sollte. Vgl. auch Titelregister.

3 Mabel Dodge Luhan: *Lorenzo in Taos.*

mit jeder neuen Geschichte, die ich über ihn lese. Ich glaube, er war unerträglich – ein kleiner Giftzwerg, ein übelgelaunter Teufel, eine trockene, durch und durch englische Type. Ich verachte seine arbeiterhafte (nein, spießbürgerliche) Einstellung zu den Dingen – Fußböden scheuern, kochen, waschen und so weiter. Und seinen Einsamkeitsfimmel. Nicht Empfindsamkeit, sondern Furchtsamkeit, Mangel an Schneid, Mangel an Menschlichkeit. Nun ja, mehr davon, wenn ich mit meinen Anmerkungen beginne. Jede Seite wiegt schwer für mich – Berührungspunkte und Verschiedenheiten.

Wissen Sie, was ich erstaunlich gut finde – beinahe großartig? Den Rat, den er dem jungen Mann hinsichtlich der Ehe gibt: Sei stets allein. Sei freundlich zu ihr, wenn sie freundlich ist; aber wenn sie versucht, dir ihren Willen aufzudrängen, schlage sie! – Sie können sich gar nicht vorstellen, wie herrlich das für mich klingt. Weisheit – der Kern der Weisheit, was das Verhältnis zwischen Mann und Frau betrifft. Ich habe das Gefühl, daß ich viel Kummer hätte vermeiden können, wenn mir das vorher bekannt gewesen wäre – sinnlosen Kummer. Und bei Gott, er *hat* das fette deutsche Weib[1] verprügelt, wenn man gewissen Berichten glauben darf. Man sah sie mit blutender Nase und schwarzblauen Augen herumlaufen. Ich hoffe, daß das alles nicht reine Erfindung ist!

Mehr in Kürze. Ich mache mich jetzt rasch auf den Weg.

HENRY

[Clichy, 22. April 1932]

ANAÏS:

Gestern abend im Büro einen Brief an Sie begonnen, war jedoch krank – Bauchweh – zuviel Hausmannskost – oder ist es der vin rouge?

Trotzdem will ich einen Aufsatz über Lawrence schreiben – oder über das verfluchte Buch jenes Ungeheuers mit Namen Mabel[2], das Sie mir geliehen haben. Ich will ihn auswalzen – ihn auf Teufel komm raus in die Länge ziehen – und dann *verkaufen.* Jawohl! Und wenn er sich nicht verkauft – dann zack! Hinein in mein Buch – die große Mülltonne!

Und vielleicht brauche ich Ihre Hilfe. Ich weiß nicht. Ich be-

1 Lawrences Frau Frieda, geb. Freiin von Richthofen.
2 Vgl. S. 80, Anm. 3.

greife jetzt, warum Sie getobt haben. Das Buch ist so überspannt – eine solche Farce –, daß ich das Gefühl habe, Knopf bringt es heraus, um damit die Öffentlichkeit zu verulken. Etwas anderes kann ich mir nicht vorstellen. Ich werde mich also an die Arbeit machen – und wenn ich festsitze, werde ich Sie um Unterstützung bitten. Diese Person muß unschädlich gemacht werden. Und im übrigen will ich für eine solche Arbeit Geld. Blutgeld. In diesem Punkte bin ich brutal, können Sie das verstehen? Meinen Namen über dem Aufsatz zu sehen, reicht mir nicht aus. Ich will eine hübsche Summe dafür haben – für das Privileg, sie anzuspucken, ihr Taos[1] anzuspucken, ihr Kalifornien, ihren Jung, ihren Gurdjieff, ihr esoterisches Geschwätz. Oh, ich tobe – und ich habe das Buch noch nicht einmal durchgelesen. Diese Idee, auf jeder zweiten Seite zu sagen: «Sie kennen Jeffers.» Was für ein Mann ist Jeffers, daß er so etwas zuläßt?

Sind Ihnen die widerwärtigen Briefe aufgefallen, die Lawrence geschrieben hat? Wie konnte er sich erlauben, in die Klauen einer solchen Frau zu geraten? Irgend etwas an ihm war lahm – trotz seiner herrlichen Sprache. Ich sage Ihnen, ich habe Verbrechen und Torheiten begangen, aber so etwas – unmöglich! Ich verachte ihn dafür – und für die 2000 Dollar, an denen er sich festhielt – für die Art, wie er so ehrbar für seinen Unterhalt aufkam – für sein dämliches «Alleinsein».

Aber ich sage Ihnen – es war bewegend, als während des Banketts Murry und die andern ihm ihre Angebote machten und er seinen Kopf auf den Tisch legte und weinte. Dafür habe ich allergrößtes Verständnis.

Erfahre gestern abend, daß mein neuer Job beginnt, sobald ich oben fertig bin. Ich glaube, das hat mich krank gemacht. Ich hasse jetzt den Gedanken, auf so sinnlose Weise weiterzuschuften. Ich bin überfordert, und meine literarische Produktion ist zurückgegangen. Ich könnte weinen. Alles, was ich in mir habe, wird dadurch vergeudet.

Heute habe ich Fraenkel von dem geschrieben, was Sie sagten. Vermute, er wird sich mit Ihnen in Verbindung setzen. Die *European Caravan* ist noch nicht angekommen. Ungeduldig. Ungeduldig. Ich will nicht zu früh sterben. Ich habe Wichtiges zu sagen. Sehr sehr dankbar für all die Bücher – Sie bringen mich in Ekstase. Ich möchte Sie um mehr bitten – ja, ich bin habsüchtig,

1 Lawrence hielt sich längere Zeit mit seiner Frau in der Gegend um Taos auf, wo ihm Mabel Dodge Luhan eine kleine Ranch in den Bergen zur Verfügung gestellt hatte.

gierig. Ich möchte, daß Sie mir irgendwann einmal ein großes Notizbuch beschaffen, dessen Seiten flach liegen, wenn man sie aufschlägt, und das nicht von selbst wieder zuklappt, mit Papier darin, auf dem ich schreiben und gleichzeitig aquarellieren kann. Ich möchte einen festen Platz für alle meine Notizen haben – meine trunkenen Träume, meine wollüstigen Zeichnungen, meine Wünsche, Forderungen, Leselisten, Straßennamen und so weiter und so weiter. Vielleicht würde sich das, wenn ich einmal abkratze, verkaufen lassen und irgend jemandem ein bißchen Geld einbringen – ich schulde so vielen Menschen etwas. (Ich möchte, daß für mein Kind gesorgt ist und für meine unglückliche Schwester.) Wissen Sie, Fred und ich haben gestern abend über merkwürdige Dinge gesprochen. Selten, sehr selten rede ich so. Ich dachte an meine Tochter – sie muß jetzt zwischen 11 und 13 Jahre alt sein.[1] Ich kann es nicht genau feststellen. Ich will sie sehen, ehe sie eine junge Frau ist. Oh, wir haben verrücktes Zeug geredet. Wir haben uns überlegt, wie wir sie hier nach Paris holen könnten. Natürlich unmöglich – aus verschiedenen Gründen. Aber so geht es nun einmal. Ich wüßte nicht, wie mir geschähe, wenn ich sie je wiedersehen sollte. Ich habe sie so lieb gehabt – und ich war so grausam. Ich frage mich, ob sie mir jemals verzeihen würde. Sie gehört zu mir – ich fühle das. Sie ist mehr meine kleine Tochter als die meiner Frau. Und ich will sie eines Tages wiederhaben. Ich will ihr einiges erklären.

Ist das sentimental? Zum Teufel, was kümmert's mich. Es kommt so selten vor, daß ich solchen Gedanken nachgebe.

Ich habe gerade einen netten Brief an Renaud geschrieben und habe noch einmal um Nachricht wegen der Maschine gebeten. Unternehmen Sie vorerst nichts!

Ich stelle demütig fest, daß ich sicherlich kein Gott bin. Vielleicht bin ich nichts als ein überdimensionaler Fötus – einer von jenen Goldfischen, die Tag und Nacht in einem Becken in der rue des Martyrs schwimmen.

Ich bin heute einfach verrückt, weil ich keine Maschine habe. Fred fabriziert immer noch Port Editions – über Öl und Handschuhe – demnächst vermutlich über Erdnüsse. Und wenn alles fertig ist – wissen Sie, was dann geschieht? Sie schicken ein paar davon an Abonnenten, und der größte Teil wird zerstört. Ich komme jeden Abend auf dem Korridor daran vorbei – Berge. Widerwärtig, sage ich Ihnen. Diese Welt ist einfach ver-

1 Barbara, die Tochter aus Millers erster Ehe mit Beatrice Sylvas Wickens, wurde 1918 geboren.

rückt. Mir stehen die Haare zu Berge. Zum Teufel damit – nichts kann gewalttätig genug sein. Das Ganze muß eines Tages in die Brüche gehen.

Der Ihre im Zorn –

HENRY

PS. Gefällt Ihnen «Bubu»[1]? Wie fanden Sie die Syphilis an der Türschwelle – prächtig, nicht wahr?

[Clichy, Mai 1932]
Sonntag

ANAÏS:
Ihr Telegramm sagt, ich solle mardi anrufen, aber ich rufe am Montag an. Bin in Eile, da ich mich mit Fraenkel treffen will – morgen mit Osborn und Freeman. Ich brenne darauf zu schreiben. Ein freier Monat wird keinesfalls zuviel sein. Ideen, Ideen, Ideen . . .

Hier vorerst, wie versprochen, ein paar Exemplare und dazwischenliegend Seiten meines Manuskripts, die ich zu schicken vergaß. Wenn Sie herkommen – ein paar Vorschläge:

Bringen Sie das Manuskript des ersten Romans mit und alle Briefe aus Dijon, die sich Ihrer Meinung nach in das Buch einarbeiten lassen. Dazu die *Nouvelle Revue Française*, in der die «Zirkus»-Geschichte[2] abgedruckt ist – ich will mir eine gewisse Stimmung ins Gedächtnis zurückrufen und auch etwas in dieser Art schreiben. Es gehört zu den Erinnerungen an Dijon. (Sie können alles zurückbekommen.) Haben Sie zwischen meinen losen Notizblättern Seiten, auf denen Namen von Straßen, Schauspielerinnen und Malern verzeichnet sind? Bubu vom Montparnasse und die spanische Grammatik nicht zu vergessen. Und alors, noch eines (ich bin unersättlich): Gides Dostojewskij-Buch[3] – aber nur wenn Sie es selber besitzen . . . gehen Sie nicht los und kaufen es. Und dann machen Sie mir doch bitte, wenn Sie einmal Zeit dazu haben und gerade selber dabei sind, ein oder zwei Durchschläge von den Auszügen aus Hardy. Vor allem die biblischen Zeilen

1 Bubu de Montparnasse, der Held des gleichnamigen Romans von Charles-Louis Philippe, war zu jener Zeit eine populäre Figur. Eine englische Übersetzung des Buches von Lawrence Vail, mit einem Vorwort von T. S. Eliot, erschien 1932 in Paris.

2 Vgl. Titelverzeichnis «Le Cirque».

3 Vgl. S. 58, Anm. 1.

interessieren mich. Ich werde demnächst in die Bibliothek gehen und mir die Apokryphen vornehmen – klingen prachtvoll. Man hat mir gesagt, Jolas' Adresse in Paris sei 40 rue de Sévigné. Ich schreibe Brassaï wegen der Fotos von June. Der Ausschnitt aus den *Daily News* wird Sie – und June! – vielleicht interessieren. Was *Digit of the Moon* betrifft – nein, ich habe es nicht gelesen. Man hat es mir einmal empfohlen, als ich in einem Krankenhaus in der Bronx Poule spielte. Der junge Mann hatte sich in June verliebt, und ich spielte Poule mit ihm, um herauszufinden, was er über June zu sagen hatte. Daher kenne ich *Digit of the Moon.* Aber wichtiger für mich ist im Augenblick eine andere Frage: Was für ein Buch ist *Le Grand Meaulnes*? Ich sehe es überall, und der Titel sagt mir gar nichts. Ich habe jedoch das Gefühl, daß es ein wichtiges Buch ist. (Genauso ging es mir, als ich zum erstenmal *einen in Scheiben geschnittenen Menschen*[1] sah.)

Über die meisten Fragen, auf die Sie eine Antwort haben wollen, werden Sie früher oder später etwas in meinem Manuskript finden. Ich schicke Ihnen laufend die Durchschläge der abgeschlossenen Teile. Heute abend werde ich nicht schreiben, da ich ein paar wichtige Briefe zu verfassen habe.

Ich möchte wissen, von wem Sie die Zeile in Ihrem Brief geborgt haben, die mit den Worten «pouvoir, au milieu de la folie, etc.»[2] beginnt. Das gefällt mir ungeheuer.

Was Goethe betrifft, so werden wir bald Wichtiges von Fred erfahren. Er kennt Goethe in- und auswendig. Wir hatten schon ein paar interessante Gespräche über dieses Thema, aber er ist immer noch nicht zufrieden und versprach einen langen Brief, den ich umgehend an Sie weiterreichen werde. Was indessen Nietzsche betrifft – nein, da sind Sie völlig im Irrtum, und Ihre Meinung ist ungerechtfertigt. In diesem Punkt müssen Sie Ihre Ansicht ändern. Nietzsche gehört zu den ganz Großen, und seine Sprache ist keineswegs einfältig, sondern glänzend, herrlich. Lesen Sie zuerst den *Antichrist*, dann *Menschliches Allzumenschliches* oder *Jenseits von Gut und Böse*. Nein, ich verehre Nietzsche. Er konnte schreiben, und er ist so anders als die übrigen Deutschen.

Zu der Leiche, die ich mit mir herumtrage, folgendes: Ja, die-

1 In *Wendekreis des Krebses* beschreibt Miller, wie er im Schaufenster eines Pariser Buchladens eine Ausstellung sah, die das Leben eines Mannes, gesehen aus der Perspektive seiner Familie, seiner Geliebten und so weiter, zeigte, wobei an jedem Tag eine neue Seite aufgeschlagen wurde.

2 Ein Zitat aus Anaïs Nins Tagebüchern «Pouvoir, au milieu de la folie, redevenir humaine.»

ser Ausspruch ist mir zugeschrieben worden, und es ist möglich, daß ich einmal so etwas gesagt habe. Aber ich erinnere mich nicht mehr daran. Man hat mir schon so manches zugeschrieben, was ich nicht wiedererkannte. Alles war absolut verzerrt.

HENRY

[Clichy, 26. Mai 1932]
Donnerstag

ANAÏS:
Als ich nach Hause kam, fand ich eine große Lattenkiste voller Holzwolle vor, und darin war die Lampe, ein Prachtstück, eine blendende Schönheit – ich bin hingerissen. Um Ihnen zu zeigen, wie sehr ich mich darüber freue, habe ich mein ganzes Zimmer gründlich überholt, meine Papiere geordnet, den Fußboden und die Badewanne gescheuert, die Küche saubergemacht und auf einem großen Stück Packpapier eine Liste aller Dinge, die ich zu tun gedenke, gemacht und sie an die Wand gehängt. Ich komme gerade in die rechte Stimmung, an dem Buch weiterzuarbeiten. Wenn ich Zeit dazu habe, werde ich noch ein paar Träume beilegen, die ich in einem «Traumbuch» fand, das ich vor einigen Jahren begann. Einer oder zwei darunter sind großartig. Überdies füge ich eine Kopie des Briefes an Covici bei – das Original behalte ich, bis Sie Ihre Zustimmung gegeben haben. Jetzt weiß ich, wo das vermißte Manuskript des Romans ist – *Putnam hat es!* Sie hatten recht, Sie haben es mir tatsächlich wiedergegeben ... Wenn Sie Titus besuchen, vergessen Sie nicht, ihn um ein Exemplar der «Surrealisten»-Nummer[1] zu bitten.

Die Lampe funktioniert noch nicht. Ich muß erst einen Schalter einbauen lassen. Aber ich denke, daß das bis zum Sonntag, zu dem Tag also, an dem Sie hoffentlich kommen können, geschehen sein wird. Die Lektüre der ersten Seiten des Tagebuches[2], das Sie mir gaben, gibt mir eine Vorstellung davon, wie verschwenderisch Sie sich vorkamen, als Sie 25 Cents für ein Buch ausgaben. (Und heute?) Die paar Zeilen, in denen Sie beschreiben, wie Sie vor den Schaufenstern der Kleidergeschäfte in der 5th Avenue standen und darauf warteten, daß man Ihnen Cucas ausrangierte Kleider überließ – rührend. Und über die «moderne» Literatur

1 Das Frühjahrsheft 1932 der von Edward Titus herausgegebenen Zeitschrift *This Quarter* war der Surrealisten-Bewegung gewidmet.

2 Tagebuch, das Anaïs Nin als Sechzehnjährige geschrieben hatte.

waren Sie *empört*. Der Moderne, den Sie nennen – ich habe nie von ihm gehört. Aber ich sehe, Sie lasen damals immerhin Mark Twain, Thoreau und Emerson. (Wir müssen die psychologische Bedeutung von Sherwood Andersons *Many Marriages* herausfinden.) Anaïs, Sie sind wunderbar.

HENRY

[Clichy, Juni 1932]
Paris, Montag

ANAÏS:

La cerveza no es buena aquí.

Jesus! Eine neue Sprache zu lernen! Gräßlich! Ich habe Angst davor. Aber es heißt: «Der Infinitiv *aller* spanischen Verben endet auf *ar*, *er* oder *ir*. O. K. No hablo Español. Das klingt verkrüppelt. Diese Eliminierung des Pronomens, die es, glaube ich, auch im Russischen gibt, kommt mir außerordentlich primitiv vor – oder ist sie ein Zeichen dafür, daß das Ich nicht so wichtig ist?

Mein Gott, so viele neue Wörter, die man lernen muß – neue Fälle, neue Konjugationen, neue Regeln. Ich fürchte mich fast vor dem Gedanken, allein nach Spanien zu fahren. Ich muß zumindest hundert brauchbare Sätze kennen. Ich bin bis Seite 15 vorgedrungen, und es klingt, als ob ich Heu kaute. Ch-ch-ch-th-th-th- . . . Sagen Sie ‹sechzehn› auf spanisch! Es sieht ungeheuer schwierig aus. Aber mir fällt auf, daß viele der Wörter den französischen und den italienischen sehr ähnlich sind. *Usted* finde ich hinreißend. Es ist eine Entdeckung. Die Sprache, die *Usted* erfunden hat, hat etwas Geniales. «Nix kennen, *Usted*?» – «Nein, nix kennen!»

Ich sage Ihnen, das erfordert höchste Konzentration. Ich hasse Grammatiken – und Vokabeln. Unterrichten Sie mich, Señorita? Wenn ich «estar» *und* «ser» sehe, bleibt mir das Herz stehn. «No es inglés» *aber* «el Banco de Inglaterra està en Londres». Das kompliziert die Dinge unnötig. Geduld! In ein paar Tagen werde ich Ihnen besser sagen können, wie ich meine Chancen einschätze. Im Augenblick sehe ich nichts als Verben, Pronomen, Adjektive, Genus und so weiter. Estoy ocupado.

In Eile
HENRY

P. S. Für L'Argentina waren keine Karten zu bekommen.

[Clichy, Juni 1932]

Als ich ein wenig später im Zug nach Hause fuhr, schaute ich mir die Broschüre über Chirico an. Genau das, was ich wollte. Alles, was ich im Zusammenhang mit Halasz' [Brassaïs] Fotos gedacht habe, sagt dieser Roger Vitrac über Chirico[1]. Meist ist man enttäuscht, wenn man entdeckt, daß die eigenen Gedanken bereits von einem andern veröffentlicht worden sind. Diesmal ist es nicht so. Ich bin froh, daß ein anderer Mensch mit den gleichen Gedanken auf die gleiche Art spielt. Schade, daß Sie es nicht vorher gelesen hatten. Ich glaube, daß all meine Gefühle in bezug auf den Surrealismus durchaus berechtigt sind. Ich zitiere ein oder zwei Stellen, um Ihnen zu zeigen, was ich meine ...

«Il est certain que sur ses toiles tout se pose. Nulle recherche de conventionelle harmonie, du sens de l'équilibre ou des proportions. Chaque élément prend sa place aveuglément et tout jouit d'une égale intensité. Tout s'ordonne dans le chaos, tout s'exéant avec ignorance, toute émotion se guérit de son inquiétude.»

Das ist es, was sich, meiner Ansicht nach, in der ursprünglichen Fassung des *House of Incest* andeutet. Sie werden bemerken, daß die Veranlagung, die er hier beschreibt, derjenigen überaus ähnlich ist, die wir so häufig dem *spanischen* Charakter zuschreiben.

Ich hoffe, ich lese nicht zuviel in diesen Absatz hinein. Er scheint eine Menge zu enthalten – und die Ausdrücke, die der Autor wählt, entsprechen auf großartigste Weise den Gedanken.

Ein anderes Zitat: «Vôtre récent séjour à Paris m'apparaît comme une fête. Rien ne laissait insensible. Les enseignes lumineuses, le bébé Cadum, l'Américaine Palmolive, les *manèges* (?), les affiches de cinema, les chantiers du démolition, vous parliez de tout cela comme d'illustrations d'une nouvelle légende et vous y voyiez un ‹Départ des Argonauts› où les hommes mêlés aux femmes s'endormiraient devant une gare dont les trains trahis par leur seule fumée s'enfonceraient dans la mer ou dans le ciel.»

Und Chirico selbst: «Ce qu'il faut surtout, c'est débarrasser l'art de tout ce qu'il contient de connu jusqu'à présent, tout sujet, toute idée, toute pensée, toute symbole doivent être mis de côté ...

Il faut que la pensée se détache tellement de tout ce qu'on appelle la logique et le sens, qu'elle s'éloigne tellement de toutes les entraves humaines, que les choses lui apparaissent sous un aspect nouveau comme illuminées par une constellation apparue pour la première fois». *Soit!*

Henry

1 Roger Vitrac, *Georgio di Chirico.*

P. S. Ich weiß jetzt, daß die Heimfahrten mir deshalb immer so reich vorkommen, weil ich stets mit Ihren Geschenken beladen bin.

[Clichy, 17. Juni 1932]
Freitag

Anaïs –
Als ich gestern abend nach Hause kam, fand ich dort eine Frau vor – eine Mlle Paulette, dix-neuf ans, une amie de Fred. Kein Saubermachen mehr für uns. Paulette wird das alles regeln. Sie hätten sie sehen müssen, wie die den Salat in einem Handtuch trocknete – großartig! Sie wird sparsam für uns wirtschaften. Hatte Streit mit ihrem Vater und wird deshalb nicht wieder nach Hause gehen. Sie ist einfach hinreißend. Fred fürchtet schon, daß er nicht mehr zum Schreiben kommen wird. Sie kann alles. Dix-neuf ans! Vielleicht werden wir Montag zusammen essen. Paulette muß ihren Stundenplan ändern – sie ist gewohnt, um halb acht Uhr aufzustehen. Es macht mich sehr glücklich, ihr zuzuschauen – ganz wie ein Kind. Alors, lundi chez Fraenkel. Tout va bien?

Henry

[Clichy, 26. Juli 1932]
Dienstag

Anaïs –
Habe gerade heute Dr. Krans' Rohrpost erhalten und sofort dem berühmten Paul Morand geschrieben, daß ich ihn gern aufsuchen würde. Ich vermute, daß Sie dabei eine Rolle gespielt haben. Was für ein komisches Gefühl das sein wird, die Reden des erfolgreichen Autors zu übersetzen, die er auf seiner Amerikareise halten will! Wissen Sie, warum ich vor allem zugesagt habe – viel Geld bietet er nicht (500 Francs für fünfundzwanzig Seiten – jede Rede 25 Seiten ... so scheint es)? Ich will ihn kennenlernen und sehen, ob ich ihn *besiegen*, Freundschaft mit ihm schließen, ihn nach Clichy einladen, die Führung übernehmen und ihn dazu bringen kann, mich einem Verleger vorzustellen. Ich glaube nicht, daß es mir gelingen wird; er muß mittlerweile ziemlich hartgesotten sein – und überdies besitzt er einen Bugatti und redet mit einer Stoppuhr in der Hand (hat man mir erzählt). Aber das

macht's um so lustiger. Ich glaube nicht, daß ich eine gute Übersetzung zustande bringe, aber Fred hat versprochen, mir zu helfen, und ich werde den Profit mit ihm teilen.

Den beigefügten Zeilen werden Sie entnehmen, daß ich gerade selber an Caresse Crosby geschrieben habe (ich wollte Ihnen den Brief schicken, bevor er an die Adressatin abgeht). Ich glaube nicht, daß Sie ihn gutheißen werden; deshalb schicken Sie ihn bitte nicht ab, ohne zuvor mit mir zu sprechen. Heute habe ich den Brief des Captain beantwortet – ein Witz, das müssen Sie verstehen. Ich meine kein Wort von dem, was ich schreibe. Ich will damit allein bezwecken, daß der Captain anbeißt und mir noch ein paar alberne Briefe schreibt. Wenn ich erst einen ganzen Stoß von diesen Briefen habe, werde ich in der Lage sein, mir etwas ebenso Albernes auszudenken.

Keine Leibschmerzen mehr – nur noch ein dumpfes Poltern, wie im Innern eines Vulkans. Paulette wirkt jeden Tag jünger. Wir haben uns schon gefragt, ob sie wirklich älter als zwölf ist.

Heute abend beim Essen weist mich Fred darauf hin, wie wenig entwickelt sie aussieht, und als sie sagt «Tu dis?» meint er: «Monsieur Henri sagt, daß du verträumte Augen hast.» Und Paulette sagt: «Est-ce vrai?»

Mit der Arbeit geht es gut voran. Ich wachse mit ihr. Heute abend muß ich in mein Büro am Montparnasse gehen und nachschauen, ob irgend etwas anliegt.

Sie sagen Freitag? Nein, ich werde vorher Leibschmerzen bekommen. Ich glaube, Paul Morand wird mir Leibschmerzen bereiten.

In Eile
HENRY

[30. Juli 1932]
Samstag, Clichy

Neue Kopien! Hier der Versuch, den Buñuel-Artikel[1] neu zu schreiben. Zum Vergleich schicke ich Ihnen auch den ursprünglichen Entwurf mit. Ich weiß nicht, ob die zweite Fassung besser ist oder nicht. Der Verstand spielt jetzt mit hinein, und das macht mich unruhig. Übrigens nicht nur mein eigener Verstand – Sie

1 «Buñuel or Thus Cometh to an End Everywhere the Golden Age», erschienen 1931, war die erste essayistische Arbeit, die Miller in Europa veröffentlichte. Im Sommer 1932 schrieb Miller seinen Aufsatz um.

werden auch die Spuren Fraenkels und nicht zuletzt Ihre eigenen Spuren entdecken, vielleicht auch Andeutungen von Lawrence. Ich weiß nicht, ob ich das Ganze fest genug gefügt habe. Hat es Hand und Fuß? Ich meine: Sind die Gedanken klar miteinander verknüpft? Hoffentlich störe ich Sie nicht bei Ihrer eigenen Arbeit mit all den Wünschen, mit denen ich Sie in den letzten Tagen überschüttet habe. Ich schicke diese Zeilen in aller Eile an Sie ab, weil ich hoffe, an einem der nächsten Tage Nachricht von Caresse Crosby zu erhalten, und gern dies Vorwort zusammen mit dem Buch vorlegen möchte. Ich habe das Material zum Thema Sexualität, von dem die erste Fassung durchdrungen war, zusammengestrichen, das Herausgestrichene aber in anderer Form am Schluß wiederaufgenommen. Mir gefällt der letzte Teil recht gut. – Ist Ihnen der Unterschied, den ich im Gebrauch des Wortes «fuck» mache, ganz klar? Wenn ich sage: «Because now you're fucked!» dann meine ich das, was die Franzosen meinen, wenn sie das Verb in dem Ausdruck «je m'en fous» verwenden. Ich erkläre Ihnen das alles, weil ich, wenn es um solche derben Ausdrücke geht, nie genau weiß, wieviel Sie davon mitbekommen. Mir ging es darum, die anstößigen Worte in ihrer stärksten Form zu verwenden, und nicht darum, die Leute lüstern zu machen. Ich bin nicht ganz zufrieden mit mir; deshalb kritisieren Sie mich bitte, so scharf Sie können. Ich bin von der Ekstase ins kühle Schreiben geraten und habe damit gegen meine eigenen Forderungen verstoßen. Gleichzeitig will ich nach Möglichkeit beweisen, daß ich in der Lage bin zu denken, scharf und klar zu denken. Ist mir das gelungen? Ich fürchte, ich bin ein Wirrkopf. (Warum *fürchte* – Nein!)

Sie wissen gar nicht, wie ich die wilden, zügellosen Erklärungen Tristan Tzaras[1] genossen habe, von denen ich Ihnen Auszüge gab. Schauen Sie nur, wie eng das mit unserm gegenwärtigen Denken, mit Buñuel, Fraenkel und Ihrer Lawrence-Studie [*D. H. Lawrence. An Unprofessional Study*] verwandt ist.

Aber wieviel stärker sind Tzaras Worte in diesem phantastischen Vagabundenstil! Sein Humor ist wahres Dynamit. Er sagt unentwegt etwas, und die Idioten glauben, er sei nichts als ein böser Bube, der ihnen eine lange Nase macht.

Unter uns, ich bin sicher, daß Buñuel selbst seinen Film *Das Goldene Zeitalter* [*L'âge d'or*] nicht so versteht, wie wir ihn verstehen. Ich erinnere mich noch sehr gut an das Gespräch, das ich einmal mit ihm im Select führte. Ich erinnere mich an gewisse

1 Gemeint ist wahrscheinlich Tzaras «Manifeste Dada».

direkte Fragen, die ich ihm stellte und an seine offenen Eingeständnisse. Aber er begriff instinktiv, das versteht sich von selbst. Und diese Art des Begreifens, verbunden mit seiner Ernsthaftigkeit, ist es, was mir gefällt. Sie entspricht mehr meiner eigenen Art. (Jawohl, ich mag sie!) Überdies diente ein Teil meiner kritischen Bemerkungen (vielleicht habe ich sie zu sehr in den Vordergrund gestellt) dem Zweck, ihn vor der Gefahr zu bewahren, als bloßer Kommunist betrachtet zu werden. Für mich ist er heute so etwas wie ein rasender, leidenschaftlicher, gewalttätiger Spanier (Antithese und Konzeptualismus), der von widerstreitenden Mächten hierhin und dorthin gezogen wird, der nicht recht weiß, wo er steht, der aber dort, wo er einmal steht, mit aller Kraft kämpft. Nein, ich halte nicht allzuviel von seinem Intellekt. Zu *der* Art von Spaniern gehört er nicht. (Er hatte nichts als bittere Verachtung für Unamuno übrig!) – Ich bin ohne Einschränkung *für* Unamuno. Was für ein Gift er versprüht!

HVM

P. S. Das beste an Dada war der Satz: «Gott kann es sich leisten Fehler zu machen. Dada kann es auch!» (Ein uralter Gedanke von mir.)

[Clichy, August 1932]
Mittwoch

Habe bereits vier Seiten mehr geschrieben, als ich diesem Brief beifüge; aber ich will sie Ihnen erst geben, wenn der Abschnitt fertig ist. Das Ganze ist das Ergebnis einer Begegnung mit Eduardo [Sanchez] gestern in der Bibliothek. Er macht sich gut in der Bibliothek, sieht aus, als ob er dort geboren wäre.

Haben Sie verstanden, warum ich Ihnen die Seiten über Buñuel nicht gezeigt habe? Eigentlich sollten Sie sie schon gelesen haben. Warum ich Kopfschmerzen hatte? Ich weiß es nicht. Der Film hat mich schläfrig gemacht. Er war nicht so gut, wie ich erwartet hatte – es war anstrengend, ihm unentwegt mit Aufmerksamkeit zu folgen.

Was Allendy betrifft, so beachten Sie, was ich über Bunchek[1] geschrieben habe – kurz bevor ich Ihre Rohrpost erhielt. (Sie können das gar nicht beachten, weil es auf den folgenden Blättern steht, die ich vorläufig noch zurückhalte.) Was ich habe, werde

1 Bunchek taucht in dem Kapitel «Der Schneiderladen» in *Schwarzer Frühling* auf.

ich morgen mitbringen, wenn ich mich mit Ihnen treffe. Ich habe auch den Auftrag bekommen. Gestern abend lief ich los, ohne an das Geld in meiner Tasche zu denken.

In meinem Telegramm an June habe ich ihr aufgetragen, meine sämtlichen Manuskripte mitzubringen. Dieser Brief liest sich wie eine telegrafische Botschaft – der Grund dafür ist, daß ich es eilig habe hinauszukommen. Heute nachmittag treffe ich mich mit Bradley.

Ich werde in dem Café Ecke rue Mozart warten, wo immer das sein mag.

HENRY

P. S. Sie müssen *La dance sur le feu et l'eau* von Élie Faure lesen. Ich lese es in der Bibliothek gerade zum zweitenmal – dazu das Reisetagebuch.

[August 1932]
Freitag, Clichy

ANAÏS:

Ich schicke Ihnen den beigefügten Brief und Auszüge, dazu eine Kopie des offenen Briefs an Buñuel mit der Bitte, alles an meinen Freund Emil Schnellock weiterzusenden. Einen Umschlag mit seiner Adresse lege ich bei. Der Grund ist nicht einfach der Mangel an Briefmarken (das ist eine Kleinigkeit, mit der ich leicht fertig werden könnte). Ich dachte vielmehr, es würde Ihnen Spaß machen, den Brief zu lesen. Emil ist mein bester Freund drüben in Amerika.

Sagen Sie mir, ob Sie den Brief an Buñuel für schwach halten. Ich weiß nicht, wo ich zur Zeit stehe. Ich zwinge mich zum Schreiben.

Ich erwarte einen *langen* Brief von Ihnen. Ich bin vorerst erschöpft. Trotzdem habe ich in dem Brief an Emil ein paar Tropfen aus mir herausgequetscht. Wenn man genug quetscht, bringt man allemal ein oder zwei Tropfen hervor. Aber ich *will* keine Tropfen hervorquetschen.

HENRY

[Clichy, 28. September 1932]
Mittwoch

Ich teile Ihnen die Bruchstücke eines Traumes mit, den ich in der vergangenen Nacht hatte; er scheint mir unwichtig und uninteressant, aber vielleicht können Sie und Allendy das Gegenteil beweisen. Ich begreife nicht, wie dieser Mann meine Träume deuten kann, ohne mich zu kennen.

Hier also das, was ich von dem Traum in Erinnerung behalten habe: Ich wurde von einem Fremden, einem jungen Mann, in ein Restaurant geführt; ich war außerordentlich glücklich, mich in einem Stadtteil zu befinden, in dem ich schon einmal gewesen war und den ich selbst aber nie hatte wiederfinden können; es schien mir, als sei ich irgendwo im unteren Teil von Brooklyn – ich erkannte eine Szene wieder, die mir wie aus einem früheren Traum vorkam – alles war sehr lebendig, eine überaus malerische Gegend, in der das Alte vorherrschte. Warum ich dem jungen Mann den Grund dafür auseinandersetzte, daß ich hier war oder daß ich nach einem Restaurant suchte, weiß ich nicht mehr – ich erinnere mich hingegen ganz genau, so als ob es sehr wichtig gewesen sei, daß ich ihm erzählte, ich sei gerade von einem alten Schneider gekommen, einem typisch amerikanischen Schneider im unteren Teil von Brooklyn, der dort seit über einem Jahrhundert ansässig sei – und ich habe das Gefühl, daß ich ihn belog, um ihn zu beeindrucken –, obgleich ich mich frage, warum er von einem hundert Jahre alten Geschäft, das einen typisch amerikanischen Namen trug, beeindruckt gewesen sein sollte. Ich verstehe das nicht. Ich glaube, ich hatte sogar im Traum das Gefühl, daß das ein bißchen komisch war. Merkwürdigerweise blieb er, als wir vor das Restaurant kamen – das mit seiner Terrasse, seiner Markise und der Bar im Innern mehr wie ein französisches Restaurant aussah –, plötzlich stehen, machte sich daran, irgend etwas von einem Pfahl herunterzunehmen, der wie ein hoher Pfosten zum Anbinden der Pferde aussah, und sagte, es sei höchste Zeit, daß diese Dinge verschwänden, er werde sie der Besitzerin des Restaurants bringen; als ich hinschaute, bemerkte ich zu meinem Erstaunen, daß zwei Silbermünzen an dem Pfosten befestigt waren, eine glatt und einfach, die andere ein wenig größer und gezackt. Das schien mir absurd. Als wir hineingingen, merkte ich zu meiner Enttäuschung, daß der Raum wie ein Marktplatz in Abteilungen aufgegliedert war, die die Bezeichnungen 6 Francs, 6.50 Francs, 7 Francs und so weiter trugen, daß ich den Gedanken nicht ertragen konnte, so essen zu müssen, und daß alles viel zu verwirrend war, als daß eine Wahl möglich gewesen wäre. Das Innere sah mehr wie eine englische Taverne aus; die Bar war hübsch, und im halbdunklen Hintergrund stand eine Kellnerin mit einem Tuch über dem Arm, die auf meine Entscheidung wartete; sie war schwarz gekleidet und trug eine weiße Schürze. Zuerst versuchte sie mich zu überzeugen, aber dann benahm sie sich mir gegenüber, als sei ich ein Ausländer, dem nicht zu helfen war. Als ich hinausging, war ich wiederum erfreut, daß ich in dieser Gegend war, und ich versuchte, den Namen der Straße an der Mauer auf der gegenüberliegenden Seite zu lesen, aber es war mir nicht möglich ihn zu entziffern.

Hier nun das andere Traumfragment – ich kann keine Verbindung zwischen den beiden herstellen: Ich spiele mit einem Wort herum. Ich kenne nicht das ganze Wort, aber es scheint auf ‹opolis› zu enden, und wenn ich dieses ‹opolis› abtrenne, bedeutet es *Verbrechen*; ich erwache, aber ich bin so fasziniert von dem Spiel und so sehr darauf erpicht, das Wort zu finden, daß ich sofort wieder einschlafe und weiterträume; ich erkenne, daß das Wort irgend etwas mit einer Gegend in Südrußland zu tun hat. Dann kommt mir Heliopolis in den Sinn, wird aber sofort als erzwungene Lösung abgelehnt. Sebastopol scheint eher das Wort zu sein, aber es ergibt keinen Sinn – kein Verbrechen. Im übrigen weiß ich nicht genau, ob es mir nicht am Ende im Wachen eingefallen ist. Ich weiß nicht mehr, ob ich wache oder träume. Ich bin ungeheuer verärgert darüber, daß ich die Sache nicht herausbekomme. Aus diesem Grunde bin ich entschlossen, den Traum aufzuzeichnen und mich darin zu üben, meine Träume jeden Morgen gleich nach dem Frühstück zu rekonstruieren.

Zu Nutz und Frommen dessen, der diesen Traum deutet – wer es auch sein mag –, gebe ich unentgeltlich die folgenden, dem Traum vorangegangenen und (meiner Ansicht nach) mit ihm zusammenhängenden Ereignisse zum besten, das also, was meine Phantasie und mein Bewußtsein erfüllte, bevor ich einschlief. War ziemlich verärgert darüber, daß ich nicht alles geschafft hatte, was ich in Lewisohns Buch [*Expression in America*] hatte lesen wollen, weil ich eine Menge Interessantes darin gefunden hatte, was sogar Sie bewundernswert gefunden hätten. Von dem, was in diesem Werk über den Puritanismus zu lesen stand, hatte ich gegen meinen Willen bereits eine große Dosis verschlungen (weil ich nicht verpassen wollte, welche Folgerungen er aus seiner These zieht), und ich behielt es im Kopf mit dem Vorsatz, darüber zu schreiben! Ich glaube, ich wollte das nur tun, weil er ein Jude war und es mich störte, daß ein Jude in der Lage war, so scharfsichtig und genau den Finger auf die Quelle der amerikanischen Puerilität, Sterilität und Paralyse zu legen. Ich legte mir Argumente zurecht, die mir selbst unhaltbar schienen, und ärgerte mich aufs neue, daß ich die Sache nicht in den Griff bekam. Ich sagte mir immer wieder, wie in einem Refrain: «Aber vielleicht würde ein anderer, ein echter Amerikaner eine völlig andere Antwort auf die Frage des Puritanismus finden.» Überdies kam mir im Zusammenhang mit Lewisohn in den Sinn, daß Anaïs das Buch nur deshalb so entschieden ablehnen konnte, weil sie eine Romanin war, und daß die Probleme, um die es hier ging, nie ihre eigenen Probleme gewesen waren, während sie für mich – mochten sie auch abgestanden und altbekannt sein – brennend und lebendig waren. Weil ich dem gleichen Boden entstammte, mußte ich mich dagegen auflehnen, mußte für mich und meine Landsleute allenthalben um Verzeihung bitten. Ich wollte Waldo Emerson in den Himmel heben, nur um der Welt zu beweisen, daß es einmal einen großen Amerikaner gegeben hatte – und mehr noch deshalb, weil ich einmal stark von ihm beeinflußt worden war, und er aufs engste mit jener Seite meines Wesens verbunden war, die ich für die bessere halte und die ich unter dem Einfluß Keyserlings bewußt und nachdrücklich zu neuem Leben erweckt hatte. Und mit all diesen Gedanken an Anaïs' heimlichen oder unausgesprochenen Standpunkt im Kopf fuhr ich plötzlich auf, als ich ein paar Zeilen las, in denen Santayana zitiert wurde, der die gesamte deutsche Kultur verachtete, sie als kindisch, brutal und dumm entlarvte. Das knüpfte an die Demütigung an, die ich fühlte, als Anaïs im Zusammenhang mit dem Thema ‹Nudismus› über mich herfiel; ich wendete mich von dem Thema ab, scheinbar besiegt, in Wahrheit aber weit davon entfernt besiegt zu sein – ich fühlte mich bestärkt in meiner Überzeugung und nahm mir vor, noch eingehender und leidenschaftlicher darüber zu schreiben. Außerdem dachte ich: Die typische Reaktion einer Frau, die Reaktion einer romanischen Frau, die Reaktion einer dekadenten Frau . . .; in diesem Punkt haben die Deutschen recht mit ihrem Fanatismus . . . diesem Barbarentum, das sie dazu prädestiniert, die Menschheit zu erneuern. Und ich hielt Santayanas romanische Lösung des Lebensproblems für einen zu einfachen, leichtfertigen Ausweg – und war erstaunt, daß ein Jude wie Lewisohn sich dafür erwärmen konnte. Erstaunlich fand ich auch, daß er Henry James preisen und dennoch Lawrence mit dem Wort «Pornographie» abtun konnte. Vor allem aber erstaunte mich, daß er seine beste und umfassendste Arbeit über Emerson hatte schreiben können; ich versuchte, mir das so zu erklären: Emerson war, wie die biblischen Juden, ein Prophet, ein Evangelist, ein Bilderstürmer. Aber dieser Lewisohn bekam Emerson nicht wirklich «in den Griff» – er verwandelte ihn in einen Propheten, um ihn verstehen und würdigen zu können. (Gleichzeitig gestehe ich mir ein, daß das alles unhaltbar ist – er ist ebenso intelligent wie ich, und er hat das gleiche Recht wie ich, an Emerson Gefallen zu finden.) Ich stimme unentwegt mit ihm überein und dennoch: je mehr er mich seine Überzeugungskraft spüren läßt, desto mehr rebelliere ich gegen ihn. Aber ich werde nicht aus den gleichen Gründen wie Anaïs rebellieren – das scheint mir zu billig, zu ungerecht und blind. Auf dem Heimweg überkam mich eine ungeheure Flut von Ideen, die durch den Anblick der am frühen Abend erleuchteten Häuser provoziert wurden. Ihr bleiches, ödes, häßliches Aussehen prägte sich mir ein, und doch: die gedämpften Lichter – oft in Räumen mit roten Tapeten, in denen Menschen still um den Tisch saßen –, die, Fenster um Fenster, in rascher Folge an meinem Auge vorüberflogen wie entblößte Seelen (wo waren die Vorhänge ... warum benutzten die Franzosen keine Vorhänge?), berührten mich zutiefst, gaben mir das Gefühl, ein Drama, dramatische Welten auf der Strecke zwischen zwei Bahnhöfen zu erleben. Ich dachte über die Verwicklungen im Leben der Menschen nach, ich dachte daran, wie geheimnisvoll und verwirrend dieses Leben für sie war, und wie leicht es Fremden, Psychologen zum Beispiel, fiel, ihre Probleme zu lösen. Und dann kam mir der Gedanke, daß sich der arme Psychologe allzu leicht zufriedengab, allzu rasch beeindruckt war, daß er seine Antworten allzu schnell bei der Hand hatte, wobei er alle Aspekte des Problems unter dem einen Gesichtspunkt betrachtete, wie sie sich am besten in ein (selbstgezimmertes!) Schema bringen ließen; schließlich dachte ich daran, wie der Schriftsteller den Psychologen in vollkommene Verwirrung bringen konnte, ja daß er mehr Psychologe war als dieser, weil er die Geheimnisse differenzierte, erweiterte, entwickelte und sich den Teufel um die Antworten kümmerte, weil diese Antworten nicht wichtig waren. Entscheidend war allein das Drama, das Geheimnis, das unentzifferbare System. Und von hier aus kam ich, wie bei dem Problem Lewisohn, in schnellem Gedankenflug zu der Erkenntnis, daß die Psychologen doch mehr recht hatten als ich – daß die Tatsache der Existenz von nur wenigen Grundmodellen im System der menschlichen Verhaltensweisen unleugbar war – daß die Probleme des Lebens ebenfalls nur begrenzt waren – daß es schade war, daß die Funktion des Künstlers darin bestand, diese Probleme zu vergrößern, Aufstände im Gehirn zu entfachen, die Menschen wild und frei zu machen, damit mehr Dramatik in ihr Leben kam, mehr Fenster, in die man hineinschauen konnte, mehr rote Glut, wenn man im Zug fuhr – daß meine schriftstellerische Tätigkeit nur gerechtfertigt war, wenn ich etwas so Revolutionäres, so Vulkanisches schrieb, daß Amerika oder Europa dadurch verändert wurde – aber wie sollte ich das anfangen ... tat ich genug ... konnte ich bei ihnen genügend Haß gegen mich wecken? (Hinter diesem Gedanken stand ohne Zweifel die Angst, daß mein erstes Buch kein Aufsehen erregen würde, daß man es als unterhaltsam und risqué betrachten könnte.) Erinnerung an die Worte von Krans (nicht erbaulich für die Menschheit) und übertriebene Erregung darüber – nicht wegen jener Worte oder ihrer Implikationen, sondern weil ihn das Ganze nicht im geringsten erschütterte. Und all meine Einwände gegen Lewisohn haben nicht zuletzt mit dem starken und ständig unterdrückten Wunsch zu tun, diesen Krans mit meiner Kritik an seinem Idol Lewisohn zu verletzen. (Erinnere mich daran, wie sehr ich am Tage unserer ersten Begegnung seinen kalten, metallenen Gruß verabscheute, der so sachlich war, so pragmatisch, so völlig bar jeder echten Menschlichkeit. Denke mir, daß mein erster Eindruck richtig war, daß ich stets einen Fehler mache, wenn ich ihn nach näherem Kontakt revidiere – weil in dem, was ich bei der ersten Begegnung mit irgendwelchen Menschen sehe, nichts ist, was ich selber in sie hineingedeutet habe – später sehe ich nur noch meine eigenen Vorstellungen von ihnen ... ich habe ihnen ein wenig Wärme eingeblasen, einen kleinen Funken Begeisterung, und sie kommen beständig zu mir, damit ich ihn schüre, ihn am Leben halte.)

Und dieser Mensch Krans als der perfekte Typ des Amerikaners – beklagt am Telefon sein schlechtes Französisch (warum erwartete er von mir, daß ich gut Französisch spräche, als er mich nach Dijon schickte – was hat er von seiner Frau, von seinen Verwandten hier und so weiter gelernt?). Denke an seinen steifen weißen Kragen, seine Förmlichkeit, seine Sprödigkeit, seine schnarrende Stimme im Telefon, sein Luchslächeln – das nicht Ausdruck der Herzlichkeit ist, sondern Zeichen des Versuchs, den andern einzuschläfern, um dann über ihn herzufallen. Verabscheue die Züge des Yankee an ihm; verstehe nicht, wie er sich hier ins Bild fügen kann. Und dieser Mann wagt es, mir das Buch anzubieten, um mir die Augen zu öffnen, mich zu kultivieren, meinen Horizont zu erweitern und so weiter. Erinnere mich an die ersten Worte, die ich an ihn richtete, daran wie ich mir die Worte eine Sekunde vorher zurechtlegte, um ihn aus dem Gleis zu werfen. «Er erwartet keine Höflichkeit von dir – verabreiche es ihm in kräftigen Dosen!» Und dabei ist er so empfänglich für Schmeicheleien.

All das verband sich mit dem Nebel, der noch übriggeblieben war von meiner Schilderung des «alten Bezirks»[1], in dem ich aufwuchs und der mir so amerikanisch vorkam, so repräsentativ für eine Periode in unserem Leben, in der alles besser, geruhsamer, gesunder und europäischer war. Erst während ich diesen Abschnitt schrieb (und ich faßte mich nur höchst ungern so kurz – es war wieder einmal ein Kompromiß!), begann ich zu verstehen, warum jene Zeit meines Lebens (vom 5. bis zum 10. Lebensjahr) so bedeutungsvoll für mich war. Warum, beispielsweise, sollte ich sonst wohl Fremden, sooft die Rede darauf kommt, sagen, daß ich aus dem vierzehnten Bezirk stamme? Ich habe nur neun Jahre lang dort gelebt und zudem noch in einem sehr zarten Alter – und doch ist es für mich der Platz, an dem ich aufgewachsen bin. Warum verabscheue ich den anderen Bezirk so sehr – Decatur Street, nahe beim Evergreen-Friedhof, wo ich von meinem zehnten Lebensjahr bis zu meiner Eheschließung[2] (mit 25) lebte? Ich lief ständig weg aus dieser Gegend; dabei gab es dort nichts, was mir besondere Sorgen machte; ich lebte ein glückliches Jungenleben; aber dort war es, wo ich meine erste Liebesaffäre hatte, und dann die unglückliche Affäre mit Pauline [Chouteau][3]. Und meine erste Liebe stammte ebenfalls aus dem alten Bezirk – nicht weit entfernt von der Ecke, in der ich aufwuchs, aber noch bodenständiger gleichsam. Diesen Bezirk, Williamsburg, der an Greenpoint grenzt, hielt ich immer für typisch amerikanisch – und doch hat er äußerlich, physisch, sehr viel Ähnlichkeit mit den schmutzigen Gegenden von Paris, die ich so liebe; er ist, mit anderen Worten, europäischer als irgendein anderer Teil von Brooklyn oder New York, den ich nennen könnte. Dort findet man jene Hütten, die «shanties» (chaumières) genannt werden – ich war sehr beeindruckt, als ich zum erstenmal die chaumières von Paris sah; ich liebe alte, baufällige Häuser, verfallene Häuser, Häuser, die sich gut zeichnen und malen lassen, die Atmosphäre haben und von Tragödien erzählen können, von Elend, Hunger oder auch vom öden Nichts. Häuser jedenfalls,

1 Vgl. «Der vierzehnte Bezirk» in *Schwarzer Frühling*.
2 1917 heiratete Miller die Pianistin Beatrice Sylvas Wickens.
3 Die «Witwe», von der Miller im dritten Kapitel des *Wendekreis des Steinbocks* spricht.

die zum Träumen einladen – die in gewisser Hinsicht selbst wie Träume sind – weil sie sinnlos, oft absurd, immer geheimnisvoll und nicht selten furchterregend sind. Mein Leben in diesem alten Bezirk, oder doch ein Gutteil davon, den ich in Erinnerung habe, bestand darin, daß wir des Abends ungehindert umherliefen, wilde Spiele spielten, bei denen wir durch ein verrücktes Straßengewirr rannten, in alte Hütten eindrangen, über Zäune stiegen, uns verirrten, wüste Abenteuer bestanden, kein Gesetz und keinen Respekt kannten und so weiter und so weiter. Herrliche Erinnerungen an meilenweite Jagden – an deren Ende wir uns erschöpft auf die Erde fallen ließen, immer in der Furcht, von unseren Rivalen gestellt und gehörig verprügelt zu werden. Laufspiele, Versteckspiele, grausame Spiele – noch heute spüre ich den Geschmack davon in meinem Munde.

Mein Kopf war übervoll, als der Zug in Paris einlief. Wollte schneller heimkommen als es – wie ich sehr wohl wußte – möglich war, um zu schreiben. Dachte, daß Fred auf mich wartete – weil er sein Essen haben wollte – und sein Essen nicht selber kochen wollte. Er würde nicht essen, wenn ich nicht sofort nach Hause ginge. Ich wußte, daß aus dem Schreiben nichts werden würde, wenn ich nicht sogleich heimginge. Dazu der Gedanke: «Vielleicht würdest du gern das Schreiben vermeiden; deshalb wirst du jetzt plötzlich hungrig und mußt in ein Restaurant gehen.» Wußte, daß schon der Akt des Aussteigens aus dem Zug, das bloße Anhalten des Zuges, die veränderte Lage, die Luftblase zum Platzen bringen würde. Hatte große Angst davor. Immer die Furcht, daß man nicht genug tut, daß man sich selber zu leicht nachgibt, daß die besten Gedanken nie aufgeschrieben werden, weil sie sich stets dann melden, wenn man gerade keine Schreibmaschine zur Verfügung hat – die ständige Frage: Stimmt das, oder ist das die Ausflucht eines schwächlichen Mannes? (Wieder Lewisohn – die großen Schriftsteller waren starke Menschen ... Shakespeare, der sich auf seinem großen Besitz niederließ, und so weiter – dazu die Zeile, die ich Ihnen vorlas: «Die vollendeten, klassischen Werke sind solche, in denen sich eine vollkommene Katharsis vollzieht», und so weiter. Ich will mich gegen diese Vorstellung zur Wehr setzen – das ist die Wahrheit, kein Zweifel, und ich bin kein klassisches Individuum. Warum sollte ich mich also von ihr stören lassen ... warum reagiere ich nicht mit Heiterkeit darauf – da haben wir's – zwei Typen in der Welt – ich bin der andere Typ! Aber nein, es beschäftigt mich wie der Knochen den Hund ... Schwäche ... Schwäche. Verabscheue diese

Schwäche.) Überdenke das Problem der Bedürfnisse Freds – habe keine Gewissensbisse, was die Kocherei betrifft – gut für ihn, ein bißchen zu hungern ... sein Magen ist ohnehin nicht in Ordnung ... übrigens braucht er gar nicht zu hungern ... da ist immer noch King, wenn er ins Büro geht ... «Streng gefälligst deine Birne an, Fred.» Aber ich weiß, daß Fred mich mit der Miene eines Menschen begrüßen wird, den man mißbraucht hat – «Du hast nur an dein eigenes Vergnügen gedacht.» Aber er ist im Unrecht; es war nicht mein Vergnügen, das mich abgehalten hat, ... es war meine Arbeit. Das ist eine Lüge. Du machst eine große Sache daraus, um dich weich zu machen und am Ende der angenehmen Idee nachzugeben, ins Theater oder sonstwohin zu gehen. In Wahrheit haßt du die Arbeit. Im Grunde deiner Seele bist du nichts als ein Zuhälter, ein Blutsauger. Du würdest noch der Leiche die Pfennige aus der Tasche holen. Und so weiter, ad nauseam. Aber ich gehe trotzdem heim – nachdem ich mir überlegt habe, ob ich nicht den Tabakwarenhändler nach einem guten und billigen Restaurant in der Nähe fragen soll. Doch ich weiß, daß es sinnlos wäre; dieser französische Bastard denkt gar nicht daran, mir zu helfen, und ich werde in einem teuren Lokal landen und mich darüber ärgern. Nein, ich gehe nach Hause. (Ich nehme einen Bus, der ein paar Centimes mehr kostet – den ersten habe ich vorbeifahren lassen, weil ich Gewissensbisse wegen der paar Centimes hatte.) Als ich zu Hause ankomme, ist Fred nicht da. Ich beginne zu fluchen – dieser verdammte Schuft, läßt mich schnurstracks hierherkommen, wenn ich in ein Restaurant will. Und warum hat er die Bude so gründlich saubergemacht? Nur um mir zu zeigen, daß er seine Pflicht getan hat, obwohl ich die meine vernachlässigt habe. Das ist seine Art, es mir heimzuzahlen. Zum Teufel mit ihm – ich werde nicht, wie ich es ursprünglich vorhatte, ins Büro gehen, um ihm ein paar Francs fürs Essen zu leihen ... soll er selber sehen, wie er fertig wird.

Ich kann mich noch an vieles andere erinnern, aber der Brief wird zu lang – und vielleicht auch zu langweilig? Wen kümmert schon mein Umherschweifen? Ich könnte in diesem Tempo ein ganzes Buch über die Ereignisse weniger Stunden schreiben – die inneren Ereignisse. Ich versichere Ihnen, ich bin nur flüchtig darüber hingegangen, und mancherlei ist ungesagt geblieben – weil es zu heikel ist! Ich hätte vielleicht noch eines hinzufügen sollen: während der Bahnfahrt überkam mich plötzlich die Furcht, June könnte in der Zwischenzeit gekommen sein und säße nun in Clichy, läse mein Manuskript und risse es am Ende in Stücke.

Ich wollte nicht so ausführlich schreiben – aber ich fing an, und es klang mir interessant – interessanter als der Traum.

HENRY

P. S. Ich habe keinen Durchschlag von diesem Brief gemacht – heben Sie ihn bitte für mich auf – es könnte sein, daß ich einmal darauf zurückkommen möchte. Er enthält den Keim einer Idee für mein Buch.

[Clichy, Oktober 1932]
Mittwoch

ANAÏS –
Ich lasse Ihnen diesen Brief durch June[1] übergeben, um Sie an verschiedene Dinge zu erinnern, die ich Sie morgen abend, wenn Sie nach Clichy kommen, mitzubringen bitte. Das Buch [*Wendekreis des Krebses*] ist endgültig angenommen[2]; June wird Ihnen alles erklären. In ein paar Tagen soll ich den Vertrag unterzeichnen. June wird Ihnen die Situation in den schlimmsten Farben schildern, und ich werde Ihnen dann die günstigsten Aspekte darlegen. Wie die Dinge jetzt stehen, soll ich 10% bekommen und keinerlei Vorschuß. Bradley scheint das für ein faires und vernünftiges Angebot zu halten, und ich vertraue auf seine Urteilsfähigkeit und seinen Egoismus. Das Buch soll 50 Francs kosten. Einzelheiten später.

Ich würde gern das Exemplar des Buches haben, das bei Ihnen ist, weil ich vielleicht noch ein paar kleinere zusätzliche Änderungen anbringen werde. Kahane war von meiner Überarbeitung beeindruckt und scheint begeistert zu sein. Er und Bradley haben das Gefühl, daß sich Geld damit machen läßt, wenn sich die Polizei nicht einmischt.

Ich würde mich freuen, wenn Sie mir neben dem Manuskript die folgenden Bücher leihen würden: *Axel's Castle, Spiel des Unbewußten* und Keyserlings *Schöpferische Erkenntnis*? Ich nehme nicht an, daß Sie irgendeines jener Bücher von Jung besitzen, von denen ich einmal sprach?

Ich erinnere Sie auch daran, daß Sie den Fotografen Brassaï aufsuchen wollten. Jetzt, da June hier ist, könnte sie eine solche Begegnung arrangieren, weil auch sie zu ihm will.

1 June kam im Oktober 1932 ein zweites Mal zu ihm nach Paris.

2 Jack Kahane, der das Manuskript durch den Agenten William Bradley kennenlernte, entschloß sich, den *Wendekreis des Krebses* in seiner Obelisk Press zu publizieren.

Merkwürdigerweise fragte mich Kahane, ob ich für ihn eine Broschüre von 50 oder 60 Seiten über Lawrence oder Joyce schreiben könnte, mit der sich im voraus Reklame machen ließe. Ich erklärte ihm kaltblütig, daß mir das kaum möglich sein werde, daß ich's aber vielleicht versuchen würde, falls ich plötzlich den Wunsch verspüren sollte. Ich frage mich, ob ich dem, was Sie über Lawrence gesagt haben, noch irgend etwas hinzufügen könnte – daher mein Wunsch, noch einmal in *Spiel des Unbewußten* hineinzuschauen. Was ich wirklich gern einmal schreiben möchte, ist eine Broschüre über das Thema «Der Nudismus und die Revolution». Aber allein schon die Tatsache, daß man mich bittet, etwas um einer «Sensation» willen zu schreiben, bringt mich in Harnisch.

HENRY

[Clichy, Oktober 1932]
Montag nachmittag

Sie wollen alle Einzelheiten wissen. Ich fürchte, dafür reicht ein Brief nicht aus. Eine Menge hat sich ereignet. Komme gerade aus Kahanes Büro – er wartet darauf, daß der Vertrag aufgesetzt wird, den wir alle drei kürzlich in Bradleys Büro besprochen haben[1]. Ich habe ihm die Option für die beiden nächsten Bücher überlassen; Kahane schien durchaus fair, und sein Mut wird mit der Zeit größer. An die genauen Bedingungen erinnere ich mich nicht mehr (zuviel Zahlen!), aber im wesentlichen soll ich für die nächsten beiden Bücher 12½% bis zu 5000 Exemplaren und von 5000 Exemplaren aufwärts 15% erhalten, dazu einen Vorschuß, der sich jeweils auf die Hälfte der Summe beläuft, die sich aus dem Verkauf der vorhergehenden Bücher zum Zeitpunkt des Abschlusses ergibt. Ist das verständlich? Darüber hinaus gibt es eine Klausel, die besagt, wie hoch Kahanes Anteil an meinen amerikanischen Rechten ist (½ *wenn überhaupt etwas verkauft wird* – ich glaube ⅓ für das dritte Buch – ich weiß es nicht, verwirrend! – und ⅓ für die ausländischen Rechte). Er und Bradley sind sehr zuversichtlich, was eine Übersetzung ins Französische betrifft, und werden einen guten Mann dafür ausfindig machen. Kahane sagte gerade, wenn er das französische Buch nicht der *N. R. F.* [*Nouvelle Revue Française*] zur Veröffentlichung anböte, so deshalb, weil er vielleicht selber die französische Fassung drucken werde.

1 Vgl. S. 102, Anm. 2.

Hachette scheint der Eigentümer der *N. R. F.* zu sein, aber wer immer dieser Kerl sein mag, er ist der Mann, der soeben mein Manuskript an Kahane zurückgeschickt hat mit der Bemerkung, vorläufig *wagten sie es nicht,* die Sache in die Hand zu nehmen – *aber*!

Kahane gibt die Worte des Mannes in französisch wieder – Wir haben uns 20 Minuten lang über das Buch unterhalten. Er sagt, es sei großartig, überwältigend (épouvantable etc. etc. etc.). *Lady Chatterley* und *Ulysses* seien *kalter Kaffee* dagegen. Er sagt, ich sei ein starker, glänzender Schriftsteller – und er habe noch nie ein solches Buch gesehen. (Ich habe den Eindruck, sie drehen alle ein wenig durch – verlieren die Maßstäbe und so weiter.) Er sagt, sobald sie herausgefunden hätten, daß keine Gefahr im Verzuge sei, würden sie das Buch drucken, und zwar mit Begeisterung – sie haben sich noch immer nicht darüber beruhigt, daß sie den Fehler gemacht haben, *Lady Chatterley* abzulehnen. Sie rieten Kahane, aus Gründen der Vorsicht zunächst eine kleine Ausgabe mit der Aufschrift «Privatdruck» herauszubringen (wie das Lawrence gemacht hat) und den Namen des Verlages (Obelisk Press) in ganz kleinen Lettern an das Ende der zweitletzten Seite zu setzen und so weiter und so weiter. Kahane fragte mich nach meiner Ansicht dazu, und ich beugte mich seinem mehr am Praktischen orientierten Urteil. Was, zum Kuckuck, kümmern mich diese Dinge? Er meint überdies, es sei ratsam und effektvoller, das Buch nach Weihnachten auf den Markt zu bringen (gegen Ende Februar), weil es «kaum ein gutes Weihnachtsgeschenk abgeben» werde. Er wies sehr nachdrücklich darauf hin, daß er es mit einem Schlag zum Erfolg bringen wolle – er will jeden Irrtum, jedes ungeschickte Umhertasten und so weiter vermeiden. Meinte, Joyce und Lawrence seien gleichsam «eingeschmuggelt» worden, jetzt aber sei es an der Zeit, einen mutigen Schritt zu wagen und so weiter. (Hier scheint ein Widerspruch vorzuliegen, aber das wirkt bloß oberflächlich so. Er ist nur zu Beginn vorsichtig, um sich desto besser verschanzen zu können.)

Alors, er berichtet mir von einem Gespräch mit Grasset (und seinem Untergebenen Henry Müller, der mein erstes Buch abgelehnt hat). Erzählte ihnen, er habe das «Buch des Jahrhunderts» an der Hand, was sie vor Entsetzen und Erstaunen mit den Augen rollen ließ. Dann verkauft er ihnen das Buch eines andern und bekommt 50 000 Francs als Vorschuß für den Autor. (Der Schuft sollte eigentlich mit mir teilen!)

Er widmet mir jetzt (genau wie Bradley) so viel Aufmerksamkeit, daß ich lachen muß. Es scheint, daß sie in der Zeit zwischen meinen Besuchen jedesmal herrliche Berichte über das Buch bekommen. Das gibt ihnen weiteren Auftrieb, und sie glauben, sie selbst hätten diese Ideen. Sie reagieren wie die Thermometer. In Erwartung der Rubel, die ihnen ins Haus rollen werden, reiben sie sich die Hände wie ein paar Juden. Meinetwegen. Sollen sie sich die Hände reiben. Aber sollen sie auch blechen!

Jedoch – mehr Einzelheiten. Bei dem Dreiertreffen hat man mich dazu überredet, die Broschüre [über D. H. Lawrence] zu schreiben. Sie gaben mir einen Blankoscheck, gestanden mir alles zu – und ich verließ sie mit dem Versprechen, mir die Sache zu überlegen. Als ich heimkam, packte mich (aus keinem ersichtlichen Grunde) die Wut, und ich sagte mir: «Ja, ich werde das Ding schreiben und mich an Kahane schadlos halten.» Und dann setzte ich mich hin (nein, das war zwei Tage später, nachdem ich mir eine Menge Notizen gemacht hatte) und schrieb die ersten drei Seiten als Attacke gegen Kahane. Jetzt kann ich sie wieder streichen – ihr einziger Zweck war es, mich auf Temperatur zu bringen. Nebenbei versuchte ich, Sie per Telefon zu erreichen, um Sie zu fragen, ob Sie irgendwelches Material über Lawrence (das Luhan-Buch) [*Lorenzo in Taos*] hätten. Aber es meldete sich niemand. Ich habe jetzt etwa zwanzig Seiten fertig und werde vielleicht ein kleines Buch wie das Ihre (*D. H. Lawrence*) daraus machen. Jedenfalls fasziniert mich die Sache (und ich vergesse Kahane dabei völlig); sobald Sie zurückkommen, möchte ich Sie aufsuchen und mit Ihnen darüber sprechen. Ich brauche Ihre Hilfe, Ihre Kritik. Ich mache Joyce und Lawrence *beide* zu meinem Thema, aber ich habe natürlich auch eine Menge zu sagen, was daran anknüpft oder darüber hinausgeht. Ich habe Massen von Ideen – so viele, daß ich beinahe krank davon wurde, zu vollgepfropft damit und so weiter. Kahane meinte heute zunächst, daß es vielleicht gar nicht nötig sei, die Broschüre herauszubringen (wenn die erste Ausgabe als «Privatdruck» erscheine), aber als ich ihm sagte, daß ich schon bei der Arbeit sei, ihn selber dabei gleich auf den ersten Seiten herunterputzte und in jedem Falle weitermachen würde (weil ich die Sache inzwischen als meine eigene Angelegenheit betrachtete), wurde er ganz aufgeregt und bat mich, ihm zu zeigen, was ich bereits fertig hätte.

Es mag also sein, daß etwas Wichtigeres dabei herauskommt als nur eine Broschüre. Wenn Sie nach Clichy kommen können – um so besser. Stellen Sie sich darauf ein, daß Sie die Ärmel hochkrempeln müssen.

Überdies – in meinem Fieber ist mir eine prächtige Idee für ein zusätzliches Kapitel im *Wendekreis des Krebses* gekommen – eine ungebetene gleichsam, die aus meinem Widerwillen gegen Kahanes Vorschlag erwuchs. Ich habe ein paar Seiten geschrieben und kann die Arbeit daran jetzt für eine Weile ruhen lassen, da ich die Sache fest im Kopf habe. Es wird dem letzten Kapitel des *Ulysses* Konkurrenz machen, es vielleicht sogar übertreffen, ohne freilich «Nachahmung» zu sein. So wenigstens sehe ich es. Und es hat genau die Intensität, die dem *Wendekreis des Krebses* sein Gepräge gibt, so daß es außerordentlich gut hineinpaßt. Aber ich mache nur meinem Herzen Luft. Ich rufe Sie am Mittwochmorgen an.

HVM

P. S. Denken Sie bitte über das Lawrence-Material nach. Ich will all das sagen, was Sie ausgelassen haben und sagen wollten. Ich will meine Gedanken über diese beiden Männer ganz ausschöpfen und mich ein für allemal mit ihnen auseinandersetzen. Es ist mir gleichgültig, wieviel ich schreibe!

P. P. S. Sie haben im letzten Band von Proust etwas Großartiges *übersehen*. Es tut mir leid für Sie. Warten Sie – Warten Sie!

Letztes P. S. Dies ist einer von den Briefen, die für ihren Besitzer Geld wert sein werden, wenn ich am Tage nach dem Erscheinen meines Buches abkratzen sollte. Binden Sie eine rote Schleife darum.

[Clichy, Oktober 1932]
Montag

Anaïs:

Die beigefügten Aufzeichnungen zeigen Ihnen, wie ich vorankomme. In letzter Zeit stecke ich bis zum Hals in der Arbeit[1]. In erster Linie war ich damit beschäftigt, mein Notizenfundament zu verbreitern. Neues hinzuzufügen. Neues zu lesen, mir Gedanken über die Anordnung des Materials zu machen und einen Aufhänger für die ganze Angelegenheit zu suchen. Vorerst habe ich, wie Sie sehen, eine provisorische Gliederung in vier Teile und eine lange Einleitung entworfen. Erst heute habe ich damit begonnen, diesem groben Schema entsprechend meine Notizen umzuschreiben. Zunächst mußte ich meine Aufzeichnungen und Verweise auf Buchstellen noch einmal durchgehen und ordnen. Jetzt, da ich die vier, mit der Einleitung fünf, Abschnitte habe, kann

1 Vorarbeiten für das zunächst als kleine Broschüre geplante Werk *The World of D. H. Lawrence*.

ich, wie gesagt, frei und locker schreiben, das Niedergeschriebene in die jeweiligen Mappen einordnen und es keimen lassen. Wenn Sie hinsichtlich der Gesamtanlage noch irgendwelche Ideen oder Verbesserungsvorschläge haben, so teilen Sie sie mir mit; ich brauche sie. Bei dieser groben Einteilung mag sich das eine und andere überschneiden. Aber ich glaube, das wird sich im weiteren Verlauf der Arbeit von selbst ausbügeln. Ich konnte nicht einfach weiter drauflosschreiben, wie ich es bei den ersten zwanzig Seiten getan hatte, weil die Sache zu umfänglich wurde und mehr Planung, mehr Richtung erforderte.

Gestern abend hielt ich June eine lange Rede, nachdem ich mich aus dem Dickicht herausgearbeitet hatte; indem ich ihr den Gesamtplan in großen Zügen erläuterte, verschaffte ich mir selbst über vieles Klarheit. Es bleiben noch zahlreiche Probleme zu lösen, aber ich glaube, ein guter Anfang ist gemacht. Die Sache nimmt in meinen Gedanken ungeheure Ausmaße an – ich will mich, wie ich bereits sagte, ein für allemal von diesem Inkubus befreien – von all den Einflüssen, Göttern, Büchern, großen Namen und so weiter, die mich bisher gefesselt haben. Ich will mich mit einer einzigen übermenschlichen Anstrengung befreien, und indem ich das tue, gebe ich meinen schöpferischen Büchern das prächtigste Gegenstück. Sollen sie sich doch lustigmachen über die Emotionalität oder den Mangel an Form und so weiter in den Romanen, wenn ihnen danach zumute ist. Hier wird ihnen ein Stück festes Fleisch geboten, in das sie ihre Zähne schlagen können – und ich hoffe, es wird ihnen eine Maulsperre eintragen.

Nachdem ich June in einem Gespräch die Gelegenheit gegeben habe, sich alles vom Herzen zu reden, ist sie in einer weit besseren Stimmung. Behandelte sie wie ein Psychoanalytiker. Ergebnis: Sie ist zufrieden.

Mehr verlange ich im Augenblick nicht. Arbeiten. Arbeiten. Ich sehe Monate harter Arbeit vor mir – Und ich brauche Kraft und Mut, ganz zu schweigen von dem Vorstellungsvermögen und der Einsicht, die erforderlich sind.

Ich habe ganze Berge von neuen Notizen gemacht und werde das auch weiterhin tun. Einen ganzen Stoß allein über den Film (für eventuellen späteren Gebrauch) – falls Sie sich irgendwann einmal zu einer Zusammenarbeit mit mir aufraffen können. Ich denke in alle Richtungen zugleich – ein gutes Zeichen. Alles scheint miteinander verknüpft zu sein. Das heißt, ich bin zu einem Tausendfüßler geworden.

Ich habe nie Ihre Briefe erwähnt. Ja, ich habe mich über alles, was Sie schrieben, gefreut. Und es hat mich tief berührt. Allein, ich habe keine Zeit für ein Interesse an irgend etwas, was ich nicht unmittelbar unter der Nase habe. Verstehen Sie mich?

HVM

P. S. Ich hätte gern irgendwann Osborns Brief wieder.

[Clichy, Oktober 1932]
Donnerstag

Anaïs –

Nur ein paar kurze Zeilen – sitze bis über die Ohren in der Broschüre [Lawrence-Buch] ein wahres Schlachthaus der Notizen, und so weiter. Brauche dringend das Jung-Buch, weil ich Notizen daraus habe, die nicht klar sind und die ich für meine Surrealisten-Seiten noch einmal lesen muß. Und wie steht es mit *Lady Chatterley* – haben Sie ein Exemplar davon? Hat er ein Vorwort dazu geschrieben, in dem er über seinen Gebrauch des Obszönen spricht? Wie dem auch sei, folgendes gilt es klarzustellen: In welchen Kapiteln geht es um soziologische Fragen, Salongespräche und so weiter – «den Troß»? Ich will sehen, ob er einen guten, überzeugenden Grund dafür hatte – Putnam schrieb, daß allein das zweite Kapitel etwas wert sei – und ich habe die Vorstellung, daß es sein schlechtestes ist!

Die Broschüre wird immer umfangreicher – ich entwerfe gerade einen neuen Plan – so etwas wie eine Skizze mit 16 größeren Abschnitten. Bekomme die Sache großartig in den Griff.

Sagen Sie, ich verpasse doch wohl nichts Wichtiges, wenn ich nicht in Murrys Buch über Lawrence [*Son of Woman*] hineinschaue? Sie sollten das beurteilen können.

Und *South Wind* von Douglas. Ich wollte im Zusammenhang mit «falschem Primitivismus», «falschem Hellenismus» und so weiter auf dieses Buch zu sprechen kommen – aber ich habe nur noch eine schwache Erinnerung daran. Sie haben es vor nicht allzu langer Zeit gelesen. Erinnern Sie sich noch an die Atmosphäre und den Inhalt der Reden Keiths – in denen er seine Lebensanschauung darlegt? Darin lag die Bedeutung – in der Lebensanschauung – weniger in der literarischen Qualität.

Sie werden ein Schlachthaus betreten. All diese Blätter voller Notizen sind wie Blätter des Hirns. Ich könnte verrückt werden. Aber mein Kopf ist höllisch gesund. Ich fühle mich wie ein Seher. Und ein Prophet. Eine Geisel.

«Große makrokosmische Zusammenhänge!»

Henry

P. S. Ich bin der Meinung, daß «L'Oracle[1]» eigentlich eine ganze Wand bedecken sollte. Ein Fresko der Vergangenheit und der Gegenwart. Nur eines fehlt mir – ich bin kein Maler!
P. P. S. Habe das Dandieu-Buch[2] noch einmal gelesen – und zwar mit großer Ruhe und Klarsicht! Fand es einfach glänzend. Es berauscht mich. Wie erklären Sie sich dergleichen? An einem Tag ein Nichts – am nächsten Tag eine Apokalypse!
P. P. P. S. Finden Sie in Ihrem englischen Lexikon Definitionen der folgenden Wörter: «ecumenic», «caducity», «incunabula», «vascular»?

[Clichy, Oktober 1932]
Donnerstag nacht

ANAÏS:
Voici ein paar neue Seiten – habe mitten in meinem Panegyrikus plötzlich abgebrochen. Habe das Gefühl, gut voranzukommen – und eine Menge steht noch aus. Die Notizenberge wachsen um mich her wie Unkraut. Ich weiß, ich wiederhole mich häufig, aber ich kann mich nicht mehr an das erinnern, was ich sage, und ich fürchte stets, einen Gedanken zu vergessen. Es gibt da ein paar Dinge, die ich in Ruhe erforschen muß, wenn der Strom der Ideen abebbt. Ich muß mir, zum Beispiel, die Einleitung zu *Lady Chatterley* ansehen, dazu den ersten Band von Spengler [*Der Untergang des Abendlandes*] (zur Renaissance), Unamunos *Das tragische Lebensgefühl*, die einleitenden Seiten über die Homosexualität in *Sodom et Gomorrhe*, Jung über das Unbewußte, Faure über Indien, Keyserlings Kapitel über Jesus, das letzte Kapitel des *Ulysses*. Ich nenne diese Bücher, weil Sie vielleicht ein paar davon haben und mir helfen können; daneben bleibt noch vieles andere zu untersuchen, aber vielleicht werden Sie mir dabei nicht helfen können. Wenn Ihnen irgend etwas begegnen sollte, was mit den folgenden Themen in Zusammenhang steht, so berichten Sie mir bitte davon:

Das Haus des Atreus – in Mythologie und Drama der Griechen.
Der orphische Mythos (*Die Geburt der Tragödie* gibt darüber besser Auskunft als alles andere).

1 Miller entwarf große «Wandpläne», auf denen er den Aufbau seiner Untersuchung skizzierte.
2 Arnaud Dandieu: *Marcel Proust, Sa révélation psychologique.*

Rabelais und seine Zeit.
Shakespeare und seine Zeit.
Die Briefe von Lawrence.
Die Einstellung der Griechen zur Homosexualität und die tiefsten und die neuesten psychologischen Erkenntnisse auf diesem Gebiet.

Haben Sie Wilhelms Buch gelesen – ist irgend etwas für mich darin?

Ich versuche, Janko Lavrins Buch über Dostojevskij [*Dostoevsky and His Creation*] zu bekommen.

Und wie steht es mit der surrealistischen Nummer von *This Quarter*?[1] Lohnt es sich? Studio 28[2] hat eine herrliche Sammlung von Dokumenten und Broschüren zum Thema Film und desgleichen zum Thema Surrealismus.

HVM

P. S. Für mein Horoskop: Wurde an einem Samstagmittag – zwischen 12.30 und 12.45 Uhr – am 26. Dezember 1891 in New York, East 85th Street geboren. *Manhattan*, nahe beim East River!

Alles kann warten! Und wenn ich diese überaus wichtigen Dinge auch nie zu Gesicht bekomme: Ich werde trotzdem in der Lage sein, das [Lawrence-] Buch zu vollenden.

[1. Januar 1933]
Sonntag

ANAÏS:
Zu meiner eigenen größten Überraschung und der Ihren zweifellos auch heißt meine derzeitige Adresse 4 avenue Anatole France. Wurde von den Einwanderungsbehörden in Newhaven auf der englischen Seite festgehalten, als verdächtige Person einem strapaziösen Kreuzverhör unterzogen, über Nacht eingesperrt und am nächsten Morgen zurückgeschickt. Es ist eine lange Geschichte, und ich möchte mir das Vergnügen machen, sie Ihnen in allen Einzelheiten zu erzählen. Als Entschuldigung gab man an, ich hätte nicht genug Geld bei mir, um meine Reise zu rechtfertigen – ich hatte nur 187 Francs, müssen Sie wissen, obgleich 300 oder 800 auch nichts daran geändert hätten. Ja, als ich sie fragte,

1 Vgl. S. 86, Anm. 1.
2 Das Studio 28 wurde später zu der bekannten Cinémathèque Française.

wieviel ich denn bei mir haben müsse, verweigerten sie mir die Auskunft, weigerten sie sich, irgendeine feste Summe zu nennen. Es war ein äußerst demütigendes Erlebnis: sie behandelten mich wie eine Mischung aus Kriminellem und Schwachsinnigem. Ich bin jetzt der Meinung, daß sie mich für einen Kommunisten gehalten haben. Jedenfalls schien es mir, als ich die Nacht hinter Schloß und Riegel bei der Polizei verbracht hatte, sehr fraglich, ob ich überhaupt nach Frankreich zurückgelangen würde. Sie übergaben mich den französischen Behörden, als ob ich ein Dieb sei. Dort hingegen ging man sehr human mit mir um; mein französisches Visum war abgelaufen, und ich mußte für eine Verlängerung zahlen. Das war alles. Sie behandelten mich wieder wie ein menschliches Wesen – kein Verhör, kein Argwohn. Mir stiegen fast Freudentränen in die Augen bei dem Gedanken, daß ich sicher auf dem Weg nach Paris war. Ich fürchtete sehr, daß man mich als Vagabunden von einem Land ins andere, von einem Gefängnis ins andere abschieben werde. Am meisten aber fürchtete ich, man könnte mich zurück nach Amerika deportieren. Wenn ich daran dachte, brach mir fast das Herz. Dorthin möchte ich am wenigsten.

Es ist ein schönes Gefühl, wieder in Clichy zu sein, wieder an der Schreibmaschine zu sitzen. Mein einziger Gedanke ist jetzt, in Frieden hier zu bleiben und zu arbeiten. Ich fühle mich, als hätte ich eine Feuerprobe hinter mir. Der Gedanke, noch einmal meine Koffer zu packen, macht mich krank.

Sie ahnen gar nicht, wie ich geschwitzt habe, so oft ich an mein Gepäck dachte, das nach London weitergeschickt worden war. Wieder hatte ich sämtliche Manuskripte aus den Händen verloren, und ich hatte Angst, die Engländer würden meine Koffer durchsuchen und Verschiedenes beschlagnahmen. Zum Glück habe ich alles zurückbekommen. Ich möchte gern alles zum Abschluß bringen, bevor ich mich wieder auf den Weg mache – mich schreckt der Gedanke, meine Skripten könnten gestohlen oder beschlagnahmt werden. Es ist eine lange Geschichte, Anaïs, und Sie werden Ihren Spaß daran haben – es war ein Abenteuer, aber ich sage Ihnen, ich habe Martern ausgestanden.[1]

Henry

1 Vgl. «Via Dieppe-Newhaven».

[17. Januar 1933, Clichy]
Dienstag

Ich war heute nahe daran, mich auf den Weg nach Louveciennes zu machen, nachdem ich angerufen hatte. Aber dann fürchtete ich, Sie könnten zufällig gerade hierherkommen.

Brauchen Sie irgendwelche Hilfe bei Ihrer Arbeit?[1] Ich bin bereit zu kommen, wenn ich Ihnen nützlich sein kann.

Seit Sie hier waren, bin ich mit meiner Arbeit gut vorangekommen – sollte eigentlich gegen Ende der Woche mit dem *Wendekreis des Krebses* im reinen sein. Mein Gehirn funktioniert wieder, und ich bin in jeder Hinsicht ganz da. Könnte ich trotzdem einmal nachmittags mit dem Fahrrad vorbeikommen? Sagen Sie mir, ob und wann es Ihnen paßt.

Als Ihre Rohrpost ankam, war ich gerade damit beschäftigt herauszufinden, wie ich Sie erreichen und heute abend in den Club du Faubourg bringen könnte. Ich ging hin – weil es um das Thema «Intersexualität» ging. Als Französischlektion war es ganz brauchbar, freilich weniger für «Fortgeschrittene». Verdünnt für die Öffentlichkeit, kein Zweifel.

Wenn Sie täglich nach Paris hereinkommen und eine Stunde Zeit haben, bin ich bereit, mich jederzeit und überall mit Ihnen zu treffen. Hier geht alles friedlich zu, und das ist sehr gut so. Vielleicht gibt mir das gerade die kontinuierliche Besessenheit von der Arbeit, die nötig ist, damit alles rechtzeitig zum Abschluß gebracht werden kann.

Wenn Sie von dem Kilo Notizen sprechen, sehe ich ein neues Buch gleichsam aus der Luft herabschweben. Er arbeitet, während ich schlafe. *Formidable!* Ich hoffe nur, daß keine Literatur dabei herauskommt.

Ich bin sehr zufrieden mit der Metamorphose meines Romans, der jetzt in den *Wendekreis des Krebses* eingeschoben ist. Was für ein Betrug – und doch paßt alles wunderbar. Gewisse Dinge, die ich ursprünglich mir als dem Autor zugeschrieben hatte, schreibe ich jetzt June zu – und das geht auch. Ich glaube, dieser Teil ist der beste des ganzen Buches, obgleich er gar nicht dafür geschrieben wurde. Andere Szenen ließen sich ebenfalls gut einfügen. Ich gehe meinen Weg! Fred und ich werden Sie überraschen. Wir werden noch Stoff für ein Kleid ausfindig machen. Sie brauchen mehr Kleider! Das grüne Kleid und der Gürtel – prachtvoll! Gefällt mir immer besser. Ich werde Ihnen ein paar gute Zeilen auf

1 Anaïs Nin war mit Nachforschungen für Dr. Allendy beschäftigt.

der Maschine schreiben. Das hier ist nur eine kleine Vorgabe. Ich bin jetzt langsam völlig in Anspruch genommen.

HENRY

P. S. Ich habe mich gefragt, was Sie wirklich brauchen – was eine echte Überraschung wäre. Es ist schwierig.

P. P. S. Habe noch nicht an Rank geschrieben. Ob Sie es glauben oder nicht, ich scheine außerstande, einen Brief zu verfassen, der nicht entweder zu dumm oder zu wichtig klingt. Ich denke auch an die Kosten. Ich wünschte, ich könnte Ihnen bei der Arbeit helfen, mit der Sie gerade beschäftigt sind!

P. P. P. S. Habe merkwürdige homosexuelle Träume – werde sie für Sie aufschreiben. Frauen, denen *Lauch* aus den Organen wächst. Ist das schlimm?

[Clichy, 22. Januar 1933]
Sonntag

Cafénächte! Zimmer zu kalt, Finger klamm. Halb fertig mit dem letzten Stück, das in den *Wendekreis des Krebses* eingefügt werden soll. Geriet darüber in einen Rausch. Heute abend lese ich Putnams *Rabelais* und finde ungeheuer viele Entsprechungen – erstaunlich. Sein Kapitel über François' ersten Besuch in Paris interessiert mich brennend – wieder das Lied der Straßen. Und Putnam nimmt mich vorweg, wenn er sagt: «Aber Paris bleibt trotz aller Veränderungen immer das gleiche.» Ich habe stets das Verlangen, irgendwann einmal über den Lebensweg einiger großer Männer – wie Hannibal, Alexander, Caesar, Napoleon und Dschingis Khan – zu schreiben; zur Zeit reizt mich der von Rabelais. In Dijon vermittelten mir die Schüler die unverfälschte Atmosphäre dieser Städte – selbst ihre Namen sind mir vertraut und bedeuten mir etwas. Denken Sie nur – in Paris, 54 St. André des Arts (im früheren Hotel St. Denis) wohnte Rabelais eine Zeitlang. Nur einen Katzensprung davon entfernt, in derselben Straße, war es, wo ich meine Kleider für einen Pfifferling an einen jüdischen Händler verkaufte. Herrliche Straße. Und auch in La Rochelle, wo Osborn mit Jeanne war, hielt Rabelais sich vorübergehend auf und war fasziniert von den Sehenswürdigkeiten dieser Stadt – damals der zweitgrößten nach Lyon, mit einem bedeutenden Handelshafen. Übrigens finden sich bei Rabelais auch deutliche Worte über ihre Bildungsstätten, den körperlichen Aspekt der Angelegenheit, die verfaulten Eier, die einem vorgesetzt wurden, und die Läuse in den Zimmern. (Dijon!) In Avignon – einer Stadt, in der zu jener Zeit lockere Sitten herrschten – tobte er sich mit einer Frau aus. Habe ich Ihnen je erzählt, wie sehr mich diese Stadt gefangennahm, als ich einmal dort war – der kleine Platz gegenüber dem Palais du Pape – und das Kloster außerhalb der Stadt, wo die Mönche einst Chartreuse machten. Und in Paris kannte Rabelais sogar die *Vanves*-Gegend. Es ist erstaunlich, wie sehr sich Paris innerhalb von 2 Jahrhunderten veränderte – von der Zeit Villons bis zur Zeit des Rabelais? Interessiert Sie das?

Und dann Étienne Dolet, sein Freund und Verräter, der Mann, der seinen *Pantagruel* druckte und dafür hingerichtet wurde, daß er Rabelais' eigene Worte benutzte. (Ich denke an das Leid, das auf meinen armen Verleger herabkommen wird.) Und ich denke an die Statue für Étienne Dolet auf dem Blvd St. Germain, die ich mit Verwunderung betrachtete, sooft ich zu der Zahnärztin ging. Interessante Gegend, wenn man den Hügel hinaufsteigt – den Mont St. Geneviève. Übrigens legte Rabelais großen Wert auf den Sport – die Athletik. Räumte ihr einen wichtigen Platz in seinem Erziehungsprogramm ein. Liebte sie so sehr, daß er fast seine Gelehrsamkeit darüber vergaß! Verstehen Sie, warum mich das interessiert? Es steht außer Zweifel, daß er eine lebendige Enzyklopädie der Gelehrsamkeit war. Er trank alles in sich hinein – war unersättlich – so daß der Schrei des neugeborenen Gargantua – oder ist es Pantagruel – nach einem Trunk zu einem prachtvollen Symbol für ihn wird.

Inzwischen hat mir Osborn, dieser Schatten eines Rabelais, weitere gewichtige Briefe und eine Kopie seiner «Janine» geschickt – «Eine impressionistische Geschichte der Prostitution in 4 Teilen.» Sie müssen sie lesen, um eine Vorstellung davon zu bekommen. Mir fehlen die Worte. (Trotzdem schrieb ich ihm einen 12seitigen kritischen Brief darüber. Niemand außer mir würde soviel Zeit dafür verschwenden. Aber verdammt noch mal, hier spricht ein Vulkan, ein geläuterter Unverheirateter, der sagt, er habe «all das hinter sich».) Seine Briefe rühren mich. Fred meint, ich vergelte ihm alle Mühe reichlich mit meinen Briefen, damit, daß ich seinen Dreck lese und so weiter; ich hingegen meine, er ist ein interessantes menschliches Wesen in Not und Qual – und wer weiß, ob nicht eines Tages ein richtiger Schriftsteller aus ihm wird. Er hinkt mit seinem Stil und seiner Ideologie um 50 Jahre hinter der Zeit her. Aber all das kann überwunden werden. Er wartet wie vernarrt darauf, daß Mencken etwas sagt. Bemitleidenswert! Auch ich weiß von früher, was das bedeutet – das Warten auf ein freundliches Wort der Kritik. Sie wissen es auch.

In Kürze wird er mir seine zweite, «2 Auguste-Bartholdi» genannte, Geschichte senden, in der ich, wie er sagt – zusammen mit meinem genialen Freund John Nichols und der Russin Irene – eine große Rolle spiele.[1] Ich bin neugierig darauf. (Seine Schilderung von Les Halles war wirklich gut – sie geht auf Rabelais' Schilderung zurück.) Ab und zu erkenne ich Sätze, Ideen, Untertöne aus meinem eigenen Werk wieder – aber ich glaube nicht, daß ihm das aufgefallen ist. Merkwürdigerweise kommt so gut wie keine Prostitution in seiner Erzählung vor – wenn man dabei überhaupt von einer Erzählung sprechen kann. Mister Niagara! Genau das ist er.

Übrigens nahm ich neulich die falsche Mappe mit. Kam mit dem *Wendekreis des Steinbocks* nach Hause – also gehören die Blätter, die ich herausnahm, *doch* hier hinein. Wenn Sie in ein oder zwei Tagen nach Clichy kommen, dann bringen Sie doch bitte die andere Mappe mit.

Neue Träume. Komme in Rückstand mit ihrer Aufzeichnung.

Alles läuft gut. Ich merke, daß das zweite Buch [*Schwarzer Frühling*] schnell Formen annimmt. Ich werde mich daraufstürzen und ihm den Garaus machen. Habe schon viel zuviel Zeit dafür verschwendet. Dostojevskij-Wetter, finden Sie nicht? Wir haben uns einen Kessel gekauft und einen *pot au feu* gemacht, der zwei Tage lang vorhielt. *Man wird herrlich voll davon.* Ich finde so etwas großartig. Wir werden auch einmal einen für Sie machen.

In der rue St. Honoré sah ich eines Abends im Fenster (das Geschäft war geschlossen) ein Bild, das ich mir noch einmal anschauen werde. Sieht astrologisch aus. Wenn Sie mal in der Gegend sind, schauen Sie es sich an. Ich denke bei dem Bild an Sie – es war ziemlich dunkel, und ich konnte es nicht genau erkennen.

Werde morgen meine Kordjacke haben – geändert wie vorgeschlagen. Ich liebe diese Jacke. Mein Gott, wenn ich jetzt meine Lumpen anziehe, erkenne ich mich selbst nicht mehr. Wo immer ich hinschaue, sehe ich ein Ich, das *Sie* gemacht haben. Sie wohnen in diesen Wänden. Habe 2 große Bögen weißes Papier gekauft und sie an die Wand geheftet. Hegt die Knospen! Alles Mögliche kann daraus hervorsprießen. Mir wird mehr und mehr bewußt, daß ich ein *verinnerlichtes* Leben lebe. Nichts, was außerhalb meiner selbst ist, versetzt mich mehr in übermäßige Erregung. Ich gehe in Gedanken dahin, immer ein wenig «en retard».

1 Miller hatte im Winter 1930 in Osborns Wohnung, 2 rue Auguste-Bartholdi, gelebt. Irene war die damalige Freundin Osborns. Nichols war ein junger amerikanischer Maler, dessen Werk Miller bewunderte.

Ihr Brief – ja, genau das war es. Aber seien Sie nicht zu *sorgfältig!* Dennoch, errichten Sie das Dach. Schreiben Sie weiter – schreiben Sie, wenn Sie Menschen um sich haben – das verleiht dem Ganzen etwas Hektisches. Schrieb an Rank und warte auf seine Antwort. Wann sehe ich Sie?

HENRY

P. S. In bezug auf seine Wanzenphilosophie ist Fred ein Genie. Er schildert die Entstehung seiner Erzählung – «alle Hotels mit einer gewissen Sorte von Tapeten – ich bin noch nicht durch mit ihnen – 30 Seiten davon!»

P. P. S. Ja, ich glaube an die Methode des Keimehegens. Spüren Sie einer Sache bis ins letzte nach – und machen Sie in dem anschließenden Buch ein feines, eßbares croûte au pot daraus! Knochen mit Mark darin. Ein wenig Mark auf *Brot*!!

P. P. P. S. Wenn Sie das Fleisch zu lange kochen lassen, wird es zähe. Gute Kieferknochen, die Brühe ergeben! Das, was einst die empfindsame Wirbelsäule war!

[Clichy, 29. Januar 1933]
Sonntag

ANAÏS:

Schicke Ihnen hiermit zwei Umschläge, von denen einer die beiden letzten Briefe Osborns, der andere seine Erzählung «Janine» enthält. Gehen Sie nicht flüchtig darüber hinweg – lesen Sie sie sorgfältig. Die Briefe sind bewegend, ich betrachte sie als menschliche Dokumente. Wie Sie sehen werden, ist der letzte besonders traurig. Als die Rede auf Putnam und Bald – mit *kreidigen* Gesichtern – kam, rang ich nach Luft. Und die rue *Dupin!* Wahrhaftig, er ist fertig. Können Sie sich jetzt vorstellen, wie die «Auguste-Bartholdi»-Erzählung sein wird? Ein Aufruhr, vermute ich. Und was, um Himmels willen, mag es mit den «gewagten» Zeichnungen meines Freundes Nichols auf sich haben?

Übrigens habe ich seit unserer Begegnung wie ein Ackergaul gearbeitet. Muß weitere 30 Seiten mit interessanten Änderungen noch einmal abtippen – besonders über «Eugene»[1] dessen Episode ich mit einem Traum schließen lasse; dazu die Olga Tschekowa-Episode, die jetzt erheblich besser ist (Venus in allen

1 Eugene, der russische Flüchtling, der in Paris ein ärmliches Leben führt, taucht kurz in *Wendekreis des Krebses* auf.

12 Häusern). Außerdem habe ich die einzelnen Teile umgestellt, sie besser angeordnet. Ja, große und gute Änderungen. Der Gedanke, die Sache Rank zu übergeben, spornt mich an.

HENRY

«Folle à la messe – molle à la fesse!»

Paris, den 7. 2. 1933

ANAÏS:

Wenn Sie zu Rabelais kommen, werden Ihre großen Augen noch ein wenig größer werden. Achten Sie auf das Kapitel «Wie soll man die Mauern von Paris wieder aufbauen!» Das ist alles. Kein Wort mehr. Das, meine Liebe, ist seither nie übertroffen worden. Das war ein Kerl! Ein Zeitalter! Mut! Und diese Schufte von heute fordern mich auf, hier ein wenig zu stutzen und dort ein wenig zu stutzen – aus Angst, die Sache könnte etwas Aufreizendes haben! (Lesen Sie Rabelais – und dann lesen Sie Petronius! Sie haben etwas versäumt!)

Kam an dem Geschäft mit dem astrologico-cosmico-macromicro-Dingsda im Fenster vorbei.[1] Ging hinein. 200 Francs. Zuviel! Immerhin ist es ein farbiger Handabzug. Sehr schön – *aber*. Überreden Sie Allendy, es zu kaufen, – der Laden ist in seiner Straße. Sehr astrol – Sie wissen schon!

Fred sagt, wenn man öfter als einmal in eine französische Bibliothek geht, um dort zu arbeiten, muß man eine Karte haben – zuerst muß man sich ein Schreiben von seiner Botschaft besorgen. (Man fahre also nach Genf und gehe zum Völkerbund!)

Ich fühle mich glänzend, prächtig. Habe die Krise hinter mir. Saturn muß mich in Melancholie versetzt haben. Mit Merkur steige ich wieder auf, und, beim Jupiter, ich werde mich austoben.

Die amerikanische Bibliothek hat keine *Revue Psychoanalyse*, wenn Sie also eine erwischen können, dann halten Sie sie fest. Ich besorge Ihnen ein weiteres Exemplar von *This Quarter*. Hoffe, Sie haben eine hübsch dämliche halbe Stunde mit den Herren Crevel, Eluard und Co. verbracht.

HENRY

P. S. Wenn Sie einen Port mit dem Hermeneutiker[2] zu sich nehmen, fragen Sie ihn ganz beiläufig, was er von dem «Haus des Atreus» oder irgendwelchen andern maisons publiques weiß.

1 Vgl. S. 115.
2 Scherzhafte Bezeichnung für den «Deuter» Dr. Allendy.

[Clichy, Februar 1933]
Sonntag nacht

Ich lege alle neuen Träume und eine Abschrift meiner Aufzeichnungen über die «Weltesche» Yggdrasil bei, die ich Ihnen schon vor langer Zeit versprochen habe. Freeman war hier, und wir führten ein erstaunliches Gespräch über «makrokosmische» Dinge. Seinem «zahlenkundlichen» Humbug nach habe ich in künstlerischer Hinsicht ein herrliches Jahr vor mir, mit ein paar Reisen darin, und mit einem völligen Wandel in meiner Tätigkeit, dem Beginn eines neuen Zyklus und dem Ende meines letzten Neun-Jahres-Zyklus um den Oktober herum.

Mit der Abschrift dieser Träume und verschiedener anderer Dinge habe ich meine Angelegenheiten ins reine gebracht. Das Notizbuch ist ungeheuer angeschwollen und aufregender als je zuvor. Der letzte Traum wird Ihnen einen Eindruck davon geben, wie sehr die letzten Seiten von *This Quarter* es mir angetan haben. (Übrigens, haben Sie ein Exemplar davon? Wenn nicht, werde ich Ihnen eines besorgen. Es ist wichtig.)

Nachdem ich von Louveciennes zurück war, hatte ich ein paar phantastische Ideen. Erinnern Sie mich daran, daß ich Ihnen *This Quarter* zeige – im Zusammenhang mit Dalí, Crevel, Buñuel, Eluard und so weiter. Merkwürdig, wenn ich irgend etwas beiseite lege, so nur, um es in genau dem rechten Augenblick wieder hervorzuholen.

Alles was Sie mir über das Horoskop und das «Theater» sagten, ist tief eingedrungen – mag sein, daß ich das nicht gezeigt habe. Ich freue mich jetzt insgeheim auf eine erfolgreiche Veröffentlichung bei Rank. Eine bedeutsame Veröffentlichung. Mein Instinkt warnt mich im voraus.

Nur sterben darf ich nicht. Laut Freeman besteht die Möglichkeit des Todes – aber da ich all die anderen großen zyklischen Veränderungen überstanden habe, sind die Aussichten gut, daß ich auch diese überlebe. Bevor die große Wandlung sich ereignet, meint er, trete ich in eine Phase verminderter Vitalität ein.

Nach meiner Deutung der Symbole kann dieser Sterbekram, physiognomisch verstanden, auch eine Wiedergeburt bedeuten. Ich glaube, das ist es, was sich ereignen wird. Auf jeden Fall könnte ich ja mal ins amerikanische Hospital gehen. Ich habe einen weichen Bleistift gefunden – gut für Wandnotizen.

Henry

[Clichy, Februar 1933]
Paris, Montag 1933

Nur ein paar hastige Zeilen, um Ihnen zu sagen, daß Sie sich ganz schnell *Ekstase* ansehen müssen. Ein glänzender Film. Und das Publikum ist völlig verwirrt. Zischen und Beifall am Schluß. *Encore*-Rufe!

Aber – das Wichtigste von allem: ich bin sicher, daß es ein Thema von D. H. Lawrence ist – muß aus einem seiner kurzen Bücher, die ich nicht kenne, stammen. Vielleicht aus *Die Frau, die davonritt.* Wie dem auch sei, selbst wenn ich keinen Verdacht gehabt hätte, hätte ich sofort auf Lawrence getippt. (Nicht ein Wort über den Autor – das ist sehr verdächtig.)

Ich möchte, daß Sie sich den Film ansehen und mir sagen, um welche Erzählung es sich handelt. Ich werde vermutlich noch heute abend etwas darüber schreiben, wobei ich davon ausgehe, daß es sich um ein Thema von Lawrence handelt. Ich hätte gern meine Version von der Sache draußen an den Anschlagtafeln. Die französischen Kritiker scheinen Machatys Werk zu schätzen – seine filmischen Qualitäten. Über die *Gedanken* hingegen, die darin zum Ausdruck kommen, haben sie nicht *ein* Wort zu sagen – zu hoch für sie, fürchte ich.

Eine aufregende Sache. Irgend etwas muß unternommen werden. Vielleicht schreiben Sie Ihren Namen unter meine Kritik (ausländisch genug ist er – A. N.)

Der Film ist großartig – und zwar auf eine neuartige Weise, für die Germaine Dulac verantwortlich ist.Ich halte Machaty weder für außergewöhnlich fähig noch für außergewöhnlich originell. Aber *eine* große Idee von Lawrence hat er erfaßt – *die Idee der Zeitlupe* –, und die hat er sich zunutze gemacht.

Henry

P. S. Verzichte heute auf eine Beantwortung Ihrer Briefe – später – bin zu erregt. Habe letzte Nacht ein paar prachtvolle Seiten geschrieben – will aber noch mehr hinzufügen. Es läuft großartig.

P. P. S. Bestelle ein Welsh Rarebit, weil Sie sagen, ich solle essen. Rien. Rien. Alles *in bester Ordnung* – wirklich.

[Clichy, 5. März 1933]
Sonntag

Behalten Sie Ihre Neuralgie noch ein wenig, damit ich Ihnen mehr zu lesen schicken kann! Hier ein neuer Stoß frisch aus der

Werkstatt – zehn Seiten Auszüge von Rank (die Sie vermutlich nicht brauchen), zehn Seiten erweiterter Entwurf für Abschnitt «Die Welt des Todes» und sechs Seiten Geschreibsel über den Frühling, den die vermauerte Seele des Late-City-Mannes durch seine Poren fühlt.[1] (Fred sagt, er habe diese Seiten zweimal gelesen – kein Kommentar! Ich glaube, jetzt ist er enttäuscht, und das ist gut so. Er wird mit Freude feststellen, daß ich die Fähigkeit verloren habe, «Literatur» zu schreiben. Nein, das hier ist kein hübscher Blumentopf. Dazu habe ich die Fähigkeit verloren. Hurra? Was ich hier geschrieben habe, war nichts als ein Zugeständnis an mein Blut. Es stinkt, und ich weiß es. Mein gesamtes Blut ist mir zu Kopf gestiegen, so wie Ruskin dem Proust zu Kopfe stieg.)

Als ich diese zwei Monate alten Aufzeichnungen las, bemerkte ich nicht, daß es Aufzeichnungen über mich waren. Ich dachte: Wer ist dieser Kerl, ich müßte ihn eigentlich kennen! Sie martern mich mit ihrem Lob, wenn das überhaupt Lob sein soll. Niemand könnte so großen Worten gerecht werden. (Aber vielleicht erklärt das die zehn Seiten über die «Welt des Todes», die ich gerade in einem Zuge geschrieben habe, Seiten, die nur so aus mir herausströmten und ein wenig mehr geworden sind als nur ein Entwurf.) Als ich heute erwachte und den klaren Himmel sah, dann meine Hände betrachtete und sah, daß sie glühten, wünschte ich mir, in Spanien zu sein, wo immer die Sonne scheint – ich verfluchte Paris! Und als ich die Schlagzeilen der Zeitungen sah – Schließung aller Banken in Amerika, Moratorium, Katastrophe und so weiter –, rief ich laut hurra! Vielleicht werde ich das Unbewußte[2] in Spanien überleben müssen, mit Blumen und Sonnenschein; vielleicht wird dort Eros wieder auf den Thron gehoben werden.

Heute abend gehe ich zum Essen zu Lowenfels – sagt, er habe eine Nachricht von Fraenkel für mich. Und morgen (Montag) habe ich um halb sechs Uhr eine Verabredung mit Rank. Aber wenn Sie Zeit dazu haben und von dort weg können, dann kommen Sie früh hierher. Vielleicht werde ich Sie auch – falls ich früh aufstehe – anrufen und meinerseits zum Mittagessen nach Louveciennes hinauskommen! Ich hoffe, daß es klappt. Ich kann nicht glauben, daß Sie krank sind – besonders nicht, daß Sie eine Neuralgie haben. Ich glaube, es ist nichts als die periodische Verzöge-

1 Vgl. «Der dritte oder vierte Frühlingstag» in *Schwarzer Frühling.*
2 Vermutlich Anspielung auf D. H. Lawrences *Spiel des Unbewußten.*

rung, die durch biologische Notwendigkeiten verursacht wird (Metapher zur Umschreibung eines allgemein bekannten Übels).

Ich gehe in voller Rüstung zu Rank mit Fragen und Anklagen. Atme noch Bergluft, bin immer noch benommen von den Höhen, dringe jedoch mehr und mehr in das Problem ein, bin langsam zum Bersten erfüllt davon, so daß es einen Wolkenbruch geben wird, wenn es zur Entladung kommt. Ich will, daß es Blut regnet.

Was Marie Bonaparte betrifft[1]: Habe ich nicht so etwas vorausgesehen? Habe ich nicht gesagt, was für ein seltsamer Name das für eine Psychologin sei? Man kann nicht einen solchen Namen haben und gleichzeitig ernsthafte Arbeit leisten. Grabespsychologie. Schon den Namen verabscheue ich: Edgar Allan Poe. Er klingt wie das Krächzen eines Raben.

Wird Ihr Leben glücklicher sein, wenn alle Banken in die Brüche gehen? Werden Sie einen Vizepräsidenten im Reich der Neurose dulden? Oder in der Republik der Schizophrenie? Nachdem ich mich von all dem befreit habe, will ich eine Posse darüber schreiben. Nur im Bereich der Ideen ist das Leben ernst; im übrigen ist es lustig oder tragisch. Mehr lustig als tragisch vielleicht. Der Frühling ist da, und selbst wenn Sacré Cœur mehr ist oder weniger als ich sage: es ist trotzdem Frühling. Sogar die Rostflecke verkünden es.

HVM

[Clichy] 7. März 1933

Anaïs:

Ich weiß, wie ungeduldig Sie sein müssen, und daß selbst die kurze Zeit, die ich Sie warten ließ, schon zu lang ist. Nehmen Sie vor allem zur Kenntnis, daß ich Ranks Büro nicht (wie an jenem Tage das Büro Kahanes) im Zustand der Trunkenheit verlassen habe. Mein Zustand war eher dem vergleichbar, in dem Napoleon nach der Unterzeichnung des großen Vertrages gewesen sein muß – man hat nur die Unterschrift unter eine Sache gesetzt, die vor langer Zeit schon ausgedacht, seit langem geplant und vorbestimmt war – das Siegel der Gewißheit gleichsam. Und dabei war die ganze Geschichte nicht weniger ominös als die Sache mit Kahane, wenn nicht sogar ominöser. Das ganze Interview, das länger als eine Stunde dauerte, flog rasch wie ein Albtraum vor-

1 Princesse Marie Bonaparte: *Edgar Poe. Étude psycho-analytique.*

über. Und wenn ich unbewußt das Wort «Albtraum» gebrauche, so hat das seinen tieferen Sinn; denn in gewisser Hinsicht war dieser schlagfertig-brillante geistige Austausch ein Triumphieren, das sich tief in meinem Innern festsetzte, ein Niederstampfen vieler Leben in mir, vieler Fehler, vieler Zweifel. Ich ging in dem klaren Bewußtsein der Macht, die dem Analytiker zu Gebote steht – das rasche Erahnen der Situation, das rasche Verknüpfen des gesamten Gesprächsstoffs in der denkbar höchsten Synthese (eine Bemühung, in der ich ihm folgte, in der ich ihn vielleicht sogar übertraf) hatte nicht weniger als eine wunderbare, eine künstlerische Heilung herbeigeführt. Was ich damit meine, ist, daß ich kraft meiner eigenen langen Vorbereitung, meiner Empfänglichkeit, meines Verlangens durch eine flüchtige Berührung mit dem innersten Kern dieses Mannes «geheilt» werden konnte. Wovon? Fast bedauere ich es, ein solches Wort zu gebrauchen. Gewiß ging ich nicht als ein kranker Mann in jenes Büro, und gewiß wurde ich nicht im landläufigen Sinne dieses Wortes, nicht einmal im psychologischen Sinne geheilt. Ich wurde geheilt von jenen furchtbaren Ängstlichkeiten, von denen wir noch fünf Minuten, bevor ich zu ihm ging, sprachen. Was ich brauchte, war eine starke Herausforderung, eine strenge Probe, und ich erhielt, was nottat. Und wo Rank nach dreißig Jahren Kampf, Fleiß, Forschung und so weiter steht, da stand jetzt auch ich, ebenso fest, fester, sage ich Ihnen, trotz allen angeborenen Mangels an Selbstvertrauen und trotz aller Fragen, Dunkelheiten und Widersprüche in meiner Seele. Der Triumph lag in der Atmosphäre der ganzen Situation – es galt nicht, einen Gegner im Duell zu bezwingen, das Ganze war mehr ein Vorgefecht, in dem jeder die Kraft des andern prüfte. Und – wenn ich diese Metapher weiter ausführen darf – ich fühlte, wie mein Handgelenk stärker, fester, mein Ziel klarer wurde, ein tödliches Ziel. Ja, ich dramatisiere, aber das ist alles, was ich im Augenblick tun kann – den Vorgang dramatisieren, poetisieren. Vielleicht übertrieb ich, als ich am Telefon sagte, er habe das Wort «erstaunlich» gebraucht. Vielleicht bilde ich mir das nur ein; aber das Wort hing in der Luft, ob er es nun aussprach oder nicht; es stand in seinen Augen geschrieben, und deutlicher noch kam es in seiner gelegentlichen Verwirrung zum Ausdruck. Lesen Sie in meine Darstellung soviel eigene Zutaten hinein, wie Sie wollen, machen Sie ruhig die notwendigen Abstriche – es bleibt die Tatsache, daß ich gesiegt habe, und die nicht weniger wichtige Tatsache, daß ich diesen Sieg als Bezwingung meiner selbst betrachte, meines romantischen Ich, wenn Sie so wollen.

Daß es mir im Gespräch über seine Vorstellungen, sein Buch [*Art and Artist*] – sein makrokosmisches Gemälde, oder? – gelang, die hervorstechendsten Dinge zu erfassen, bis ans Heft einzudringen, rechne ich mir nicht allzu hoch an. Daß er mir gestand, alles, was ich bewunderte, sei auch das, was ihm selber gefalle, war schon ein wenig mehr. Daß er aber (und darin liegt seine eigentliche Größe) unumwunden die Schwächen zugab, das spricht Bände. Und was überzeugte ihn? Die Tatsache, daß ich meinen Finger auf seinen «Optimismus» legte, die Illusion, die Lüge, die Selbsttäuschung aufdeckte, jenes urdeutsche Streben, das – dynamisch, aggressiv, voller Hoffnung – den deutschen Geist am Ende immer wieder in den Sumpf des Mystizismus treibt; daß ich ihn daran erinnern mußte, daß er nicht einen einzigen Schritt über Nietzsche hinausgekommen war, ja, daß er zeitweise sogar dieses hohe Ziel aus den Augen verloren hatte; daß die Parallelität zwischen seinen Seelentheorien einerseits und denen Spenglers auf der anderen Seite nicht mehr als eine Parallelität war, da er eine Beschreibung der Entwicklung der Einzelseele von ihrem ersten Anfang bis heute lieferte, während Spengler mit seismographischer Genauigkeit den Weg der Seele, die in den Kulturen lebt, beschrieb; daß diese beiden Betrachtungsweisen gleichermaßen vertretbar sind und nicht antithetisch – daß sie Standpunkte darstellen. Daß er, verwurzelt in der psychologischen Umwelt, in seinen Vorstellungen weniger glaubhaft war und daß er sich mit seiner Hoffnung blind gegen das Schicksal machte. Er versuchte zu erklären, was er mit dem letzten Kapitel, das den Titel «Entsagung» hat, meinte, und welche Möglichkeiten einer höheren Entwicklung der Persönlichkeit er sähe. Am Ende mußte er es noch einmal neu formulieren – er tat es in der Form einer Konzession an mich, gab ein zeitweiliges Zweifeln zu und so weiter. Es gäbe keine Möglichkeit, irgend etwas in der Kunst zu erreichen, solange wir noch an diese Möglichkeit glaubten, aber der schöpferische Instinkt sei natürlich unvergänglich und werde sich stets offenbaren; erst wenn wir aufgegeben, uns gleichsam mit dem Ende abgefunden hätten (gestorben wären, möchte ich fast sagen), könnten wir auf eine Erneuerung hoffen, in welcher Form oder auf welche Weise könne freilich niemand sagen. Die alten Ideologien seien erschöpft, verbraucht. Vor der Schaffung einer neuen Ideologie, einer neuen Kunst, eines neuen Ausdrucks der Seele müsse die schöpferische Kraft auf die eigene Person konzentriert werden (halten Sie sich immer seine Thesen vor Augen: Der Konflikt liegt in dem doppelten Aspekt des künstlerischen Schöpfertums – der schöpferische

Impuls sucht sich im Leben *und* in der Kunst zur Geltung zu bringen). Hier kamen wir durch eine spontane Übereinstimmung in bezug auf die große Bedeutung des Kapitels «Makrokosmisch-Mikrokosmisch» an den Kern der Sache heran. (Er räumte ein, daß dieses Kapitel zusammen mit dem über die «Sprache» seinen *wahren* Beitrag zum Thema darstelle.) Sie wissen, wieviel mir die beiden Kapitel bedeuten, wie ich von ihnen hingerissen war. Er war verblüfft, daß ich auf diese Kapitel gefaßt war und daß ich – wie er an meiner flüchtigen Skizze der Umrisse des Buches, soweit darin seine Theorien berührt werden, sah – bereits so vertraut mit seinen Gedanken war. Von hier aus kamen wir auf den «Tod» und seine Bedeutung zu sprechen, und was er dazu zu sagen hatte, war nicht selten außerordentlich erhellend. Denn genau hier liegt die Krux des ganzen Problems oder Standpunktes. Wie er sagte, ist das Kapitel «Makrokosmos» der eigentliche Ausgangspunkt – von hier aus kann man zurück auf den Anfang des Buches und nach vorn auf sein Ende schauen. Wir stimmten darin überein, daß Lawrence intuitiv erfaßte, und er war geradezu überschwenglich in seiner Bewunderung für den leidenschaftlichen poetischen Ausdruck, den Lawrence der Idee verlieh, obwohl er natürlich zugab, daß Lawrence dem intellektuell nichts an die Seite zu stellen hatte. (Aber, so fügte er bedeutungsvoll hinzu, wer war damals schon in der Lage, dem gerecht zu werden?) So ging es weiter, in Sichtweite des Problems der «Sexualität», das verschiedentlich angeklungen war, wobei ich mich unentwegt bemüht hatte, auf den Grund der Sache vorzustoßen. (Er stimmte mir auch in der Ansicht zu, daß Lawrence in dieser Hinsicht schwach und unbestimmt war, daß ihm gleichsam der Rahmen fehlte, in den er seinen sexuellen Mystizismus hätte hineinstellen können.) Das Entscheidende, Anaïs, ist die Erkenntnis, daß der Mensch, lange bevor er sich irgendeiner Beziehung zwischen dem Geschlechtsakt und der Fortpflanzung, der Fruchtbarkeit bewußt wurde, mit der Makrokosmisierung der Welt begonnen hatte – das heißt, mit dem Entwurf eines zunächst magisch konstatierten, später metaphysisch gefaßten detaillierten Bildes vom Leben, durch das er seine Existenz erklärte, mit einer Projektion seines Selbstverständnisses, seines Körpergefühls und Denkens in das Universum. Die große irrationale Angst (er war mächtig stolz, daß ich den Sinn und die Bedeutung dieses Phänomens begriffen hatte) verfestigte sich sozusagen in diesem primitiven Menschen zu der konkreteren und faßlicheren «Todesfurcht». Die Vorstellung von der Seele kommt hier sehr konkret, sichtbar und so weiter in der Idee jenes Etwas zum

Ausdruck, das ewig weiterlebte und in sich den Keim künftiger Wiedergeburten, Reinkarnationen barg und so weiter. Von hier nun nimmt die Kunst ihren Ausgang, die Kunst, die ursprünglich nicht mehr ist als der Versuch, jene abstrakte Idee der Seele zu konkretisieren; und diese Konkretisierung wird natürlich durch plastische Darstellung erreicht. Das also ist – in ihrer ganzen Ungeschliffenheit, ihrer umwerfend realen, körperlichen Form – die Vorstellung dieses Mannes von der Entstehung der Kunst. Nun denn, viel, viel später (wann, kann nicht mit Bestimmtheit gesagt werden) erlebt der primitive Mensch schließlich *doch* die entscheidende Beziehung zwischen Geschlechtsakt und Geburt. *Aber* – und das ist einfach großartig, auf den ersten Blick zwar unglaubhaft, aber dennoch, wie Sie später begreifen werden, vollkommen natürlich und verständlich –: selbst wenn er diese Beziehung erkennt, weist er sie zurück! Die Idee ist ihm durch und durch widerwärtig, *weil* sie seine Theorie des Todes widerlegt oder vielmehr seine Theorie der Unsterblichkeit, die die Seele im Triumph über den körperlichen Tod erlangt. Da aber die Realität des Geschlechtsakts, dieses Geborenwerden und Sterben des Individuums, eine Tatsache ist, die sich nicht leugnen läßt, baut er sie in sein kosmologisches Schema, seine Metaphysik, wenn Sie so wollen, mit ein und spricht ihr ein übersteigertes Gewicht zu, einen sakralen, einen symbolischen Sinn und so weiter und so weiter. Folgen Sie mir?

Das also ist es, was Rank (wie er in einem bisher unübersetzten deutschen Buch sorgfältig erklärt hat) unter der Ära der Sexualität versteht, jener Ära, die recht spät in der Entwicklung der Kunst anbricht, dann nämlich, wenn die Kunst ihre sexuelle Färbung bekommt. Primitive Kunst hingegen kennt, ganz im Gegensatz zur landläufigen Vorstellung, keinerlei Betonung des Sexuellen. Das Sexuelle taucht nur beiläufig auf, wie im täglichen Leben, ja sogar seltener noch als dort, weil es mit den feindlichen Mächten des Lebens verbunden ist und dem vom Menschen projizierten, makrokosmischen Bild widerspricht. Sie verstehen, wie wichtig das ist. Hier liegt die Wurzel all jener *bösen* und *destruktiven* Aspekte der Frau, die der Mann im Laufe seiner verschiedenen Kulturformen geschaffen hat – ein konstantes, allgegenwärtiges und unausrottbares Element seiner Denkprozesse, das sich nicht gegen die Frau an sich richtet, sondern gegen jenes Fortpflanzungssymbol, das in ihr verkörpert ist und das seine kosmische Deutung von Leben und Geburt, von Schöpfung und Tod verneint. Das scheint mir ungeheuer einleuchtend. Und was habe ich dann und wann über das Wiederauftauchen der «Frauenfrage» im Zusammenhang mit großen Zeiten der Entdeckung gesagt? Wie kam es, daß die Erörterung dieser Frage zur Zeit der Renaissance mehr als hundert Jahre lang an der Tagesordnung war – eine Erörterung, die uns heute so sinnlos, so naiv, so gehässig und unintelligent erscheint? Weil, wie ich meine, mit jener Wiederbelebung der Seelengeburt der Mensch nach einer *höheren* Erklärung Ausschau hielt. Und denken Sie an die außergewöhnliche Zahl großer Einzelner männlichen *und* weiblichen Geschlechts, die die Renaissance hervorgebracht hat (vielleicht gab es nie so große Frauengestalten wie zu jener Zeit!); denken Sie auch daran, daß diese bedeutenden Männer höchstwahrscheinlich eben jenes Problem (das vielleicht anders aufgefaßt wurde als in diesem Brief) mit diesen Frauen, denen ihre Bewunderung galt, erörterten. Denken Sie schließlich an all das, was ich Ihnen über den männlichen Aspekt des Zivilisationsprozesses zu sagen versucht habe – daß alle Kultur auf einem Ausweichen (so habe ich es – vielleicht weniger geschickt als Rank – für mich selbst formuliert) vor diesem sexuellen Problem, diesem *Dilemma* im Grunde, beruht. Denn wenn man die Frau in ihrer Rolle als Erzeugende, Hervorbringende betrachtet, wenn man bedenkt, wie ähnlich die Rolle der Frau im Denken des Mannes der Rolle der Natur ist – einer Natur, die ununterbrochen und unbekümmert hervorbringt und zugleich zerstört – wie natürlich, wie unausweichlich ist es dann, daß dieses künstliche, dieses abstrakte, dieses durch und durch erdachte Bild des Lebens, das seine Kultur ausmacht, der weiblichen Sicht, dem weiblichen Prinzip entgegengesetzt ist. Die Frau ist, der Mann wird – so hat es, glaube ich, Spengler gesagt. Das Werden! Das ist reine Ideologie, eine Erfindung, eine Illusion, die den Mann aufrecht hält. Und so versucht der Mann (und zwar mit Erfolg, soweit die Existenz einer Zivilisation irgendwelche Beweiskraft hat), wenn er seine Welt, jene winzige Welt in seinem Innern, jenen Mikrokosmos, der ihn ewig verwirrt, in einen Makrokosmos verwandelt, zu einer schöpferischen Sicht der Dinge zu gelangen, die nicht auf dem Sexuellen beruht, sondern auf der Zellteilung, dem Gebären. Zu diesem Punkt hat Rank wiederum Wichtiges zu sagen. Der Mann, so sagt er (ich zitiere nicht wörtlich), sieht sich in seinem schöpferischen Leben verpflichtet, jenes große Rätsel, jenen Makrokosmos, den er in sich aufgenommen hat, gleichsam auszuspeien (denn wie er ihn geschaffen hat, so wird er auch von ihm vernichtet, verschluckt); er muß ihn entkonkretisieren (*se débarrasser* – sagt Rank), und da er, wie ich bereits gesagt habe, nicht bei der sexuellen Symbolik Zuflucht nehmen kann, greift er auf eine noch ältere zurück: auf die Entstehung im Akt des Gebärens als Aufspaltung des einen Körpers in zwei, drei oder vier, im Sinne einer Zellteilung jedoch, einer einfachen Teilung, der Hervorbringung einer Welt durch eine andere – wie der Planet von der Sonne hervorgebracht wird. So fällt er später (und hiermit schließe ich nicht an unser Gespräch an, sondern an Gedanken, die sich aus meiner früheren Lektüre ergaben), wenn er gleichsam das Grundprinzip des Sexuellen anerkennt, auf die natürlichste Weise wieder auf den Gedanken des Inzests zurück – warum? Um die Vater-Mutter-Beziehung in Zweifel zu ziehen. Genauso sehe auch ich es: im Akt des Vatermordes und der widernatürlichen Vergewaltigung der Mutter erfüllt er eine zweifache Funktion: er nimmt das Element des Sexuellen zusammen mit seiner Fatalität hin (Sie sehen, wie der Unterton des Mythischen sein tragisches Gepräge bekommt) und hält gleichzeitig noch an der älteren und mächtigeren Vorstellung fest – Gebären, Selbsterschaffung. Er macht aus der Notwendigkeit aufs neue einen Akt der Freiheit. Er beharrt, mit anderen Worten, auf der Wiederbelebung des magischen, des tief religiösen Elements seiner schöpferischen Kräfte. Seine Sehnsucht nach dem Inzest ist demnach ein geheiligtes Merkmal; das ist es vielleicht, was Nietzsche gemeint hat, als er von der Notwendigkeit der unverzeihlichen Sünde sprach, der Sünde gegen die Natur, gegen den Instinkt. Der Mensch *ist* das Verbrechen gegen die Natur – oder vielmehr seine Vorstellung vom Leben ist ein solches Verbrechen. Sie ist nicht denkbar ohne eine Vergewaltigung. Hier – und ich sage es mit Freude – liegt das Element des orphischen Geheimnisses! Dieser Weg des Inzests, der über alle Nebenpfade der sexuellen Anomalie führt (die geschlechtliche Verbindung des Mannes mit Mutter und Schwester, mit Tier und Göttin), dieser Weg führt den Mann ewig zurück zu dem Fundament, auf dem sein Universum ruht – «dem irrationalen Phänomen der Angst», sagt Rank; Weltangst und Grauen, sagt Spengler, zudem tragische Quellen des Lebens, würde Nietzsche sagen. In jedem Fall: zum Leben, reduziert auf seine fundamentale Schrecklichkeit, seine Grauenhaftigkeit, seine Absurdität, seine Erhabenheit. Der Weg führt zum *Leben* – wenn auch durch den Tod. Und deshalb gilt es – quod erat demonstrandum und was all den Optimisten und Pessimisten, all den Gedankenjongleuren und Erzengeln der Logik entgegenzuhalten ist –, vom Leben aus durchs Teleskop zu schauen. Der Tod ist der Ausgangspunkt, der Kreuzweg, an dem sich unendliche Möglichkeiten eröffnen. Aber all diese Möglichkeiten müssen im Leben verwirklicht werden.

Und wenn darin irgendeine Offenbarung, irgendeine Weisheit,

irgendeine wirkliche Einsicht liegt, dann nehmen Sie sie als ein Geschenk, das zu geben Sie allein mir ermöglicht haben. Sie waren der Lehrer – nicht Rank, nicht einmal Nietzsche oder Spengler. Diese Männer ernten – leider – die Anerkennung, aber sie bieten nur das tote Gerippe der Idee. Sie, Anaïs, haben es mit Leben erfüllt, ein lebendes Beispiel gegeben, Sie waren die Führerin, die mich durch das Labyrinth des Ich geleitet hat zur Lösung des Rätsels meiner selbst, zu den Geheimnissen.

Oft, wenn Sie Ihre Fähigkeit zur Analyse beklagten, ahnte ich, was ich jetzt klar erkenne. Wenn man Ihnen auf dem ganzen Weg folgt, wenn man Ihnen auf dem ganzen Weg folgen *kann*, dann wird man mit etwas ganz und gar anderem belohnt, etwas ganz und gar Unpragmatischem, etwas – wunderbar – *Unwirklichem*. Am Ende genießt man das Privileg, von der Weisheit zu trinken. Das klingt sehr, sehr romantisch! Es ist heutzutage reine Romantik, vom Wert der Weisheit zu sprechen, denn sie ist ein Wert, der nicht mehr gefragt ist. Er hat seine Wirksamkeit verloren in dieser Welt der Realitäten, die geschaffen wurde, weil diese Welt der Realitäten eine Welt des Todes ist. Es ist die bittere Unwirklichkeit, die Welt, die jenseits des Gesichtskreises der Psychologen liegt, die Welt, der wir uns *eigentlich* nie ganz anpassen sollten, zu der Sie mich hingeführt haben.

HENRY

P. S. Weisheit – ich glaube, das war Ranks letztes Wort, als ich ihn verließ!

[Clichy] 8. März 1933

ANAÏS:

Ihren Nietzsche-Band habe ich versehentlich behalten, aber es war ein sehr lohnendes Versehen, weil es mir die Gelegenheit gab, einen Blick in *Ecce Homo* zu werfen, das ich zuletzt vor etwa acht Jahren in der Küche von Paulines [Pauline Chouteaus] Wohnung gelesen hatte. Und die Atmosphäre des Ganzen war mir durchaus vertraut. Versteckt unter einem Berg von Geschwätz finden sich ein paar erstaunlich eindrucksvolle Bemerkungen – die alle auf einer Prüfung des eigenen Ich basieren, dem hier ein Element des Luxuriösen anhaftet. Im Grundsätzlichen ist er fundiert; an der Oberfläche ist er ein Dummkopf, ein Clown, ein Größenwahnsinniger. Aber wo er näher auf die schöpferischen Aspekte seiner selbst eingeht, ist er ungeheuer aufschlußreich. Einige seiner Sätze haben sich mir tief eingeprägt. Und das verpflichtet mich, mir selbst etwas einzugestehen, das ich früher vielleicht anders gesagt hätte: hat man einmal die tiefere Wahrheit eines Ausspruches erkannt, so ist man für immer gewandelt. Der Mann, der ich mit dreiundzwanzig Jahren war und der so stark von Nietzsche beeindruckt war, wurde für alle Zeit von diesem Philosophen geprägt. Das ist es, was mir vielleicht, ohne das ich es wußte, in all diesen Jahren Kraft gab. Und ich glaube, es war Nietzsches vernichtende Skepsis, die mich vor den Schlingen verfänglicher Abstraktionen bewahrte, selbst wenn ich dann und wann zu straucheln schien.

Jedenfalls machte ich an diesem Abend, während ich auf der Couch lag, eine Entdeckung – zumindest bestätigte sich mir eine Entdeckung –, die bis dahin ungenutzt geblieben war: Wenn man eine Arbeit in Angriff nimmt, ein Buch schreibt, muß man gleichzeitig mehrere Bücher schreiben. Sie nicht so schreiben, wie man sich das gemeinhin vorstellt, sondern sie wachsen lassen. Denn in den Wehen des Schaffens schafft man gleichsam an mehreren Fronten gleichzeitig. Wer während des Schaffensprozesses von Ideen befallen wird, die nicht zu seinem Thema gehören, der sollte froh darüber sein und nicht versuchen, sie zu verscheuchen oder zu unterdrücken (eine allenthalben unter den Künstlern verbreitete Sünde). Deshalb leihe ich, wie gesagt, solchen auf mich eindringenden Gedanken Ohr und Stimme; ich lasse die verschiedenen Bücher, die bereits in mir Wurzeln geschlagen haben, wachsen; und während ich die Arbeit, die ich mir vorgenommen habe, leiste, sammeln sich diese Notizen und eilig niedergeschriebenen Sätze, die ungebetenen Ekstasen, in ihren eigenen Ordnern. Eines Tages dann schaue ich sie an und siehe da, ich entdecke vor mir die Bücher, die ich schreiben wollte! Was für Bücher sind das? Besonders die Saga von June (*Wendekreis des Steinbocks*), das Cinema (über Filme und Filmkunst), das Scenario, das Traumbuch. Nachdem uns Gide mit seinen Worten über Dostojevskij so deutlich gemacht hat, daß jedes Buch den Keim des nächsten in sich trägt, sollten wir uns diese Grundbedingung des Schaffens bewußt zunutze machen. Der Autor steht wie ein Baum inmitten seiner Werke; seine Werke sind die Luft, in der er badet; während er wächst, schickt er seine Wurzeln in den Grund, und aus den Wurzeln entwickelt sich der künftige Baum, nicht aus den Blüten oder Eicheln. Oder denken Sie an die Schlange: sie streift die alte Haut erst ab, wenn die neue gewachsen ist. Das wichtige Buch – die neue Haut – ist stets das ungeborene oder wenn nicht das ungeborene, so doch das unsichtbare. Das Leben im Mutterleib, der Embryo. Und wie jedes neugeborene Kind das wunderbare Ergebnis des Zufalls ist, eine von unendlich vielen Möglichkeiten, so ist auch das Buch, das ans Licht kommt, nur eine von vielen Formen des Ausdrucks; der große Autor ist wie ein Monstrum, das nicht ein einzelnes Ungeheuer hervorbringt, sondern einen ganzen Wurf!

HVM

[Clichy, März 1933]
Donnerstag

Anaïs:
Erhielt Ihren Brief kurz nach dem Telefongespräch. Die 100 Francs kamen mir verdammt gelegen. Ich lief in Freds Lackschuhen herum, die mir nicht paßten, und holte mir durch den Wechsel von seinen Schuhen zu meinen dünnen Sandalen eine neue Erkältung. Jedenfalls habe ich mir jetzt in Clichy ein Paar feste Arbeiterschuhe gekauft. Man fragte mich, ob ich in der Nähe arbeite. Ich sagte ja. Schön, wenn man für einen ouvrier statt für einen reichen Amerikaner gehalten wird.

Ich hatte am späten Nachmittag eine Verabredung mit Halasz (Brassaï) in der Colisée – er hatte mich gebeten, ihm beim Fotografieren Gesellschaft zu leisten. Wir verpaßten einander, und ich saß anderthalb Stunden da und wartete und schaute. Was für eine Welt! Sie interessierte mich – *für anderthalb Stunden*! Müßte ich mir das länger anschauen, ich glaube, ich würde aufspringen und brüllen. Aber das eigentlich Faszinierende sind die Mienen, die die Leute zur Schau tragen! Als gäbe es weder eine Krise noch einen drohenden Krieg, noch einen Hitler, noch ein Sowjetrußland – sondern nichts als Prosperität à la française. Wie eingewachsene Fußnägel. Einfältige Ahnungslosigkeit und Gleichgültigkeit. Erinnerte mich an das Leben im Wien der Zeit vor dem Krieg. Merkwürdige Donnerstagnachmittag-Atmosphäre – mit verwöhnten Kindern, die – blauädrig und weißhäutig – teuren Eiscreme schleckten und so weiter. Ein Verbrechen! an den Kindern.

Was meinen Sie mit der Aufzählung der Seitenzahlen? Ich werde sie mir vornehmen. Sieht geheimnisvoll aus. Ich habe gerade einen Band von Edgar Allan Poes Geschichten überflogen. Erinnern Sie mich daran, daß ich Ihnen das Buch zeige – wie miserabel, zahm und kraftlos. Warum ist Baudelaire auf ihn verfallen? Ich las zuerst all die Geschichten, die nach Frauen benannt sind. Stieß auf die «Ligeia» mit den ungewöhnlich großen Augen, gegen die Lawrence Einwände erhob. Kein Wunder. Entsetzlich altertümliche Sprache. *Wahrhaft infantil.*

Habe sieben neue Gedichte von Osborn bekommen, eines davon über mich – bezichtigt mich darin des Verrats. Und eines über Freeman, den er «Guck-durch-den-Spalt, der Flötenbläser» nennt – ganz lustig.

Ich bin neugierig auf das Cendrars-Buch. Falls Sie zufällig das Marc Chagall-Buch sehen, bringen Sie es doch bitte mit. Ich trinke heißen Grog.

HENRY

P. S. Ich versichere Ihnen, daß sowohl das ursprüngliche *House of Incest* als auch dies neue erscheinen werden. Und verkaufen werden Sie die Bücher auch! Davon bin ich überzeugt.

[Clichy, März 1933]
Dienstag

Schicke Ihnen neue Seiten, die ich in der letzten Nacht geschrieben habe. Habe soeben *sämtliche* Verweise auf Nietzsche gelesen, die in Spenglers *Der Untergang des Abendlandes* vorkommen – was für eine Entdeckung? Das bringt mich auf einen ganz neuen Kurs. Mein Plan für die Lawrence-Broschüre nimmt jetzt feste Formen an. Wo immer Nietzsches Name erscheint, hat man seinen Finger auf einen entscheidenden Punkt.

Lege außerdem Wambly Balds Spalte bei – beachten Sie die Erwähnung von «Yggdrasil» – ich hatte nichts damit zu tun.

HENRY

P. S. (*Hidalgo* bedeutet Sohn von *irgend* jemand.)
P. P. S. Ich sah meinen Namen in Spenglers Buch neben dem von Alexander und Napoleon – *«Paroxysmen»*.

[Clichy, 29. März 1933]
Mittwoch

Noch nicht acht Uhr und ich bin bereits auf den Beinen, frisch wie ein Fisch im Wasser und voller Ideen, die die ganze Nacht über geschmort haben. Ich fahre auf meinem Vehikel zu Rank und werde dort versuchen, ein paar von diesen roten Umschlägen für Sie aufzutreiben. Die Erschöpfung von gestern abend ist verschwunden. Ich will mehr und mehr über Lawrence haben – das

Buch von Murry [*Son of woman*] und das von Collin [*Naturalisme et mysticisme*], sogar das Buch von Mabel Dodge Luhan [*Lorenzo in Taos*], falls Sie's noch haben. Ich werde mich, da ich einmal dabei bin, von *jeder* nur möglichen Seite an ihn heranarbeiten – ich will *alle* Tatsachen und Interpretationen, die sich irgend auftreiben lassen. Mag sein, daß ich ihn in meinem ganzen Leben nicht wieder erwähnen werde. Muß mich von ihm reinwaschen.

Freitag! Warum kommen Sie nicht hierher, wenn es sich machen läßt? Und nehmen mein Tag-Ich in Augenschein. Es ist herrlich, um diese Zeit aufzustehen – zur Abwechselung. Die Welt sieht furchtbar eindrucksvoll aus.

HENRY

[Clichy, 7. Mai 1933]
Sonntag

Sie wissen gar nicht, was Sie mir gaben, als Sie mir *Death of a Porcupine* liehen. Der Essay mit dem Titel «The Crown» – etwa hundert Seiten lang – ist bei weitem das beste, was Lawrence geschrieben hat. Einerseits tut es mir leid, daß ich ihn nicht schon eher gesehen habe – das hätte mir unter Umständen eine Menge Arbeit ersparen können. Auf der anderen Seite war es außerordentlich gut, sich durch all das hindurchzuarbeiten, um dann die Antwort auf alle Rätsel, vor die er uns stellt, in herrlichster Form dargeboten zu finden. Der Essay ist 1915 entstanden, im gleichen Jahr wie *Der Regenbogen*. Er ist eine Prophetie und ein Richtspruch über die Menschheit. Die Sprache hat nicht ihresgleichen – erinnert an die besten Stellen in der Bibel. Die Gedanken übertreffen, meiner Ansicht nach, alles, was Jesus jemals gesagt hat. Sie gehen auf Spengler zurück, mag ihn Lawrence zu dieser Zeit auch noch gar nicht gekannt haben. Und sie gehen über Spengler hinaus – die Vorstellung eines wahren Künstlers vom Ablauf des Lebens. Der Text ist manchmal schwierig, nie jedoch unklar. Dieser Essay hätte die Welt *aufrütteln* sollen – aber wer, außer dem kleinen Kreis von Auserwählten, hat schon «The Crown» gelesen? Hier liegt der Keim der gesamten schriftstellerischen Arbeit Lawrences – und mehr als nur der Keim. Hier spricht der Mystiker seine mystischste Sprache. Ich liebe dieses Werk. Um Himmels willen, verkaufen Sie das Buch *nicht*! Es ist das Kostbarste, was Sie von Lawrence besitzen.

Ich habe Ihnen viel zu zeigen, aber ich warte noch, halte es noch ein paar Tage zurück. Sie werden abgelenkt, beschäftigt sein. Ich möchte, daß Sie diese Dinge bei klarstem Verstand lesen – wenn Ihr Kopf durch nichts anderes beansprucht ist. Sonst sind sie ruiniert, verloren. Alles hat seine Zeit.

Das alles klingt relativ milde und zurückhaltend. Aber ich sage Ihnen, ich war im 7. Himmel – betrachtete mich als einen der Glücklichsten unter den Sterblichen.

Außerdem habe ich mir das Vergnügen gemacht, einen oder zwei Abschnitte aus dem *Zauberberg* noch einmal zu lesen – und ich hoffe, Ihnen noch darüber schreiben zu können, bevor ich das Buch in die Bibliothek zurückbringe. Mein Instinkt hat mich nicht getäuscht. Es gibt darin eine Gestalt, die Mann gegen Ende des Buches vergöttlicht – sie steht für das Leben – sie stottert – sie ist grandios – chaotisch – eine Macht wie ein Katarakt – absolut großartig. Der Roman wird Sie ein wenig an die Dinge erinnern, die Sie mir über mich selbst schrieben. Auch dieses Buch ist ein großes symbolisches Werk. Sie müssen es besitzen.

Aber um noch einmal kurz auf Lawrence zurückzukommen. Es ist ein Verbrechen, daß der «Crown»-Essay allenthalben ignoriert wird. Seine Bedeutung ist nicht geringer als die der Lutherschen Thesen. Es verblüfft mich, daß Lawrence ihn in so frühen Jahren geschrieben hat – mit 30! Er ist tiefgründig, packend, schön. Er ist wie das Testament für ein kommendes Zeitalter.

Ich habe das Gefühl, Liebloses, Ungerechtes über Lawrence gesagt zu haben. Er ist weit größer, als ich mir je habe träumen lassen.

Ich denke, ich werde die Auszüge, die ich gemacht habe, mit Anmerkungen versehen – es lohnt sich. Ich habe etwa ein Viertel des Textes herausgeschrieben, weil ich das herrliche Buch nicht ruinieren wollte. Ich habe einen Durchschlag für Sie. Und der Berg meiner Aufzeichnungen ist gewachsen. Wird ein hübsches Geschenk für Sie abgeben. Es war richtig, daß ich soviel Zeit dafür investiert habe. Ich kenne nichts, was wichtiger wäre.

Jetzt kann ich Ihnen zustimmen, wenn Sie sagen, daß noch hundert Jahre vergehen werden, ehe man Lawrence verstehen wird. Vielleicht wird es sogar noch länger dauern. Wir werden in die entgegengesetzte Richtung gelenkt. Er wußte das. Aber er ließ sich dadurch nicht abschrecken. Er steht wie ein Fels. Er wartet den rechten Augenblick ab. Ich hatte praktisch keine Ahnung, als ich mit der [Lawrence-]Studie begann. Jetzt verstehe ich ihn zutiefst.

Aber wahrscheinlich klingt dies alles unverständlich. Geduld! Sie werden sehen. Sie werden Gott, Religion und all das finden, was Sie nie gesucht haben – und Sie werden es mögen – nach mehr rufen.

Immerhin waren wir ganz nahe daran, ihn zu verstehen. Aber es gibt niemanden, der mit Recht sagen kann, er *kenne* Lawrence, solange er nicht den Sinn von «The Crown» begriffen hat. Hier erfahren wir sein letztes Wort. Die Offenbarung!

Und sie wird für lange, lange Zeit ihre Bedeutung behalten. Ich fühle mich demütig und geläutert. Aber gleichzeitig bin ich jetzt mehr, als ich je zuvor war.

HENRY

[Clichy, Mai 1933]
Sonntag

ANAÏS:

Hier noch ein paar Seiten zum «Selbstporträt»,[1] für das sich bei mir jetzt der Keim einer Idee abzeichnet. Kann sein, daß Sie es für den letzten Mist halten – ich selbst habe meine Zweifel hinsichtlich der Qualität. Aber die Idee gefällt mir ungeheuer, wenn es mir nur gelingt, meinen Plan zu verwirklichen, den weiten irrationalen Bereich, um den es hier geht, in den Griff zu bekommen, das Unfaßbare zu fassen. Auf jeden Fall werde ich den Dingen ihren Lauf lassen; es ist die Verwirklichung der Idee eines gleichzeitigen Voranschreitens in alle Richtungen, von der ich vor ein paar Tagen sprach. Selbst wenn es nur als Experiment betrieben wird, mag sich dabei interessantes Material ergeben. (Der Brief über Lowenfels, zum Beispiel, gehört im Grunde auch hierher – zumindest Teile daraus; ebenso gewisse Passagen, die aus dem alten *Wendekreis des Krebses* herausgestrichen wurden und bestimmte überspannte (emotional oder künstlerisch), unbegreifbare Szenen aus dem *Wendekreis des Steinbocks*, wie etwa die Szene auf der Terrasse zwischen dem reichen Mann, der Hure und dem Bettler – die etwas Gewaltsames, Einseitiges und so weiter hatte. Das stöbere ich jetzt auf und mache ein Buch daraus.)

Sie merken natürlich, daß Lowenfels mich fasziniert. Er ist genau richtig für mich, überaus anregend, und zwar auf eine Weise, die ich zu schätzen weiß. Machen Sie sich keine Sorgen wegen der Vergötterung – ich bin mir all dieser Dinge durchaus bewußt,

1 Aus diesem «Selbstporträt» («Self-Portrait») wurde *Schwarzer Frühling*.

aber ich mache mir eine gewisse Verzerrung der Perspektive zunutze, die er auf mich übertragen hat. Es muß hart klingen, wenn ich so etwas sage. Ihr eigenes schriftstellerisches Werk bringt das, was ich will, tausendmal besser zum Ausdruck – aber es regt mich nicht zu eigener Arbeit an, wenn ich Sie lese; Sie bringen mich zum Schweigen, weil Sie alles gesagt haben – es bleibt kein Rest, kein Krumen, den ich auflesen und mit dem ich beginnen könnte. Verstehen Sie mich? Lowenfels hingegen ist wie ein Mann, der immer ‹daneben› redet, immer den falschen Ton trifft, meine Gedanken stets nur streift. Das erzeugt in mir einen Reiz, und es ist, wie Sie wissen, die Reizung der Schleimhaut, die die Perle in der Auster entstehen läßt. Gleichzeitig habe ich eine sehr hohe und ständig wachsende Meinung von seiner Bedeutung – ich habe ihn bisher wirklich stark unterschätzt und falsch beurteilt – als Mensch wie als Künstler. Meine Begeisterung ist daher nichts anderes als meine Bemühung, dieses Bild zu korrigieren. (Ich wünschte, mir wäre das alles weniger klar!)

Ich schiebe die Lektüre Ihres Buches [*Winter of Artifice*] immer wieder auf, weil ich es nicht ganz schaffe, mich so hineinzuknien, wie ich gern möchte. Ich sehe mich mehr denn je von Problemen umgeben, ohne jedoch deshalb ein Gefühl der Unzulänglichkeit zu haben. In kürzester Zeit werden Sie sehen, wie ich die [Lawrence-] Broschüre in Angriff nehme – in einem doppelten Ansturm, der eigentlich zu optimalen Ergebnissen führen müßte: Die Hähne sind offen. Merkwürdig, jetzt, da Sie Poe aufs Tapet bringen, liegt Poe allenthalben in der Luft; alle Leute, denen ich begegne, reden von ihm und von Baudelaire. Die Dinge sprechen sich zu schnell herum. Wir sollten ihn unter eine Glasglocke stecken. (Und schicken Sie mir *bitte* das Gedicht von Lowenfels, oder bringen Sie es das nächste Mal mit – wenn Sie irgendwelche Kritik anzumelden haben, so teilen Sie mir auch diese mit; Ihre Reaktion ist für mich von entscheidender Wichtigkeit.)

Henry

[Clichy, 27. Mai 1933]
Sonntag

Schreibe diese Zeilen im Bett. Nicht krank. Nur müde. Kam heim mit dem Vorsatz zu schreiben und merkte, daß ich meinen Schlüssel im Hause gelassen hatte – mußte zur *Tribune* gehen und mir Freds Schlüssel ausleihen. Als ich endlich im Haus war, hatte ich keine Lust mehr. Morgen fange ich mit *Lady Chatterley* an.

Aber ich schreibe, weil ich Ihnen sagen wollte, wie sehr ich mich über das Grammophon freue – ein schöneres Geschenk hätten Sie mir nicht machen können. Ich habe mir so etwas schon lange gewünscht. Spürte ein wachsendes Bedürfnis, Musik zu hören! Vielleicht erwarten Sie jetzt ein paar interessante Bemerkungen über die Musik – im «Selbstporträt» oder in meinen Briefen. Ich habe mir mit großem Genuß – und doch zugleich sehr kritisch – das Beethoven-Quartett angehört. Beethoven zählt, wie Shakespeare und Goethe, zu den bevorzugten Zielscheiben meiner Kritik. Und ich weiß auch warum. Ich weiß es jetzt noch viel besser als vorher. Diese Kammermusik kommt unter allen Arten der Musik der Vollkommenheit am nächsten – und ist daher der entscheidende Prüfstein für den Musiker. Ich höre all die «Klischees», die Repetitionen, die Hohlheiten, die komisch-heroischen Züge, den Schwulst heraus – ebenso wie das Element des Erhabenen in ihr. Für mich erwächst Beethovens Musik unmittelbar aus der Mozarts und aus dem 18. Jahrhundert – wiederum ein gespaltener Mensch, der mehr der Zukunft als seiner Epoche angehört. Ich kann die Feindschaft zwischen ihm und Goethe verstehen – es ist wie mit Lawrences Verachtung von Conrad und Hardy.

Auf jeden Fall ist Beethoven der Anfang der modernen Krankheit in der Musik – mit ihm beginnt das Problem des seiner selbst bewußten Ich. Hier sind bereits all die dunklen, verquälten, vergrübelten Töne gegenwärtig – und die Hohlheit, die Weitschweifigkeit, die sich ausbreitet, während die Formen zurückweichen. In diesen herrlichen Quartetten (und sie sind zweifellos großartig) fühlt man den Einfluß Mozarts. Man fühlt den schönen Höhepunkt dessen, was das 18. Jahrhundert ausmachte. Aber da war auch Napoleon – und beide standen bereits mit einem Fuß im 19. Jahrhundert. Sie waren entschlossen, die alte Ordnung zu zertrümmern. Sie waren überzeugte Demokraten, Fanatiker, Idealisten. Und sie waren heroisch. Beethoven hatte Napoleon einst bewundert – ihm seine *Eroica*-Symphonie gewidmet. Auch Beethoven suchte nach einem MANN. Er fand keinen. Er selber war der große Mann jener Epoche. Meiner unmaßgeblichen Meinung nach eine weit bedeutendere Gestalt als Goethe. In gewisser Hinsicht ist Beethoven der deutsche Shakespeare. Die deutsche Seele brachte sich am besten, am vollkommensten in der Musik zum Ausdruck. Bach ist ein Milton oder ein Dante – ein Genius der Form, die unerbittliche, disziplinierte Seele, selbstsicher, meisterhaft, ausdrucksstark. Beethoven ist, wie Shakespeare, voller Zweifel, Ahnungen, Omen. Hier spricht die Krankheit. Große neurotische Ausbrüche. Propheten des Schicksals!

Ich dachte heute darüber nach, wie sehr ich früher in die Musik vernarrt war, wie ich manchmal fünf, sechs oder gar sieben Dollar für eine einzige Platte ausgab, obwohl ich nicht mehr als ein Laufburschengehalt in der Zementfabrik bezog.

Das erste Geschenk, das ich meiner Frau machte, war ein Grammophon für 250 Dollar – um die Wahrheit zu sagen: ich habe es nie ganz abbezahlt und mußte es schließlich wieder verkaufen – aber so geht's nun einmal. Musik! Wie oft bin ich mit der Egmont-Ouvertüre schlafen gegangen. Mich hungerte nach Musik. Gott weiß, was aus mir geworden wäre, wenn meine Frau eine geniale Komponistin statt einer Pianistin gewesen wäre.

Heute bin ich überaus empfänglich für alte Musik, alte Komponisten. Habe soviel mehr davon als früher, als ich nur immer jenen Heißhunger spürte. Jetzt höre ich wirklich! Ich bin in der Lage, eine Beziehung herzustellen zwischen diesen Themen, Motiven und großen Gemälden und allen übrigen Dingen. Es ist nicht allein die Musik, um die es geht – es ist das ganze Leben, die ganze Geschichte. Und es ist nicht nur eine beruhigende, sondern zugleich eine herausfordernde Wirkung, die diese Musik auf mich ausübt. Sie hat einen stark verinnerlichenden Effekt und durchdringt das ganze Fühlen und Denken. Die Musik läutert, darüber kann kein Zweifel bestehen. Besonders die ausgeprägt organischen, die großen formalen Kompositionen. Es ist, als ob sie die Seele mit einem kühlen Glanz wie von Edelsteinen erleuchten.

O ja, ich werde mich von einigen Bürden befreien – Sie werden sehn. Ich fühle mich ohnehin überladen – nicht zuletzt wegen der erzwungenen Untätigkeit. Ich habe meine Erkältung ungeheuer genossen.

Ich bin wie ein Geizhals inmitten seiner Vorräte. Aber ein glücklicher – zur Abwechslung.

HENRY

[Clichy, Juni 1933]
Donnerstag

Schicke Ihnen vorerst nur diese Blätter, obwohl noch mehr folgen sollen. Einige der besten darunter schrieb ich, nachdem Sie gegangen waren – ich glaube, Sie werden sie herausfinden. Wenn ich auf das Thema Musik komme, spüre ich, daß ich vor etwas Tiefgründigem stehe. Sind Sie ganz sicher, daß Ihnen nichts von dem entgeht, was Nietzsche über die Musik zu sagen hat? Ich habe ein paar Fragen an Sie.

Wir müssen Nietzsche einen langen Nachmittag widmen – einen weiteren Dandieu – dem Surrealismus (*This Quarter*) und Rank. Den Dandieu [*Marcel Proust*] habe ich bereits für Sie bestellt. Wenn Sie Joyce [*Ulysses*] lesen, können Sie ruhig gelegentlich ein paar Seiten überspringen. Nachdem Sie das letzte Kapitel gelesen haben, lesen Sie das zweitletzte (wenn ich mich recht erinnere) – die Frage-und-Antwort-Sache. Mir gefällt das ungeheuer.

Und hören Sie – wie ist die genaue Bedeutung von «prise de conscience»?

Ich bin gerade dabei, mir meine Notizen über Jung und Breton vorzunehmen – und dort fortzufahren, wo ich vor Wochen, als ich in Louveciennes war, aufgehört habe.

Ich werde mir jetzt einige Tuben Gouachefarbe kaufen und in meinem Skizzenbuch [Notebook] ein paar Illustrationen für den ersten Band machen.

Henry

[Clichy, 2. Juni 1933]
Freitag

Lege ein paar neue Blätter mit Notizen bei, die ich heute morgen gemacht habe und die Sie im Zusammenhang mit Ihrer Nietzsche-Lektüre interessieren könnten. Wenn Ihnen irgend etwas Wertvolles auffällt, was ich übersehen habe, dann sagen Sie's mir bitte – ein paar Seiten zu Nietzsche werden noch folgen. Sie sehen, wie ich versuche, mit diesen Abschnitten seines Buchs ins reine zu kommen – und mit den Bezügen, die seine Worte evozieren.

Ich frage micht jetzt, worin Spengler über Nietzsche hinausgegangen ist. Ich will das ganz im Griff haben. Ich laufe Gefahr, in meiner Begeisterung für N. zu übersehen, was an ihm überholt ist, was in seinem Werk sich als unzureichend erwiesen hat.

Was mich außerordentlich fasziniert, ist die gelegentliche Ähnlichkeit zwischen so gegensätzlichen Gestalten wie Proust und Nietzsche. Das gehört zu den Dingen, denen ich in der [Lawrence-]Broschüre nachgehen will – die Aufdeckung unerwarteter Verwandtschaften.

Apropos Proust – ich habe ein paar sehr aufschlußreiche Sätze über ihn unter meinen frühen amerikanischen Notizen gefunden – die meisten davon beziehen sich auf *Sodom et Gomorrhe* – in der Mehrzahl bloße Andeutungen meiner Gedanken – die Stellen sind unvollständig. Da auch Dandieu sich so oft auf diesen Band bezieht, möchte ich Sie bitten (ich hasse es, ständig solche

Dinge von Ihnen zu verlangen), ihn das nächste Mal mitzubringen. Ist ein Vorwort oder eine einigermaßen ausführliche Einleitung über den Homosexuellen darin? Ich suche danach. Die Zeile in meinen Notizen, die mich fesselt, lautet etwa: «... er sah in dem Homosexuellen das symbolische Opfer der Gesellschaft.» Ich bezweifle, daß Proust selber bewußt war, wie wahr das ist.

Gestern abend, während ich meinem «Palace of Entrails» ein paar Seiten hinzufügte, kam mir ein Gedanke. Warum sollte ich nicht meine Filmskizzen, den Wandplan für «Entrails», mein Traumbuch und meine surrealistischen Abschnitte im Roman und im *Wendekreis des Krebses* zu einem grandiosen *Scenario* vereinigen? Die Geschichte mit allen psychologischen, ästhetischen und metaphysischen Andeutungen erzählen – und ein Buch daraus machen, aus dem sich die Drehbuchautoren heraussuchen können, was immer ihnen brauchbar erscheint. Du lieber Himmel, was für Dinge kann ich ihnen bieten. Deshalb ist all die Laborarbeit, die ich geleistet habe, gut und wird ihre Früchte tragen. Sie mögen es für sinnlose Zeitvergeudung gehalten haben, wenn ich Aufzeichnungen noch einmal abschrieb, nur um sie in meine Mappen einordnen zu können – aber es gibt keine vergeblichen Schritte. Das alles ist die Quelle künftiger Bücher – mein Museum.

Etwas anderes noch: ich bin auf der Suche nach Problemen, Dissonanzen, Widersprüchen – ich will sie mir klar vor Augen führen, während ich an der [Lawrence-]Broschüre weiterarbeite.

Dabei geht es mir nicht nur darum, daß alles in den Grundplan hineinpaßt; große Blöcke sollen als unauflösbare Rätsel stehenbleiben.

Sind Sie sich über den Unterschied zwischen ‹schizoid› und ‹schizophren› im klaren? ‹Schizoid› bezeichnet eine neurotische Tendenz, ‹schizophren› die tatsächliche Frucht einer pathologischen Anlage, eine Geisteskrankheit – ist das so richtig? Wenn ich französische Texte lese, lese ich häufig intuitiv; Sie verstehen das. Es ist schwer, mit Sprache *und* Gedanken gleichzeitig fertig zu werden. Und was, zum Beispiel, würde «*l'action sacrée*» auf englisch heißen? Ich glaube, der Sinn wird mir immer ziemlich klar – aber die *Feinheiten* –, Gott, wenn ich die französische Sprache beherrschte, ich würde vermutlich noch viel mehr in diesem Buch zutage fördern.

Das Programm, das Sie mir geschickt haben, ist interessant – besonders wegen der mehrfachen Wiederholung von «*pensée primitive*». Versteht sie etwas von ihrem Geschäft, diese Mme Bonaparte? Was für ein Name für eine Psychologin!! Die Broschüre ist wie ein Akkordeon – man kann sie auseinanderziehen und wieder zusammenschieben –, und sie macht Musik. Man braucht nicht blind zu sein, um Akkordeon zu spielen.

HENRY

P. S. Habe mich hier [im Café d'Harcourt] niedergelassen, um der femme de ménage nicht ins Gehege zu kommen. Une vie ménagère!

[Juni 1933]
Donnerstag, Luxembourg

LIEBE ANAÏS –
Alles ist stumm, schön, sauber, friedlich, gesund – gerade der rechte Ort für einen Mann der ‹Late-city›-Periode! Waren furchtbar enttäuscht, bis wir an die Grenze kamen (kein Zoll, keine Kontrolle).[1] Der Osten Frankreichs ist wie eine leere Friedhofsparzelle, trostlos, menschenleer, kalt, frostig, heidig – eine Einöde – wo einem alles festverwachsen vorkommt. Als wir jedoch an der Grenze die Wagen wechseln mußten, gerieten wir augenblicklich in bessere Stimmung. Prächtige Schwachköpfe im Zug, die ein fürchterliches und urkomisches Patois sprachen, zahnlos, Haare in der Mitte gescheitelt, fluchend, sehr sauber – herrliche Spielzeugeisenbahn wie in einem surrealistischen Traum. Sehr malerische Landschaft inmitten der Stadt – das Mönchstal. Werde es Ihnen später beschreiben. Man lebt hier erheblich billiger als in Paris. Ein Platz fürs Alter, ganz gleich, welche Sprache man spricht. Das Deutsche herrscht vor – ein durch und durch deutscher Menschenschlag. Nachts ist es still wie in Louveciennes. Alles hat etwas von einer Karikatur, bis hin zum herzoglichen Palast im Stil der spanischen Renaissance. Allenthalben Musik – allerdings von der schrecklichen Sorte! Hier wird ein eintöniges Leben gelebt. Nichts ereignet sich und nichts wird sich jemals ereignen – außer der Erosion. Nur geologisch ist die Gegend interessant – das Tal ist zauberhaft, wie aus einer anderen Welt. Keine Irrenhäuser, keine Neurotiker. Bier und Moselwein. Sämtliche Flüssigkeiten unter der Kontrolle eines Mannes mit Namen Henry Funck, dessen Bruder eine Autorität in Fragen des Mittelalters war. Jeder schickt einen in die falsche Richtung – aber alle tun es auf freundliche Art. Es gebricht ihnen an Intelligenz, das ist alles.

1 Alfred Perlès und Miller unternahmen gemeinsam eine Ferienreise.

In allen neutralen Ländern fällt einem auf, wieviel «Raum» es gibt. Und Schilderhäuser, die die Wachen vor den Unbilden der Witterung schützen. (Eine herrliche Straße, die den Namen «*Der Heilige Geist*» trägt.) Die Synagoge ist im maurischen oder byzantinischen Stil erbaut.

Bin sehr froh, daß wir uns für Luxemburg entschieden haben. Kann sein, daß ich nie wieder hierherkommen werde. Aber es wäre schade gewesen, wenn ich es verpaßt hätte. Niemand wird je das Bedürfnis haben, es annektieren zu wollen – das wäre, wie wenn man nutzlosen Plunder aus Urgroßvaters Zeiten erbte. Es gibt nur einen einzigen Verkehrspolizisten hier, aber der ist perfekt. Er *erzeugt* Verkehr! Sooft wir nicht wissen, was wir anfangen sollen, gehen wir hin und schauen ihm zu. Prächtige Zigaretten, 25 Stück für 1,50 Francs (Belgische Francs, von denen etwa 1,80 auf einen französischen Franc kommt).

Das Essen ist umwerfend, die Sonne scheint heiter, die Luft ist erfrischend, die Musik macht einen schläfrig, die Cafés sind voll von Zigarrenrauch, die Unterhalter sind dämlich, die Preise sind absurd, die Banken sind Kathedralen, die Türen haben keine Schlüssel, die Huren sehen wie Herzoginnen aus und die Herzogin zieht Kinder groß. Durch und durch opéra-bouffe, barock, polyglott, brüchig, flitterhaft – der deutsche Geist *in extremis* – Deutschland, wie es unter dem Hause Nassau gewesen sein mag. Das Alter kommt, aber der Körper verwelkt nicht. Der Schnee kommt, aber die Tauben sind noch heiter.

Alles makellos. Jetzt erst versteht man, warum die Franzosen der Säuberlichkeit den Rücken gekehrt haben. Cafés «judenfrei», wie die Karte verkündet. Stellen Sie sich ein Fürstentum von 250 000 Hektar vor, in dem man sich dem uralten Problem des Antisemitismus widmet. Gibt es eine Krise? Luxemburg wird es im Jahre 1950 wissen. «Am 2. August 1914 marschierten die Deutschen in Luxemburg ein, ebenso wie sie in Belgien einmarschierten. Die Luxemburger aber betrachteten sie als *neutral*, die Belgier hingegen als *Feinde*.» Neutral sein heißt tot sein. Ich bin gegen *neutrale* Länder: Monaco, Andorra, die Schweiz, Finnland, Estland, Luxemburg und so weiter. Krieg – mehr Krieg! Sie werden sehn, daß Nietzsche immer recht hat.

HENRY

P. S. Eine gute Havanna-Zigarre – einen *belgischen* Franc! Fred studiert die hiesige Mundart – «*Guguk*» (so etwas wie Kuckuck). Hier wäre eine *Pension Orfila*[1] undenkbar.

1 Das Pariser Hotel, in dem Strindberg sein *Inferno* schrieb.

[Clichy, Juni 1933]
Donnerstag

Ungefähr zehn aufregende Seiten geschrieben. Bin noch dabei und will die Wirkung nicht dadurch verderben, daß ich es Stück für Stück schicke. Ich lege Ihr Telegramm bei, um Ihnen zu zeigen, wie es für das französische Ohr klingt. Wenn ich nicht gewußt hätte, wo Sie waren, hätte das Telegramm nicht viel genützt. Gestern habe ich einen Brief an Sie abgeschickt – postlagernd –, bevor Ihr Telegramm ankam.

Sitze in dem Café, von dem aus ich Ihnen schrieb, als ich von der Radtour zurückkam. Es ist wie im Affenhaus. Wenn sie sich doch auf den Champs-Elysées so benähmen – was für ein Anblick wäre das. Neger sitzen da mit weißen Frauen, quetschen ihre Brüste wie die Zitronen und grinsen dabei. Und ein Lärm! Ein Gelächter an der Bar wie Gekreisch aus der Irrenanstalt. Ich kenne kein anderes Café in Paris, in dem man einer solchen Vielfalt von Typen begegnet. Übel – aber lustig. Und man kann zu jeder Tages- und Nachtzeit eine casse-croûte haben.

«Chez Boudon!»

Es fehlt nur noch, daß sie hier Betten aufstellen. Dann wäre der Spaß vollkommen. Nichts ist herrlicher als zuzusehen, wie ein Neger unbekümmert eine weiße Frau anfaßt. Das fasziniert mich. Wenn es doch amerikanische Frauen wären – Südstaatlerinnen! Ich würde etwas dafür zahlen, wenn ich das erleben könnte. Und bei all ihrer Unbekümmertheit sind diese Jungen immer noch weit liebenswürdiger als unsere weißen Ritter aus dem amerikanischen Süden.

Gerade jetzt steht ein verrückter Kerl draußen vor der Tür und dirigiert einen imaginären Verkehr. Gleichzeitig ißt er eine Birne. Seine Gesten sind großartig. Und niemand kümmert sich auch nur im mindesten um ihn. Das ist noch großartiger. Jetzt tobt er – flucht aus vollem Halse. Er könnte genausogut beten – es macht keinen Unterschied.

Teilen Sie mir auf jeden Fall mit, wann Sie abreisen. Ich hoffe, ich kann Ihnen die Seiten morgen schicken.

Alles Liebe,
HENRY

[Clichy, Juni 1933]
Donnerstag

Versprach, gestern zu schreiben, aber es geschieht erst heute und auch nur, weil ich mich dazu zwinge. Müde, müde. Erschöpft. Schlafe vier Stunden ohne Unterbrechung wie ein Maulwurf oder ein Wiesel. Das Wetter trägt im Augenblick zwar das seine dazu bei, aber alle Schuld kann ich dem Wetter auch nicht zuschieben.

Fred schreibt mir jeden Tag Briefe, in denen er von den Wundern von Poitou und Anjou erzählt. Sagt, es sei ein Paradies. Das Paradies ist stets ein paar Kilometer weit weg.

Ich beschäftige mich mit kleinen Dingen wie etwa der Herrichtung meines Zimmers. Sie werden einiges verändert vorfinden, wenn Sie zurückkommen. Gestern habe ich Ihnen zwei Bücher geschickt: den Nerval habe ich auf Empfehlung meines Freundes Paul Villain hin in dem Grammophonladen gekauft. Er meint, es sei das bekannteste. Habe es selber noch nicht gelesen; deshalb sagen Sie mir bitte, was Sie davon halten. Das Chagall-Buch fand ich recht interessant – vielleicht weil ich seine Bilder schon immer gemocht habe. Es ist ein sehr menschliches Buch. (Das Wort ‹menschlich› taucht jetzt ständig in meinen Kritiken auf. Was hat das zu bedeuten?) Ich vermute, ich habe die Literatur satt. Zumindest für diesen Sommer.

Aber obgleich ich im Augenblick nicht eine Zeile schreiben kann, glaube ich, daß einiges von meiner Tour de France in dem «Sommer»-Buch zum Vorschein kommen wird, das ich noch schreiben muß. China ohne Zweifel und Mexiko. Ich warte ungeduldig auf ihre Ansicht über das Élie Faure-Buch – besonders über das, was darin China und Mexiko betrifft.

Gestern abend lief ich «Max»[1] über den Weg. Er hielt mich auf den Grands Boulevards an, als ich nach einem Kino suchte. Meinte, ich sähe wie ein Amerikaner aus, und er wolle mit jemandem reden. Er hatte Hunger. Also kaufte ich ihm ein Sandwich und ein Bier, setzte mich zu ihm und unterhielt mich mit ihm bis ein Uhr morgens. Dann begleitete er mich nach Hause. Max ist ein ehemaliger Schneider aus London und New York. Er schilderte mir sein Leben in den Tretmühlen so rührend und humorvoll, daß ich den ganzen Abend zwischen Lachen und Weinen hin- und herschwankte. In New York, zum Beispiel, gab es einen Aufseher, der ihn ständig beobachtete und die Zeit kontrollierte, die er auf der Toilette verbrachte. Eines Tages sagte er

1 Vgl. «Max und die weißen Menschenfresser».

zu Max: «Sie lassen sich zuviel Zeit dabei.» Max war verärgert: «Dann bin ich also ein Sklave?» sagte er. «Sie kriegen drei Dollar die Stunde», meinte der Boss. «Und wenn Sie mir zehn Dollar die Stunde geben würden», war Maxens Antwort, «zum Klo müßte ich trotzdem gelegentlich. Wie lange brauchen denn Sie dafür?» Das Ergebnis der Unterhaltung war, daß Max hinausgeworfen wurde.

Ihm war sehr daran gelegen, mit mir Freundschaft zu schließen, mich zu besuchen und so weiter. Aber obwohl er für mich hervorragendes Material ist, wich ich irgendwie aus. Da sagte er mit Tränen in den Augen: «Was soll man tun? Ich will ein anständiges Leben führen. Ich will meinen Unterhalt verdienen und irgendwo seßhaft werden. Aber wohin soll ich gehen? Amerika will mich nicht. England hat mich ausgewiesen. Frankreich wird mir nicht helfen. Die Welt ist zu klein. Es gibt nicht genug Länder für mich.» Diese Sätze gingen mir durch Mark und Bein. Es ist so grauenhaft wahr. Nicht nur für Max, sondern für Millionen von Menschen, die heute leben. Mit seinen vierzig Jahren sagt Max zu mir: «Ich werde alt. Ich muß an die Zukunft denken.» Und dann schaut er mich hilflos an. Und ich kann ihm keinen Rat geben. Ich sage: «Ja, so ist es. Genauso. Du kannst nichts dran machen. Wenn's zu schlimm wird, spring in die Seine. Das ist das beste.»

Vor fünf Jahren noch hätte ich Max mit nach Hause genommen und ihn bei mir wohnen lassen. Irgendeine Lösung hätte sich schon gefunden, wenn auch nur für ein oder zwei Jahre. Jetzt sage ich mir, es gibt keine Lösung. So ist die Welt heute nun einmal. Millionen werden an die Wand gedrückt. Millionen müssen leiden und sterben. Niemand kann etwas daran ändern. Dies sind die mageren Katastrophenjahre. Kein Joseph, der die Menschen aus der Wildnis führt. Sieben magere Jahre nach den Jahren der Fülle. Weder Lawrence kann diesen Menschen helfen noch Mussolini oder Lenin, noch Jesus Christus, noch Jung, noch Salvador Dalí. Ab und an kommen so schlechte, so elende Jahre, daß nicht einmal der allmächtige Gott den Finger heben und den Menschen Hilfe bringen kann. So ist es nun einmal. Die Menschen müssen nicht nur für ihre eigenen Sünden und Versäumnisse büßen, sondern auch für die Sünden der anderen, für die Sünden der Vergangenheit, für die Fehler der Geschichte. Weil ein Caesar oder Napoleon Ehrgeiz hatte, eine übermächtige Lebenskraft, müssen diese Menschen heute leiden.

Als ich gestern das Plattenalbum durchschaute, sah ich viele von den Platten wieder, die ich früher einmal selbst besaß oder die meinen Freunden gehörten. Ich hörte die Musik wieder, erlebte all die wundervollen Stunden im Zwielicht noch einmal, die ich allein oder mit ein paar Freunden verbracht hatte. Und ich fühlte, wieviel die Musik auslöschen kann. Vollkommen löscht sie die Literatur aus. Auch das Leben. Musik ist ein Beruhigungsmittel. Sie versetzt einen in den Zustand der Kontemplation, des Träumens. Ich habe es mir angewöhnt, das Grammophon anzustellen, wenn ich koche, wenn ich wasche, wenn ich dieses und jenes tue. Und ich werde immer nachdenklicher, trauriger, verdrießlicher und melancholischer. Aber es ist schön. Es ist, als hätte ich Rauschgift genommen. Und da alle Fenster jetzt weit offen stehen, frage ich mich, während die Musik spielt, was wohl in den Köpfen der Nachbarn vorgehen mag, die meine Platten hören. «Here Lies Love» heißt eine davon, auf der Amerikas berühmtester Schlagersänger zu hören ist. Man weint sentimentale, idiotische Tränen. Nicht die Worte bewirken das, sondern der Rhythmus, die weiche Gefühligkeit, die Romantik, das Gleißende und Verwirrende darin. Amerika! Mit seinen eisernen Männern, seinen Wolkenkratzern und Brücken, seinen handfesten Burschen, seinen Schurken, seinen römischen Senatoren und Gaunern und was sonst noch alles dazugehört. In «Here Lies Love» ist das alles enthalten. Man kann die ganze Leidenschaft des Volkes herauswringen, wie aus einem Spültuch.

In der berühmten Bar, von der ich in dem ersten Brief erzählte, den ich Ihnen schrieb, als ich wieder in Paris war, sah ich eine Menge Neger. Hörte, wie sich einer von ihnen in das Gespräch zweier Musiker einmischte. Dieser Schrank von einem Kerl meinte, er fühle sich total erschöpft. Er sagte: «Ja so geht's einem. Und Joe Boyd, der brach auch einfach so zusammen. In fünfzehn Tagen brach er zusammen. Konnte ihn nicht wiedererkennen. Alter Mann. Brach einfach zusammen, einfach so.» Ich sah meine eigene Situation vor mir. Brach auch ich zusammen wie Joe Boyd? Was war es, das in die Menschen fuhr und sie plötzlich zusammenbrechen ließ? Wie der Kerl seinen Freunden erzählte: «Der Doktor sagt mir, ich bin überempfindlich, zu nervös. Sagt, ich bin wie 'ne überspannte Saite, und geh in die Brüche, wenn ich nicht vorsichtig bin.»

Nun, ich bin weder überempfindlich noch nervös. Und auch noch nicht ganz zerbrochen. Aber das Elend der Welt liegt mir wie ein Stein im Magen. Ich leide für andere. Töricht. Nachmittags gehe ich nach Neuilly und sitze am Bett der jetzigen Frau meines Onkels. Sie hat gerade eine Operation hinter sich. Zwei herrlich einfältige Leute. Wissen rein gar nichts. Ich sitze da und höre ihnen zu, und all ihre Worte versinken in mir wie in einem See. Sie sagen, sie freuten sich, mich zu sehen. Ich weiß nicht, warum sie sich darüber freuen sollten. Ich habe nichts, was ich ihnen bieten könnte. Ich sitze am Bett und zähle die Fliegen, während die Frau sie gleichgültig mit der Hand wegfegt.

Meinem Onkel gefällt Paris, weil es ihn an das New York vor vierzig Jahren erinnert. Das ist alles. Er hat nicht die leiseste Ahnung von dem, was gespielt wird. Er sagt, sie seien weit hinter der Zeit zurück. Das ist so ziemlich alles, was er über Paris sagen kann. Nebenbei erzählt er mir, daß eine andere Blutsverwandte von mir, die Schwester meines Vaters, an Krebs gestorben ist. Das ist das dritte Mitglied der Familie, das dem Krebs zum Opfer gefallen ist. Voilà, *Wendekreis des Krebses.*

Wenn Sie deshalb von Sonnenbädern, lächelnden Huren, Spielkasinos, Seen, Burgen und all dem schreiben, dann starre ich mit offenem Munde Ihre Sätze an und verstehe kein Wort. Alles scheint mir weit weg zu sein. Die Schreibmaschine macht nicht mehr den gleichen Lärm wie früher. Ferne Geräusche. Fred fragt, ob die Elektrizität hier wieder in Ordnung sei. Aber es war nie etwas *nicht* in Ordnung mit der Elektrizität. Auch er scheint zu träumen.

Ich muß jetzt wieder zu Onkel Dave gehen und ihm ein paar englische Bücher zum Lesen bringen.

HENRY

[Clichy, Juli 1933]
Dienstag

Als ich sagte, ich wollte «wieder schreiben», dachte ich nicht an Briefe, sondern an «Literatur». Ich meinte, daß ich mich zu einem neuen Beginn aufgelegt fühlte. Was nun diesen Beginn betrifft, so läßt er sich vielleicht am treffendsten mit dem Wort «lustlos» kennzeichnen. Ich arbeite diesen vermaledeiten Aufsatz[1] noch einmal durch, weil es immer mein Wunsch war, irgend etwas von Bedeutung in ihm zum Ausdruck zu bringen. Für mich selber hat das Erlebnis des Cinema Vanves schließlich eine ganze Menge bedeutet. Aber es ist, wie Sie im Zusammenhang mit Élie Faures Werken sagten: mein Eindruck hat seine Lebendigkeit eingebüßt.

1 Über Gustav Machatys Film *Ekstase*; erschien unter dem Titel «Reflections on ‹Ecstasy›».

Ich schreibe nicht nur mancherlei seichtes Zeug; ich gerate ins Klischeehafte. Aber ich will Ihnen etwas sagen: Nie in meinem Leben bin ich in dem Gefühl gereist, ein Schriftsteller zu sein! Ich kann mich nicht erinnern, jemals auf irgendeiner Reise zum Schreiben inspiriert worden zu sein, mochte die Reise auch noch so hinreißend sein. Ja, je herrlicher die Gegend war, in die ich kam, desto weniger Lust verspürte ich, meine Eindrücke festzuhalten. Der Grund dafür liegt, meine ich, darin, daß die Eindrücke zu zahlreich, zu fragmentarisch, zu überwältigend, unpersönlich und so weiter und so weiter sind. Meine Gedanken sind stets zu Hause, wenn ich auf Reisen bin. Warum, weiß ich nicht. Meine besten Reisen mache ich am Schreibtisch. Oder im Bett. Genau wie wohl jeder andere auch. Anders ist es, wenn ich durch Straßen, durch vertraute Straßen reise. Dann ist der Schreibtisch irgendwie mit dabei. Ich kann das alles nicht erklären. Vielleicht liegt es daran, daß ich dann die Gewißheit habe, im Handumdrehen hinter meinem Schreibtisch sitzen zu können. Auf der Landstraße hingegen gibt es keinen Schreibtisch, zu dem ich laufen könnte. Ich glaube, es würde sich vieles ändern, wenn ich eine Schreibmaschine mit mir herumtrüge und lange genug an den verschiedenen Orten bliebe, um sie genau kennenzulernen. Nach meiner Reise fühle ich mich wie ein Tourist – und dazu noch wie ein durch und durch *amerikanischer* Tourist. In Chambord aßen wir unmittelbar gegenüber dem Château. Ein ältlicher, redseliger und weitgereister Franzose fragte, ob er sich zu uns – zu Fred und mir – setzen dürfe. Wir luden ihn herzlich dazu ein. Im Nu schwatzte er drauflos – nicht uninteressant (für mich); er erzählte uns, was es hier und dort in Frankreich zu sehen gäbe ... eine Apsis aus dieser, den Finger einer Madonna aus jener Epoche, ein römisches Portal, einen Wandteppich aus dem 12. Jahrhundert und so weiter. Mitten in seinem Redeschwall unterbrach ich ihn barsch und sagte wie ein echter Amerikaner: «Diese Dinge interessieren mich einen Dreck.» Er schaute mich erstaunt an. Ich wurde deutlicher. «Ich muß das alles in einer lebendigen Umgebung sehen», fügte ich hinzu. «Ich brauche Menschen, Szenerie, Leben, Häuser drum herum, die aus sich selbst interessant sind, in ihrer ‹ewigen Gegenwart› gleichsam. Ich gehe keinen Schritt, um eine Ruine, einen Überrest aus vergangener Zeit zu sehen. Ich will beiläufig, zufällig, über solche Dinge stolpern und nicht Jagd auf sie machen. Für mich ist das keineswegs alles wichtig. Voilà.»

Fred schluckte nervös sein Essen herunter; ich hatte einen entsetzlichen Fauxpas begangen. Aber komischerweise wurde der

Mann jetzt erst richtig warm mit mir, nahm meine Worte hin und pflichtete mir in vollem Ernst bei.

Ich bin nie völlig unbefangen, wenn ich Ferien mache. Auf der ganzen Reise hielt ich immer wieder inne und wog sorgfältig jeden Schritt ab. Verhängnisvoll. Ich erinnere mich, daß Tarascon einer der Höhepunkte war. Ville morte. Tot auf eine wundervolle Weise. Jener Nachmittag, an dem wir in einer tropischen Hitze an der vom Wind gefegten Hauptstraße saßen, die Terrassen leer, die ganze Stadt hinter den eisernen Fensterläden dahindösend. Aber ich sah Tarascon aus der Rückschau, als Geburtsstadt von Alphonse Daudet, dem Autor des *Tartarin de Tarascon*, den ich erst mit 35 Jahren, auf nachdrückliche Empfehlung meines Freundes, des Spülsteinpoeten Stanley Borowski hin, gelesen habe. Ich las den *Tartarin* in jener prachtvollen Wohnung an der Remsen Street, wo wir ein Jahr lang lebten, bis man uns schließlich hinauswarf; dort, wo ich mich weigerte, die Zimmer mit Möbeln vollzustopfen, wo ich das Bett oder den Diwan mitten in den großen, offenen Raum schob und mir unentwegt wie in Japan vorkam, wo alles so sauber, so poliert, so hübsch und so kahl war. Etwas wie eine glanzvolle Armut umgab uns damals. Dort also las ich Daudet und träumte des Nachts, ich würde Tarascon einmal sehen. Und natürlich stellte ich mir die Stadt ganz anders vor. Dann eines Tages machten wir, June und ich, eine Radtour, und June war einfach zu müde, als daß wir einen kurzen Aufenthalt hätten einlegen können, um mein herrliches Tarascon in Augenschein zu nehmen. Wir sahen die Türme des Château de Beaucaire von der Landstraße aus, die nach Arles führt. In Nizza oder Monte Carlo, bei den wundervollen Gärten des Spielkasinos, dachte ich aufs neue an Tarascon.

Fünf Jahre später strampele ich, erfüllt von bittersüßen Erinnerungen, allein auf dem Fahrrad nach Tarascon. Und das erste, was mich am Eingang des Dorfes begrüßt, ist ein Schild mit der Aufschrift «Nomaden ist der Aufenthalt in dieser Stadt untersagt». Ich stieg unter dem Schild ab und setzte mich auf einer Steinbank nieder. Ich dachte an meinen Freund Stanley. Gern hätte ich Stanley jetzt bei mir gehabt. Stanley und ich, ehemals zwei zerlumpte Kerle in jener abscheulichen Driggs Avenue von Williamsburg. Was hätte Stanley gedacht? Während ich so auf meiner Bank sitze und über die Vergangenheit nachdenke, kommt ein Bauer die Straße hinauf, der wild auf drei Tiere einschlägt: ein Pferd, einen großen Esel und einen kleinen Packesel. Er ist irre. Er redet ununterbrochen auf sie ein; und während er sie mit der einen Hand schlägt, damit sie schneller gehen, hält er sie mit der andern zurück. Du lieber Himmel! – Genau das war es, was man von Tarascon erwartete. Diese Szene schien ausdrücklich für mich bestimmt. Eine Szene aus dem *Tartarin.*

Ein wenig später sitze ich an der Hauptstraße gegenüber dem Hotel de Louvre et de Poste und ein Dorfmädchen geht vorbei. Und bei meiner Ehre: sie ist eine der schönsten Frauen, die ich je in Frankreich gesehen habe. Dreist und keck, mit wiegenden Hüften und weitem, prallem Rock, den der Wind wie ein Segel aufbläht. Sie ist für mich das, was Bizet in seiner Musik verkörpern wollte – *L'Arlésienne.* Und das ruft traurige Erinnerungen an meinen alten Freund George Schneider in mir wach, einen Konzertsänger, der mich sonntags in sein Haus einzuladen pflegte, wo ich dann einen weiteren Konzertsänger traf, einen japanischen Tenor namens Tomajiro ... all das – und noch vieles mehr – zieht in Tarascon an meinem inneren Auge vorbei.

Ich finde, in dem Augenblick, in dem man zu reisen beginnt, ist man ein bedauernswerter Wicht. Man stumpft ab von den kleinlichen, ärgerlichen, verwirrenden Trivialitäten, denen man unentwegt ausgesetzt ist. «Abruti»? Heißt es so? Das Wort gefällt mir, ob es nun abgestumpft bedeutet oder nicht. Man reist, um Assoziationen, Vergleiche herzustellen, nach rückwärts zu leben. Ich hasse das. Man ist stets distanziert, losgelöst. Man denkt nicht konsekutiv. Man denkt fragmentarisch. So geht es zumindest mir. Wenn ich abends in mein Hotel zurückkehre, fühle ich mich wie ein Gefangener, der in seine Zelle zurückgeht. Ein Raum, in dem man die Nacht verbringt. Kein Raum, in dem man leben, denken oder planen kann. Wieviel Trinkgeld soll ich dem Zimmermädchen geben? Ist die Zahnbürste eingepackt? Muß ich in einen anderen Zug umsteigen? Und vor allem die bange Frage, ob man mir nicht im letzten Augenblick eine unerwartete und niederschmetternde Summe auf die Rechnung setzt, die ich nicht zahlen kann. Es ist eine Tortur, zur Rezeption zu gehen und nach der Rechnung zu fragen. Ich habe fast Angst hinzuschauen. Ich denke immer: wenn du wüßtest, wie wenig Geld ich in der Tasche habe, du würdest nicht so freundlich zu mir sein. Du würdest mich wie einen Verbrecher behandeln. Und ich schleiche mich von dannen, als wäre ich wirklich einer.

So sieht für mich das Reisen aus. Ich bin geheilt. Nie wieder, bis ich es mit einem befreiten Gewissen tun kann. Ich fürchte, von meiner Basis, von Paris, abgeschnitten zu werden, fürchte, daß man mir irgendwo, weitweg von hier, plötzlich sagt: «Du kannst nicht zurück ... dich aus dem Staub machen!» Warum? Weil ich, wenn ich zurückschaue, sehe, daß ich auf meinen sämtlichen Reisen solche Ängste ausgestanden habe. Ich werde nie die grausame Demütigung vergessen, die ich eines Tages in North Carolina erlebte, als wir per Anhalter unterwegs waren. Wir machten uns, wie gewöhnlich, ohne einen Pfennig in der Tasche auf den Weg, in der Hoffnung, für ein paar hundert Meilen mitgenommen zu werden und gegen Abend wieder in Asheville zu sein, wo wir wohnten. Alles klappt bestens. In prächtigen Wagen schafften wir ein beachtliches Stück. Winkten ausschließlich den schnellen Autos. Auf dem Rückweg werden wir von einem Ford mitgenommen. Der Fahrer ist Rekonvaleszent. Er hat auf Telegrafenmasten gearbeitet und sich durch einen elektrischen Schock, der ihn vom Mast schleuderte und in vierzig Fuß Entfernung auf der Erde landen ließ, einen unheilbaren Schaden zugezogen. Während der ganzen Fahrt erzählt er von seinem Leben im Krankenhaus. Schließlich setzt er uns in der Straße nahe bei unserer Bude ab. Ich steige aus, schüttele ihm die Hand und bedanke mich für seine Freundlichkeit. Plötzlich richtet er sich kerzengerade in seinem Sitz auf und starrt mich verständnislos an. Was! Sie wollen mir nichts dafür bezahlen? Ich erkläre ihm, daß ich noch nie etwas bezahlt habe, wenn mich jemand mitgenommen hat, und daß wir ständig per Anhalter gefahren sind ... «Aber ich bin ein armer Mann», sagt er. «Sie könnten mir wenigstens etwas für das Benzin geben, das ich verbraucht habe.» Ich sage ihm, daß ich keinen Penny in der Tasche habe. Er flucht. Er meint, wir seien ein unverschämtes Volk. Ich werde von Gewissensbissen gepeinigt, und ich könnte auf die Knie fallen und ihn um Verzeihung bitten. June dagegen ist ganz sie selbst und wird ziemlich frech. Sie geht mutig davon. Ich stehe da und stammele dem Kerl etwas vor. Ich weiß nicht, ob Sie eine Vorstellung davon haben, wie ein einfältiger Südstaatler ist, ein Gebirgsbewohner, der jenes trostlose Leben lebt, das nur Leute aus Tennessee, West Virginia und ähnlichen Gegenden verstehen. Jedenfalls gehe auch ich schließlich weg, und er flucht und brüllt hinter ihm her. Dieses Erlebnis macht mich fertig.

Auch vorher hatte ich bereits mit allen möglichen Leuten auf der Landstraße zu tun gehabt. Man hatte mir die Taschen durchsucht, bevor ich in den Wagen steigen durfte, um sicher zu sein, daß ich keine Waffe hatte. Man hatte mich vorn neben dem Fahrer sitzen lassen und mich mit Argusaugen beobachtet, und man hatte mich auch schon festlich bewirtet und mit Wein versorgt. Ich war sogar schon einmal mit einem Mörder davongelaufen, der vor der Polizei floh. Aber bei jenem wilden Gebrüll auf der Landstraße in North Carolina drehte sich mir der Magen um.

Ich kann so etwas einfach nicht ertragen. Ich kann es nicht ertragen, gedemütigt zu werden.

Daher muß ich wie Salavin [in: *Journal de Salavin*] bekennen, daß ich in einigen Dingen der größte Feigling bin, der je gelebt hat. Diese Feigheit kommt der Furcht Lawrences vor dem Umgang mit Menschen sehr nahe. Sie unterscheidet sich nur insofern davon, als ich mich stets freiwillig erniedrigen werde, wenn es hart auf hart geht. Aber solange es möglich ist, gehe ich derlei Kränkungen aus dem Wege. Wenn ich dann doch einmal meine Prügel beziehe, kann ich es wohl deshalb überstehen, weil ich mir sage, daß der andere auf seine Weise recht hat. Aber es brennt wie Feuer. Ich komme niemals ganz darüber hinweg. Die Gemeinheit der Menschen ist immer wieder eine Entdeckung für mich. Ich gewöhne mich nie daran.

Hu!

HENRY

[Clichy, Juli 1933]
Samstag

Wollte Ihnen einen langen Brief mit der Maschine schreiben, aber als ich diese Seiten verfaßt hatte, wurde das Wetter plötzlich unfreundlich, heiß, schwül; man klebt an seinem Stuhl fest. Ich schickte ein jubelndes Telegramm an Sie, wie ein Mann, der plötzlich wieder seine Gliedmaßen gebrauchen kann.

Diese Blätter sind der Anfang einer völligen Umarbeitung des alten Aufsatzes, den ich Ihnen kaum zeigen mag. Ich mache eine sehr freie Abschrift, praktisch eine neue Sache. Weiß nicht, ob sie Ihnen gefallen wird oder nicht. Es macht nichts, wenn sie nicht besonders aufregend ist, weil sie für mich vor allem das Mittel darstellt, wieder in Schwung zu kommen. Sie können sich gar nicht vorstellen, wie verwirrt und verzweifelt ich war, als ich nach Paris zurückkam und feststellte, daß ich nicht in der Lage war zu schreiben. Und wenn der Wunsch zu schreiben verlorengeht, dann geht alles verloren, dann versiegt alles. Es gibt keine Trennung von Leben und Kunst, von Kunst und Liebe und so weiter.

Heute kein Brief von Ihnen. Schaute Stunde für Stunde unter der Tür nach in der Hoffnung, einen Umschlag zu finden. Meine Briefe müssen Sie entmutigt haben.

Sie sagen, daß Sie spielen. *Tiens!* (!) Nun, wie steht es damit? Ich nehme an, Sie sind absolut pleite. Kann mir mit dem besten Willen nicht vorstellen, daß Sie eine Glücksspielerin sind. Ich glaube, Sie bekämen es mit der Angst, wenn Sie auf einen Schlag 10 000 Francs gewännen. Sie würden sich vor den Folgen fürchten. Haben Sie sich schon jemals Gedanken darüber gemacht, was Sie tun würden, wenn Sie über Nacht ein Vermögen gewännen – *einen richtigen Haufen*?

Ich habe den «Cinema Vanves»-Aufsatz [«Reflections on ‹Ecstasy›»] noch einmal geschrieben in der Hoffnung, ihn an eine amerikanische Zeitschrift verkaufen zu können. Dachte dabei sogar an die *Liberty* – die 5-Cent-Zeitschrift! Sie zahlen gut. Ein anständiger Scheck könnte uns zu der Druckerpresse verhelfen[1] und mich überdies für ein oder zwei Monate über Wasser halten. Sind Sie der Meinung, daß ich je irgend etwas bei einer Zeitschrift loswerden könnte? Ich könnte vermutlich auch fragen: Glauben Sie an Wunder?

Sie fragen nach Rank. Ich habe in letzter Zeit häufig an ihn gedacht. Ich glaube, ich werde den Mut aufbringen, zu ihm zu gehen. Auf jeden Fall werde ich Buñuel aufsuchen.

Habe mit der Lektüre des langen Artikels über «Napoleon» in der *Psychoanalytic Review* begonnen, die Sie mir einmal gaben. Das Ganze klingt für mich absurd, wissen Sie. Wie ein Kreuzworträtsel. Andererseits waren ein paar äußerst interessante Beobachtungen darin – besonders in bezug auf Ns Einstellung zu Frauen. Ich frage mich, ob Sie den Artikel gelesen haben. Wenn nicht, läßt sich schwer darüber reden – er ist furchtbar lang. Und so verflucht deutsch! Penetrant detailliert – wahnwitzig umständlich. Er erinnert mich an einen Athleten, der Hanteln stemmt. Das Interessanteste an der ganzen Untersuchung ist für mich, daß darin eine Frage zur Sprache gebracht wird, der ich bisher noch nie begegnet bin. Warum wandte sich Napoleon in einem bestimmten Alter plötzlich gegen sein Idol Paoli, und warum wurde er plötzlich vom erbitterten Feind der Franzosen zu ihrem Helfer? Er haßte die Franzosen wie die Pest! Das war mir neu. Und offenbar weiß niemand den Grund für seinen plötzlichen Umschwung. Die Psychoanalyse freilich wird das erklären. *Fürwahr!!!* Die Psychoanalyse wird überhaupt alles erklären, wenn die Zeit gekommen ist. Die neue Staatsreligion. Sic hoc semper aeternitus – oder irgendso ein Unsinn.

Ich glaube, das Absurdeste am Streben der Menschen ist die Neigung, nach rückwärts zu schauen, zwischen Ruinen und Skeletten herumzugraben und herumzuwühlen. Sie sagen, auch ich

1 Anaïs Nin und Miller hatten erwogen, sich eine eigene Druckerpresse anzuschaffen und ihre Werke selber zu publizieren.

sei ein Idealist. Ja, das bin ich! Und zwar ein radikaler. Hätte ich die Macht, ich würde 9/10 all dessen verbieten, was die Menschen heutzutage tun – weil es nutzlos und rückschrittlich ist. Ich würde sämtliche Schulen, Museen und Bibliotheken abschaffen. Ich würde die Geschichte vom Tisch fegen. Neu, ganz neu beginnen, sei es zum Guten oder zum Bösen. Aber beginnen als Menschen, nicht als Erdenwürmer, nicht als Maden.

Ein kleiner Gedanke setzte sich bei mir fest, als ich von Napoleon las. Meine maßlosen Wünsche! Ich habe so viel gewollt, so viel, daß ich mich im Bewußtsein der Unerfüllbarkeit meiner ehrgeizigen Wünsche, meiner Träume mit fast nichts zufriedengeben kann. Was dazwischenliegt ist nichts als eine Beleidigung meiner maßlosen Phantasie. Aus irgendeinem Grunde bin ich der geborene Fanatiker, der geborene Extremist. Deshalb kann ich mich nicht mit der französischen Mäßigkeit und Weisheit abfinden. Das geht über meine Kräfte. Und nur ein absoluter Egoist kann wahrhaft bescheiden sein. Jeder Mensch, der bescheiden ist, ohne in seinem Herzen ein aufgeblasener Cäsar, ein wilder, sich über alles hinwegsetzender Tor zu sein, ist ein Lügner. Man sagt, Napoleon habe insgeheim – oder besser unbewußt – seine Mutter geliebt; und weil sein Vater stillschweigend zugelassen habe, daß seine Freundin ihn betrog, habe Napoleon den Platz des Vaters für sich beansprucht; vom Vater führte dann der Weg zum Kaiser, zum Gott, zum Wahnsinn. Quod erat demonstrandum.

Nun, was weiß ich noch von meinem eigenen Mündigwerden? Daß ich keine Spur von Verantwortungsgefühl zeigte – gegenüber meinem Vater zumindest und später gegenüber meiner eigenen Familie. Ich haßte meine Mutter. Ich haßte meine Frau. Was beweist das, wenn es überhaupt etwas beweist?

Eines Tages sah ich in jenem Café eine Hure sitzen. Ich hatte sie schon oft bemerkt, weil sie stets an demselben Fleck nahe am Fenster saß, und sie saß dort zurückgezogen und reserviert und schien nicht daran interessiert, die Aufmerksamkeit irgendeines Gastes auf sich zu ziehen. Sie hatte etwas Königliches an sich. Neulich abend sehe ich sie, als ich an dem Café vorbeigehe, wieder dort sitzen – dieselbe Haltung, dieselbe Gleichgültigkeit. Sie zeichnet sich übrigens auch durch eine gewisse Schönheit aus. Plötzlich, als ich um die Ecke ging und sie aus den Augen verlor, wurde mir schlagartig klar, wie sehr diese Frau drei anderen Frauen ähnelte – eine Mischung aus ihnen war. Und wer, glauben Sie, waren diese drei Frauen? June, meine erste Frau und meine Mutter. Verdammt viel hatte sie von meiner Mutter. Und als ich so über meine erste Frau und über June nachdachte, entdeckte ich zu meinem Erstaunen, wieviel auch sie von meiner Mutter an sich hatten. Was mochte der Hauptbestandteil dieser Mischung sein? *Verachtung.* Dadurch zeichneten sich alle drei in hohem Maße aus. *Verachtung.* Ich sehe vor meinem inneren Auge die Nasenflügel der drei, jene verräterisch hochgezogenen Nasenflügel, jene instinktive Witterung für schlechte Gerüche an Menschen, Ereignissen, Situationen.

Da haben Sie's! Eine Entdeckung. Ein einzelner aristokratischer Faden im Familiengewebe. Ich habe weite Nasenlöcher wie mein Vater. Auch er konnte herrlich verächtlich und geringschätzig dreinschauen.

Genug. Mit Interesse lese ich im *Paris Soir* die Memoiren des Kronprinzen. Was er von Greta Garbo hält, vom Maschinenzeitalter, von Caruso, von diesem und jenem.

Wann kommen Sie voraussichtlich zurück?

HENRY

Postscriptum

Hören Sie, der *Feuervogel* war großartig – *ist* großartig! Ich werde noch einmal schriftlich darauf zurückkommen – es wird nicht sehr viel anders sein, als das, was ich vor etwa sechs oder sieben Jahren darüber schrieb. Ich wünschte, ich hätte den Brief von damals jetzt zur Verfügung, einfach um zu vergleichen. Aber ich muß mich zunächst einmal beruhigen. Ich kann nicht sofort über alles schreiben.

An erster Stelle Beethoven – dann Strawinski.

Oh, ich habe soviel zu sagen! Ich glaube, ich werde von diesen unausstehlichen Launen befallen, weil ich sehe, daß es keine Hoffnung für mich gibt, auch nur ein Zehntel von dem zu schreiben, was ich schreiben möchte. Ich will *alles* sagen!

HENRY

P. S. Ich muß in den Laden gehen, wo Sie die Schallplatte gekauft haben. Man hat irrtümlicherweise eine *falsche* geschickt. Ich werde nicht «gewaltig auf den Tisch hauen» – nur den kleinen Irrtum richtigstellen.

P. P. S. Letzte Nacht (nach dem «Napoleon») hatte ich einen sehr seltsamen Traum: ich sah meine Schwester auf der hinteren Plattform eines Zuges stehen; sie war nackt und von Kopf bis Fuß mit tomatenrotem Erbrochenem bedeckt. Ich erwachte völlig verwirrt. Schreibe vielleicht noch ausführlich darüber.

P. P. P. S. Lief zufällig «Max»[1] über den Weg. Er war auf der

1 Vgl. S. 143.

Suche nach mir. Aber ich bin immun. Kein Max kann mich von meinem vorgezeichneten Weg ablocken.
P. P. P. P. S. Kein Tag vergeht ohne Musik. Es ist, als hätte ich einen alten und vernachlässigten Freund wiedergefunden – wie Anatole!

[Clichy, 28. Juli 1933]
Freitag

LIEBE ANAÏS:
Nein, ich war nicht ich selbst, aber ich werde es wieder sein. Ob Sie es glauben oder nicht: eines meiner großen Probleme ist, daß auf Reisen meine Einbildungskraft zu groß ist. Nichts stimmt mit dem Bild überein, das ich mir zuvor davon gemacht habe. Um Ihnen das auf eine einfältige, aber ganz wahrheitsgetreue Art zu demonstieren, gestehe ich, daß ich heute morgen, als ich wieder einmal eine Rate von Osborns großem Opus erhielt, hingerissen war, begeistert von seinen Schilderungen der Loire, der Châteaux, Venedigs, Capris und so weiter. Er besuchte all diese Orte. Sie brannten sich tief in ihn ein, und er bewahrte ihr Bild unversehrt in sich auf bis zu dem Augenblick, da er sich hinsetzte und es aufzeichnete. Ich habe das nie gekonnt. Ich habe mir selber eingestanden, daß meine Reisen niemals etwas Unvergängliches für mich mit sich gebracht haben. Die Briefe, die ich bei solchen Gelegenheiten an meine Freunde schrieb, sind banal, trivial, launenhaft, unpersönlich, ohne Phantasie, ohne Sympathie, ohne irgend etwas. Ich betrachte das alles als eine ungeheure Verschwendung – momentane, episodische Brocken ausgenommen, die absonderlicher und ganz persönlicher Art sind. An ihnen ist niemand interessiert, solange der Mann, der sie zu Papier bringt. keine anerkannte Figur ist und damit automatisch alles, was ihm zustößt, seine Wichtigkeit hat. Der Leser wird daraus nicht viel über Venedig, Carcassonne und so weiter erfahren, wohl aber über den Geisteszustand des Autors, seine seelische Verfassung. All diese Erkenntnisse jedoch kommen bei mir später. Sie kommen unwillkürlich.

In meinem wilden Gebaren kam ein gewisser Kummer zum Ausdruck – ein Kummer darüber, daß Sie genau wie [D. H.] Lawrence, so kontinuierlich, so persönlich, so klug, so ohne jede Unterbrechung schreiben können, während Zeit und Ort für Sie wechseln. Vielleicht deuten Sie die Erklärung dafür in Ihrem letzten Brief an: Sie tragen ihre Phantasie, Ihre Philosophie des Lebens mit sich herum als etwas Festes, Wirkliches, Greifbares und stets Lebendiges. Ich tue das nicht. Ich bin – geistig gesehen – gestaltlos. Ich leide – um ein Darwinsches Bild zu gebrauchen – an meinem kolorativen Anpassungsvermögen. Ich nehme die Stumpfsinnigkeit der Landschaft an, die träge Hitze des Tages, den öden Anblick der Felsen, den Strom der namenlosen Menschen, der sich endlos durch Stadt um Stadt wälzt. Ich bin fast krankhaft wandelbar.

Aber ich vergaß zu Ende zu führen, wovon ich anfangs sprach. Als ich Osborns Passagen über die großen Städte Europas las – glänzend, übrigens ... wirklich! –, wurde mir klar, daß ich immer und ausschließlich einen rein «literarischen» Gefallen an Menschen und Orten finde. Die Wirklichkeit ist für mich ohne Interesse, beeindruckt mich nicht. Osborns Beschreibung von Chambord und Amboise sind für mich lebendig. Die Châteaux selber waren es nicht. Spenglers großartige panoramenhafte Betrachtung über die Vergangenheit ist ebenfalls voller Leben für mich. Die Ereignisse als solche hingegen ließen mich stets kalt.

Mir gefällt, was Sie über Ihre eigene Beschäftigung mit der Vergangenheit sagen. Sie haben das wunderschön ausgedrückt. Gleichzeitig finde ich es ein wenig bestürzend, wie herrlich rasch Sie die Dinge erledigen. Wie können Sie so genau, so klar, so klug wissen, wann etwas für Sie erledigt ist und wann nicht. In dieser Hinsicht kennen Sie keine Zweifel. Sie haben Glück.

Ich muß den Brief abschließen, damit ich ihn noch rechtzeitig zur Post bringen kann.

HENRY

[Clichy, August 1933]
Dienstag

ANAÏS –

Bradley überließ mir, wie Sie sehen, einen Satz Korrekturfahnen des demnächst erscheinenden Buches von Dorothy Brett – *Lawrence and Brett.* Recht interessant, menschlich gesehen. Ich werde die Fahnen demnächst an Sie weitergeben.

Habe Bradley geschrieben, daß er bald einmal hierherkommen und mit mir essen soll, wie ich es ihm schon lange versprochen hatte. Vielleicht können Sie sich an dem Abend, an dem er hier ist, freimachen und auch herkommen?

Es war sehr nett von ihm, mit seinen «Fahnen» zu mir zu kommen – allerdings war ich unglücklicherweise gerade nicht zu Hause. Sie sehen an seinem Brief, daß er immer noch fasziniert ist von Ihnen – und *Ihrer schriftstellerischen Arbeit.* Sie verstehen es, die Leute rasch zu Ihrer Sache zu bekehren.

Henry

P. S. Hoffe, noch heute mit einem Abschnitt über «Lawrence als Mensch» zu beginnen.

[Clichy, 8. August 1933]

Anaïs –

Ich habe die beiden Bände des *Zauberberg* für Sie besorgt. Sollte ich mich entschließen, eine Radtour zu machen, so werde ich sie noch vor unserem nächsten Treffen bei Ihnen abliefern.

Ich sah, daß Ihr Buch in der Bibliothek vorhanden war – es war *ausgeliehen!* Irgend jemand *liest* es! Fand das sehr aufregend.

Habe eine ungeheure Skizze meiner *Ideen* (über 15 Seiten; und das ist noch nicht einmal alles) zum Thema «Lawrence als *Mensch*» entworfen. Diese Aufzeichnungen enthalten einige meiner besten Thesen. Sie werden sehen, sobald ich mit dem Tippen beginne. Ich werde diese Blätter – zusammen mit den übrigen Entwürfen, die ich Ihnen gezeigt habe – für Sie aufheben. Ich tue das gar nicht gern. Ich sehe jetzt, wie sicher ich ihn im Griff habe. Alles fügt sich zusammen – mit einem rachsüchtigen Klicken. (Merkwürdig an L. ist seine leidenschaftliche Schilderung der Knabenzeit – «abends wild umhertobend» – genauso wie ich mein eigenes Leben beschrieben habe.)

Sprach am Telefon mit Kahane. Er sagt, alles sei in bester Ordnung – verliert niemals seine Begeisterung. Steckt bis zum Hals in nicht-literarischen (vermutlich Geld einbringenden) Arbeiten für seine Druckerei. Im Augenblick – der «Wiener Kongreß». *Welcher* Kongreß? Stellen Sie sich eine solche Idiotie vor! Wie dem auch sei, er meint, ich sei auch bald an der Reihe. Das klang durchaus ernsthaft. Ich denke, ich sollte diesen Schurken glauben. Aber irgendwie habe ich doch meine Zweifel. Ich fragte ihn geradeheraus, ob er sein Versprechen nicht halten wolle. Er protestierte sehr energisch. Sagte: «Wir werden gemeinsam ins Gefängnis wandern.» Ich bin immer noch aufgekratzt von den «Ferien». Wie steht's mit Ihnen?

Henry

«Unsterblichkeit ist eine Frage des Charakters.» Diese Zeile von Lawrence hat es in sich, oder? – Entschuldigen Sie das Papier – schreibe in meinem kleinen Restaurant bei ziemlicher Hitze. Der Abend hat einen sanften Schmelz.

[Clichy]
Donnerstag, den 10. 8. 1933
Wunschgemäß datiert![1]

Ich füge nun doch nicht die Blätter bei. Ich bin nämlich der Meinung, daß das Lesen in kleinen Dosen die Wirkung beeinträchtigt. Ich weiß, Sie warten ungeduldig, aber gerade jetzt möchte ich nicht zu sehr zerstückelt werden. Ich möchte Ihrem Loblied auf die «zeitlosesten aller Seiten» gerecht werden. Sie wissen, daß es einen Superlativ des Adjektivs «zeitlos» nicht gibt. Eine Sache ist zeitlos, oder sie ist es nicht! Da gibt es keine Gradunterschiede.

Die Veränderung im Zimmer ist großartig! Ich sitze in einer Ecke und schaue auf die Wand – Kreuzigung Christi, Afrika und das Wandfragment einer heiligen Höhle. Man kann auf dem Diwan sitzen, ohne ins Licht zu blicken. Mehr Platz. In der vergangenen Nacht habe ich zum erstenmal seit einer Ewigkeit ganz fest geschlafen – weil ich unterhalb der Fensterbank liege und keinen Himmel sehe. Feine Unterschiede. Und mein Überseekoffer liegt verschlossen auf der Seite und gibt auf diese Weise einen Untersatz für das Grammophon ab. Ein glänzender Vorschlag von Ihnen. Morgen abend erwarte ich den Bücherschrank. O ja! Sie waren einen Tag zu früh hier. Ich habe neue Schallplatten – herrliche Sachen. Eine ganze Symphonie von César Franck, zwei Orgelaufnahmen von Bach und Franck, einen Teil aus einem Beethoven-Quartett und einen aus einem Quintett. Die reinste Musik, die man sich vorstellen kann. Ich kenne nichts Vollkommeneres. Das unumstößlich Absolute an Vollkommenheit.

Wie anders ist meine Stimmung jetzt als zur Zeit meiner Rückkehr! Wenn mich Melancholie und Verzweiflung überkommen, ist es, wie wenn die Nadel aus der Rille der Schallplatte springt. Auch die Platte wird dabei ruiniert! Ich fühle mich so fest verschanzt, daß nur ein Krieg mich vertreiben könnte. Wenn ich sage: «Bringen Sie ein oder zwei Aquarelle mit», so nur, um mich an die übrigen zu erinnern, die ich machen will. Ich will wieder *alles* tun.

Das Buch muß jetzt gut sein, weil *ich gut bin.* Heiter, heiter, weil nur meine *innere* Intensität geblieben ist. In diesem Stadium ist Musik weder Ablenkung noch Beruhigungsmittel. Wenn [D. H.] Lawrence sich einen *Flötenbläser* schuf (und auch Salavin [*Journal de Salavin*] ist einer – die Koinzidenz ist gar nicht so verwunderlich), so hatte er einen guten Grund dafür. Ich fragte Sie gelegentlich, ob Lawrence je von Musik gesprochen habe. Ich

1 Anaïs Nin hatte Miller gebeten, seine Briefe zu datieren.

sagte, das sei eine merkwürdige Unterlassung. Und siehe da! – in *Aaron's Rod* taucht die Musik auf. Es muß überdies eine sehr *reine* Musik sein – nicht literarisch, programmusikartig, plastisch. Es war sehr, sehr klug, daß er die Flöte wählte – glänzender Geschmack. Man braucht nur einen Augenblick nachzudenken, um zu erkennen, wie billig, wie vulgär es gewesen wäre, einen Pianisten, einen Geiger oder einen Dirigenten einzuführen. Er läßt die Marchesa (die intelligenter, kultivierter, verwelkter ist als er selber) ihr – oder *sein* – Sprüchlein über die lärmenden Symphonien und so weiter sagen. Sehr viel Geschmack, aber doch zugleich auch dürftig. Keine Einbildungskraft, *keine große Liebe* zur Musik oder zu irgendeiner anderen Form der Kunst. Das englische Blut bringt einfach keinen leidenschaftlichen Ästheten hervor. Nein, im Vergleich dazu ist Proust ein Meer. Proust setzte sich mit dem Akt der Schöpfung in der Musik als solchem auseinander. Er spricht unentwegt von den *Schöpfern* – Vinteuil, Elstir und so weiter. Lawrence dagegen versucht, seinen Ästhetizismus in einen religiösen Rahmen zu zwängen. Kunst muß leiden. Aber der Flötenbläser – Aaron, Salavin –, der Flötenbläser ist ein echter Musikliebhaber. Er spielt allein, im Dunkeln. Er improvisiert. Die Flöte ist das Instrument der Meditation – die Freude des Einsamen. Es sollte mich nicht wundern, wenn Nietzsche Flöte gespielt hat!

Nun ja – erinnern Sie mich daran, wenn Sie kommen. Ich hoffe, ein paar brandneue Bemerkungen über *Aaron's Rod* zu Papier zu bringen, bevor es zu spät ist. Die Flöte – Musik – sehr wichtig. (Ich kann hier nicht ins einzelne gehen. Aber – denken Sie daran: der Geist der Tragödie und das doppelte Thema. Schizophrenie, Narzißmus. Flöte. Masturbation als die große Sünde! Toccata und Fuge über das Ich. So gewinnt Aarons Brief eine ungeheure Bedeutung.)

Erinnern Sie mich auch an Huxley. Ich will es nach Möglichkeit neu und ausführlicher schreiben.

Ich werde mich wieder ans Schreiben machen.

Im Restaurant schloß der Besitzer ab, als ich den Rest von meinem Teller aß. Plötzlich schaue ich auf und ein dicker papiermâché-Chef steht neben mir. Hätte ich das im Film gesehen, ich hätte es für eine meisterhafte surrealistische Szene gehalten. Derlei geschieht jeden Tag, überall – *wenn ich allein bin*. Es ist auch keine Einbildung von mir.

HENRY

[Clichy, 1. September 1933]
Freitag

Anaïs –
Schicke Ihnen dies hier in aller Eile, weil ich glaube, daß es besonders aufregend ist. Sie werden vieles darin wiedererkennen – in Umrissen freilich nur! Gefällt es Ihnen? Mein Gott, ich hoffe, Sie werden die Zeit finden, alles zu lesen, was ich Ihnen geschickt habe. Ich möchte wissen, ob es gut oder schlecht ist. Ich fühle mich wie auf die Folter gespannt.

Ihr Brief kam heute morgen. Ich werde Ihnen höchstwahrscheinlich noch heute ausführlicher schreiben. Jetzt muß ich an die Luft gehen und ein wenig laufen. Es kribbelt mir in den Knochen.

Grüße an Paderewski. Erkundigen Sie sich nach Beethovens Taubheit. Und nach dem A-Moll-Quintett, das Huxley gegen Ende seines Buchs verwendet, als Spandrell Selbstmord begeht. Fragen Sie ihn auch nach den Sternen und dem Mond und den guten Seiten Ihres Horoskops. Hat er einen Sinn für Horoskope? Und wie ißt er seine Schnecken? Er mag *ausschließlich* Filme. Das bedeutet: nichts anderes, oder? O. K. Ausschließlich Filme. Fragen Sie ihn, ohne welchen Geschmack.

Und was den Padre[1] betrifft – nein, nein! *Padre* gefällt mir nicht. Es klingt, als ob Sie die ganze Zeit von einem Priester sprechen. Warum nicht ‹dad›? Hello Dad – Sweet Caporal-Zigaretten. In jeder Packung eine Soubrette oder, wenn du willst, die kubanische Flagge.

Ich lese noch einmal den Artikel von Wittman in der *Psychoanalytical Review* – über den modernen Künstler. Herrlich. Diesem Artikel nach brauchte ich mich meiner nicht schämen – niemals. Ich bin ein moderner Künstler. Das bedeutet einen léger Hang zur Schizophrenie. Nur *léger*. Im übrigen leiden wir an den gleichen Gebrechen wie der Rest der Welt. Aber nein, bei Gott, es ist ein glänzender Aufsatz. Ich möchte ihn am liebsten herausreißen und in meine Westentasche stecken – für trostlose Augenblicke.

Genug für diesmal. Später mehr.

HVM

1 Anaïs Nin gebrauchte das spanische Wort «padre», wenn sie von ihrem Vater sprach.

Macht unsre Bücher billiger!…

… forderte Tucholsky einst, 1932, in einem «Avis an meinen Verleger». Die Forderung ist inzwischen eingelöst.

Man spart viel Geld beim Kauf von Taschenbüchern. Und wird das Eingesparte gut gespart, dann zahlt die Bank oder Sparkasse den weiteren Bucherwerb: Für die Jahreszinsen eines einzigen 100-Mark-Pfandbriefs kann man sich zwei Taschenbücher kaufen.

[Clichy, September 1933]
Dienstag

Anaïs –

Nachdem ich die kurzen Zeilen geschrieben hatte, machte ich mir neue Notizen zu *Aaron's Rod*, und sie schienen mir so interessant, daß ich dachte, Sie sollten sie sich einmal ansehen – und mir überdies sagen, ob ich Ihrer Ansicht nach *zuviel* in Ls Buch *hineinlege*. So sehe ich die Sache jetzt. Zusammen mit «Crown» und «Spiel des Unbewußten» scheint es mir eines seiner ganz wichtigen Bücher zu sein. Ich bin noch keineswegs am Ende mit meinen Aufzeichnungen. Lasse mir Zeit dabei. Aber ich bin erpicht auf Ihr Urteil. Wenn Sie kein Exemplar von *Aaron's Rod* haben, werde ich Ihnen mein Lowenfels-Exemplar ausleihen. (Das Exemplar der Bibliothek ist gestohlen.)

Ich habe die Blätter nur ungern gefaltet, habe aber keinen größeren Umschlag. Bringen Sie sie mir bitte wieder mit, wenn Sie kommen. Ich muß gelegentlich hineinschauen, damit ich mich nicht wiederhole.

Henry

P. S. Ich wollte Ihnen eigentlich auch meine Notizen zu dem gebundenen Heft mit der Aufschrift «Roman» zeigen. Sie sehen, ich bin auf dem besten Wege, die Gewohnheit des Tagebuchführens zu übernehmen – von Ihnen. Ich merke, daß es auf die «Ideen» ankommt, wenn man die Feder in der Hand hält.

[Clichy, 6. September 1933]
Mittwoch

Zur Zeit fülle ich ein kleines Buch mit Anmerkungen [zu Lawrence]; lassen Sie es bitte zusammen mit dem Entwurf binden. Bis Seite *26 Punkt Nr. 86*. Wie ein Versailler Vertrag. Mein Kopf zerspringt. Noch nie in meinem Leben so viele Verbindungen, Synopsen, Synkopen, Elisionen und Synthesen produziert. Und das Ende noch nicht abzusehen! Trotz der skizzenhaften Form alles absolut klar und endgültig in seiner Aussage. In den vergangenen zwei Tagen bin ich zu einer einzigen Flamme geworden. Viel weiter kann ich nicht gehen. Es ist, als ob ich den Sättigungspunkt erreicht hätte – den Punkt, an dem die gegenwärtigen Möglichkeiten erschöpft sind. Ich bin von all dem selber verblüfft. Und jetzt sehe ich, daß ich in der Lage bin, etwas wirklich zu *vollenden*. Ich begann mit vollem Einsatz – was ich nie zuvor getan hatte. Bis dahin war stets alles an diesem und jenem – an *mir selber* vermutlich – gescheitert. Jetzt aber – könnte nicht einmal ein Erdbeben mich von der Verwirklichung meiner Pläne abhalten.

Murry [*Son of Woman*] hat mir das Äußerste abverlangt. Die anderen zählen nicht – Öl fürs Feuer, nicht mehr. Ich brenne darauf, mit dem Schreiben zu beginnen, damit Sie sehen können, worum es geht. Aber diesmal werde ich es nicht tun, bevor ich nicht *alle* Punkte skizziert habe. Bisher *86*! Ganz schön schon, nicht wahr? Es fing damit an, daß ich über den Menschen Lawrence nachdachte. Wie er alles in sich hineintrank. Und die einzige Möglichkeit, einem Menschen, der soviel geschaffen hat, gerecht zu werden, besteht darin, daß man selber *auch* etwas erschafft. Es reicht nicht aus, daß man ihn *erklärt*; indem man über ihn schreibt, muß man beweisen, daß man von der Flamme erfaßt ist, die er weiterzureichen versuchte. Es ist ein ungeheuerliches Unternehmen – und es wird Lawrence hoch über jene weinerlichen Leichengräber erheben, die sich über ihn verbreiten. Wenn ich ihn begraben habe, dann habe ich ihn zumindest *lebendig* begraben. Ich finde grandios, was er an Aldington schrieb, dessen kleine Broschüre [*D. H. Lawrence*] ich gerade lese. Ich möchte es an den Anfang stellen – als Frontispiz:

> «Sie sagen, ich sei im Unrecht.
> Wer gibt Ihnen oder irgend jemandem sonst das Recht,
> mir zu sagen, daß ich im Unrecht bin?
> Ich bin nicht im Unrecht!»
>
> D. H. L.

Ich finde das *absolut* großartig!!!

Heute erhielt ich die *Studies in Classic American Literature* aus der Bibliothek. Falls es die Arbeit erlaubt und das Wetter mir keinen Strich durch die Rechnung macht, werde ich vielleicht nach Louveciennes hinausfahren und den Thomas Mann [*Zauberberg*] und die «Brett-Lawrence»-Fahnen [*Lawrence and Brett*] vorbeibringen. Mal sehn.

Drei meiner Skizzenbücher sind vom Buchbinder gekommen. Das dicke muß, genau wie das erste, auseinandergerissen werden. Es ist völlig durcheinandergeraten – seltsamerweise. Im übrigen verflucht gute Arbeit – und billiger als Ihr Buchbinder. Ich bin ganz hingerissen von den Heften. *Schätze.* Selbst wo die Seiten leer sind. Ehe ich fertig bin, werde ich all diese Lücken gefüllt haben.

Ich fühle mich weder nutzlos noch allzu bedeutend; aber ich fühle, daß ich eine Kraft bin.

Jetzt weiß ich es.

Und zu den Erkenntnissen von heute und gestern kommen heißt am Rande des Wahnsinns stehen. Ich bin nicht nur «nicht im Unrecht». *Ich bin im Recht.*

HENRY

P. S. Epochemachende Tage, sage ich Ihnen! Es ist nicht Lawrence – ich selber bin es, dem ich seinen Platz erkämpfe!

[Clichy, September 1933]
Donnerstag

Habe heute nachmittag nicht mehr geschrieben, werde mich aber am Abend wieder an die Arbeit machen. Mir platzte der Kopf. Hier sind einige Manuskriptseiten (vielleicht nicht so aufregend?) zusammen mit ein paar Seiten Notizen, denen zur Zeit mein Hauptinteresse gilt. Muß das Eisen schmieden, solange es heiß ist. Es ist ein Verbrechen, dies alles ungenutzt zu lassen. Dazu schwere Träume. Habe Ihnen ein paar der Notizen geschickt – *im Rohzustand,* so wie ich sie niedergeschrieben habe; andere werden folgen. Ich weiß, daß Sie sie gern aufheben.

Ich habe vor, verschiedene «Wandpläne» zu machen – diesmal mit sehr bestimmter und gezielter Absicht. Etwas in großem Maßstab, das seine Gültigkeit einigermaßen behält und an das ich mich während der Arbeit halten kann. Bei der ungeheuren Menge von Einzelheiten, die ich im Kopf habe, ist es unbedingt notwendig, daß ich alles *vor Augen* habe, *in einer bestimmten Ordnung* vor Augen habe. Deshalb mag es ratsam sein, für eine solche Arbeit Zeit zu opfern – Freizeit natürlich. Eine meiner Ideen bezieht sich auf die wichtigsten der Gestalten, die in meinem Leben eine Rolle gespielt haben. Ich will sie und ihre Beziehung zu mir wie auf einer astrologischen Karte veranschaulichen.

Ich glaube, zum Beispiel, daß ich für den *Wendekreis des Steinbocks* eine solche graphische Darstellung mit eindeutigem Bezug auf meine Notizen über June haben muß.

Ich habe das Gefühl, daß die Aufzeichnungen unter dem Stichwort «Der Schneiderladen»[1], die ich Ihnen heute zuschicke, hübsche Dinge enthalten – einige sind darunter, die *trotz* oder *wegen* ihrer Ungeschliffenheit und des raschen Erzähltempos fast so bleiben könnten.

Ich will nicht nach der Dreiserschen Art verfahren – aus die-

1 Vgl. «Der Schneiderladen» in *Schwarzer Frühling.*

sem Grunde befördere ich jetzt alles in Form von Notizen ans Tageslicht. Wenn ich fertig bin, werde ich vielleicht entdecken, wie sich das Ganze in meinen Plan einordnen läßt. *Mein China.*

Sie sehen, von welchem – herrlichen – Chaos ich umgeben bin. Rechnen Sie nicht mit morgen. Wenn ich bis ein Uhr nicht angerufen habe, wissen Sie, daß ich beim Arbeiten bin.

HENRY

P. S. Würden Sie mir, wenn ich mich an die «Wandpläne» mache, den Plan *leihen*, den Sie für den Roman entworfen haben?

[Clichy, September 1933]
Dienstag

3 Uhr morgens, und ich versuche mich zu entscheiden, ob ich diesen Brief jetzt noch zum Postkasten bringen soll oder nicht. So steht es mit dem «Stadt»-Thema. Noch nicht abgeschlossen. Mag sein, daß ein paar ungeschickte Stellen darin sind, aber ich habe das Gefühl, die Sache hat Kraft. Oder meinen Sie nicht? Sie sehen die Themen – Musik, Tod, Labyrinth, Mutterleib, Wahnsinn, Schicksal und so weiter. Ein Flickenteppich! Das Schlüsselwort – das ist wichtig, als Technik! – ist das Wort «desorientiert». Vielleicht ist das zu spitzfindig, aber mit diesem Wort im Kopf versuche ich, das Teppichmuster zu weben. Es steckt soviel gutes Material in der Nabel = Labyrinth-Idee – bin gespannt, ob ich damit zurechtkomme?[1]

Ich versuche, meinen Teil zu dem Heiratsrummel beizutragen. Die letzten fünf Minuten müssen die «zeitlosesten» Seiten erbringen. Denn es gibt nichts, was darüber hinausgeht. Wie Fraenkel sagt, erwirbt der Künstler erst dann das Recht auf seinen eigenen Wahnsinn. (Haben Sie bemerkt, daß ich Blitze in die Züge des Selbstporträts gebracht habe, um ihm Kontur zu geben?)

HVM

P. S. Arbeiten Sie sich nicht die Finger wund für mich – tragen Sie die Seiten einfach hinaus auf die Straße und lassen Sie sie explodieren. Stehet still. Laßt *ihn* sprechen! Kolosser. 3. (Sie haben mich nie gefragt, ob es *Kolossius* oder *Kolosser* heißt.)

1 Vgl. «Hin und her in China» in *Schwarzer Frühling.*

[Clichy, 21. September 1933]
Freitag

Hatte gestern einen großen Tag in der Bibliothek, als ich all die Kleinigkeiten nachschlug, die sich bei mir angehäuft hatten – die Feuervogel-Legende, Tamerlane, Dschingis Khan, Märchen und so weiter. Habe Kay Boyles *Year Before Last* ausgeliehen – nicht schlecht, nicht gut – ganz interessant alles in allem. Außerdem Fenolossas Artikel über «The Chinese Ideograph», der genauso ist, wie ich erwartet hatte. Werde ihn vorerst hierbehalten, damit auch Sie hineinschauen können!! (Ich nehme es intuitiv sehr genau mit China!) Dann saß ich in der Kinderbuchabteilung auf einem kleinen Stuhl an einem kleinen Tisch und arbeitete mich durch viele meiner alten Favoriten hindurch – Robinson Crusoe vor allem. (Ich werde dieses Buch später einmal ausleihen, um Ihnen ein paar ganz erstaunliche Dinge darin zu zeigen, die Sie vermutlich vergessen haben. Erinnern Sie mich daran, daß ich Ihnen meine Notizen aus dem «Vorwort zur Originalausgabe» zeige!) Und schließlich ging ich mit einem hübschen kleinen Band von *Through the Looking Glass*, der jetzt in meinem Privatbesitz ist, davon. *In gehobener Stimmung.*

Ein Tag, der dem Lesen – und dem Notizenmachen – gewidmet ist. *Notizen zu Cronstadt.* Werde vermutlich heute abend nach dem Essen mit dem Schreiben beginnen. Wenn ich in der rechten Stimmung bin. Habe phantastische Ideen dafür.[1]

Lege ein paar Seiten Übertragungen aus meinen Notizen zum Stichwort «Pissoirs» bei. O ja!

Die beiden Bücher, die für mich gebunden worden sind, habe ich auch bekommen. Sie sind prachtvoll! Das Lawrence-Buch gehört Ihnen! Es wird Ihnen gefallen. Ich fühle mich zum Bersten voll. Was für ein Ansturm von Ideen! *Eine Überfülle.*

Habe Ihre Nachricht und so weiter erhalten. Ist alles in Ordnung?

Mehr später. Laufe zum Essen.

Henry

[Clichy, 25. September 1933]
Montag

Furchtbar müde. Zwar nicht so viele Seiten, aber ich arbeite sehr intensiv daran. Das beste kommt noch. Sie werden sehen.

1 Vgl. «Jabberwhorl Cronstadt» im *Schwarzer Frühling.*

Habe im Verlauf der Arbeit ein paar merkwürdige Dinge entdeckt. Zum Beispiel, daß die Katze (*Jocaste* – nicht Jocatha) *die Mutter und die Frau* des Ödipus war! Daß *Müller* – der Mann, der den Wein würzt [*mulls*] – meiner Meinung nach aus dem Isländischen kommt. Folgende Ableitung: *molde-ale* = Leichenschmaus; *molde* = Graberde und *ale* = Fest. Daher Heinrich Muller! Und wenn man, wie es Lowenfels tut, ein Blatt auf beiden Seiten beschreibt, so nennt man das «*opisthographisch*».

Oologie ist die Vogeleierkunde.

Onager = der wilde Esel Zentralasiens.

Eventration = der ausgedehnte Bauchbruch.

Melasma = Hautkrankheit, die dunkle Flecken hervorruft.

Hören Sie – ich habe lange Arbeitsstunden hinter mir. Ich habe Ihre Blätter bisher noch nicht gelesen. Will es nicht im Zustand der Ermüdung tun – könnte einen verzerrten Eindruck davon bekommen. Ich werde meine Sache gut machen, wenn ich es erst einmal in Angriff nehme – und das wird bald sein. Verzeihen Sie mir.

Wie wär's mit Mittwoch? Ich bin müde, müde. Aber keineswegs entmutigt. Würzen Sie ein wenig Wein.

HENRY

[Clichy, 3. Oktober 1933]
Dienstag

ANAÏS –

Habe heute morgen eine Flut von Briefen erhalten, aber alles ist fürs erste ad hoc und post rem. Folgenden Brief bekam ich von Bradley – Abschrift eines Schreibens, das Kahane ihm um meinetwillen geschickt hat.

«Lieber Bradley – im Hinblick auf Millers *Wendekreis des Krebses* liegen die Dinge, wie ich Ihnen kürzlich schon mitteilte, so, daß ich nicht in der Lage war, das Buch zu der vertraglich festgesetzten Zeit herauszubringen. Ich habe jedoch die feste Absicht, es zu veröffentlichen und würde diese Absicht gern in die Tat umsetzen, wenn Sie vom Autor umgehend die Zustimmung zu einer Verlängerung der Frist um sechs weitere Monate erwirken könnten. Ich erkläre mich bereit, das Buch bis zu diesem Zeitpunkt herauszubringen.»

Und Bradley rät mir in seinem Brief, auf den Vorschlag einzugehen, da Kahane offenbar ernstlich vorhabe, es zu veröffentlichen.

Mein erster Impuls war, NEIN zu sagen, gebt mir das Buch

zurück. Aber wie handle ich am klügsten? Ich habe ein Jahr gewartet – machen sechs weitere Monate soviel aus? Lowenfels hat mir gerade heute ein Exemplar seiner revidierten Version des «Suicide»-Gedichts geschickt. Und mit der gleichen Post kommt ein Ausschnitt von meinem Vater, ein großartiger Artikel aus einer amerikanischen Zeitung über die neuen Befestigungsanlagen, die Frankreich an der deutschen Grenze baut. Ich möchte, daß Sie ihn lesen. Er ist ungeheuer eindrucksvoll. Sie haben tief in die Erde hinein und einige Kilometer breit einen Betonvulkan gebaut, voll von Geschützen, Munition, hochexplosivem Sprengstoff und allen erdenklichen Werkzeugen aus dem Arsenal der schwarzen Magie. Die gesamte Grenze ist eine versunkene Festung, unüberwindlicher als die Chinesische Mauer zur Zeit Kublai Khans. Sie ist so breit und großzügig angelegt, daß Züge unter der Erde verkehren, mit denen man sich mit hoher Geschwindigkeit von einem Punkt zum andern befördern lassen kann. Das Ganze erschreckt mich. Es ist so sicher, daß es geradezu zur Zerstörung herausfordert. Aber glauben Sie mir, die Deutschen werden nicht über diesen gähnenden Höllenschlund gehen. Sie werden einen anderen Weg finden, um ihren Feind zu vernichten.

Und Lowenfels wird seinen «Suicide» veröffentlichen – sicherlich in hübschem weißem Ziegenleder aus Belgien. Ein neues Gedicht aus «Some Deaths». Er stellt nach und nach eine ganze Anthologie auf die Beine. Und bei mir häufen sich Fehlschläge, Mißerfolge und Aufschübe. Ich fühle mich niedergeschlagen heute morgen.

Aber nicht entmutigt, wie Monsieur Datz sagt. Sie sagen, Sie seien wild, fiebernd, rasend. Gut. Schreiben Sie, was Ihr strahlendes Haupt hergibt. Ich werde mir heute abend Ihr Buch [Manuskriptfassung von *Winter of Artifice*] vornehmen und es mit scharfem Blick lesen. Danach werde ich es wie eine warme Semmel verschlingen. Nicht anhäufen lassen. *Jetzt* ist es an der Zeit – nicht wenn *ich* soweit bin. Holen Sie das *House of Incest* hervor, stauben Sie es ab und schicken Sie es jemand anderem zu. Warten Sie nicht auf schlechte Zeiten. Seien Sie nicht entmutigt. *Es ist Krieg.*

So sehr ich diese Verzögerungen hasse, so widerwärtig ich diese lässige, weitschweifige Art, die Dinge anzufassen, finde: ich glaube, nüchtern, klug und von allen Seiten betrachtet ist es unter den gegebenen Umständen das beste, wenn ich Kahane seine sechsmonatige Verlängerung zugestehe.

Ich tue alles, was in meiner Macht steht, Anaïs, um dieses Buch [*Schwarzer Frühling*] fertigzubekommen. Ich habe das Ganze gestern noch einmal flüchtig durchgelesen und war, alles in allem, zufrieden damit. Auch das Material, das noch eingearbeitet werden muß, habe ich nochmals überflogen – paßt alles gut hinein. Es ist eine rein mechanische Arbeit. Ich will keinerlei neues Material und keine neuen Gedanken mehr. Dieser Cronstadt-Teil wird der letzte neue Abschnitt sein – der Rest ist in meinen Notizen.

Und heute abend setze ich mich hin und verschlinge Ihr Buch.

HENRY

[Clichy, 17. Oktober 1933]
Mittwoch, Mitternacht

Silvia Sidneys Cho-Cho-San – *Madame Butterfly* – war ein herrlicher Abschluß für einen wundervollen Tag. Ich war hingerissen. Mehr als das: ich war tief bewegt. Da ich vor einiger Zeit die gefeierten Filme der japanischen Schauspieler gesehen hatte (das alte, das mittelalterliche, das moderne Japan), hatte ich eine Vergleichsbasis, die mir erlaubte, ihre Interpretation zu beurteilen. Alles, was ein westlicher Mensch aus dieser Rolle machen konnte, hat sie, wie mir scheint, daraus gemacht. Es ist einer der ausgewogensten, künstlerischsten Filme, die je in Amerika entstanden sind. Ein reiner Film, in dem die Opernmelodien gedämpft und niemals aufdringlich sind. Die Erhabenheit des Themas ist dazu angetan, einem die Tränen in die Augen zu treiben.

Ich bitte Sie, sich diesen Film bei der nächsten Gelegenheit anzuschauen. Er läuft glücklicherweise in französischer Sprache, in einer Sprache also, die dem Zeremoniell der Samurai angemessener ist. Der Amerikaner Linkerton spielt seine Rolle sehr gut – besser als man je erwartet hätte. Das Drama hält sich streng in den Grenzen, die von dem Problem vorgezeichnet sind. Und es ist ein großartiges Problem. Denken Sie nicht, daß es die erste Aufführung dieser Oper war, die ich gesehen habe. *Madame Butterfly* war die erste Oper, die ich erlebte – und zwar mit Geraldine Farrar! Ich hatte einmal die Schallplatten – ich erinnere mich noch sehr gut daran.

Ob es daran liegt, daß ich mich in allem so eindeutig dem Osten zuwende – ich weiß es nicht, aber ich bin wieder einmal durch und durch aufgewühlt. Ich würde gern einen Brief an das Studio 28[1] schreiben und sie bitten, in das kommende Programm

1 Vgl. S. 110, Anm. 2.

die drei japanischen Filme aufzunehmen, von denen ich oben sprach, oder den schönen chinesischen Film, den Clemenceaus Sohn geschrieben hat und der einer der wenigen außergewöhnlichen Filme ist, die ich in Amerika gesehen habe. Beides zusammen würde ein glänzendes Filmprogramm abgeben. Mit «Of What Are the Young Films Dreaming» als Zwischenakt! Ist Ihnen dieser Aufsatz bekannt?

Die Heizung ist angestellt, und es ist wunderbar hier. Ich komme heim in mein Zimmer, und es sieht kahl, schmucklos und warm aus. Es ist das schönste Zimmer in ganz Frankreich. Finden Sie nicht, daß es einen östlichen Charakter hat? Das Blau und Schwarz des kleinen Teppichs, das schlichte hölzerne Bücherregal, die Drucke an der Wand, die Karten, die einfache Kommode, der grazile Diwan, das blaue Kissen, der Überseekoffer, die grüne Lampe? Können Sie sich vorstellen, wie ich hier im Mandarinengewand mit entrücktem Blick sitze, während mein Opium sich wohlgeordnet auf den Bücherregalen ausbreitet? Der Fußboden sauber und glänzend. Totenstille. Harmonie. Philosophische Ruhe und Weisheit.

Mir geht es prachtvoll. Ich denke immer noch an das gräßliche Pissoir beim Friedhof. Morgen werde ich Ihnen davon schreiben. Vielleicht wird ein wenig Orient mit eindringen – in Levallois-Perret mit seiner schwarzen Logik und seiner kalten Gerechtigkeit.

Zu den letzten Dingen, die Sie erwähnten, gehörten die Bücher, die wir lesen wollen. Hier eine Liste der wichtigsten – nicht, damit Sie sich übereilt daraufstürzen, sondern mehr als Richtschnur ...

Das Tristan Tzara-Buch
Wilhelms über China (ja – schließlich *muß* ich es einmal lesen!)
Das Giles-Buch über China (noch einmal lesen und diesmal Notizen machen)
Das Buch über Symbole
Artaud – *La mort et l'amour*[1]
L'esprit des formes – Élie Faure
Les chevaux de Diomedes – de Gourmont
Histoires magiques – de Gourmont

Schauen Sie sich bitte *Madame Butterfly* an, wenn Sie in guter Stimmung sind – sonst nicht.

Henry

1 Gemeint ist *L'art et la mort.*

[Clichy, 7. November 1933]
Dienstag – später

Habe die Rohrpost erhalten – ich konnte bereits den drei dicken Umschlägen am Morgen ansehen, daß Sie in guter Form sein müssen.

Wie gesagt, weiß ich noch nicht, ob ich noch vor Freitag nach Louveciennes fahren werde – fühle mich überlastet mit all dem, was ich tun will. Zu Freitag und meinem Besuch bei Ihnen – später mehr. Lassen Sie mir – im Augenblick – lieber nicht zu viele neue Bücher unter die Augen kommen. Das Buch von Delteil gefällt mir – lese immer nur kleine Stücke daraus in der Untergrundbahn.

Sie haben Rank wirklich aufgesucht? Bin unheimlich gespannt zu erfahren, was sich ergeben hat.

Als ich am Sonntag versuchte, mit Hiler zu sprechen, war er nicht zu Hause – also ging ich kurz zu Lowenfels, der gegenüber wohnt; er war furchtbar aufgeregt und ganz aus dem Häuschen wegen Ranks Buch. Sprach von nichts anderem – freilich lauter Mißverständnisse. Er hält es für großartig. Hat aber auch erhebliche Einwände dagegen.

Ich habe Ihre Seiten des *House of Incest* ohne Ausnahme gelesen, und der Eindruck, den das Ganze bei mir hinterlassen hat, ist wiederum sehr positiv – warm und lebendig.

Als ich Ihnen die vorangehenden Seiten schickte, vergaß ich zu sagen, daß meine Kritik zuweilen überspitzt wirken mag. Der Grund dafür ist, daß ich ständig die Tatsache aus den Augen verliere, daß Sie selber es noch überarbeiten und erweitern wollen. Aber wenn ich das Wort *schwach* an den Rand schreibe, so mag das immerhin als Hinweis für ihre endgültige Bearbeitung dienen. Gewöhnlich findet man das, was *sehr* gut ist, schon beim ersten Lesen sehr gut. Ist es nicht so?

Ich füge die Information über K. A. Porter zusammen mit einer Kopie meiner Antwort bei, damit Sie sich daran ergötzen können. Lowenfels sagt, sie sei eine recht gute und ziemlich bekannte Schriftstellerin – oder Lyrikerin, glaube ich.

Ich hoffe sehr, daß ich Ihnen vielleicht morgen ein paar Seiten zum *Scenario* schicken kann – wenn ich es nicht tun sollte, so denken Sie bitte nicht, ich hätte den Mut verloren. Ich bin sehr damit beschäftigt, das Buch zum Abschluß zu bringen – es neu zusammenzufügen. *China*.

Henry

P. S. Meine scheinbar *fruchtlosen* Diskussionen mit W. L. [Lowenfels] haben regelmäßig den Erfolg, daß mir meine eigenen

Gedanken, meine eigene Haltung, klarer werden. Ich muß ihn bis aufs Messer bekämpfen. Zwischen uns herrscht ein ungeheures Nicht-Verstehen. Was genau ist das *9.* Haus? Egal – ich werde *Ihr* Horoskop zu Rate ziehen!
P. P. S. Maryse Choisy gefällt mir irgendwie und mißfällt mir zugleich. Sie versteht alles. Dazu geht sie leichtfertig um mit ihrem scharfen Verstand. Überaus maskulin, in einem ganz bestimmten Sinne des Wortes. Andererseits wieder überaus feminin – mit ihren allzu klaren, allzu raschen Schlüssen. *Aber, wo ist der Mensch?* Alles ist für sie wie ein Spiel. Aber sie sagt erstaunliche Dinge! Merkwürdig – das war eines der Bücher, die ich mit hungrigem Blick in den Schaufenstern betrachtete, als ich zum erstenmal nach Paris kam.

[Clichy, 27. November 1933]
Montag

Ich lege den *ganzen* Brief an Hiler bei – achten Sie auf die letzten Seiten, die ich hinzufügte, als ich am Freitag nach Hause kam. Von dort bis zu der Sache mit den Farben war es ein natürliches Voranschreiten. Ich weiß nicht, was Sie von dem Letzteren halten werden – mag sein, daß es nicht stichhaltig ist, aber für mich war es als Idee sehr nützlich. Sie können sich gar nicht vorstellen, was für eine Befriedigung es war, durch ein anderes Bild auf die Lösung einer grundsätzlichen Schwierigkeit zu stoßen, um die ich gerungen hatte. Indem ich die ganze Sache in Farbe sah, stellte ich, wie ich glaube, echtere Bezüge zwischen den Ideen her, als durch die Verwendung sprachlicher Symbole. Es ist ein Produkt des Zufalls und es mag seine Schwächen haben, aber es tat seine Wirkung auf mich. Es nahm verschiedenen meiner Vorstellungen ihre Starrheit. Es brachte einen flexibleren Ausgleich für den Todesunsinn. Ich bin folgender Ansicht: ich habe es fertiggebracht, eine Brücke zu schlagen über die Kluft zwischen Spenglers Idee von Geburt und Untergang der Kultur und Lowenfels' Gedanken über Form und Struktur und dabei all das zu bewahren, was das beste an Lawrences Bild von den Dingen war. Ich frage mich, ob Ihnen das etwas sagt.

Einiges davon ist vermutlich weit hergeholt, aber der Grundgedanke ist haltbar.

Jedenfalls meine ich, daß ich die starren Grenzen zwischen Geburt und Tod, zwischen einem Zeitalter des Denkens und einem Zeitalter des Fühlens und so weiter und so weiter überwunden habe. Ich habe versucht zu zeigen, wie all die fundamentalen Faktoren – sagen wir die drei wichtigsten Dinge, die drei entscheidenden Aspekte des Lebens – ständig vorhanden sind, und wie man durch ihre verschieden starke Betonung in den verschiedenen Epochen jeweils zu einem völlig neuen System des Denkens, der Form und so weiter kommt.

Überwunden ist damit das stets zweifelhafte Gerede von der tatsächlichen Geburt und dem tatsächlichen Tod – die sich nie ereignen –, da immer nur diese Umschichtung, diese Neuordnung stattfindet.

Ich habe hart gearbeitet – an der Wand hängen Dinge, die Ihnen das beweisen werden, wenn Sie kommen. Ich habe das Gefühl, die Massen geordnet zu haben und kann mich nun in Ruhe daranmachen niederzuschreiben, was niederzuschreiben ist – als Literatur.

Ich mußte dies alles einfach zuerst erledigen – eine innere Notwendigkeit. Und ich glaube, ich habe den richtigen Ton getroffen in dem, was ich über die «Bedeutung» gesagt habe. Das ist es, was mich gefangennimmt: die Bedeutung, so gering sie auch sein mag.

Ich werde Sie am Morgen anrufen – brenne darauf zu erfahren, was sich inzwischen ereignet hat und was Sie in dieser Woche vorhaben.

HENRY

[Clichy] 28. November 1933
Dienstag

Drehe ich durch? Hier garantiert das – vorerst – allerletzte Wort zu Form und Bedeutung. Es gehört vermutlich genau wie die Seiten von gestern zu dem anderen Zeug, das ich für «Scheme and Significance» geschrieben habe – sieht alles nach Material für die Broschüre [*World of D. H. Lawrence*] aus – Abschnitt: der *Künstler.*

Mir fällt auf, daß ich mich folgendermaßen bewege: vom Leben oder vom Erleben zum Ausdruck oder zur Kunst und dann zu den trockenen Gestaden des Denkens, das ich «Bedeutung» [«Significance»] nenne – das aber sicherlich identisch mit Erklärungen, Selbstanalyse ist.

Ich spüre, daß ich wieder in die Kunst hineingerate. Ich glaube, die Gedanken treten bei mir jetzt an die Stelle des Erlebens, wo es um den Anstoß zum Ausdruck geht.

Ist das sehr schlimm? Das ist die Frage für mich. Erwarte Sie morgen.

Bekam einen Brief von Lillian Lowenfels, in dem sie uns zum Thanksgiving-Essen am Donnerstag einlädt – zwischen fünf und sechs.

Ich sage ihr, daß Sie vielleicht auch kommen werden. Jedenfalls werden Hiler und seine Freundin ebenfalls dort sein. Ich glaube, Sie könnten Ihren Spaß daran haben.

HENRY

[Clichy, Februar 1934]
Samstag

Als Ihre Zeilen eintrafen, habe ich alles vom Tisch gefegt. Was ich einmal für den Stoff zu einem Buch hielt, liegt jetzt verstreut um mich herum, und zwar nicht in Form von Fragmenten, sondern als Fetzen. Nur ein Zauberer könnte sie wieder zusammenfügen – *und dieser Zauberer bin ich!* Das, worüber ich mich in der Theorie der Vernichtung von Nietzsche über Jung, Vater Orpheus, Mutter Inzest und so weiter und so weiter erregt habe, habe ich jetzt in mir selber entdeckt. Ich habe das ganze elende Ding in tausend Fetzen zerrissen, damit ich es Stück für Stück hinunterschlucken und in einem makrokosmischen Gedicht wieder zutage fördern kann. Ich lerne Methode, Aufbau, Ordnung, und ich bin mein eigener Lehrer dabei: die höchste Ordnung der Form und der Struktur, das Gedicht als solches gleichsam. Ich gebrauche das Wort «Gedicht» in einem neuen Sinne, achten Sie bitte darauf. Ich übernehme es von meinem Freund Walter Lowenfels – *meinem Freund!* Wohlgemerkt! Ja, ich bin stolz darauf – als wäre es eine Errungenschaft. Es war ein Schöpfungsakt, wenn Sie so wollen. Gestern abend ereignete sich die große Konjunktion, die Zerstörung aller asymptotischen Beziehungen durch die Schaffung neuer Bahnen. Ist es Lowenfels, den ich jetzt richtig sehe, oder bin ich es selber? Es läuft auf ein und dasselbe hinaus. Ich sehe das in ihm, was in mir blind war oder umgekehrt. Gestern abend stieg ich mit ihm in jene chthonische Unterwelt des Geistes hinab, wo der höchste Punkt der Identifikation erreicht ist. Ich komme heim und ordne mein Buch: 1. Teil – Genetik der Idee; 2. Teil – Gedicht und Exegese. Wichtig ist «Gedicht». Neue Bedeutung – *für mich.* Da habe ich mich also unentwegt beklagt, daß ich keinen Menschen in Paris kennte, mit dem ein Gedankenaustausch möglich sei, keinen Menschen von hinreichendem Format. Und auf den größten Umwegen bin ich nun genau dem Mann begegnet, den ich suchte. Habe ich ihn erschaffen oder hat er mich erschaffen? Er ist mein Gegenstück, der andere Teil meiner selbst, der auf der Suche nach Eurydike durch die Unterwelt wanderte.

Irgend etwas ist eingeschnappt in mir gestern abend. Ich sah den trunkenen Dichter, den Bock im Manne – die Schleier trennten sich, der kosmische Puls schüttelte seine Glieder –, wie er seine Technik veranschaulichte, seine Abstraktionen beschwor. Ich sah, was Dostojevskij uns sehen läßt, wenn er in die plasmatische Substanz der Seele eintaucht, in der nur das Göttliche sichtbar ist. Ich sah alle Dichter der Schöpfung, und ich wollte ausrufen: Mutter, Mutter, mein Herz brennt! Ich sah die Bilder Picassos, die den Lobgesang der Vernunft singen; ich sah, wie der stählerne Rahmen unserer Welt sich bog, sah das ganze gasförmige Wirbeltier des Lebens in seiner Auflösung taumeln. Ich betrachte Lowenfels als den wahrscheinlich größten Dichter der Zeit; er bietet das herrliche, entspannte Bild eines Mannes, dessen janusgesichtige Tür jedermann willkommen heißt, dessen Haus voller Zigaretten ist, dessen Magen der Pernod weiß färbt, dessen Sucht nach Leben alle biologischen Prozesse bis hinunter zu den Amöben antreibt. Sah das Leben in Spaltung und Faltung, sah Leben glatt und glibbrig, reich, weich und glücklich. Sah mich Gedichte quer über die Wände schreiben, über die Fresken und die Paläste meines Innern; sah mein Scheitelauge winken und blinken und das Dach meines mittelmäßigen Hirns abwerfen; ich sah die Verkörperung aller Dichtung, den *Mann*, der in Erde und Blut verwurzelt ist und die Dumdumgeschosse seines Hirns gegen das Gewölbe des Himmels klatscht, der die Austern mit Perlen bedeckt und den Kosmos mit juwelengeschmückten Ideen übersät, die von Fleisch und Blut triefen; ich hörte die Wiesel seiner Gedichte durch alle Kellergewölbe der Musik laufen, hörte das Kratzen ihrer Krallen auf Glimmeraugen, den gellenden Schrei seiner Stimme in der Einsamkeit, die wilde Hysterie seiner Sehnsucht. Er zog die Harmonika seines Geistes auseinander, und sie fiel mit dumpfem Schlag in sich zusammen. Er stach einen Dolch in sein Herz, und er verbrannte. Er öffnete seine Blutgefäße, und Musik strömte aus seinen Adern. Er ist der Mann, nach dem ich gesucht habe, und ich fand ihn mit meinem Scheitelauge. Er ist der Mann, den ich in meiner Einsamkeit erschaffen habe, und sein Bild gibt mir Mut.

Heute erhalte ich einen Brief aus Amerika, einen lange erwarteten Brief; aber er hilft nicht. Zu spät, diese Briefe aus Amerika.

Zu spät. Der Brief sagt: «Ich lese Ihre herrlichen Passagen über Gauguin zum zweitenmal.» Scheiß auf Gauguin. Gauguin ist für mich Literatur, ist Literatur aus dem Reich von Mayor Hylan mit Brooklyn, dem italienischen Restaurant, welschem Rotwein, Makkaroni, ist eine Welt von Illusionen, tote Jugendzeit, Abgötterei, Altarrauch. Scheiß auf Gauguin. Ich brauche keinen Gauguin. Ich *selbst* bin Gauguin. Ich bin alle Gauguins, die es je gab, ohne mich dafür auch nur von meinem Stuhl erheben zu müssen. Ich habe die weitesten Reisen gemacht, bin um den Erdball gefahren; ich bin über den Erdball hinaus vorgedrungen bis Ultima Thule.

Heute habe ich in einem heroischen Akt die Arbeit von Monaten zerstört. Ich baue einen neuen Kosmos auf. Ich habe die [Lawrence-]Broschüre abgestreift, um das Buch des Jahrhunderts zu schreiben. Ich habe alles umgewandelt und jetzt liegt es auf dem Boden verstreut. Die Fetzen müssen wieder zusammengefügt werden. Aus den Fetzen müssen Bindegewebe und Epidermis werden. Aber die Idee glüht im Innern, leibhaftig, eine Welt, die ihre Haut abstreift. Die Idee besteht aus zwei Teilen – aus ihrer Seele und ihrer Exegese. Der Tod schweißt die Idee zusammen. Alles was nicht eingeschmolzen werden kann, wird zur «Seele des Todes». Die Seele des Todes ist die Einführung, der Heilige Geist des Körpers. Ich lebe im Heiligen Geist, der Tod beseelt mich. Tod ist Ekstase. Der Tod ist nicht das Letzte, sondern das Jetzt, das Immanente, Ewig-Gegenwärtige. Der Tod ist mißverstanden worden. Das *Sterben* ist das Wichtige am Tode. Die Schalttafel der Licht-Welt ist das Diorama des Todes. Mich interessiert die Schalttafel nicht mehr; mich interessiert, was die Schalttafel ermöglicht.

Ich könnte weinen heute, weil so viele Tode am Boden liegen – wenn ich nicht so glücklich wäre. Heute weiß ich, wie groß Gottes Verzweiflung gewesen sein muß, als er das Universum schuf. Es ist die Unendlichkeit der Möglichkeiten, an der Gott stirbt. Sagt man Universum, so denkt man an ein bestimmtes Universum und heftet ihm Gottes Namen an; aber Gott ist die Möglichkeit, die hinter der Wirklichkeit liegt. Gott existiert nicht. Gott ist eine Schöpfung, weil die Wirklichkeit nicht ausreicht. Glatt und glibbrig.

Gegrüßt sei der Kosmos! Die Gashähne sind offen und der Umriß der Welt flimmert. Hinter der Zementgitarre und dem Wort auf Pergament, hinter dem Geschrei und dem Geschwätz, der grünen Flasche und dem schmerzstillenden *ismus*, hinter aller Gestalt und Wirklichkeit liegt das Sterben, eine Schwermut, die der Kunst ihren Äther verleiht. Äther, die grüne Flasche und die zerbrochenen Gitarren, die glibbrige Qual und der ausrutschende Fuß ...

Essen! sagt Fred: Essen! Guter Wein, keine Weiber, kein Tod zur Mahlzeit.

Komme zum Schluß. Die epileptoide Genesis des *ismus*.

Komme zum Schluß. Patina des Gehirns. Hinab durch alle geologischen Schichten des «Ich».

Kein Tod zur Mahlzeit. Weiber mit Engelsschwingen. Abnehmbar. Gashähne offen. Welt flimmert in Formlosigkeit. Die Gitarrensaiten zerspringen. Picasso. Eingebettet in die Idee aus Zement. Morphologisch eingebettet. Struktur. Die Welt als Gedicht. Philosophie des ... Schluß!

HVM

[Paris, März 1934]

Samstag

Ich bin zwar zu Kahane gegangen, aber der Laden war geschlossen – *wie gewöhnlich*. Ich bitte ihn jetzt schriftlich um eine Verabredung.

Ich habe von der Bibliothek Hamsuns *Mysterien* für Sie bekommen. *Landstreicher* war verliehen, aber ich habe es vorbestellt. Sah zufällig *Unfinished Business* auf dem Regal stehen und nahm es mit – *jedoch*: trotz meiner Neugier auf den Inhalt, brachte ich es nicht über mich, lange darin zu lesen. Es war einfach entsetzlich – *entsetzlich*. Übrigens habe ich auch Faulkners *Die Freistatt* vorbestellt. Ich habe das Gefühl, daß er heute in Amerika der einzig mögliche Rivale für mich ist. Ich bin sehr neugierig auf sein Buch. Selbst der Bibliothekar, bei dem ich die Karte mit der Vorbestellung abgab, konnte sich nicht die Bemerkung verkneifen, es sei ein außergewöhnliches Buch. Ich fragte mich, was er wohl sagen würde, wenn er meinen *Wendekreis des Krebses* gelesen hätte ...

Habe noch ein sehr, sehr interessantes Buch ausgeliehen – *Folkways* von Sumner – wegen des Kapitels über den «Kannibalismus». Ich bin sicher, daß Sie es faszinierend finden werden, auch wenn es von einem nüchternen Soziologen geschrieben wurde.

Habe jetzt sämtliche ursprünglichen Seiten mit Träumen aufgearbeitet und gute Anhaltspunkte für das letzte Stück über Decatur Street und die Schneeschlacht bekommen. Schrieb mit ungeheurem Schwung eine imaginäre Rückkehr nach Glen Island –

das Paar geht durch den Schneematsch und so weiter. Schicke es Ihnen vorerst noch nicht, weil ich Sie nicht um die *Gesamt*wirkung bringen will.

Außerdem habe ich zwei Paar herrliche Socken bekommen! Fortschritt. Fortschritt. Ich glaube, wenn ich Sie das nächste Mal treffe, werde ich die letzten Seiten des Traums geschrieben haben, und zwar großartig. Ich habe jetzt das sichere Gefühl.

Irgendwie hat mich alles, was Sie über Ihren Vater sagten, tief beeindruckt. Habe zuvor nie so recht begriffen, *was* für einen Kampf Sie zu kämpfen haben. Aber es hat mich gleichzeitig glücklicher denn je gemacht, zu sehen, wie ungeheuer *nobel* Sie Ihre Rolle spielen. Das hat mich zutiefst bewegt – ja bestürzt. Und traurig gemacht. Ich rufe Sie am Montag an.

HENRY

[Paris, 26. März 1934]
Montag

Endlich, nach dem dritten Versuch, habe ich Kahane gesehen und einen anständigen Schwatz mit ihm gehabt. Es ist alles soweit in Ordnung, nur die Welt ist aus den Fugen – es gibt zur Zeit niemanden, der seine Bücher kauft; er veröffentlicht nicht *ein* Buch, solange sich nichts Entscheidendes mit dem Pfund, dem Franc und dem Dollar tut. Er wirkte auf mich sehr vernünftig, verständnisvoll und aufrichtig. Er würde gern publizieren, sagt aber, das würde in dieser kritischen Phase seine und meine Chancen ruinieren. Wir verstanden einander gut. Mein Glaube an seine Integrität und seinen guten Willen hat sich verstärkt. Er ist intelligent, wach und offen. Keiner von uns brauchte sich zu verstellen. Ich erzählte ihm von meinen Plänen – von den Einzelheiten und dem Ergebnis unserer Unterredung werde ich Ihnen bei unserem nächsten Zusammentreffen ausführlicher berichten. Vorerst legt die Krise alles lahm! (Ich werde Ihnen *Zahlen* und Material zur Veranschaulichung der Situation geben.)

Es sind nicht viele Seiten, aber sie sind gut, und bedenken Sie, daß ich gerade bei der Geburt der Wirklichkeit angelangt bin, und da geht die Arbeit nicht so leicht von der Hand, wenn ich auch den Kopf voller Bilder habe. (Es gab ein paar unangenehme Unterbrechungen.) Mache mich jetzt wieder ans Werk.

Inzwischen las ich in der Untergrundbahn noch einmal die *Mysterien*. Das Buch warf mich wieder einmal um. Und wieviele Übereinstimmungen zwischen Hamsun und mir! Seine Träume, seine verrückten Geschichten, seine Possen! Ein *trügerisches* Buch. Wenn Sie es sich ganz allein vornehmen und nur *überfliegen* würden, würden Sie wahrscheinlich sagen, es sei *Schund*. Aber glauben Sie mir, es ist kein Schund! Und Sie *können* oder *dürfen* es nicht bloß überfliegen. Er ist nach wie vor eines meiner Idole. Eigentlich wollte ich *Landstreicher* für Sie besorgen, aber *Mysterien* ist genauso repräsentativ – wenn auch nicht ganz so poetisch. Seine ganze Kraft, seine Leidenschaft, seine Absonderlichkeit kommt auch hierin zum Ausdruck. Sie müßten es eigentlich hinreißend finden.

Der Laden hier wird jetzt geschlossen. Muß geschlossen werden.

HENRY

[Paris, 3. Mai 1934]
Donnerstag

ANAÏS –

Hier nur ein kurzes Lebenszeichen – während ich auf Ihren Brief warte[1] und die Madame mit dem propriétaire telefoniert, damit die Heizung angestellt wird –, um Ihnen mitzuteilen, daß ich Sylvia Beach gesehen habe – die ich ein bißchen «subglazial», abstrakt, retrousée und so weiter finde – und daß die Sache in Ordnung ist; aber unter uns: ich glaube nicht, daß es nötig ist, sie einzuladen – nur eine höfliche Geste. Sie hat Schnee in den Adern.

Ich habe *The Man Who Died* (in einer Tauchnitz-Ausgabe) gekauft. Herrlich, herrlich! Schlang es in einem Zug hinunter! Freilich habe ich das alles schon vorausgeahnt. *Auferstehung im Fleische!* (Der ursprüngliche Titel war *The Escaped Cock.*)

Ich schreibe Ihnen von einem Café aus, weil mich die Kälte aus dem Zimmer treibt. Gehe noch einmal mit feinem Kamm über *Wendekreis des Krebses* hin. Ein wenig schwerfällig hier und dort, aber im ganzen gut. Wenn irgend jemand ein Vorwort dafür geschrieben hätte, hätte er darin sagen können, daß das Buch gleichsam unterwegs zwischen meinen 25 Adressen entstanden ist. Es vermittelt einem in der Tat dieses Gefühl des ständigen Wechsels der Adressen, der Umgebungen und so weiter. Wie ein böser Traum. Und deshalb ist es gut. Hektisch. Kaleidoskopartig. Ab

1 Anaïs Nin fuhr nach London, um Rebecca West und andere Repräsentanten des literarischen England aufzusuchen und sie u. a. für Millers Werk zu interessieren.

und zu ein wenig sentimental vielleicht – sogar sentenziös. Aber ich werde versuchen, solche Stellen auszumerzen.

Ihr unfehlbarer Geschmack sagt Ihnen natürlich das Richtige. Das Buch hat *nicht* das Niveau von *Schwarzer Frühling*. Aber wenn es nicht bald erscheint, dann wird es nie mehr erscheinen! Es wird überholt sein. Alles hat seinen Augenblick – und dies ist der Augenblick für mein Buch.

Jetzt scheint die Sonne. In einigen Minuten wird es wieder schwarz sein. Ekelhaftes, elendes Wetter. Ich hoffe wirklich, daß London sich Ihnen von einer heitereren Seite zeigt. Warte sehnlichst auf Ihre ersten Eindrücke.

Übrigens, ich glaube, Cab Calloway ist gegenwärtig in London. Hörte ihn am Dienstag abend. Sehr gut! Er ist ein bißchen *albern!* Wackelt dem Publikum etwas mit dem Arsch vor. Schreit wie ein Esel. Aber er versteht sein Handwerk! Wenn Sie hingehen, achten Sie auf den Pianisten! Er wird wahrscheinlich einen Solopart haben. Faszinierende Technik. Durch und durch originell. Das Publikum hier hat es ungeheuer genossen. Es war eine *Befreiung* für diese Leute. Hören Sie sich den «St. James Infirmary Blues» an.

Habe zu meiner unendlichen Erleichterung bei der Präfektur die Sache mit meiner carte d'identité hingebogen. Bis Juli verlängert!

Fred erzählt mir, Ihr Hotel sei nicht gerade umwerfend – ein reichlich «kommerzieller» Laden, der von Lyons Coffee House geführt wird. Aber Sie werden sich schon durchschlagen. Und vergessen Sie die statistischen Tabellen in Pfund, Shilling und Pence für die Taxameter. Versuchen Sie's mit der Métro! Sie ist prächtig! Schauen Sie sich Russell Square an.

Wie gesagt, im Augenblick gibt es nicht viel zu berichten. Ich habe mir auch die Utrillo-Ausstellung angesehen – aber sein Leben (*von Carco*) ist für mich weit interessanter als sein Werk. Er ist mit Sicherheit *kein großer* Maler! Interessant ja. Aber darüber hinaus ...? Keine Porträts, keine Stilleben! *Ausschließlich Straßenszenen!* Mit grotesken Marionetten als Menschen. Auch das ist merkwürdig. *N'est-ce pas?* wie Cab Calloway sagt.

Ja – wenn Sie Gelegenheit dazu haben, gehen Sie bitte in eine *Variety Show* – von der volkstümlichen Sorte – und berichten Sie mir, wie es war. Ich habe mir immer vorgestellt, daß solche Shows ihre ganz besondere Atmosphäre haben müssen.

Soviel für heute. Gehe jetzt zu Lantelme. Und viel Glück! Denken Sie nicht an Geschenke – machen Sie's sich lieber *schön*. Denken Sie daran – Fitzroy Tavern in Soho! – Die *Bohemiens*.

HENRY

[Paris, 5. Mai 1934]
Samstag nachmittag

Noch als ich ins Bett ging, amüsierte ich mich über Ihre Briefe – die ersten beiden, die gestern abend gleichzeitig eintrafen. Seither ist nichts mehr angekommen. Warte ungeduldig – nicht auf ein Telegramm, das erwarte ich nicht! – auf die winzigste echte Neuigkeit – auf irgendeine Reaktion, mag sie gut oder schlecht sein.[1] Ja, ich habe über Ihren Brief gelacht. Wie, um Himmels willen, hätte ich mich bei dem Essen gemacht, das Sie beschreiben? Was hätte ich diesen aufgeblasenen Nieten bloß erzählt? Mein Gott, wenn *Well of Loneliness* immer noch verboten ist, was dann?

Ihre Anspielung auf die Freunde von Lawrence habe ich nicht verstanden – Sie setzen das Zeichen ‹O› dahinter – meinen Sie damit, daß sie alle als Null betrachtet werden? Und daß Murry immer noch eine Hauptfigur, immer noch der große Mann ist? Nun, ich werde abwarten. Der nächste Brief wird mir zweifellos Aufschluß darüber geben. Natürlich erwarte ich von niemandem, daß er die Manuskripte auf der Stelle liest. Auch Sie dürfen das nicht erwarten. Ich mußte lachen, als ich daran dachte, wie Sie diese Leute zur Eile angetrieben haben. Wie ein Fußballspieler. Jetzt sind Sie die Prinzessin, aber es kann gut sein, daß man Sie, noch ehe Sie abfahren, bereits schief ansieht. Kann sein, daß die Leute der Meinung sind, es sei eine Unverfrorenheit von Ihnen gewesen, ihnen derartig mit meinem Kram zuzusetzen. Kann sein ...

Aber ich will nichts vorwegnehmen ...

Im Augenblick – seit Sie weg sind im Grunde – lese und überarbeite ich den *Wendekreis des Krebses* – *große* Veränderungen. Durchweg Kürzungen. Habe alles Unwesentliche, was nach anderen Tagen, anderen Stimmungen, anderen Mächten und so weiter schmeckte, herausgestrichen. Bestimmte Teile, die vielleicht ein wenig dürftig geraten sind, aber dennoch hineingehören, werde ich neu schreiben. Das Buch hat jetzt erheblich mehr Tempo, mehr Handlung, Story und so weiter. Genau das hatte es bitter nötig. Letztlich hatten Bradley und Kahane recht mit ihrer Kritik – wenn es mir auch schwerfällt, das zuzugeben. Gerade diese Dinge waren es, gegen die sie Einwände erhoben – nicht etwa die Obszönitäten. Selbst einige der obszönen Stellen habe ich herausgenommen – nicht weil sie obszön waren, sondern weil sie nicht sel-

1 Anaïs Nin hatte das Manuskript von *Schwarzer Frühling* und eine Fassung von *The World of D. H. Lawrence* mit nach England genommen; das erhoffte Echo blieb jedoch aus.

ten «herbeigeholt» wirkten. (Das alles haben Sie mir schon vorher gesagt. Aber jetzt sehe ich es auch so!) Selbst das Cinema Vanves kommt heraus – mit dem guten alten Dr. Cassius, der der alten Frau in den Bauch schaut und so weiter. Es riecht nach Eisschrank, nach aufgewärmtem Steak.

Gleichzeitig würde ich – wenn nur die Sonne etwas mehr schiene, ein bißchen heller und wärmer – auch gewisse andere Stellen noch einmal schreiben – ich habe das ernsthaft vor! – und ihnen ein wenig mehr Glut und Fieber einblasen. Schließlich muß dieses Buch, nach all den Opfern, die Sie dafür bringen, gut werden! Ich werde keine schlampige Arbeit leisten. Keineswegs. Deshalb kommt mir die Zeit Ihrer Abwesenheit gerade recht. Ich hatte gehofft, in dieser Zeit als Überraschung für Sie die noch ausstehenden Seiten für den *House of Incest*-Film zu schreiben, aber im Augenblick ist es dringlicher, das Buch abzuschließen, finden Sie nicht auch? Wenn es bis Juni gedruckt sein soll, muß es bald nach Ihrer Rückkehr eingereicht werden. Ich glaube, die Herstellung eines Buches dauert ungefähr zwei Monate.

Abgesehen von meiner Arbeit an dem Buch gibt es nichts Neues. Zu meiner Überraschung ist das Bücherregal eingetroffen – ich dachte, Sie hatten sich entschlossen, es zu behalten. Auf jeden Fall sieht das Zimmer jetzt hübsch aus, nachdem mein Überseekoffer daraus verschwunden ist und das Ingres-Sofa am Fußende meines Bettes steht. Ein seltsames Dekor – aber mir gefällt's! Sollte heute abend ein Brief mit Neuigkeiten eintreffen, werde ich Ihnen in aller Eile schreiben. Im Augenblick hänge ich ein wenig zwischen den Stühlen – ich warte und warte. Aber ich bin nicht ungeduldig. Ich erwarte keine Wunder.

Ich habe einen Brief an die erste Adresse geschickt – haben Sie ihn erhalten?

Henry

P. S. Immer noch kalt hier – aber ein bißchen sonniger. Ist Ihnen *warm*?

[Villa Seurat] 4. Dez. 1934[1]

Ich arbeite wie eine Dampfmaschine. Habe die beiden beigefügten Abschnitte von *Schwarzer Frühling* noch einmal abgeschrie-

1 Im September 1934, als sein erstes Buch, *Wendekreis des Krebses* bei Obelisk Press erschien, war Miller in eine Wohnung in der Villa Seurat Nr. 18 gezogen, wo er für vier Jahre blieb. Anaïs Nin war im November für kurze Zeit nach New York gefahren.

ben und ein wenig überarbeitet. Demnächst mehr. Schicke Ihnen diese Seiten in der Hoffnung, daß sie dort drüben durch einen Agenten an irgendeine Zeitschrift verkauft werden können. Wenn Sie einen direkteren Weg wissen, um die Dinge an den Mann zu bringen, dann wählen Sie ihn bitte. Ich habe jetzt Hoffnung, daß sich meine Sachen verkaufen lassen.

Habe die zweiten Durchschläge an Dobo geschickt, der herausfinden soll, was er für mich in England tun kann – sie könnten ohne weiteres in beiden Ländern gleichzeitig erscheinen. Und jetzt werde ich einen Brief an Kay Boyle schreiben, die dritten Durchschläge beilegen und sie fragen, was *sie* vorzuschlagen hat. Ich habe das Gefühl, daß ich bei der Zeitschrift *Story* oder aber beim *Esquire* in Chicago Erfolg haben werde. Neben diesen in sich geschlossenen Teilen aus dem Roman werde ich noch ein paar neue Sachen schreiben. Vielleicht auch einen Aufsatz über den Surrealismus – wobei ich einige meiner älteren Unterlagen verwerten könnte.

Ich habe zwei seltsame Postkarten von Ezra Pound bekommen, der das Buch gelesen hat. Lesen Sie, was er über den *Esquire* sagt – der sich «Herrenmagazin» nennt (aber wohl mehr ein Magazin für Modepuppen ist). Hier ein Beispiel für Pounds Kryptogramm-Sprache:

1. Karte: «Sehr fähig / habe just 2 Postkarten an 2 Hrsg. geschrieb / um zu sehen ob sie anbeißen und mich rezensieren lassen / nützlich (ich meine für den seeriöösen Kritiker) als Mittel zur richtigen Einschätzung von Joyces Schrullen und W. Lewis' schlechter Laune. / *Das,* wenn ich recht verstehe, ist das letzte, was Ihnen Sorgen bereiten wird / warum oh Hölle nicht nach einem Grund suchen / Ich sehe sie durch die Regenrinne nach dem monetären System Ausschau halten / das indessen REGEN macht / was bewirkt daß es NICHT bei der AM[erican] Express ist / und das Doppelgeschirr bewirkt / und bewirkt daß Nuu Jork so gott / verdt / leer gläsern nutzlos ist //// verstehe ich mr Lewisholme in einem gewissen Punkte? well; well / Buch wirklich unpersönlich und das ist ein Pluspunkt. Dank für den Bannd.»

2. Karte: «Weit mehr an dem Buch als ich dachte, als ich Ihnen gestern schrieb / nachdem ich etwa 40 Seiten gelesen hatte. NICHTSDESTOTROTZ, wenngleich Sie die Macht des Geldes ALS Schicksal erkennen, ist die Frage, die Sie sich nicht gestellt haben:

Was IST Geld?

wer macht es / wie wird es zu dem was es ist? ///[1]

1 Vgl. Millers «Money and How It Gets That Way».

A. Gingrich, übrigens , 919 No. Michigan Ave., Chicago, macht eine Zeitschrift namens ESQUIRE und *zahlt,* er wde / Ir / Zeug mögen, und wird, wenn nicht allzu stinkig, auf jeden Fall Sachen nehmen, die vor ein paar Jahren unmöglich gewesen wrn. Ezra Pound.»

Morgen werde ich zu Kahane gehen, da ich eine Menge mit ihm zu besprechen habe. Werde ihn mit Samthandschuhen anfassen. Vor allem muß ich herausfinden, wie es sich machen läßt, daß Ihnen Exemplare zugeschickt werden.

Heute abend treffe ich mich mit einem Kerl namens Malkine, einem Freund von Hiler. Hiler hatte ihn mir als möglichen Übersetzer empfohlen – fürs Französische. Scheint, als ob er ein persönlicher Freund von Denoël und Steele ist. Treffe mich mit ihm in der vagen Hoffnung, daß er das Thema noch einmal bei ihnen zur Sprache bringen kann. Wenn ich morgen bei Kahane bin, werde ich den Namen des Besitzers des Surrealisten-Buchladens in der rue de Clichy aufs Tapet bringen. Er hat schon viele gewagte Bücher gedruckt – vor allem natürlich für die Surrealistenbande. Aber vielleicht bin auch ich ein Surrealist. Seit einigen Tagen fühle ich mich tatsächlich wie ein aktiver Surrealist. Mir schwirrt der Kopf vor Aufregung und Nervosität, vor Interviews und Briefen.

Habe 30 Seiten über den «Schneiderladen»[1] gemacht – immer noch nicht fertig. Aber was ich geschrieben habe, ist gut und wird Ihnen gefallen. Ich denke, ich schicke Ihnen das Original; mit dem können Sie dann genauso verfahren wie mit den übrigen Abschnitten, die ich gerade noch einmal abgeschrieben habe. Vorausgesetzt, daß es nicht allzu unpassend ist. Zur Zeit bin ich vom Geiste der Hagerkeit und des Kampfes besessen und nehme ab, bis ich das vorschriftsmäßige Gewicht für den Ring habe. Tag für Tag trinke ich Champagner *nature* zum Essen. Die Idee stammt von Melville. Hören Sie sich dies an:

«Füttere alle Dinge mit der Nahrung, die ihnen angemessen ist – solange diese Nahrung aufzutreiben ist. Die Nahrung deiner Seele ist Licht und Raum; ernähr sie also mit Licht und Raum. Aber die Nahrung des Körpers sind Champagner und Austern; nähre ihn also mit Champagner und Austern; und er wird eine fröhliche Auferstehung erleben, so es eine gibt.» (Aus *Pierre*) Ich las nicht etwa das ganze Buch – nein, zu langweilig für mich! – aber als ich es durchblätterte, fiel mein Blick auf diese Stelle und sie gefiel mir; sie überzeugt mich.

1 Vgl. «Der Schneiderladen» in *Schwarzer Frühling.*

Einfach entsetzlich, Anaïs – all diese Aufzeichnungen. Aber so bin ich nun einmal – fiebernd, erregt, unermüdlich, irrsinnig vor Eifer und Verlangen, etwas zu tun. Die Miete kommt auf mich zu. Ich weiß, es wird hart werden. Aber keineswegs aussichtslos und düster. Au contraire. «Was *ist* Geld? Wie wird es zu dem, was es ist?» Großartig, nicht wahr? Was für eine Zeile!

Ich habe noch keinen Brief von Ihnen erhalten – noch zu früh, aber ich erwarte in dieser Woche einen. Weiß, daß Sie nicht viel sagen können – können gerade erst angekommen sein. Aber wie war der erste Eindruck? Und wie sieht es jetzt aus, das liebe, alte New York? Bin gespannt, ob sie Emil [Schnellock] angetroffen haben.

Gestern abend sah ich Marcel Duchamp und spielte eine Partie Schach mit ihm. Er ist wirklich ein netter Kerl. Gab mir den Namen seines Druckers in der Provinz, der glänzende Arbeit für einen vernünftigen Preis macht – in allen Sprachen.

Ich beeile mich wieder einmal, damit der Brief noch mit der Schiffspost geht. Verzeihen Sie den geschäftlichen Charakter der Zeilen. Ich hoffe, daß ich bald einmal in Ruhe und ganz für mich in irgendeinem Café sitzen und Ihnen mit Tinte und Feder schreiben kann. Ich komme einfach nicht zur Ruhe und schlafen kann ich auch nicht. Aber das ist nur gut für mich. Ich hoffe, es gelingt mir auf diese Weise, völlig verrückt zu werden und wie ein Irrsinniger zu schreiben.

Henry

[Villa Seurat, Dezember 1934]
am gleichen Tag um Mitternacht

Als ich wieder zu Hause war, rasierte ich mich, setzte mich sofort an die Maschine und schrieb die beigefügten Seiten für Kay Boyles *Anthology of 1934 Stories*. Es kommt nicht darauf an, ob sie gut sind oder nicht; mir war danach zumute, und da hab ich sie eben geschrieben – in einem Zuge, ohne Pause. Dann ging ich, da ich ohnehin in die Stadt mußte, noch einmal auf einen Plausch zu Mr. Davis bei Brentano. Er versicherte mir aufs neue, daß er alles nur irgend Mögliche für mich tun wolle – meinte, es ginge nur langsam voran, aber immerhin verkaufe er jeden Tag zwei Exemplare, was ich gar nicht schlecht finde. Ich ging wieder heim, räumte das Zimmer auf und schrieb einen Brief an Kahane – einen guten, taktvollen Brief. Und dann trafen die 20 Exemplare des Buches ein, um die ich vor ein paar Tagen gebeten hatte.

Was sich mir immer wieder bestätigt, ist die Tatsache, daß der Wille sich behauptet, solange die Seele intakt ist. Ich weiß nicht, was mit mir los war, aber ich weiß, daß ich nicht in der Lage war, mich durch einen reinen Willensakt zu zwingen, den *Schwarzen Frühling* abzuschließen, wie ich es beim *Wendekreis des Krebses* getan hatte. Ich wollte keine neue Gewalttätigkeit begehen; denn wie eine solche kommt es mir vor.

Verlockt durch die Überschrift «Das geistige Problem des modernen Menschen», schlug ich eines der letzten Kapitel des Jung-Buches auf. Nachdem er erklärt hat, der moderne Mensch sei derjenige, der sich der unmittelbaren Gegenwart bewußt sei, fährt er fort: Er ist der Mensch, «der also in der unmittelbarsten Gegenwart lebt – auf einem Gipfel oder am Rande der Welt steht, über sich den Himmel, unter sich die ganze Menschheit mit ihrer in uranfängliche Nebel sich verlierenden Geschichte, vor sich den Abgrund aller Zukunft ... Der ‹moderne› Mensch ist zu allen Zeiten einsam ... Damit ist er im tiefsten Sinne ‹unhistorisch› geworden und damit hat er sich auch der Masse, die nur in traditionellen Ideen lebt, entfremdet ... Das Bekenntnis zur Modernität bedeutet freiwillige Bankerotterklärung, das Gelübde der Armut und der Enthaltung im neueren Sinne, sogar den noch schmerzlichern Verzicht auf die Gloriole der Heiligkeit, als welche stets die Sanktion von Seiten der Historie erfordert. Es ist die prometheische Sünde, unhistorisch zu sein. Der Moderne ist in diesem Sinne sündhaft. *Höhere Bewußtheit ist daher Schuld* ... Er muß aber in höchstem Maße tüchtig sein, denn das Unhistorische ist eine bloße Treulosigkeit an der Vergangenheit, wenn es nicht durch schöpferische Fähigkeit auf der anderen Seite ersetzt wird.»[1]

Dieses «im höchsten Grade tüchtig sein» bedeutet sehr viel für mich. Es klärt mit einem Schlage das ganze Problem der «Vergangenheit», meines Kampfes mit der Vergangenheit, meiner Untreue gegenüber der Vergangenheit. Gleichzeitig entdecke ich, daß ich auf den Seiten über Lawrence mit untrüglichem Sinn die Wahrheit erfaßt hatte, als ich «die psychologische Realität» betonte, die zwischen der falschen kulturellen Realität und der Realität der Natur beheimatet ist – was Ihnen immer ein wenig zweifelhaft erschien. Diese Realität ist es, mit der sich der Künstler auseinandersetzt – sie macht die ihm eigentümliche Atmosphäre aus und ist das Zeichen seiner Verknüpfung mit der Tra-

1 C. G. Jung: *Seelenprobleme der Gegenwart*. S. 402–405 (vgl. Titelregister).

dition, die die Menschen stets bezweifeln, weil sie keine Verbindung sehen. Verstehen Sie, was ich meine?

Heute abend lief ich dem Mann in die Arme, der zu Halasz [Brassaï] gesagt hatte, mein Buch sei «reine Pornographie» – erinnern Sie sich? Jetzt war er der entgegengesetzten Ansicht und meinte, ich sei bis zum innersten Kern der Wahrheit vorgestoßen; sagte, er empfehle das Buch seinen Freunden in England, und war der Meinung, es müsse sich dort gut verkaufen lassen. Sie können sich vorstellen, daß ich nicht wenig erfreut war. Nicht zuletzt, weil ich einmal mehr sehe, daß es Menschen gibt, die sich ohne Druck von außen zum richtigen Denken bekennen. Ich habe keinen Kampf auszufechten.

HENRY

[Villa Seurat, Dezember 1934]
Dienstag

Es hat sich inzwischen so viel ereignet, Anaïs, daß es mir gar nicht so vorkommt, als sei seit Ihrer Abfahrt erst eine Woche vergangen. Erst während der letzten zweieinhalb Tage bin ich zu ernsthafter Arbeit gekommen; aber nach all den Verzögerungen geht es jetzt gut voran. In Kürze werde ich Ihnen den abgeschlossenen Abschnitt über den «Schneiderladen»[1] schicken. Ich werde ohne Ausnahme alles zu Ende führen, was ich mir ursprünglich vorgenommen hatte. Wenn dann das eine oder andere nicht hineinpaßt, aus dem Rahmen fällt, werde ich es später eben wieder streichen. Vorerst aber schreibe ich darauflos, um zum Ende zu kommen!

Habe Bradley inzwischen wegen der Optionssache geschrieben, da Kahane mir einen Optionsvertrag zugeschickt hat, in den alle Bedingungen aufgenommen sind, die ich gestellt hatte, und den ich jetzt unterschreiben soll. Sein Brief kreuzte ein Schreiben von mir, in dem ich erklärte, daß ich keine definitiven Bedingungen wollte. Am gleichen Tage erhielt ich eine Überweisung von einem Menschen in Philadelphia, den ich nicht kenne und dessen Adresse nicht angegeben war. Tags darauf begegnete ich ganz zufällig dem Lyriker Jacques Baron (dem Surrealisten) und Queneau. Queneau war überaus liebenswürdig und wollte wissen, warum ich ihm nie das Lawrence-Buch geschickt hätte. Daraufhin habe ich es ihm nun doch noch geschickt und ein Exemplar

1 Vgl. «Der Schneiderladen» in *Schwarzer Frühling*.

meines Buches [*Wendekreis des Krebses*] beigelegt. Ich traf sie auf einer Ausstellung, auf der Bucheinbände gezeigt wurden. Dort lief ich auch Mary Reynolds und Marcel Duchamp über den Weg. Dieser nahm mich geheimnisvoll beiseite und fragte mich mit leiser Stimme, ob mir daran gelegen sei, daß in einer Zeitschrift mit dem Namen *Orbes*, die alle drei Monate erscheint, eine kleine Besprechung meines Buches abgedruckt werde. Ich sagte natürlich ja. Später ging ich in Cortis Buchladen, um mir diese *Orbes* einmal anzuschauen. Ich weiß nicht recht, was ich davon halten soll. Aber die Art, wie er sich mir gegenüber gab, machte auf mich den Eindruck, als tue er mir einen großen Gefallen.[1]

Am gleichen Abend ging ich mit Benno[2] die rue Bonaparte hinunter, und wir machten einen Besuch in der Galerie Zborowski. Z. ist ein Freund von ihm. Benno fing an, von meinem Buch zu reden, und Zborowski wollte es sofort lesen. Da er demnächst nach N. Y. fährt, schlug er vor, ich solle ihm ein paar Exemplare mitgeben. Wir fuhren also mit einer Taxe in meine Wohnung zurück, und ich widmete ihm ein Exemplar. Er verliebte sich in meine Bude, entdeckte wie ein echter Pole seine Zuneigung zu mir und sagte, er werde mich in Kürze abholen und ausführen.

Am folgenden Abend ging ich bei einem Bummel über den boulevard Montparnasse auf einen Sprung zu Tschann, dem Buchhändler, mit dem ich Sie einmal bekanntgemacht habe. Während ich mit ihm redete, sah ich zwei Exemplare Ihres Lawrence-Buches [*D. H. Lawrence. An Unprofessional Study*] halb versteckt auf dem Regal stehen. Kam augenblicks auf die Idee, sie gegen zwei von meinem auszutauschen und Ihnen die Lawrence-Exemplare zu schicken; und das tat ich dann auch. Ich dachte, Sie würden vielleicht froh sein, diese beiden Bücher zur Hand zu haben, wenn Sie irgendeinen Verleger oder Herausgeber träfen. Sollte ich noch mehr entdecken, so werde ich Ihnen auch die zusenden. Das Lustige an der Sache war, daß Tschann die Schleifen (mit der Aufschrift «ne doit pas être exposé, etc.») abriß und die Bücher auf das Regal im Hauptfenster stellte. Bisher der einzige Ort in ganz Paris, wo sie sichtbar aufgestellt sind! Anschließend ging ich in den anderen Buchladen auf dem Montparnasse und ließ ein paar Rundschreiben dort; sie überlegen sich noch, ob sie das Buch

1 Die erste Rezension von *Wendekreis des Krebses*, die Blaise Cendrars schrieb («Un écrivain americain nous est né»), erschien in *Orbes*.

2 Vgl. «Benno, the Wild Man from Borneo» in *The Wisdom of the Heart*.

bestellen sollen oder nicht. Wollten wissen, wie es mit der Publicity (sic) bestellt sei. Als sie schließlich begriffen, daß es *mein* Buch war, rief die Frau: «Aber Sie sehen gar nicht so obszön aus!»

Habe eine Menge Post bekommen und schreibe einen Haufen Briefe. Bin jetzt langsam ziemlich erledigt. Ich habe, zumindest fürs erste, alles getan, was ich tun konnte. Kay Boyle schrieb mir, daß sie die Erzählung, die ich Ihnen zuschickte, mit Vergnügen übernähme[1]; meinte, das sei genau der richtige Kontrast zu den anderen Sachen, die sie erhalten hätten. Wollte wissen, ob ich noch mehr schicken könnte – «aber nicht zu symbolisch!»

In den ersten paar Tagen war ich emsig wie eine Ameise. Bekam Postkarten von Huxley und Ezra Pound; sie bitten um Exemplare des Buches. Überdies ein paar Zeilen von Katherine Anne Porter; sie entschuldigt sich dafür, daß sie nicht schon eher geantwortet habe; sei gerade umgezogen. Sie schreibt: «Ich möchte sehr viel zu Ihrem Buch sagen; in diesem Augenblick kann ich Ihnen nur ganz herzlich dafür danken, daß Sie es mir geschickt haben. Es hat etwas herrlich Irrsinniges, wie es nur eine ganz und gar gesunde Einbildungskraft hervorbringen kann.»

Endlich habe ich mich ernsthaft darangemacht, all das in Bewegung zu bringen, was bislang nicht vorankommen wollte. Heute beim Rasieren sagte ich zu mir: «Wie in den Tagen von Clichy!» Ideen, Gefühle, Pläne, Wünsche schießen mir durch den Kopf.

Jedenfalls bin ich ganz aufgeregt, wenn ich an Ihre Ankunft [in New York] dort denke und an alles, was damit verbunden ist. Es ist fast, als sei ich selber gefahren – sogar noch besser, weil so meiner Phantasie keine Grenzen gesetzt sind.

HENRY

[Villa Seurat]
12. Dez. [1934]

Muß ganz schnell schreiben, damit ich die Schiffspost an der gare noch erwische. Nach einem langen Gespräch mit Queneau, der gerade gegangen ist und der alles genau und mit großem Interesse gelesen hat, schicke ich Ihnen jetzt diesen Abschnitt über Proust, Joyce und L. aus dem Lawrence-Buch. Ein gutes Gespräch, in dem wir uns gegenseitig bestens verstanden. Er war sehr beeindruckt und meinte, daß sich zweifellos ein französischer Ver-

1 Vgl. S. 184.

leger für das Buch [*The World of D.H. Lawrence*] finden werde, wenn es erst fertig sei. Hier ist bisher nichts von Bedeutung über Lawrence geschrieben worden. Sagte, es sei «déconcertant» für les Français, aber énormement intéressant, provokant, unfranzösisch und so weiter und werde daher großen Anklang finden. Meinte, die Belesenheit fasziniere ihn. Fand alles gut, was über Spengler darinsteht (und er kennt seinen Spengler) und zeigte – was mich besonders freute – Verständnis und Aufgeschlossenheit für den Teil über *China.* (Das steht natürlich nicht in dem Abschnitt, den ich Ihnen schicke.)

Nun denn – er hält es für beinahe unmöglich, das Buch – oder vielmehr einzelne Abschnitte daraus – an eine französische Zeitschrift zu verkaufen, solange keine Übersetzung vorliegt. Er glaubt, die *Cahiers du Sud* würden bestimmt Stücke daraus übernehmen, wenn es erst mal in einer englischen oder amerikanischen Zeitschrift erschienen sei – dann würden sie es sogar auch bereitwillig übersetzen. Er beschwor mich, es zum Abschluß zu bringen, es sei wichtig und so weiter. Bien entendu. Aber das gedenke ich im Augenblick nicht zu tun.

Ich bitte Sie jedoch – im Gedanken an das, was ich soeben berichtet habe und mit einem Brief von Stuart Gilbert, den ich als ehrliche und achtbare kritische Arbeit beifüge – zu versuchen, was sich mit diesem Abschnitt des Buches machen läßt. Er umfaßt 50 Seiten, könnte jedoch in zwei oder drei Folgen erscheinen. Falls nötig, könnte er auch gekürzt werden und so weiter. Tout va avec moi – aber versuchen Sie, einen Schimmer von Hoffnung, von Interesse zu erwecken.

Oje, mir wird klar, wieviel Arbeit ich Ihnen bereite. Und Sie sind ohnehin überlastet. Können Sie mir verzeihen? Ich habe so das Gefühl, daß dieser letzte Abschnitt gut ist, und ich muß sehen, was sich machen läßt. Ich habe mehrere große Pakete mit Manuskripten an Sie abgeschickt. Trotz allem arbeite ich weiter. Vertrauen – das ist es, was mich dazu veranlaßt.

HENRY

[Villa Seurat]
Freitag, 14. Dez. 1934
2 Uhr morgens

ANAÏS,

Der Zug mit Schiffsanschluß fährt um 9. 30 Uhr. Cendrars kam um drei Uhr nachmittags und gerade eben bin ich von ihm losgekommen – mußte weglaufen. Als Mensch muß ich ihn enttäuscht haben. Ich habe kaum ein Wort gesagt. Und dennoch: Was für ein Tag! Was für eine Nacht! Ich habe die großartigste Huldigung erfahren, die mir je ein Mensch – ich meine ein Schriftsteller – dargebracht hat. Fred war auch hier. Er ist immer noch bei ihm. Ich verzog mich unter dem Vorwand, daß ich zu arbeiten hätte. Das war nicht sehr taktvoll von mir. Ich will Ihnen hier nicht von den Einzelheiten der Begegnung erzählen. Es wäre zuviel zu berichten. Das Erlebnis hatte epische Dimensionen. (Alles auf französisch, übrigens, weil er sich par principe weigert, englisch zu sprechen.) Im Augenblick fühle ich mich zerschlagen. Und vollgepumpt mit *fines,* mit Likör und guten Weinen. Ich hatte ganze dreißig Francs in der Tasche. Als die Essenszeit näherrückte, redete er immer noch – und er ist der größte Geschichtenerzähler, dem ich je zugehört habe! (Eine Kreuzung zwischen Jack London und Knut Hamsun – er kannte diese beiden aus den Jahren, als sie noch ziemlich unbekannt waren.) Die Essenszeit also kam näher, und ich hatte eine Verabredung im Café de la Paix – mit jemandem, der mich großzügigerweise zu einem Essen einladen wollte. Alors, um sieben Uhr nehmen wir ein Taxi zur Chambre des Députés, wo Fred irgend etwas zu erledigen hatte, und dann zum Montmartre, zur rue des Abbesses, Restaurant des Fleurs. Was für ein Laden! Noch nie in meinem Leben habe ich so viele schöne Französinnen gesehen. Er sagte, wir würden billig essen, und ich dachte, jeder werde seine eigene Zeche zu zahlen haben. Dann fing er an zu bestellen. Fragte mich, ob ich auch etwas essen wolle. Aber natürlich! Alors, Hummer, Austern, Tauben, Desserts, wie ich sie noch nie gesehen hatte, exquisite Weine, *fines,* Chartreuse, Kaffee und so weiter und so weiter. Ich war verlegen wie der Teufel. 30 Francs. Ein Freund schneit herein. Cendrars sieht wild aus wie ein Matrose – er ist voll des süßen Weines –, und er spricht ziemlich laut, wenn auch sehr schön. Hat nur einen Arm; den leeren Ärmel oder den halben Arm hat er liebevoll um meinen Hals geschlungen und erzählt dem ganzen Restaurant, was für ein Prachtkerl ich bin, worum es in meinem Buch geht, warum es in Frankreich erscheinen muß, wo mein Platz in der großen katholischen Tradition ist und so weiter und so weiter. In gewissem Sinne vielleicht einer der herrlichsten Augenblicke in meinem Leben. Aber es wurde eine Pleite. Ich hatte nichts zu sagen. Ich fragte mich unentwegt, wie lange das noch so weitergehen würde. Ich war ein perfekter Esel. Und in regelmäßigen Abständen versuchte ich, mich zu verdrücken. Schließlich ziehen wir ab, mittlerweile zu viert, um in den Bars am Boulevard in Montmartre noch ein bißchen mehr zu tanken. Huren machen sich an uns heran, und Cendrars, der sie wie ein Seemann an sich drückt, fordert mich auf, eine zu nehmen, zwei, soviel ich will. Nachdem wir zwei oder drei dieser Bars hinter uns und immer mehr Huren am Halse hatten, verzog ich mich – ohne jedes Zeremoniell. Ein au revoir. Ich weiß nicht, was er von mir denkt.

Während des Nachmittags ließ sich Cendrars des langen und breiten darüber aus, was zu tun sei. Wenn er nicht im Januar nach Brasilien führe, meinte er, würde er das Buch selbst übersetzen. Aber er sagte, er werde etwas unternehmen – das sagte er schon vorher und dann noch einmal während des Essens. Er werde mit dem obersten Mann bei Grasset reden, mit dem er befreundet ist. (Es war Cendrars, der Dos Passos übersetzt hat.) Er sagte, er werde versuchen, ihnen den Gedanken schmackhaft zu machen, indem er zunächst über mein Lawrence-Buch spräche – Grasset sucht nämlich ein gutes Buch über Lawrence. Dann werde er das Gespräch auf den *Wendekreis des Krebses* bringen. Er werde versuchen, einen Übersetzer zu bestimmen. Meinte, das Buch müsse mit äußerstem Feingefühl übersetzt werden. Unentwegt wiederholte er, daß ich in der besten Tradition stehe, von Rabelais abstamme, Courage habe und so weiter. (Er sagte einfach herrliche Dinge; zu schade, daß ich keine Zeit habe, Ihnen davon zu berichten.) Meinte, es müßten erhebliche Streichungen vorgenommen werden, und der Geist des Buches könne nur von jemandem wiedergegeben werden, der in der Lage sei, mich wirklich zu verstehen. Meinte, es werde in Frankreich zwar wahrscheinlich kein breites Publikum finden, aber das beste. (Was mir vor allem gefiel, war seine Entdeckung, daß ich mit den Straßen vertraut sei. Noch nie, sagt er, hätte er ein Buch eines Amerikaners oder irgendeines anderen Ausländers gelesen, das in dieser Hinsicht mit meinem vergleichbar sei.) Kein *chique*. Sagte, er laufe von morgens bis abends in den Straßen umher und hasse das Schreiben; aber quand même: er ist ein großer Arbeiter, ein ungeheurer Arbeiter sogar. Er ist ein wirklicher Mensch, sage ich Ihnen. Vielleicht ist er jener eine Mensch, von dem ich kürzlich in meinem Brief sprach: der Mensch, von dem ich sagte, daß er auf mich zukommen und mich willkommen heißen werde.

So, das wär's. Ich lege einen Brief von Pound bei, den neuesten. Kahane war sehr davon angetan, daß der berühmte T. S. Eliot unter Umständen Pounds Besprechung in seiner Zeitschrift abdrucken wird. Ich nicht.

HENRY

[Villa Seurat]
Montag, 20. [April 1936]

Liebe Anaïs:
Soeben sind Ihre beiden Briefe aus Casablanca und Fez eingetroffen. Dachte schon langsam, Sie hätten Ihre Marschroute geändert, weil ich gar nichts von Ihnen hörte. Schicke diesen Brief per Luftpost und hoffe, daß er noch rechtzeitig bei Ihnen ankommt.

Wenn ich Ihre herrlichen Schilderungen lese, wird mir so recht deutlich, daß sich hier nichts ereignet hat. Am erstaunlichsten finde ich, daß Sie den Geruch ertragen können! Es ist offensichtlich das erstemal, daß Ihre empfindliche Nase nicht rebelliert. Liegt das daran, daß die Augen so entzückt sind? Es gelingt Ihnen großartig, die Szene zu vergegenwärtigen – hier zeigen sich die Früchte Ihres Tagebuchschreibens. Sie scheinen alles in einen einzigen Brief hineingepackt zu haben. Ich freue mich jedenfalls, daß Sie nicht enttäuscht sind. Fez gilt als die großartigste unter den alten Städten – die am besten erhaltene, meine ich. Und ich begreife, obwohl Sie es nicht direkt sagen, daß jene schönen Gesichter selbst dann noch schön bleiben, wenn sie von Krankheit zerfressen sind – wie antike Fragmente des Parthenon und so weiter. Habe ich recht? Hier war Ihnen der Anblick eines von Würmern zerfressenen alten Weibes auf der Straße stets unerträglich – die Marktweiber nannten Sie sie. Dort haben Sie das vor Augen, was Spengler die «Fellachen» nennt; trotz aller Mißlichkeiten bewahren sie ihre Würde, ihr Blut, ihre Rasse. Ja, all dies handwerkliche Geschick gefällt mir – die geduldigen, mühseligen und hingebungsvollen Verrichtungen. Dazu gehört die Ruhe, weil die menschliche Hand sich lautlos bewegt. Und daraus wiederum erwächst eine tiefe innere Ruhe und Zufriedenheit. Und reich und arm kann miteinander leben – wenn es eine Religion gibt, die alle verbindet. Herrlich, was in Ihren Zeilen sichtbar wird.

Ich selbst kann warten. Eines Tages werde vermutlich auch ich an der Reihe sein. Bis dahin sind Sie es, die meine Phantasie nährt. Reichlich nährt.

Ich sagte, hier ereigne sich gar nichts, und doch ist einiges geschehen. Zum ersten hat Kahane mit dem Druck von *Schwarzer Frühling* begonnen. Ich sah ihn zweimal, und er scheint voller Elan, voller Pläne und Ideen zu sein. Was die Finanzen betrifft, so ist alles geregelt. Die 2000 sind durch die Einkünfte ausgeglichen. Nach dem Kontostand vom Ende des Jahres schuldete ich ihm zwischen 700 und 800 Francs, zum größten Teil wegen des

Druckes von *Aller Retour*[1]. Aber auch diese Schulden sind durch die diesjährigen Verkäufe des *Wendekreis*-Romans (er hat in diesem Jahr bisher fast hundert Exemplare verkauft) aus der Welt geschafft. Bis June kommt, wird ein Scheck für Tantiemen eingetroffen sein.

Seit Ihrer Abfahrt hatte ich gerade genug Zeit, den *Schwarzen Frühling* noch einmal durchzulesen und ein paar zusätzliche Änderungen anzubringen – zumeist Streichungen sentimentaler Elemente. Im großen und ganzen scheint mir das Buch jetzt gut zu sein. Habe mir den *Hamlet*[2] vorgenommen und noch einmal damit begonnen. Fraenkel wollte heute nach London fahren, hat aber seine Pläne wieder geändert.

Marcel Duchamp schickte mir einige seiner farbigen Platten, erhielt ein paar nette Zeilen von ihm. Colette und Ed [Rogers] erzählten mir von ihrer Reise nach Kleinasien – sprachen enthusiastisch von Konstantinopel – dem heutigen Instanbul. Seit unserer Ankunft noch keine Post aus N. Y. Und übrigens: Ihr Buch ist noch immer nicht vom Drucker gekommen.

(Eine Bestellung für *Aller Retour* kam aus Bagdad.) O ja, und die Librairie d'Etrême Orient in Shanghai hat einen Vertrag mit Kahane abgeschlossen, der sie zu seinem alleinigen Repräsentanten im Fernen Osten macht, und hat sich verpflichtet, soundso viele Bücher pro Jahr abzunehmen. Sehr gut. Thérèse le Prat hat mir ein paar Fotografien von Schädeln mit Perlen und Geld gegeben – ich will sie Kahane als mögliche Buchumschläge präsentieren. Sie sind ursprünglich als Umschlagentwürfe für Poes *Der goldene Skaraleäus* gemacht worden. Mir scheint aber, daß sie für *Schwarzer Frühling* ebensogut passen würden. Ich vermute jedoch, Kahane wird sie nicht haben wollen.

Es hat sich hier also, wie gesagt, praktisch nichts ereignet. Wie ich sehe, kommen Sie schnell voran. Wenn Sie in diesem Tempo weitermachen, werden Sie wahrscheinlich schon vor Ende des Monats wieder hier sein.

Henry

1 Im Dezember 1934 fuhr Miller nach New York und kehrte im Mai 1935 zurück. Im Oktober 1935 erschien *Aller Retour New York* in einer Auflage von 150 Exemplaren.

2 Im November 1935 begann ein Briefwechsel zwischen Michael Fraenkel und Miller, der sich über drei Jahre hinzog und später unter dem Titel *Hamlet. A Philosophical Correspondence* veröffentlicht wurde.

[Villa Seurat, April 1936]
Donnerstag

Anaïs –
der zweite Brief aus Marokko ist eben angekommen. Las ihn mit wachsendem Erstaunen. Quelle vie! Et la Fatima, quoi! Inzwischen hat sich hier einiges ereignet. Fraenkel ist getürmt – nach London. Er sagt, er bleibe nur ein paar Wochen weg und werde zum Sommer zurückkommen.

Es tut mir leid, Ihnen sagen zu müssen, daß das Buch noch nicht gekommen ist. Ich warte bis zu Ihrer Rückkehr, bevor ich ein Rundschreiben aufsetze.

Der Maler, der unmittelbar über Fraenkels Wohnung lebt, nahm Fred und mich mit zu Corti, dem Bibliothekar in der rue de Clichy (der Surrealisten-Laden). Fred bekommt einen Kostenvoranschlag für den Druck seines Buches [*Le quatuor en ré majeur*] von Corti. Er glaubt, er kann die notwendigen Mittel durch eine Subskription aufbringen. Corti hat versprochen, mein Buch in den Schaukasten zu stellen.

Habe das neueste Buch von Saroyan bekommen – *Inhale and Exhale*. Sieht interessant aus. Auch Queneau hat mir sein neues Buch – *Les derniers yours* – geschickt.

Von Fraenkel habe ich ein Regal mit seinen kostbaren Büchern geerbt. Darunter das geliebte Lexikon von Funk und Wagnall.

Was das Hamlet-Buch betrifft, so finde ich, daß es sogar besser ist, wenn es auf diese Weise aus der Distanz geschrieben wird. Das spart eine Menge sinnloser Diskussionen. Ich denke, ich werde mich jetzt wieder an das June-Buch heranmachen – und an *Hamlet* nebenher arbeiten.

Erhielt die Nachricht von Lowenfels, daß die «Jungens» ganz begeistert vom «Schneiderladen» seien. Sie wollen etwa 20 Seiten davon veröffentlichen – den bizarrsten Teil («Himmlische Posse» [«Celestial Burlesque»] nennen sie ihn).

Ich warte auf Ihren nächsten Brief, um zu erfahren, wann Sie voraussichtlich zurück sein werden. Es war inzwischen kalt und regnerisch hier – aber jetzt ist es wieder heiß.

Henry

P. S. Das war eine herrliche Nin-Zeile – von den Vögeln, die «mit tropischer Inbrunst gargarisieren». Und von den Arabern, die «sorgfältig und gewissenhaft scheißen». Was für ein Bild!

Villa Seurat, 24. August 1938[1]

Für mich ist ‹Krebs› jener Krebs, den die chinesischen Weisen kannten – das Geschöpf, das sich in jeder Richtung fortbewegen konnte. Für den Dichter ist er das Tierkreiszeichen – die Mittelstation im Positionskreis, die sich verschiebt, wenn man zur Konstellation der Waage kommt. Dem Krebs gegenüber steht im Tierkreis (die äußersten Punkte der Tagundnachtgleiche – Wendepunkte) der Steinbock, das Haus, in dem ich geboren wurde; es ist religiös und stellt die Renaissance des Todes dar. Krebs bedeutet für mich überdies die Krankheit der Zivilisation, den Punkt höchster Einsicht auf dem falschen Weg – daher die Notwendigkeit, eine andere Richtung einzuschlagen und ganz neu zu beginnen. Nietzsches Lehre von der ewigen Wiederkehr, und in einem tieferen Sinne auch das Wesen des Buddhismus: Der Krebs ist das Apogäum des Todes im Leben, wie der Steinbock das Apogäum des Lebens im Tode ist. Die beiden Symbole tauchen in der Geographie als Wendekreis auf (was ein anderes Wort für Hieroglyphen ist), wobei der Krebs oberhalb und der Steinbock unterhalb des Äquators liegt. Ich selber versuche, wie ich oft in meinen Büchern gesagt habe, auf der schmalen Linie zu gehen, die die beiden voneinander trennt. Diese Linie ist nur imaginär. Die Realität kennt keine Grenzlinie.

HENRY

[September 1938]
Bordeaux, Donnerstag, 15 Uhr
Hotel Majestic 2, rue de Condé

ANAÏS –

bin soeben aus Périgueux kommend hier eingetroffen. Schicke Ihnen diese Zeilen per Luftpost. Werde vermutlich einige Tage hier bleiben – jedenfalls können Sie mir hierher schreiben. Ich werde Ihnen noch einen zweiten Brief aus Bordeaux schreiben und Sie über meine Pläne unterrichten.

1 Von 1936 bis 1938 lebte Anaïs Nin ebenso wie Miller in Paris. Lawrence Durrell, dessen Briefwechsel mit Miller 1935 begann (vgl. *Lawrence Durrell, Henry Miller, Briefe 1935–1959*), kam im September 1937 nach Paris und blieb bis April 1938. In dieser Zeit wurde die sogenannte «Villa Seurat»-Reihe mit Werken von Miller, Anaïs Nin und Durrell ins Leben gerufen. Im Juli 1937 wurde Perlès Herausgeber der Zeitschrift *The Booster* – später *Delta* –, die für einige Zeit zum «Hausorgan» des Miller-Kreises in Paris wurde.

Kann nicht gerade behaupten, daß ich mich gut amüsiere. Die Züge, Hotels, Mahlzeiten, Gepäckträger, Koffer fordern zuviel Aufmerksamkeit. Gab bisher nichts Aufregendes zu sehen. Périgeux war so still und langweilig, daß ich nervös wurde. Habe mir nicht einmal die Mühe gemacht, die Höhlen zu besichtigen – konnte mich einfach nicht aufraffen.

Entschloß mich, nicht nach Toulouse zu fahren, weil jeder sagte, die Stadt sei uninteressant. Fuhr nach Bordeaux, was ich nie geplant hatte –, weil Bordeaux eine *Stadt* ist. Sieht zwar auch nicht gerade überwältigend aus, aber in einer Stadt halte ich es immer noch am ehesten aus. Das Land und die stupiden Bauerntölpel machen mich verrückt. Außerdem habe ich zuviel Gepäck – das ist ebenso ärgerlich wie kostspielig.

Wenn's so bleibt, werde ich in ein paar Tagen wieder in Paris sein. Es ist sinnlos für mich, von Ort zu Ort durch die Gegend zu reisen. Ich will etwas *anderes* sehen – aber überall sieht es gleich aus – erschreckend tot und monoton. Vorerst jedenfalls können Sie hierher schreiben – per Luftpost nach Möglichkeit. Ich werde Sie benachrichtigen, wenn ich mich entschließe, den Ort zu wechseln oder zurückzukommen – vielleicht telegrafisch.

Ich fühle mich wie ein Gespenst, das achtlos hin- und hergeschoben wird. Mag sein, daß es morgen schon anders aussieht.

Ich sehe, daß *Arcachon*[1] nur 50 Kilometer entfernt von hier ist. Bald mehr.

HENRY

[Bordeaux, September 1938]
Dienstag morgen

ANAÏS –

Erhielt Ihren Brief und Ihr Telegramm und dazu heute morgen noch das Hühneraugenpflaster. Sie denken an alles. Sie sagen, Sie möchten nicht, daß ich neurotisch «werde». Ich muß lachen. Ich *bin* neurotisch – und zwar im höchsten Grade. Ich denke nicht daran, jetzt irgendwohin zu ziehen, wo es besser ist – wenn es Krieg gibt, ist es nirgends gut. Ich bleibe in Bordeaux, weil hier die Schiffe sind. Wenn wir Glück haben, könnten wir vielleicht auf dem Seewege wegkommen. Ich finde, Sie sollten nicht in Paris bleiben, bis die Kriegserklärung da ist. Mag sein, daß Sie

1 Anaïs Nin hatte einmal als Kind in diesem Ort mit ihrem Vater die Ferien verbracht.

dann nicht mehr wegkommen. Die Zeitungsberichte von heute morgen veranlassen mich, den Krieg als unumgängliches Faktum zu betrachten; Reden und Verhandlungen lassen keinerlei Verbesserung der Lage erkennen. Niemand will nachgeben – das ist schlimm. Sie bereiten sich auf einen Krieg vor, nicht auf eine Aussöhnung. Merken Sie das nicht? Wenn noch Zeit ist – Sie müßten diese Zeilen eigentlich heute abend erhalten –, holen Sie bitte meine Habseligkeiten aus der Villa Seurat. *Aber nur, wenn Sie Zeit haben!* Vielleicht könnten Sie den ganzen Plunder bei Kahane abladen; ich stelle mir vor, daß das einfacher und nicht weniger praktisch ist, als wenn Sie alles der American Express übergeben. Ich gebe Ihnen Kahanes Telefonnummern – Büro und Wohnung. Vielleicht hat er einen Spediteur an der Hand, den er zur Villa Seurat schicken kann – ich glaube nämlich, daß er seine Lieferungen auf diesem Weg ausführt.

Gestern oder vorgestern habe ich ihm wegen Geld geschrieben – noch keine Antwort.

Ich gebe Ihnen auch die Adresse des Amerikanischen Konsulats hier in Bordeaux, für den Fall, daß die Sache schon losgegangen ist und Sie mich nicht im Hotel finden. Ich würde Ihnen in diesem Falle eine Nachricht hinterlassen, der Sie entnehmen könnten, wo ich bin und was ich tue. Adresse: *4 rue Esprit-des-Lois.*

Wenn es, wie vorausgesagt wird, am 1. Oktober losgeht und keine Möglichkeit besteht, sofort ein Schiff zu bekommen, kann ich vielleicht aus der Stadt in irgendeinen kleinen Ort umziehen. Wenn möglich würde ich Frankreich lieber verlassen. Es wird ein ungeheures Durcheinander geben; es wird schwierig sein, an Geld zu kommen; vielleicht sinkt der Wert des Geldes auch auf Null. Man muß mit dem Schlimmsten rechnen. Ich kann mit dem besten Willen keine gute Seite an der Sache entdecken.

Ich habe Durrell per Luftpost einen Brief geschickt, in dem ich ihn frage, ob er mir Geld senden könnte, falls ich ihn darum bäte, und was er selber zu tun gedenke. Wenn Italien sich auf die Seite der Deutschen schlüge, wie es jetzt scheint, wäre es unmöglich, nach Korfu zu gelangen.

Gestern abend kam ich auf den Gedanken, einen Brief an den amerikanischen Botschafter in Paris zu schicken und ihn zu drängen, die «Gueules Cassées»[1] ganz Europas zusammenzuholen und sie in einer Demonstration der letzten Konsequenz in Flugzeugen zu Hitler zu schicken – sie Hitler mitteilen zu lassen, daß sie nicht weichen würden, bis er Frieden gemacht habe – und

1 Die Kriegsversehrten des Ersten Weltkriegs.

wenn er sich weigerte, sie in einem riesigen Trupp an der tschechischen Grenze antreten zu lassen, dort, wo die Deutschen diese Grenze überschreiten, und den Angreifern klarzumachen, daß sie nur über die Leichen der «Gueulles Cassées» einmarschieren könnten. Das wäre dramatisch und spektakulär – Hitlers eigenen spektakulären Gesten angemessen. Aber ich fürchte, niemand würde einem solchen Vorschlag Gehör schenken. Meiner Ansicht nach lohnt es sich, alles und jedes zu versuchen. Wenn Sie meinen, daß diese Idee irgend etwas für sich hat, verständigen Sie bitte durch irgendwelche diplomatischen Kanäle den Führer der «Gueulles Cassées» in Paris. Der amerikanische Botschafter hätte vermutlich nicht das Recht, einen solchen Vorschlag zu machen. Ich dachte zunächst daran, es Kahane zu sagen, aber der ist zu phlegmatisch. Dachte auch an Moricand – Sie könnten vielleicht mit ihm darüber sprechen, wenn Sie es nicht für verrückt halten. Was mich krank macht, ist die fatalistische Art, mit der jedermann sich mit dem drohenden Krieg abfindet. Stellen Sie sich vor, was für eine Wirkung es auf die ganze Welt haben würde, wenn diese entsetzlich verstümmelten Menschen zu Hitler gingen – oder an der Grenze seiner Armee entgegenträten.

HENRY

[September 1938]
Donnerstag 18.30 Uhr
Bordeaux

Soeben traf der Brief ein, den Sie eingesteckt hatten, bevor Sie aus Paris wegfuhren. Ich bin nach wie vor hier und werde auch hier bleiben und abwarten, was sich ereignet. Kahane hat mir 3000 Francs geschickt, und das gibt mir ein gutes Gefühl. Es geht nicht so sehr darum, daß ich tatsächlich umherreisen möchte, sondern vielmehr darum, daß ich *in der Lage sein* wollte, es zu tun. Jetzt fühle ich mich ein wenig freier und kann leichter atmen. Deshalb werde ich einfach hierbleiben und den rechten Augenblick abwarten. Sobald die Sache *endgültig* bereinigt scheint, werde ich vermutlich nach Paris zurückkehren. Mein Vertrauen in die Staatsmänner ist immer noch gering. Das ist es, was mich mehr als alles andere bedrückt. Wenn es wirkliche Staatsmänner gäbe, wäre es nie soweit gekommen. Aber das ist eine andere Sache. Ich bin froh, daß Sie nach Le Havre gefahren sind, weil ich das Gefühl habe, daß es dort viel sicherer für Sie ist. Ich fürchte gar nicht so sehr, daß es mir an den Kragen gehen könnte, wie Sie zu glauben scheinen. Gewiß, die Neurose. Ich weiß das selber. Der Arzt wird sich jetzt selbst kurieren müssen. Aber in gewisser Hinsicht bin ich von Europa geheilt. Wenn die Sache nicht *großmütig* beigelegt wird, dann ist es sinnlos, weiterhin in diesem Teil der Welt zu leben. Die Menschen sollten aus einem solchen Erlebnis gewandelt hervorgehen – aber ich fürchte, daß das – genau wie nach dem letzten Krieg – nicht der Fall sein wird. Mein Vertrauen in die menschliche Natur wird immer geringer. Es wird noch einiger Wettläufe um die sieben Planeten bedürfen, bevor sie die Stufe der Weisheit erreicht haben werden, auf der wir stehen. Ich will nicht, daß der *Mars* in mir zum Vorschein kommt – das wäre mein Ruin. Ich halte mich jetzt an meinen Kopf und meine Instinkte. Die anderen werden sich an *Mars* halten, keine Sorge. Das ist die Schwierigkeit.

Wie ich das Problem gelöst hätte? Nun, indem ich in allem nachgegeben hätte! Ich bin ein Chinese in meinem Herzen, kein Europäer. Wenn die Menschen zu den Waffen greifen und so weiter, dann ducke ich mich. Ich schäme mich nicht dafür. Nun, hoffen wir, daß sie wenigstens zu einer halbwegs annehmbaren Lösung kommen.

Es ist zu spät, um ein Telegramm aufzugeben – darum schicke ich diesen Brief per Luftpost. Sollten Sie zufällig anrufen, wenn ich nicht im Hause bin, wird man Ihnen vermutlich sagen, daß ich noch nicht abgereist sei. Ich überstürze nichts. Laufe einfach herum und meditiere.

HENRY

Bordeaux [September 1938]
Freitag abend

ANAÏS –
Morgen mittag fahre ich nach Lourdes ab. Habe das Gefühl, daß ich noch etwas anderes sehen muß, ehe ich nach Paris zurückkomme. Diese Stadt hier ist ein Albtraum für mich. Ich habe das Schweigen nicht gebrochen, bis ich heute beim Essen ein Gespräch mit einem alten Franzosen anfing. Das war mit das Schlimmste an der ganzen Situation: den Mund zu halten und in einer fremden Stadt zu sein, nichts zu tun als die Zeitungen zu lesen und durch die Straßen zu wandern. Wäre ich in der Villa Seurat gewesen, hätte vielleicht alles anders ausgesehen.

Sie haben viel von Neurose gesprochen. Ich glaube nicht an die

Auslegung, die man diesem Wort gegeben hat – nicht mehr. Wer in dieser Zeit nicht «neurotisch» war, muß unnormal sein. Ihre Briefe haben mich keinen Augenblick lang auch nur im geringsten an meiner Entschlossenheit irre werden lassen, meinem Instinkt zu folgen. Selbst wenn ich jetzt auf dem Ozean wäre, würde ich es nicht bereuen. Das war genau das Richtige – ich hätte es gleich zu Anfang tun sollen. Wenn das Theater vorbei ist, kann man immer noch zurückkommen. Ich halte nichts vom Ausharren bis zur letzten Minute. Was geschehen ist – was man mit Europa geschehen *ließ* –, war verbrecherisch. Für mich ist es, als habe der Krieg tatsächlich stattgefunden. Ich fühle mich so, wie die Männer sich gefühlt haben müssen, die aus den Schützengräben heimkamen. Der Unterschied ist nur, daß sie zu müde von allem und zu angewidert waren, um sich noch weiter um die ganze Angelegenheit zu kümmern, während ich jetzt von Haß erfüllt bin und entschlossen, solange ich noch lebe und Kraft habe, mein Möglichstes zu tun, um nicht nur Hitlers Sturz, sondern die Ausmerzung des ganzen deutschen Volkes herbeizuführen.

Natürlich haben Hitler und seine Kohorten die Kraftprobe gut überstanden. Sie weihen ihr Leben diesem internationalen Gangstertum. Sie können nichts verlieren im Kampf, da sie kein anderes Leben wollen. Ich meine, wenn wir anderen *wirklich* intelligent sind, wirklich einen Sinn für die Realität haben, dann sollten wir jetzt – in der kurzen Frist, die uns bleibt – etwas unternehmen, um Mittel und Wege zur Untergrabung der deutschen Kriegsmaschinerie zu finden. Gegenwärtig herrscht nur ein Waffenstillstand. Die Deutschen werden es nicht dabei bewenden lassen. Sie machen weiter. Sie sind wie die Chirurgen, die an einem schwachen Körper arbeiten – eine kleine Operation heute, eine kurze Erholungspause und dann eine neue Amputation – und so weiter. Es ist sinnlos, gegen sie Krieg zu führen. Ich würde ihnen sofort das Feld räumen – und mich auf meinen Kopf verlassen, um andere Wege zu ihrer Vernichtung zu finden. Es gibt mehr als eine Art, eine Gans zu töten, heißt ein altes Sprichwort. Sich vorzustellen, daß die Deutschen meinen, was sie sagen, ist selbstmörderisch. Wir müssen sie als tolle Hunde betrachten – alle 73 000 000! Wenn ich «wir» sage, so meine ich damit die ganze Welt.

Kahane hat mir 3000 Francs geschickt. Mit diesem Geld kann ich vorerst ein wenig unbeschwerter reisen. Aber wenn ich nach Paris zurückkomme, will ich mir von allen Seiten Geld erbitten und borgen, um ständig die Summe für eine Überfahrt nach Amerika *in der ersten Klasse* bei mir zu haben. Ich würde nicht *fünf Minuten* länger hier bleiben, wenn es zu einer zweiten Drohung käme. Das ist mein voller Ernst! Lieber würde ich in der Wüste leben, als in einer Atmosphäre, wie wir sie soeben erlebt haben. Ich fühle mich, als wäre ich hundert Jahre alt. Und das wissen diese deutschen Schweinehunde auch – nicht zuletzt darauf zählen sie. Sie wissen, daß der moralische Schock eine noch größere Wirkung hat als die Niederlage auf dem Schlachtfeld. Deshalb bin ich so wütend. Jetzt habe ich nichts mehr dagegen, wenn Mars in mir zum Vorschein kommt – jetzt könnte es von Nutzen sein. Ein toter Mann, in dem Mars schlummert, ist zu nichts nütze.

Ich werde diesen deutschen Schuften bis an mein Lebensende nicht vergeben. *Vielleicht gehe ich sogar einmal nach Deutschland* – um es mit eigenen Augen sehen, es besser beschreiben und töten zu können. Ich glaube nicht, daß ich die Bücher zu Ende schreiben werde, die ich geplant hatte. Ich betrachte alles, was vor diesem Ereignis war, als ausgelöscht! Daß wir um Haaresbreite davongekommen sind, ist für mich ohne Belang. Für mich war es eine moralische Niederlage – man hat uns *moralisch* zur Strecke gebracht.

Ich weiß nicht, was ich schreiben werde. Aber ich werde mich von jetzt an ausschließlich einem einzigen Ziel widmen – und jedes Mittel soll mir dabei recht sein. Kein Deutscher wird je über meine Schwelle treten oder an meinem Tisch sitzen. Sie gehören nicht zur menschlichen Gesellschaft. Das ist meine Überzeugung.

Noch gestern dachte ich, wir sollten «großmütig» sein – mehr geben, als sie erwarten, um ihren Argwohn zu beseitigen, ihre «Psychose». Heute bin ich anderer Meinung. Es ist zu zeitraubend, zu schwierig, zu zweifelhaft. *Jetzt* will ich Frieden.

Ich gehe nach Lourdes, um eine ruhige und würdige Atmosphäre zu finden. Wenn es nicht schon zu kalt ist, würde ich gern den Cirque de Gavarnie sehen – man sagt mir, er sei grandios und ehrfurchtgebietend. Ich fürchte allerdings, daß die Jahreszeit schon zu sehr fortgeschritten ist – ich habe keinen warmen Mantel. Kann sein, daß ich über Toulouse zurückfahre. Wie ich höre, ist Toulouse *doch* eine gute Stadt und hat *doch* gute Musik zu bieten. Und dann in den Kampf! Mit meinen eigenen Waffen und auf meine eigene Weise. Selbst wenn ich diesen Krieg von Amerika aus weiter führen muß – es änderte nichts. Ich würde ihn vermutlich sogar von Tibet aus führen.

So steht es um meine Gefühle! Reden Sie mir nicht wieder von Neurose. Ich will ständig neurotischer werden. Die Staatsmänner haben sich geirrt – sie haben uns nicht davor bewahrt. Es war die

Schwäche des überzivilisierten italienischen Volkes! Kann sein, daß wir noch eine Revolution erleben werden. Ich hoffe sehr darauf. Mehr aus Lourdes. Vielleicht in einer heitereren Tonart. In gewisser Hinsicht bin ich froh, daß ich allein war. Es war eine Zerreißprobe – aber auch so etwas hat sein Gutes. Nur so werden einem bestimmte Dinge bewußt.

HENRY

P. S. Ich habe sowohl Fred als auch Moricand heute 100 Francs geschickt und Pelorson 200 Francs für die Septemberausgabe [von *Volontés*] überwiesen. Aber ich habe ihm gesagt, daß nach der nächsten Ausgabe Schluß damit ist. Außerdem werde ich Geld für die Miete zurücklegen.

P. P. S. Es wäre ratsam, wenn Sie versuchten, in den Besitz des Briefes zu gelangen, der in Le Havre postlagernd auf Sie wartet. Kann sein, daß ich irgend etwas Aufwieglerisches darin gesagt habe.

Lourdes [September 1938]
Sonntag morgen

ANAÏS –

Fahre heute mittag mit dem ersten Zug von hier weg – nach Toulouse –. Entsetzlicher Ort. So ekelerregend, so lächerlich, so eindeutig betrügerisch und kommerziell, daß ich mitten auf der Straße laut auflache. Seit ich hier gestern abend ankam, habe ich unentwegt hysterisch gelacht. Die Basken müssen ein degenerierter Zweig der Semiten sein. Übles Volk – und scheinheilig bis auf die Knochen. Ich gebe zu, daß das Land ringsum schön ist, vielleicht sogar grandios. Aber dieser Preis ist mir zu hoch dafür. Diese Menschen, diese verdammte katholische Farce, vergiften die Atmosphäre *und* die Landschaft. Das illuminierte Kreuz auf dem Berggipfel macht mich verrückt. Auch die spanisch-schweizerische Architektur, die von schlechtestem Farbgeschmack zeugt, hasse ich – rosa und Messing, stellen Sie sich das vor! Um 7.30 am Morgen war ich auf dem Bahnhof, um mir eine Fahrkarte nach Toulouse zu kaufen. Die Vermieterin, die mich an meine puritanischen Verwandten erinnert, versucht mich zu überreden, hierzubleiben und mir die Sehenswürdigkeiten anzuschauen. Sagte ihr, daß mich das Grausen packe, bei dem Gedanken daran. Sie fiel beinahe um. Wenn sie mich gefragt hätte, ob ich Deutscher sei, hätte ich ja gesagt! Lieber ein Sklave unter Hitler als ein freier Bürger von Lourdes.

HENRY

[Villa Seurat]
21. Februar 1939, Paris

Am Anfang war das Wort, aber damit das Wort entstehen konnte, mußte zuvor irgendeine Trennung stattfinden. Damit es sich aus dem Busen der Schöpfung befreien konnte, bedurfte es eines Verlangens, eines menschlichen Verlangens. Das Wort ruft stets den Gedanken an einen vollkommeneren Zustand wach, an eine Vereinigung oder Einheit, die unaussprechlich und unbeschreibbar ist. Der Akt der Schöpfung ist mühsam, weil er der Versuch ist, wiederzugewinnen, was verloren ist. Um etwas wiederzuerlangen, müssen wir uns zuvor verlassen fühlen.

Sie kennen alle Freuden und Schrecken der Schöpfung. Sie haben Gott gespielt, seit Sie in der Lage waren zu sprechen. In jenem neptunischen Atlas, den Sie der Nachwelt weihen[1], haben Sie die proteischen Metamorphosen Ihrer Vereinigungen und Trennungen aufgezeichnet. Sie haben, wie ein echter Seemann, mit dem Bau Ihres Schiffes auf dem Wasser begonnen. Sie vertrauen es den Wassern des Vergessens an. Sie kerben Ihr eigenes Bild in den Bug des Schiffes. Dort verharren Sie, endlos die Wasser durchschneidend. Wohin der Wind auch wehen mag: *Sie* weisen den Weg.

Für mich ist Ihr Tagebuch wie die Nadel, die sich im Kompaß bewegt. Wenn sie auch stets nach Norden zeigt, so bewegt sie sich dennoch mit dem Schiff und denen, die auf ihm fahren, und mit den Strömen, die den Lauf des Schiffes bestimmen. Wenn wir uns vorstellen, daß Ihr Schiff endlos weitersegelt, was es unzweifelhaft tun wird, dann ändert sich das Ziel, wie die Sterne ihren Lauf ändern. Die Richtung wird immer Norden sein, aber die Reise wird elliptisch verlaufen; das Klima wird sich ändern, nicht Längen- und Breitengrad. In ihrem endlosen Logbuch wird nur die Handschrift unwandelbar bleiben. Die Unterschrift wird immer Ihre eigene sein, zügig, präzise und lesbar. Die Schrift der meisten Menschen ändert sich mit den Jahren: jedermanns Unterschrift wandelt sich mit dem Tode. Aber in Ihrem Falle wird sich weder die Handschrift noch die Unterschrift je ändern, weil Sie von einem Punkt aus schreiben, der jenseits allen Wandels liegt. Sie registrieren die Beständigkeit des Wandels, die Ewigkeit der Metamorphosen. Nicht die Schöpfung selbst, sondern das Registrieren der Schöpfung ist Ihr Ziel. Sie werfen Ihre Riemen platt im Fluß der Zeit. Sie haben stets gezögert, das Element der Fische, jenes Tierkreiszeichens, unter dem Sie geboren sind, in Ih-

1 Anaïs Nins Tagebücher.

rem Sein anzuerkennen und hinzunehmen. Aber Sie selbst offenbaren in allem, was Sie tun, unentwegt das symbolische Wesen der Fische.

Sie sind immer bemüht, das leere Schiff des Lebens zu füllen. Zunächst wörtlich, indem Sie Dinge verschenken – die Nahrung und Substanz des Lebens –, dann – in der Erkenntnis, daß es ein fruchtloses Bemühen ist, daß Sie unmöglich hoffen können, alle Bedürfnisse derer zu befriedigen, die zu Ihnen kommen – durch die Verwandlung von Brot und Fischen in den Wein des Lebens, durch die Spende aus der ewigen Quelle der Weisheit, die allein Leben schenken kann.

Und schließlich werden Sie erkennen, daß selbst dies noch nicht ausreicht, noch nicht wirkungsvoll genug ist. Wenn die ganze Welt jetzt langsam in dies neue Zeichen eintritt und wenn das einfach bedeutet, daß das Leben erneuert werden muß, daß wir die alten Formen verbraucht haben, dann wird Ihr Widerstand gegen den abstrakten Charakter der Fische vielleicht überwunden sein. Als das letzte der Zeichen würde der Wassermann nichts als die Vergeistigung des Intellekts bedeuten. Wir können unsere Schritte nicht zurückverfolgen, können nicht in die Vergangenheit zurückschauen, Hilfe suchen bei dem, was wir bereits durch die Erfahrung hinter uns gebracht haben. Wir müssen nach vorn schauen. Wir müssen dies geistige Leben, über das wir verfügen, nehmen und es umgestalten.

Von einem Bereich des Tierkreises zum anderen hinüberzuwechseln, erfordert die gleiche Modulation, wie sie in der Musik beim Hinübergleiten von einer Tonart in die andere notwendig ist. Jeder einzelne Bereich ist der rechte für uns, der bestmögliche. Die Veränderlichkeit Ihrer Fisch-Seele selbst war nichts anderes als eine Schule der Verwandlung. In diesem kritischen Augenblick wird all unsere Erfahrung der Vergangenheit umgewandelt, damit wir in der Lage sind, den großen Schritt in eine neue und reichere Lebensform zu tun. Ihr Gefühl der Sicherheit in Ihren chamäleonhaften Tugenden wird einem höheren Gefühl der Sicherheit weichen, der luftigen Sicherheit des Vogels, der die Wasser unter sich gelassen hat. Das Schiff, auf dem Sie in Ihren Träumen segeln, muß aufsteigen. Bevor die Taube die Arche verlassen kann, müssen die Wasser zurückweichen. Es muß ein Fleckchen trockenes Land geben, einen Berggipfel, auf dem sie eine Weile rasten und neue Bedeutung erlangen kann.

Selbst die Erde kreist nicht stetig auf ihrer elliptischen Bahn. Während sie kreist, dreht sie sich gleichsam nach und nach auf dem Absatz. Dabei kommt sie nicht wirklich ins Straucheln, sondern lädt gleichsam ihre Passagiere aus. Die Achse zeigt nicht für alle Ewigkeit nach Norden. Die Achse verschiebt sich, das Klima verändert sich, der Norden wird zum Süden, der Osten zum Westen. Das ist der Wechsel der Erde in der vierten Dimension, ihre geistige Evolution und Involution.

Man sagt, daß das Sonnensystem für alle Zeit in den Windungen des Drachen gefangenbleibt; doch damit wird nur symbolisch zum Ausdruck gebracht, daß der Kern des Lebens der Glaube ist. Der Mittelpunkt ist das feste Herz, das nie in Frage stellt, was es weiß. Es ist. All diese Reisen durch die Häuser des Tierkreises stellen das ununterbrochene Bemühen um ein umfassendes Verständnis des Lebens dar. Der Tierkreis selbst wandelt sich, wie wir uns wandeln. Der Tag wird kommen, an dem die Erde und all ihre Bewohner in einen völlig unbekannten Bereich eintreten werden. Wir alle werden in eine neue Phase der Existenz hinüberschreiten. Die Erde selbst wird sich nicht mehr kennen – sie wird aufgehört haben, die Erde zu sein. Die Erde kann, statt Trabant zu sein, zur Sonne werden. Mehr noch, sie kann zum reinen Licht werden. Die Tatsache allein, daß ich dies schreibe, ist der Beweis.

Die Astrologie ist nur das symbolische Zeugnis unserer Pfade. Sie hält so lange stand, wie wir in Aspekten den Beweis für unsere Zweifel und Ängste sehen. Die Deutung wird schließlich der Wahrheit weichen, die nicht des Beweises bedarf.

Wenn, wie Balzac sagt, alle Schöpfung nichts als Umwandlung ist, dann wird auch die Schöpfung schließlich dem Sein das Feld räumen.

Das Wort war nie dazu da, in Steinplatten gemeißelt oder zwischen den Deckeln eines Buches eingepfercht zu werden. Das Wort ist Licht und die Wahrheit wird Fleisch. Es ist unvergänglich. Die Suche nach Unsterblichkeit durch die Kunst ist nichts als die Anerkennung der Mächte des Todes. Schreiben ist Leben, aber das Geschriebene ist der Tod. Und es ist gerade deshalb der Tod, weil es versucht zu bewahren, was durch Form und Substanz nicht bewahrt werden kann. Der festeste Stoff vergeht ebenso wie die mächtigsten Gedanken. Und das größte Buch, das je geschrieben wurde, kann nur ein winziges Fragment des wahren Gefühls des Künstlers vermitteln. Nein, wir bauen mit unseren Worten nur Grabstätten, die die Nachwelt bewundert. Wir versuchen, daß sich wandelnde Ich in Worten festzuhalten, aber das Selbst wird auf diese Weise nicht offenbar. Wir versprühen nur Funken.

Während man im Bauche des Wals sitzt, die wechselnde Temperatur registriert und den inneren Dynamismus auf Karten und Tabellen bannt, pflügt der große Wal selber durch die Tiefe. Wir müssen die Feder, den Bleistift, den Pinsel niederlegen und selbst zum Wal werden. Die echte Erfahrung liegt jenseits, in den tiefen Wassern, durch die der Wal zieht. Man glaubt, man gibt der Welt Nahrung – aber man ernährt nur den Wal.

Die gleichen Schwierigkeiten, von denen man beim Schreiben behindert wird, behindern einen im Leben. Wenn es schlecht ist, den Willen einzusetzen, und wenn man sich beim Schreiben nicht abmühen sollte, so hat das ein und denselben Grund. Die Harmonie, die das freie Handeln erlaubt, gewährleistet auch den ungehemmten Fluß des Schreibens. Es ist eine Frage der Assimilation und der Integration. Es ist besser, auf dem untersten Niveau zu verharren, ohne zu straucheln, als sich auf einem höheren Niveau, für das man noch nicht reif ist, abzuquälen. Das «anatomische» Schreiben eines Balzac war nicht einfach eine neptunische Gabe. Es war das Ergebnis langer Konzentration und tiefer Meditation. Ein Teil von ihm hatte eine neue und höhere Ebene des Seins erreicht. Er war nicht fähig, diese Kraft zu bewahren, weil er nicht hinreichend geläutert war. Stets stand ihm das eigene Ich im Wege. Stets setzte er um materieller Dinge willen seine Begabung aufs Spiel. Er wollte Ruhm, Anerkennung, Macht und so weiter. Er hatte die Disziplin der Arbeit erlernt, aber er hatte nicht gelernt, die Früchte seiner Arbeit zu genießen. Ihm fehlte der letzte Rest, dessen es für die wahre Entfaltung bedurfte.

Ich sehe einen großen Unterschied zwischen echtem Verlangen und dem bloßen Wünschen oder der Ausübung des Willens und der vorantreibenden Peitsche der Pflicht. Ich weiß, daß Wachstum nur aus dem Verlangen und dem Erkennen der Beziehung zwischen Wahrheit und Sein entspringt. Wenn ich, wie es oft geschieht, sage, daß mein Leben vom einundzwanzigsten Lebensjahr bis vor kurzem ein einziger Umweg war, so meine ich damit, daß ein Großteil meiner Anstrengungen in einem uneingestandenen Kampf um die Anpassung an die Welt vergeudet wurde, um die endgültige Anpassung, die sich als der Versuch maskierte, die Welt durch meine schöpferische Kraft als Schriftsteller zu erobern oder zu verführen. Ich hätte mich mir selber anpassen sollen. Ich hätte versuchen sollen, jene Identifizierung der beiden lebenswichtigen Zentren zuwege zu bringen wie in dem Beispiel von dem Pferd, das ich ihnen einmal erzählt habe. Ich handelte unbewußt, kein Zweifel. Nach endlosem Umhertasten kommt einem endlich das Bewußtsein – die willkürlichen Schüsse im Dunkel sind zu unüberhörbar, als daß sie ignoriert werden könnten. Jede tiefgreifende Erkenntnis dieser Art ist ein echter Fortschritt, eine echte Lenkung des bis dahin blinden Griffs nach der Wahrheit. Plötzlich wird einem klar, daß die Wahrheit ständig in einem spricht, wenn man nur recht hinhört. Und dann wird man sehr still und zurückhaltend. Man hört auf, mehr tun zu wollen, als man tun kann. Gleichzeitig aber tut man auch nie weniger, als man tun kann. Man arbeitet und handelt auf einer neuen Ebene, die wie eine unerschöpfliche Quelle der Kraft und der Inspiration ist.

Der Begriff der Wahrheit, der mit der Vorstellung von richtig und falsch, Recht und Unrecht verknüpft war, verliert seine Bedeutung. Er wird von einem höheren Begriff aufgesogen, der der rechten und der gerechten Tat unmittelbaren Ausdruck gestattet. Alle Immoralisten wurden als solche bezeichnet, weil sie mit einer größeren Wirklichkeit auch eine umfassendere Wahrheit entdeckten.

Durch unerschütterliche Selbstbetrachtung erlangt man nach und nach ein so harmonisches Verhältnis zur Welt, daß man nicht lange über seine Pflicht gegenüber den anderen nachdenken muß. Man hört auf zu meinen, man bereite dem anderen Schmerz, Kummer und Enttäuschung, weil Taten und Wort so klar werden, daß die Absicht des Herzens stets offenbar ist. Die Furcht verschwindet, wenn man überzeugt ist, daß man nichts Böses tun kann, wenn man handelt, wie man will, weil man nur so handeln kann. Oft denken wir, daß wir durch unser Verhalten Schaden anrichten könnten, aber wir denken es nur deshalb, weil wir nicht genug Vertrauen in die Intelligenz und Gleichgestimmtheit der andern setzen. Wir bilden uns ein, daß jene, die uns bewundern oder lieben, dies allein wegen unserer guten Eigenschaften tun. In den meisten Fällen ist sich der andere unserer Schwächen durchaus bewußt und eher als wir selber bereit, sich mit unserem ungebührlichen Verhalten abzufinden. Sie werden bemerken, daß der Weise nicht lügt oder die Dinge beschönigt. Wenn er nicht die Wahrheit offenbart, schweigt er. Wenn er den andern verletzen muß, so tut er es behutsam, nicht aus fanatischem Drang nach Wahrheit, sondern weil er erkennt, daß in gewissen Augenblicken Schmerz besser als Illusion ist. Stets sucht er dem andern die Wahrheit vor Augen zu führen, indem er ihn mit der Wirklichkeit konfrontiert. Und da die Wirklichkeit kein «Aspekt» des Lebens ist, kein Standpunkt, den es zu verteidigen und zu hüten gilt, fürchtet er die letzte Konsequenz nicht.

Die Realität ist weder grausam noch tyrannisch; sie ist ein Balsam wie die Erde selbst, in der sich, wie Sie mir sagen, die

Eingeborenen Südamerikas begraben, um ihre Wunden zu heilen. Wenn wir aus der Erde kommen und zur Erde zurückkehren, warum sollte sie dann nicht unsere Wunden heilen? Das gleiche gilt für die Wirklichkeit. Was uns als unsere Welt umgibt, kann keinen Schmerz verursachen. Allein das Bemühen, die Totalität zu verheimlichen, zu verbergen, ist es, was uns selbst ebenso wie den anderen schmerzt und verwundet.

HENRY

[Villa Seurat, April 1939]
Montag

ANAÏS –
Wenn dieser Brief bei Ihnen eintrifft, werden wir wahrscheinlich bereits wissen, ob es Krieg gibt oder nicht. Es fällt mir schwer, an irgend etwas anderes zu denken. Alle Menschen sind erregt oder niedergeschlagen. Ich warte auf Hitlers berühmte Rede heute abend. Die ganze Welt sitzt und wartet darauf zu hören, was ein einziger Mann sagt – es kommt mir geradezu lächerlich vor.

Gestern abend waren Moricand[1] und Fred hier – und wir verbrachten ein paar herrliche Stunden zusammen. Ich habe seit einer Ewigkeit nicht mehr so gelacht. Fred zuzuschauen, wie er um Moricand herumtanzt und ihn *unterbricht,* ist ein Erlebnis. Sie kamen glänzend miteinander aus, trotz des ungeheuren Gegensatzes, der zwischen beiden besteht. Moricand hatte ein Schaubild mitgebracht, auf dem zu sehen war, wie Hitlers Sterne derzeit stehen. Auf diesem Bild deutet alles darauf hin, daß Hitler entweder stirbt, ermordet wird oder gänzlich von der Bildfläche verschwindet. Wir verglichen es mit dem Sternenbild Balzacs – vom Tage seines Todes –, das übrigens unheimlich überzeugend ist. Alles paßte zusammen – bis auf Neptun, der unsichtbar war – offen zur jenseitigen Himmelsbahn sozusagen.

Reichel ist aus dem Krankenhaus gekommen – ich traf ihn noch am selben Tag auf der Straße –, habe ihn nur kurz begrüßt. Er hat sich einen Schnurrbart stehen lassen und sieht «anders» aus – irgendwie jünger und fremder.

Ich gehe immer noch zum Zahnarzt – wird vielleicht noch bis Freitag dauern. Kann hier – was auch kommen mag – nicht weg, bevor der eine Schneidezahn drin ist!

Lese in der Morgenzeitung, daß Amerika Kanonenboote be-

1 Zu Moricand vgl. «A Devil in Paradise».

reitstellen will, mit denen amerikanische Bürger von England heimgeholt werden sollen. Weiß nicht recht, was ich davon halten soll. Was mich aber mehr beunruhigt, ist die Tatsache, daß Roosevelt soeben erklärt hat, Amerika sympathisiere mit keiner Seite. Das kann für uns unangenehme Folgen haben, wenn es zur Kriegserklärung kommt. Wir werden eine Zeitlang gehaßt werden.

Moricand hat mir einen mit kunstvollen Schnitzereien verzierten Rohrstock geschenkt – kommt aus irgendeiner Gegend auf der andern Halbkugel. Es war, als händigte er mir einen Zauberstab aus – Aaron's Rod[1]. Als übergäbe der Seher dem treuen Schüler seine Insignien.

Ich hatte ein paar schlimme Albträume – die sich leicht auf die beunruhigenden Ereignisse und Gespräche zurückführen lassen. Ich habe das sichere Gefühl, daß etwas ganz Unerwartetes geschehen wird – kein Krieg, sondern ein Zusammenbruch in Deutschland selbst. Es kann sein, daß hier nur der Wunsch der Vater des Gedankens ist – aber es fällt mir schwer zu glauben, daß ein ganzes Volk freiwillig Selbstmord begehen wird. Das könnte der entscheidende Prüfstein für den ganzen Unsinn mit dem Willen zur Macht sein. Mit anderen Worten, die Bombe wird vielleicht in ihren eigenen Händen explodieren, bevor sie sie werfen können. Und noch eine andere dunkle Ahnung habe ich: Wenn die ganze Welt ihre Aufmerksamkeit auf einen einzigen Mann richtet, wie das jetzt der Fall ist, dann ist es fast unmöglich für diesen Mann, den Flüchen und Verdammungen zu entkommen, die auf ihn herabregnen. Nur wenige haben – jedenfalls in jüngerer Zeit – soviel Haß gesät. Er wird die Quittung dafür erhalten. Möglich, daß er noch überschnappt.

Ich erwarte Lantelme. Später mehr. Geraten Sie nicht in Panik! Ich fühle mich durchaus geschützt.

HENRY

P. S. Ich habe hier einen Brief von Durrell für Sie – soll ich Ihnen den schicken?

[Villa Seurat, 25. Mai 1939]
Donnerstag

Ich rase immer noch herum – bin dünn wie ein Strich. Aber alles ist erledigt. Habe eben – halb sieben Uhr abends – die Lampe

1 Anspielung auf D. H. Lawrences gleichnamigen Roman.

verkauft –, nachdem ich deswegen achtmal beim Elektriker war – 150 Frs. Was für eine Hetzerei – habe in meinem Leben noch nie soviel getan. Freue mich, hier herauszukommen – unendlich viel Kleinkram! Schon der Gedanke, für ein paar Tage hier in Paris im Hotel zu wohnen, macht mich froh. Ich bin auf der Straße – direkt an der Porte! Ein Hexenkessel ist das, ein Inferno – aber wohltuend. Ich wollte Ihnen noch sagen, daß auf dem Koffer mit meinen Sachen meine Initialen stehen. Ich habe das Salatbesteck und den Fingerhut und ein paar Aschenbecher drin – als Andenken an die Villa Seurat.

Ich bekomme in diesen Tagen so viele Briefe und Bitten um dies und das, daß ich völlig durcheinander bin[1]. Ich werde mir Zeit lassen beim Auszug aus dem Hotel – Freitag oder Samstag; ist heute Donnerstag? Ich weiß es nicht genau. Jedenfalls will ich hier noch einen Tag in Ruhe verbringen und ein letztes Mal Ménilmontant besuchen. Dann geht's, wie ich Ihnen schon schrieb, nach Rocamadour. Auch so ein Ort, von dem ich immer geträumt habe. Dieses Mal glaube ich nicht, daß ich enttäuscht werde.

Ich bemühe mich noch nicht einmal um mein Visum für Griechenland. Werde das in Marseille tun. Warum sollte ich nicht gemächlich durch Italien reisen? Ich möchte Florenz, Ravenna, Neapel, Rom, Taormina sehen. Korfu läuft mir nicht weg. Zu guter Letzt mußte ich noch die drei Decken an die Durrells schicken. Ich nehme Ihr Manuskript [*Winter of Artifice*] mit auf die Reise. Warum sollte ich es eilig haben, irgendwo hinzugelangen? Ich habe genug von der verrückten Betriebsamkeit.

HENRY

Rocamadour, Samstag, 10. [Juni 1939]

Will gerade mit dem Auto nach Padirac fahren – wo der «gouffre» ist. Gestern war einer der schönsten Tage, die ich je in Frankreich mit Sightseeing verbracht habe. Habe endlich das *wirkliche* Frankreich entdeckt – die *Dordogne*!! Der Fluß ist wie aus einem Rilke-Gedicht, ein ruhiger, dunkler und verzauberter Fluß, wie ich ihn nie zuvor erlebt habe. Ich habe zwei Orte entdeckt, in die ich noch einmal zurückfahren muß, und sei es auch nur für ein paar Tage. *Domme* – eine alte Festungsstadt, hoch über der Dordogne gelegen – herrliches Panorama – wie ein

1 Im Zusammenhang mit dem Erscheinen von *Wendekreis des Steinbocks* im Februar des Jahres.

Traum! Habe mich nach den Pensionspreisen erkundigt – man muß mindestens eine Woche bleiben, um den Pensionssatz zu bekommen – es kostet 40 Francs pro Tag und Person in einem anständigen Hotel. Ich habe dem Mann gesagt, daß ich für eine Woche kommen werde. Aber vielleicht besuche ich zuvor noch den andern Ort – *Sarlat*, nicht sehr weit weg von Domme. Für mich ist das die einzigartigste Stadt Frankreichs – die erste, die meine Erwartungen ganz erfüllt. Sie ist freilich so sehr vom Alter gezeichnet, daß sie Ihnen nicht gefallen würde. Sie wirkt öde und ausgestorben – wie das alte Brooklyn ins Extreme gesteigert. Aber mich hat sie verzaubert. Ich traf dort einen *libraire*, der mir versprach, mich herumzuführen. Sarlat sieht aus wie eine typhusverseuchte Stadt – aber ich könnte ekstatisch über sie schreiben und werde es wahrscheinlich auch tun.

Übrigens leben in dieser Gegend prächtige Menschen. Die Dordogne ist das erwählte Land Gottes. Ich könnte mir vorstellen, daß ich mir hier irgendwo ein Haus nähme und darin zufrieden den Rest des Lebens verbrächte. Dieses Land ist vollkommen.

Ich glaube, die weitere Umgebung hier ist genau das Land, das ich immer gesucht habe. Voller Naturwunder und historisch interessanter Stätten – überall galloromanische, mittelalterliche, troglodytische Reste. Ich habe Les Eyzies – die Cro-Magnon-Höhlen – gesehen und bekam dort das beste Mittagessen meines Lebens – für 20 Francs, alles inbegriffen.

Übrigens lief ich, gerade als ich aus Paris abfahren wollte, fünf Minuten vor der Abreise, Cendrars noch einmal in die Arme. Er wirkte überaus herzlich – nannte mir den Namen eines Freundes, den ich in Toulouse aufsuchen solle. Er erzählte mir, er habe gerade die chinesische Zeitschrift mit meinem Artikel über ihn[1] erhalten. Er schien sich wirklich zu freuen, konnte aber wie gewöhnlich vor lauter Verlegenheit nicht darüber sprechen. Behauptete, ich hätte ihn «aus heiterem Himmel bombardiert». Ich freue mich, daß ich ihm über den Weg gelaufen bin. Ich schreibe noch, wohin ich von hier aus fahren werde. Der Anblick der Dordogne entschädigt mich für all die Verkommenheit in Frankreich.

HVM

1 «Tribute to Blaise Cendrars» in der Zeitschrift *T'ien Hsia Monthly*, Shanghai.

[Nizza, Juni 1939]
Donnerstag

Anaïs –
Nach einem großartigen Tag im Freien fand ich heute abend Ihren Brief vor. Ich glaube, ich bin 10 oder 12 Kilometer gelaufen. Habe am Strand gesessen, aber das Hemd nicht ausgezogen – zu kühl. Aber es war ein wunderbarer Tag. Herrlich klare Luft! So hell und klar, wie ich es, glaube ich, noch nie erlebt habe. Heute nachmittag bin ich nach Cagnes-sur-Mer gegangen. Bin ganz hinaufgestiegen und habe dann auf der Terrasse von Jimmy's Bar Tee getrunken. War erstaunt, wie schön und reinlich diese Stadt ist – und wie interessant in der Anlage. Jetzt verstehe ich besser, warum es die Leute dorthin zieht – sie ist natürlich, diese Stadt. Titus hat eine Villa dort und dazu ein zweites Haus, das er vermietet. Ich sah ihn die Pflanzen im Garten begießen. Wenn es viele Tage so wie den heutigen gäbe, ginge es mir für den Rest meines Lebens gut. Und trotz all der Anstrengung keine Spur von Müdigkeit. Es ist, als ob man Champagner getrunken hätte. Man hat hier so viel frische Luft, daß sich kein Gift ansammeln kann. Aber der heutige Tag war besonders schön – die beständig wehende sanfte Brise war herrlich. Kühl und heiß zugleich. Man schwitzt kaum. Es ist großartig.

Am Tag zuvor war ich der nervlichen Erschöpfung sehr nahe, fühlte mich ungeheuer zermürbt. Es war ein stürmischer Tag – drückend. Fuhr nach Monaco, um ein Aquarell zu malen, hatte dann aber einfach keine Energie. Habe nicht gespielt. Denke nicht einmal daran.

Habe ein paar Stunden lang die Schreibmaschine ausprobiert. Seltsam. Sie hat kein Ausrufezeichen – man bringt keines zustande – wie man's auch anstellt.

Dr. Dausse schrieb ein paar nette Zeilen und versicherte mir, es sei ganz natürlich; er empfahl für den Notfall Paraffinöl und Biskanapulver. Aber es geht mir jetzt gut, besser denn je. Der Nachtportier fragt ständig, ob ich bliebe oder nicht – «*continuez* etc.» Er ist plemplem.

Hab noch kein gutes Restaurant ausfindig gemacht. Habe es gestern im alten Viertel versucht, aber ohne Erfolg. Zu billig. Habe auch die russische Kirche gefunden, sie ist angeblich eine Miniaturausgabe der Moskauer. Ganz interessant – aber nicht rot wie auf den Postkarten.

Von Kahane noch nichts gehört. Nehme an, er wartet, bis er mehrere Briefe zusammen schicken kann – um 90 centimes zu sparen. Aber Ihr Buch [*Winter of Artifice*] kommt sicher in einigen Tagen heraus. Es besteht jetzt kein Grund mehr, es aufzuschieben. Ich werde ihm die Hölle heiß machen wegen des Buches – und auch wegen [der zweiten Auflage von] *Aller Retour,* die schon vor über einem Jahr herauskommen sollte.

Gestern abend ein ausgezeichneter Dokumentarfilm über den malaiischen Dschungel. Ein Kampf zwischen einem Tiger und einer Kobra – einer Python. Keiner siegte. Der Tiger wurde fast zu Tode gedrückt. Ich glaubte schon, er läge in den letzten Zügen. Da sprang er plötzlich hoch und wand sich frei, aber er war zerschunden und völlig erschöpft. Sah mehrere Kämpfe zwischen seltsamen Tieren – alle unentschieden. Sehr merkwürdiger Anblick. Man meint jedesmal, es sei ein Kampf um Leben und Tod. Aber offenbar ist es das gar nicht. Jedes Tier, so scheint es, findet irgendwo seinen ebenbürtigen Gegner. Es ist unheimlich zu sehen, wie ein Krokodil mit einer Pythonschlange kämpft. Ich glaube übrigens, ich bleibe noch hier. Es fängt an, mir zu gefallen. Ich stelle fest, daß man hier nur sehr langsam braun wird.

In Amerika sähe man nach einem Tag in der Sonne wie ein Krebs aus. Hier ist sie sanft, eine *französische* Sonne! Heute habe ich einen Eindruck davon bekommen, wie das Mittelmeer aussehen kann. Ich war wie vom Donner gerührt. Am Horizont blasses Lavendelblau und Violett. Die Inseln bei Cannes waren purpurn – am Mittag! Und Blau- und Grüntöne wie schimmernde Opale. Cagnes sah, vom Meer aus gesehen, geradezu vollkommen aus. Jedes Haus war klar und deutlich zu erkennen – aus einer Entfernung von einem Kilometer. Kein Wunder, daß Renoir dort ein Haus hatte. Es ist großartig für Maler. Die klarste Luft, die man sich nur vorstellen kann. Fast wie über der Wüste.

Zum erstenmal in meinem Leben hat mich die körperliche Bewegung nicht ermüdet. Kaum zu fassen. Aber ich glaube, das trügt. Ich glaube, daß man plötzlich tot umfallen kann vor Überanstrengung, bevor man noch die Erschöpfung gespürt hat. Und die Sonne *hat* Kraft, auch wenn sie einen nicht sofort zum Kochen bringt. Ich spüre das. Behalte daher den Hut auf – und das Hemd an. Ich kann sehr bequem am Fenster nackt ein Sonnenbad nehmen.

So, und jetzt ins Kino – komme gerade noch rechtzeitig für den *dritten* Film. Bleiben Sie bei guter Laune.

HVM

P. S: Vielleicht bin ich morgen schon deprimiert. Aber ich glaube es nicht.

[Nizza, Juni 1939]
Samstag

ANAÏS –
Moricand schreibt ausführlich über das Glücksspiel. Empfiehlt die Tage zwischen dem 26. Juni und 7. Juli. Sextile étroite zwischen Jupiter und Neptun. Er gibt mir eine «martingale», die ich einmal ausprobieren soll. Ungeachtet der Zahl, die gewinne, solle ich auf jede der folgenden jeweils einen Chip setzen – «bis es klappt».

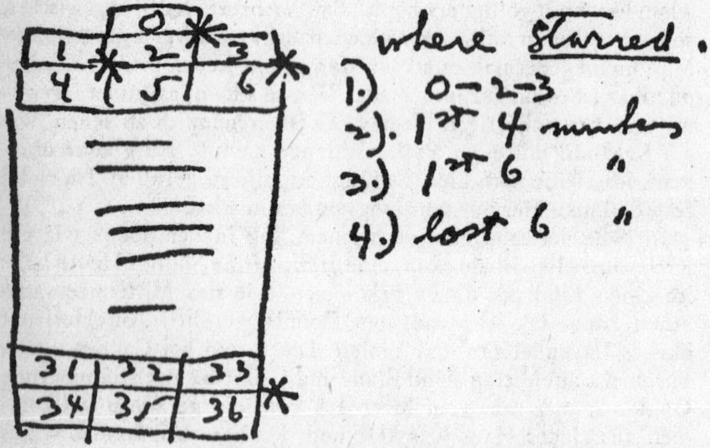

Gestern abend habe ich, ohne selber zu spielen, an zwei Tischen zugeschaut – nur um zu sehen, wie es theoretisch geht. Wenn ich die ersten Male gleich gesetzt hätte, hätte ich einige hundert Francs gewonnen. Danach ging es abwärts. Am zweiten Tisch hätte ich bestenfalls meinen Einsatz wieder herausbekommen. Habe etwa anderthalb Stunden zugeschaut. M. gibt bestimmte Daten an, die noch günstiger sein sollen als die anderen. Meint, ich solle nicht ausschließlich nach der «martingale» spielen, sondern auch gelegentlich auf irgendwelche Zahlen setzen, die mir gerade in den Kopf kommen.

Ich will bis zum 26. warten und dann hundert riskieren. Mehr nicht. Gestern erhielt ich eine Zahlungsanweisung über 377 Francs aus Paris. Es geht mir also ganz gut. Habe im Moment 800 bis 900 Francs. Die halte ich zusammen. Habe die Stromrechnung bezahlt und meinen Vorrat an Medikamenten erneuert.

Ich besitze mittlerweile eine regelrechte Apotheke. Heute ein herrlicher Sturm – der beste, den ich seit Jahren erlebt habe.

Aber wenn das Wetter umschlägt – wenn es schwül ist und der Himmel bedeckt –, fühle ich mich wie zerschlagen. Werde dann reizbar und nervös. Früher ist mir das nie aufgefallen.

Übrigens hat dieses törichte Mädchen alle Bücher nach New York geschickt – weil ich nicht rechtzeitig geschrieben habe. Es ist allerdings möglich, daß sie zurückgesandt werden, weil sie nicht an Gotham [Book Mart] geschickt worden sind, sondern an ein anderes Büro. Wenn sie jedoch festgehalten werden, steht es schlecht. Ich muß das irgendwie hinbiegen. Aber ich habe das Gefühl, daß mir das Glück hold ist. Mache mir keine Sorgen deswegen.

Der Restaurantbesitzer ist ein Grieche aus Smyrna. Erzählte mir von den griechischen Inseln. Er sagt, das Wetter dort sei ähnlich wie hier. Hitze, die sich gut ertragen ließe. Es ist ein sehr netter, sensibler Kerl. Ich hatte ihn für einen Ungarn oder Rumänen gehalten.

Außerdem – lese ich Nostradamus! Die Haare stehen mir zu Berge dabei. Ich glaube alles, was darin steht. Sie müssen das lesen. Sie werden sehen: Meine Eingebungen sind richtig. Paris wird zerstört werden – nachts, durch einen Fliegerangriff. Die Deutschen werden die Maginot-Linie durchbrechen. Bei *Poitier* werden sie geschlagen werden! Eine schwere Niederlage. Dann gibt's einen König von Frankreich – in Avignon. Frankreich größer denn je und mit Spanien alliiert. Zuerst wird es Krieg zwischen Italien und Deutschland geben. Italien wird ausradiert werden. Und England wird seine Macht vollständig verlieren. Mir ist's recht.

HVM

[Nizza, Juni 1939]
Montag abend

Anaïs –

Erhielt Ihre Zeilen heute abend bei meiner Rückkehr aus Grasse, wo ich den Nachmittag verbrachte. Wenn abends spät noch Busse führen, wäre ich länger geblieben. Ich habe vor, morgen nochmals hinzufahren und über Nacht dortzubleiben. Werde dann wahrscheinlich Mittwoch hier abreisen. Grasse ist besser als alles, was ich bisher gesehen habe! Sie müssen hinfahren – wenn ich abgereist bin. Schauen Sie es sich gründlich an. Die Altstadt liegt jenseits der Hauptstraße, ein Labyrinth von gewundenen Gassen, in Stufen hinabführend. Großartig in ihrer Altersschwäche und überaus lebendig. Keine alten Bauten wie Sarlat, ist aber noch malerischer. Die Stadt ist zudem wunderschön gelegen. Ich mag auch die Luft dort – sehr leicht – ungefähr 300 bis 400 m hoch. Besser als Nizza – das habe ich sofort gemerkt. Möchte im Winter nochmals für einige Zeit hinfahren. Es ist genau so, wie ich es gern hab – der alte Hafen, ziemlich groß, zumindest sieht es auf den ersten Blick so aus. Ich könnte mich ohrfeigen, daß ich nicht früher schon einmal hierhergekommen bin. Warum sprechen die Leute nicht von diesen Orten? Wenn ich je über meine Reise schreiben sollte, so werde ich von Sarlat, Domme, Grasse usw. erzählen. Sie müssen hinfahren. Von Cannes aus ist die Verbindung besser. Nach 7^{15} Uhr abends geht von Nizza aus kein Bus mehr – und kein Zug. Wenn ich morgen wieder hinfahre und über Nacht dort bleibe, nehme ich kein Gepäck mit. Ich werde hierher zum Hotel zurückkommen und dann wahrscheinlich am Nachmittag nach Marseille weiterfahren. Es ist schade, daß ich von diesem Ort nicht früher gehört habe. Ich habe ein paar Tage dort verbracht. Weit interessanter für mich als Nizza, obwohl das alte Nizza, das ich gründlich erkundet habe, auch nicht schlecht ist.

Ich habe immer noch etwas Rheumatismus in den Schultern, aber ich lasse ihn von der Sonne ausbraten. Zum Schwimmen war es gestern und heute zu kalt. Aber der Wind ist angenehm.

Wenn das der Mistral ist, dann finde ich ihn herrlich. Am liebsten hab ich's, wenn eine ständige Brise weht und der Himmel klar ist. Das ist genau das Richtige für mich. Die Hitze allein ermüdet mich sehr.

Ich schicke Ihnen die Broschüre über Eze. Auch das Heft über Perigord habe ich durchgelesen. Es gibt noch mehr interessante Orte zu besichtigen. Wenn ich nach Griechenland fahre, sollten Sie sich unbedingt die ganze Gegend einmal gründlich anschauen – Sie werden es nicht bereuen. Aber essen Sie à la carte! Ich wollte, ich hätte den Ort gesehen, in dem Montaigne gelebt hat. Hört sich gut an. Die Dordogne soll übrigens der Fluß in Frankreich sein, in dem sich's am besten fischen läßt. Versuchen Sie, in Domme haltzumachen; dort ist sie am schönsten.

Mein zweiter Ausflug nach Cagnes war noch schöner als der erste. Ich habe das *wirkliche* Cagnes entdeckt, gegenüber von der Seite, auf der Titus wohnt. Renoir hat jahrelang ein Haus außerhalb der Stadt gehabt. Die Dörfer, die auf den Hügeln liegen, sind sich alle mehr oder weniger ähnlich – und für mich genau die richtige Umgebung zum Leben. Die Küste ist nur für eine Woche schön – danach wird sie eintönig. Mir gefallen die mittelalterlichen Orte – je düsterer und unheimlicher, desto besser. Bald mehr.

HVM

[Marseille, Juli 1939]
Montag vormittag

ANAÏS –
Heute morgen kam ein zweiter Brief, aber Sie hatten vergessen, meinen Namen auf den Umschlag zu schreiben! Nur die Hoteladresse stand drauf. Übrigens, lassen Sie sich nicht durch die Änderung des Straßennamens verwirren.

Die eine Hälfte der Straße hat noch den alten Namen: Blvd. Dugoumier; die andere den neuen: Blvd. d'Athènes, no. 25.

Ein phantastischer Lärm hier; ich habe seit meiner Ankunft noch keine Nacht richtig geschlafen, aber heute abend bekomme ich ein anderes Zimmer.

Von Kahane habe ich bisher weder einen Brief noch das Geld für den Scheck erhalten, den ich ihm vor mehr als einer Woche geschickt habe – nur zwei Briefe sind mir nachgesandt worden. Mir scheint, irgend etwas stimmt da nicht. Vielleicht ist er aufs Land gefahren und hat meinen Brief nicht erhalten.

Übrigens – hat Durrell gesagt, ob er mich in Athen abholen will? Von ihm habe ich auch noch nichts gehört. Er sollte mir ein Hotel in Athen empfehlen für den Fall, daß ich dort ein paar Tage bleiben muß.

Ich glaube, Ihnen stehen (6) Bücher zu. Ich bin froh, daß ich von Gotham B.[ook] M.[art] etwas gehört habe. Miss Steloff ist sehr großzügig, finde ich. Wirklich freundlich und hilfsbereit.

Ich werde keinen Brief mehr absenden, der nicht bis zum 12. ankommt. Wahrscheinlich wird dies der letzte sein – höchstens vielleicht noch ein Telegramm.

Wenn Kahane mein Geld nicht schickt (er hat mir nicht einmal den Scheck über die 500 gesandt, die er mir schuldet), werde ich am 12. unter Umständen 200 Francs brauchen. Ich muß sehen, wie es wird. Werde versuchen, ohne das Geld auszukommen – wahrscheinlich wird es gehen. Die Leute hier kommen mir vor wie Bauern, und da der Bahnhof nahe ist, trauen sie niemandem. Vielleicht gebe ich ihnen jetzt einige hundert Francs im voraus, damit ihr Argwohn kleiner wird. Kann nicht noch mal das Hotel wechseln – das ist einfach zu kompliziert, und ich fürchte, daß dann meine Post verlorengeht.

Es ist furchtbar heiß hier in Marseille. Glühende Hitze. Nizza war unendlich viel besser.

HENRY

[18. Juli 1939]
An Bord der *Théophile Gautier*

Anaïs –

Erst 9 Uhr morgens, und schon eine ungeheure Hitze! Man wacht schweißtriefend auf – wie im türkischen Bad. Ich entdeckte, daß ich meine Kabine mit drei Leuten teilen muß. Die zweite Klasse hier ist wie die dritte Klasse auf einem großen Dampfer. Das Schiff ist sehr langsam und alt, beladen mit Menschen aus der Levante – zumeist sind es Türken, Syrer und Griechen. Jeder sagt, Korfu sei ausgezeichnet – wegen des kühlen Klimas. Athen sei heiß, behaupten sie. Ich werde es Ihnen berichten, wenn ich ankomme. Mir scheint, wir haben in den letzten Tagen ständig 40°. Das Schiff machte für ungefähr acht Stunden in Neapel fest, und ich habe mir die Stadt angesehen und bin nach Pompeji gefahren. Habe mir fast einen Sonnenstich geholt. Die schlimmste Hitze, die ich je mitgemacht habe. Aber Neapel hat mir ungemein gefallen – und ganz besonders die Italiener. Herrlich robuste, fröhliche, einfache, mitteilsame Menschen. Ein Vergnügen, sie zu betrachten und mit ihnen zu reden. Aber alles ist sehr teuer im Vergleich zu Frankreich. Der Ausflug an Land hat mich 200 Francs gekostet. Aber er war's wert. Besonders deshalb, weil ich nie erwartet hatte, daß ich Italien zu sehen bekommen würde. Ich bin froh, daß ich erst Neapel und dann am Sonntag morgen die Kathedrale gesehen habe. Wie an der Börse! Jeder ist dort wie zu Hause. Wundervoll natürlich. Hat mich den Italienern nahegebracht.

Pompeji war herrlich, abgesehen von der ungeheuren Hitze. Es ist fast so, wie ich es mir ausgemalt hatte. Aber was für einen Geschmack hatten die Leute dort! Die Kunst ist grauenhaft. Lediglich die Konstruktion der Häuser ist interessant, dem Klima angepaßt. Aber die Fresken: schauderhaft. Billig und vulgär – fast wie die heutige Kunst in Amerika.

Die Orientalen, mit denen ich hier an Bord ins Gespräch komme, enttäuschen mich. Durch und durch materialistisch, pragmatisch, nationalistisch – sie versuchen verzweifelt, sich zum europäisch-amerikanischen Lebensstandard zu «entfalten». Sie sind allesamt die geborenen Debattierer. Versessen aufs Argumentieren. Mich betrachten sie als etwas Besonderes – «extravagant», «bizarr», «originell» nennen sie mich. Sie hören mir zu wie einem, der gerade vom Mars gekommen ist. Von den Deutschen sind sie alle mächtig beeindruckt. Sie möchten modern, stark, unabhängig sein. Ich muß darüber lachen. Sie sind wie große Kinder. Denken alle furchtbar kommerziell. Reden über

Wissenschaft und Industrie. Aber ein junger griechischer Medizinstudent ist auf dem Schiff, mit dem ich lange, interessante Gespräche führe. Er stammt aus dem Norden – dem byzantinischen Griechenland – und verehrt die nordischen Schriftsteller – wegen ihres Mystizismus. Besonders Knut Hamsun, der in Griechenland sehr beliebt ist! Auch er trauert der «Harmonie» der griechischen Antike nach und dem französischen Gleichgewicht. Durch ihn habe ich eine recht gute Vorstellung von griechischem Charakter und Temperament bekommen. Es scheint, daß in Griechenland der Bauer der entscheidende Typus ist. In ihm vereinigen sich alle guten Eigenschaften – er ist den anderen eindeutig überlegen.

Ich denke, daß sich, wenn ich erst an Land bin, die Hitze besser ertragen läßt. Hier ist man der Sonne ausgeliefert. Das Schiff bewegt sich so langsam, daß kaum eine Brise entsteht. Überall laufen die Ventilatoren. Ich habe nichts an außer der Hose und einem Unterhemd – und schwitze wie ein Affe. Selbst den Griechen ist heiß!

Es sieht so aus, als dürfte ich beim Verlassen Griechenlands nicht mehr Geld bei mir haben, als ich mit hineingebracht habe. Wenn ich während meines Aufenthaltes dort Geld erhalte, so wird das registriert. Ich glaube aber, ich werde brauchen, was sie mir schicken wollten. 3 Drachmen entsprechen einem Franc, aber es heißt, wenn man vom Lebensstandard ausgehe, entsprächen 2 Drachmen einem Franc. Ein Taxi vom Hafen bis zur Stadt – acht Kilometer – kostet etwa 100 bis 120 Drachmen, sagt man mir. Und das Hotelzimmer in Athen kostet pro Tag zwischen 60 und 80 Drachmen. Aber wenn ich Larry [Durrell] treffe, werde ich's genauer wissen. Lasse ein wenig Platz für meine ersten Eindrücke von Athen. Glaube, es wird mir gefallen. Das Kino fängt um 22.30 Uhr an. Dinner gibt's um 21.30. Ähnlich wie in Spanien.

Athen

19. Juli – Ankunft heute morgen um 8 Uhr bei sengender Hitze. Bin zur Akropolis hinaufgestiegen. Kein Durrell in Sicht, auch kein Telegramm von ihm. Werde morgen mit dem Schiff nach Korfu fahren. Diese Hitze hier würde mich verrückt machen. Mir scheint, es ist teuer hier. Man bekommt zwar für sein Geld eine Menge Drachmen, aber man rechnet fast immer nur in Fünfzigern und Hundertern. Kann bisher noch nicht viel mehr sagen, als daß ich hier weg muß, bevor ich einen Hitzschlag bekomme. Von Korfu aus schreibe ich Ihnen mehr. Schlimmer als in der Sahara, diese Hitze. New York ist *nichts* dagegen.

Henry

Korfu – Sonntag
22. oder 23. Juli 1939

Liebe Anaïs –
Es ist erst 7.30 Uhr, und ich habe bereits gebadet – bin seit einer Stunde auf. Kam gestern bei glühender Hitze aus Athen hier an und mußte dann etwa eine Stunde im offenen Auto fahren. Larry [Durrell] und sein Bruder holten mich vom Schiff ab. Ich kann nur sagen, Korfu ist herrlich. Irgendwo zwischen Palästina, Arizona und Griechenland einzuordnen. Außerordentlich eindrucksvoller Hafen – sieht nach Wassersport aus. Dann geht's in die Wildnis. Sie haben sich eine hübsche Stelle ausgesucht, und das Haus ist viel schöner, als ich erwartet hatte. Ein solides, griechisches Haus moderner Prägung. Ich glaube, Nancy [Durrell] hat es entworfen und den Bau überwacht. Sie bauen immer noch Flügel an, obwohl es schon jetzt weitläufig und geräumig ist. Die Hitze ist hier viel besser zu ertragen – abends wird es kühl, und auch frühmorgens ist es herrlich. Stellen Sie sich vor – Albanien liegt direkt gegenüber, so nahe, daß man meint, seine Gegenwart spüren zu können. Ich entdecke hier alle möglichen Länder und Trachten; an den Olivenbäumen, den Ziegen, dem zerklüfteten Gebirge, am vulkanischen Gestein, an den Gesichtern erkennt man die Nähe des Orients. Larry und Nancy genießen hier besonderes Ansehen. Das macht sich sehr angenehm bemerkbar. Kurz, Korfu erfüllt alle Erwartungen, übertrifft sie sogar. Ich kann das große Boot nehmen, rudern und all das tun, wonach ich mich gesehnt hatte. Und dann haben sie mir ein sehr schönes Zimmer mit Schreibtisch usw. gegeben – sehr bequem. Nachts höre ich die Wellen direkt unterm Fenster – es ist so wunderbar, daß ich wach bleibe. Kein müdes, unsicheres Gefühl mehr. Ich bin hellwach – es sollte mich gar nicht wundern, wenn ich demnächst anfinge, ein bißchen zu schreiben.

Überall herrscht eine intensive Helligkeit. Die Sonne sieht um etliche Male größer aus. Sie hat sogar um 6 oder 7 Uhr abends noch Kraft. Gleich nach meiner Ankunft hat Larry mir einen großen Strohhut gekauft. Ich habe ihn sogar beim Schwimmen auf.

Noch etwas Wichtiges: die Griechen sind sehr liebenswürdig gegenüber Engländern und Amerikanern. Sie geben einem wirklich das Gefühl, hier willkommen zu sein – sie haben ein freundliches Lächeln, sind gefällig, einfach und offen. Ich mag sie – besonders die Bauern. Ich will sofort ein bißchen Griechisch lernen – glaube nicht, daß es allzu schwierig ist.

Eine völlig neue Welt tut sich hier auf – Licht und Felsen!

Grau vor Alter – und von Urgewalten erschüttert. Es gibt hier noch Vulkane.

Glücklicherweise machte das Schiff auf dem Weg von Athen hierher einen Umweg; so kam ich an vielen berühmten Inseln vorbei, die wie Trauminseln auftauchten, in den Dunstschleier der Hitze gehüllt. Sehr eindrucksvoll. Sahen alle unbewohnt und unbewohnbar aus. Auch Athen hat mir gefallen, und ich möchte noch einen kurzen Ausflug dorthin zurück machen. Ohne Zweifel die eigenartigste Stadt, die ich je gesehen habe. Von der Akropolis aus hat man ein wahrhaft grandioses Panorama vor sich – man spürt, daß man an einer der geheiligten Stätten dieser Erde steht. Auch finanziell ist zur Zeit alles in Ordnung. Ich glaube, daß alles gut gehen wird, ganz gleich auf welche Weise das Geld geschickt wird. Jedenfalls habe ich Lust, hier für eine geraume Weile vor Anker zu gehen. Ich finde es einfach schön.

In den Hotels und Restaurants läuft einem das Geld weg, obgleich der Wert nur etwa die Hälfte oder ein Drittel des amerikanischen ausmacht. Aber man zahlt immer große Summen, weil die Drachme nicht mehr wert ist als ein Penny in Amerika. Man bekommt es zunächst mit der Angst.

Ich werde meine Briefe im allgemeinen per Luftpost senden – aber es geht dennoch langsam. Larry erhielt meinen Brief erst am Tage meiner Ankunft in Athen. Sie wollten kaum glauben, daß ich gekommen war. Wirklich schade, daß ich es nicht früher schon versucht habe. Das Essen ist übrigens einfach und gehaltvoll – es bekommt mir. Das Eindrucksvollste ist *ein Glas Wasser*! Es bekommt hier einen ganz anderen Wert – man achtet es und weiß es zu schätzen. Larry und Nancy lassen Sie grüßen und hoffen, daß Sie zu uns kommen können.

HVM

P. S. Bald werde ich meinen Namen in griechischen Buchstaben schreiben.

[Korfu] 27. Juli [1939]

LIEBE ANAÏS –

Kein Brief von Ihnen, seit ich hier angekommen bin. Wir wohnen ziemlich weit außerhalb der Stadt – über eine Stunde mit dem Bus oder dem Schiff – und die verkehren nur einmal am Tag. Wir fahren selten hin – geben die Post manchmal dem Schiff mit. Nächste Woche wollen wir auf eine Insel fahren, die in einiger Entfernung von hier liegt, und dort zelten – für acht Tage. Während dieser Zeit werde ich von der Welt abgeschlossen sein. Ich fühle mich hier wie zu Hause und bin schon fast zu einem Einheimischen geworden. Keinerlei Schwierigkeiten. Spazierengehen, trinken, schwimmen, segeln, essen – den ganzen Tag lang. Ich nehme überhaupt keine Medikamente mehr. Fühle mich völlig gesund. Wir haben bereits einige wundervolle Ausflüge gemacht. Einen großen Teil der Insel habe ich schon zu sehen bekommen. Sie ist ungemein interessant und vielgestaltig. Sie nimmt mich immer mehr gefangen. Sie ist märchenhaft, idyllisch! Wenn nichts Unvorhergesehenes geschieht, werde ich bestimmt noch bis zum Einsetzen der Regenzeit bleiben. Es sind keine Gäste hier. Das Mädchen, das Larry [Durrell] analysiert hat, ist bereits wieder abgefahren – *von der Sonne geheilt,* nehme ich an. Wir erwarten jetzt einen griechischen Professor aus Oxford, der nach allem, was ich von ihm höre, ein großartiger Mensch sein muß. Aber man braucht nichts. Merkwürdig, ich bin kein bißchen träge. Ich bin hellwach, ganz gleich, wie heiß es ist. Freilich ist Korfu auch weit kühler als Athen. Die Venetianer waren vier Jahrhunderte lang hier – auch die Türken – man sieht es noch.

Manchmal gehe ich noch spätabends schwimmen. Das Wasser ist stets wärmer als die Luft – richtig lauwarm – wie in Mallorca, stelle ich mir vor. Man schreckt nicht zusammen, wenn man hineinsteigt. Ich habe einen riesigen Strohhut und flache französische Sandalen. Werde mir jetzt noch Khakishorts dazu kaufen.

Wenn Sie einmal nicht sofort Antwort bekommen auf ein Telegramm oder einen Luftpostbrief, dann wissen Sie, daß wir einen Ausflug machen. Ich habe seit meiner Ankunft noch keine Post von Kahane bekommen und weiß daher überhaupt nichts. Soweit ich gehört habe, kann ich mein Geld in Empfang nehmen und darf das, was ich nicht ausgebe, bei der Abreise mitnehmen. Aber ich lebe so, als ob ich von der Welt abgeschlossen sei, und es ist mir vollkommen gleichgültig, was geschieht. Ich verliere keinen einzigen Gedanken an Zeitungen, Bücher, Filme, Verleger und so weiter. Und der Tag vergeht schnell.

Sie würden es bestimmt nicht bereuen, wenn Sie herkämen. Sie können sich gar nicht vorstellen, wie es hier ist. Vielleicht ein wenig wie Mallorca.

Albanien liegt direkt vor unserer Nase – die Stelle, an der die Italiener landeten; von der Spitze des Hügels hier in der Nähe kann ich sogar das Dorf erkennen. Die Olivenhaine und die Brunnen faszinieren mich. Und die Bauern – ich könnte mir denken, daß sie in mancher Beziehung den Spaniern sehr ähnlich sind.

Jedenfalls ist alles viel schöner, als ich gedacht hatte. Ich warte auf Nachricht von Ihnen. Möchte hören, wie es Ihnen geht. Frage mich, ob Sie wohl noch in Saint Tropez sind.

Larry möchte wissen, ob Eduardo [Sanchez] hierherkommt. Sie mögen ihn offenbar beide sehr gern. Ich fahre jetzt mit diesem Brief in die Stadt – bin um 5.30 aufgestanden. Man schläft weniger – hält zwischendurch ab und zu ein kurzes Nickerchen. Ich glaube, daß ich hier in Kürze sogar schreiben werde.

Bald mehr
HVM

P. S. Bin dabei, etwas Griechisch zu lernen.
P. P. S. Warte immer noch auf die Exemplare Ihres Buches.[1]

[Korfu, 1939]
Sonntag, 30. Juli

Liebe Anaïs –
Morgen früh fahren wir zelten und werden eine Woche lang abgeschlossen von der Außenwelt leben. Wenn ich also morgen vormittag, bevor wir in die Stadt fahren, keine Post von Ihnen vorfinde, werde ich bis zu unserer Rückkehr nichts zu sehen bekommen. Bis heute kein Brief von Ihnen. Hoffentlich ist nichts passiert. Was mich betrifft, so mache ich jeden Tag gewaltige Fortschritte. Genau die richtige Betätigung für mich. Und bin braun wie ein Neger. Wir haben zwei oder drei versteckte kleine Buchten, wo wir ohne Badezeug schwimmen, und das ist wunderbar. Das wirkt wie ein Stärkungsmittel. Ich laufe jetzt in Khakishorts und ohne Schuhe herum. Sie würden staunen, wenn Sie mich mit bloßen Füßen über die rauhen, scharfen Klippen klettern sähen. Ich werde zusehends zäher. Und das Rudern ist ein prächtiges Training. Die Fischer rudern hier stehend ihre riesigen Boote, und wir machen es ihnen nach. Sie haben schöne Boote. Wie auf Bildern von van Gogh. Merkwürdiges Wetter herrscht hier übrigens. Alle drei Tage scheint es umzuschlagen. Es gibt vier Arten von Wind. Der gefährlichste ist der «maestro» – er ist kalt und wild und macht das Segeln gefährlich. Manchmal treibt er die Fischerboote hinüber nach Albanien – hin und wieder sogar das planmäßige Schiff, das unsere Lebensmittel, unsere Post und so weiter bringt. Das Essen ist einfach, aber ausgezeichnet. Es gibt viel Olivenöl, das ich gut vertrage. Ich reibe mich sogar jeden Tag von oben bis unten damit ein. Ein herrliches Gefühl. Ich

1 Anaïs Nins *Winter of Artifice* war kurz zuvor erschienen.

nehme ein Skizzenbuch mit zum Zelten und Ihr Buch, das ich noch nicht zu Ende gelesen habe. Vielleicht werde ich dort damit fertig. Wir müssen uns zunächst einen Unterschlupf bauen. Und auf dem Boden schlafen. Können Sie sich vorstellen, daß ich so etwas tue und dazu noch gern? Ich habe mich sehr rasch verändert.

Ich komme jetzt auch besser mit dem Geld zurecht. Hier ist alles recht billig, mit Ausnahme der Dinge, die nicht im Lande hergestellt werden. Ein einigermaßen anständiges Essen in der Stadt kostet ungefähr 50 Drachmen. Die Postgebühren sind aus unerfindlichen Gründen sehr hoch; auch Frotteehandtücher sind teuer! Die (griechischen) Zigaretten, die ich rauche, kosten pro Packung nur 6 Drachmen. Und so weiter.

Ich lasse mir einen Bart stehen. Warum soll ich mich rasieren? Brauche pro Woche ungefähr 2 Taschentücher und 1 Hemd. Nur das Allernotwendigste.

Drei kleine Kinder sind hier – hübsch und sehr wohlerzogen. Sie lernen Englisch. Die Engländer dominieren. Selbst der König spricht angeblich vorzugsweise Englisch. Immer mehr wird mir die Ähnlichkeit mit Südspanien bewußt – wie Sie es mir geschildert haben. Nur den herrischen Stolz finde ich bei den Menschen hier nicht. Sie sind leise und liebenswürdig. Sie bewegen sich ruhig, leicht und anmutig. Die jungen Bauersfrauen sind oft außerordentlich schön, aber diese Schönheit vergeht bald. Auch Esel und Ponies gibt es hier – wiederum wie in Spanien. Aber die Sprache ist schwierig – kaum je eine Ähnlichkeit mit dem Englischen oder Französischen. Selbst «ja» und «nein» sind völlig anders – Malista (ja) – Ochi (nein). Nur die wissenschaftlichen, metaphysischen und mythologischen Begriffe klingen verwandt.

Ich werde versuchen, in der Stadt noch ein paar Worte dazuzuschreiben. Jetzt ist es dunkel und das Licht der Öllampe ist trübe.

Montag morgen –
Noch immer keine Post. Wir fahren ab. Wenn es dort in der Nähe ein Dorf gibt, das ich zu Fuß erreichen kann, schicke ich Ihnen ein paar Zeilen aus dem Zeltlager. Habe auch Ihre Bücher noch nicht erhalten. Hoffentlich sind Sie gesund.

HVM

[Korfu, 1939]
Sonntag, 6. August

ANAÏS –
bin gerade vom Zelten zurück. Hat mir großen Spaß gemacht, wenn man von einigen unangenehmen Begleiterscheinungen wie Sand im Essen, Ameisen, *Fliegen* und so weiter absieht. Aber ich fühle mich großartig und bin jetzt richtig schön braun gebrannt. Außerdem habe ich mir einen Bart stehen lassen, graumeliert. Die Bauern hielten mich für Larrys [Lawrence Durrells] Vater! Eine Glatze und ein Bart sind hier die Zeichen des Alters. Sie meinten, ich sei 60! Dabei fühle ich mich jetzt wie 30. Alles, was die andern tun, schaffe auch ich und verliere nie meine gute Laune; werde außerdem nie müde dabei. Nur die Fliegen hasse ich! Ich glaube auch nicht, daß es so viele gewesen wären, wenn ich allein gewesen wäre. Ich hätte mein Zelt unter den Olivenbäumen aufgeschlagen und nicht im Sand. Durrell erzählt mir fortwährend, ich sähe großartig aus. Er ist überrascht, wie schnell ich mich dem Leben hier angepaßt habe. Ich glaube, zwei Tage nach meiner Ankunft auf Korfu schon hatte ich mich eingewöhnt.

Alle mögen Ihr Buch – von vorn bis hinten. Ich habe mich bisher noch nicht gründlich damit befaßt, werde es aber demnächst tun. Ernsthafte und literarische Dinge werden auf morgen verschoben. Ich kann nicht einmal eine Diskussion durchstehen. Warum überhaupt *diskutieren*? Ich beschränke mich darauf, den Clown zu spielen oder in Schweigen zu verfallen, dazusitzen und friedlich zu meditieren. Aber sobald es gilt aufzuspringen und über einen Abgrund zu klettern, bin ich ganz bei der Sache. Man schiebt hier eine ruhige Kugel. Nichts bringt mich aus der Fassung. Ich glaube, ich könnte wie ein Fels endlos weiterleben. Es gibt eine Menge zu lesen hier, wenn ich nur will. Aber selbst das ist nicht wichtig. Ich habe im Zelt einen Teil von Gionos Buch gelesen und darin geschwelgt. *Das* schien mir, so seltsam es klingt, wirklicher als das Leben, das wir führten. Denn im Grunde ist das, was wir hier führen, *gar kein wirkliches Leben.* Es ist nur eine Illusion – ein Rückfall in die Welt der Natur. Zum Leben gehört die Künstlichkeit, deren Ausdruck das Denken ebenso wie jede Art von Kunst ist. Aber ich nehme das alles hier im Augenblick dankbar hin, weil ich es brauche. Ich mache mir freilich nichts dabei vor. Es ist wie ein angenehmer Tod oder wenigstens wie ein Innehalten im Leben. Nur ein hochzivilisierter Mensch kann das genießen. Die Bauern und Fischer tun es nicht. Sie *leben* dieses Leben. Und dann ist es etwas ganz anderes – schwieriger, komplizierter, trauriger und düsterer. Das Leben eines Menschen in der Natur ist, glaube ich, im Grunde düster, hart, karg und traurig. Voller harter Schläge, Katastrophen und Mißlichkeiten, von denen wir in der Stadt nichts ahnen.

Vom Kino bin ich geheilt. Ich verspüre nie den leisesten Wunsch, einen Film zu sehen. Hin und wieder versuche ich zu malen – aber ohne Erfolg. Es interessiert mich vielmehr zu beobachten, wie meine Füße härter werden. Zuerst waren die Sohlen völlig zerschnitten und vom glühenden Sand versengt. Dann wurden sie hart vom ständigen Waten im Wasser. Der Weg vom Berg hinunter zum Lagerplatz war eine wahre Tortur. Wir mußten unsere Sandalen ausziehen, um durch den Sand laufen zu können. Es war wie im Fegefeuer. Wenn es zwei Minuten länger gedauert hätte, wäre ich verrückt geworden. Auch im Auto zu sitzen, wenn es längere Zeit in der Sonne gestanden hat, ist eine Qual. Das Leder brennt einem durch die Hosen – fürchterlich. Und wenn man zufällig mit dem bloßen Arm irgendein Metallteil berührt, ist das, als berührte man einen glühenden Feuerhaken. Ich habe versucht, hier französische Sandalen zu finden, aber die gibt es nicht. Meine schönen tibetischen Sandalen sehen schon arg mitgenommen aus – ich lasse sie jetzt reparieren. Gestern habe ich das Restaurant in Korfu mit den Schuhen in der Hand betreten – meine Füße waren schmutzig wie die Füße eines Bauern. Ich sehe aus wie ein Strandräuber. Werde versuchen, mich mit Bart fotografieren zu lassen – bin gespannt, was Sie davon halten.

Das Geld ist gut angekommen. Sie brauchen es aber nicht auf diesem Wege zu machen. Direkt an mich, ganz gleich auf welche Weise. Ich darf jeden Betrag abheben, wenn ich beweisen kann, daß ich ihn aus dem Ausland erhalten habe. Natürlich gebe ich den Durrells einen Teil davon ab – für die Kosten, die ich ihnen verursache. Aber ich habe genug und Sie brauchen sich keine Sorgen zu machen. Es eilt auch nie, es sei denn, ich schicke ein Telegramm. Aber das ist unwahrscheinlich. Wenn also Geld aus Amerika kommt, kann ich es hier in Empfang nehmen. Ich werde wohl noch den September hindurch hier unten bleiben, um Athen zu besuchen, das mich interessiert – und Ithaka und Kreta. Ganz besonders Kreta. Mein Leben lang habe ich den Palast von Knossos sehen wollen. Jetzt ist es dort furchtbar heiß. Durrell erwartet einen guten griechischen Freund hier, Theodore [Stephanides] mit Namen, der ein abgeschlossenes Studium in Oxford hinter sich hat, ein sehr interessanter Naturwissenschaftler.

In der Sprache mache ich Fortschritte. ich höre bei den Englischstunden zu, die er dem kleinen Mädchen gibt, und schreibe so viele Redewendungen wie möglich mit. Ich glaube, Ihnen würde das leichter fallen als uns allen. Der Klang ist völlig anders als der der spanischen Sprache, aber ich glaube, die Syntax ist ähnlich. Der Geist, der hier herrscht, scheint mir sehr spanisch oder auch maurisch zu sein. Ich bin ganz wild auf die Oliven, Olivenöl für innen und außen, das herrliche selbstgebackene Brot, die köstlichen Früchte und Gemüsearten. Eine sehr gesunde Diät, muß ich sagen – für diese Art Leben sogar noch besser als die französische Küche.

Sie sehen, es gefällt mir tatsächlich. Meine Begeisterung läßt nicht nach. Und ich habe also doch die richtige Ahnung gehabt. Alles zu seiner Zeit, meine ich. Ob ich hier noch schreiben werde, weiß ich nicht. Mag sein. Nicht unwahrscheinlich. Aber ich zwinge mich nicht, irgend etwas zu tun. Wie gesagt, der Zustand meiner Füße, meine Beweglichkeit, mein Sonnenbrand, meine Ruder- und Schwimmkünste und so weiter interessieren mich weit mehr. Nackt herumzulaufen ist allein schon die beste Kur. Ich glaube, daß 9/10 aller Neurotiker der ganzen Welt so und nur so geheilt werden könnten. Einfach, indem sie die Sonne und das Wasser auf dem nackten Körper spielen lassen. Im übrigen macht es überaus keusch. Es ist nichts Sinnliches dabei. Man wird wie ein Stein oder ein Baum.

Habe noch immer nichts von Kahane gehört – ich selber schreibe auch nicht. Weiß nichts über das Schicksal des *Steinbocks* und interessiere mich auch nicht dafür.

Durrell zupft die Gitarre. Er und Nancy lassen Sie grüßen. Sie fragen mich ständig nach Ihren Plänen. Die beiden haben in der Tat kuriose Ideen. Im Augenblick reden sie davon, daß sie Geld auftreiben wollen, um den Lyriker Barker und seine tuberkulosekranke Frau hierherzuholen – und Desmond Tester, den jungen Filmschauspieler, und weiß Gott wen sonst noch. Nicht einmal für die Hälfte von ihnen wäre hier Platz. Und es ist so schön hier ohne Besuch. Aber sie brauchen Leute um sich herum.

Fred ist offenbar immer noch in London. Von Edgar habe ich überhaupt nichts gehört. Ich nehme an, er hockt immer noch im Select, wo ich ihn zuletzt sah.

So, und jetzt muß ich schwimmen gehen – das Mittagessen ist fast fertig und ich bin am Verhungern. Meine Ohren haben mir bisher noch keinen Kummer gemacht. Ich passe auf, daß ich beim Schwimmen möglichst wenig Wasser hineinbekomme. Mit meinen Augen ist es entschieden besser geworden. Das Salzwasser tut ihnen offenbar gut. Ich kann in der Mittagsglut hinausgehen und baden und vermisse die Brille kaum. Wunderbar. Es kommt mir fast so vor, als könnte ich besser sehen! Bald mehr.

HVM

P. S. Obwohl ich kein Griechisch kann, stelle ich fest, daß ich mich schnell mit den Bauern anfreunde – mit mehr Erfolg sogar als die Durrells. Dort, wo wir zelteten, brachte ein Alter, mit dem ich in irgendeinem komischen Kauderwelsch geredet hatte, 3 Musiker an, um mich zu unterhalten. Er sagte, er wolle «den netten Mann» sprechen, nicht die Durrells.

Korfu, 10. August [1939]

ANAÏS:

Gestern kam ein ganzer Stoß Post aus allen Himmelsrichtungen für mich an. Unentwegt taucht Ihr Name auf; man fragt nach Ihrem Werk oder verspricht, über Sie zu schreiben und so weiter. Auch Durrell hat ein paar sehr gute neue Besprechungen bekommen, vor allem Besprechungen seiner Lyrik. Ich habe die Nummern des *Phoenix* und der *Partisan Review* erhalten, in denen meine Sachen abgedruckt sind.[1] Paul Rosenfeld schreibt, daß er *Max* [*Max and the White Phagocytes*] und den *Steinbock*[2] für verschiedene amerikanische Zeitschriften rezensiert hat; aber seine Besprechungen sind noch nicht erschienen. Sagt, er würde gern demnächst einmal über Sie schreiben – wartet nur auf eine Publikationsmöglichkeit. Meston schreibt, daß irgendein Redakteur oder Lyriker in Santa Fe, New Mexico, außerordentlich interessiert an Ihrem *House of Incest* sei. Und Audrey Beecham sagt, sie lese *Winter of Artifice* – oder habe es gerade gelesen; wird Ihnen wahrscheinlich noch direkt schreiben – hat ein bißchen Angst vor Ihnen, findet das Buch jedoch hinreißend. Sagt, am besten gefalle ihr der zweite Teil. Es erinnere sie in seiner Wirkung auf eigentümliche Weise an Rimbauds Vierge Folle in *Une saison en enfer*. Sagt, sie läse es noch ein zweites Mal. Meint, Ihr *House of Incest* habe sie nie erhalten.

Außerdem ein Brief von der Baronin Leonie Ungern-Sternberg, der Schwester Keyserlings, die mich bittet, einen Beitrag zu schreiben für ein Buch, das sie zu seinem 60. Geburtstag im kom-

1 *The Phoenix* druckte in der Frühjahrsnummer 1939 «Via Dieppe-Newhaven» ab; in der *Partisan Review* (Sommer 1939) erschienen seine Antworten auf sieben Fragen nach «The Situation in American Writing».

2 Vgl. Paul Rosenfeld: «The Traditions and Henry Miller».

menden Juli als eine Huldigung an ihn drucken lassen will. Sie lebt in der Mandschurei in Sibirien. Sie schrieb außerdem, daß sie sich freuen würde, wenn auch Moricand etwas beisteuern könnte; ich habe ihm daraufhin geschrieben. Es ist anzunehmen, daß er diese Gelegenheit beim Schopfe fassen wird.

Das Leben hier ist nach wie vor heiter und ohne Probleme; gestern schwammen Delphine ganz nahe bei unserem Haus herum. Auch die großen Schiffe kommen ab und zu auf ihrem Weg nach Norden hier vorbei. Seltsamer Anblick vom Fenster aus. Wir überlegen uns, ob wir nicht noch einmal zum Zelten hinausfahren sollen – das heißt die Durrells. Ich selber könnte für alle Zeiten hier weiterleben – nichts gegen Zelten, aber warum soll man sich den Ameisen, den Fliegen und so weiter aussetzen? Andererseits gewöhne ich mich langsam an diese kleinen Unannehmlichkeiten. Oft ist nicht eine Fliege in meinem Zimmer – ich bin der einzige, der Jalousien mit Fliegendraht hat. Ein prachtvoll-klösterliches Zimmer, das steht fest – mit viel Luft und Licht. Mit Arbeitstischen und Büchern und so weiter. Zur Zeit mache ich Aquarelle – zwei oder drei wirklich schöne sind mir bereits gelungen. Nein, ich höre immer noch nichts über das Buch – wenn man von Bemerkungen in Briefen absieht, die ohne Ausnahme sehr schmeichelhaft sind. Ich warte auf eine solide Rezension.

Werde Ihnen demnächst ein paar Schnappschüsse schicken, die Larry [Durrell] beim Baden gemacht hat. Darauf können Sie meinen Bart bewundern und vielleicht auch meinen Sonnenbrand. Larry meint, ich sähe aus wie ein amerikanischer Pionier. Ich verschaffe mir mehr Bewegung als alle anderen. Bin dauernd unheimlich hungrig – kann kaum das Essen abwarten. Bin vielleicht ein klein wenig dicker geworden – wirklich nur ein bißchen. Aber voller Spannkraft. Und absolut ausgeglichen. Nichts bringt mich aus der Ruhe, nicht einmal Ameisen und Fliegen. Habe schon eine ganze Menge von dieser herrlichen Insel gesehen. Sehne mich danach, Kreta, Ithaka und Lesbos zu besuchen. Muß aber noch ein wenig warten, weil es dort heißer ist. Muß gestehen: das Wetter hier ist ideal. Die Hitze ist erträglich. Und das Wasser ist gerade richtig – man bekommt nie einen Schock, wenn man hineinsteigt. Ehrlich gesagt: es könnte sogar ruhig ein bißchen kühler sein. Auch wenn ich aus dem Wasser komme, zittere ich nicht. Ich muß in regelmäßigen Abständen hineinspringen, um frisch zu bleiben. Die Sonne ist stark, aber die Hitze ist trocken. Schade, daß ich in Frankreich keine Segeltuchschuhe gekauft habe. Sie sind das einzig Richtige zum Laufen hier. Normale Schuhe sind zu rutschig. Und Sandalen sind nicht zu gebrauchen. Sooft es geht, laufe ich barfuß. Aber ich bringe es immer noch nicht fertig, mit nackten Füßen durch Disteln zu marschieren. Das Foto zeigt mir, daß Sie prächtig aussehen. Es geht mir genau wie Ihnen – ich fühle mich zwanzig Jahre jünger. Ich kann mir nicht vorstellen, daß ich je wieder ins Stubenhockerdasein zurückkehren werde, in Regen und Nebel, in stickige Bistros und so weiter. Aber das Wetter wird nicht ewig so schön bleiben.

Machen Sie sich nicht die Mühe, Briefe per Luftpost zu schikken. Sie bleiben hier ohnehin irgendwo für eine Weile hängen. Ich bringe meine Briefe an Sie nie selber zur Post. Sie werden von hier mit dem Schiff nach Korfu gebracht, wo sie Spiro Americanus, der weder schreiben noch lesen kann, in Empfang nimmt, und sie dann auf seine eigene Weise weiterbefördert. Wahrscheinlich gibt er sie Leuten mit, die nach Europa fahren, damit die sie dann irgendwo in den Briefkasten werfen. Alles wird hier auf griechische Art erledigt – manchmal klappt's, manchmal auch nicht. Nur keine Eile. Morgen ist auch noch ein Tag. Sicher werden Sie mir zustimmen, wenn ich sage, daß das alles sehr spanisch wirkt.

Übrigens, Nancy [Durrell] hat eine Menge Reproduktionen von Henry Moore an die Wände gehängt – Skulpturen. Scheint mir sehr gut zu sein. Ist das der Mann, den Sie in London kennengelernt haben?

Es kostet mich einen Kampf, zu irgendeiner Arbeit zu kommen – ich meine zu lesen, Briefe zu schreiben oder zu malen. Wenn ich den Tag nicht richtig beginne, bringe ich nichts zustande. Nach dem Abendessen bleiben wir im Hause, weil es zu schwierig ist, im Dunkeln hinauszugehen – zu gefährlich. Die Pfade sind im Grunde nur für die Ziegen geeignet. Also versuche ich jetzt, im Laufe des Vormittags etwas zu tun. Nachmittags wird gebadet, gesonnt, gerudert oder gelaufen; zwischendurch wird eine kleine Siesta eingelegt. Mir fällt auf, daß man eine lange Zeit ohne Schlaf auskommt; das muß an der geistigen Nahrung liegen, die hier in der Luft liegt. Wenn man hier erschöpft ist, so ist man es auf eine ganz andere Art als in der Stadt.

Das Beste an Griechenland ist der Olivenbaum. Ich bin ganz närrisch nach den alten Olivenhainen, die hier seit fast tausend Jahren stehen. Und so sehen die Bäume übrigens auch aus. Sie sind knorrig, ergraut und voll von schwarzen Löchern in der grauen Rinde; sie strecken ihre Zweige in alle Richtungen wie die Kraken ihre Fangarme und klammern sich, so scheint es, manchmal am nackten Gestein fest. Ein herrlicher Baum; und die Oliven selbst sind unendlich viel besser als in anderen Ländern.

So, ich muß jetzt aufhören und versuchen, darüber nachzudenken, was ich für Madame la Baronne Leonie Ungern von Sternberg, née Keyserling über ihren Bruder schreiben soll.

Wir sprechen oft von Ihnen, aber die Durrells haben ihre Schwierigkeiten, wenn's ans Schreiben geht. Sie sind von Geburt träge – zumindest für Larry trifft das zu. Er empfindet sogar das Schwimmen als Arbeit – meint, man komme zu sehr ins Schwitzen dabei. Er ist erstaunt über meine körperliche Aktivität.

HVM

[Korfu] 15. August 1939

Anaïs:

Ihr Brief ist eben angekommen, aber ein Moricand-Brief war nicht dabei. Ja, hier wird alles sehr langsam erledigt; ich nehme an, es liegt am Kontrollamt, bei dem im Sommer wohl mehr Briefe abgefertigt werden müssen als gewöhnlich. Meine Post geht durch zahllose Hände, bevor sie hier ins Haus kommt. Es ist ein Wunder, daß sie mich überhaupt erreicht. Verspätung ist hier etwas völlig Normales. Und es hilft auch nichts, wenn man die Briefe per Luftpost schickt. Übrigens werde ich nach Athen das Flugzeug nehmen – es ist nicht teurer als die Fahrt mit dem Schiff und dauert statt zwei Tage nur zwei Stunden. Von Athen nach Kreta werde ich es wohl genauso machen. Wir leben hier so isoliert von der übrigen Welt – habe seit meiner Ankunft keine einzige Zeitung gelesen –, daß mich nichts in meiner Ruhe stört.

Ich habe mich wirklich gefreut über die ersten Reaktionen auf Ihr Buch [*Winter of Artifice*], besonders über die von Rebecca West – Larry [Durrell] übrigens auch. Gleichzeitig kam ein Brief vom Fred, in dem er sagt, daß alle Mitglieder seines Kreises von Ihrem Buch ungeheuer angetan waren, vor allem Symons und Porteus. Wir haben uns also doch alle in Porteus getäuscht. Um so besser. Ich habe das Gefühl, daß auch die amerikanischen Kritiken positiv reagieren werden. Das wäre prächtig – es würde bedeuten, daß der Villa Seurat-Serie[1] schließlich doch noch ein hundertprozentiger Erfolg beschert wird. Kein Wort von Kahane[2], seit ich hier unten bin – auch ich schreibe ihm nicht. Wenn

1 Der Plan zur «Villa Seurat Series» entstand 1938 während Durrells Aufenthalt in Paris. Die Serie umfaßte Durrells *Schwarze Chronik*, Millers *Max and the White Phagocytes* and Anaïs Nins *Winter of Artifice*.

2 Jack Kahane, Millers erster Verleger, starb zwei Wochen später, am Tage des Kriegsausbruchs.

ich etwas will, schreibe ich direkt an Maurice[1], der überaus gewissenhaft ist. Wir haben jetzt alle Bücher erhalten, die wir erwartet hatten. Jedenfalls sage ich voraus – wie ich es schon immer getan habe –, daß Ihr Buch verdammt gut aufgenommen werden und vielleicht sogar einen Sturm entfachen wird.

Ich lege die erste ernsthafte kleine Arbeit bei, die ich seit meiner Ankunft hier geschrieben habe – die Keyserling-Sache. Bewahren Sie sie bitte für mich auf für den Fall, daß ich die Kopie noch gebrauchen sollte. Es ist natürlich alles übertrieben, und ich glaube, vieles hört sich an, als ob ich meinen eigenen Nachruf schriebe. Das kommt dabei heraus, wenn man so lange nicht schreibt. Ich setze mich jetzt jeden Morgen für ein paar Stunden an die Maschine – ganz natürlich, instinktiv. Schreibe im Augenblick etwas für Cairns über das Ziel meiner schriftstellerischen Arbeit; er hat mich darum gebeten. Ich weiß nicht recht, ob ich schon in der rechten Verfassung bin, mich an einen zweiten Band des *Steinbock* zu machen, aber ich spiele mit dem Gedanken. Übrigens habe ich soeben das zweibändige Werk *Die Geheimlehre* der Madame Blavatsky erhalten. Sie ist oder sie war eine außerordentliche Frau. Ein gargantueskes Werk, gut geschrieben, ungeheuer umfassend, authentisch in seiner Wirkung – und in jeder Hinsicht erstaunlich. Sie muß ein weiblicher Koloß gewesen sein.

Sie ist ohne Zweifel Neptun- *und* Uranus-Typ in einem. Ihr Werk ist überaus systematisch, trotz ihrer verwirrenden Ausflüge ins Blaue. Es ist erregend von der ersten Seite an, die mit einem leeren Kreis und einem winzigen Punkt darin beginnt. Es gibt hier eine Menge guter Bücher, die ich lesen könnte. Aber ich bringe es einfach nicht fertig, mehr als eine halbe Stunde pro Tag fürs Lesen zu erübrigen. Nachts kann man nicht lesen – die Lampe ist zu schwach. Wir gehen bald nach dem Abendessen ins Bett. Das ist das einzige, was mir nicht so sehr gefällt. Mir fehlen meine Wanderungen. Aber im übrigen vermisse ich das Stadtleben nicht. Nichts zieht mich dorthin. Ich lebe in einer neuen Welt mit einem neuen Rhythmus, und ich bin absolut einverstanden damit. Ich bin ein echter Chinese.

Komisch, was für ein merkwürdiges Glück ich immer mit meinen Büchern habe. Auf der Fahrt von Athen hierher lernte ich auf dem Schiff einen Polen kennen, einen netten Kerl. Ich gab ihm das einzige Exemplar des *Steinbock*, das ich bei mir hatte. Er

1 Nach Jack Kahanes Tod übernahm sein Sohn Maurice die Leitung der Obelisk Press.

wollte eine griechische Familie auf Korfu besuchen. Kürzlich unternahm diese griechische Familie einen langen Ausflug hierher, um meine Bekanntschaft zu machen; sie brachten ihr Mittagessen mit, dazu guten Wein, Butter und so weiter von ihren Bauernhof – für mich. Sie kannten Larry und Nancy, hatten sie aber nie zuvor besucht. Sie besaßen das Buch und hatten es verschlungen. Und jetzt wird es vermutlich in Griechenland die Runde machen. Sie luden uns alle für ein Wochenende zu sich aufs Land ein. Es scheint, als ob der König persönlich uns beinahe einen Besuch abgestattet hätte. Allerdings nicht meinetwegen; er hatte von der seltsamen englischen Familie gehört und ist sehr neugierig auf die Durrells. Vor ein paar Tagen segelte er mit seiner Jacht hier vorbei, als spiele er mit dem Gedanken, kurz entschlossen vor Anker zu gehen. Ein wenig Zeremoniell ist alles, was dazugehört.

Eine der Sehenswürdigkeiten hier ist die strohgedeckte Hütte des Polizisten, nichts als ein Unterschlupf auf Pfählen, in dem er ein Bett und seine paar Habseligkeiten untergebracht hat; sie liegt unmittelbar am Wasser. Dort schläft er Tag und Nacht. Im Dorf wohnen, nach meiner Schätzung, etwa zweihundert Menschen. Nachts, wenn der Mond nicht scheint, sind die Fischer mit ihren Netzen draußen und stampfen auf den Boden ihres Bootes, um die Fische ins Netz zu treiben. Sie tragen Fackeln und sehen unheimlich aus, wenn sie zwischen den Felsen und Höhlen am Strand auftauchen. Manchmal singen sie beim Rudern, und sie singen gut. Ich habe die Bauern häufig singen hören – schön, fremdartig, melodiös und traurig und wild zugleich. Ein eindringlicher, ständig sich wiederholender Singsang, der nicht ganz maurisch, sicherlich aber asiatisch, jedenfalls byzantinisch ist – wie nicht selten auch die Gesichtszüge dieser Menschen. Auf Kreta lebt ein anderer ausgeprägter Typus: kleine Menschen mit rundem Kopf, ebenfalls von wildem Temperament, aber interessant. Sie gehören einer sehr alten Rasse an. Alles nahm vor ungefähr 5000 Jahren von Kreta seinen Ausgang. Alles Griechische, meine ich. Bedrohlich wirken die vulkanischen Felsen, die überall anzutreffen sind. Man wird fortwährend daran erinnert, daß diese Welt aus einem furchtbaren Kataklysmus hervorgegangen ist. Soweit ich weiß, war das Land, waren alle Inseln in früherer Zeit dicht bewaldet, und das Klima war gemäßigter. Man führt im Augenblick einen Feldzug gegen die Ziege, weil die Ziege alles abfrißt, einschließlich der jungen Schößlinge. In einigen Teilen des Landes nimmt man den Menschen die Ziegen weg und ersetzt sie durch Schafe. Es heißt, daß das ganze Land, wenn es richtig bebaut wird, in etwa 40 Jahren wieder grün und fruchtbar sein kann. Und ich glaube das durchaus. Sie sprechen von Regen, wir allerdings haben seit meiner Ankunft keinen Tropfen zu sehen bekommen. Ich vermisse ihn auch gar nicht. Es stört mich sogar schon, wenn ich einmal eine Wolke vor der Sonne vorüberziehen sehe. Ich möchte, daß es unentwegt strahlend und heiß ist. Ich bin jetzt daran gewöhnt, und es regt mich an. Bloß wenn man zu lange in der Sonne liegt, wird man schläfrig. Aber wenn man sich immer nur etwa eine Stunde bescheinen läßt, schöpft man, so scheint es, Kraft für den ganzen Tag. Zwischen kurzen Sonnenbädern gehe ich immer wieder ins Wasser. Langsam färbt sich die Haut kupferrot. Außerdem haben wir jetzt ein geschlossenes Kanu mit flachem Dach, auf dem wir stehen, liegen oder sitzen, und von dem wir uns ins Wasser rollen lassen. Selbst bei hoher Geschwindigkeit macht es gar nichts, wenn das Boot einmal umschlägt, weil man es leicht wieder aufrichten kann. Gut für die Bauchmuskeln. Außerdem wird man dabei zum Akrobaten. Heute wollen wir zu einem Nachbardorf hinüberwandern, in dem es noch Reste eines Palastes aus der Römerzeit gibt, den Nero, Kleopatra und Marc Anton einst besucht haben. Wir wollen uns dort ein Tanzfest ansehen, das die Bauern veranstalten. Theodore [Stephanides], der Wissenschaftler, ist hier; ein sehr interessanter Mann; er kennt sich hervorragend in der Sternenkunde aus. Ich lerne die verschiedenen Konstellationen. Jetzt im August ist der Himmel voller Sternschnuppen, etwa dreißig bis vierzig in der Stunde, die ganze Nacht hindurch. Es ist wunderbar. Ich nehme an, Sie haben bemerkt, daß man Jupiter und Mars jede Nacht sehen kann – sie heben sich deutlich von allen übrigen Sternen ab, besonders Mars, der ziemlich groß ist und kupferfarben leuchtet.

Ich habe Ihr Buch noch nicht auf Irrtümer hin durchgesehen – wenn es überhaupt welche enthält. Auch habe ich dem kleinen Büchlein für Sie noch keine Zeile hinzugefügt. Aber ich habe ein Foto des Hausbootes gefunden und will versuchen, für das Buch ein Aquarell davon zu machen. Der Tag fliegt nur so dahin; wir stehen sehr früh auf und gehen um elf oder zwölf ins Bett. Wie der Tag vergeht, weiß ich nicht, aber er vergeht schnell. Und schon ein bis zwei Stunden vor jeder Mahlzeit bin ich dem Verhungern nahe. Kann offenbar gar nicht oft genug essen. Trotzdem bin ich immer noch dünn. Aber ich fühle mich kräftig, was in Paris nicht der Fall war. Bin zu jeder Art von Tätigkeit fähig, ganz gleich, zu welcher Tageszeit und bei welcher Temperatur. Ja, es ist geradezu ein Vergnügen für mich, von Schweiß zu triefen –

und dann ins Meer zu springen. Heute morgen war es zum erstenmal eiskalt. Ein Genuß. Ein Bad in lauem Wasser tut nicht so wohl, wie man sich's zunächst vorstellt. Man braucht einen Schock.

Über die politische Lage weiß ich nichts. Ich nehme an, es hat sich nichts geändert; sonst hätten wir wohl etwas gehört. Ich schaue jeden Tag sehnsüchtig nach Albanien hinüber. Möchte zu gern einmal hin, aber man darf jetzt nicht. Ein wundervoller Anblick von hier aus; für mich ist das wie ein Ausflug nach Nevada. Abends, wenn die Sonne untergeht, eine einzige Farbenpracht. Und wie weit man sehen kann. Kürzlich bin ich bei starkem Maestro-Wind in einem flachen Fischerboot mit Lateinsegel draußen gewesen. Wir mußten in der Bucht bleiben und sind mit großer Fahrt hin und her gesegelt. Wären wir ins offene Meer hinausgefahren, wir wären gekentert. Ein griechischer Lehrer nimmt uns zum Segeln mit. Er ist stark wie ein Bär – der stärkste Mann, der mir je begegnet ist. Und er spricht Französisch. Hätte ich kein so großes Vertrauen in seine Kraft, ich würde mich niemals bei solchem Wind hinauswagen. Aber er bedient alles allein: Segel, Ruder, Steuer; und ich könnte mir vorstellen, daß er das Boot, wenn es kenterte, auch allein wieder aufrichten könnte. Die Wucht, mit der der Wind in kurzen, harten Böen das Segel trifft, ist gewaltig. Man glaubt, aus dem Boot geblasen zu werden. Und so ist es schon hier in der Bucht, die ringsum von Hügeln geschützt ist. Draußen werden die Wellen so hoch, daß die Fischerboote heimgetrieben werden. Das Fährschiff fährt manchmal zwei oder drei Tage lang nicht. Danach setzt dann ein anderer Wind ein, der Schirokko; er bringt Hitze und Schwüle – und Fliegen. Es gibt vier Arten von Wind hier, und einer davon weht immer. Ein seltsames Phänomen. Das macht das Klima so angenehm.

Berichten Sie mir von allem, was über Ihr Buch [*Winter of Artifice*] geschrieben wird. Ich warte genauso ungeduldig wie Sie darauf, etwas über den Erfolg des Buches zu hören. Haben Sie ein Exemplar an die chinesische Zeitschrift [*T'ien Hsia Monthly*, Shanghai] geschickt? Ich glaube, sie würden dort eine gute Kritik bekommen.

Jetzt, wo die Nächte dunkel sind und kein Mond scheint, machen die Männer mit langen Speeren, Dreizacks, Jagd auf Kraken. Ich habe neulich ein paar davon gehabt, aber ihr Anblick ist zu ekelhaft – ich konnte sie einfach nicht essen. Außerdem schmekken sie wie Gummi, und man ißt nichts als Fangarme. Scheußlich. Muß jetzt aufhören. Grüßen Sie Eduardo [Sanchez], wenn Sie ihn sehen. Machen Sie sich wegen des *Steinbock* keine Sorgen.

Alles wird sich mit der Zeit zurechtlaufen. Ich spüre nicht den geringsten Funken Ehrgeiz oder Eitelkeit oder Egoismus. Fotos sind noch nicht fertig – vielleicht mit der nächsten Post.

HVM

Korfu, 9. September 1939

Seit einer Woche ist Krieg, und ich sitze hier in der Totenstille eines winzigen griechischen Dorfes – Kalami – und schreibe Ihnen. Das Merkwürdigste ist, daß ich absolut gelassen bin und irgendwie das sichere Gefühl habe, daß sich alles zum Guten wenden wird. Ich hatte ein gutes Gefühl, was den Erfolg Ihres Buches [*Winter of Artifice*] betrifft. Ich glaube, daß ich mich allgemein auf mein Gefühl verlassen kann. Weshalb ich mich entschlossen habe, allein hierher zurückzukommen, wo sich mir in Athen so viele Möglichkeiten der einen oder anderen Art boten, vermag ich kaum zu sagen. Ich ahne, daß mich hier irgend etwas Gutes erwartet. Und wenn nichts anderes dabei herauskommt, so lerne ich wenigstens, was jene Einsamkeit wirklich ist, von der ich so oft geredet habe. Was mich hier erwartet, kann eine Art Vorübung für eine spätere und größere Einsamkeit sein. Auf jeden Fall fühle ich mich im Augenblick reich. Es kommt mir vor, als bedürfe es vieler Jahre der Isolation, um meinen jetzigen Reichtum zu erschöpfen – vielleicht tritt sogar das Gegenteil ein, und mein Reichtum vergrößert sich auf ungeahnte Weise. Solange ich jemandem schreiben kann, fühle ich mich nicht ausgeschlossen. Ja, selbst wenn ich nicht schreibe, wenn ich nur dasitze und träume, bin ich mit allen verbunden. Nie habe ich das Gefühl, das zu sein, was man «allein» nennt.

Das Gute an Ihrem Buch, das, was die Leute zu beeindrucken scheint, ist seine Menschlichkeit. Darin sind sich alle einig – und alle entdecken überdies, daß Sie eine große Persönlichkeit sind. Daß besonders die Frauen so denken, ist ein großes Lob für Sie. Sie finden es reich und vielfältig – vor allem aber wahr, präzis, klar, scharfsinnig. Und einzigartig!

Ich hoffe, daß Sie recht bald zuerst in die Sprache übersetzt werden, die ich jetzt lerne: ins Griechische – so wie ich zuerst in die merkwürdige Sprache der Tschechen übersetzt wurde[1]. Und was für ein seltsames Griechisch wird dabei herauskommen! Der Orchester-Teil, zum Beispiel. Kann er überhaupt übersetzt wer-

1 Das erste Buch Millers, das übersetzt wurde, war der *Wendekreis des Krebses*, der 1938 in Prag erschien.

den? Die Griechen selbst sind, wie man mir erzählt hat, nicht in der Lage, sich frei auszudrücken. Sie haben ein Sprachproblem. Da gibt es jene, die die Sprache «säubern», ihr die antike Reinheit wiedergeben möchten, und jene, die eine andere Art von Reinheit, die echte Sprache des Volkes nämlich, wollen, die stets reiner ist, als die der Gebildeten. Die großen Schriftsteller hier kämpfen natürlich für die «volkstümliche» Sprache. Die Regierung dagegen ist selbstverständlich für die antike Form. Regelrechte Schlachten sind um diese Frage geschlagen worden. Sie können sich die Situation vorstellen. Aber Sie müssen bedenken, daß es den echten Schriftstellern um die Bewahrung der ursprünglichen Sprache geht. Sie möchten sie in jeder nur möglichen Weise bereichern, nicht aber die Quelle trüben. Was mich hier in Griechenland ständig beeindruckt und was zugleich der Grund dafür ist, daß mir das Land so sehr gefällt, ist die Nacktheit und Einfachheit der Landschaft. Eine Einfachheit, die keinesfalls eintönig ist. Im Gegenteil: Hier, so sagt man zu Recht, hat alles seine Individualität, selbst die Felsen und die Bäume. Kein Felsen ist wie der andere. Keine zwei Olivenbäume gleichen einander. Hier gibt es keine zwei Menschen, die gleich denken. Sogar die Ziegen sind «verschieden». Das ganze Land wirkt, als habe es von Ewigkeit her bestanden. Und man fühlt, daß es ewig so bleiben wird: kahl und stets voller Überraschungen. Oft erblickt man inmitten kahler Felsen an den unwirtlichsten Orten ein kleines Kloster, einen Altar oder ein Heiligtum. Larry [Durrell] sagt, es sei das Land der «Wüstenväter». Jedenfalls haben hier seit undenkbaren Zeiten Menschen in freiwilliger und segensreicher Einsamkeit gelebt, von Meer und Himmel gewärmt und ernährt. Man kann es heute noch tun. Es gibt zwei Kategorien, zwei Typen von Menschen hier: die Inselbewohner und die Hochlandbewohner. Wie Jungs Unterscheidung des Extrovertierten und des Introvertierten. Darüber hinaus muß es noch einen selteneren Typus geben, den, der es versteht, über die Dinge hinauszuschauen und sie zugleich in ihrem Wesen zu erfassen. Das waren, glaube ich, die Menschen, die Griechenland seine Form gaben. Griechenland steht in jeder Hinsicht zwischen der arabischen und der europäischen Welt, zwischen Okzident und Orient. Darum läßt es mich so oft an Spanien denken, und darum auch wächst mein Verlangen, Spanien zu sehen. Besonders Andalusien. Schon allein jenes seltsame «d» (wie ein hartes englisches «th») stellt ein Bindeglied dar. Es gibt Laute, die ich noch nicht nachahmen kann – aber *Sie* können es. Für mich klingt die griechische Sprache noch wie lautes Flüstern. Und es ist ein interessanter Anblick, wenn sie miteinander flüstern. Es ist ein «körperliches» Flüstern, das sie bis zur Vollkommenheit beherrschen. Und wenn sie «nein» sagen, so ist das anders als alles, was Sie je irgendwo gesehen haben. Man muß es gesehen haben, um es würdigen zu können. Es ist «umgekehrtes Englisch», um einen Ausdruck aus der Billardsprache zu gebrauchen. Es ist das Gegenteil von emphatisch. Es ist wie ein rascher und überraschter verbaler Rückzug. Ein beredter Ausdruck des griechischen Wesens. Weil die Griechen vor allem ein «Ja»-sagendes Volk sind. Sie sagen zuerst ja – und dann nein. Sie haben eine Abneigung dagegen, nein zu sagen – oder «ich weiß nicht». Mir gefällt das.

Für die Franzosen ist das «je ne sais pas» kennzeichnend. Sie sagen es instinktiv, auch wenn es gar nicht nötig ist. Man ist auf falsche Art bescheiden. Überdies halten die Griechen nichts von der Arbeit um ihrer selbst willen. Sie ziehen es vor, nach Möglichkeit nicht zu arbeiten; aber wenn sie arbeiten müssen, tun sie es mannhaft und ohne Murren. Auch das gefällt mir. Und wenn sie sich unterhalten, fabulieren sie – sie gebrauchen das berühmte «historische Präsens». Sie halten viel von weitschweifigen Details und holen weit aus. Sie machen gern alles lebendig und interessant. Nichts Abstraktes ist in ihrem Denken. Im Gegenteil, sie sind außerordentlich konkret. Sie sind echte Mythologen. Eine griechische Lüge ist keine gewöhnliche Lüge – sie ist eine Art des Fabulierens. Die einfache, ehrliche Wahrheit ist zu langweilig. Sie ziehen Legenden vor. Hier sind wir wiederum dem spanischen Charakter nahe. Und weit entfernt von Frankreich! Was mich betrifft, so habe ich mich mit Herz und Seele so weit von Frankreich entfernt, daß es fast so scheint, als hätte ich die zehn Jahre, die ich dort verlebt habe, auf einem anderen Planeten und in einer anderen Inkarnation verbracht. Frankreich scheint für immer hinter mir zu liegen. Der Krieg ruft keine zärtlichen Gefühle wach. Die Franzosen sind mir gleichgültig. Ich weiß, daß sie ihn schließlich überstehen werden. Ich wünsche ihnen kein Mißgeschick – aber es treibt mich nichts, zurückzukehren und wieder dort zu leben. Sie genügen sich selbst – und ich genüge mir selbst. Es ist wie eine algebraische Gleichung. Wir heben einander gleichsam auf. Stasis. Quod erat demonstrandum. (Bin gerade draußen gewesen, um noch einmal den Himmel anzuschauen, bevor ich ins Bett gehe. Jupiter strahlt in hellem Licht – er leuchtet heute stärker als Mars. Ein gutes Omen! Ich setze auf Jupiter – immer.) Übrigens werfen bestimmte glänzende Sterne, und besonders Planeten wie Mars und Jupiter, wenn sie aufgehen, einen starken Lichtstrahl auf das Wasser – fast wie der

Mond. Ich war erstaunt, als ich es zum erstenmal sah. Ich hatte nie gewußt, daß die Sterne Lichtstrahlen aussenden.

Und eines Abends, als wir die Sterne aufmerksam betrachteten, wurde mir, nachdem wir lange reglos und ernst hinaufgeschaut hatten, plötzlich klar, daß auf eine seltsam paradoxe Weise das, was wir Licht nennen, in Wirklichkeit Dunkelheit ist im Vergleich zu der gleißenden Helligkeit, die einen umgeben muß, wenn man die Erde verläßt und weit hinauf in den Weltraum vordringt. Die Okkultisten sprechen von der Sonne hinter der Sonne, der wahren Sonne. Wir sehen gleichsam nur die Linse von etwas, das so gleißend hell ist, daß es uns vernichten würde, wenn wir es wahrnehmen könnten. Aber um es nochmals zu sagen: das Eigentliche ist nicht sichtbar. Um den wirklichen Glanz der Sonne erahnen zu können, braucht man andere Sinne. Wie dem auch sei: Während ich hier auf den Felsen stand und dem gelehrten Theodore [Stephanides] zuhörte (der in Wirklichkeit unwissend wie ein Neugeborenes ist, wenn es um die wahren Dinge geht), wurde mir plötzlich klar, daß das Universum aus nichts anderem besteht als aus Licht, Licht, Licht! Ich erkannte noch mehr: Daß es eigentlich überhaupt kein Licht und Dunkel gibt! In jener großen Leere – im Weltraum –, in dem alles schwimmt, gibt es eine mit Worten nicht faßbare Energie, die abwechselnd zu Licht, Wärme, Bewegung und so weiter wird, zu allem und jedem, was wir zu erschaffen, zu bezeichnen oder zu gebrauchen vermögen, wenn wir erst einmal begreifen. Was immer unsere Welt sein mag, sie stellt den weitesten Punkt dar, bis zu dem wir in diesen unendlichen Raum vorgedrungen sind – der wiederum nicht Leere ist, sondern das genaue Gegenteil davon. Ganz als wäre – und so ist es wahrhaftig – die einzige Wirklichkeit diejenige, die wir durch unser Begreifen erschaffen. Durch unser Wünschen, könnte man sagen. Das Wünschen ist das Primäre – ist der Atem, der die Wasser der Tiefe bewegt. Das ganze Gebäude des Weltalls wird regiert vom Wunsch, der an sein Ziel gelangt, indem er sich selbst erfüllt.

9 Uhr morgens, 14. [September]
Auf den Felsen mit Blick auf
Albanien.

Sitze hier nackt, den Füllhalter in der Hand und die glühende Sonne über mir. Frage mich, ob ich hier im Adamskostüm noch ein paar Worte über Stil und Form hinzufügen kann. Schon beim Stillsitzen läuft mir der Schweiß herab. Alles ist eingehüllt in heißen Dunst. Sogar der Füllhalter wird heiß in der Hand.

6.30 auf der Piazza.
Es wird jetzt rasch dunkel. Der ganze Tagesablauf ist dem Lauf der Sonne angepaßt. Bin gerade durch den Olivenhain hinterm Hause geschlendert. Nach dem Regen haben Erde und Felsen eine neue Farbe angenommen. Wenn mir Emil [Schnellock] vor Jahren in Brooklyn solche Farben als gelbbraunes und rotbraunes Umbra beschrieb, sagte mir das wenig. Jetzt sehe ich sie lebendig vor mir. Und dazu das, was man «terre d'ombre» nennt. Das vulkanische Gestein hier enthält viele Rosatöne, man bemerkt es nur ganz allmählich – nach dem Regen oder im Zwielicht. Die Bauersfrauen sitzen in einer Gruppe vor einem Haus am Ufer. Sie spinnen (spinnen ewig) Wolle und schwatzen dabei. Aber gelassen und friedlich. Manchmal wird man hier so ruhig, daß man ein wenig Angst bekommt. Man muß sich daran gewöhnen – wie an alles. Ein wenig unbehaglich ist vielleicht die Furcht, daß man in seinem Innern etwas hören könnte, das man noch nie gehört hat. Das tatsächliche Leben scheint in zwei gleiche Teile geteilt, wie Nacht und Tag. Während man innerlich ganz ruhig und friedvoll ist, ist man aufs äußerste gespannt – entweder packt einen die wildeste Arbeitswut, oder man sinkt noch weiter ab in einen tranceähnlichen Zustand. Man wird sich dieses Umstands so deutlich bewußt, daß man sich, wie gesagt, nicht mehr recht wohl fühlt. Es stellt sich die große Frage, *warum* man überhaupt etwas tun soll. Das ist nicht neurotisch. Ganz im Gegenteil. Es ist der Gipfel der Bewußtheit, und was daraus erwächst, sind *Werte*. Man trifft *Entscheidungen*, statt automatisch der Gewohnheit, dem Instinkt oder stumpfsinniger Routine gemäß zu handeln. Und wenn man dieses herrliche Stadium erreicht hat, in dem man sich wirklich entscheiden, wirklich wählen kann, was zu tun ist, wird die Tat selbst in hohem Maße fragwürdig. Der einzige Mensch, der keine Zweifel zu hegen braucht im Hinblick auf das, was er tut, oder im Hinblick auf die Frage, ob er es tun oder nicht tun sollte, ist vielleicht jener, der mit dem Boden verbunden lebt und ihm durch harte, unermüdliche Arbeit seinen Lebensunterhalt abringt. Hier ist das unbewußte Leben das richtige und angemessene. Aber in dem Augenblick, da einem solchen Menschen wirkliche Muße geschenkt wird – nicht ein durch Wetterverhältnisse erzwungener Müßiggang und so weiter –, öffnet sich das ganze metaphysische Panorama. Es ist zu dunkel, um weiterzuschreiben . . . Ich schaue in das flackernde Licht, bei dem ich mein Abendbrot essen soll, in die Sonne – draußen sieht sie wie ein roter Ball ohne jeden Glanz aus.

HVM

11. Dezember 1939, Athen

Seit der letzten Eintragung habe ich viel von Griechenland gesehen. Ein Gutteil davon habe ich Ihnen in meinen Briefen mitgeteilt – den Rest werde ich Ihnen mündlich erzählen. Jetzt, da ich weiß, daß ich nach Amerika zurückfahren muß, bin ich weder niedergeschlagen noch verzagt. Diesmal fühle ich mich dem allen gewachsen. Vieles hat sich dort drüben angesammelt, was ich früher oder später erledigen muß. Ich muß meinen Frieden machen mit diesen Resten meiner alten emotionalen Probleme. Ich habe mich nie so ausgeglichen, so heiter gefühlt, so bereit, meine Probleme anzupacken. Es ist nicht nur Griechenland, dem ich das verdanke, sondern der Stillstand – der bewußt herbeigeführte, anhaltende Stillstand – in der Arbeit. Mit dem Gehirn hat sich auch mein Körper ausgeruht. Die Yoga-Philosophie hat völlig recht. Man kann das Physische und das Psychische nicht voneinander trennen. Wenn ich davon sprach, daß man aus dem Leben eine Kunst machen müsse, meinte ich es stets in diesem Sinne.

Genausowenig verwunderlich ist, daß mich bestimmte Gedanken oder Theorien überallhin verfolgen. Man übt eine Anziehung aus auf das, was zu einem gehört. Hier in Athen hat mir ein griechischer Maler drei Bücher über Yoga gegeben – der Mann, in dessen Haus in Hydra ich war. Alles, was ich lese, scheint unsere Gespräche zu bestätigen. Doch das Entscheidende, was man aus solchen Büchern lernt, ist die Notwendigkeit, über das Gespräch hinauszugelangen, zu beginnen, die Theorie vom Leben anzuwenden, sie ernsthaft in die Tat umzusetzen. Der bemerkenswerteste Aspekt des Yoga, der Philosophie des Handels, ist die Einstellung zum Willen, der Gedanke, daß man sich so sehr auf einen Wunsch konzentriert, daß man um ihn herum einen leeren Raum schafft, ihn absondert, ja, ihn sogar völlig isoliert. Ich begreife das als «Wunsch» – als die reinste Form des Wünschens im Gegensatz zu dem vagen Plural *Wünsche*. All dies hat für den Schriftsteller seine große Faszination. Keiner erfaßt wie er die subtile Verbindung zwischen Willen und Wunsch oder die Flexibilität der Freiheit innerhalb der strengen Grenzen der Notwendigkeit. Wer weiß besser als der Schriftsteller, wie wirkungslos Wille oder Wunsch allein ist, selbst dann, wenn das Leben, das man lebt, im Widerspruch zu dem Erwünschten steht. Man sieht so deutlich, wie jeder Baum seine eigenen Früchte hervorbringt. Man weiß, daß alles im Einklang mit dem Gesetz getan werden muß. Nichts geschieht zufällig oder aus einer Laune heraus. Die Vollkommenheit, die man erreicht, ist stets das Ergebnis der Übung. Die Zahl der Schriftsteller, die es in ihrem Handwerk zu einer Meisterschaft gebracht haben, wie sie der Yogi in seinem Leben beweist, ist gering. Wenn sie freilich erreicht wird, entsteht etwas Unvergängliches.

In Korfu habe ich meine eigenen Worte in die Tat umgesetzt. Ich hielt inne. Ich ließ um die scheinbar nie endende Tätigkeit ein Vakuum entstehen. Und als ich mich eines Tages hinsetzte, um zu schreiben, fand ich zu meiner großen Freude, daß ich genau das schreiben konnte, was ich schreiben sollte. Und da hielt ich wiederum inne. Ich gestattete mir nicht, wie ein aufgezogenes Uhrwerk zu werden. Dieses Bild – vom aufgezogenen Uhrwerk – paßt ausgezeichnet. Es kennzeichnet den normalen Zustand des Schriftstellers – er ist wie aufgezogen und läuft dann ab wie eine Uhr. Es wäre nicht so schlimm, wenn er sich dieses «Ablaufens» bewußt wäre und innehielte. Wenn er nur zyklisch arbeitete, meine ich, so wäre das bestimmt besser als das Normale. Aber ich weiß, oder glaube wenigstens zu wissen, daß es darüber hinaus noch eine Bedingung gibt. Und diese Bedingung ist, daß man sich nie ganz «ablaufen» läßt, daß man immer ein Dynamo bleibt – mit der Einschränkung, daß man, wenn man nicht arbeitet, wenn man sich nicht äußert, den Motor abschaltet. Das ist ein anderes Innehalten als das plötzliche Ende, das dann erreicht ist, wenn man so weit «abgelaufen» ist, daß schließlich kein Tropfen Saft mehr übrig ist. Der Yogi, so habe ich gelesen, schläft nicht viel. Er braucht keinen Schlaf, weil er weiß, wie er sich entspannen und wie er seine Energien erneuern kann. Genauso sollte es mit dem Künstler sein. Sein Genie sollte stets gleichsam einsatzbereit sein. Er sollte nie der Hanswurst im Zwischenakt sein wie so viele von uns. Und noch etwas: Wir alle scheinen uns darüber einig zu sein, daß die Ausübung einer Kunst ein «Zwang» ist; und dies trifft, wie die Dinge heute liegen, auch für den Künstler zu. Aber das ist eine falsche Basis, und daraus erklärt sich, warum so viele Künstler in der Blüte ihres Lebens zusammenbrechen, Selbstmord begehen oder zu Akademikern herabsinken. So ziemlich das Letzte, was sich der Künstler jemals fragt, ist, warum er tut, was er tut. Ich meine nicht nur die Frage: Warum schreibe ich das nächste Buch und das übernächste – sondern: Warum schreibe ich überhaupt. Besteht ein tiefes Bedürfnis danach? Läßt sich damit etwas erreichen, etwas gewinnen? Bereitet es Freude? Warum soll man es immer als Plackerei begreifen? Es besteht nicht mehr Grund dafür, daß das Schreiben eines Buches eine schwere und mühevolle Arbeit sein sollte als dafür, daß Mütter bei der Geburt ihrer Kinder leiden. Gesunde Mütter leiden nicht. Gesunde Künstler leiden ebensowenig. Davon bin ich überzeugt. Ich fürchte, wir haben seit Jahrhunderten keine gesunden Künstler mehr gehabt. Aber warum sollte das ewig so bleiben? Ich habe jetzt das Gefühl, daß es besser wäre, keine einzige Zeile mehr zu schreiben, als mit Schmerz und Mühe zu schreiben. Krank werden, um ein großes und gesundes Werk hervorzubringen, kommt mir heute wie ein Widerspruch in sich vor. Leichtigkeit ist das Wichtigste. Der blinde Professor in Passy hatte recht. Das Genie ist die Norm. Das Normale ist das Abnorme oder Subnormale. Vollkommenheit entfaltet sich aus den Wurzeln. Wenn man nicht am Anfang beginnt, muß man früher oder später zum Anfang zurückkehren und nochmals beginnen. Das ist ein Gesetz, und man entkommt ihm nicht. Versucht man durchzuschlüpfen, so wird man gefangen und zerfleischt. Die große Einfachheit und Abgeschiedenheit, die die griechische Natur zu geben vermag, hat eine höchst heilsame Wirkung. Allein schon diese Landschaft strahlt eine Ruhe aus, die nicht nur heilsam, sondern gleichzeitig belehrend und stimulierend ist. Man spürt die dynamische Kraft des Lebens, obwohl alles scheinbar still und ruhig ist. Es ist ein «Zentrum», das ruht. Das ist es, was das großartige Gefühl der Ausgewogenheit und Harmonie erzeugt. Es ist nicht intellektuelle Ausgewogenheit, nicht gewollte Harmonie wie bei den Franzosen, sondern etwas Angeborenes, Geweihtes, etwas, das auf der Wahrheit beruht und daher ewig lebensfähig ist. Es ist das äußere Bild dessen, was wir alle verstehen, wenn wir wahrhaft schweigsam werden und uns selbst erkennen. An allen außerordentlichen Orten, die ich besucht habe, hatte ich dieses starke Gefühl eines Lebensrhythmus, der harmonischem Zusammenspiel entsprang, das Taten und nicht Tätigkeit erzeugte. Das Wesen des griechischen Geistes ist das Drama, das sich in unzähligen Formen ausdrückt. Und Drama ist nur möglich zwischen Körpern, die sich die Waage halten.

In der heutigen Literatur gibt es fast kein Drama. Es gibt die Analyse und die Kritik, die Zergliederung, die Proliferation.

HVM

Delphi, den 21. Dezember 1939

Auf all meinen Reisen durch Griechenland habe ich diesen Brief mit mir herumgetragen. Er ist an einigen außergewöhnlichen Orten gewesen – in Epidaurus, Mykene, Knossos, Phaestos und so weiter. Und jetzt bin ich an dem oder an einem der Mittelpunkte der antiken Welt, an dem Ort nämlich, wo Apoll mehr als tausend Jahre lang herrschte. Hier finde ich zum erstenmal eine

Natur, die verkrampft, ruhelos, verzerrt, gequält ist. Es ist der Punkt Griechenlands, an dem das Mystische seine höchste Form erreicht. An den gegenüberliegenden Hügeln zackt sich die Straße wie ein Blitz aufwärts. Wir kamen nachmittags gegen vier bei schnell sich ausbreitendem Nebel an, aus dem die Adler emporfliegen, als würden sie aus ihrem zerzausten Nest getrieben. Der Golf von Korinth liegt drunten, sichtbar nur als ein schemenhafter Lichtfleck, den die verborgene Sonne erzeugt. Alles ist unirdisch, übernatürlich, eine für den bloßen Menschen fast zu grandiose und ehrfurchtgebietende Szene. Das Stadion, in dem die großen Spiele stattfanden, liegt auf einem kleinen Plateau fast auf der Spitze des Berges. Dort veranstalten sie ihre Wagenrennen – hoch in den Wolken weit oberhalb des Tempels des Apoll und der Quelle, deren Wasser prophetische Gaben verliehen. Die Berge sind aus einem Felsmassiv entstanden, das durch einen gewaltigen Kataklysmus aufgerichtet wurde. Sie sind rot und grau – jenes lebhafte Blaugrau, das die Netzhaut reizt. Der Boden ist braun, lavendelfarben, rosenrot; darauf kahle Bäume, die silbrig, eisgrau oder buschig wie Heideruten aussehen. Alles regt sich, ist im höchsten Maße lebendig, aktiv, vibrierend. Zu seiner Blütezeit, als Delphin noch mit Tempeln und Statuen übersät war, war es noch faszinierender. Alles schwelgte in Farben – in Bronze, Gold, Silber; selbst der Marmor war poliert, damit er noch heller glühte. Es muß barbarisch, üppig und erschreckend gewesen sein in seiner Pracht. Es war ein Kleinod der Götter. Aus aller Welt sandten die Eroberernationen Apoll ihre Geschenke. Neptun spielte ebenfalls eine Rolle – wohl in der vagen Erinnerung an die Tage von Atlantis. Es heißt, die Untertanen des Minos auf Kreta hätten den Kult des Apoll eingeführt. Vielleicht geht er noch weiter zurück. In den Felsen sind offene, halbkreisförmig angeordnete Gräber aus prähistorischer Zeit. Es ist eine vormenschliche Welt. Für mich begann das große Erlebnis schon, bevor ich Delphi erreichte, noch vor Theben. Ehe man in das Land der Böotier gelangt, geht es über einen engen und Furcht einflößenden Paß, dann hinunter in ein Gewirr zerklüfteter Felsen, eine wahrhaft tödliche Falle, in deren Nähe sich die berühmte Sphinx befand, die Oedipus befragte. (Oedipus – der Schwellfüßige.) Plötzlich ändert sich die Szenerie. Man gelangt auf die weite, freundliche Ebene von Theben. Die Erde ist rot, uralter roter Lehm, aus dem der Mensch erschaffen wurde. Jetzt beginnt ein anderes Drama, ein Drama von einzigartiger Monotonie. Die Farben verändern sich rasch, das Licht wechselt, der Grund steigt an wie eine Meereswoge und hebt und senkt sich wie eine Frau in den Wehen. In der Ferne sieht man die berühmten Berge mit schneebedeckten Gipfeln, wo Diana jagte und wo sich die Musen versammelten. Alles verwandelt sich rasch inmitten einer schweigenden, unbewohnten Ebene. Jede Pflanze, jeder Baum, jeder Strauch, den man anschaut, gewinnt plötzlich eine bestimmte Bedeutung. Ein einsames Schaf oder eine einsame Ziege wird zum Symbol für alle Ziegen und Schafe.

Wir betreten Theben, gehen durch die Stadt und fahren hinaus auf eine andere Ebene. Sie ist noch herrlicher. Sie ist so schön, so vertraut, so schweigsam, so friedlich, so herrlich leuchtend, daß ich in verzweifelter Freude die Hände ringe. Ich weine. Es ist der höchste Segen. Wir setzen unsere Fahrt fort, und die Landschaft entfaltet immer mehr Pracht und Großartigkeit. Wir kommen am Parnaß vorbei, am wahren Parnaß. Wir nähern uns Delphi. Wir steigen hoch hinauf in die Wolken. Die Erde ist rosafarben, lavendelblau, oder Grün- und Brauntöne überziehen sie wie eine Haut. Plötzlich macht die Straße eine Biegung, und ich halte den Atem an. Die Erde brodelt wie ein gewaltiger Kessel voll kochenden Wassers – nur daß die brodelnde Masse ein sich endlos erstreckendes Gebiet kultivierten Landes ist – ein Meer verschiedenster Farben, wie große Segel auf der schwellenden See. Mehr Worte, mehr Gefühl kann ich nicht aufbieten. Ich bin fast von Sinnen. Ich schaue auf das zivilisierteste und doch zugleich wildeste, dynamischste Land, das man sich vorstellen kann. Es ist die Quintessenz der Widersprüche. Dionysisch. Und hier entsprang zugleich das Apollonische – sonst wäre alles in Chaos und Torheit zurückgesunken. In dem, was diese wenigen Kilometer vor Delphi bergen, findet das Unausdrückbare seinen Ausdruck. Es ist die Apotheose des Menschen angesichts der Natur. Hier mußte er gottähnlich werden oder verderben. Nichts ist dem vergleichbar. Von hier bis nach Delphi steigert sich der einigende Konflikt in einem Crescendo, das den Menschen hinausträgt über die Welt und ihn in den Wolken an die Seite der Unsterblichen setzt. Dieser Ausflug stellt die Summe aller früheren Erlebnisse dar. Das Orakel war hier, weil man hier an das Ende, den Nabel, den Mittelpunkt des Lebens und das Zentrum aller menschlicher Erfahrung gelangt. Hier geht das Menschliche in das Göttliche über. Es ist nicht mehr der Gott mit dem großen G, sondern der vergeistigte Gott, der im Menschen triumphierende Gott. Man muß über die Ekstase hinausgelangen. Man muß alle menschlichen Gefühle – selbst Anbetung und Verehrung – überwinden. Man muß das werden, vor dem man sich neigt. Man muß emporgehoben werden – bis zum reinen Wahnsinn –

und entweder zurücksinken in den endlosen Abgrund oder aufwärts segeln, hinauf wie die einsamen Adler, die hier in den Gipfeln wohnen. Dies, so fühle ich, ist das Geheimnis der Kraft und Majestät des Apollokults – dieses Sich-Erheben über den Konflikt, über das Drama, über das eigene Ich, um als hoher und erhabener Zuschauer einen Gott zu verkörpern. Im Theater am Fuße der steilen Klippen braucht man die Stimme nicht zu erheben, um gehört zu werden – ganz gleich wie groß die Entfernung ist. Hier ist das leiseste Flüstern hörbar. Hier spricht die Stille. Ehrfurchtgebietend. Das, was man Persönlichkeit nennt, fällt in sich zusammen. Der innere Mensch tritt hervor oder er ist besiegt und für immer zum Schweigen gebracht. Es gibt keinen Kompromiß. Und das ist die große Tugend Griechenlands. Es bezaubert, verführt nicht nur, nimmt nicht nur gefangen, sondern es verlangt das Äußerste von einem. Griechenland zieht nur die an, die fähig sind, auf den höchsten Anruf zu antworten. Zu sagen, es sei schön, hieße es schmälern. Griechenland ist wie die Projektion des eigenen Bewußtseins. In dem Maße, in dem gegeben wird, reflektiert es, gibt es zurück. Es antwortet auf jede Frage, die ihm gestellt wird. Es ist kein passives Objekt, das man mit den Augen in sich aufnimmt. Es ist der lebendige Spiegel des menschlichen Geistes. Es ist die Natur, die im menschlichen Rhythmus atmet, die sich den Veränderungen des Rhythmus anpaßt und die ganze Skala von der Kindheit bis zur Göttlichkeit widerspiegelt. Bevor ich Griechenland besuchte, war die Natur für mich etwas für sich Bestehendes. Erst hier habe ich begriffen, was Natur bedeutet. Vielleicht weil ich, bevor ich Griechenland sah, nie ganz begriffen hatte, was ich selber bin. Jetzt fühle ich mich gleichzeitig geringer und größer als der, für den ich mich früher gehalten hatte. Geringer in persönlicher, größer in menschlicher Hinsicht. Hier werden alle Konflikte durch eine Verschmelzung von Geist und Natur gelöst. Es ist der große Waffenstillstand, zu dem man kommen muß, um zur individuellen Existenz zu gelangen. Ich würde niemanden drängen, nach Griechenland zu kommen, der nicht bereit ist, sich selbst gegenüberzutreten.

HVM

An Bord der *Exochorda*
12. Januar 1940

Zwei Wochen auf See, und schon scheint es, als sei ein Vorhang gefallen vor der jüngsten Vergangenheit. Griechenland ist in die

Summe der Erfahrungen eingegangen. Etwas ist dort mit mir geschehen, aber was es war, vermag ich jetzt nicht in Worte zu fassen. Ich bin nicht auf hoher See – ich bin bereits in Amerika. Amerika begann in Piräus, in dem Augenblick, als ich den Fuß auf das Schiff setzte. Das Bild Griechenlands wird rasch schwächer, es erstirbt vor meinen Augen. Das letzte, was verschwindet, ist das Licht, das Licht über den Hügeln, jenes Licht, das ich nie zuvor gesehen hatte, das ich mir niemals vorstellen könnte, hätte ich es nicht mit eigenen Augen gesehen. Das unglaubliche Licht Attikas! Wenn ich nichts als nur die Erinnerung daran mit mir nehme, so ist das genug. Dieses Licht stellt für mich die Erfüllung all meiner Wünsche und Erfahrungen dar. Ich sah darin die Flamme meines Lebens, aufgezehrt von der Flamme der Welt. Alles schien zu Asche zu verbrennen, und die Asche selbst wurde gereinigt und in die Winde verstreut. Ich weiß nicht, was ein Land, eine Landschaft über diese Erfahrung hinaus noch bieten könnte. Man fühlt sich nicht nur eingegliedert, im Einklang mit allem, eins mit dem ganzen Leben, sondern – *man ist zum Schweigen gebracht.* Das ist wohl die höchste Erfahrung, die ich kenne. Es ist der Tod, aber ein Tod, der das Leben beschämt. Und jetzt auf dem Schiff, mitten in amerikanischer Umgebung, glaube ich mit Leuten zusammenzusein, die noch nicht geboren sind, mit Ungeheuern, die vor der Zeit dem Mutterleib entschlüpft sind. Ich habe zu nichts mehr Verbindung. Ich befinde mich in einer Welt zerbrochener Eierschalen. Nichts wird ausgebrütet. Eier sind nicht mehr gefragt. Es ist wie der Zustand nach dem Tode, von dem die Tibeter sprechen. Was um mich her geschieht, ist so wirklich, als ob es Leben wäre, aber es ist nicht Leben. Es ist etwas, das irgendwo zwischen Tod und Geburt liegt. Wir werden wie eine Ladung wohlgenährter, guterhaltener und über die Maßen lebhafter Gespenster im Hafen ankommen. Das Radio erlaubt uns, mit allem, was in der Welt vor sich geht, in Verbindung zu bleiben; doch die Welt scheint immer außer Reichweite zu sein. Es ist der Ort, an dem gerade mancherlei geschehen ist oder unmittelbar bevorsteht. Aber für uns geschieht nichts. Dunkel glaube ich mich zu erinnern, daß ich noch vor kurzer Zeit lebendig war, lebendig im hellen Sonnenlicht. Jetzt umgibt mich ein anderes Licht. Es ist, als werde ich von einem kalten mechanischen Scheinwerfer angestrahlt. Das Haus ist dunkel. Nur die Bühne ist erleuchtet. Der Vorhang hebt sich.

Henry

Teil 2 *USA*

Anmerkung des Herausgebers

Im Januar 1940 kehrte Henry Miller an Bord der *Exochorda* in die Vereinigten Staaten zurück. «Ich war sicher, daß ich zum erstenmal in meinem Leben New York und das, was jenseits dieser Stadt lag, ohne eine Spur von Abscheu oder Widerwillen betrachten würde.» Aber als sich das Schiff dann Boston, dem ersten Hafen, den es anlief, näherte, änderte sich seine Stimmung. «Als ich auf Deck ging, um einen ersten Blick auf die Küste zu werfen», schrieb er später in seinem Vorwort zu *The Air-Conditioned Nightmare*, «war ich augenblicklich enttäuscht. Nicht nur enttäuscht, möchte ich sagen, sondern eigentlich betrübt. Die amerikanische Küste wirkte öde und alles andere als einladend auf mich. Das war ein böser Anfang. Der Anblick New Yorks änderte nichts an meinem ersten Eindruck. Zu dem Bild der kahlen, düsteren Häßlichkeit, das Boston geboten hatte, kam ein vertrautes Gefühl des Schreckens. Sooft ich auch entfliehen mag, ich werde zurückgebracht wie ein entlaufener Sklave, und meine Abscheu, mein Haß wird von Mal zu Mal größer.»

Nachdem er seine Familie in Brooklyn besucht, die Begegnung mit den meisten seiner Freunde in New York jedoch vermieden hat («Ich will nicht mit ihnen die Vergangenheit zu neuem Leben erwecken; denn diese Vergangenheit ist voll von unerquicklichen, widerwärtigen Erinnerungen»), zieht Miller für kurze Zeit in Caresse Crosbys Haus in Virginia. Wieder in New York, bringt er die Erinnerungen an seine griechischen Erlebnisse, das Buch *Der Koloß von Maroussi*, zum Abschluß und schreibt *Die Welt des Sexus.* Besessen von der Idee «von New York wegzukommen und etwas echt Amerikanisches zu erleben», entschließt sich Miller zu einer Fahrt durch die Vereinigten Staaten, um einige jener Orte aufzusuchen, über die er in Europa nachgedacht hat. Mit seinem alten Freund, dem Maler Abraham Rattner, der jetzt ein Studio in New York hat, entwirft Miller den Plan für ein reich illustriertes Buch über Amerika. Aber der Verleger, der Millers Projekt mit einem Vorschuß von 500 Dollar unterstützt, scheut die Kosten für die Illustrationen. Rattner will ihn dennoch, jedenfalls auf einem Teil der Reise, begleiten, und Anfang Oktober 1940 machen sie sich in einem Buick des Baujahrs 1932 auf den Weg. Diese Reise wird in *The Air-Conditioned Nightmare* geschildert, einem Buch, das sowohl von dem ursprünglichen, wie auch von verschiedenen anderen Verlegern abgelehnt und erst 1945 veröffentlicht wird.

Auch Anaïs Nin war nach dem Ausbruch des Zweiten Weltkriegs in die Vereinigten Staaten zurückgekehrt. Sie hatte sich an der Peripherie von Greenwich Village eine Wohnung genommen, und schon bald ist sie wieder ein Teil des künstlerischen Lebens dieser Stadt. Ihr Haus steht Schriftstellern, Künstlern, Vertretern des Experimentalfilms, avantgardistischen Theaterleuten und Musikern stets offen. Zu ihren Freunden zählen Richard Wright, Truman Capote, Gore Vidal, Isamo Noguchi, Robert Duncan, George Barker, Edgar Varèse, Marguerite Young und viele andere. Sie setzt ihr Tagebuch fort, sie macht sich an die Verwirklichung neuer Projekte, und sie bleibt die unbeirrbare Fürsprecherin der Werke Henry Millers. Ihr eigenes Werk, das inzwischen von vielen Seiten gepriesen wird – von Rebecca West, William Carlos Williams und Paul Rosenfeld ebenso wie von Kay Boyle, Carl van Vechten und Stuart Gilbert, um nur einige Namen zu nennen –, bleibt in den Augen der amerikanischen Verleger «unkommerziell». Daher macht sie sich an die Verwirklichung einer Idee, über die sie schon Anfang der dreißiger Jahre in Paris mit Miller gesprochen hatte. Sie gründet ihren eigenen Verlag.

«Nachdem *Winter of Artifice* (das bereits in Frankreich bei der Obelisk Press erschienen war) zu Beginn der vierziger Jahre von einem Verleger zum anderen gegangen und allenthalben ‹unkommerziell› genannt worden war», so erinnerte sie sich später, «entschloß ich mich, das Buch selber zu veröffentlichen. Ich fand eine entgegenkommende und großzügige Buchhandlung, Gotham Book Mart, und sprach mit Frances Steloff, die meine früheren Bücher kannte. Sie gab mir hundert Dollar im voraus für Exemplare, die ihr zu einem späteren Zeitpunkt geliefert werden sollten. Ich fand auch ein paar Freunde, die zu einer Subskription bereit waren. Alles in allem hatte ich zweihundert Dollar. Davon mietete ich einen Dachboden in der McDougal Street. Ich kaufte eine alte Druckerpresse für fünfundsiebzig Dollar. Ich kaufte für hundert Dollar Lettern. Das Papier mußte ich innerhalb von dreißig Tagen bezahlen, und der Buchbinder konnte ebenfalls dreißig Tage später bezahlt werden. Zunächst mußte ich lernen, wie ein Buch gedruckt wurde. Ich arbeitete acht und neun Stunden am Tag. Nach zwei Monaten war das Buch fertig. Es war ein schönes Buch mit Stichen in Linienmanier von Ian Hugo, die ich nach einer alten Technik, die William Blake erfunden hat, direkt von den Kupferplatten abdruckte. Ich druckte fünfhundert Exemplare. Heute sind es Sammlerstücke, die gelegentlich für fünfundzwanzig bis dreißig Dollar gehandelt werden.»

Sie betreibt ihre eigene Werbung für das Buch und bringt auf die gleiche Weise ein zweites Buch, eine Sammlung ihrer Erzählungen mit dem Titel *Under a Glass Bell* heraus. Edmund Wilson sah das Buch und schrieb eine sehr positive Besprechung im *New Yorker*. «Am nächsten Tag erhielt ich Anrufe von drei großen Verlegern», und ein Kontrakt folgte wenige Tage darauf. Aber, so erinnert sie sich, «ich bin vermutlich die einzige Schriftstellerin, die ihren ersten konventionellen Vertrag mit einem großen Verleger nicht feierte».

Henry Millers Werk setzt sich in den Vereinigten Staaten nur langsam durch. James Laughlin von New Directions hatte sein erstes Buch, *The Cosmological Eye,* im Jahre 1939 gedruckt. 1941 veröffentlichte er *The Wisdom of the Heart*. Aber wenn New Directions auch das Vorrecht auf Millers Werk haben, so können sie doch nicht sein gesamtes Werk übernehmen, und seine Bücher, die von den großen New Yorker Verlegern als «unkommerziell» betrachtet werden, erscheinen in kleinen Auflagen unter unbekannten Impressen. Ben Abramson, ein Buchhändler aus Chicago, veröffentlicht *Die Welt des Sexus*. William Roth in San Francisco bringt den *Koloß von Maroussi* heraus. Bern Porter in Berkeley, Kalifornien, läßt einige vermischte Schriften drucken. Hier und dort erscheinen Artikel, Essays und Stücke aus seinen Büchern in kleinen Zeitschriften. Aber Millers wirtschaftliche Situation bleibt prekär. Als er am Ende seiner Reise durch das Land im Oktober 1941 nach New York zurückkehrt, ist es um seine Aussichten schlecht bestellt. Freunde in Kalifornien haben ihm eine Unterkunft in ihrem Haus in Beverly Glen am Rande von Los Angeles angeboten. Im Juni 1942 nimmt er das Angebot an und bleibt zwei Jahre dort. Seine Bemühungen um eine Arbeit in Hollywood bleiben erfolglos. Zeitweise sieht es trostlos für ihn aus, und er ist gezwungen, Freunde und Leser um Hilfe anzugehen. Aber sein Ruf verbreitet sich, Redakteure bitten ihn um Buchbesprechungen, man kauft seine Aquarelle, und bis 1944 sind bereits mehr als zwanzig seiner Bücher in französischen, englischen und amerikanischen Ausgaben erhältlich. Seine «Pariser Bücher» jedoch sind nach wie vor in Amerika und England verboten. Ohne Erlaubnis des Verfassers werden in China, Japan, Mexiko und Ungarn Ausgaben veranstaltet, und Exemplare davon werden nach Amerika eingeschmuggelt. Der Kampf gegen die Zensur geht weiter. Im Februar 1944 besucht Miller seinen Freund, den Maler Jean Varda, in Monterey, und zwei Monate später bietet ihm Keith Evans, der eingezogen wird, (dank der Fürsprache von Lynda Sargent) seine Blockhütte am Partington Ridge nahe Big Sur, Millers späterer «Heimat»-Landschaft, an.

Mit dem Ende des Zweiten Weltkriegs hat sich der Ruf Millers um die ganze Welt verbreitet; er ist ein international bekannter, erfolgreicher, mit besonderem Interesse bedachter Schriftsteller. Was 1931 begann, als er Anaïs Nin zögernd den ersten Entwurf seines *Wendekreis des Krebses* zeigte, trägt damit endlich seine Früchte.

G. S.

6. Februar [1940]
Fredericksburg, Va.

Anaïs –

Habe Ihren Brief hier erhalten. Fahre morgen abend für eine Woche nach Orange zurück. Wurde in Orange sehr gastfreundlich aufgenommen und bewirtet, fand es jedoch ziemlich langweilig dort – wenn man von der Landschaft absieht, die wirklich schön ist. Das Haus von Mrs. Gray, in das ich an einem Abend zum Essen eingeladen wurde (das gleiche, in dem Emil [Schnellock] so viele Jahre gelebt hat), ist ein prächtiger Südstaatenbau, ganz im alten Stil – ein Wunder an gutem Geschmack, Geräumigkeit, Schlichtheit, Licht und so weiter, etwas, das einem das Herz höher schlagen läßt. Aber die Menschen leer, das Leben öde. Die Leute sind äußerst freundlich, großzügig und nett – und dennoch habe ich das Gefühl, daß ich verrückt werden würde, wenn ich mit ihnen leben müßte. Der Schnee hat alles noch schöner gemacht. Gestern abend waren die Sterne strahlender als damals in Griechenland. Es wirkt tragisch, daß aus all dieser Schönheit nichts erwachsen sollte. Es stimmt einen tief traurig.

Ich fahre noch einmal zurück, weil ich vielleicht einen Abstecher nach Charlottesville machen will (um mir Monticello – Jeffersons alte Heimat *und* Richmond, die Hauptstadt, anzusehen, wo ich mich einmal heimlich aus einem Hotel davonmachte, bevor die Polente nach mir fragte). Ich muß sagen, daß mir die Architektur in der Gegend hier außerordentlich gefällt – eine großartige Schlichtheit – früher Revolutionary Colonial-Stil – einfach bewundernswert – wie die Puppenhäuser – und innen wie außen blitzsauber. Was ich nach diesem Wochenende tun werde, weiß ich nicht. Vielleicht werde ich wieder hier sein, vielleicht werde ich auch für einige Tage in eine andere Gegend ziehen. Ich höre herrliche Dinge über Key West, Fla., und New Orleans. Irgend etwas Außergewöhnliches muß sich schon ereignen, sonst werde ich aus diesem Land davonlaufen. Ich fürchte die Monotonie, die allenthalben herrscht, die Gleichförmigkeit, die Glanzlosigkeit des Lebens oder besser der Leblosigkeit. Ich beginne mich zu fragen, ob es überhaupt Sinn hat, in diesem Land umherzuzigeunern – wenn es auch ungerecht sein mag, von dem Wenigen, was ich gesehen habe, auf das Ganze zu schließen. Gegen das Land selbst habe ich nichts – die Menschen sind es, die dieses Gefühl bei mir hervorrufen – die öde Leblosigkeit und Sinnlosigkeit. Das macht einen in kürzester Zeit fertig. Man müßte schon ein Koloß sein, um das zu ertragen. Es ist, wie wenn ein Baum ohne Wärme und Licht in sandigem Boden zu leben versucht.

Vielleicht wird man sich bald nach Mexiko aufmachen müssen. Wir werden sehen. Ich stelle mir vor, daß Sie ungefähr das gleiche Gefühl haben wie ich.

Bis Sonntag können Sie mir also per Adresse Mrs. L. B. Gray, Orange, Va., schreiben. Ich werde Ihnen dann mitteilen, was ich vorhabe. Es scheint, als ob ich einfach auf der Stelle trete. Mich vergeude. Emil arbeitet überaus ernsthaft. Seine Colleges sind großartige *Bauwerke* – aber ich weiß nicht, wofür's gut ist. Alles scheint mir absolut sinnlos.

Nun ja, ich hoffe, Sie behalten den Kopf oben. Bald mehr.

HENRY

P. S. Die Neger sind in Ordnung – das einzig Versöhnliche. Ich beneide sie. *Sie* haben ein Leben – das beste Leben, das unter den gegebenen Umständen möglich ist. Schon in ihrer Nähe zu sein ist ermutigend und erfrischend. Die andern sterben an der «Fäulnis des weißen Herzens».

[Februar 1940]
Washington, D. C.
Mittwoch

ANAÏS:

Heute morgen kamen hier zwei große Umschläge mit Post an. Frühere Post, die nach Richmond geschickt wurde, nachdem ich Orange verlassen hatte, habe ich bisher noch nicht erhalten. Ich fuhr nach 24 Stunden mit herrlichem Frühlingswetter – das Thermometer zeigte am Mittag über 70 Grad Fahrenheit an – aus Richmond ab. Fand das Leben dort unerträglich, wenn auch die Stadt als solche sehr schön ist – freilich allzu ordentlich und gesittet – makellos geradezu. Wurde bei einem Zahnarzt, einem Freund der Grays in Orange, einquartiert. Fuhr mit einer Ladung zubereiteter Puten hin, die zum Markt gebracht werden sollten. Die Grays waren übrigens ohne Ausnahme nette Leute und taten alles, um es mir bequem und angenehm zu machen. Sie führen ein schönes Leben auf ihrem prächtigen, großen Landsitz, ein beneidenswertes. Ich bin zweifellos umgeben von echtem amerikanischem Leben, und ich muß sagen, es kommt mir höchst uninteressant und tot vor, wenn schon nicht völlig irrsinnig. Ich beginne mich zu fragen, ob sich je irgendwo etwas ändern wird – ob ein Szenenwechsel zu einer Änderung der Menschen beitragen würde. Ich glaube kaum, daß das möglich ist. Zu alledem bekomme ich noch einen Brief von einem Mädchen in Mexiko, bei dem ich mich nach dem Leben dort, den Preisen und so weiter erkundigt hatte, und die mir nun mitteilt, daß sie, zumindest von dem Leben in Mexico City, ziemlich enttäuscht sei: durch und durch amerikanisiert, vom Tourismus verseucht und so weiter. Ich weiß nicht, was ich als nächstes tun werde. Zur Zeit mache ich mich gerade mit Washington vertraut. Gestern hatten wir einen kleinen Blizzard; als Stadt ist Washington grandios – weit schöner als irgendeine andere Stadt, die ich nennen könnte. Überwältigend reich und luxuriös, so scheint es. Ich bin von all dem völlig verwirrt. Ging gestern in Cairns' Büro und lernte seinen Chef und ein paar andere Mitarbeiter kennen – alle sehr freundlich, herzlich, sympathisch und mir wohlgesonnen. Ein großartiges Gebäude – üppig und ganz im Stil des Südens: Cairns' Büro wäre fast dem Präsidenten von Frankreich angemessen.

Heute nachmittag gehe ich in die Library of Congress. Werde nachschauen, ob wir dort geführt werden, wie sich's gehört. Schrieb erst gestern an die New Yorker Bibliothek.

Ich werde mit Sicherheit noch bis Montag hierbleiben – Washington scheint in jeder Beziehung interessanter zu sein als die übrigen Städte. Man wird mich in der Gegend herumfahren und hinüber nach Baltimore; allerdings werde ich zur Zeit nicht die Möglichkeit haben, mich mit Mencken zu treffen, da er gerade auf Reisen ist. Auf jeden Fall werde ich Ihnen noch einmal schreiben, und Sie über meine Pläne informieren. Vielleicht komme ich auch nach N. Y. zurück. Ich muß bald irgendwo seßhaft werden und mit dem Schreiben beginnen.

Erhielt einen hübschen Brief von Keyserlings Schwester Ungern-Sternberg, in dem sie sagt, mein Aufsatz [«The Philosopher who Philosophizes»][1] sei der beste, den sie je über ihn gelesen habe. Fragt mich, ob ich sie in der Mandschurei besuchen kann – verrückte Idee. Von Dorothy Norman habe ich bisher noch nichts über den Aufsatz gehört. Vermutlich mit der nächsten Post.

Es ist ungewöhnlich zu hören, daß Sie sich nicht wohl fühlen. Ich glaube, das hängt mit diesem künstlichen Leben zusammen. Körperlich gedeihe ich bestens – ich habe zugenommen, seit ich nicht mehr in N. Y. bin. Aber moralisch und in jeder andern Hinsicht zehrt dieses Leben an mir. Es kommt mir vor, als vegetiere ich in Eintönigkeit und Stumpfsinn dahin. Seit ich in Amerika bin, habe ich nichts als dummes Geschwätz gehört. Und doch sind alle so gut, so freundlich, so anständig – das macht es

1 Vgl. S. 228 f.

noch schlimmer. Es bringt mich zur Verzweiflung. Das beste, was mir bislang zugestoßen ist, war ein Besuch der Phillips Memorial Gallery hier in Washington, wo man einmal mit dem Gedanken spielte, meine Aquarelle zu zeigen. In dieser Galerie gibt es eine schöne Sammlung europäischer und amerikanischer Werke – es war für mich die erste Berührung mit dem Leben, stellen Sie sich das vor.

Mehr in Kürze. Wie steht es mit Caresse Crosby? Irgendwelche echten Neuigkeiten? Alles Liebe.

HENRY

[28. Oktober 1940]
Montag nachmittag
Zwischen Lancaster und York, Pa.
(auf dem Lincoln Highway)

«Auf der Landstraße»: das gibt die richtige Vorstellung. Wir sind in einer Touristenherberge; der Wagen steht in unserer eigenen Garage gleich neben der Kabine. Treibhaushitze – Seife, Waschlappen und Handtuch gratis. Hervorragende Unterbringung für 2,50 Dollar für uns beide. Trotzdem ist ein Hotel besser – und zwar nur, weil es wirklicher ist, genau wie die Eisenbahn. Diese Herberge gehört zu einem laufenden Verkehrsförderband, von dem man abgeworfen und mitten auf der Strecke sitzengelassen wird. Alles nimmt künstliche und abstrakte Züge an. Wir machen eine lange Busfahrt, um irgendwo etwas zu essen.

Als wir Newark 20 Meilen hinter uns gelassen hatten, wurde die Landschaft einfach wundervoll, das muß ich gestehen. Besonders die Gegend, durch die wir heute kamen – von New Hope bis hierher in die Nähe des Susquehanna River. Vorüberziehende Höhen, fruchtbares Ackerland, Kanäle und so weiter. Gerade haben wir eine tiefreligiöse Gegend durchquert, in der sich 1710 die Amischen Mennoniten ansiedelten. Beinahe paradiesisch. Einfach schön. Die Menschen selber sehen gräßlich aus – uralte Kostüme und freudlose, kalte, fanatische, leere Gesichter. Eine fremde und phantastische Panoptikumswelt – völlig fremd. Kein Grund zum Leben. Absoluter Schwachsinn. Und die Natur so freundlich und großzügig!

New Hope gefiel mir sehr – fast die Atmosphäre der Alten Welt. Ein alter Kanal mit malerischen Brücken, ein verträumter Delaware River und Häuser aus der Zeit um 1600 und 1700 – seltsam und faszinierend. Haben ein halbes Dutzend mehr oder weniger erfolgreicher Künstler aufgesucht, die Rattner[1] noch aus seiner Zeit an der Pennsylvania Academy vor 20 Jahren kannte.

Das beste war eine aus dem Stegreif arrangierte nächtliche Fahrt in eine Wildnis, die wir unternahmen, um einen alten Tschechen zu besuchen, der mit seinen 2 Söhnen ein Haus für die Zukunft baut. Eine unglaubliche Steinfestung, wie in Europa, für die Zukunft gebaut – sind schon 3 Jahre dabei – mag noch 5 weitere Jahre dauern, bis sie fertig sind – machen alles selber. Wie unamerikanisch. Der alte Mann sah wie Renoir persönlich aus.

Wir machten in Valley Forge – oder in der Nähe – halt, in Orten wie King of Prussia und Paoli (!), um einen amerikanischen Bildhauer ausfindig zu machen, von dem Zadkine meinte, er sei der beste in Amerika – aber er war nicht zu Hause. Fuhren über viele kleine Straßen aufs wirkliche Land hinaus – machte mir großen Spaß. Fange an, Gefallen am Autofahren zu finden. Fuhr heute 3 oder 4 Stunden lang, ohne daß es mich anstrengte oder ermüdete. Am Sonnabend fuhr ich von N. Y. bis Newark – das war ein hartes Stück Arbeit. Der Holland Tunnel ist ein Albtraum. Schneller und schneller – und Gott steh einem bei, wenn man eine Reifenpanne hat! Dämonisch, wie eine Erfindung von Hieronymus Bosch. Und diese Hochstraße über den schmutzigen Wiesen, die aus Jersey City hinausführt – einfach teuflisch. Dann plötzlich, 20 Meilen weiter, läßt der Verkehr nach; das offene Land beginnt. Wie wenn man aus einem großen Darm herauskommt.

Morgen werden wir für eine Weile in Gettysburg haltmachen und uns das Schlachtfeld ansehen; dann geht es wahrscheinlich in Richtung Frederick, Md., weiter und am folgenden Tag, vermutlich, nach Washington.

Wenn dieser Brief bei Ihnen eintrifft, können Sie mich dort unter der Adresse von Cairns erreichen. Es scheint hier nachts kalt zu sein – wenn auch nicht unter dem Gefrierpunkt. Aber trotzdem durchdringend. Noch in der letzten Woche lag in Valley Forge zwei Tage lang Schnee. Sieht übrigens genauso aus, wie man sich's von den Kalendern her vorstellt. Ich sah die Revolutionsarmee vor mir, wie sie dort zu Eis erstarrte – und den fest zugefrorenen Delaware. Ein Glück, das wir gen Süden fahren.

Rattners Freund – Bill Ney – in New Hope war ein wirklich feiner Kerl. Wieder ein freundlicher Geist – und ein verirrter. Ich weiß nicht, wie ein Mensch in einer so gottverlassenen Gegend malen kann. Ich sehe keinen Grund, warum irgend jemand in Amerika Künstler sein sollte. Es ist ein ödes Bild. Das Leben

1 Abraham Rattner begleitete Miller auf einem Teil der Reise.

konzentriert sich auf die Drugstores, die von flimmerndem Licht erfüllt und mit tausend nutzlosen Dingen vollgestopft sind. Surrealistisch, wenn man es mit Gleichgültigkeit betrachten kann. Bald mehr. Müde. Jetzt ins Bett – um 10.30 abends.

HVM

[3. November 1940]
Sonntagabend, Washington, D. C.

Anaïs –

Fahre erst am Dienstagmorgen von hier aus nach Fredericksburg weiter, wo Emil [Schnellock] lehrt. Werde wahrscheinlich allein hinfahren, da Rattner morgen nachmittag wegen einer dringenden Angelegenheit für ein oder zwei Tage nach N. Y. zurückfährt. Paul Rosenberg, der große französische Kunsthändler, gründet in N. Y. eine Galerie und möchte ihn wegen des Verkaufs seiner Arbeiten sprechen (das unter uns). Ich werde entweder in Fredericksburg, in Orange oder aber in Bowling Green auf ihn warten, je nachdem, wie lange er wegbleibt. Bisher läuft alles gut. Rattner macht während der Fahrt Notizen in Form von Federzeichnungen. Die erste Etappe bis Washington haben wir in ziemlicher Hast hinter uns gebracht. Von nun an werden wir uns mehr Zeit lassen. Außerdem wird es jetzt vermutlich interessanter.

Durch Zufall lernte ich einen Mann kennen, der Exemplare von meinen und Ihren Büchern besaß – suchte *Winter of Artifice* – ein Fremder. Lud uns in sein Haus ein und machte uns dort mit einigen Leuten bekannt. Eine große Überraschung. Komme mit ein paar großen Tieren aus verschiedenen Ressorts (besonders Kunst) zusammen – deshalb haben wir unseren Aufenthalt verlängert. Hatte eine interessante Unterhaltung im Büro für indianische Angelegenheiten – und zog ab mit einer prächtigen Karte der Indianerreservate und einem Haufen Informationen über die Indianer. Wir werden – wenn Ashville hinter uns liegt – zuerst zu den Tscherokesen in den Great Smoky Mountains von N. C. und Tennessee kommen. Auch von Virginia, einem großen und abwechslungsreichen Staat, werden wir eine Menge zu Gesicht bekommen. Sherwood Anderson schrieb mir aus N. Y. – er wird nicht in seinem Haus in Virginia sein.

Fuhr heute mit dem Wagen nach Annapolis, um mir die Naval Academy anzuschauen. Ziemlich langweilig, Szenerie einer Komischen Oper. Nette kleine Jungs mit ihren Schätzchen und Eltern. Atmosphäre äußerster Ehrbarkeit.

Habe einen Vorgeschmack von der Sonntagsfahrerei bekommen. Die Straßen hier (besonders in Maryland) sind insofern wundervoll, als sie aus nichts als Kurven und Steigungen bestehen. Gute Übung. Auf der Landstraße komme ich bestens zurecht – nicht so in Washington. Weigere mich, in dieser Stadt am Steuer zu sitzen. Es ist weit gefährlicher und schwieriger als in N. Y. Deshalb lasse ich Rattner fahren – obgleich ich's im Grunde besser kann. Zu nervenaufreibend. Auf der Landstraße fühle ich mich wohl. Ich könnte mich leicht zum Raser entwickeln – aber ich unterdrücke diese Neigung. Bleibe bei fünfzig oder 45 Meilen pro Stunde. Der Wagen hält sich erstaunlich gut – braucht allerdings mehr Benzin, als ich angenommen hatte. Außerdem ist es ein starker und schwerer Wagen. Gibt einem ein Gefühl der Gewichtigkeit.

Es ist erstaunlich, wie wenig Verkehr auf der offenen Landstraße ist. Sehr günstig für uns. Oft fahren wir von den Hauptverkehrsstraßen ab. Die alten Schotterstraßen sind die besten. Von dem Land selbst kann ich gar nicht genug schwärmen – es ist einfach schön. So anders als der Eindruck, den man durchs Zugfenster erhält. Aber das Leben ist gleich null.

Eine Ausnahme – die erste – erlebten wir beim Gang durch das Negerviertel hier in Washington. Das erste Zeichen von Leben! Versuchten in ein Café zu gelangen, aber sie wollten uns nicht einlassen. Auch das gefiel mir. So sollten sie sich auch in Harlem verhalten. Washington ist ein Niggerparadies, sagen sie.

Ich habe noch keine Zeile geschrieben. Aber daran ist das ungewohnte Fahren schuld, das mich, da ich zumeist – *freiwillig* – der Fahrer bin, bis jetzt jeden Tag hundemüde gemacht hat. Außerdem gibt es vorerst nichts Aufregendes zu berichten. Ich kann mir allerdings sehr gut vorstellen, daß das anders sein wird, wenn wir erst mal im tiefen Süden sind. Schon die Masse der Neger wird ein Erlebnis sein.

Werde wahrscheinlich Mittwoch oder Donnerstag – oder an beiden Tagen – bei Caresse [Crosby] sein. Ich werde Ihnen ein Telegramm schicken, wenn ich bei ihr bleibe; Sie können mich dann vielleicht dort anrufen. Tagsüber ist das Telefonieren teuer – der erste Anruf kostete 1,45 Dollar – muß länger als 3 Minuten gewesen sein. Die täglichen Ausgaben belaufen sich bisher auf 4 bis 4,50 Dollar – alles eingeschlossen. Das geht noch, finde ich.

Symmes[1] Briefe gefallen mir – nicht wegen der Dinge, die er

1 Symme ist der Lyriker «Robert Duncan», der Anaïs Nin Briefe über Miller schrieb.

über mich schreibt, sondern wegen ihres Stils. Erinnert mich ein wenig an Durrell. Übrigens, sehen Sie, was die Griechen machen? Die Finnen des Südens!

HVM

[9. November 1940]
Richmond, Va., Samstag abend

Anaïs –
Kamen gestern abend in Bowling Green an und blieben bis heute mittag. Habe im Laufe des Morgens zweimal versucht, Sie anzurufen, aber keine Antwort. Morgen früh fahren wir von hier nach Williamsburg, Jamestown (Pocahontas) und Yorktown (Kapitulation von Cornwallis) und kommen dann nach Richmond zurück, um von hier aus nach Westen, zu den Blue Ridge Mountains und zum Shenandoah Valley weiterzufahren. Meine Barschaft ist auf 5 Dollar zusammengeschrumpft, und ich werde Geld brauchen, wenn ich am Dienstag oder Mittwoch wieder in Richmond ankomme. Ich finde, ich habe gut hausgehalten, wenn man bedenkt, welche Strecke wir hinter uns gebracht und in wievielen Orten wir haltgemacht haben. Dazu kamen die Kosten für den Zahnarzt und das Abschmieren des Wagens. Es ist anzunehmen, daß die Preise immer niedriger werden, je weiter wir fahren. Bin weder bei Censor in Washington noch bei Emil [Schnellock] in Fredericksburg und Orange eingekehrt. Die Touristenherbergen nehmen im Durchschnitt 1,50 Dollar pro Person. Die Preise fürs Essen variieren. Oft eine ziemlich reichliche Mahlzeit für 50 oder 60 Cent. Manchmal werden wir angeführt. Ich wohne nicht gern in Privathäusern – in den Touristenherbergen. Aber ich muß sagen, sie sind im allgemeinen sehr sauber – beinahe luxuriös.

Das Land ist weiterhin großartig – Virginia ist herrlich, und wir sehen auf diese Weise eine Menge davon. Aber der Unterschied zwischen dem Land und den Menschen, die es bewohnen, ist ungeheuer. Nirgends, glaube ich, ist er so ausgeprägt wie in Amerika. Liegt das daran, daß sie (oder Amerika) keine Seele haben? Ein schizophrenes Verhältnis.

Oft verbringen wir den Abend mit langen Spaziergängen. Das ist noch das interessanteste, was man tun kann. Ich könnte natürlich schreiben, aber entweder fehlt der richtige Platz oder die Lust. Kann eine Menge in mich aufnehmen, bevor ich das Bedürfnis verspüre, irgend etwas niederzuschreiben. Hier sind Raum und Leere Synonyme.

Gingen eben ein Stück durch das Negerviertel von Richmond. Wir mußten umkehren, weil es zu düster und bedrohlich war. Totale Finsternis – Häuser und Straßen dunkel und still, als ob alles tot sei. Dann und wann der Lärm einer wüsten Orgie – *Betrunkener* – aus einem verlassenen Haus. Und begegnet man einmal Negern, so schauen sie einen drohend an oder schreien einem ins Gesicht. *Kein einziger Weißer* hier. Man kann nicht einmal auf einen Bus aufspringen. Geht durch eine Wildnis, um nach Hause zu gelangen. Man könnte leicht umgelegt werden – sahen während es ganzen Abends einen einzigen Polizisten. Absoluter Gegensatz zu dem flüchtigen Eindruck, den wir im Sommer bekamen, als wir mit Flo[1] und Dudley heimfuhren. Heute abend kalter Nebel wie aus dem Grab – in vieler Hinsicht eine Pariser Nacht. Nur völlig tot innerlich. Wenn wir zurückkommen, werde ich vielleicht mit einem Zeitungsreporter, den ich heute abend verpaßt habe, die Runde machen – einem guten Freund von Slocum.

Bis jetzt ist uns noch nichts wirklich Interessantes begegnet. Ich glaube allerdings, das wird sich ändern, wenn wir in die Welt der Schwarzen kommen. Die Natur selbst freilich gefällt mir. Ich fahre fast immer. Macht mir jetzt Spaß. Wagen läuft immer noch prächtig. Haben gerade 1200 Meilen herunter, seit ich ihn gekauft habe – 700 davon seit unserer Abfahrt aus N. Y.

Dalí scheint eitler und närrischer als je zuvor. Gala ist nach New Mexico gezogen. Er geht nie aus dem Haus – sagt, es sei gleichgültig, ob man am Nordpol, hier oder irgendwo anders lebe. Nach der Begrüßung sagte er kein einziges Wort mehr zu mir. Bei unserer Abfahrt fuhren wir an ihm vorbei, ohne ihn zu grüßen. Er trug einen Morgenrock – Galas – und sah wie ein Homo aus. Ein hundertprozentiger Egozentriker; und Caresse [Crosby] scheint sehr von ihm angetan und klagt, daß sie niemanden habe, mit dem sie trinken könne! Shep und seine Familie sind die einzig richtigen Menschen dort. Ich besuchte sie und genoß es, mit ihnen zu reden. Einige Familienmitglieder waren im Krankenhaus – nach einem Autounfall.

Ich weiß nicht, wohin Sie mir schreiben könnten – wenn Sie es nicht mehr schaffen, daß Ihr Brief mich bis Mittwoch in Richmond erreicht. Ich werde Sie wahrscheinlich Dienstag oder Donnerstag morgen anrufen. Hübsche Briefe von Dudley. Und aus Griechenland. Die Zeit scheint im Flug zu vergehen. Wir packen, essen, fahren, halten; Spaziergang, Bett und wieder los. Emil

1 John Dudleys Frau.

[Schnellock] sagte, er schicke Minotauren – hoffe, er bekomme sie zurück. Bald mehr.

Hoffentlich geht es Ihnen gut.

HVM

P. S. Bei diesem Tempo werde ich bald wieder zurück sein. Kaleidoskopartige Eindrücke.

Richmond, Va., Dienstag
[12. November 1940]

Bin den ganzen Tag in Nebel und strömendem Regen gefahren und kam zu spät an, um noch zum Postamt zu gehen. Hoffe, dort wartet etwas auf mich – brauche es jetzt dringend. Es kommt mir vor, als seien wir durch halb Nordamerika gefahren, seit wir am Sonntag von hier aufbrachen. Seit Washington waren wir Tag für Tag unterwegs, und ich fühle mich langsam angeschlagen. Vielleicht ruhen wir uns ein oder zwei Tage in Charlottesville – unserer nächsten Station – aus. Das Problem ist gewöhnlich, daß wir – bislang – einfach keine Stadt finden, die uns zu einem längeren Aufenthalt verlocken könnte! Deshalb sind wir dauernd unterwegs. Das Land ist herrlich – die Landschaft, meine ich. Heute unter bleiernem Himmel wirkte sie fruchtbar – das ganze «Lokalkolorit», wie Abe sich ausdrückt, tritt deutlich hervor. Zwischen Norfolk und Petersburg war der Boden wie leuchtende gebrannte Siena mit dunklem Umbra und sattem Grün – dazwischen kalte Schiefergrautöne. Von Hampton über Norfolk und Portsmouth zu fahren und nicht den Weg zu verfehlen war ein Kunststück – besonders bei dem Regen. Die letzte Nacht verbrachten wir in einem Studentenheim auf dem Gelände des Hampton Institute for Negros – und das war gut. Wir hörten zu, wie die Jungen Volkslieder übten – herrliche Stimmen und herrliche Melodien. Die erste Berührung mit echter, warmer Menschlichkeit auf unserer Fahrt. Gewöhnlich sind die Abende ereignislos. Wir laufen ein wenig in der Gegend umher oder durch die Stadt, gehen zurück in unser Zimmer, lesen noch ein wenig und schlafen ein.

Williamsburg, die wiedererstandene Revolutionsstadt ist ein interessanter Ort – als Werk der Wiederherstellung des Alten. Ein echter Sprung zurück in die Vergangenheit – nur daß die Gebäude neu aussehen und keine Zeichen des Alters tragen. Aber die Anlage, die Anordnung und Ausgestaltung der Zwischenräume: All das ist glänzend gemacht. Ich könnte mir allerdings vorstellen, daß es entsetzlich ist, dort zu leben – nicht zuletzt wegen des ständigen Touristenstroms.

Das größte Problem ist die Esserei. Absolut langweilig, wohin man auch kommt. Muß um Früchte betteln. Verliere langsam die Lust am Essen. Und die Doppelzimmer, die wir bekommen, sind eben groß genug für zwei Betten – nie ein Tisch, an dem man schreiben könnte. Dann und wann werden wir in einem Hotel übernachten müssen, um Platz und Ruhe für ein wenig Arbeit zu haben.

Heute mußte ich eine schwierige Strecke auf einer Straße mit Baustellen bewältigen. Mußte ein gutes Stück auf einem schmalen, rutschigen Streifen fahren; und hinter mir fuhr eine ganze Kolonne von Wagen, die mich immer schneller voranjagten. Ich gab auf, als wir Petersburg erreichten und die Nacht kam. Abe übernahm das Steuer und machte seine Sache gut. Sie können sich nicht vorstellen, wie schwierig es ist, im Dunkeln auf einer unvertrauten Straße zu fahren, ohne vom Weg abzukommen. Die Kreuzungen sind schlecht ausgeschildert. Die schlimmsten Straßen sind die guten Straßen – die Förderbänder, wie ich sie nenne. Aber oft genug verlassen wir sie. Die kleineren Nebenstraßen sind prachtvoll – man sieht etwas und kann in Ruhe fahren.

Das Land *könnte* großartig sein – wenn die Leute nur zu leben verstünden. Der Boden ist so fruchtbar, die Landschaft so mannigfaltig. Aber die Städte sind Friedhöfe. Ich glaube freilich, es wird besser werden, wenn wir tiefer ins Land kommen. Heute hatte man den ganzen Tag über den Eindruck, als führe man über ein Schlachtfeld – als sei der Bürgerkrieg erst vor wenigen Wochen zu Ende gegangen. Eine endlose Strecke durch eine Gegend, die sich «Dismal Swamp» nennt – ein «trostloser Sumpf», das kann man wohl sagen.

Morgen fahren wir wieder westwärts in Richtung auf die Berge. Vielleicht kommen wir noch nach Asheville, bevor ich wieder in N. Y. lande. Ich glaube fast. Frage mich, ob ich genug Geld übrig haben werde für die Rückfahrt mit dem Zug. Ich habe mir nichts erlaubt. Nicht einmal einen Kinobesuch. Wir sparen, so gut wir können, und trotzdem kommen wir auf etwa fünf Dollar pro Tag – mit Wäsche, Zigaretten und allen Extradingen. Ich hoffe, ich habe inzwischen ein klein wenig verdient. Noch immer nichts Endgültiges wegen des Griechenland-Buches. Habe bisher noch keine einzige Zeile geschrieben – noch nicht einmal die Schreibmaschine geöffnet. Scheint, als täten wir nichts anderes als alle paar Stunden packen und wieder auspacken. Einen Ort, ein Restaurant finden, sich in einer neuen Stadt orientieren – all das kostet Zeit. Ich begreife jetzt, wie das Leben eines Handlungsreisenden sein muß! Dennoch hat das Kaleidoskophafte der Eindrücke seinen Wert – man lernt schnell zu erkennen, was interessant ist und was nicht. Wenn ich in einer dieser Städte *leben* müßte, würde ich vermutlich wahnsinnig werden. *Jetzt* denke ich unentwegt an Europa – an den großen Unterschied. Na ja, ich gehe jetzt ins Bett. Füge diesem Schrieb vielleicht noch ein Postscriptum hinzu oder schreibe einen neuen, wenn ich morgen früh zum Postamt gehe. Rufe Sie wahrscheinlich am Donnerstag morgen an. Heute lebten wir auf der Route 460.

HVM

P. S. Die ganze Nacht lang hört man in diesen Touristenherbergen das Brausen der vorbeifahrenden Autos. Man wird motorisiert. Ich kann das Knattern des Motors in mir hören.

Boswell's Tavern, Va.
15. November (Freitag) [1940]

Noch an demselben Ort, von dem aus ich Sie angerufen habe – ein gutes Gasthaus, in dem wir uns ausruhen, solange es regnet. Außerdem lassen wir den Kühler des Wagens reinigen, weil er völlig verstopft war und der Motor heiß wurde. Ich habe vor, am 24. oder 25. zurückzukommen – der Hochzeitstag[1] ist am 26. Kann sein, daß wir Asheville noch mitnehmen werden, bevor wir umkehren. Wenn wir morgen nach Charlottesville kommen, werde ich versuchen, den Preis für eine einfache Fahrt mit der Eisenbahn zu erkunden. Ich denke, ich werde noch 30 oder 31 Dollar übrig haben, nachdem ich hier meine Zeche und die Autoreparatur bezahlt habe. Das reicht, wenn alles gut geht, nur bis zum 20. oder 21. Ich werde Ihnen nach Möglichkeit in meinem nächsten Brief schreiben, wieviel ich brauche, um nach N. Y. zurückzugelangen – hoffe, Sie können es auftreiben. Jedenfalls werde ich bald wieder anrufen; dann können Sie mir sagen, wie die Dinge stehen. Wir würden nichts sparen, wenn wir mit dem Wagen zurückführen, da die Lebenshaltungskosten für 3 Tage die Differenz zwischen den Bahn- und den Benzinkosten aufzehren.

Ich konnte die Ruhepause gut gebrauchen – fühlte mich ziemlich zerschlagen von der ständigen Reiserei, die vor allem eine nervliche Belastung ist. Außerdem gibt es hier das erste gute Essen, seit wir unterwegs sind – es kostet uns allerdings pro Tag

1 Hochzeitstag der Eltern Millers.

einen Dollar mehr, als wir gewöhnlich dafür ausgeben. Die meisten Adressen, die ich bekommen habe, sind aus Gegenden, die weiter südlich liegen. Und einige der Leute, die wir aufsuchen sollten, waren nicht zu Hause, als wir hinkamen. Fuhren zu Edgars Elternhaus, das hier in der Nähe ist – hochherrschaftliches Gebäude –, konnten jedoch nichts über ihn in Erfahrung bringen, da seine Familie vor einiger Zeit weggezogen ist. Sehr imponierendes Haus, muß ich sagen.

Sie fragen, warum wir nicht in Bowling Green geblieben sind. Nun, es hat sich verändert dort. Uns wurde sehr höflich bedeutet, *nicht* zu bleiben, weil Caresse [Crosby] ein paar Jagdleute aus Warrenton erwartete. Es war gut, Shep und seine Familie zu sehen – *sie sind wenigstens echt.*

Morgen fahren wir Richtung Sky Line – Blue Ridge und Shenandoah Valley. Die Südwestecke von Virginia soll in jeder Hinsicht die beste sein – besonders was die Landschaft betrifft – nichts als Berge. Ich kann nur wiederholen: Die Landschaft selbst ist großartig – weit schöner, als ich je erwartet hatte. Aber das Leben ist leer, trostlos und monoton. Es existiert offenbar keinerlei Verbindung zwischen der Erde und den Menschen, die darauf wohnen. Richten Sie Dudley und Lafayette [Young] meine Grüße aus. Wird Dudley demnächst eingezogen?

Ich glaube, wenn ich zurückkomme, werde ich sofort ins Royalton, 44 West 44th Street, N. Y. – ziehen. Es ist ein bißchen billiger als Weissberger, und der Service ist besser. Freue mich zu hören, daß Sie so gut in Form sind.

Und Grüße auch an Eduardo [Sanchez]. Nahe bei Asheville ist ein Reservat der Cherokee-Indianer. Ich habe eine Liste sämtlicher Reservate und sämtlicher Bundesgefängnisse und Strafanstalten – mit Empfehlungsschreiben.

HVM

Staunton, Va., Sonntag abend
[17. November 1940]

ANAÏS –

Bin gerade dabei, mit dem Problem der Rückkehr nach N. Y. ins reine zu kommen. (Bin noch nicht beim Postamt gewesen, um nach Briefen zu fragen.) Habe ermittelt, daß die Rückfahrt mit dem Bus (der billigste Weg) 2 Tage dauert, wenn man irgendwo übernachtet und vielleicht von Washington aus mit der Bahn weiterfährt, da der Bus von dort bis N. Y. 9 Stunden, die Bahn dagegen nur 4 Stunden braucht. Weiß noch nicht, von wo aus ich mit dem Bus zurückfahren werde, vermute aber, daß ich am 23. umkehren und am 24. noch vor Anbruch der Nacht ankommen werde. Der Fahrpreis von Bristol, Va. (an der Grenze von Tennessee), aus beträgt etwa 10 Dollar. Wenn wir in Washington den Zug nehmen, wird das ungefähr einen Dollar mehr kosten. Wir haben, soweit sich das schätzen läßt, bis Bristol noch zwei oder drei Tagesfahrten vor uns. Vielleicht fahren wir auch gar nicht hin – kommt darauf an. Wie dem auch sei: Wenn sich nichts Unvorhergesehenes ereignet, reicht es noch bis zum 21. – dann bin ich pleite –, wenn nicht morgen mit der Post ein unerwarteter Geldsegen von irgend jemand eintrifft. Ich weiß, es wird schwer sein, vorm Zahltag Geld aufzutreiben. Soweit ich sehen kann, werde ich am 21. etwa 30 Dollar brauchen. Ich werde Ihnen noch telegrafieren müssen, wohin Sie das Geld schicken können. Vielleicht rufe ich Sie auch am Dienstag morgen an. Denke, dieser Brief wird Sie ebenfalls am Dienstag früh erreichen. Sollten Sie nicht soviel zusammenbringen können, so würde Ihnen wahrscheinlich Slocum vorerst etwas für mich leihen. Vielleicht habe ich morgen früh gute Nachrichten zu bieten, wenn (*wenn*) ich die Post bekomme. Wenn es zum schlimmsten kommt, werde ich auf die Fahrt verzichten. Ich habe schon daran gedacht, mit dem Auto zurückzukommen, aber das würde uns *Tage* kosten. Wir fahren im Durchschnitt hundert bis 125 Meilen – und selbst das nimmt uns schon ziemlich mit. Ich würde auf keinen Fall eine Nachtfahrt riskieren! Das ist Wahnwitz – wir haben auf ein paar kurzen Strecken einen Vorgeschmack davon bekommen. Man muß schon aus Eisen sein, um das lange durchzuhalten.

Heute bin ich auf dem Sky Line Drive (Blue Ridge Park) gefahren – etwa 45 Meilen weit. Ein ziemliches Bravourstück – und dabei waren die Straßen hervorragend. Aber wenn man unentwegt um einen Berg herumfährt, ohne daß es irgendwelche Leitplanken am Rand des Abgrundes gibt, packt einen der Schwindel. Ich hab's um der Erfahrung willen gemacht, und es hat sich gelohnt – das herrlichste Panorama. Wenn es in einer langen und starken Steigung ununterbrochen bergauf geht, hat der Wagen seine Schwierigkeiten – mußte im zweiten Gang mit einer Geschwindigkeit von 20 Meilen in der Stunde fahren – Lastwagen und alle möglichen anderen Gefährte überholten uns. Aber auf ebener Straße und bei normalen Steigungen macht er sich gut. Ist einfach ein bißchen alt (Buick, Baujahr 1932), und das merkt man, wenn's hart auf hart geht. Das Ding ist für mich jetzt langsam wie ein Tier – ich kenne seine Launen und seine Möglichkeiten. Kann das alles an seinem Brummen und seinen Reaktionen merken.

Im übrigen fällt mir auf, daß wir jetzt gut erholt aussehen. Hier im Gebiet von Shenandoah ist die Luft frisch und kräftigend – die Menschen sehen wie die Urbilder der Gesundheit und Ausgeglichenheit aus – wie die rotbäckigen Äpfel. Unser einziges großes Problem ist das Essen – die Frage, wo man eine anständige Mahlzeit bekommen kann. Ich esse eine Menge Früchte und trinke häufig Buttermilch – als Medizin. Außerdem laufen wir soviel wie nur möglich – es ist einfach notwendig.

Heute haben wir die Höhlen [Massanutten Caves] besucht (habe Ihnen Fotopostkarten geschickt). Sie würden Ihre Freude daran gehabt haben. Eine Welt der Phantasie und Illusion. Großartig, als der Mann sämtliche Lichter löschte und wir für einige Minuten schweigend in der Stockfinsternis standen – nur das Tropfen des Wassers in den Ohren. Wasser und Fels – die einzigen Zeichen von Leben. Lebende, wachsende Felsen. Ich habe ein Stück von einem Stalagmiten für Sie. Es ist Millionen von Jahren alt.

Ich will ein wenig Platz lassen für den Fall, daß irgendwelche Neuigkeiten mit der Post kommen. –

Nein – nichts von Bedeutung in der Post!

Habe einen Brief aus Griechenland von der Frau des Koloß [Katsimbalis] erhalten.

HVM

Asheville, N. C.
20. November [1940]

Anaïs –

Sind hier heute nachmittag gegen fünf Uhr angekommen, nachdem wir eine sehr hohe Bergkette überquert hatten – die Great Smoky Mountains. Fand weder bei der Post noch bei der Western Union etwas für mich vor. Vermute, Sie haben den Brief eingesteckt, als ich anrief, und die Luftpost um wenige Minuten verpaßt. Postamt morgen geschlossen – werde am Freitag, dem 22., wieder hingehen. Auch bei der Western Union, an die Sie telegrafisch Geld für mich überweisen sollten, werde ich noch einmal vorbeischauen. Vielleicht haben Sie das nicht richtig verstanden. Wie dem auch sei, wenn bis zum Morgen des 22. nichts ankommt, werde ich Ihnen ein Telegramm schicken, weil ich mich am 23. auf den Weg machen wollte – natürlich könnte ich auch am 24. von hier losfahren und am 25. ankommen. Die Fahrt dauert mit dem Zug 18 Stunden und kostet etwa 15 bis 17 Dollar ohne Schlafwagen (kann den genauen Preis nicht in Erfahrung bringen, da der Bahnhofsschalter seit 9.30 Uhr heute abend geschlossen ist – unglaublich!). Glücklicherweise habe ich nach unserm Telefongespräch Ruder telegrafisch um 20 Piepen gebeten, da ich nur noch ein paar Dollar mein eigen nannte – und gestern abend, als wir durch Johnson City, Tennessee, kamen, erhielt ich sie. Von diesem Geld lebe ich jetzt. Es war ein Glück, daß es kam; denn gestern und heute mußten wir ein paar kleine Reparaturen ausführen lassen. Unsere Bremsbelege sind ziemlich hinüber, und wir sollten eigentlich auch *sie* erneuern lassen, bevor wir weiterfahren. Im übrigen aber kann ich mich nicht beklagen – die ersten 2300 Meilen hat der Wagen überstanden. Wir haben, seit wir aus N. Y. abfuhren, 1800 Meilen zurückgelegt. Gewiß fallen dann und wann kleine Reparaturen an – er ist eben alt; aber im übrigen macht er sich gut. Nur wenn's steil bergauf geht, geht ihm die Kraft aus – dann kriechen wir hoch. In der Ebene können wir bis zu 60 Meilen in der Stunde fahren, aber gewöhnlich lassen wir ihn 45 bis 55 Meilen laufen.

Gestern rief ich Sie von Marion, Va., aus an. Sherwood Andersons Haus liegt 20 Meilen außerhalb der Stadt in einem herrlichen Winkel an einem Feldweg. Als wir auf dem Rückweg von dort versuchten, über einen Paß in den Bergen zu fahren, um an die Landstraße zu gelangen, wurden wir auf eine gewaltige Zerreißprobe gestellt. Noch nie im Leben eine so schmale, holprige, gefährliche Straße gesehen. Wir krochen im zweiten oder ersten Gang mit einer Geschwindigkeit von 10 Meilen in der Stunde dahin. Begegneten nur einem einzigen Wagen – zum Glück an einer sicheren Stelle. Weiß nicht, was wir gemacht hätten, wenn wir uns irgendwo anders in dieser Wildnis getroffen hätten.

Typische Schwarzbrennergegend. Hier und da eine Bergbewohnerhütte der rauhesten Sorte. Ich war der Fahrer – fuhr gute 6 Stunden auf nüchternen Magen. Nachmittags um 4 Uhr aßen wir eine Kleinigkeit. Schließlich kamen wir im Dunkeln in Johnson City, Tenn., an – einer erbärmlichen Eisenbahnstadt wie aus dem Wilden Westen – erschreckend. Fuhren im Ort umher und fanden schließlich eine gute Unterkunft. Aber wir waren so fertig, daß wir kaum noch gerade gehen konnten. Und dabei waren wir nur 160 Meilen gefahren. Es war der bisher aufregendste Tag. Ein merkwürdiges Phänomen sind die starken Klimawechsel, die wir von Station zu Station erleben. Einmal erfrieren wir fast – wie in Pulaski, Va., in den Bergen –, dann wieder ist es mild – wie etwa in Hampton, Va. Hier herrscht Frühling; wir befinden uns 3000 Fuß über dem Meeresspiegel und sind umgeben von Bergen. Was ich durch all die Fahrerei lerne, ist, vorsichtig zu sein. Ein großes Erlebnis. Ich hasse es nach wie vor, in Städten zu fahren, ganz gleich, wie groß sie sind – besonders wenn man sich nicht auskennt. Äußerst verwirrend.

Die letzten paar Tage – seit wir bei Harrisonburg, Va., auf das Shenandoah Valley stießen – waren wunderbar. Für ein paar hundert Meilen erinnerte alles ein wenig an Griechenland – der Himmel und die sanften, abgetragenen Hügel – ein sehr altes Gebirge, müssen Sie wissen. Und immer wieder begegnen wir griechischen Restaurantbesitzern und reden mit ihnen über Griechenland. Das Essen in diesen Häusern ist allerdings grausam. (In den griechischen!)

Das «Tourotel» hier ist das weitaus beste, was ich bisher gesehen habe. 3.50 pro Nacht für uns beide. Aber was für ein Haus! Man hat an alles gedacht. Ich lege Ihnen etwas bei, was Ihnen einen kleinen Eindruck davon gibt. Man ist ungestört und wohnt komfortabel – sogar Teppiche auf dem Fußboden! Ich weiß nicht, warum es nicht mehr davon gibt. Die normale Touristenunterkunft ist wahrhaft häßlich. Ein Privathaus. Nichts als zwei Betten – Toilette und Bad auf dem Flur. Die Besitzer sind sich alle ziemlich gleich. Dann und wann eine verständnisvolle Seele – aber sehr selten. Der Tag geht wie im Flug dahin. Rattner läßt sich Zeit. Ich wäre immer schon zwei Stunden eher unterwegs, wenn ich allein wäre. Er reagiert langsam. Im übrigen aber ist er durchaus in Ordnung. Und er ist beinahe sprachlos von all dem – benommen, möchte ich fast sagen. Verhält sich genauso, wie Sie sich verhalten würden. Im Grunde stimme ich mit ihm überein. Wenn ich kein Buch schreiben müßte, hätte ich das Ganze vielleicht nie auf mich genommen. In gewisser Hinsicht ist es *schlimmer,* als wir gedacht hatten – was das *Leben* betrifft, wohlgemerkt. Was dagegen die Landschaft betrifft: weit besser als ich in Erinnerung hatte. Einfach herrlich. Das Unbegreifliche ist, daß nichts mit den Menschen geschehen ist, die inmitten solcher Wunder leben. Oder schätzen wir sie am Ende falsch ein?

Habe soeben mit Eduardo [Sanchez] telefoniert – werde mich morgen früh mit ihm treffen. Jetzt gehe ich ins Bett – um 10 Uhr. Manchmal bin ich sogar noch früher in den Federn. Entweder aus Erschöpfung oder aus Langeweile. Wir kommen in einem Ort an, und eine halbe Stunde später kennen wir ihn. Wie Hunde auf der Wildfährte. Wir entwickeln uns zu Experten im Ausfindigmachen von Übernachtungsmöglichkeiten, die wir im Fahren orten, wenn wir unser Tagesziel erreicht haben. Fahren quer durch die Stadt und machen mit Adleraugen die in Frage kommenden Stellen aus, verfolgen unsere Fährte zurück und suchen uns die beste heraus. Auspacken, waschen, Restaurant suchen, ein wenig umherlaufen, ins Bett. Morgens: packen, essen, auftanken und los. Keine Zeit zum Schreiben. Konnte auch nicht. Versuche jetzt, hier etwas zu tun. Und vielleicht in N. Y. So steht's.

Ich wünschte, ich könnte dieses Tourotel einpacken und mitnehmen. Die erste wirkliche Behaglichkeit, der wir bisher begegnet sind. Vielleicht bin ich am 24. zurück. Werde Ihnen die Ankunftszeit telegrafieren, wenn ich abfahre; werde ins Royalton gehen, wo Sie mich anrufen können, falls es schon zu spät für einen Anruf bei Ihnen sein sollte – das heißt nach 6 Uhr abends.

HVM

P. S. Dudley und Lafe [Young] hätten ihre Freude, wenn sie hier wären. Virginia ist ein großer und außerordentlich interessanter Staat – und die Menschen im Westen, im großen Tal, sind prächtige Typen – von der herzlichen, freundlichen, echten Sorte. Die *einfachen* Menschen, meine ich.

Asheville, N. C.
[4. Dezember 1940]
22.30 Uhr, Mittwoch

Anaïs –

Eben von Lynchburg, Va., aus hier eingetroffen. Seit 7.20 Uhr morgens unterwegs gewesen. Zug zum Verrücktwerden langsam. Werde bis Sonntag hierbleiben.[1]

Übrigens hatte ich Slocum telegrafisch um 25 Dollar gebeten und habe das Geld erhalten. Hatte vergessen, daß ich noch die Autoreparatur bezahlen mußte. Dazu eine große Wäscherechnung. Die Fahrtunterbrechung war ebenfalls kostspielig – Taxis, Trinkgelder, Mahlzeiten im Zug und so weiter. Wenn das Geld knapp wird, kommt einem alles gewaltig teuer vor.

Bin jetzt todmüde. Werde vielleicht morgen auf dem Postamt noch ein paar Zeilen hinzufügen, bevor ich den Brief einstecke. In der vergangenen Nacht war es bitterkalt, aber hier ist es merklich milder.

1 Miller hatte den Wagen in Asheville gelassen und war zum Hochzeitstag seiner Eltern nach New York zurückgefahren.

(Am nächsten Morgen)

Werde am Freitag mit Eduardo [Sanchez] essen. Das Wetter ist prachtvoll hier. Hole jetzt den Wagen ab.

Bevor ich von N. Y. abfuhr, riefen mich Slocum und die Steloff an. Sagten, sie wollten die Idee mit dem Notfonds weiterverfolgen – ich soll das Rundschreiben verfassen. Sie veranstalten noch eine Versammlung, auf der die Mittel und Wege zur Verwirklichung des Plans diskutiert werden sollen. Zweifellos wird man auch Sie bitten zu kommen, und ich an Ihrer Stelle würde hingehen, einfach um mal zu sehen, was da gespielt wird. Ich glaube, Dorothy Norman soll auch eingeladen werden.

Ich habe eine ganze Reihe von guten Ideen für das Projekt, die mir im Gespräch mit Rattner auf unserm Weg hierher kamen. Werde sie heute nachmittag zu Papier bringen. Kann sein, daß es weniger darauf ankommt, wieviel Geld sofort aufgebracht werden kann, als vielmehr darauf, daß man bei Schriftstellern und anderen Menschen Ideen in bezug auf die Frage, was zu unternehmen ist, provoziert und stimuliert.

Traf einen bemitleidenswerten Kerl im Zug – den Zeitungs- und Süßwarenverkäufer. War 22 Jahre lang im Gefängnis gewesen und gerade entlassen worden. Das Erlebnis verfolgt mich immer noch. Sein Gefühl, als er entlassen wurde – und die Gedanken, auf die er verfiel, um seinen Lebensunterhalt zu verdienen –, das alles hat mich tief berührt. Bringe diesen Brief in Eile zur Post. Neue Adresse folgt, sobald ich sie kenne.

HVM

[8. Dezember 1940]
Sonntag – Asheville, N. C.

Die Zeit vergeht wie im Flug. Wir wollen morgen früh von hier losfahren, den Tscherokesen in dem etwa 70 Meilen entfernten Cherokee einen Besuch abstatten und gegen Dienstag abend in Chattanooga, Tenn., eintreffen. Werde Sie oder Bettina [Rattner] wahrscheinlich telegrafisch bitten, Geld nach Chattanooga zu schicken – wir werden uns mit Sicherheit bis einschließlich Mittwoch, den 11., dort aufhalten. Danach Atlanta, Ga., wo wir garantiert Freitag und Sonnabend sein werden, so daß Sie mir dorthin schreiben können, wenn Sie wollen. Von Atlanta aus werden wir über Charleston, S. C., und Savannah, Ga., nach Florida fahren.

Wir sind eben von einem Besuch im Black Mt. College zurückgekommen, wo wir einen Klavierabend miterlebten. Das College selber hochinteressant – überall eine Art tibetischer Landschaft. Wurden herzlich empfangen und zum Essen eingeladen; und wir hätten auch über Nacht dort bleiben können. Die Studenten waren wild hinter meinen Büchern her – es war schwer, wieder wegzukommen. Gaben mir ihre Heimatadressen und beschworen mich, ihre Familien aufzusuchen, wenn ich vorbeikäme – Kalifornien, Texas und so weiter.

Hatten eine aufregende Begegnung mit einem Ex-Sträfling (einem rückfälligen Verbrecher), der 22 Jahre seines Lebens zur Verbüßung von drei Strafen im Gefängnis gesessen hatte – unter anderm als Kettensträfling in Georgia. Er war arg mitgenommen und verängstigt und erzählte uns die schauerlichsten Geschichten. Das Ergebnis war, daß Abe ihm etwas Geld gab und ich mich von meiner neuen Aktentasche trennte – damit er sie verpfänden oder verkaufen und mit dem Geld weiterkommen konnte. Ich werde wahrscheinlich über ihn schreiben, wenn ich mich an das Buch über Amerika mache.[1] Es gab eine Menge zu hören – ein klassischer Fall von Versuchung, Eitelkeit und Unglück – fürs Gefängnis geboren. Seine fixe Idee war eine sentimentale Besorgtheit um Frauen und Kinder – sie sollten anständig behandelt werden. Sein ganzer Stolz war, daß er niemals einen Menschen mit Messer oder Totschläger angegriffen hatte – wohingegen er keinerlei Bedenken hatte, von seinen Fäusten Gebrauch zu machen.

Seine Schilderung einer Gefängnisrevolte, in deren Verlauf 300 Menschen ums Leben kamen, nachdem es mißlungen war, den Laden in die Luft zu jagen, war gespenstisch. Die Sträflinge waren mit Hackmessern bewaffnet. Sie schnitten die Wärter in Stücke – knöcheltiefes Blut in den Abflußrinnen – Arme, Beine und selbst Köpfe lagen herum.

Er hatte ein Paar Augen, die in der Tat die Augen eines Verbrechers waren. Als ob man durch einen wolkigen Schleier hindurch angeschaut wurde. Er sagte, er habe oft Menschen allein mit seinem Blick gelähmt. Endlose Geschichten – alle im gleichen Tonfall – wie in Trance. Der Clou der Sache war, daß wir, als er weg war, herausfanden, daß er Rauschgifthändler war. (Er verkauft die Union News in der Bahn.) «News butch» wird er genannt. Wir mußten uns als Detektive betätigen, um ihn zur Strecke zu bringen.

Der Wagen läuft wunderbar, seit er auf Vordermann ge-

1 Vgl. «The Soul of Anaesthesia» in *The Air-Conditioned Nightmare.*

bracht worden ist – er schnurrt nur so. Jetzt merke ich erst, was es bedeutet, wenn die Bremsen in Ordnung sind. Vorher hatten wir kaum noch Bremsen – die Belege waren vollständig abgewetzt. Ich habe 36 Dollar für die Reparatur bezahlt – Rattner hat mir zehn dazugegeben. Aber ich werde schon nach Chattanooga gelangen; und wenn Sie mir Mittwoch Geld schicken, dann kann nichts mehr schiefgehen.

Versuche, das Rundschreiben über den Schriftstellernotfonds für Steloff und die andern fertigzubekommen. Ein hartes Stück Arbeit.

Die Tage sind zu sehr zerrissen. Ich hoffe aber, daß ich es morgen geschafft haben werde. Ich glaube, der Vorschlag, den ich darin mache, ist nicht schlecht – Sie werden sehen.

Jedenfalls überstürze ich nichts mehr. Ich werde abwarten, was ich schaffen kann und mir keine Sorgen machen. Ich besuche einen alten Jugendfreund in Atlanta – er ist jetzt Oberst in der Armee –, hab ihn seit 30 Jahren nicht gesehen. Auch die Bundesstrafanstalt dort werde ich mir ansehen. Der Ex-Sträfling sagt: «Achten Sie darauf, daß Sie auch die Kerker unten zu sehen bekommen. Lassen Sie sich von denen nicht bloß die besseren Gebäudeteile zeigen.» Es ist milde hier – schön –, und dabei befinden wir uns 3000 Fuß über dem Meeresspiegel. Merkwürdiges Klima.

Wenn Sie Varèse sehen, grüßen Sie ihn von mir. Ich halte eine ganze Menge von ihm. Er ist ein wirklicher Mensch. Leuten wie ihm begegne ich auf meinen Reisen nie. Sagen Sie ihm das.

Bald mehr. Machen Sie sich keine Sorgen um mich. Ich glaube, alles wird glatt verlaufen.

HVM

[Dezember 1940]
Atlanta, Ga.
Freitag, den 13.

ANAÏS –
Habe soeben Ihre Briefe mit den Beilagen von Slocum und Patchen erhalten. Wußte gar nicht, daß Sie Slocum meinetwegen angehauen hatten – dachte, ich hätte Ihnen erzählt, daß ich das bereits selber getan hatte. Die Hälfte des Geldes habe ich von Chattanooga aus zurückgeschickt, als ich das Ihre bekam. Möchte ihn nicht hintergehen, weil er wirklich anständig ist. Frage mich, ob die Ideen, die ich der Gruppe unterbreitet habe, Früchte tra-

gen werden. Das Thema geht mir nach wie vor im Kopf herum – Schongebiete (wie sie die Vögel auf Staatskosten haben) für Schriftsteller und andere Künstler. Unterweisung der Schriftsteller im Schriftsetzen per Hand und mit der Setzmaschine – als Teil ihrer Ausbildung. Hier und dort kleine Inseln, auf denen der Schriftsteller nicht nur Nahrung und Unterkunft finden kann, sondern auch die technischen Mittel, mit deren Hilfe er sein kostbares Manuskript herausbringen kann, wenn er es selber tun will – nur die Möglichkeiten dazu, nichts sonst. Und so weiter.

Kurz, es geht darum, wie man der Bettelei ein Ende setzen kann – wie man dem Schriftsteller einen Status geben kann, wie ihn andere Arbeiter auch haben. Es gibt so viele Plätze, die sich leicht für diese Zwecke herrichten ließen – und so viele natürliche Schlupfwinkel, wo mit ein wenig gutem Willen und Zusammenarbeit Zufluchtstätten dieser Art gegründet und ohne großen Aufwand unterhalten werden könnten – nichts als schlichte Freistätten.

Schreibe diese Zeilen im Bett – ruhe mich nur ein wenig aus – zu faul, irgend etwas zu tun – froh nichts zu tun. Wetter schlecht, regnerisch, düster, und Atlanta, wenngleich eine große Stadt, nicht interessanter als die übrigen Städte.

Ihr Aufsatz über Patchen[1] ist glänzend – habe keinerlei Änderungsvorschläge zu machen. Allerdings stimme ich nicht ganz mit Ihrem Standpunkt überein. Es mag wahr sein, daß er als Person noch nicht geboren ist; aber als Schriftsteller, der sich über den Zustand der Welt äußert, ist er, meine ich, längst geboren; nur die Welt, in der er leben sollte, ist es noch nicht. Er vermittelt ein gefühlsmäßiges Bild davon, wie die Welt gegenwärtig für einen feinnervigen Künstler aussieht. In dieser Hinsicht ist er, meiner Ansicht nach, völlig im Recht.

Übrigens, Eduardo [Sanchez] hat mir ein Buch von Gerald Heard (*Pain, Sex & Time*) geliehen, das ich Ihnen, sobald ich es durchgelesen habe, zuschicken werde mit der Bitte, es ihm zurückzugeben. *Er* hat Lösungen zu bieten – *eine*, im Grunde, und zwar eine kühne – die okkulte, möchte ich sagen. Sie werden sehen. Jedenfalls könnte ich mir keinen religiösen Typus vorstellen, der sich leidenschaftlicher und rückhaltloser gegen die gesamte Weltordnung ausspräche. Aber seine Haltung ist positiv und hoffnungsvoll (was für Patchen nicht zutrifft), weil er noch jung ist. Ich stehe Heard insofern nahe, als ich mich nach der tiefsten Ver-

1 Manuskript-Fassung in Anaïs Nins Tagebuch.

zweiflung stets mit Problemen konfrontiert sehe – Problemen, die noch mehr vom einzelnen fordern und nicht auf eine kollektive Lösung warten. Wenn Sie das Buch lesen, werden Sie verstehen, was ich damit sagen will. Was ich (in bezug auf Patchen) meine, ist, daß der Künstler recht daran tut, wenn er feststellt, *was ist* – die Lösungen mögen sich einstellen, wenn hier und dort einzelne Menschen *erkennen*, was was ist.

Im übrigen glaube ich, daß Sie das alles viel besser zusammengefaßt haben, als ich es könnte. Ich wüßte niemanden zu nennen, der das Buch richtig sehen wird (höchstens irgendein verrückter junger Poet). Und im übrigen geht es mir gegenwärtig auch nicht um ihn persönlich. Ich habe nur versucht, für sein Werk zu kämpfen – ihm Gehör zu verschaffen. Das ist es, woran ich vor allem denke, wenn ich versuche, das Künstlerproblem in seiner Gänze zu lösen: die Frage, wie man jedem einzelnen Gehör verschaffen kann. Das Schicksal entscheidet darüber, was leben wird und wer leben wird. Aber gegen die fundamentale Stumpfsinnigkeit und Ungerechtigkeit könnte, glaube ich, etwas getan werden – und es muß von den Schriftstellern selber getan werden, nicht von irgendwelchen wohltätigen Vereinen. Ich selber bin von all dem nicht mehr so sehr betroffen, weil ich, wenn es wirklich sein müßte, das Schreiben aufgeben könnte.

Das, wonach ich mich jetzt am meisten sehne, ist ein ruhiges Fleckchen – ein geheiligtes Fleckchen –, wie ich sie in Griechenland gesehen habe. Hier gibt es so etwas nicht – bislang –, die äußeren Voraussetzungen sind zwar gegeben, herrliche Plätze; aber irgend etwas liegt in der Luft, das alles zunichte macht.

So ist es zur Zeit überall auf der Welt. Darum muß bald etwas getan werden. Alles scheint in eine Sackgasse geraten zu sein. Entweder gehen wir unter, oder wir schwimmen. Ich glaube, wir werden schwimmen! Ich bin überzeugt davon. Lösungen erwachsen aus der Verzweiflung.

Ich kann jetzt ohne Schwierigkeiten nach N. Y. zurückgelangen, wenn ich will. Kann sein, daß ich Weihnachten in Charleston oder Savannah verbringe. Glaube, die Fahrt würde von diesen beiden Städten aus ungefähr ebensoviel kosten wie von Asheville aus. Werde jedoch niemandem erzählen, daß ich nach N. Y. zurückkomme. Mit Rattner könnte ich dann in Key West zusammentreffen.

Das Bergland haben wir, glaube ich, fast hinter uns. Die Landschaft war – bis jetzt – allenthalben wunderbar. Georgia ist nur noch dünn besiedelt – wirkt bisher geradezu unbewohnt. Atlanta ist absolut scheußlich. Eine Art New York des Südens – aber ein N. Y., das architektonisch in die Zeit vor 50 Jahren gehört. Einfach schauderhaft. Ich bezweifle langsam, daß es in Amerika irgendeine Stadt gibt, die mir gefällt. Mein Ekel wächst und wächst. Und doch findet das Auge an jedem Tag, den ich hinter dem Steuer verbringe, so viel Befriedigung, daß ich meinen Abscheu vergesse, bis der Wagen hält.

Ich habe langsam das Gefühl, daß die Leute von D. D. & Co. [Doubleday, Doran u. Co] mein Buch [*The Air-Conditioned Nightmare*] am Ende so widerwärtig finden, daß sie sich weigern werden, es zu drucken. Ich brauche keine häßlichen Worte, um das Bild zu beschreiben, das ich jetzt habe. Selbst in der schönsten Sprache wäre es unerträglich genug. Wäre ich ein Diktator, ich würde die gesamte Bevölkerung zum Teufel jagen – mit Ausnahme der Indianer und Neger.

Das Indianerreservat in Cherokee, N. C. (kleiner, als ich angenommen hatte) war ein sehr wohltuender Kontrast zu den Landstrichen der Weißen. Einfach idyllisch – kein Zeichen von technischer Zivilisation. Gleich mit dem ersten, dem ich begegnete, machte ich nähere Bekanntschaft – ein langes Gespräch, das zu einem bemerkenswerten Pakt führte. Könnte jederzeit in sein Haus in Oklahoma kommen und so lange dort bleiben, wie ich wollte. Ich glaube, im Westen werde ich ähnliches erleben. Das Sonderbare war, daß er beinahe augenblicklich auf die Seele, auf Gott und so weiter zu sprechen kam. Man konnte die Kluft zwischen den beiden Rassen spüren – konnte merken, wie sie sich auseinanderentwickelt haben. Er erzählte mir von dem Wunder, das ein spanischer Priester vollbracht hatte, dem es gelungen war, einen Pueblo-Stamm zu bekehren – und daß bis heute kein weißer Mann allein zu der Stelle findet. (Wenn man von einem Indianer hingeführt wird, dann geschieht es des Nachts – durch Höhlen und so weiter – und manchmal werden einem auch noch die Augen verbunden.) Läßt man sich Zeit beim Reisen, dann bemerkt man, in welchem Maße das Land vom Leben der Indianer geprägt ist. Viele, viele Namen von Orten, Bergen, ausgetrockneten Wasserläufen, Flüssen – alle indianischer Herkunft. Es ist, als sollten wir für kurze Zeit hierbleiben, alles in Unordnung bringen, scheitern und wegsterben, um das Land dann wieder seinen rechtmäßigen Eigentümern zu überlassen. Trotz allen fanatischen Eifers, mit dem er zu Werke ging, hat der weiße Mann hier nichts ausgerichtet – alles wirkt vorläufig und unsicher.

Nun gut! Sie schreiben mir jetzt nach Charleston, nicht wahr?

HVM

P. S. Vater schreibt, daß er noch keine Zigaretten bekommen habe. Wollen Sie sie ihm schicken – oder soll ich es tun? Eine Stange von der langen Sorte, das reicht.
P. P. S. Der helle Stern und der kleine Stern, die am frühen Abend etwa 2 Fuß voneinander entfernt nahe beim Mond stehen, sind Jupiter und Saturn in Konjunktion. Ich habe sie monatelang beobachtet, ohne zu wissen, welche Sterne es waren.

[Dezember 1940]
Charleston, S. C., Dienstag den 17.

ANAÏS –
Habe heute morgen hier Ihren Brief erhalten. Charleston ist einfach herrlich – kann es noch gar nicht glauben. Die allererste Stadt, die ich auf meinen Reisen in Amerika gefunden habe. Wie aus der Alten Welt – mit sehr ausgeprägtem Charakter, ehrwürdig, elegant, unverfälscht – auch die schmutzigen Negerviertel, durch die wir gestern abend gingen, sind großartig. Es ist, als liefe man wieder in Paris umher. Könnte hier leben, wenn ich wollte. Hat genau die Atmosphäre, die ich brauche – und ein prachtvolles Klima, einen prachtvollen Himmel. Gestern abend ohne Hut und Mantel im Regen spazierengegangen – etwa 72 Grad Fahrenheit!! Jedes Haus originell in seinem Stil, und zwar viele Häuser – nicht nur ein kleiner Bezirk. Einige Gebäude aus dem 18. Jahrhundert erinnern mich an Nîmes und Arles. Man kann herumlaufen und sich glücklich fühlen, ohne eine Menschenseele zu kennen. Von den anderen Orten erzähle ich Ihnen später.

Ja, ich habe heute zusammen mit dem Ihren einen Brief von Patchen bekommen. Habe ihn beantwortet, kann ihm jedoch keinen Rat geben, kann höchstens einen Bittbrief für ihn schreiben, falls er das für sinnvoll hält.[1] Ich bezweifle, daß irgendein Verleger sein Buch nehmen wird. Vielleicht findet sich jemand, der es privat macht – eine andere Möglichkeit sehe ich nicht.

Die Ablehnung des Griechenland-Buches hat mich nicht überrascht. Ich bin nicht davon überzeugt, daß Slocum ohne Schwierigkeiten einen Verleger finden wird. Je mehr ich herumreise, desto mehr wundere ich mich darüber, daß überhaupt irgend

1 Patchen suchte einen Verleger für sein neues Buch *The Journal of Albion Moonlight*. Miller half ihm dabei, indem er das Werk ins Gespräch zu bringen suchte.

etwas gelesen wird. Für Kunst ist kein Platz in Amerika – Kunst ist ein reiner Luxus. Deshalb machen Sie sich nicht allzuviel Mühe damit. Soll sich Slocum selbst darum kümmern – es ist eine nützliche Erfahrung für ihn. (Ich habe übrigens kein zweites Exemplar.)

Sie sagen, Sie hätten einen neuen schweren Anfall gehabt. Das klingt beunruhigend. Wissen Sie wirklich, wodurch diese Anfälle hervorgerufen werden? Ich meine, weiß es der Arzt? Sie verbringen zuviel Zeit beim Arzt. Zuviel ärztliche Behandlung. Wenn organisch alles in Ordnung ist, dann müssen Sie Ihre Lebensweise ändern, das ist alles.

Werde vermutlich 4, 5 oder 6 Tage hierbleiben. Falls Sie mich anrufen möchten: Ich wohne im Timrod Hotel, einem alten und bekannten Haus in der Meeting Street South. Sollten Sie mich nicht erreichen, so lassen Sie mir bitte ausrichten, wann Sie wieder anrufen werden. Ich werde dann auf das Gespräch warten. Rattner will, glaube ich, zu Weihnachten nach N. Y. zurückfahren. Daher werden wir hier vermutlich am 22. oder 23. abreisen. Die Fahrt dauert elf oder zwölf Stunden von hier aus – bessere Zugverbindung als von Asheville.

Versuche, ein langes Stück für das Laughlin-Buch [*Wisdom of the Heart*] zu schreiben. Slocum meint, der Vertrag werde in etwa zehn Tagen unter Dach und Fach sein. Ich muß es bis Ende des Monats fertig haben. Bis jetzt habe ich noch nichts geschrieben, fühle mich hier jedoch in der Lage dazu, zumal ich noch eine Weile bleiben werde. Und in N. Y. kann ich dann – wenn mich niemand aufspürt – den Rest schreiben. Ich sage niemandem, daß ich komme. Ich lasse die Leute einfach für eine Weile im unklaren über meinen Aufenthalt.

Freue mich, daß Sie sich mit Luise Rainer treffen wollen. Ich glaube, daß Sie in ihr eine wirkliche Freundin finden werden – und mehr noch: Ich glaube, daß sie etwas für Sie tun wird. Ich habe das sichere Gefühl.

Überdies bin ich froh, daß Sie Vater die Zigaretten geschickt haben. Er muß mir geschrieben haben, bevor Sie sie absandten. Er sagt, er habe eine Menge Bücher von Ihnen bekommen. Sie sind fürs Weihnachtsfest aufs Beste versorgt. Ich brauche dort keinerlei Geld auszugeben. Ich spare, wo ich kann. Schon die reinen Lebenskosten sind hier hoch. Außerdem ist es ein Verbrechen, für so etwas Geld auszugeben. Aber vielleicht bekommen wir alles zurück, wenn das Buch erschienen ist. Ich weiß, daß mein Stern trotz aller kleinen Rückschläge immer höher steigt. Nichts kann mich zurückhalten auf dem Marsch nach vorn. Darum kann ich mit Zuversicht abwarten. Ich weiß, das Schicksal wird das Notwendige dazutun. Bald mehr.

HVM

[5. Januar 1941]
Timrod Hotel – Charleston, S. C.
(Meeting Street South)
Sonntag

Anaïs –
Traf hier gestern nachmittag ein, nachdem ich über Nacht in Richmond Station gemacht hatte. Kam um 3.30 Uhr an und stellte fest, daß das Postamt bereits seit zwei Uhr geschlossen war. Erst jetzt komme ich langsam über die Magenverstimmung hinweg. Ich vermute, der Apotheker hat sie verjagt mit seiner Frage, ob ich auch sicher sei, daß es sich um eine Magenverstimmung handele. Meinte, es könne etwas mit dem Herzen zu tun haben. Der Gedanke daran hat mich geheilt. Ich nahm ein bißchen Bisodol für den Magen ein und ging ins Bett, schlief 14 Stunden und wachte fast gesund auf. Wenn der Schmerz nicht aufhört, werde ich zum Arzt gehen. Ich glaube aber, es renkt sich von selbst wieder ein. Jedenfalls ist Charleston eine Pracht. Ich kam an, und das Wetter war milde, der Himmel weich und pastellfarben, die Häuser hell, die Menschen freundlich und ohne Hast. Die Stadt gefällt mir jetzt noch besser als auf den ersten Blick – und das will etwas heißen. Der Mann in der Garage wußte nicht, was er mir für das Unterstellen meines Wagens berechnen sollte. Meinte, er habe ihm nicht im Weg gestanden. Ich bot ihm ein paar Dollar an, und er sagte: «Das ist zuviel – geben Sie mir die Hälfte, und wir sind quitt.» Phänomenal, was? Ich habe ein hübsches Zimmer mit fünf Fenstern, durch die den ganzen Tag lang das Sonnenlicht hereinflutet. Habe mit dem Umschreiben begonnen und bringe noch mehr Verbesserungen an. Glaube, jetzt wird es gut vorangehen – ich habe es im Griff.

Gestern abend las ich ein paar von Rudhyars Traktaten. Sie sind bemerkenswert gut – und was er über den Künstler und seine Rolle sagt, entspricht genau meinen eigenen Vorstellungen. Ich habe seine Sachen mit Vergnügen gelesen. (Es fiel mir allerdings auf, daß er vom Thema abschweift, sooft er auf Europa zu sprechen kommt – genau wie ich, wenn ich von Amerika rede! Das lehrt mich, auf der Hut zu sein – nicht zu allgemein zu werden.) Im großen und ganzen ist seine Anschauung nicht nur wohlbegründet, sondern zugleich anregend. Später, wenn ich die Traktate zurückgebe, werde ich Ihnen sagen, welche darunter Sie sorgfältig lesen müssen. Eine Niete ist er sicher nicht! Nicht bloß *lorry-forry* [larifari] – wie mein Vater sagt.

Wissen Sie, warum es mir hier so sehr gefällt? Die Stadt erinnert mich lebhaft an Avignon (die Dächer), Monaco (die Mauern im italienischen Stil), Orange (der romanische Einfluß) und Nîmes (die seltsamen kleinen Tempel). Sie wirkt teilweise überaus südfranzösisch. Dazu ist sie sauber, verträumt und heiter.

Jeder Schritt bringt eine neue Überraschung. Nichts wiederholt sich. Man ist sehr stolz hier, aber durchaus zu Recht. Muß das letzte Bollwerk einer Aristokratie der Kultur sein. Timrod, nach dem das Hotel benannt ist, war ein Dichter. Im Park gegenüber steht eine Statue von ihm. Es gibt zahlreiche Statuen hier – auch ganz verrückte sind darunter. Nach allem, was die Namen für mich bedeuten, könnte ich fast glauben, ich sei in einem fremden Land. Das Großartigste aber ist der Himmel – bei Sonnenuntergang. Etwas über alle Maßen Zartes, wie ein Aquarell auf feuchtem Papier. Und hinter diesen zarten Tönen ein Licht, fast so stark und durchdringend wie in Griechenland. Die Folge ist, daß für ein oder zwei Stunden die Häuser, wie in Paris nach einem Regen, mit einer strahlenden Aura umgeben sind. Das Weiß hier gleißt und blendet nicht – es strahlt eine milchige Wärme aus, die zumindest *eine* Stadt in Amerika wohltuend und gesegnet erscheinen läßt. Und das bedeutet schon eine ganze Menge – wenn *ich* es sage!

Ich denke, ich werde zumindest bis Dienstag hierbleiben. Nächste Station: Savannah, Ga. Werde jedoch noch schreiben, ehe ich abfahre. Jedenfalls fühle ich mich beruhigt wie ein Genesender. Hoffe, Sie denken weiter über die Druckerpresse[1] nach.

HVM

[6. Januar 1941]
Charleston, S. C.
Montag

ANAÏS:

Soeben ist die Post eingetroffen, aber weder Schecks noch ein Kontrakt, noch ein Brief von Volkening sind darunter. Habe gerade telegrafisch bei ihm angefragt, ob er etwas abgeschickt hat

1 Vgl. S. 252 f.

oder nicht. Fraenkel schreibt mir, er drucke eine neue Serie der *Hamlet*-Briefe in Mexiko. Vorwiegend Weihnachtsgrüße. Dazu ein Brief von Patchen, in dem er sagte, daß Laughlin das Buch veröffentlichen will, wenn er Edmund Wilson von der *New Republic* als Förderer gewinnen kann! Ich habe gerade an beide, an Patchen wie auch an Wilson, geschrieben. Patchen bekommt einen hübschen Brief, der ihn ein für allemal aufklären wird. Ich werde wahrscheinlich am Mittwochmorgen von hier aus nach Savannah, Ga., fahren. Werde am Mittwoch, bevor ich abreise, noch nach Post fragen.

Ich lege einen Brief von Madame Jodjana bei, einer Holländerin, die mit einem javanischen Tänzer verheiratet ist. Sie schreibt mir als die Freundin einer Mlle Germaine Berder, die bei ihr gewohnt hat – einer Französin, die ich einmal durch Fred und Mr. Symons in Paris kennengelernt habe. Sie ist eine «spirituelle» Person, und dieser Brief der Jodjana ist die Folge davon, daß ich ihr einmal auf Mlle Berders Bitte hin einen einfachen, kurzen Brief geschrieben habe, in dem stand, daß besagte Mlle Berder (die offenbar aus irgendeinem Grund nicht selber von England aus schreiben konnte) bei guter Gesundheit sei, ihr die besten Grüße schicke und so weiter. Daraufhin bekomme ich diese außergewöhnliche Anfrage! Bevor ich antworte, möchte ich offen fragen, ob man nicht irgend etwas für sie arrangieren kann – etwas wie eine Tournee. Ich selber weiß einfach nicht, wer da helfen könnte, dachte aber an Joaquin [Nin-Culmell], seine Bekannten aus der Musikwelt und so weiter. Vielleicht könnten Sie ihm diesen Brief schicken und ihn fragen, ob er irgend etwas über diesen javanischen Tänzer weiß und ob ich die Bitte an irgendeine Agentur hier in Amerika weiterreichen könnte. Sie erinnern sich vielleicht, daß es dieser Tänzer war, der meinte, er wisse, was Nijinski fehle; sie hätten auf Java ähnliche Fälle eines sogenannten Wahnsinns gehabt, der auf eine Störung der «chakra» zurückzuführen sei, die mit dem Raumgefühl zu tun habe. Es sei, als habe sich der Tänzer, ohne zu ahnen, welcher Gefahr er sich damit aussetze, einer geheimen Quelle genähert, die nur Eingeweihten vertraut sei, und sei – nachdem er blinden Gebrauch gemacht habe von seinen Kräften – unfähig gewesen, zu normalen Bedingungen zurückzukehren. Irgend etwas in dieser Richtung ...

Auf jeden Fall schicken Sie mir den Brief bitte irgendwann zurück, damit ich ihn beantworten kann. Einiges von dem Unsinn über den Haushalt, die Blumen, den Sachschaden und so weiter soll offenbar an Mlle Berder weitergegeben werden. Ich habe keine Ahnung, warum sie sich nicht direkt miteinander in Verbindung setzen können. Eine mysteriöse Angelegenheit. Machen Sie sich keine unnützen Gedanken darüber. Wir sind ihnen nicht verpflichtet. Es könnte nur sein, daß ihr Mann zufällig der größte lebende Tänzer ist, und in diesem Falle wäre es nicht schlecht, wenn man irgendwie helfen könnte.

Ich laufe jetzt schnell mit dem Brief zum Postamt, damit er noch per Luftpost abgeht. Tut mir leid, daß es nicht mehr Ermutigendes zu berichten gab. Mir geht es besser – der Schmerz ist jetzt fast ganz verschwunden. Habe das Gefühl, Rattner wird nicht aufkreuzen. Muß noch einmal auf Rudhyar zurückkommen – lese immer noch die Aufsätze. Er scheint alle Probleme gelöst zu haben – ein gigantisches Unternehmen.

Hoffe, Sie haben keinen Rückfall gehabt. Morgen mehr.

HENRY

[8. Januar 1941]
Charleston, S. C.
Mittwoch nachmittag

ANAÏS –

Erhielt ein Telegramm von Rattner, in dem er mir mitteilt, daß er erst heute aus N. Y. abfahren wird. Vermute, er wird sich vor morgen nicht sehen lassen – er sagt in seinem Telegramm nicht, wann er ankommen wird. Ich jedenfalls werde spätestens am Sonnabend in Savannah, Ga., sein, ganz gleich, ob mit oder ohne ihn. Deshalb überweisen Sie mir bitte telegrafisch Geld an das dortige Büro der Western Union, wenn Sie inzwischen nichts Gegenteiliges hören.

Ich fühle mich heute merklich besser und mache mich jetzt an die Leberpillen heran, die Sie mir gegeben haben – hoffe, sie sind inzwischen nicht muffig geworden. Der Schmerz ist weg, habe aber immer noch leichte Verdauungsstörungen. Es waren die schlimmsten, die ich je gehabt habe. Aber da ich allein war, verhielt ich mich still, tat meine Arbeit, ruhte und so weiter. Heute unternahm ich, nachdem ich meine Seiten geschrieben hatte, eine dreistündige Fahrt. Machte mich auf die Suche nach einer kleinen Stadt namens *Secessionville* – nur um Ihnen zu zeigen, wie stolz sie hier darauf sind, Rebellen zu sein. Sie liegt in der Nähe von Fort Johnson, wo der erste Schuß im Bürgerkrieg fiel – beim Angriff auf Fort Sumter. Nun ja, die Ortschaft bestand aus nichts als toten Häusern, ein bißchen Vieh, ein paar Negern und einer

Gedenktafel für die Toten (mitten in einem Misthaufen). Aber sooft man die Landstraße verläßt, kommt man in eine interessante Landschaft. Es war die erste Autofahrt, die ich nur zum Vergnügen unternahm – daran sehen Sie, daß ich wirklich krank gewesen sein muß.

Der Vertrag von Laughlin ist auch aufgetaucht! Er war beim Postamt in der Schublade gelandet, weil eine Nachgebühr zu zahlen war. Ich unterschrieb ihn und schickte ihn ab. Er wird dem Agenten nach Empfang 100 Dollar für mein Konto auszahlen. Weitere hundert werden folgen, wenn ich die Geschichte schicke, die ich gerade abschließe. Ich bat Volkening mir mitzuteilen, wie die Dinge für mich stehen. Ich fand heraus, daß das Griechenland-Buch jetzt bei der Viking Press ist – nicht bei Doubleday. Habe noch nicht erfahren, ob Doubleday es abgelehnt hat oder nicht. Aber wenn die astrologische Auskunft richtig ist, werde ich wahrscheinlich bald einen Verleger dafür finden. Von Fraenkel habe ich Ihnen berichtet, nicht wahr? Davon, daß er von Mexiko aus den zweiten Band des *Hamlet* veröffentlichen will?

In dem Vertrag hat Laughlin 5 Bücher freigegeben. Er hat immer noch eine Option auf die Pariser Bücher – aber das kümmert mich nicht weiter. Das zweite Teilstück des Griechenland-Buches wird voraussichtlich Mitte Januar in der *New Republic* erscheinen[1]. Es wird also bald mehr Geld da sein!

Ich trinke gewaltige Mengen Orangensaft – außerdem habe ich ein gutes Verdauungsmittel gefunden. Bisodol heißt es. Nehme es einmal am Tag. Und noch etwas anderes habe ich entdeckt – mein Anzug ist mir zu eng. Die Weste kann ich nicht mehr tragen. Sie kneift. Ich muß also während der Reise zugenommen haben – merkwürdig.

Wenn Rattner morgen ankommt, werden wir uns am Freitag auf den Weg machen und Freitag abend in Savannah sein. Es sind kaum mehr als hundert Meilen bis dorthin. Anschließend werden wir, hoffe ich, nach Key West brausen. Es war kalt – nicht unangenehm freilich. Die Leute frieren hier schnell. Für sie ist 35 Grad über dem Gefrierpunkt kalt. Kein Brief von Ihnen – erwarte jedoch Post in Savannah.

HVM

1 Das erste Teilstück erschien im Januar 1941 in *Town and Country* unter dem Titel «The Colossus of Maroussi». Die *New Republic* veröffentlichte in der Ausgabe vom 21. April 1941 «Peroration to a Book on Greece».

P. S. Die Fahrt heute war herrlich – und so wird es jetzt immer sein. Unter torartig gewölbten, mit geisterhaften Bärten behangenen Bäumen dahin. Ein unheimliches Gefühl, selbst bei hellem Tageslicht. Nachts muß das gruselig sein.

[13. Januar 1941]
Jacksonville, Fla.
Montag vormittag

Anaïs –
Habe alles in Savannah bekommen. Postamt schließt dort mittags – war zu spät, um noch einen Brief abzuschicken. Außerdem hatte ich mich anständig erkältet und fühlte mich hundselend. Jetzt, freilich, geht's mir schon besser – vor allem Schnupfen.

Wir ändern unsere Reiseroute – werden nun doch nicht nach Miami und Key West fahren. Das Volk in Florida sieht schauderhaft aus – der Abschaum des ganzen Landes. Es ist wie am Broadway und billig, gemein und kitschig dazu. Deshalb fahren wir in Richtung New Orleans weiter. Donnerstag oder Freitag werden wir in Mobile ankommen und dort das Wochenende verbringen. In der Woche darauf fahren wir dann nach New Orleans, wo wir ein paar Tage oder eine Woche bleiben wollen. Schicken Sie deshalb die Post entweder nach Mobile oder nach New Orleans. Würden Sie bitte Miss Steloff anrufen und auch ihr sagen, daß wir unsere Route geändert haben. Ich habe ihr gestern eine Karte geschrieben und ihr mitgeteilt, sie möge die Post nach Key West schicken. (Vielleicht mache ich heute nachmittag einen Ausflug nach St. Augustine. Wagen wird überholt – irgendwas stimmt nicht mit der Lichtmaschine.)

Die Sache für Laughlin habe ich abgeschlossen und schicke sie jetzt ab – 52 Seiten. Glaube, sie ist gut so. Habe sie ein wenig umgeändert. Ein bißchen gekürzt. Volkening sagt, mein Konto werde eben ausgeglichen sein, wenn Laughlin die 200 Dollar überweise. Es bleibt also nur die Hoffnung auf das Fragment für die *New Republic* und das Griechenland-Buch. Aber ich glaube jetzt, daß ich eine gute Chance habe, das Guggenheim-Stipendium zu gewinnen – Mitte März. Das ist, astrologisch gesehen, mein günstigster Augenblick. Bald mehr. In Eile. Muß einen ziemlichen Berg Post erledigen. Glaube, Rattner wird sich in New Orleans von mir trennen.

HVM

P. S. Verzeihen Sie die Hast. Schreibe von einem Restaurant aus.

[13. Januar 1941]
St. Augustine, Fla.
Montag abend

ANAÏS –
Schrieb Ihnen am Vormittag ein paar hastige Zeilen – dachte, wir würden sofort aus Jacksonville wegfahren, mußten jedoch bis 6 Uhr auf das Auto warten. Wiederum kein ernsthafter Fehler am Wagen – nur abgenutzte alte Teile. Zahlten 9 Dollar für die Reparatur. Wir nahmen die Küstenstraße, die anders als die Hauptstraße verläuft. Begegneten auf 40 Meilen ganzen 2 Wagen. Die trostloseste, gottverlassenste Strecke, die wir bislang erlebt haben. Aber St. Augustine selbst sieht – jedenfalls bei Nacht – sehr hübsch aus. Morgen werden wir es besser wissen. Wenn Sie auf die Karte schauen, werden Sie sehen, daß wir quer durch Florida in Richtung Westen fahren wollen – über Tallahassee nach Pensacola und Mobile. Dabei werden wir auch den Suwannee River überqueren. Er entspringt im Okefenokee-Sumpf in Georgia. Vielleicht sehen wir ein Stück dieses Sumpfgebietes – weiß noch nicht genau.

Vergaß zu sagen, daß wir am Sonntag auf unserem Weg von Savannah aus nahe an St. Mary's vorbeikamen – aber mir ging es nicht gut – konnte kaum aus den Augen schauen, nieste und hustete ununterbrochen. St. Mary's liegt unmittelbar an der Staatsgrenze. Merkwürdig, im gleichen Augenblick, als wir Brunswick., Ga., hinter uns hatten, kam es uns vor, als seien wir bereits in Florida. Es herrschte ein völlig anderes Klima. Allerdings ist es nur tagsüber warm. Die Nächte sind kalt, feucht und heimtückisch. Das Wetter in N. Y. ist in gewisser Hinsicht besser. Ich habe *subtropische* Gegenden nie gemocht. Ich finde, sie sind ungesund. Haben immer etwas Unechtes. Palmen machen auf mich stets einen unangenehmen Eindruck – sie wirken imitiert.

Das Bild, das sich einem in Jacksonville von dem *potpourri humain* in Florida bietet, ist deprimierend. Genau wie vor 15 Jahren – nur schlimmer. Etwas Ekelhaftes und Unappetitliches haftet dem an. Die entwurzelten, verlorenen Seelen Amerikas. Ich glaube, wir haben gut daran getan, Kurs auf die Golfküste zu nehmen – die sogenannte Riviera Amerikas – die, glaube ich, so gut wie unbekannt ist.

Ich werde Sie wahrscheinlich am Freitag noch einmal von Mobile aus anrufen. Kann sein, daß ich am Samstag wieder ein wenig Geld brauche – habe zur Zeit noch etwa 33 Dollar.

Volkening hat mir zwei Abschriften der Stellungnahmen Rosenfelds und Edmund Wilsons zu meinem Griechenland-Manuskript geschickt – beide sehr schmeichelhaft. Rosenfeld fand, es sei ein heiteres Buch – in diesen Zeiten ein Wunder!

Gehe jetzt ins Bett – 21.30 Uhr! Immer noch ziemlich schwach auf den Beinen. Vermute, ich werde immun sein, wenn die Epidemie richtig ausbricht.

Übrigens, das Geld in Savannah kam durch den Telegrafendienst der *Post*. Sie wissen, ich frage nur beim Büro der Western Union nach. Es war ein glücklicher Zufall, daß ich den Umschlag öffnete, in dem der Bescheid war, daß ein Scheck für mich da sei. Ich wollte ihn schon ungeöffnet wegwerfen – dachte, es sei irgendeine Reklame. Solange Sie derlei jedoch als postlagernde Sendung schicken, spielt es keine Rolle, ob es mit der Post oder der Western Union kommt. Nur, denken Sie daran, daß hier im Süden die Postämter gewöhnlich samstags mittags schließen. Komme ich nach 12 Uhr an, muß ich bis zum Montag warten – wenn Sie nicht direkt an das Büro der Western Union telegrafieren. Das ist immer geöffnet. Wenn Sie sich freilich nicht festlegen wollen, werde ich hier wie dort nachfragen. Ist Ihr Weg zum Postamt in N. Y. vielleicht näher?

HVM

P. S. Savannah war absolut uninteressant. Schmutzig, verwahrlost, düster, verschlafen. Und so weiter. Und so weiter.

[16. Januar 1941]
Mobile, Ala.
Donnerstag abend

Anaïs –

Wir sind hier gegen Mittag angekommen – ein wenig eher als geplant. Ich glaube, wir werden morgen nach Biloxi, Miss., weiterfahren und am Samstag oder Sonntag in New Orleans sein. Mobile ist nicht das, was ich mir in Paris erträumt habe – wenngleich es einige Vorzüge hat. Besonders das Klima und der Himmel sind schön. Wir sind jetzt am Golf von Mexiko – seit wir gestern auf unserm Weg nach Pensacola Panama City passiert hatten. Das Wasser sah herrlich aus – smaragdgrün, trotz des Sturms. Den ganzen Tag über fuhren wir in strömendem Regen – wolkenbruchartig – tropisch – mit Donner und Blitz. Die Golfküste *ist* eine Riviera – aber sie haben nichts daraus gemacht.

Nordflorida ist eine einzige trostlose Wildnis – Waldgebiete, Sümpfe und so weiter. Die Strecke von Jacksonville nach Pensacola ist wie der Traum eines Monomanen. Sehr mild hier. Wie gestern abend in Pensacola. Temperatur um 56 Grad Fahrenheit – am Abend! Am Nachmittag ist die Sonne ein einziger Feuerball – bedrohlich! Und der Himmel sieht dramatisch aus – sattes Grünblau, Türkis, mit bauschigen Wolken oder klar und weich wie Samt. Wenn es dunkel wird, ein großartiges Bild. Vorgestern, glaube ich, überquerten wir den Suwannee River. Stiegen aus, um ihn uns anzuschauen. Verträumt und romantisch – prächtige Bäume, von denen die grauen Bärte der Tillandsie herabhängen.

Auf unserem Weg quer durch den breitesten Teil Floridas folgten wir dem alten Pfad der Spanier, der in St. Augustine begann. Sie müssen großen Mut und große Ausdauer gehabt haben. Es war zu jener Zeit ein ungeheuer schwieriges Unternehmen – und das ist es sogar heute noch. Auf Strecken von vierzig und fünfzig Meilen kein Haus, kein menschliches Wesen – nicht einmal eine Tankstelle. Aber die samtweichste neue Straße, die man sich denken kann – schwarz wie Holzkohle mit roten Begrenzungsstreifen – sehr hübsch. Wir versuchen, während der Fahrt Orangensaft zu trinken – hier gibt es nur «konservierten» Orangensaft – irgendein Gebräu des Dr. Phillips – verpanscht und ungenießbar gemacht. Aber allenthalben Säcke mit hundert Orangen für 50 Cents und weniger. In den Restaurants hingegen kein frisches Obst – manchmal nicht einmal konserviertes. Zum Glück können wir Backpflaumen bekommen. Ein verrücktes Land.

Das größte Problem besteht darin, Zusammenstöße mit Schweinen und Kühen zu vermeiden, die hier überall frei herumlaufen und die Straßen versperren. Viele liegen tot auf der Straße. Die jungen Schweine sehen scheußlich aus – so als seien sie nackt überfahren worden.

Die spanischen und indianischen Namen sind klangvoll – aber sie haben ihre Lebendigkeit eingebüßt. Kamen durch eine Stadt, die Panacea hieß – berühmt für ihre Heilquellen. Nahe bei einer Stadt mit Namen Sopchoppy! Nicht weit von Old St. Joe. Klingt wundervoll, nicht wahr? Aber Sie sollten sie einmal sehen!

Wenn New Orleans nicht erheblich besser ist, dann habe ich wirklich die Nase voll. Noch hoffe und hoffe ich. Kann nie recht glauben, was meine Augen sehn. Das ist der Grund, weshalb wir uns so beeilen. Immer dem Wunschbild nach.

Rattner hat ein oder zwei Freunde in oder nahe bei New Orleans. Werden vermutlich eine Woche dort verbringen. Die Dokumente über Ihre Urgroßmutter werden wir auch einsehen.[1]

1 Anaïs Nins Urgroßmutter wurde in New Orleans geboren.

Seit gestern habe ich die Grippe überstanden. Jetzt hat sie Rattner erwischt. Sie scheint hier im Süden zu grassieren. Aber ich fühle mich jetzt immun. Wie geht es Ihnen?

Am nächsten Morgen:
Bin gerade auf dem Postamt. Fahren jetzt nach Biloxi, Miss., werden voraussichtlich morgen in New Orleans sein.

Denken Sie daran, meinem Vater Zigaretten zu schicken? Ich glaube, es muß bald wieder an der Zeit sein, wenn Sie diesen Brief erhalten.

Soeben einen Ochsenkarren gesehen. Der tiefe Süden. Fühle mich heute glänzend.

HVM

Montag, den 20. Januar 1941
New Orleans

Anaïs –
Sind hier Samstag mittag angekommen und suchten ein paar Freunde Rattners auf. Nach den ersten beiden Mahlzeiten fühlte ich mich elend – Essen zu fett, zu stark gewürzt – ganz anders als irgendwo sonst. Mittwoch fahren wir aufs Land – bis zum Ende der Woche wahrscheinlich – und wohnen im Haus seines Freundes in New Iberia – dem Ort, den ich Ihnen einmal geschildert habe. Klingt interessant.

Im Laufe der Woche werde ich Ihnen mitteilen, wohin wir danach fahren. Kann sein, daß Rattner schon hier ausscheidet. Vielleicht fährt er auch noch bis Memphis mit mir, und wir trennen uns dort. Das bedeutet, wir durchqueren den Bundesstaat Mississippi in seiner ganzen Länge; wir folgen dabei auf weite Strecken dem Fluß – über Baton Rouge, La., Natchez, Miss., und Vicksburg, Miss.

Morgen werden wir eine Fahrt auf einem der alten Mississippi-Dampfer machen. In den vergangenen Tagen war es kalt wie am Nordpol – eisig. In Biloxi wären wir fast erfroren. Jetzt wird es langsam wärmer. Muß schlimm sein in N. Y.

New Orleans ist eine sehr große Stadt und eine sehr schöne dazu. Das alte French Quarter ist weit ausgedehnter und unverfälschter, als ich gedacht hatte. Wirklich malerisch. Die Menschen überaus herzlich und gastfreundlich. Wir fahren also nach Iberia, in das *Evangeline*[1]-Land – wo die Leute noch jetzt Französisch

1 Vgl. Longfellow: *Evangeline. A Tale of Acadie.*

sprechen – das alte Französisch. Ich werde mich vielleicht noch heute auf die Suche nach Informationen über Ihre Urgroßmutter machen. Fühle mich noch nicht sehr tatkräftig. Ruhe mich aus. Hoffe, es geht Ihnen gut – mache mir langsam Sorgen um Sie.

Mehr wenn ich in dem alten Haus in New Iberia ankomme.

Schickte Ihnen aus Biloxi zwei kleine Glasflaschen – haben Sie sie bekommen?

HVM

New Orleans, den 29. Jan. [1941]

ANAÏS:

Komme soeben zurück von einem Ausflug in Dr. Souchons[1] Wagen, den er mir geliehen hatte, damit ich ein paar interessante Orte zu sehen bekäme – sein Chauffeur fuhr. Ich muß elf Telefongespräche führen, eines davon mit Mrs. Garcia, einer Ihrer entfernten Verwandten. Ich bin gespannt, was das für Leute sind.

Aber nun zu New Iberia ... Eine theatralische Angelegenheit, heimgesucht von einem endlosen Strom von Touristen, die für Eintritt und Besichtigung zahlen. Weeks Hall, der Letzte seiner Sippe, ist ein Neurotiker ersten Ranges, der vor vier Jahren das Trinken aufgab, nachdem er sich bei einem Unfall den Arm ruiniert hatte. Dafür redet er jetzt – ein pausenloser Wortschwall, manchmal interessant, manchmal auch nicht. Ich habe mir, während er sprach, eine Menge Notizen gemacht – Geschichten, Anekdoten, überlieferte Histörchen, Namen von Blumen und Bäumen, Menüs und so weiter und so weiter. Dumm ist er nicht, nur etwas anstrengend. Er war einmal Maler, und er kennt sich in seinem Metier aus, aber jetzt malt er nicht mehr.

Dafür hat er den Dr. Souchon erschaffen, durch den er seine Arbeit verrichtet. Ein überaus merkwürdiger Frankenstein-Fall. Der Doktor ist völlig gelöst, normal, frei, heiter und ausgeglichen – ein Mann, der mit 60 begann und bereits einer der besten Maler im Lande ist. Seine Bilder sind kühn, farbenfreudig, heiter und schön in ihrem Verhältnis von Licht und Schatten. Der tüchtigste und dynamischste Mann, den ich je gesehen habe – doppelt so jung wie wir alle. Steht jeden Morgen um vier auf und geht um elf ins Bett. Arbeitet für drei oder vier. Er war sehr

1 Vgl. «Dr. Souchon: Surgeon-Painter» in *The Air-Conditioned Nightmare.*

liebenswürdig zu mir, obwohl er auf seine kreolische Art hart wie Stahl ist. Mir scheint, die Kreolen sind französischer als die Franzosen. Vom spanischen Einfluß entdecke ich nicht viel. Sie haßten die Spanier nämlich, und die Spanier gehörten gewöhnlich einer niederen Klasse an – der der Handwerker, Bauern und so weiter –, während die Franzosen Aristokraten waren. Es gibt hier einen öffentlichen Platz, auf dem Cabildo steht. Dieser Platz erinnert an die Place des Vosges in Paris; er ist umgeben von «Hotels» im alten Sinne des Wortes – den ersten Apartment-Häusern der Neuen Welt, sagt man. Das ganze französische Viertel ist in seiner Atmosphäre und seiner Architektur französischer als Paris selbst. Die Häuser sind weit interessanter mit ihren Farben, ihren Balkonen und der Vielfalt der Stile. Aber so sehr einem das alles auch gefallen mag: man bekommt einen Schock, wenn man mit den Ladenbesitzern spricht. Sie sind kalt, hartherzig und geldgierig, genau wie ihre Kollegen in Frankreich es waren.

Bin in etlichen schönen Häusern mit prachtvollen Gärten gewesen. Diese Gärten, die oft im Herzen der Stadt liegen, sind von hohen Mauern umgeben und erinnern an Louveciennes, obgleich sie gewöhnlich strenger in ihrer Form sind. Weeks Hall wohnt wahrhaft fürstlich – ein Anwesen mit hübschen Statuen, die sich im Laub hoher, gewaltiger, verträumter Bäume verbergen, und mit einer Fülle von Blumen, vor allem Kamelien und Azaleen. Auch eine Menge Moskitos gibt es dort – selbst jetzt im Winter. Ich erschauere bei dem Gedanken, wie das im Sommer sein muß. Manchmal zeigte das Thermometer während unseres Besuchs über 80 Grad Fahrenheit an. Das Wetter wechselt hier rasch – fast wie in New York.

Ich will Ihnen das Menü bei einem Essen in Avery Island beschreiben, wo ich die Buddhastatue entdeckte. Die Gastgeberin war die Witwe des Mannes, der die Tabasco-Soße erfunden hat. Alle Speisen sind scharf gewürzt – zu scharf. Hier also das Menü:

Grapefruit, kleine Dosenschildkröten mit Rautenzeichnung in Knoblauchsoße und zarte gehackte Schildkrötenleber mit ungeschältem Reis aus Minnesota; Hähnchen vom Rost mit Pommes frites und jungem Kohl, Orangenbrot aus Oklahoma, gefrorene Trauben mit Salat, Charlotte russe und Biskuitkuchen, spanischer Kaffee und Cointreau. Die Charlotte russe war exquisit – wie Pudding in einer großen Schüssel serviert – eine Spezialität dieser Gegend. Das sonntägliche Frühstück besteht, wie man mir erzählte, häufig aus sahnigem Bries und Charlotte russe! Ein beliebtes Gericht nennt sich «la mediatrice» und setzt sich zusammen aus gebratenen Austern in schwerer Soße, die in einem im

Ofen vorgewärmten Brotlaib serviert werden. An Stelle von Eiscreme gibt es gefrorenen Sahnekäse, der weit schmackhafter ist. In den alten Tagen der Plantagen sah ein Lunch oft so aus: Eine Scheibe Brot mit Butter und Marmelade oder Guajavengelee, dazu etwas Jujubenpaste; alles wurde mit Limonade, Orangenblütensirup oder Tamarindensaft hinuntergespült. (Später einmal werde ich Ihnen die Bälle schildern, wie sie auf den alten Plantagen veranstaltet wurden, und das, was auf solchen Festen gegessen wurde, und wie man es aß – hinreißend.)

Ich habe natürlich herrliche Geschichten zu hören bekommen; einige davon mögen vielleicht nicht wahr sein. Hier ein Beispiel: Es geht um einen Mann, der heiraten wollte und zu diesem Zweck aus China Spinnen kommen ließ. Vor der Hochzeit setzte er die Spinnen im Garten aus und ließ sie über den Brautpfad ihre Netze spinnen. Dann befahl er den Negern, Goldstaub darüber zu streuen!

Und noch eine Geschichte, deren Wahrheit bezeugt ist: Es gab Plantagenbesitzer, die bestimmte Neger als Zuchthengste benutzten, sie im Lande herumschickten und die Frauen von ihnen befruchten ließen – manchmal zehn und zwölf an einem Tag – wie die Bullen!

Die Namen aus der Flora und Fauna der Umgebung sind wundervoll. Hier unten an der Mündung des Mississippi pflanzt man alles mögliche an. Heute bin ich am Flußdeich entlanggewandert, durch Sümpfe und Wälder, die öde und wild zugleich sind und Halluzinationen erwecken – mit Kühen, die zu grasen versuchen, Kühen, die wie eine Mischung aus Katzen, Ziegen und Ponies wirken. Räudig aussehende Tiere mit dickem Pelz, degeneriert. Die flechtenartige Tillandsie ist, wie ich sehe, kein Parasit; sie lebt allein von der Luft und würde ebensogut an Telegrafendrähten wachsen – was sie manchmal tatsächlich tut.

Einige Namen: Magnolia fuscata, Aspidistra, Ritterstern, Persischer Flieder, Louis Philippe-Rose, Picayune-Rose, wilder Jasmin, Heidekraut-Aster, Sassafras, Gurkenbaum, Chinaball-Baum, Banane, Kreppmyrthe, Osage-Orange, Sumpfmyrthe, Bambus und so weiter. Ich bin durch einen Bambushain gegangen, in dem der Bambus bis zu einer Höhe von etwa fünfzehn Fuß aufschoß. Ein herrlich unwirklicher Eindruck von Licht und Schatten, von zartroter Erde, von Dschungel und weitem Raum, von gefiltertem, pulvrigem Licht, von Stille, von überirdischen Farben. Sah Krokodile, die im Schlafe zu Stein erstarrt schienen und deren Schwänze unbeweglich wie Felsstücke im reglosen Sumpfwasser hingen, das das Grüngrau der Krokodilleiber angenommen hatte – gefrorener Schaumschmutz mit gefrorenen Tieren aus vordiluvialer Zeit. In der Nähe (ich spreche von Avery Island) Schwärme von Vögeln aus südlichen Gegenden, die zum Brüten hierherkommen, um dann wieder fortzufliegen. Sie hokken auf den höchsten Zweigen schlanker Bäume und wirken wie üppige, weiße und rosa Blüten. Darüber fliegende Wildgänse, darunter Fische aller Art, Zuchtbullen, die friedlich grasen, exotische Pflanzen, die verschiedensten Gräser und Moskitos, Moskitos ... Die Blumen – besonders die Kamelien – übertreffen alles, was ich je gesehen habe. Kann die Leidenschaft verstehen, die Menschen aus der Gegend um den Golf für diese Blumenpracht empfinden. Sie sprechen von der Kamelie in einer Sprache, die in den Ohren anderer wie das reinste Spanisch klingt. Sie leben für ihre Azaleen und Kamelien.

Man kann sich gut vorstellen, wie diese Welt in den Tagen der Sklaverei aussah. Ein Reichtum und Luxus, wie ihn in Europa nur die Fürstenhäuser kannten. Nahe bei New Iberia liegt St. Martinville, die Heimat Evangelines, über den Longfellow geschrieben hat. Die Bewohner von Neuschottland waren Franzosen von robustem, bäuerlichem Typ. Noch heute sind sie in der Überzahl. Allenthalben hört man französisch – die Ladenbesitzer müssen zwei Sprachen sprechen. Einige Neger haben sich mit den Indianern vermischt und eine merkwürdige Sprechweise entwickelt, besonders wenn sie französisch sprechen – übrigens gar nicht so schwer zu verstehen.

Um auf Weeks Hall zurückzukommen: Alles, was irgend Rang und Namen besitzt, hat sein Haus besucht. Ich habe die Liste gesehen, die er führt – auch Paul Claudel steht darauf. Er war früher ständig betrunken und stellte tolle Dinge an. So ließ er, zum Beispiel, seine Gäste ihre Namen an die Tür schreiben. Eines Tages, als er wieder einmal zuviel getrunken hatte, befahl er den Negern, das Haus zu säubern – und zwar binnen 24 Stunden. Das bedeutete, daß eine stattliche Mannschaft angeheuert werden mußte. Sie taten die Arbeit und taten sie gründlich. Die Namen wurden abgewaschen. Als er wieder nüchtern wurde, sah er, was geschehen war. Er hängte die Tür aus, verschalte sie und schickte sie im ganzen Land herum zu allen ehemaligen Gästen, an die er sich erinnern konnte, mit der Bitte, ihren Namen noch einmal daraufzusetzen. Jetzt sehe ich die Namen der Filmstars und natürlich der Schriftsteller, Maler und so weiter darauf prangen. Weeks Hall ist wie ein Hausverwalter – behauptet, das müsse nun mal so sein. Gibt vor, er habe es satt; aber im geheimen macht es ihm Spaß. Den ganzen Tag über telefoniert er alle paar Minuten mit seinen Freunden oder schickt ihnen Telegramme. Studiert alles bis ins letzte – um nicht verrückt zu werden. Eduardo [Sanchez] würde sich freuen, wenn er sein Horoskop bekäme; es war mir nicht möglich, seine Geburtsstunde in Erfahrung zu bringen. Er ist ein Skorpion. Immerhin, es könnte sein, daß Eduardo etwas erreicht, wenn er ihm schreibt – die Adresse ist: «The Shadows», New Iberia, La. *The shadows*[1] – die Schatten! Meine erste Handlung war es, die puterroten Vorhänge zurückzuschieben und alle Türen und Fenster, an die ich herankonnte, zu öffnen. Es war wie ein Kerker drinnen. Er hatte sogar die Gebeine einiger seiner Lieblingsahnen hereingeholt – pflegte in den Eisensärgen zu schlafen und breitete die Gebeine über Bett und Fußboden aus. Wie er behauptete, erwischte er eines Tages den Hund dabei, wie er die Knochen fraß. Ein anderes Mal wurden sie mit dem Abfall fortgeworfen, und er ließ die Diener in dem sumpfigen Flußarm hinter seinem Garten danach tauchen. Abends, wenn es dunstig wird und die Lichter der Verkehrsampeln im dichten Nebel wie echte Rubine und Smaragde schimmern, ist es wunderbar, zum Sommerhaus am Flußarm hinunterzugehen und zuzuschauen, wie die Schiffe durch die Zugbrücke fahren. Sie scheinen in der Luft zu hängen, und Himmel und Wasser lassen sich nicht voneinander unterscheiden. Alles ist in einen dichten bläulichen Dunst gehüllt – mutet überaus chinesisch an. Ich erzähle Ihnen dies alles über sein Haus, weil Ihnen etwas ganz Bestimmtes erspart geblieben ist, als sie Louveciennes aufgaben. Man könnte eine gute Geschichte schreiben über die Opfer, die dieser Mann bringt, um sein Haus weiterzuführen und eine Tradition, die größer ist als er selber. Ihm ist das alles durchaus bewußt, aber er gesteht seine Hilflosigkeit ein. Bei alledem ist er außergewöhnlich menschlich, zartfühlend, liebenswert – ein großartiger Versager, würde ich sagen.

Genug jetzt. Ich muß essen gehen. Es ist fast neun Uhr.

HVM

P. S. In der Nähe gibt es Städte wie «Des Allemands», «Violet», «Paradis» und so weiter. Nichts als französische und indianische Namen, wohin man auch kommt.

1 Vgl. «The Shadows» in *The Air-Conditioned Nightmare.*

[5. Februar 1941]
Natchez Hotel, Mississippi
Mittwoch

Anaïs –
Hier ein paar Zeilen, die ich gerade von meinem Vater erhalten habe. Vermute, daß er unmittelbar, nachdem er diese Zeilen geschrieben hatte, Zigaretten *und* Geld von Ihnen bekommen haben muß. Wenn Sie ihm wieder Zigaretten schicken, dann nach Möglichkeit *Julep,* nicht wahr?

Keine Post von Ihnen bei meiner Ankunft hier – aber vielleicht morgen.

Gestern war ein herrlicher Tag für mich, habe prächtige alte Häuser und Gärten aus den Tagen vor dem Krieg besichtigt. Die meisten machen einen traurigen Eindruck und hätten dringend eine Reparatur nötig – die Besitzer sind arm, aber stolz – oder sie sind bereits verfallen. (Alle außer Tourmaine Château, das einem Arzt aus Michigan gehört, der es restauriert.)

Aber das Haus in Rosedom, wo es übrigens herrliche Gärten gibt, wirkt mit seinen 26 Zimmern wie ein Trödlerladen. Drei Schwestern, alte Jungfern, wohnen darin, und sie haben seit Jahren kein Wort miteinander gesprochen. Die von ihnen, die uns herumführte, war außerordentlich ärmlich gekleidet – und obendrein noch schmutzig. Wirkliche Armut – inmitten alter Kostbarkeiten aus allen Ecken der Welt – aus Ägypten, Indien, Frankreich, Italien, Griechenland und so weiter. Es grenzt an Wahnsinn. Der Millionär Rosenwald hat ihnen 150 000 Dollar für den Besitz geboten, wollte ihn erst nach ihrem Tode übernehmen – aber sie lehnten ab. *Aus Angst, er könnte Neger hineinlassen!!* Können Sie sich so etwas vorstellen? Sie sind in Europa erzogen worden, aber jetzt sprechen sie wie die Dienstboten – schlimmer noch – eine Art degenerierter Sprache, die unbeschreiblich ist.

Heute morgen auf dem Weg nach Natchez machte ich halt, um mir einen 2000 Jahre alten indianischen Grabhügel des Natchez-Stammes anzusehen. Allenthalben Abbildungen, die ihre Sitten und Gebräuche zeigten. Auf einer davon ging es offenkundig um das Problem der Homosexualität.

Gab auf umständliche Weise darüber Auskunft, wie sich gewisse Männer nach Art der Frauen kleideten und alle Privilegien genossen, wenngleich sie Frauenarbeit zu verrichten hatten. Überschritten sie die ihnen gesteckten Grenzen und wurden dabei ertappt, so trieben die anderen Männer Unzucht mit ihnen. Mit Frauen durften sie tun, was ihnen gefiel.

Natchez ist eine uralte Stadt – der Anfang oder das Ende des

Wilderness Trail. Zu einer Zeit, als es in Amerika nur 48 Millionäre gab, lebten 2/3 von ihnen in oder um Natchez.

Mississippi scheint ein schönes Land zu sein – genau wie man es sich vorstellt. Eine Menge Neger hier – allertiefster Süden. In den letzten beiden Nächten – in Baton Rouge und St. Francisville – wäre ich in der Touristenherberge beinahe erfroren. Wir hatten eine Kältewelle, und diese Häuser werden nur mit kleinen Gasöfen geheizt. Wenn man sie abstellt, herrscht Grabeskälte. Selbst draußen schien es schlimmer zu sein als im Norden – wenn die Temperatur auch nur bis zum Gefrierpunkt sank. Der Süden hat etwas Trügerisches – etwas Tückisches. Wenn man in Louisiana nachts durch die verlassenen Straßen geht, hat man wahrhaftig das Gefühl, Tausende von Meilen von der Zivilisation entfernt zu sein.

Ich war kurz im Redaktionsbüro der *Southern Review* auf dem Gelände der Louisiana State University in Baton Rouge – ein gewaltiges Ding, erstaunlich für den Süden (der übrigens allenthalben ausgezeichnete Universitäten zu haben scheint). Einer der Redakteure wußte sofort, wer ich war, als ich meinen Namen nannte. Hat den *Steinbock während des Krieges* in Frankreich gekauft. Kannte auch Ihr Werk. Ich war sehr überrascht. Wenn man hier unten ist, hält man es nicht für möglich, daß einen irgend jemand kennen oder gar lesen könnte. Dieses Beispiel zeigt, wie Bücher wandern.

Ich habe vergessen, Ihnen zu erzählen, daß Weeks Halls Hund so gern schwarzen Kaffee trinkt – er ist ganz verrückt danach. Nach Eiscreme auch. Die Leute in Louisiana sind große Kaffeetrinker – genau wie die Franzosen. Und wenn er schwarz ist, schmeckt er wie der gute Kaffee in guten Cafés.

Ich bin gespannt, was Sie von den Daten über Ihre Familie halten[1]. Ohne Zweifel könnten Sie noch mehr herausfinden, wenn Sie an die Adressen schrieben, die ich Ihnen genannt habe. Wenn Souchon nach N. Y. kommt, müssen Sie ihn kennenlernen. Ich habe vergessen, ihm Ihre Adresse zu geben. Sie können es ja selbst tun, wenn Sie Lust haben. Er ist wirklich interessant – und so *100%ig lebendig*, wie es nur wenige junge Menschen sind oder je sein werden.

Nun, das ist alles für heute. Bin froh, daß Sie den Affen los sind.

Ich habe herausgefunden, daß es ein fotomechanisches Druck-

1 Dr. Souchon fand heraus, daß es in New Orleans noch ein Tagebuch der französischen Vorfahren Anaïs Nins gab.

verfahren gibt, mit dem Texte gut reproduziert werden können und das unter Umständen nur halb so teuer ist. Für den Fall, daß Sie irgendwann einmal ein Buch reproduzieren wollen. (Ich habe zwei Adressen.)

Es ist warm hier. Habe ein Bad genommen und dann ohne Decken auf dem Bett gelegen – bei offenem Fenster. Seltsamer Klimawechsel von einem Ort zum anderen.

Ich werde voraussichtlich von Samstag oder Sonntag bis einschließlich Montag in Memphis, Tenn., sein.

Haben Sie von Rattner gehört? Die Arrow Editions ist eine Freundin von Laughlin – eine puritanische. Ich habe von ihr gehört, als ich in Paris war.

Achten Sie darauf, wieviel näher Jupiter und Uranus sich jetzt stehen. Sie finden sie nahe beim Mond – der eine ist hell, der andere klein. Außerdem sind sie gegenwärtig beide erheblich blasser als vor ein paar Monaten.

HVM

3. März 1941
Cleveland, Ohio
Montag

ANAÏS –
Bin gerade angekommen, nachdem ich die Nacht in Pittsburgh verbracht habe – ein elendes Loch[1]. Heute bin ich durch Warren, Ohio, Patchens Heimatstadt, gekommen. Wenn Sie sie sehen könnten, würden Sie Patchen noch besser verstehen. Die ganze Fahrt heute durch Pennsylvania und Ohio war eine Fahrt durch die Hölle. Ich war so fasziniert davon, daß ich das Amerika-Buch heute abend von diesem Punkt aus beginnen werde – dem Zentrum der Industrialisierung, der Kloake der Demokratie[2]. Es

1 In Natchez hatte Miller die Nachricht erhalten, daß sein Vater im Sterben läge. Er flog sofort nach New York zurück, kam jedoch zwei Stunden zu spät an. Am 2. März nahm er die Reise mit der Bahn wieder auf.

2 Miller war von Doubleday, Doran & Co. in New York beauftragt worden, ein Buch über seine Reise durch die Vereinigten Staaten zu schreiben und hatte dafür einen Vorschuß von fünfhundert Dollar bekommen. Als Doubleday das Manuskript ablehnte, gab er dieses Geld zurück. Auch verschiedene andere Verlage lehnten das Buch ab. Erst 1945 wurde *The Air-Conditioned Nightmare* von New Directions veröffentlicht.

läßt sich kaum in Worte fassen – so düster, so schwarz, so grauenhaft. Wie der Planet Vulkan, wenn es ihn gibt. (Ich glaube, daß ist der, nach dem sie suchen!)

Es war gut, daß ich die Idee hatte, diese Reise nach dem Norden zu unternehmen – sie gibt mir den Impuls, den ich brauchte. Wenn ich zuerst hierhergekommen wäre, hätte ich möglicherweise aufgegeben – aus Verzweiflung.

Ich habe das Ramakrishna-Buch gestern abend im Hotel zu Ende gelesen und werde es Ihnen sehr bald schicken. Sie müssen es lesen – er ist eine kraftvolle Gestalt. Überschlagen Sie die trokkenen Abschnitte über religiöse Theorien, wenn Sie wollen, aber werfen Sie hin und wieder einen Blick auf die Fußnoten. Einige darunter sind glänzend. Wenn Sie es gelesen haben, schicken Sie es bitte (*per Einschreiben*) an den Yogi, oder bringen Sie es ihm persönlich. Swami Nikhilananda – c/o Ramakrishna-Vivekananda Center, 17 East 94th St., N. Y. City.

Ich habe eben Porter Welch von Burrows Book Shop getroffen, der mir immer nach Paris schrieb. Mußte Bücher signieren und so weiter. Er fragte nach Ihnen und Ihrem Tagebuch. Aber ich konnte mit ihm nicht über unserem Plan sprechen – das ist nicht der richtige Laden für so etwas.

Morgen fahre ich nach Detroit.

HENRY

[5. März 1941]
Detroit, Michigan
Mittwoch abend

ANAÏS –

Fahre morgen mittag nach Chicago. Werde mir nicht die Mühe machen, die Ford-Werke zu besichtigen, die zehn Meilen außerhalb der Stadt liegen. Kann mir vorstellen, wie es da aussieht, nachdem ich die Stadt gesehen habe. Detroit ist ungeheuer neu, dynamisch, verwirrend und beängstigend – und ein Mekka für Handlungsreisende. Noch dazu für die widerlichsten Typen – das Hotel ist voll von ihnen. Habe nicht übel Lust, mich mit ihnen anzulegen. Die Luft ist elektrisch wie eine kalte Strahldusche. Jedermann sieht aus, als strotze er von Gesundheit und Energie. Wie in einem sibirischen Maschinenzentrum. Habe das *Mannerheim*-Bild gesehen – nicht erschreckend, wie ich mir vorgestellt hatte; vielmehr eine Art unbewußtes metallurgisches Drama auf einem anderen Planeten. Erweckt für keine der beiden Seiten

Sympathien. Absolut stupide – auf eine wissenschaftliche, unbarmherzige Weise.

Seit ich Sonntag in N. Y. abfuhr – es scheint eine Ewigkeit her zu sein –, habe ich Revolutionen durchlebt. Auf dieser Reise durch die Industriegebiete springt einen der wahre Geist Amerikas an – der im höchsten Grade barbarisch ist. Ich habe den Eindruck, mich unter gespenstischen Insekten zu bewegen, die sich zu irgendeinem teuflischen Zweck als Menschen verkleidet haben. Ich kann nur Unheil auf uns zukommen sehen – es gibt keinen Ausweg! Fühle mich im Augenblick Céline näher als Ramakrishna. (Er war hier und hat, glaube ich, bei den Ford-Werken gearbeitet.)

Ich habe etwa 15 – meist sarkastische – Seiten geschrieben. Kann es nicht ändern – mich packt jetzt die Wut. Die Welt ist verkommen – oder ich bin es! Habe noch nirgends ein solches Maß von Entmenschlichung gespürt wie in diesen letzten Städten, durch die ich kam.

Jetzt wird es sich also zeigen. Wenn Slocum diese Seiten erhält, dann wird Doubleday das Buch [*Air-Conditioned Nightmare*] vermutlich nicht mehr haben wollen. Ich kann nichts dafür, daß es so ist. Ich kann mich einfach nicht länger beherrschen. Im Vergleich zu dem, was ich hier sehe, ist der Süden ein Paradies. Wenn auch ein langweiliges.

Wissen Sie, je mehr ich von all dem zu sehen bekomme, desto mehr glaube ich, daß Patchens Buch lauter und klar ist – wie das Feuer des Zorns. Wenn ich das in meiner Jugend hätte erleben müssen, ich wäre zum tobenden Irren geworden.

Auch im Kino sah ich heute abend Irre – die der Roten Armee wie Epileptiker zujubelten. Ich warte ab wie Stalin, aber hinter ihm, damit ich *alle* Armeen und Flotten, alle Regierungsformen und alle Religionen untergehen sehe. Die Welt scheint mir dem Irrsinn verfallen. Indem ich dies sage, wird mir bewußt, daß ich zu dem entgegengesetzten Schluß gekommen bin wie der große Ramakrishna. Er sah in allem Gott. Vielleicht bin ich einfach zu ungeduldig. Aber ich sehe, wie dieser Unsinn und diese Dummheit seit Tausenden von Jahren fortbesteht.

Im Zug hatte ich eine ungeheure Erleuchtung, aber sie verlosch zu schnell. Was ich schreibe, ist nichts als Elmsfeuer. Jacobsohns[1] Voraussage war völlig falsch. Er füttert mich offenbar mit dem Dynamit des Mars. Mir ist, als hätte ich Donnerkeile in den Fäusten. Ich fühle mich körperlich wohl und uriniere mäßig.

1 Miller war von Dr. Jacobsohn in New York ein Mittel gegen Verdauungsbeschwerden und Energielosigkeit verschrieben worden.

Werde ihm demnächst einen Bericht schicken, wie er es mir aufgetragen hat. Der Philosoph wird zum Feuerfresser. Ich könnte Bomben werfen! Mag sein, daß mich meine wiedergefundene Gesundheit und Energie zu einer neuen Synthese zwingt. Ich verfluche den Frieden – wie ein schnaubender Bulle. Sonderbar. Es ist, als hätte man mir das Blut eines Kriegsgottes eingespritzt.

Werde sicherlich noch einige Tage in Chicago bleiben. Werde wahrscheinlich auch Dudley und seine Frau sehen. Hoffe, es geht Ihnen jetzt wieder gut. Werde in Chicago nach Post fragen. Vermute, daß ich jetzt meine Freigabe bekommen habe. Fühle, daß ich schreiben und schreiben und schreiben könnte!

HVM

[8. März 1941]
Chicago, Samstag morgen

Anaïs –
Am Dienstag werde ich zu Dudley fahren und für ein paar Tage dortbleiben, schreiben und mir Milwaukee anschauen. Am darauffolgenden Wochenende werde ich wahrscheinlich wieder hier in Chicago sein – das heißt am kommenden Samstag in einer Woche. Wenn Sie mir irgend etwas schicken wollen, dann schicken Sie es an die Adresse von Dudley – in Kenosha, Wisconsin. Abramson wird mir etwas Geld für die *Wendekreise* zahlen – wieviel weiß ich noch nicht. Er ist in Ordnung – gefällt mir! Morgen werden wir uns mit seinem Wagen die Stadt gründlich ansehen. Dann will ich alles durchsprechen. Sich mit ihm zu verabreden ist unmöglich – bei ihm kommt ständig etwas dazwischen. Ein unheimlich fleißiger Kerl – feiner Laden [Argus Book Shop] – freie, unbefangene Art. Ich hoffe, daß ich etwas für Sie erreichen kann. Er hat ein Vorurteil gegen Ihr Werk – *House of Incest* –, aber ich glaube, es wird mir gelingen, ihm das auszureden. Auf jeden Fall werde ich vorsichtig zu Werke gehen müssen. Er ist herzlich und liebenswürdig – hat den Westen im Blut. Und was seine Energie betrifft: ein wahrer Dynamo.

Ich hätte in seinem Haus bleiben können, aber er hat eine Frau, Kinder, Hunde und so weiter und lebt weit draußen. Ich nehme an, daß ich morgen oder Montag in seinem Laden Maugham treffen werde. Alles, was Rang und Namen hat, kommt dorthin – sein Laden ist berühmt. (Er hat über 150 *Steinböcke* verkauft – bis Paris fiel). Er kennt jeden. Er steckt voller Ideen.

Chicago ist ungeheuer lebendig – ungeheuer dynamisch. Das

Klima ist elektrisierend – mehr noch als das von N. Y. Hier hat man Erfolg oder man stirbt, stelle ich mir vor. Überdies ist Chicago eine riesenhafte Stadt – wie London.

Freue mich, daß Sie Slocum und Rattner zusammengebracht haben. Richten Sie Rattner Grüße von mir aus, wenn Sie von ihm hören. Habe ihn nicht ein einziges Mal gesehen, als ich in N. Y. war.

Ich bin in bester Verfassung – die Blase scheint wieder absolut normal zu funktionieren. Und mir ist durch und durch warm. Ich schwitze sogar. Mußte zum Fußpfleger und meine Füße behandeln lassen – ich schwitze zu sehr.

Lernte hier gestern einen Yogi kennen – einen Freund des anderen. Ein vergnügter mittelalterlicher Mönch – ein Bengali. Bin prächtig mit ihm ausgekommen! Sehr herzlich. Werde jetzt den großen Bahai-Tempel besichtigen, vielleicht auch das Schlachthaus. Ein hiesiger Schriftsteller fährt mich in seinem Wagen umher. Ich stelle fest, daß ich hier durchaus bekannt bin. Mußte schon Haufen von Büchern signieren. Werde bei Dudley den ersten Teil des Amerika-Buches für Slocum abschließen. Bin in jeder Hinsicht optimistisch.

HVM

[Chicago, 10. März 1941]
Montag mittag

Anaïs:

Heute morgen sind 25 Dollar von Abramson auf meinem Konto eingegangen und vielleicht gibt es noch mehr, wenn ich am nächsten Freitag oder Sonnabend zurückkomme. Nachdem ich meine Hotelrechnung bezahlt habe, habe ich noch 50 Dollar in der Tasche – schicken Sie mir also nichts, solange ich Sie nicht telegrafisch darum bitte. Meine Ausgaben dürften in den nächsten paar Tagen kaum sehr hoch sein.

Hatte eine lange geschäftliche Unterredung mit Abramson. Er liest meine Sache über die *Welt des Sexus*, um zu sehen, ob er eine kleine Auflage davon drucken (was mir zwei- bis dreihundert Dollar einbringen würde) oder nur maschinengeschriebene Exemplare verkaufen soll.[1] Mittwoch in einer Woche geht er für zehn Tage ins Krankenhaus – um sich auszuruhen und das Ma-

1 Ben Abramson (Argus Book Shop) brachte eine Auflage von 250 Exemplaren heraus.

nuskript zu lesen. Er würde gern einmal in die gekürzte Fassung Ihres Tagebuchs hineinschauen. Wenn es ihm gefällt, kann er vielleicht eine Publikation in die Wege leiten. Ich will Ihnen nicht die Chance für eine größere und bessere Sache verderben. Ich gehe vorsichtig bei ihm zu Werke. Ich muß ihn merken lassen, daß ich (ebenso wie Sie!) etwas mehr zu bieten habe, als er aus den Büchern errät. Ich weiß, daß er mich mag, und ich fühle, daß er sich künftig für mich einsetzen wird.

Achten Sie am 15. oder 16. auf die Zeitungen, damit Sie sehen, ob ich den Guggenheim-Preis bekommen habe! Könnte sein, daß ich es vergesse! Auf nach Kenosha.

HVM

Des Moines, Ia., 19. März

ANAÏS –

Heute schreibt Slocum, daß mir ein Betrag von etwa 130 Dollar gutgeschrieben ist. *Atlantic Monthly* ist mit einem 250-Dollar-Vorschuß übergekommen – für Zeitschriftenrechte am Amerika-Buch. Ich schreibe ihm, daß er Ihnen dieses Geld geben soll – alles bis auf zehn Dollar für Cairns – Sie können es vielleicht gerade gebrauchen.

Hoffe, Sie waren nicht enttäuscht wegen des Ms. Habe noch eine *schwache* Hoffnung – nachdem ich Karl Weeks kennengelernt habe, einen Millionär, der sich hier eine Nachbildung von Salisbury Manor gebaut hat und eine riesenhafte Bibliothek besitzt, in der unter anderm alles von und über Lawrence steht – *auch Ihr Buch* [*D. H. Lawrence. An Unprofessional Study*]. Von mir wußte er nichts. Lafe [Lafayette Young] wird ihn aufklären, wenn ich weg bin.

Bislang war die Fahrt hochinteressant – jeden Tag eine neue Überraschung. Stoff in Hülle und Fülle.

Lafe hat das schönste Haus, das ich je gesehen habe. Seine Familie war steinreich – und seine Vorfahren hatten großen Einfluß in der Stadt. Er ist jetzt Feuer und Flamme für den Plan, nach Mexiko zu gehen und dort zu publizieren. Will ein oder zwei von meinen Büchern drucken, Dudleys Briefe, Durrells und so weiter und so weiter. Ich glaube, er könnte das auch tun – und zwar ohne Verlust. Ich bin überzeugt, er könnte schaffen, was Obelisk nicht geschafft hat. (Ich denke immer an das Tagebuch – vielleicht bietet sich uns *dort* eine Möglichkeit, es zu veröffentlichen.)

Morgen fahre ich übers Wochenende nach Kansas City, *Mo.* Werde im Hause von Frederick Kann (dem Maler aus Paris!) wohnen. Dann – auf dem Weg nach Natchez – nach St. Louis und Memphis. Werde vermutlich noch vor Ende dieses Monats in Natchez, *Miss.*, sein. Ich schicke jetzt verschiedene Sachen zurück – es wird warm werden. Der Frühling ist da – in Des Moines –, obwohl wir kürzlich noch eine üble Kältewelle hatten.

Gerade Nachricht von Guggenheim erhalten, daß ich den Preis *nicht* bekommen habe. Aber wenn's hier danebengeht, dann klappt's gewöhnlich dort.[1] Mehr aus Kansas City, *Mo.* Mir geht's gut – bin optimistisch.

HVM

P. S. Habe Dudleys Familie kennengelernt – nette Leute. Sah auch ein paar von seinen frühen Bildern (mit 15, 16, 17 Jahren!) – erstaunlich gut – wie ein alter Meister. Beweist mir, daß er Genie hat.[2]

[21. März 1941]
Kansas City, Missouri
Freitag abend

Anaïs –

Habe Kann hier aufgesucht. Blieb für eine Nacht in seiner Wohnung und schaute mich dann nach einem Hotel um – zu ungemütlich auf seiner Couch. Sprachen über Tibet und so weiter. Er hat ein paar wundervolle Bücher und Bilder. Sah Fotos von 2 «Meistern» (die die Blavatsky beeinflußt haben) – unglaublich schöne Gesichter! Schade, daß Sie nicht in der richtigen Stimmung sind, etwas über Ramakrishna (*nicht* Krishnamurti, wie Sie schreiben!) zu lesen. Aber Sie werden es später einmal tun, kein Zweifel. Eine Seite über Rs Leben ist eine ganze Bibliothek voller anderer Bücher wert, das versichere ich Ihnen.

Es tut mir leid, daß Sie sich wegen Ihres Manuskripts im Stich gelassen fühlen. Ich sehe, daß sich so rasch nichts machen läßt. Was meine eigenen Bemühungen betrifft (die offensichtlich Früchte tragen), so merke ich, daß es langsam, aber stetig vorangeht. R., zum Beispiel, pflegte, wenn er auf seine Schüler wartete, in seiner Einsamkeit zu brüllen und sich vor die Brust zu schlagen. Ich weiß, daß ich bei jedem, mit dem ich über Ihr Werk spreche, einen unauslöschlichen Eindruck hinterlasse. Eines Tages wird sich

1 Vgl. «Addenda» am Schluß von *The Air-Conditioned Nightmare.*

2 Vgl. «Letter to Lafayette» in *The Air-Conditioned Nightmare.*

schon etwas ergeben. Ich werde nicht aufgeben – auch Sie dürfen es nicht. Und was das Geld betrifft – ich glaube, es wird mit der Zeit leichter und leichter werden.

Werfen Sie nicht die Flinte ins Korn – Sie wissen, es braucht seine Zeit.

Ich fürchte, Little Rock wird ein Reinfall werden. Vielleicht ist Texas besser. Hier in Kansas City spüre ich zum erstenmal deutlich den wirklichen Westen. Eine ungeheure Großzügigkeit, Fülle, Lebenskraft, Gesundheit und Offenheit. Zur Zeit wohl der gesichertste Fleck auf dieser Erde. Man merkt es.

Ich hätte mich auf unbegrenzte Zeit in einem herrlichen Haus in Des Moines – mit einem kostbaren mittelalterlichen Fenster – niederlassen können. Die Menschen sind unbeschwert, liberal und großmütig hier draußen. Die Gesichter sind die gleichen, die man in jedem Land sieht – *Touristen!* Ihre Häuser sind voll von Schätzen. Und wie sie den gedeckten Tisch lieben!

Ich werde Slocum von hier ein paar Seiten senden – das Buch [*Air-Conditioned Nightmare*] nimmt endgültige Formen an. Ich habe jetzt eine klare Vorstellung davon, wie ich's machen werde. Ein einziger ununterbrochener breiter Strom. Ein großes Chaos, wie das Land selbst.

Am Montag werde ich von hier abfahren und vermutlich bis Mittwoch mittag in St. Louis sein. Dann für ein oder zwei Tage Memphis. Vielleicht fahre ich mit dem Auto. Es gibt Agenturen, die Gemeinschaftsfahrten organisieren. Das macht die Reise erheblich billiger. Na ja, ich werde sehen. Es ist ein ziemlicher Weg von hier nach Natchez.

In Kansas City ist es sehr warm. Plötzlich Frühlingswetter. Letzte Nacht in Des Moines ging das Thermometer bis auf zehn Grad Fahrenheit herunter!

Bald mehr.

HVM

[27. März 1941]
Memphis, Tennessee
Donnerstag, den 27.

ANAÏS –

Heute morgen Ihr Telegramm erhalten. Habe zur Zeit noch etwa 25 Dollar in der Tasche. Ziemlich viel verbraucht, seit ich aus Des Moines abgefahren bin. Die Entfernungen sind ungeheuer! Gestern saß ich von St. Louis bis hierher 9½ Stunden im Zug. (Bin nicht, wie ursprünglich geplant, mit dem Auto von K. C. nach St. Louis gefahren. Mochte die Typen nicht, die in dem Reisebüro herumsaßen.)

Hotels, Trinkgelder, Taxis, Gepäckträger und so weiter machen das Reisen teuer. Auch von hier bis Natchez ist's noch einmal ein beachtliches Stück. Ich teile mir die Strecke auf und fahre zuerst in die Hauptstadt von Mississippi, nach Jackson. Ich nehme an, daß ich am Sonntag und Montag in Natchez sein werde.

Es geht mir gut – platze nicht gerade vor Energie, aber ich fühle mich immerhin normal. Das Reisen – das schnelle Reisen – ist ermüdend. Wenn ich erst mal Texas hinter mir habe und Slocum weitere 200 Seiten des Buches [*Ais-Conditioned Nightmare*] schicken kann, wird mir leichter ums Herz sein. Natürlich habe ich auch schöne Gegenden gesehen. Wenn ich nur längere Pausen einlegen könnte, dann wäre alles besser. Man bekommt nicht viel mit, wenn man wie ein Adler darüberhin fliegt. Allerdings habe ich ein gutes Auge – ich merke das, wenn ich meine Aufzeichnungen mit den Menschen vergleiche. Besonders wenn es darum geht, eine Stadt mit einem Blick zu erfassen.

Ich habe sowohl Maugham in Chicago als auch Louis Bromfield in St. Louis verpaßt. Desgleichen Leland Stowe, den Zeitungskorrespondenten.

Das alles klingt ebenso hektisch, wie es in Wirklichkeit auch ist. Hotels, Züge, Taxis, Restaurants – hinein und hinaus. Fremde Straßen, Fahrpläne und so weiter. Ein grandioses Durcheinander.

Fuhr ein Stück Wegs mit einem Spanischlehrer aus Des Moines zusammen. Redeten die ganze Zeit über Paris und den Midi. Er spricht zehn Sprachen – darunter auch Aramäisch.

Habe nicht recht Zeit, Memphis zu erforschen. Scheint ohnehin nicht die Mühe wert zu sein. Von Ägypten keine Spur! Cairo, Ill., dagegen (eine Stadt, durch die ich im Zug fuhr) sieht interessant aus. Gestern in Illinois überall verfallene Negerdörfer. Die gottsjämmerlichsten Baracken – schlimmer als sie irgendwelche afrikanischen Wilden je bewohnen könnten! Wilde leben gut im Vergleich zu diesen Negern – das ist meine Überzeugung.

Ich bin fast sicher, daß ich spätestens am kommenden Mittwoch oder Donnerstag in Little Rock sein und wahrscheinlich bis zum Ende der Woche dort bleiben werde. Von da aus kann ich die Gegend erkunden und außerdem ein wenig arbeiten. Werde vermutlich in einem Hotel oder in einer Touristenherberge wohnen. Alle erzählen mir, Arkansas sei ein herrliches Land. Missouri gefiel mir auch – mitsamt seinen Einwohnern. St. Louis war wie N. Y. in den 80er Jahren des vergangenen Jahrhunderts. Das gleiche Tempo, die gleiche Architektur. Gehört weder zum Süden noch zum Westen oder Osten. Ich habe langsam den Eindruck, daß mir die Menschen in den sogenannten «unterentwickelten» Bundesstaaten oder Landstrichen am meisten liegen. Sie sind wie die Filme der zweiten Garnitur – ein bißchen menschlicher.

Der Süden ist allenthalben von einem herrlichen Duft erfüllt – dem Duft von brennendem Grünholz, vermute ich. Und die Sonne ist wärmer. Das gibt einem Auftrieb.

Kenosha war sibirisch – die Großen Seen wirken, wenn sie zugefroren sind, überwältigend eiszeitlich. Und so kalt *ist* es dort. Die Luft ist eisig, im Winter wie im Sommer.

Werde jetzt essen gehen. Gerade durch die berühmte Beale Street (der Blues!) gekommen. Sieht ziemlich trostlos aus.

Ein Schild auf der Straße sagt: «Von heute an lebe!»

Freue mich auf Ihren Brief in Natchez!

HVM

[31. März 1941]
Montag, Natchez

Anaïs –

Bin hier gestern abend angekommen, fühle mich elend – war erkältet. Kann sein, daß ich morgen in Richtung Little Rock weiterfahre – sollte eigentlich Donnerstag dort sein und werde zumindest übers Wochenende bleiben.

Muß den Wagen noch ausprobieren. Bin neugierig, ob alles daran intakt ist. Hier gießt es – Delta-Wetter. Stadt voller Touristen, die zum Frühlingsfest gekommen sind. Zahle 4.50 Dollar für das Zimmer. Muß mir heute nachmittag ein anderes suchen.

Die Sache mit Rattners Ausstellung klingt wundervoll. Kann sein, daß ich gar nichts über *Ihre* Bilder gesagt habe – ich war ehrlich überrascht. Aber warum nicht? Warum sollten nicht auch Sie malen können?

Bekam einen Brief von den Howards, in dem sie schreiben, daß der *New Yorker* eine Skizze über mich abgelehnt hat. Ich versuche verzweifelt, ein paar Seiten zu schreiben, während ich von Ort zu Ort haste. Ich kann mich nicht in das Gefühl versetzen, frei zu sein und ein wenig Zeit für mich zu haben. Immer der Druck von hinten. Ich brauche wirklich bald irgendwo einen Ruheplatz. Dieses Tempo liegt mir überhaupt nicht.

Slocum scheinen die ersten Seiten über Amerika, die ich ihm vor kurzem geschickt habe, zu gefallen. Ich habe den nächsten Stoß

Seiten fast fertig. Dann muß ich die 2 Sachen für *Town and Country* machen. Aber wenn ich nicht weiterhaste, wird der Kontinent immer größer. Er ist wie ein Inkubus. Ich habe einen Mordshusten und kann ihn einfach nicht loswerden. Hört sich an wie die Schwindsucht.

Ich sehe und höre im Augenblick soviel – es wirft mich einfach um. Alles andere als das Leben, das ich mir wünsche. Aber ich wollte es so und jetzt hab ich's! Das Amerika-Buch wird ungeheuer werden.

Patchen schreibt mir, er veröffentlicht sein Buch in eigener Regie, mit Subskription.

Muß noch einen Haufen Post beantworten. Dann ein anderes Hotel und nichts als ins Bett.

HVM

[3. April 1941]
Little Rock, Ark.
Donnerstag vormittag

Anaïs –

Bin hier gestern abend angekommen. Wohne in einem Motel ein paar Meilen außerhalb der Stadt. Werde vermutlich bis Montag bleiben und einigen Seiten ihren letzten Schliff zu geben. Ich glaube, ich werde jetzt meine Reiseroute ändern. Werde wahrscheinlich von hier aus – siehe Landkarte – in Richtung Westen über Oklahoma City, Amerillo in Texas und Albuquerque in New Mexico nach Santa Fe fahren, wo es hoffentlich erfreulich und hübsch ist. Das heißt, ich werde nicht, wie ursprünglich geplant, quer durch Texas und auch nicht nach Mexiko reisen. Ich muß jetzt anfangen, das eine und andere zu überspringen. Auf jeden Fall werden Sie noch Genaueres von mir erfahren, ehe ich mich von hier aus auf den Weg mache.

Hatte ein bißchen Ärger mit den Reifen, als ich aus Natchez losfuhr. Mitten in einem üblen Sumpfgebiet in Louisiana hatte ich 2 Pannen. Habe in der glühenden Sonne stundenlang auf den Mann von der Reparaturwerkstatt gewartet. Darauf entschloß ich mich, ein paar neue Schläuche zu kaufen – dazu einen weiteren Mantel, da der alte inzwischen völlig abgefahren war. Ansonsten läuft der Wagen glänzend – sieht fast so aus, als ob er immer besser würde.

Little Rock unterscheidet sich wahrhaftig von anderen Städten. Die Leute hier in Arkansas gefallen mir gut – arm und ehrlich, dazu äußerst liebenswürdig. Auch das Land sieht arm aus, aber es hat seinen eigenen Charme. Werde wohl von hier aus ein paar Ausflüge in die Berge unternehmen.

Heute morgen war keine Post von Ihnen da; es kann allerdings sein, daß ich zu früh – um 8 Uhr nämlich – beim Postamt ankam, nachdem ich eine Stunde lang gelaufen und mit der Straßenbahn gefahren war. Ich wache zu den merkwürdigsten Zeiten auf, wenn ich früh ins Bett gegangen bin.

Das beste Mittel gegen trockenen Husten ist meiner Erfahrung nach eine 5 Cent-Dose mit Hustenbonbons – Marke *Luden's!* Habe gestern seit 4 Nächten zum erstenmal ruhig geschlafen.

HVM

[12. April 1941]
Santa Fe, New Mexico
Samstag 14.30 Uhr

ANAÏS –
Muß mich beeilen, damit dieser Brief noch mit der 15.00-Uhr-Post abgeht. Kam heute morgen mit 5 Dollar in der Tasche hier an, weil ich – nachdem ich in Santa Rosa den Brief an Sie eingesteckt hatte – 2 neue Mäntel für den Wagen kaufen mußte; ein abgefahrener Reifen ist immer noch nicht ausgewechselt. Der Mann sagte mir, ich müsse mit einer Panne rechnen. Ich warte jetzt ungeduldig auf Geld. Bei der Western Union war noch nichts. Wie Sie wissen, besteht zwischen N. Y. und hier eine Zeitdifferenz von 3 Stunden. Ich nehme an, daß Sie diesen Brief spätestens Montag im Laufe des Tages erhalten werden. Denke, ich werde mich bis dahin gerade noch über Wasser halten.

Kann noch nicht sagen, was ich von Santa Fe halte. Es liegt 7000 Fuß über dem Meeresspiegel und macht einen ziemlich nervös. Ich bin ganz zappelig. Die letzten 300 Meilen waren nicht wenig strapaziös. Mehr im nächsten Brief.

HVM

[12. April 1941]
Samstag, Mitternacht
Santa Fe

ANAÏS –
Ich kann nicht sagen, ob es mir hier gefällt – ich bin mir nicht sicher. Mag sein, daß ich mir Sorgen mache – immer noch keine

Nachricht bei der Western Union. Glücklicherweise war ich nach meiner Ankunft hier kaum zur Agentur der Western Union gegangen, um mich nach einer Botschaft zu erkundigen, als ich schon die Bekanntschaft eines Mannes von der hiesigen Zeitung machte – eines seltsam aussehenden, wunderlichen Vogels, der mich fragte, ob ich Schriftsteller sei. Im Handumdrehen war er dabei, mich zu interviewen. Wenig später war ich in seiner Behausung, und er schaute in seinen medizinischen Büchern nach, um herauszufinden, was mir der Doktor verschrieben hatte – meinte, es sei schlicht und einfach ein Beruhigungsmittel. Redet von allem und jedem. Fand ein Zimmer für mich in einem lausigen kleinen Hotel (wie ein billiges französisches Hotel) – 1.25 Dollar pro Tag, aber keine 75 Cent wert. Sprach von Rudhyar und Alfred Morang. Lernt jeden kennen, der hier durchreist.

Jedenfalls werde ich ihn, wenn bis Montag morgen nichts für mich ankommt, wahrscheinlich bitten, mir das Geld für ein Telegramm zu leihen und mich zu füttern, bis etwas eintrifft.

Seit Sonnenuntergang schneit es heftig – stellen Sie sich das vor. Seltsame Gegend. Extrem hoch über dem Meeresspiegel. Seit Oklahoma ging es langsam immer höher hinauf. Der entscheidende Anstieg aber kam heute morgen von Albuquerque aus – grandiose Szenerie. Der Wagen keuchte nur so dahin – und als der Nachmittag kam, keuchte auch ich. Das Klima hier soll gut gegen alle möglichen Leiden sein – die ultravioletten Strahlen der Sonne sind außerordentlich stark.

Dem ersten flüchtigen Eindruck nach gefallen mir weder die Stadt noch ihre Bewohner – besonders die Indianer und Mexikaner nicht. Ich habe gehört, daß Taos sehr klein ist und daß es unter Umständen schwierig sein kann, dort eine Unterkunft zu finden – trotzdem will ich hinauf und selber nachschauen. Alle sagen, es sei schwer, mit den Indianern Kontakt zu bekommen. Diejenigen unter ihnen, die auf den Straßen herumstreunen, sehen armselig, degeneriert, falsch und unecht aus. Aber das ist nur mein erster Eindruck. In ein oder zwei Tagen werde ich mehr wissen. Sobald ich von Ihnen höre, werde ich mein Quartier wechseln. Dies hier ist ein verwahrloster Laden.

Ich hatte eine malerische Stadt erwartet – nichts dergleichen. Touristisch und billig. Kein Charakter. Ich werde nur jeweils für einen Tag eine Unterkunft mieten und mich in meiner Freizeit ein wenig in der Gegend umsehen. Vielleicht finde ich ein interessanteres, abgeschiedeneres Plätzchen. Ein Mann, den ich in Las Vegas aufsuchen wollte (ich kenne ihn aus Paris), ist völlig am Ende, ein Wrack, und seine Frau ist in einer Irrenanstalt – Folgen des

Alkohols. Die Mexikaner sind oft betrunken und streitsüchtig, die Indianer stecken voller Krankheiten und so weiter. Feiner Anblick. Und die Landschaft so großartig!

Eine Menge armer, hungernder Künstler hier – wollen gesund werden. Verrückte Boheme. Parties mit brillanten Paralytikern, die von ihren Lakaien hereingetragen werden und wie brillante Statuen reden. Menschen, die sechs Monate im Jahr betrunken sind und so weiter. Die Boheme des Wilden Westens.

Die zivilisierten Indianer wirken träge und stumpf. Naiv bis zum äußersten – teilnahmslos. Der einfältigste Neger ist mir lieber als sie. (Mein erster Eindruck – wohlgemerkt.)

Reiche Ölleute aus Texas zahlen 35 Dollar pro Tag für eine Zimmerflucht, geben Bankette für 50 Leute und so fort. Alles hat einen üblen Beigeschmack.

Die Eingeborenen sind keineswegs herzlich und gastfreundlich wie in Arkansas, sondern mürrisch, brüsk, argwöhnisch und ohne Persönlichkeit. Mir scheint, das ist eine ständige Begleiterscheinung landschaftlicher und klimatischer Schönheit – siehe Florida, Kalifornien und so weiter.

Wie dem auch sei, ich mache mich ans Schreiben. Ich werde mich bald zurechtfinden. Die Fahrt von Arkansas hierher ist ein hartes Stück Arbeit – selbst wenn man motorisiert ist. Die Natur ist allmächtig. Allein schon die Entfernung ist überwältigend. Und dann der Wind, der Staub, die Hitze, das mehr als miese Essen – dazu die Angst wegen der Reifen und der Geldmangel. Als ich hier ankam, war ich völlig fertig und dankte dem Himmel, daß ich heil davongekommen war. Mag sein, daß darin der Grund liegt für das reichlich pessimistische Bild, das ich vor Ihnen entworfen habe. Wir werden sehen. Ich will Ihnen jeden Tag einen Bericht schreiben. Hoffe, alles ist in Ordnung.

HVM

[17. April 1941]
Albuquerque, New Mexico
Donnerstag, den 17.

Anaïs –

Etwas Merkwürdiges hat sich ereignet. Als ich heute meine Post abholen wollte, sagte der Mann, er hätte sie nach Colorado weitergeschickt. Es gibt noch einen zweiten Henry Miller, der im Lande umherreist – und ich fürchte, er hat einige meiner Briefe bekommen. Das Postamt hier hat dem Postmeister in Colorado telegrafiert, er solle die Briefe «falls sie nicht für Ihren Kunden bestimmt sind» zurücksenden. Aber wenn der Mann unehrlich ist, sitze ich in der Patsche. Ich erwartete Geldüberweisungen aus verschiedenen Quellen. Wenn er genau den gleichen Namen wie ich hat, könnte er sie einlösen. Wenn ich die Reparaturen an meinem Wagen (der zur Zeit in der Werkstatt ist) bezahlt habe, besitze ich noch etwa 8 Dollar!! Ich habe mich, als ich hier ankam, augenblicklich hingesetzt und Luftpostbriefe verfaßt, in denen ich um Hilfe gebeten und meine Situation dargestellt habe. Ein paar der Adressaten mögen noch keine Zeit zum Antworten gefunden haben – das ist meine einzige große Hoffnung. Außerdem besteht noch die Möglichkeit, daß der andere Henry Miller ein ehrlicher Mann ist und die Überweisungen, falls er sie geöffnet hat, zurückschickt. Aber die Versuchung ist groß.

Der Wagen ist von der Fahrt über die steilen Pässe völlig ausgebrannt – ich habe das Innere der Maschine mit eigenen Augen gesehen. Ein Wunder, daß ich heil hier angekommen bin. Auf seinen guten Ruf hin, vermute ich.

Ich habe jetzt auch den letzten abgefahrenen Reifen durch einen neuen ersetzt – und überdies Ausgaben für kleine Reparaturen und für das Abschleppen zur Werkstatt gehabt, nachdem ich auf dem Rückweg von Taos am Fuße eines steilen Hanges, den ich nicht bewältigen konnte, steckengeblieben war. Ich habe ein gerüttelt Maß an Ängsten hinter mir, sage ich Ihnen. Jetzt freilich habe ich meine Ruhe, und die Arbeit geht gut voran – werde wahrscheinlich bis Dienstag die beiden Artikel (für *Town and Country*) abgeschlossen haben und dann vielleicht noch eine Woche hierbleiben und am Amerika-Buch weiterarbeiten.

Machen Sie sich nur keine unnötigen Sorgen.

HVM

Albuquerque, N. M.
Donnerstag, den 22. [April 1941]

ANAÏS:

Mir geht es gut. Ich habe mich entschlossen, unter allen Umständen bis zum Ende dieser Woche hierzubleiben. Der zweite Artikel für *Town and Country*[1] ist fast fertig, und unmittelbar darauf

1 Artikel über Dr. Marion Souchon, der nicht in der Zeitschrift erschien, jedoch später zu einem Kapitel in *The Air-Conditioned Nightmare* wurde.

werde ich vermutlich mit der Erzählung für Laughlin anfangen – hier in Albuquerque. Das wird noch einmal hundert Dollar abwerfen. Hier läßt sich gut arbeiten – ich werde durch nichts abgelenkt. Der Gedanke wegzugehen gefällt mir gar nicht. Ich habe vor, eine weitere Pause einzulegen, wenn ich zum Grand Canyon komme. Bin noch nicht sicher, welchen Weg ich von hier aus nehmen soll. Miserables Wetter – erst tagelang Staubstürme, jetzt starke Regenfälle und eiskalt. In den Bergen ringsum schneit es. Man kommt nicht hinauf – die Straßen sind durch Schnee und Eis blockiert. Stellen Sie sich das vor!

Heute kam wieder ein Brief von Lafe [Lafayette Young] – er scheint tatsächlich nach Mexiko zu gehen – muß Anfang Mai dort sein. Er wird mit dem *Steinbock* anfangen und die anderen nach und nach folgen lassen. Ich glaube, das ist eine glänzende Gelegenheit. Auch von Abramson habe ich einen Brief bekommen, in dem er mir mitteilt, daß er meinen Kram bereits an den Drucker weitergegeben hat und daß Howard Korrektur gelesen hat. Das bedeutet ein kleines Einkommen in etwa sechs Wochen. Sie sehen also, so schlecht stehen die Dinge gar nicht.

Stellen Sie sich vor, wenn ich wollte, könnte ich mit einem Ehepaar, das ich kenne, nach Mexiko fahren – sie machen sich in zwei Wochen auf den Weg. Aber ich glaube nicht, daß ich das Angebot annehmen sollte – es würde mich im Augenblick zu sehr ablenken. Ich muß mit dem vorankommen, was ich begonnen habe. Aber nach dieser Reise ist Mexiko bestimmt an der Reihe. Je mehr ich darüber höre, desto besser klingt es. Gestern hat mich ein mexikanischer Frisör, der gerade dort unten war, rasiert. Er brauchte zwei Stunden fürs Haarschneiden und Rasieren – soviel hatte er zu erzählen. (Auch er gibt zu, daß sie uns hassen – die Anglos nennen sie uns. Sagt, wir hielten uns für etwas Besseres, und sie wüßten, daß wir's nicht seien! Meint, wir hielten es nie für nötig, ihre Sprache zu lernen. Nur zu wahr.)

Heute besuchte ich die erste indianische Siedlung – Isleta. Es regnete in Strömen, und dadurch wirkte alles trostlos. Aber das Ganze hat mich dennoch fasziniert. Ein außerordentlich primitiver Pueblo – wie im Morgengrauen der Schöpfung. Wundervolle kleine katholische Kirche – heiter und schlicht. Ging ins Haus einer 96jährigen Indianerfrau. Sie sah aus wie eine Mumie. Sprach Spanisch. Die meisten Indianer können Spanisch sprechen, wenn nicht gar Englisch. Ein kleines Mädchen von sechs Jahren bot sich an, uns noch zu einem anderen Haus zu bringen. Nachdem sie uns nach Herzenslust in der Gegend herumgejagt hatte, gab sie kleinlaut zu, daß sie gar nicht wisse, wohin sie uns führte. Sie wollte einfach fahren, mehr nicht. Das gefiel mir sehr. Ich kaufte eine Kette aus Mais, ein Halsband, das aus allen möglichen Sorten von unbearbeitetem Mais gemacht war. Hier wächst der Mais in verschiedenen Farben. Am seltsamsten sieht der blaue Mais aus. Richtig blau – ein unbeschreiblicher Anblick. Ich könnte kein anderes Nahrungsmittel nennen, das blau ist. Ich kann mich gar nicht darüber beruhigen. Sie machen ein gutes Frühstück aus diesem Mais. Die Backöfen stehen unter freiem Himmel – auch das ist ein hübscher Anblick. So natürlich. Man erzählt, sie seien schmutzig und hielten nicht viel von Lüftung. Man sagt, sie stänken – ich selbst habe nichts davon bemerkt. Aber es war, als sei man um 10 000 Jahre zurückversetzt.

Vor dreißig Jahren, so erzählte mir Dr. Peters, gab es hier draußen noch keinerlei nennenswerte Straßen. Reisen, die heute einen Tag dauern, erforderten damals vier Tage – und stets mußte Nahrung und Wasser mitgeschleppt werden. Hatte man aber Hunger, so konnte man in jede Ranch gehen und sich von allem Eßbaren nehmen, was man brauchte – da die Eigentümer häufig nicht daheim waren. Das Gesetz des Landes forderte jedoch, daß man Geld auf dem Tisch liegen ließ – *und das Geschirr abwusch.* Mit dem Automobil konnte man etwa vierzig Meilen am Tag zurücklegen, wobei man Flüsse durchqueren mußte, rückwärts Berge hinauffahren und so weiter. Wenn man so etwas hört, wird einem bewußt, wie groß der Wandel ist, der sich inzwischen vollzogen hat. Freilich nur auf den gepflasterten Straßen. Ich brauche bloß nach rechts und links zu schauen, um zu sehen, wie einsam und wild dieses Land immer noch ist. Den Indianern hat man alle wüstenhaft-unwirtlichen Landstriche Amerikas überlassen. Ich habe die große Indianerkarte studiert, die ich vom Büro für indianische Angelegenheiten erhielt. Eine hübsche Sache. Gegenwärtig befinde ich mich am Rande eines großen Quadrates, das Teile von vier Staaten umschließt und das unfruchtbarste, menschenleerste – und dazu unerforschteste – Gebiet in Amerika ist. Es ist der Kern des Indianerlandes.

Habe heute noch zwei Reifen gekauft, die ich gegen die schlechten Ersatzreifen austauschen will. Ich will kein Risiko eingehen, wenn ich durch das menschenleere Navajo-Land in Arizona und Utah fahre. Manchmal sieht man auf einer Strecke von hundert Meilen weder eine Ortschaft noch eine Tankstelle. Und ich glaube nicht, daß die Navajos allzuviel Notiz davon nehmen, wenn in ihrem Territorium der Wagen eines weißen Mannes streikt. Man kann in dieser Gegend verdursten, erfrieren oder vor Hitze umkommen, ohne daß es jemand merkt. Aufregend.

Die hohe Lage und das Klima hier bekommen mir gut. Ich platze vor Energie, und die Arbeit geht voran. Sobald alles glatt läuft, geht's auch mir gut. Es ist eine moralische Lektion, die mir erteilt wird. Was für eine Erleichterung, wenn ich diese Reise, dieses Buch [*Air-Conditioned Nightmare*] hinter mir habe. Ich werde dann für eine geraume Zeit nicht mehr das Bedürfnis haben, jemals wieder irgend etwas zu schreiben oder etwas von Verlegern und Agenten zu hören. Wenn ich nach Mexiko komme, werde ich's mir gemütlich machen und nichts tun – mañana, das ist das Richtige für mich. Werde mich hinsetzen und alles lesen, was Sie in den letzten paar Jahren geschrieben haben. Damit werde ich vermutlich eine ganze Weile beschäftigt sein.

HVM

Albuquerque, Donnerstag, den 24.
[April 1941]

Anaïs,

Habe soeben Ihren Brief erhalten – die Post läßt sich Zeit, scheint mir. Sie machen sich offenbar Sorgen wegen des Amerika-Buchs. Lassen Sie sich nicht beunruhigen davon – das ist bloß die Präambel. Ich werde jetzt sieben Monate Zeit haben, um alles niederzuschreiben, und wenn ich es durchhalte, dann wird es schon gut werden. Zur Zeit bin ich bei der Sache für Laughlin – ich mache daraus die Geschichte von dem «unglücklichen Mann» in New Orleans, von dem ich Ihnen erzählt habe.[1] Sie gehörte eigentlich in das Buch für D. D. & Co. [Doubleday, Doran u. Co.], aber ich habe Stoff genug, und sie müßte eigentlich eine gute Erzählung abgeben. Wenn ich diese Geschichte erst los bin, kann ich meine Gedanken ganz auf das Buch konzentrieren, das ich in Arbeit habe [*The Air-Conditioned Nightmare*] – eine große Erleichterung.

Volkening hat mir nichts davon gesagt, daß er mehr Material erwartet, bevor er die 60 Seiten an den *Atlantic Monthly* weitergibt. Ich werde erst in ein paar Wochen wieder einen Stoß fertig haben.

Ich lerne langsam, wie ich am besten verfahre. Ein Sprung von ein paar hundert Meilen bis zu irgendeinem guten Fleckchen, dann einige Tage oder eine Woche Rast und schreiben. Ich sehe meinen Weg jetzt klar vor mir. Ich bin im Herzen des Westens.

1 Vgl. «Der versoffene Veteran» in *The Wisdom of the Heart* sowie in *Lachen, Liebe, Nächte.*

Und ich weiß, was ich in das Buch hineinnehmen will. Natürlich wird es den meisten Leuten nicht gefallen. Ich erwarte es nicht anders. Aber viele werden es mögen. Und im übrigen kümmert mich weder das eine noch das andere. Ich bin nicht in Amerika, um hier Lob oder Tadel zu ernten. Diese Reise setzt einen Schlußstrich unter mein Leben in diesem Lande, das steht fest. Alles, was ich im Sinn habe, ist ein ausgeglichener Lebensrhythmus, friedliche und ruhige Arbeit an künftigen Steinböcken irgendwo in einem fremden Land. Danach, und wenn das Lawrence-Buch [*World of D. H. Lawrence*] abgeschlossen ist, habe ich nichts mehr zu schreiben. Dann ziehe ich mich zurück. Was die Meinung in Amerika betrifft: sie ist mir gleichgültig. Ich glaube, Lafe [Lafayette Young] wird sämtliche Pariser Bücher zur rechten Zeit drucken – und wenn er daran scheitert, dann wird sich jemand anders finden; es führt kein Weg darum herum. Ich habe hier einen Verleger kennengelernt, der gern das Griechenland-Buch herausbringen würde, aber ich halte ihn hin, bis Volkening die «kommerziellen» Bücher ausgeschöpft hat. In der Zwischenzeit gebe ich ihm Durrells Gedichte – er druckt gern Gedichte – und ist nicht am Geldverdienen interessiert.

Ich las die Besprechung in der *N. R.* [*New Republic*] und so weiter. Typisch für die kommunistisch gesinnte Jugend. Letztlich bemitleidenswert. Was für ein schwächliches Umhertasten, Dolchstöße im Dunkeln. Paul Rosenfeld hat wundervolle Dinge über das Griechenland-Buch gesagt. Was er vorbrachte, gefiel mir besser als alle kritischen Auseinandersetzungen damit, zu denen es bisher gekommen ist. Er traf ins Schwarze.

Sie müssen übrigens nicht denken, daß ich die Reise unerträglich finde, weil ich vor Ihnen aus meinen Empfindungen keinen Hehl mache. Ich rechne nicht damit, etwas Erfreuliches zu erleben. Ich will das Ganze nur hinter mich bringen. Schon zehn Tage nach meiner Abfahrt konnte ich mir denken, daß ich nichts zu erwarten hatte. Allein die Landschaft bringt einen Ausgleich. In dieser Gegend hier ist sie herrlich. Die Berge sind kahl, felsig, glitzernd – bis zu 12 000 Fuß hoch und schneebedeckt. Im ganzen Staat leben weniger als 500 000 Menschen. Die schönste Landschaft ist stets dort, wo die wenigsten Menschen leben. Nur die Indianer und Mexikaner sind klug genug, sich hier anzusiedeln, Wurzeln zu schlagen, sich ihr Leben einzurichten. Alles wird eines Tages wieder an sie zurückfallen. Für die Weißen ist dieser Kontinent verloren. Ich würde gern eine Prophezeiung schreiben und in einem Gewölbe vergraben, die dann in 500 Jahren einmal von irgend jemandem ausgegraben wird.

Was die Hilfe betrifft – nein, ich kann keine Hilfe von den gewöhnlichen Leuten erwarten – aber ich bin sicher, daß ich stets Hilfe von jenen erhalten werde, die wie ich von der Norm abweichen. Ich begegne gerade genug von ihnen, um überzeugt zu sein, daß sie existieren. Unser Leben paßt nicht in allgemeine Schemata. Wir haben eine kleine Welt für uns – eine, die zu uns paßt. Ich würde es nicht anders haben wollen. Ehrlich gesagt: es interessiert mich jetzt nicht einmal mehr im geringsten, ob man nicht ignoriert und vergißt.

Ich zweifle nicht daran, daß es besser gewesen wäre, wenn ich gelernt hätte, mich mit Amerika abzufinden. Aber ich kann nicht aus meiner Haut. Ich habe Sie gedrängt, das Leben des Ramakrishna zu lesen, weil er das genaue Gegenteil von mir ist. Und ich bewundere ihn grenzenlos. Aber ich habe seine Größe nicht. Sie müssen beide Bücher lesen – das andere über Vivekananda – eine heroische Gestalt – auch. Seine Reisen durch Indien sind einfach unglaublich. Ich habe vor Freude geweint, als ich das Buch im Zug las. Und ich werde etwas darüber schreiben. Ich fand darin einen Abschnitt über die 24 Buddhas, die dem großen Gautama vorangingen – dieser Abschnitt stellt einen Höhepunkt in der Auffassung vom Menschen dar. Es geht um die größten Menschen, die unbekannt sind. Mehr darüber später.

Das ganze Problem besteht vermutlich darin, daß ich nur körperlich hier bin. Mein Geist ist mit anderen Dingen beschäftigt, mit einem vollkommen anderen Leben. Es ist, als erlebte ich aus eigenem Willen ein böses Karma. Was die Reise für mich einbringt, ist nichts, was mit Amerika zu tun hat, sondern Monologe mit mir selbst. Bekräftigungen und Bestätigungen. Und überdies dürfen Sie nicht vergessen, daß das Amerika-Buch als ein durch und durch subjektives und persönliches Werk geplant war. Ich versuche nicht, ein Bild von den objektiven Gegebenheiten in Amerika zu entwerfen – das haben andere getan. Ich gebe nur meine eigene, persönliche Reaktion auf das Bild wieder, das sich mir bietet. Der Durchschnittsamerikaner weiß mehr von Amerika, als ich selber je wissen werde.

Die wichtige Lektion, die mir erteilt worden ist, besteht darin, künftig vorsichtiger zu sein in bezug auf das, was ich zu tun oder zu haben wünsche. Alle Gebete werden erhört. Aber man muß zweimal nachdenken, ehe man etwas erbittet.

HVM

Albuquerque
28. April [1941], Montag

Anaïs –
Morgen werde ich mich auf den Weg zum Grand Canyon in Arizona machen. Dort gibt es ein Postamt gleichen Namens, bei dem ich etwa eine Woche lang täglich nach Post fragen werde. Es wird zwei bis drei Tage dauern, bis ich dort bin. Übermorgen werde ich die Rocky Mountains überqueren. Für mich ein großes Ereignis! Jenseits dieses Kammes fließen die Flüsse in entgegengesetzter Richtung, zum Pazifik hin. Ich habe vor, eine Woche dort zu bleiben, zu arbeiten und kleine Ausflüge um den Canyon herum zu machen; ich freue mich schon darauf – nach Tibet der herrlichste Fleck der Erde –, dann geht's nach Utah hinauf, zum Zion Park und wieder Richtung Osten nach Mesa Verde in Colorado, wo es Tausende von großartigen verlassenen Felsenwohnungen gibt. Gegenwärtig kann ich diese Fahrt noch nicht machen, da die Straßen von Schnee und Eis blockiert sind. Auch kann ich mich wegen des Regens nicht im Indianderland hier in New Mexico umsehen. Um dorthin zu gelangen, wo sie wohnen, muß man die gepflasterten Straßen verlassen – und jeder rät mir davon ab, das zu wagen, weil man im Lehmboden versackt. Außerdem kann es einem passieren, daß man samt Wagen und allen Habseligkeiten im Treibsand versinkt. Ein wilder Staat. Die Straßen ziehen sich wie Quecksilberfäden durch das Land. Abseits dieser Verkehrswege ist Wildnis. Die Indianer sind gut geschützt. Vielleicht werde ich mir in ein oder zwei Monaten diese Gegend anschauen.

Der Wagen ist wieder glänzend in Schuß – soweit man das beurteilen kann. Sämtliche Mechaniker sagen: «Ein feines Auto»; sie wollen damit sagen, daß er prächtig läuft. Ich nehme einen Kanister mit zwei Gallonen Wasser mit – für den Fall, daß er heiß wird, wenn's über die Berge geht. Hab ihn heute morgen ausprobiert – war schon um sechs Uhr auf den Beinen – über den Tijeras-Paß oder -Canyon östlich von hier. Eine herrliche Fahrt: zwanzig Meilen durch eine Filmszenerie. Man sieht kleine Hirtenjungen mit Ziegen und Männer mit Zehn-Gallonen-Hüten, Stiefeln und Sporen. Eine einzige gewaltige, wilde Einöde, austrocknende Flüsse, die im roten Lehm wie kondensierte Milch aussehen. Bestimmten Gegenden in Griechenland sehr ähnlich – nur die Städte und die Menschen nicht. Das ist der Haken an der Sache.

Ja, ich lese von dem Griechenlandfeldzug. Als sich die Deutschen Athen näherten, kamen sie durch eine Gegend, die mir sehr vertraut ist. Der Berg Kyteron, Theben, Korinth, Missilonghi und so weiter. Ich habe diese Orte in meinem Buch [*Koloß von Maroussi*] erwähnt. Und ich erinnere mich auch, daß ich einige mörderische Pässe beschrieben habe, die zweifellos einmal gegen die Meder, Parther und Perser verteidigt worden sind. Das Schlimmste an der Sache ist, daß England so offensichtlich die Griechen – und die Australier – «benutzte». Sie kämpfen nie bis zum letzten Mann. Stets eine sichere Hintertür. Jetzt muß Griechenland die bittere Pille schlucken, während die Engländer irgendwo anders weiterkämpfen und ihre unhaltbaren Besitzungen verteidigen.

Habe die zwei Artikel abgeschlossen und stecke zur Zeit tief in der Laughlin-Erzählung. Nun werde ich bald in der Lage sein, mich in Ruhe dem Amerika-Buch zu widmen. Ich fühle mich ungeheuer erleichtert.

Ich hoffe, bis zum 10. auszukommen, *ohne* Sie um Hilfe angehen zu müssen.

Abramson hat mir nie Geld geschickt, aber ich denke, ich werde etwas bekommen, wenn erst einmal die *Welt des Sexus* erschienen ist. Er meinte, ich könne zwischen drei- und vierhundert Dollar daran verdienen.

Bald mehr.

HVM

Cameron, Arizona
30. April 1941

ANAÏS –

Es sind jetzt nur noch etwa 60 Meilen bis zum Grand Canyon. Kam bei Sonnenuntergang an, nachdem ich am Morgen um viertel vor sechs ohne Frühstück losgefahren war. Bin durch den Petrified Forest gekommen. Das Land wird immer wilder und grandioser – es ist nicht mehr das Land des weißen Mannes, sondern reines Indianerland. Kein Wunder, daß die französischen Schriftsteller es «zu grandios» genannt haben. Es ist furchterregend. Es ist einem erloschenen Planeten – oder einem *fast* erloschenen – so ähnlich, wie man es sich nur vorstellen kann. Seit gestern befinde ich mich 6000 Fuß über dem Meeresspiegel. Manchmal geht es noch höher hinauf, dann wieder hinunter. Heute morgen um 8 Uhr mußte ich – bei frischem Wetter – warten, bis der Motor abgekühlt war. Am Nachmittag – als es regelrecht kalt war –, mußte ich diese Prozedur wiederholen, nachdem der Zeiger *unter* Normal gesunken war. Bei langen, starken Steigungen kroch er um 40 Grad hinauf. Als ich um 5 Uhr aus Flagstaff abfuhr und schon nach zehn Meilen merkte, in was für eine Gegend ich ganz allein geriet – kaum ein Auto begegnete mir –, wäre ich fast wieder umgekehrt. Aber es war das Risiko wert. Weinfarbene Berge, Tafelberge, die wie in Rattengift getauchte Schwämme aussahen, Landschaften wie Eis mit Schokoladensoße, erbsengrüne Vegetation, die sich verzweifelt an einen Boden aus vulkanischem Gestein klammerte. Der hoch aufragende, alles beherrschende San Francisco Mountain, dessen Gipfel das ganze Jahr über mit Schnee bedeckt ist – 12 600 Fuß hoch. Nicht eine einzige Seele weit und breit, kein Vogel, kein Tier. Der Horizont erstreckt sich über hundert Meilen.

Ich kam wie gerädert in Cameron an. Stellte fest, daß es nichts als ein Handelsposten mit Touristenherbergen und einem Hotel war. *Kein einziger Einwohner!* Genau wie Ducktown in Tennessee – nur wilder. Die Indianer leben am Rande der Straße in ihren mit Erde bedeckten Balkenhütten – den primitivsten Behausungen, die man sich vorstellen kann. Herrlich scheckige Mustangs, die wie aus dem Nichts auftauchen. Der Little Colorado River wirbelt unter einer hohen Brücke hindurch – blutrot und angeschwollen – und hinab über rotes vulkanisches Gestein in eine tiefe Schlucht. Man schaut vierzig Meilen weit die gewundene Straße hinab – nichts zeigt sich. Überwältigend, ehrfurchtgebietend, phantastisch. Wie eine Vorschau auf diese Erde aus einer Zeit vor 50 000 000 Jahren. Wahrhaftig, ein «böses Land»[1] – und nicht anders ist beinahe das gesamte Land im Umkreis von 5000 Quadratmeilen oder mehr. Gestern abend am Rande der Painted Desert – die gleichen Eindrücke. Nichts dort draußen in diesem ungeheuren farbenprächtigen Ödland als versteinerte Bäume, Klapperschlangen und so weiter. Es ist fast unglaublich, daß die Indianer hier leben können. Ich sehe sie geduldig auf unseren Abzug warten. Alles, was östlich des Mississippi liegt (und wie sich dort die Menschen zu drängen scheinen!), ist nichts als ein winziger Vorplatz dessen, was ich hier erlebe. Zwei Drittel von Amerika liegen westlich des Mississippi. Und diese zwei Drittel sind das übelste Land, das sich denken läßt. Es bricht einem das Herz. Natürlich gibt es den schmalen grünen Streifen Kalifornien, das künstlich bewässerte Wüstenland und so weiter. Aber New Mexico, Arizona, Montana, Idaho, Wyoming, South Dacota und so weiter!!! Morgen am Grand Canyon wird die

1 Dieses Gebiet in den USA ist unter dem Namen «Badlands» bekannt.

Erhabenheit ihren Gipfel erreichen. Die Schlucht, die der Fluß sich gefressen hat, ist hier etwa 300 Fuß tief und in ihrer an eine Mondlandschaft gemahnenden Trostlosigkeit außerordentlich eindrucksvoll. Am Grand Canyon aber ist sie *eine Meile* tief!

Ich habe Strecken hinter mir, die ich in meinem ganzen Leben nicht vergessen werde – das Stück von Tucumcari nach Albuquerque, zum Beispiel – ein erster Eindruck von dem «verzauberten Land» – jenem legendären Land, das die Spanier zum Wahnsinn brachte. Heute gab es wieder ein großes Erlebnis: die Fahrt von Winslow nach Flagstaff und dann von Flagstaff hierher. Das Panorama war so überwältigend, die Erde so geisterhaft, die Formationen so chaotisch, daß ich ganz benommen war, als ich hier ankam. Die linke Hälfte meines Gesichts sieht wie ein gebratenes Steak aus. Und allein in einem großen Wagen auf einsamen Straßen in einsamen Gegenden – einfach ein unbeschreibliches Erlebnis. Manchmal denke ich an nichts anderes als daran, wie ich die Nacht verbringe, wenn ich einmal zwischen zwei Ortschaften steckenbleibe. Wie ich mich auf dem Rücksitz zusammenrolle und auf den Morgen warte.

Kaum dreißig Meilen von hier galoppierten 3 Cowboys auf herrlichen Pferden über die Straße – und weg waren sie – wie Phantome. Indianer tauchen auf und verschwinden wieder – ganz plötzlich und auf wundersame Weise. Sie spuken wie Geister im Lande umher – leben im Verborgenen. Und das, obwohl wir jetzt selbst in ihrem Privatleben – ihrer Seele – herumschnüffeln. Ich schäme mich, einem von ihnen nahezukommen. Sie müssen uns verabscheuen.

HVM

Grand Canyon, Ariz.
1. Mai [1941]

Bin hier heute morgen gegen 10.30 Uhr angekommen und habe ein gutes Zimmer zu einem vernünftigen Preis in der Bright Angel Lodge, unmittelbar am Rande des Canyon, gefunden.

Die ersten Eindrücke vom Canyon überwältigend – kein Betrug, keine Ernüchterung. Ich muß gestehen, ich *zitterte*, als ich hinunterschaute, und ein Lachen überkam mich. Ich habe das Zimmer für eine Woche gemietet. Kann sein, daß ich meinen Aufenthalt auf zehn Tage ausdehne, da Ihnen das die Möglichkeit geben würde, mir etwas zu schicken, bevor die nächste Etappe meiner Reise beginnt. Zur Zeit habe ich noch 55 Dollar.

Ich befinde mich hier 6800 Fuß über dem Meeresspiegel. Ich fühle es, aber nicht so stark wie in Santa Fe, das 7200 Fuß hoch liegt. Die Pillen habe ich alle verbraucht. Nehme weiterhin die Tropfen. Werde nach und nach damit aufhören. Morgen mehr.

HVM

Grand Canyon, Arizona
Samstag, den 3. Mai [1941]

ANAÏS –

Habe soeben Ihren Brief erhalten – kam schneller an, als wenn er auf der anderen Seite des Canyon, zehn Meilen von hier, abgeschickt worden wäre. Das dauert 4 Tage; die Post geht durch drei Staaten!! Kein Vogel fliegt über den Canyon, auch andere Tiere durchqueren die Schlucht nicht. Seltsames Phänomen. Dies ist einer von den Orten der Erde, die ich unbedingt sehen wollte. Ich wurde nicht enttäuscht. Die Felsen sehen aus wie Fassaden hinduistischer oder siamesischer Tempel. Einige darunter, die allein und isoliert von den übrigen emporragen, sind denn auch nach alten Tempeln benannt worden. Ein überwältigendes Drama der Geologie.

Ich werde Ihnen demnächst ein kleines Buch darüber schicken – es ist faszinierend. Gegenwärtig gießt es (wir haben in dieser Gegend, in der es im allgemeinen so trocken ist, in letzter Zeit ungewöhnliches Wetter gehabt), und der Canyon dampft wie ein riesenhafter Kessel. Des Nachts, wenn man nichts sehen kann, überläuft es einen kalt. Man *fühlt* dieses ungeheure Loch – eine Meile tief. Ich bin bis jetzt noch nicht unten gewesen – habe Angst, zu Fuß zu gehen, weil ich vielleicht nicht wieder hoch komme –, es ist, als ob man auf fünf Empire State Buildings hinaufstiege. Mit dem Maulesel hinunterreiten kostet sechs Dollar. Ich würde gern einmal für eine Woche oder so dort unten sein. Nur Indianer könnten an einem solchen Ort leben.

Übrigens, ich bin fast fertig mit der Sache für Laughlin.[1] Hoffe unentwegt, daß ich von ihm, von *Town and Country* und Abramson und außerdem für das Griechenland-Buch Geld bekomme. Heute kam ein Brief an, in dem es heißt, Random House hätte das Griechenland-Buch abgelehnt – «zu spät»! Es ist zum Verrücktwerden. Erst hieß es «zu früh».

Am Mittwoch werde ich von hier aufbrechen und nach Hollywood fahren – eine Fahrt von zwei oder drei Tagen, vermute ich. Wenn ich in San Francisco ankomme und die Dinge sehen schlecht aus, werde ich die Reise abbrechen, den Wagen so günstig wie möglich verkaufen und in bequemen Etappen mit dem Bus zurückkommen.

Ich habe trotz allem das Gefühl, daß ich ein gutes Buch schreiben werde. Trotz allem war es wichtig, das Land kennenzulernen. Es zu fühlen und zu riechen. Ich glaube, wenn man Künstler ist, ist man nicht zufrieden, bevor man das getan hat. Darin besteht der Unterschied zwischen dem Künstler und dem Weisen. Ich stehe jetzt zwischen beiden – ich weiß es. Ich kann nichts dafür.

Natürlich bin ich mir der Veränderung bewußt, die sich anbahnt. Ich will nicht mehr als mich irgendwo niederlassen und ein einfaches Leben führen. Ich hoffe in Mexiko. Auch jetzt lebe ich einfach – nur das Reisen ist teuer. Ich kann mich einschränken, ohne das Gefühl zu haben, etwas zu verpassen. Ich vermisse nicht einmal das Kino. Und ich trinke nie. Meine Leidenschaft sind Zigaretten und Briefmarken. In gewisser Weise ist das eine großartige Schule für mich. Auch das Alleinsein ist eine Art Disziplin.

Im übrigen ist bei mir nichts verloren oder verschwendet. Die Reise wird ihre Früchte tragen. Das weiß ich ganz genau.

HVM

Grand Canyon
Mittwoch, 7. Mai 1941

ANAÏS –

In wenigen Minuten gehe ich zum Telegrafenamt, um nachzusehen, ob eine Nachricht von Ihnen gekommen ist. Ich frage mich langsam, ob Sie meinen letzten Brief bekommen haben – ich habe ihn, glaube ich, am Samstag eingesteckt. Jedenfalls warte ich nur noch darauf, etwas von Ihnen zu hören, bevor ich weiterfahre. Habe hier ein hübsches Stück Arbeit geschafft – habe den ganzen Kram, der liegengeblieben war, aufgearbeitet einschließlich des «Epitaphs» über Sherwood Anderson für die Zeitschrift *Story*[1]. Bin beim nächsten Abschnitt des Amerika-Buches und komme gut voran. Werde in einigen Tagen bestimmt einen 3. Stoß für R. & V. [Russell and Volkening] fertig haben. Ich wünschte, ich könnte morgen früh hier abfahren. Ich bin geistig gerüstet für die Reise. Habe alles beisammen, was ich von diesem Ort wollte. *In* den Canyon bin ich nicht hinuntergekommen

1 «Anderson the Story Teller».

– bin nur am Rande um ihn herum gefahren und gegangen und habe ihn von allen Seiten und unter den verschiedensten atmosphärischen Bedingungen in Augenschein genommen. Er verändert sich unentwegt, wie ein Chamäleon. Hatte, seit ich in Albuquerque abfuhr, mit keiner Seele geredet – bis sich gestern nachmittag «eine Wüstenratte» zu mir an den Tisch setzte. Das gibt ein kleines Kapitel für das Buch ab.[1] Das beste Gespräch, das ich seit meiner Abfahrt aus New York mit irgend jemandem geführt habe. Er bestätigte alle meine intuitiven Einsichten hinsichtlich der Indianer, von denen ich Ihnen erzählte – die Zurückeroberung Amerikas und so weiter. Er kennt sie genau – er hat unter ihnen gelebt. Ein einsamer Goldsucher in der Wüste nahe bei Barstow in Kalifornien. Dazu ein Mystiker und Philosoph. Sprach über die Sterne und die Felsen, die Erdgeschichte, die Nahrungsmittel in der Luft und die Fossilien (von Kamelen, Tigern, gigantischen Farnen, Seesternen, Schwämmen und so weiter) im Gestein der höchsten Berge. Eine echte Gemeinschaft. Und am Ende entschuldigte er sich dafür, daß er so «ungebildet» sei. Ich habe mehr von ihm gelernt als von allen Professoren zusammen.

Vor drei Tagen habe ich auch sämtliche Medizinen beiseite gelegt – und komischerweise geht es mir seither besser, und ich *uriniere* weniger. Muß wohl auch psychologisch bedingt sein – durch den Fortschritt bei der Arbeit und das Gefühl, wieder frei und unbeschwert atmen zu können. Mit dem Buch wird es jetzt rasch vorangehen. Ich habe es fest im Griff! Und mich selber auch, glaube ich. Ich habe noch ein paar Vitamin-E-Tabletten übrigbehalten – kann irgend jemand sie gebrauchen?

Ich habe Ihnen ein Buch von Montherlant geschickt, das mir Mrs. Knopf gegeben hatte. Ich habe es nicht gelesen – nur hier und dort einen Blick hineingeworfen. Kann sein, daß es Ruder gefällt – mir nicht – jedenfalls im Augenblick nicht. Zu viele Intrigen. Demnächst werde ich Ihnen ein merkwürdiges Buch über Mexiko schicken, das ich von Patchen bekommen habe. Wenn Sie es durchgelesen haben, schicken Sie es bitte an Alfred Perlès weiter. Ich könnte mir vorstellen, daß Ihnen dadurch ein ganz neues Bild von Mexiko vermittelt wird. Ich glaube, der Autor ist ein bißchen verrückt – wie Céline – und dazu ein fanatischer, sonderbarer englischer Katholik. Aber einiges davon muß wahr sein – das mit den Moskitos, dem schlechten Essen, der Stagnation, der Gewalttätigkeit, der Verräterei. «Verräterisches Lächeln und Umarmen» – das klingt mir vertraut. Das hysterische Lächeln gleich-

1 Vgl. «A Desert Rat» in *The Air-Conditioned Nightmare.*

falls! Was mich überrascht, ist die Tatsache, daß Mexico City so schlecht beschrieben ist.

Ich höre, Sie haben die beiden Bücher an den Yogi zurückgegeben. (Eines davon sollte ich behalten! Aber ich habe das schon klargestellt.) Kein Kommentar von Ihnen zu Ramakrishna. Vielleicht waren Sie nicht in der rechten Stimmung dafür. Oder ich habe es zu sehr gelobt. Ich ersehe aus einem Ihrer Briefe, daß Sie das «spit» und so weiter aus meinem Manuskript herausgenommen haben. Ich habe die 60 Seiten noch einmal durchgelesen. Fand nichts daran auszusetzen. Gerade dort nicht. Im Gegenteil, durchaus passend. Sie können sich gar nicht vorstellen, wie es war! Nun, ich habe ja die Möglichkeit, es in die Buchversion wieder einzufügen – wenn Sie mich bis dahin nicht überzeugt haben!

Das Symposium über Griechenland ist erschienen – haben Sie es gesehen? Vielleicht hat Miss Steloff ein paar Exemplare. *Greece 1821–1941*[1] heißt es. In Pappe gebunden, wie eine Zeitschrift. Ich befinde mich diesmal in respektabelster Nachbarschaft. Eine Überraschung für Sie (darin) wird der Aufsatz von Klaus Mann sein – er ist glänzend. Weit besser als Thomas Mann!

Sobald ich Nachricht von Ihnen habe, breche ich nach Hollywood auf. Man braucht ungefähr zwei Tage für diese Strecke. Ich werde froh sein, wenn ich mich wieder auf dem Meeresspiegel befinde. 7000 Fuß ist eine üble Höhe (Mexico City liegt auch so hoch!). 5000 Fuß kann ich gut vertragen (Denver und Albuquerque). Aber nicht viel mehr. Man keucht, blutet und muß sich unentwegt die Nase putzen; außerdem bekommt man Kopfschmerzen und so weiter. Wie soll ich je den Himalaja ertragen? ... Muß in Hollywood eine Menge Leute aufsuchen. Das sollte zumindest meine Ausgaben für Mahlzeiten reduzieren!

Der Himmel hier ist in diesen Tagen geradezu vollkommen – besonders um die Zeit des Sonnenuntergangs. Jenes faszinierende Blau, das ich zuerst in Griechenland sah. Und die Sterne in der Nacht sind wie Nadelstiche in einem samtenen Tuch. Der Canyon ist mit einem grünen, einem blassen byzantinischgrünen Velours überzogen. Eindrucksvoll. Ich will jetzt nicht weiter darauf eingehen, weil ich ausführlich darüber schreiben möchte. Ich bin dankbar, das alles gesehen zu haben. Eines der Wunder dieser Welt. Also dann: postlagernd *Hollywood.*

HVM

1 Das Heft enthält neben Klaus Manns «Homage to Greece» u. a. einen Auszug aus Millers *Koloß von Maroussi* mit dem Titel «The Spell of Peace».

P. S. Es wird noch lange, lange dauern, bis je eine amerikanische *Armee* auf dem Kontinent landet. Aber der Krieg rückt von Minute zu Minute näher. Immer das alte Lied.

Hollywood, California
Montag, den 12., 19 Uhr [Mai 1941]

ANAÏS –
Hier also bin ich fürs erste gelandet – in einem hellen, prächtigen, ganz gewöhnlichen Hollywood-Hotel für 2 Dollar pro Tag. Sollte ich eingeladen werden, irgendwo als Gast zu wohnen, so werde ich das wahrscheinlich annehmen, um Geld zu sparen. Habe mich hier nur eingemietet für den Fall, daß ein Telegramm kommt. Volkening hält meine Post zurück – weiß nicht genau, wo ich bin. Bitte, rufen Sie ihn an und sagen Sie ihm, er solle alles als postlagernde Sendung nach Hollywood, Cal., schicken. Dann brauche ich ihm nicht extra zu schreiben.

Als ich gestern abend gegen 7 Uhr am Rande der Stadt ankam, brannte nur noch eine Lampe am Wagen; deshalb machte ich in dem Vorort Burbank halt. War um ½5 Uhr morgens von Needles, Cal., aus losgefahren (unterhalb des Meeresspiegels). Am Grand Canyon war ich um ½10 Uhr aufgebrochen, gleich nachdem ich Ihr Telegramm erhalten hatte. In einer langen, anstrengenden und abwechslungsreichen Fahrt bewältigte ich einen Höhenunterschied von mehr als 8000 Fuß – phantastisch!! Ich werde Ihnen alles in einem ausführlichen Brief schildern – es war ungeheuerlich. Besonders der zweite Tag – der Sonntag. Ich wachte um ½4 Uhr morgens auf. Die Temperatur war seit Mitternacht von über 100° auf etwa 80° Fahrenheit herabgesunken – mir war kühl. Gegen 6 Uhr zeigte das Thermometer ungefähr 95° an. Dann begann ein Inferno – 100 Meilen durch die Wüste – unvergeßlich! Der Wagen so heiß, daß ich nicht nur (in glühender, gleißender Hitze) anhalten und den Motor abkühlen lassen mußte: Durch die Hitze entstand zudem noch ein Vakuum, und die Benzinzuleitung funktionierte nicht mehr richtig. Ergebnis: ich mußte 75 Meilen weit in einem Tempo von *25 Meilen* pro Stunde durch die Landschaft kriechen. Die letzten 2 Stunden der Fahrt waren großartig. Fuhr in fast 5000 Fuß Höhe mitten zwischen den schneebedeckten Gipfeln der Sierra Nevada hindurch – niederschmetternd und grandios – so als stürze einem ganz Kalifornien auf einmal entgegen. Raste auf der breiten, kurvenreichen Straße dahin – in einer Woge von Sonntagsausflüglern – sengende

Hitze, alles schnappte nach Luft – die Berge manchmal kaum noch sichtbar – hinter dem Schleier von Hitze – nur noch rosa Schnee, der am Himmel schwamm und so weiter und so weiter. Bin jetzt zu müde, um alles zu erzählen. Gerade ein dreistündiges Schläfchen hinter mir.

Ich sage Ihnen, eine Fahrt von Arkansas bis zur Küste hinunter auf der Highway 66 ist eine homerische Reise. Erinnerte mich an den Karawanenzug in *Die Früchte des Zorns*. Mit einem alten Wagen ist das nämlich etwas ganz anderes als mit einem neuen. Man kostet die Fahrt voll aus. Bin froh, daß ich auf diese Weise gereist bin. Ich kenne jeden Zentimeter der Straße. Während der letzten zwei Tage war ich so abgespannt und zugleich so aufgeregt, daß ich keinen Bissen hinunterbrachte – nur trinken, trinken, trinken. Mein Mantel ist mir zu weit – gewöhnlich kann ich ihn kaum zuknöpfen. Muß 8 bis 10 Pfund abgenommen haben. Hatte unheimliche Angst, irgendwo auf der Strecke hängenzubleiben. Wenn man sich in diesen Gegenden abschleppen läßt, kann das 50 bis 100 Dollar kosten!! Fuhr einfach wie ein Wilder darauflos; es war mir gleichgültig, ob ich die halbe Karosserie verlor oder nicht, solange ich ans Ziel kam. Samstag abend, nur 2 Stunden vor meinem Tagesziel – *Needles* –, stand ich plötzlich vor dem schlimmsten Berg der ganzen Strecke. Ich wartete, bis die Sonne unterging und fuhr dann hinauf. Wundervoll – ich bin immer noch fasziniert davon. Gefährliche, scharfe und steile Kurven inmitten einer phantastischen Welt. Die Wagen fuhren schon mit Licht. Dann die abenteuerliche Abfahrt – wie mit der Achterbahn. Die Nacht kam schnell – aber sie brachte keine Kühle, sondern noch größere Hitze; ich befand mich unterhalb des Meeresspiegels. Eine Stunde lang war es, als führe man durch warme Pferdepisse – dann der betäubende Duft der Wüstenblumen. Mir war ganz schwindlig, als ich ankam – noch mehr davon, und man könnte verrückt werden. Ich muß das in allen Einzelheiten zu Papier bringen und werde es vielleicht in einem Buch verwenden[1] – obgleich ich annehme, daß andere sich nicht viel daraus machen.

Hier ist es genauso, wie man es sich vorstellt – vielleicht sogar besser. Alles furchtbar neu, selbstbewußt, tüchtig und so weiter. Sehe viele Gesichter, die mir bekannt vorkommen – vielleicht kenne ich sie tatsächlich!

Werde jetzt versuchen, etwas Festes zu essen. Vielleicht gehe ich in ein Kino – das bedeutet hier Eulen nach Athen tragen. Sagen

1 Vgl. «From Grand Canyon to Burbank» in *The Air-Conditioned Nightmare.*

Sie Volkening, ich sei der Meinung, ich hätte bisher alles bekommen. Schicke ihm von hier aus neue Seiten.

HVM

P. S. Meine Krankheit ist verschwunden – Schweiß und Angst haben sie vertrieben. Will man einen Patienten von seiner Neurose heilen, so setze man ihn einer großen Gefahr aus – das hilft gegen alles.

Hollywood, Cal.
16. Mai [1941]
(Freitag)

Anaïs –
Seit meiner Ankunft hier keine Nachricht von Ihnen – hoffe, alles ist in Ordnung. Die Briefe gehen zum Hauptpostamt in Los Angeles, zehn Meilen von hier entfernt – aber es ist schon richtig, wenn Sie postlagernd Hollywood schreiben – meine gesamte Post ist so adressiert.

Noch keine Zeit, Ihnen den langen Brief über meine Fahrt zu schreiben. Gerade den Anderson-Aufsatz [*Anderson the Story Teller*] für Rosenfeld noch einmal geschrieben – hartes Stück Arbeit. Außerdem habe ich an dem Amerika-Buch gearbeitet. Die nächste Sendung wird mindestens 50 bis 60 Seiten enthalten.

Habe erst wenige Leute getroffen – vielleicht sehe ich heute nachmittag Miriam Hopkins auf einer Cocktailparty, die eine Bernadine Fritz gibt, eine Frau aus China, die gut mit Emily Hahn (von *T'ien Hsia Monthly*) bekannt war – hat zehn Jahre dort gelebt. Sie hat ein wundervolles chinesisches Haus hier – hochelegant!

Habe auch Rudhyar und seine Frau gesehen. Werde mich Sonntag zum Essen wieder mit ihnen treffen. Ähnelt seinen Büchern außerordentlich. Spricht mit einem starken und merkwürdigen französischen Akzent – fast wie ein Deutscher. Wir kamen gut miteinander aus. Er hat sich eingehend nach Ihnen erkundigt.

Das interessanteste Erlebnis war der Film *Citizen Kane* von Orson Welles – *Sie müssen ihn sehen!* Er ist erstaunlich – und ungewöhnlich.

Vielleicht sehe ich heute abend Hiler. Er ist noch hier. Traf Jake Zeitlin, der hier einen prächtigen Laden mit ausgefallenen Büchern hat. Rief sofort Aldous Huxley an, um ein Treffen mit ihm zu arrangieren. Am Dienstag fahre ich mit Zeitlin hin – nach Santa Monica, wo Huxley wohnt. Z. sagt, daß Huxley ein großer

Bewunderer meines Stils sei – *er selber* ist es nicht. Dennoch war er, kurz bevor ich ging, nahe daran, das Griechenland-Buch zu nehmen. Sagt, es sei ihm *zu lang*.

Erhielt einen Brief von Caresse [Crosby] – aus «The Shadows», New Iberia. Wohnt bei Weeks Hall. Sagt, Bull von der Zeitschrift *Town and Country* hätte sie und seine Frau hingeschickt, damit sie dort nach dem Rechten sähen. Ich hoffe, das heißt, er nimmt meinen Artikel. Meine Post von R. & V. [Russell and Volkening] habe ich noch immer nicht erhalten. Sie haben alles mit gewöhnlicher Post geschickt – das dauert etwa fünf Tage.

Patchen hat mir fünf Dollar geschickt – aus heiterem Himmel. Schrieb, eine reiche Frau hätte 500 Dollar aufgebracht und Slocum und die andern ebenfalls 500. Und praktisch sämtliche Luxusexemplare seien bereits subskribiert. Nicht schlecht. Sie sehen, was Ihnen passieren kann, wenn Sie sich entschließen, das Tagebuch selber herauszubringen. Ich glaube, mein Klappentext hat wirklich zum Erfolg dieses Buches beigetragen. Ich kann auch für Sie so etwas schreiben. Verlieren Sie nicht den Mut.

Bringe diesen Brief jetzt schnell zur Post. Sehr bald mehr. Ich hoffe, daß alles in Ordnung ist. Ich mache mir langsam Sorgen um Sie.

HVM

P. S. Ich glaube, Hollywood würde Ihnen gefallen. Es ist furchtbar neu und voller faszinierender Läden. Außerdem billig, was Wohnen, Essen und so weiter betrifft. Erstaunlicherweise. Ich habe schon hervorragend für 50 & 60 Cent gegessen. Gläserne Beine mit Farnen und Goldfischen darin – als Reklame für Nylonstrümpfe. Und überall Schilder mit der Aufschrift: «Persönlicher Führer durch die Häuser der Stars!» (Sic)

[19. Mai 1941]
Montag, Hollywood

Anaïs –

Immer noch keine Zeit für einen großen Brief. Eine Verabredung jagt die andere. Heute morgen war ich in den R. K. O.-Studios und sah die Dreharbeiten für fünf Szenen. Genau wie man es sich vorstellt – eine grausige Schinderei; häufig wird ein und dasselbe mehrfach wiederholt; sie spielen wie Automaten. Die Kameramänner sind alles – die Schauspieler nichts. Alles andere als glanzvoll. Man hat Mitleid mit ihnen – sie sind wie Marionetten.

Stelle fest, daß ich sämtlichen Drehbuchautoren, Regisseuren und so weiter, ja sogar vielen Schauspielern wohlbekannt bin. Habe schon alle möglichen Komplimente erhalten und einen Haufen Exemplare signiert – auch Exemplare eines ohne meine Erlaubnis nachgedruckten *Steinbocks* (!) – weiß nicht, wer sie gedruckt hat und wo sie herausgebracht worden sind[1]. Der Regisseur Joseph von Sternberg hat eine Erotica-Sammlung im Werte von 100 000 Dollar. Erotica sind hier sehr gefragt. Ich könnte mir vorstellen, daß ich einen Buchhändler für Sie habe – ich grüble darüber nach, wie ich ihm die Idee beibringen soll.

Volkening schreibt, daß Bull einen Scheck für die Weeks Hall-Geschichte schickt;[2] sie gefällt ihm. Werde nach allen Abzügen etwa hundert Dollar dafür bekommen. Bat V., mir das Geld telegrafisch zu überweisen, sobald er es erhält. Werde vermutlich auch noch 25 Dollar von der Zeitschrift *Story* bekommen, ehe ich hier abreise. Und vielleicht hundert von Laughlin. Ich will mich heute abend mit ihm treffen – schrieb mir und bat um eine Begegnung – will «das Kriegsbeil begraben», sagt er. Wenn alles schiefgeht, müssen Sie mir am 25. etwas schicken. Aber selbst wenn ich nur das Geld von Bull bekomme, werde ich Ihnen ein Telegramm schicken mit dem Text «alles in bester Ordnung» oder so ähnlich, was soviel bedeutet wie: nichts schicken, neue Adresse, wieder unterwegs. Wahrscheinlich wird San Francisco meine nächste Station sein. Ganz sicher bin ich mir freilich noch nicht. Kann sein, daß ich auf dem Weg dorthin in Big Sur, über das Robinson Jeffers geschrieben hat, haltmachen werde – der wildesten Ecke an der Pazifikküste.

Gestern abend war ich noch einmal zum Essen mit Rudhyar und seiner Frau zusammen. Er fährt noch in dieser Woche nach Texas. Scheint mich sehr zu mögen und versucht, mir das Versprechen abzuringen, mich im August oder September dieses Jahres zum Indianerfest in Santa Fe mit ihm zu treffen.

Bekam das Angebot, hier Drehbucharbeiten zu machen, habe jedoch prompt abgelehnt.

Eine scheußliche Welt hier – die Filme, meine ich. Wertlos wie Sägespäne. Die eigentlichen Männer sind die Techniker – sie sind ohne Ausnahme Genies. Alles ist Technik. Das menschliche Element ist gleich null.

Habe bis jetzt noch keinen der Stars getroffen. Vermute, ich werde auch keinen von ihnen sehen. Heute morgen sah ich Ginger

1 Ausgabe erschien undatiert in Shanghai.

2 Vgl. «The Shadows» in *The Air-Conditioned Nightmare.*

Rogers, als sie eine Szene probte – ihre Stimme klingt vollkommen anders als im Film.

Nun ja, morgen werde ich Huxley sehen und vielleicht Isherwood. Vielleicht auch Gerald Heard. Hiler ist zur Zeit in Frisco. Sein Vater ist dort – und winkt ihn wie gewöhnlich herbei.

HVM

[San Francisco, den 8. Juni 1941]
Sonntag

ANAÏS –

Kam gestern morgen vom nahen Carmel aus hier an – im Samstagsverkehr – phantastisch. Eine Stadt aus ungeheuer steilen Hügeln – herrliche Lage – eine Art Neapel. Froh, daß ich Jeffers nicht gesehen habe – habe Ihr Telegramm in Carmel erhalten und bin sofort losgebraust. Mochte den Ort nicht – zu gewollt bohemienhaft.

Heute morgen bekam ich meine gesamte Post. Wm. Roth von Colt Press schreibt, er wolle das Griechenland-Buch haben[1] – er sei genau wie ich viel in Griechenland umhergereist – allerdings mit dem Fahrrad. Ich habe ihm gerade geschrieben, er solle Sie einmal aufsuchen – wegen Ihres eigenen Werks – er ist gegenwärtig in N. Y.

Hollywood war eine Oase – dort kommt man wieder mit Europa in Berührung – wegen der vielen émigrés.

Auf dem Weg von L. A. hierher kam ich aufs neue durch herrliche Landschaften – überall goldene Hügel – ein spanisches Land, würde ich sagen. Es gehört den Mexikanern. Und wenn man zu einer der alten Missionen kommt, dann weiß man, daß es ihnen immer noch gehört. Auch in der Umgebung von Carmel ist es herrlich. Das läßt sich nicht leugnen.

Ich bin weniger voreingenommen, als Sie glauben. Schließlich habe ich nicht vor, in Amerika zu bleiben. Aber jedes Erlebnis läßt, wenn man es bis zum Ende erlebt, etwas sichtbar werden. Die kleinen Leute, denen ich begegnet bin, waren die besten. Man könnte etwas aus ihnen machen – sie sind unverdorben. Und

1 Das Manuskript von *Der Koloß von Maroussi,* das Miller vor Beginn seiner Reise abgeschlossen hatte, war von mehreren Verlegern abgelehnt worden. William Roth, ein kleiner und unabhängiger Verleger aus San Francisco, las es in New York und war bereit, das Buch zu veröffentlichen.

sie gehören im Grunde der gleichen Welt an wie die interessanten Leute – das Verrottete und Tote liegt dazwischen. Die Reichen hier sind entsetzlich – schlimmer als in irgendeiner anderen Gegend, die ich kenne. Räuberisch und mittelalterlich – rohe, brutale, betrunkene Schwachsinnige. Aber ich bin nur ein unbeteiligter Zeuge des Ganzen.

Lafe [Lafayette Young] ist in Mexiko – er leidet unter dem Höhenklima – aber das Land gefällt ihm. Ich traf Fraenkel; er gefiel mir nicht. Sagt, er habe «keinen Glauben». Lafe schreibt sehr gute Briefe. Er gefällt mir.

O'Neill lebt hier in der Nähe. Vielleicht besuche ich ihn. Saroyan ist offenbar die große Nummer. In ihrer Atmosphäre ist diese Stadt wie N. Y. Elektrisch. Und ziemlich weltstädtisch. Außerdem groß. Ich denke, daß ich sicher für zehn Tage hierbleiben werde. Wenn Sie also das Manuskript schicken wollen – nun denn. Ich lasse die Kopie noch einmal abschreiben.

Übrigens, was den *Citizen Kane* betrifft, so bin ich anderer Meinung als Sie. «Rosebud» war nur ein Aufhänger für das Ganze. Aber «Rosebud» stand, meiner Ansicht nach, für die Liebe, die ihm als Kind verweigert wurde und die er seither niemals mehr geben konnte. Ich fand das Mädchen wundervoll – diese zerbrochene, kindliche Stimme, die die Leere noch leerer machte. Orson Welles weiß das. Ich habe übrigens den Schauspieler kennengelernt, der nach der Zigarre fragte. Nun, wir wollen es vorerst dabei bewenden lassen. Ich lese zur Zeit noch einmal Duhamels Ansichten über Amerika – das Buch, das Sie nie mochten. Aber seine Diagnose ist außerordentlich exakt! [*Scènes de la vie future.*]

Werde hier wieder ein paar Seiten schreiben. Sie brauchen sie nicht zu lesen – lieber nicht. Lesen Sie sie Jahre später in irgendeinem fremden Land. Ich fühle mich jetzt sehr im Gleichgewicht, was das Buch [*Air-Conditioned Nightmare*] betrifft. Ich habe die große Wasserscheide der Rocky Mountains überquert und befinde mich auf einem Plateau. Es ist kühl hier – muß abends einen Mantel überziehen. Anderes Klima als in Südkalifornien. Es ist wunderbar, den ganzen Tag über Sonne zu haben wie dort unten. Wenn man von San Diego aus in Richtung Mexiko fährt, kommt man in eine andere Welt. Erinnerte mich an Griechenland, Spanien, Sizilien – drohende Erhabenheit – leer – erregend. Alles hat etwas Böses und Geheimnisvolles an sich. Mexiko muß genauso sein, wie man überall hört – vor allem gewalttätig, tückisch, tödlich, bösartig. Die Frauen in den Bars von Tijuana – hart und weich zugleich. Huren natürlich. Aber gewalttätige. Und die Männer wie Desperados, Schurken, Banditen. Es läuft einem kalt über den Rücken.

Und richtig, nachdem ich einen Salat gegessen hatte, bekam ich prompt Durchfall – den ich immer noch habe, wenn er auch langsam nachläßt. Dachte mir, ich wollte einmal die amerikanischen Warnungen mißachten. Aber das Gift ließ sich nicht leugnen. Trotzdem habe ich die Mahlzeit genossen – wie in einem billigen französischen Restaurant.

HVM

P. S. Das Theatralische in dem Film war wiederum ein Mittel, um das Bewußtsein des Zuschauers wachzuhalten – um dem «narkotisierenden Zauber» der Filme entgegenzuwirken, meine ich. Man nimmt teil und arbeitet mit.

[9. Juni 1941]
San Francisco, am Montag

Anaïs –

Soeben erhalte ich Ihren Brief und die Extrakopie, die ich abschreiben lasse.

Die per Express geschickten Seiten habe ich noch nicht bekommen. Ich nehme an, die Expresspost wird langsamer befördert.

Hoffe, daß Sie Wm. Roth von der Colt Press kennenlernen. Er ist schüchtern und schwerfällig, höre ich. Aber ehrlich und loyal – und, wie ich meine, intelligent.

Habe bisher noch keine Pläne. Ein wenig verwirrt von der Größe und Fremdheit dieser Stadt. Man gerät außer Atem, wenn man darin umherwandert – nichts als hohe, steile Hügel.

Sie sagen, Dorothy Norman nimmt einen Teil des Griechenland-Buches [für die Zeitschrift *Twice A Year*]. Komisch, V. [Volkening] schrieb, sie nähme es nicht. Schreiben Sie mir, ob es stimmt. Kann sein, daß ich um den 25. dieses Monats Geld brauche. Habe eben zehn Dollar für eine neue Brille ausgegeben – habe die alte auf dem Weg hierher in einer Touristenherberge verloren. Das einzige, was mir bislang abhanden gekommen ist.

Ich wollte Ihnen gestern – auf der Durchfahrt – von Gonzales, Cal., aus eine Postkarte schreiben, aber es war noch zu früh am Morgen – alle Läden waren geschlossen. Wenn ich unterwegs bin, stehe ich jetzt oft um 5 Uhr auf. Ich liebe die Landschaft. Hollywood ist ideal gelegen – in jeder Hinsicht.

Bald mehr. Bin noch dabei, meine Post zu beantworten.

HVM

24. Juni [1941]
Pismo Beach, Cal.

Anaïs –
Habe hier gestern abend auf meinem Weg zurück nach Hollywood eine Pause eingelegt. Habe ein wundervolles langes Wochenende hinter mir; lernte ein paar hochinteressante Leute kennen – vor allem Dichter und Musiker – und dazu einen überaus charmanten Heiligen, einen Biologen, der mit John Steinbeck befreundet ist [E. F. Ricketts]. Was Steinbeck selber angeht, so weiß ich nicht recht, ob er mir gefällt oder nicht – ein bißchen wie Cendrars – empfindlich und so weiter. Ein gewaltiger Klotz von einem Kerl, der wie ein Tiefseefischer aussieht und sein Bestes tat, um uns alles so angenehm wie möglich zu machen.

Wir fuhren durch die herrlichste Gegend mit allen möglichen Landschaftstypen. Wählten die berühmte Ozeanroute von Monterey nach San Luis Obispo an der wilden Meeresküste entlang und an Hearsts großem Schloß vorbei, das wie die Aufnahme in Orson Welles' Film [*Citizen Kane*] aussieht oder zumindest lebhaft daran erinnert. Landschaft und Klima sind unbeschreiblich schön. Die Küste ist zur Zeit voller Soldaten – Armee-Lastwagen, wohin das Auge blickt. Man könnte meinen, wir seien bereits in den Krieg eingetreten. Erinnert mich an Bilder aus Deutschland (in Paris), als es sich zum Angriff anschickte.

Ich vermute, ich werde eine Menge Post vorfinden, wenn ich in die Stadt zurückkomme.

Ich denke ständig darüber nach, was für ein Jammer es ist, wenn man sich gezwungen sieht, im Osten des Landes zu leben. Diese Gegend hier hat genau das Klima und die Landschaft, die Ihnen gefallen würden. Mit den Leuten ist es freilich eine andere Sache. Im allgemeinen sieht es schlecht damit aus – aber man *kann* hier auch dem Außergewöhnlichen begegnen.

Ich werde Ihnen wieder schreiben, sobald ich Ihre Post habe. Jeffers habe ich nicht aufgesucht – dachte, ich sollte es lieber nicht tun; aber wie man mir erzählt hat, weiß er, daß ich hier draußen bin und hätte sich über meinen Besuch gefreut. In Fresno sah ich einen Buchladen, der Nachdrucke des *Steinbock* und des *Schwarzen Frühlings* verkaufte, die ohne mein Wissen in China gemacht worden sind – Seeleute bringen sie mit!

HVM

Hollywood, Calif.
den 26. 6. 41

Anaïs –

Habe einen ganzen Stoß Briefe von Ihnen bekommen – alle auf einmal. Ich werde vermutlich noch eine Woche hierbleiben und dann gen Osten abdampfen – mit dem Wagen, nehme ich an. Vielleicht aber verkaufe ich ihn auch und komme mit dem Zug. Ich habe mich noch nicht entschlossen. Habe bisher noch nichts von Roth oder Volkening wegen des Vertrags und des Vorschusses für das Griechenland-Buch gehört. *Town and Country* hat das Manuskript über Dr. Souchon[1] abgelehnt. *Hamlet* Band II ist erschienen, sieht gut aus und verkauft sich bereits sehr schön. Ich bin froh, daß ich das Buch geschrieben habe – alle hatten ihre Zweifel, aber ich finde es gut.

Der Gedanke an New York ist entsetzlich nach all der herrlichen Landschaft, die mich hier umgibt. Diese letzte Fahrt war großartig. Ich hatte fast wieder jenes Gefühl, das ich aus Griechenland kenne – nur daß es hier nichts *Heiliges* gibt.

Das Buñuel-Programm klingt interessant. Hoffe, daß man ihm zu einer Renaissance verhelfen kann.

Glauben Sie, daß Provincetown Ihnen gefallen wird? Ich habe immer gehört, es sei ziemlich pseudo. Dos Passos lebt dort.

Ich habe einen Schüler von Varèse kennengelernt – John Cage aus San Francisco – prächtiger junger Mann. War merkwürdigerweise an Buñuel interessiert. Auch Steinbecks Freund (Ed Rikketts) fand ich außerordentlich interessant.

Der Westen gibt mir einstweilen ein Gefühl der Hoffnung – vielleicht ist es trügerisch. Im Grunde tötet Amerika alles – aber zwischen dem Osten und dem Westen besteht ein großer Unterschied. Ich habe das Gefühl, D. D. & Co. [Doubleday, Doran u. Co.] werden mein Buch [*Air-Conditioned Nightmare*] nicht nehmen – eine Vorahnung. Daher ist mir unbehaglich zumute. Und wieder Decatur Street! Jedesmal, wenn ich mich davon losmache, fühle ich mich vollkommen befreit von dieser Vergangenheit – und dann kommt sie zu mir zurück, wie eine Falle.[2] Ich hatte etwas Größeres, Besseres erwartet; das ist alles.

Henry

1 Vgl. «Dr. Souchon: Surgeon-Painter» in *The Air-Conditioned Nightmare.*

2 1901, als Miller zehn Jahre alt war, war die Familie aus der Driggs Avenue im 14. Bezirk von Brooklyn in die Decatur Street umgezogen, die Miller später als «die Straße des frühen Leids» bezeichnete, weil dieser Umzug für ihn einen radikalen Einschnitt und Wandel bedeutete.

1835 Camino Palermo
Hollywood
c/o David Commons
15. Juli [1941]

Anaïs –
bin gerade umgezogen und habe jetzt die oben genannte Adresse – eine Privatwohnung mit zwei Zimmern und einem Bad über der Garage – sieben Dollar pro Woche. Herrlicher Platz zum Arbeiten in einer sehr schönen Gegend von Hollywood an einer Straße, die mit dicken, riesenhaften Palmen bestanden ist. Der Junge, dessen Namen Sie oben lesen, ist ein Drehbuchautor aus N. Y. – der früher Kleider gemacht hat. Wenn Post im Hotel ankommt, wird sie mir nachgeschickt.

Ich fühle mich weit besser hier. Muß dreimal am Tag etwa eine Meile bis zum Restaurant laufen – genau das, was ich will. Dazu bin ich eingeladen worden, den Bungalow eines Bekannten am Strand – Santa Monica, etwa 15 Meilen von hier, zu benutzen. Hoffe jetzt regelmäßig morgens zum Schwimmen zu gehen. Übrigens, dieser Bursche am Strand macht ein Radioprogramm für die Beverly Hills Library. Bat mich, über Zensur zu sprechen – aber ich habe abgelehnt. Ich habe gestern zum erstenmal seit 25 Jahren wieder meine eigene Stimme gehört und war angenehm überrascht. Habe in Man Rays Haus eine Plattenaufnahme gemacht – zwei Seiten. Was mich überraschte, war der gutturale Klang meiner Stimme – wie ein Bär, der vor sich hin brummt. Auf der einen Seite las ich aus einer englischen Fassung von Bretons *Nadja*, auf der andern improvisierte ich; die improvisierte Seite war weit besser. Ich kann jetzt hören, das ich älter geworden bin – wie ein Weinfaß.

Ich habe das Geld für das Griechenland-Buch bekommen – ungefähr 88 Dollar. Das heißt, bei mir ist alles in Ordnung. Auch eine kleine «Anerkennungs»-Gebühr von Ben Abramson habe ich erhalten. Ich denke, er wird bald ein zweites Buch herausbringen. Mir scheint, sowohl *Hamlet* als auch *W. des S.* [*Die Welt des Sexus*] machen sich gut. John Barrymore hat in einem der Buchläden gesagt, der *Hamlet* sei glänzend – jeder sollte ihn lesen. Ich war ziemlich überrascht. Ich dachte, er würde ablehnen, was ich über Shakespeare gesagt habe.

Von den Hügeln aus – und ich befinde mich jetzt auf ansteigendem Gelände – sieht Hollywood völlig anders aus als irgendeine der übrigen großen Städte, die ich kenne. Oder vielmehr Los Angeles. Die Lichter wirken verzaubert – ähnlich, wie auf den Brücken über die Seine. Bei Tag sind die Berge in dichten Dunst gehüllt – man kann sie kaum sehen, obgleich sie ganz nah sind. Es muß wohl an der Hitze oder der Nähe des Meeres liegen.

Anaïs, ich warte auf einen Brief von Ihnen. Erzählen Sie mir mehr von Provincetown. Muß ein wenig wie Marins Aquarelle sein, oder? Eine nackte, felsige Küste? Und wie ist die Stadt selber – ist sie voll von portugiesischen Fischern? Hier draußen ist das dominierende ausländische Element das mexikanische. Die jungen Mädchen unter zwanzig sind außerordentlich schön – neben ihnen wirken die dämlichen amerikanischen Mädchen fade. Aber die Mexikaner werden wie Dreck behandelt. Lafe [Lafayette Young] ist jetzt in Chapala und genießt es. Schreibt ein Buch an mich – *Briefe aus Chapala* – sagt, er habe bereits 10 000 Worte geschrieben. War es nicht in Chapala, wo Lawrence *Die gefiederte Schlange* geschrieben hat?

Gestern vor genau zwei Jahren habe ich Frankreich verlassen – von Marseille aus, erinnern Sie sich? Fluchère schreibt mir hin und wieder; offenbar stehen die Dinge dort nicht so schlecht. Habe ich Ihnen erzählt, daß der Yogi hier der wunderbarste Mann ist? In fünf Minuten lerne ich bei ihm mehr als bei andern in Jahren. Ab und zu gehe ich in den kleinen Tempel, den er neben seinem Haus gebaut hat – und meditiere.

Bald mehr.

HVM

P. S. Gilbert Neiman meinte, sie müßten die «bewußteste» Person sein, die man sich vorstellen kann – folgerte das aus dem *House of Incest*. Sagte erstaunliche Dinge darüber. Sprach von Ihrer «Maske» – Ihren «Dualitäten» und so weiter.

[21. Juli 1941]
Hollywood, am Montag

Anaïs –

Nicht viel Neues, abgesehen von dem beigefügten Brief von Larry [Lawrence Durrell], der gerade eintraf – datiert vom 21. Mai! Ich möchte wissen, wo sie jetzt sind. Werde ihm eine Nachricht an die angegebene Adresse schicken, bezweifle jedoch, daß er noch dort ist. Wie Sie sehen, schreibt er, daß Katsimbalis in Gefangenschaft ist.

Kürzlich erhielt ich zwei Telegramme von Miriam Hopkins, die plötzlich meine Adresse herausgefunden hat. Sagt, sie hätte schon vor einiger Zeit versucht, mich zu erreichen, aber das Hotel hätte ihr die Anschrift nicht gesagt und so weiter. Jedenfalls werde ich mich in ein paar Tagen mit ihr treffen. Klang englisch am Telefon – sehr gescheit und flott – ebenso aufgeweckt wie im Film.

Freue mich, daß Sie den Strand nach Kräften ausnutzen. Aber *hier* herrscht das Klima, das Ihnen gefallen würde. Es ist unentwegt warm, sonnig, südlich – wenn es so bleibt, treibt einen diese heitere Monotonie noch zum Wahnsinn. Wenn es einmal einen anständigen Regen gibt, dann werde ich ihn zu schätzen wissen. Kürzlich kam es im Osten des Staates zu einem Wolkenbruch, der eine 10 Fuß hohe und 100 Fuß breite Wasserwand entstehen ließ, in der Menschen, Autos, Pferde, Häuser und so weiter versanken.

Gestern abend lernte ich in einem hawaiischen Restaurant einen Reichel kennen – einen Tschechen, der mit einer übergeschnappt aussehenden Spanierin verheiratet ist; er ist beim Film – war einmal ein großer Charakterdarsteller wie Lon Chaney. Weil ich das Stichwort «Dokumentar»(-filme) nannte, kam er, nachdem er nach Hause gefahren war, noch einmal zurück, um allein mit mir zu reden. Erzählte mir von einem großen chinesischen documentaire, der jetzt hier gezeigt wird. Die Frau sah aus wie die verrückte rote Königin aus *Alice im Wunderland* – weiße Haare, verschrobener Hut, große Ringe, astrologisch und telepathisch angehaucht. Das gegensätzlichste Paar, das ich je gesehen habe. Später kam noch der Besitzer herüber und fragte mich, ob ich den *Wendekreis des K.* geschrieben hätte. Er hatte ihn gelesen. Noch ein Gespräch.

HVM

P. S. Haben Sie je etwas über das Leben des Marquis de Sade gelesen? Klingt interessant. Aber die Bücher, nein! Ich finde, Perversion ist langweilig.

[28. Juli 1941]
Hollywood, am Montag

ANAÏS –

Para ir a Mexico lo primero que necesito es apprender el Español.

Habe erst gestern meine zweite Stunde gehabt. Typisch spanisches Verhalten. «Ich werde jeden Tag kommen, Henry, um 6.00 Uhr.» Und dann vier Tage lang keine Spur von ihm. Dachte, er sei krank. Aber er ist trotzdem ein feiner Kerl, der Señor Rivas, und wenn wir nach Mexiko fahren, werde ich ein paar gute Adressen haben. Diesmal ist es mir ernst mit dem Spanischlernen. Ich habe das Gefühl, daß es mir Spaß machen wird. Mir gefällt der Ausdruck «*no tengo ganas*» soviel besser als das englische Äquivalent. Die Spanier müssen, wenn mich mein Gefühl nicht täuscht, ähnlich wie die Russen sein – in ihrer Art, sich an einen zu hängen und einem auf die Nerven zu gehen. Werden auf der Stelle vertraulich; und vergessen einen in dem Augenblick, da sie einem den Rücken kehren. Oder?

In den letzten Tagen keine Nachricht von Ihnen. Sind Sie noch da? Roth schreibt, daß er hundert Luxusexemplare von dem Griechenland-Buch macht, die ich signieren muß. Es liegt mir sehr viel daran, daß dieses Buch erscheint – die andern interessieren mich nicht sonderlich. Aber ich möchte gern, daß den Leuten gerade dieses Buch gefällt.

Ich würde das Schreiben gern ganz aufgeben. Es sieht nicht so aus, als ob mir noch viel daran läge. Kann sein, daß ich nichts mehr zu sagen habe.

Letzte Nacht lag ich wach und dachte an das Klavier und die *Klarinette* (sic!). Ich fragte mich, ob ich je lernen würde zu improvisieren, meine eigenen Kompositionen zu schreiben. Ich habe einen starken Hang zur Musik. Wenn ich ein Instrument – irgendein Instrument – spielen könnte, würde ich mich tausendmal besser fühlen. Das Schreiben gebiert Einsamkeit. Man schreibt in einer Gummizelle. Und die ganz große Freude erfährt man dabei nie.

Ich dachte an Joaquin [Nin-Culmell] und daran, wie er – freilich auf seine zurückhaltende Weise – seine Arbeit wahrhaft genießen muß.

Gestern suchte ich einen teuren Spezialisten auf und ließ mich untersuchen. Versetzte mich in Angst und Schrecken – mit seiner in Amerika üblichen, allzu rüden Diagnose. Meinte, mein gutes Ohr werde genauso wie mein schlechtes. Irgend etwas stimme nicht mit der Eustachischen Röhre. «Nicht viel dran zu machen», sagte er. (Dann fiel ihm noch ein, ich solle Vitamin B und Q nehmen. Was für ein Unsinn!) Erklärt, ich hätte den Rest einer Mandel in meinem Hals – und das verursache eine Infektion. Klingt mir unglaublich. Jedenfalls werde ich einen guten Arzt aufsuchen, sobald ich wieder in N. Y. bin – vielleicht kann mir Jacobsohn einen empfehlen.

Er machte einen Ohrentest mit mir – wegen des Hörens. Das Ergebnis war völlig normal. Konnte sogar mit dem schlechten Ohr hören. Er meinte, ich würde nie stocktaub werden – mein inneres Ohr und die Knochen seien in Ordnung. Ich weiß nicht, was er damit meint. Was mich stört, ist das Gefühl eines ständigen Drucks auf das Trommelfell – wie man es bei einem plötzlichen Höhenwechsel hat.

Im übrigen gibt es nichts Neues. Warte auf eine Nachricht von Ihnen. Mit dem Schreiben geht es mäßig voran. Habe zwar Einfälle, aber sie verfliegen rasch wieder. Zum Glück habe ich noch ein paar Monate Zeit, um das Buch abzuschließen. Aber ich kann mich einfach nicht dazu aufraffen.

Übers Wochenende werde ich mit Jake Zeitlin (dem Buchhändler) und seiner Frau einen Ausflug machen – Richtung Big Sur. Montag zurück.

Grüßen Sie Dorothy Norman von mir, wenn Sie sie noch einmal sehen. Ich habe ihr seit einer Ewigkeit nicht mehr geschrieben.

HVM

Hollywood
Freitag, den 1. Aug. [1941]

Anaïs –
Heute abend mache ich mich mit den Zeitlins auf die Wochenendfahrt. Er wird mich mit Jeffers bekanntmachen – sieht nicht so aus, als ob sich das vermeiden ließe.

Ab und an kommt mein Freund Rivas – nicht allzuoft. Wenn er einmal kommt, dann geht es schnell voran. Ich muß schon ein gutes Hundert Worte kennen, einschließlich des Satzes: «no me da la gana»! Mir gefallen Worte wie «andarin» (Fußgänger) und «alma» für Seele und wiederum «no tengo ganas . . .» Jedenfalls «estoy encantado»! Auch das Wort für ‹nichts› ist wundervoll: Nada! Wie im Russischen, oder? Auf jeden Fall mañana ire al campo, ja?

Das erste jedoch, was einem bei den Spaniern auffällt, ist, daß sie, wie die Russen, niemals ihre Verabredungen einhalten. Wundervoll. Rivas erinnert mich so sehr an Ihren Vater – voller Skrupel, übergenau, gelehrtenhaft, allzu sauber; kauft Euch im Kramladen ein Tuch, um Eure Brillen zu putzen! Stolz auf Armut, Moral, schlechte Dramatiker, Klassiker und so weiter und so weiter. Sieht Ihrem Vater sogar äußerlich ähnlich. Aber überaus herzlich – Freundschaft auf den ersten Blick. Er wird mich in Filipino-Restaurants in L. A. [Los Angeles] führen, wo es, wie er sagt, eine gute spanische Küche gibt. Und dann ist da noch sein Freund Navarro, der eine reiche Frau geheiratet und ihr ganzes Geld in einem Jahr durchgebracht hat. Er spielt Gitarre, und wie ein Russe sagt er immer wieder: «tengo muchos dolores de cabeza.» Was ein wenig anders ist, als wenn man nur eine *jaqueca* hat. Wir müssen damit weitermachen, wenn ich zurückkomme. Was für ein Jammer, daß ich so lange gewartet habe!

Neulich begegnete ich einem Mann in einer Erfrischungshalle, der zwei geschlagene Stunden lang über Rußland redete – war vor kurzem von dort zurückgekommen. Ein ältlicher Amerikaner. Vermittelte mir ein großartiges Bild. Für den Schriftsteller klingt es wie das Paradies. Er sagt, sie können 30 000 000 Mann mobilisieren, wenn's sein muß! Und die Frauen seien ebenso tüchtig wie die Männer. Wirkt wie ein Hoffnungsschimmer für Europa. Ich hoffe, es stimmt alles.

HVM

[4. August 1941]
Hollywood, am Montag

Anaïs –
Bisher kein Glück mit dem Wagenverkauf! Und gerade jetzt, wo ich ihn abstoßen will, läuft er bestens – habe seit langem keinen Ärger mit ihm gehabt. Wie eine Frau. Ich weiß nicht, *woher* die nächste Überweisung kommt, aber ich habe so eine Ahnung, *als ob* bald etwas eintrifft. Es ist wirklich schade, daß Sie nicht hierherkommen können.

Jedenfalls werde ich Ihnen, sobald ich das Geld für die Rückreise bekomme, schreiben oder telegrafieren; und ich schlage vor, Sie schicken mir dann ein Telegramm, das aussieht, als ob es aus New York kommt, unterschreiben es mit Lauretta [Miller] und teilen mir darin mit, daß Mutter sehr krank sei und ich sofort nach Hause kommen müsse. Das wird hier alles leichter für mich machen; der Mann, von dem ich die Wohnung gemietet habe, ist nämlich sehr entgegenkommend gewesen und rechnet damit, daß ich bleibe.

Erhielt gerade einen langen Brief von Fred, in dem er sagt, daß er mit Allen & Unwin, einem englischen Verlag, einen Vertrag für fünf Bücher unterzeichnet hat! Das erste soll Ende dieses Jahres erscheinen. Er ist noch in der Armee und meint, der Krieg werde im nächsten Frühjahr mit einer Niederlage der Deutschen enden. Ein Optimist. Er schickt ein Foto, auf dem er ziemlich englisch aussieht – wie dieser Kerl im Film – Howard Lawson? (*Intermezzo*)

Gestern morgen ging ich zu einer Lesung von Manly P. Hall, der hier der große Mann ist. Macht phantastische Geschäfte. Verkauft unzählige Bücher und Schriften und zieht Massen von Lesern an. Schreibt über all das, was Moricand liebt. Ich habe es immer als seltsam empfunden, daß es die okkulten und die pornographischen Bücher sind, die ständig und gleichbleibend gut gekauft werden. Ist Ihnen das schon einmal aufgefallen?

Bevor ich abfahre, werde ich mir noch Gerald Heard anhören. Habe gerade einen Brief an Huxley geschrieben, in dem ich ihn um Auskunft über seine Lesungen bitte. Manche sagen, er sei hervorragend. Dane Rudhyar schreibt wieder und teilt mir mit, daß er Ende dieses Monats in Mexiko sein werde – vielleicht kommt er im Winter nach N. Y.

Sie sagen, Dos Passos sei nicht sehr menschlich. Haben Sie ihn kennengelernt? Ich hatte den entgegengesetzten Eindruck – fand ihn sehr herzlich und liebenswert. Beurteilen Sie ihn nicht nach seinen Büchern. Ich habe von meinem Freund Ricketts in Pacific Grove ein wunderbares Buch über das Meeresleben der Pazifikküste. Sie werden Ihre Freude daran haben, wenn es auch ein wissenschaftliches Werk ist.

Morgen besuche ich einen jüdischen Buddhistenmönch im Buddhistentempel von L. A. [Los Angeles]. Einen Mann namens Julius Goldwater! Die Kulte blühen und gedeihen hier draußen. Selbst die alten Weiber auf den Bänken reden von Okkultismus und Astrologie. Besonders vom Wassermann, dem neuen Zeichen. Mein Freund Rivas ist schon seit einigen Tagen nicht mehr hier gewesen – ich vergesse, was ich gelernt habe. Schreibt mir einen Brief, in dem er sich entschuldigt, schlägt einen neuen Termin vor und hält ihn wieder nicht ein. Manchmal sehe ich ihn auf einer Bank sitzen und sich ausruhen. Meistens hat er Hunger – hat eine Familie in Frisco und zwei Kinder – und versucht, seinen Bruder, einen verkrüppelten Kriegsveteranen, aus Spanien herauszubekommen. Ein typischer Don Quichotte. Ständig mit dem Gedanken beschäftigt, wie er eine große Summe Geld auftreiben kann. Immer übertrieben adrett, tiptop, geschäftsmäßig, eine Aktenmappe mit Stücken und Manuskripten unterm Arm. Sagt, die Portugiesen seien Karikaturen der Spanier – aber sie hätten eine gute Literatur vorzuweisen! Lafe [Lafayette Young] schreibt, er sei gerade aus dem Krankenhaus entlassen worden – hatte eine schwere Ruhr. Gestern aß ich irgendein mexikanisches Gericht in L. A. – eine dicke Suppe mit Kaldaunen und Gerste – stank wie Pferdeurin und schmeckte widerwärtig. Das ist mexikanische Küche! Sie sind ständig betrunken und gehen mit dem Messer aufeinander los. Aber sie sehen interessant aus.

HVM

[6. August 1941]
Hollywood, am Mittwoch

ANAÏS –

Habe gerade einen Brief von Bill Roth bekommen, in dem er schreibt, daß die Korrekturfahnen für das Griechenland-Buch in Kürze eintreffen werden – ich soll nach Möglichkeit hier warten, weil er hofft, das Buch schon um den ersten September herum herausbringen zu können. Außerdem bittet er mich, ihm die Briefe an Emil [Schnellock] zu schicken – interessiert sich dafür.

(Mit Freds Vertrag habe ich mich geirrt – es ist ein Vertrag für 3 Bücher, nicht für 5.)

Fraenkel schreibt jetzt, daß ich nicht nach Tantiemen für *Hamlet 2* Ausschau halten soll. Muß eine größere Auflage herausbringen, wenn das Buch seine Kosten wieder einbringen soll. Sieht ihm ähnlich!

Es ist glühend heiß hier – ganz plötzlich. Ich sitze in einem Unterhemd, und der Schweiß rinnt an mir herunter.

Sie erkundigten sich nach dem Schwimmen. Nein, ich gehe nicht oft an den Strand – das Wasser ist voller Öl von den Bohrungen – und für gewöhnlich ist es am Strand kalt und dunstig. Gelegentlich bin ich hier in Hollywood zu einem Swimmingpool gegangen. Aber seit ich den Ärger mit dem Ohr habe nicht mehr.

Wie dem auch sei, die Verzögerung, von der ich sprach, ist kaum der Rede wert. Ich werde vermutlich noch vor Ende des Monats hier wegkommen.

Bald mehr.

HVM

P. S. Soeben ist Peggy Guggenheim (die reiche Schwester von Mabel McKinley) hier eingetroffen. Man hat mir erzählt, daß sie mich kennenlernen will. Sie hat Kay Boyle, ihren alten Ehemann L. Vail und einen neuen Anwärter mitgebracht. Marcel Duchamp soll auch demnächst kommen. Ich sah seine frühen Arbeiten – bei Arensberg. Sie sind wirklich großartig.

[7. August 1941]
Hollywood, am Donnerstag

ANAÏS –

Eben Ihr Telegramm erhalten – prächtig. Die Korrekturfahnen können jetzt jeden Tag eintreffen.

Habe ich Ihnen von dem Dokumentarfilm über China erzählt? Ich glaube ja. Verpassen Sie ihn nicht und sagen Sie mir, was *Sie* von Carmen Amaya halten – ich stehe vor einem Rätsel. Sind auch Zigeuner neurotisch?

Gestern abend ging ich zu einer Vernissage und lernte dort eine Menge Leute kennen. Hatte ein langes Gespräch mit der Schwester von Charles Henri Ford, die hier beim Film ist. Merkwürdigerweise sind hier die Ehemänner gewöhnlich attraktiver als ihre Frauen. Ich habe nirgendwo so viele gutaussehende Männer gesehen – aber langweilig natürlich.

Ich wollte Ihnen noch von den Bildern (Fotos) von Tibet erzählen – davon, wie die Frau, die sie mir gab (eine Tschechin) absolut blind zu sein schien für das Element des Geheimnisvollen, das dort vorherrscht. Ihr gefiel Tibet wie dem Bauern sein Land gefällt. Wenn ich hingegen den Film (*Kuhan*) sehe und nur einen winzigen Eindruck von Tibet erhasche, dann fühle ich bereits alles. Selbst die Farben der Priestergewänder erregen mich.

Gestern abend lief ich René Lefebvre-Foinet in die Arme – dem Kunsthändler aus Paris. Er ist im Krieg verwundet worden und über Marseille herausgekommen. Wir werden zusammen essen, und er wird mir erzählen, was aus allen drüben geworden ist. Es muß ein sehr seltsames Gefühl sein, für die Menschen, die jetzt aus Europa entkommen, in diesem Land der Behaglichkeit, des Luxus und der Gleichgültigkeit einzutreffen. Das Interesse am Krieg scheint mir immer geringer zu werden.

Miriam Hopkins habe ich bisher noch nicht zu Gesicht bekommen – dafür aufs neue Telegramme und Anrufe. Was für ein verrücktes Leben müssen sie führen. Sie *verdienen* ihr Geld. Bald mehr.

HVM

P. S. Der Spanier [Rivas] ist entschwunden. In L. A. [Los Angeles] gibt es verschiedene Theater, in denen mexikanische und spanische Filme laufen – die ganze Nacht hindurch geöffnet.

[13. August 1941]
Hollywood, am Mittwoch

ANAÏS –

Lese gerade die Korrekturfahnen für das Griechenland-Buch. Jetzt schreibt Laughlin, er schicke die Fahnen für *The Wisdom of the Heart*. Da ich ohnehin einmal dabei bin, werde ich darauf warten. Kann sein, daß ich noch nach Frisco muß, um die hundert Luxusexemplare [*Koloß von Maroussi*] zu signieren. Aber dann bin ich endgültig frei und bereit zur Rückkehr. Ich denke, daß ich mit dem, was ich für den Wagen erhalte, bis nach Chicago kommen werde; dort könnte ich dann Abramson bitten, meine Fahrkarte nach N. Y. zu bezahlen.

Kehren Sie nach dem Labour Day in die W. 13th Street zurück? Teilen Sie mir mit, wohin ich den nächsten Brief schicken soll.

Sah gestern abend wieder einen entsetzlichen Unfall auf der Straße nach Malibu Beach. Ich war wie gelähmt. Zwei Männer lagen mitten auf der Straße und schrien vor Schmerzen. Oh, helft mir doch! Helft mir! Und die Wagen brausten vorbei. Grauenhaft. Das ist schon etwa der sechste, den ich gesehen habe.

Volkening schreibt, daß *Atlantic Monthly* nicht begeistert ist von dem Amerika-Buch. D. D. & Co. [Doubleday, Doran u. Co.] werden vermutlich nicht anders reagieren.

Bald wird es Verrat sein, wenn man irgend etwas gegen Amerika sagt. Mir fällt jedoch auf, daß das Interesse am Krieg mehr und mehr nachläßt.

Haben Sie schon *Kuhan* gesehen? Achten Sie auf die Aufnahmen von Kum Bum, nicht weit von Tibet – vom Lamakloster dort. Es ist schön. Ich sah ihn mir noch einmal an. Und Carmen Amaya auch – aber ich bin jetzt sicher, daß mir ihr Tanzen nicht liegt. Sie wirkt auf mich wie eine Neurotikerin. Kann das die spanische Zigeunerin sein? Ich glaube es nicht.

Mein Spanier [Rivas] hat sich jetzt endgültig aus dem Staube gemacht. Unbeständige Leute.

Wie stehen die Sterne in diesem Monat? Ich sehe in ihnen nichts als Arbeit für mich.

Gestern war ich in Orson Welles' Studio in Culver City. Phantastisch. Besonders von hinten. Sie stellen bloß eine Fassade auf, wenn sie eine Szene drehen. Das sollten Sie sehen – wie Amerika höchstselbst – alles Fassade und nichts dahinter.

HVM

[25. August 1941]
Hollywood, am Montag

Anaïs –

Sonnabend kam Ihr langer Brief an und heute erhielt ich einen Scheck von Ruder. Hatte ihm gerade geschrieben, daß er ihn schicken sollte, da ich noch ganze zwei Dollar hatte. Konnte den Wagen immer noch nicht verkaufen. Heute bringt ihn jemand zu den Flugzeugfabriken und will versuchen, ob er unter den Arbeitern einen Käufer finden kann. Hier ein Auto verkaufen heißt Eulen nach Athen tragen – es gibt in dieser Stadt Wagen wie Sand am Meer.

Wie dem auch sei, ich werde bald zurückkommen. Möchte am liebsten mit dem Zug fahren. Sollten Sie noch in Provincetown sein, wenn ich zurück bin, könnte ich vielleicht dorthin kommen.

Was mir ständig im Kopf herumgeht, ist der Gedanke, die Hoffnung, billig und vernünftig inmitten einer *natürlichen* Umgebung zu leben. Harlem bedeutet gegenwärtig nicht die geringste Versuchung für mich. Ich ziehe das einsame Leben vor – das Verrichten einfacher Dinge mit meinen Händen, Abgeschiedenheit, unzivilisierte Umgebung und so weiter. Ich glaube nicht, daß mich das Leben in der Stadt noch reizen kann. Ab und zu ist es notwendig – vor allem um Nachschub zu bekommen. Wir werden nie wieder eine Stadt wie Paris finden. Oder ein Land wie Griechenland. Aber wenn man die Bücher hat, die man liebt, dazu Musik und das Bedürfnis zu arbeiten, dann ist beinahe jedes Land recht. So jedenfalls denke ich zur Zeit darüber.

Ich freue mich, daß Sie Ihre Gefühlsstürme hinter sich haben. Mein Gott, was für eine unersättliche Leserin Sie sind! Bei mir dauert es eine Ewigkeit, bis ich ein Buch durch habe. Ich bin augenblicklich nicht in der Lage, genügend Interesse dafür aufzubringen. Was *Seraphita* betrifft – komisch, gerade als Sie davon schrieben, schickte mir Abramson ein Freiexemplar – weil ich so oft darüber gesprochen hatte. Ich nehme an, daß er mir ziemlich regelmäßig kleine Schecks senden wird.

Heute hat die Library of Congress ein Exemplar von *Die Welt des Sexus* zum vollen Preis bestellt. Ich war einigermaßen überrascht.

Wenn ich einen großen Umschlag bekomme, werde ich Ihnen die Fotos von Tibet (Shangri-la) schicken, die man mir gegeben hat. Vielleicht kleben Sie sie in Ihr Tagebuch.

In letzter Zeit habe ich ein paar gute Aquarelle gemacht. Sehr neugierig auf *Ihre* Bilder.

Bald mehr.

HVM

[5. September 1941]
Freitag abend

ANAÏS –

Ich habe Ihnen ein Brieftelegramm nach Provincetown geschickt – das vermutlich das Ihre gekreuzt hat. Frage mich, ob man Ihnen die Nachricht übermittelt hat. Wenn ich bis Montag nichts höre, werde ich wahrscheinlich noch einmal telegrafieren. Ich sagte, ich würde am Montag abfahren; es kann aber sein, daß es vor Dienstag oder Mittwoch nicht möglich sein wird. Ich versuche, ein Skizzenbuch[1] (das ich auf der Grundlage meiner ersten Kladde zusammengestellt habe) und ein paar andere Bücher loszuwerden – dazu den Wagen. Mir bricht das Herz bei dem Gedanken, den Wagen für 35 Dollar abstoßen zu sollen – aber wenn ich 50 oder 60 bekomme, dann weg damit.

Ich habe herausgefunden, daß ich für zehn Dollar mehr über die Nordroute – Portland, Seattle, Butte, Minneapolis – nach N. Y. zurückfahren könnte; ich würde das gern tun, weil ich dann wirklich einmal um das ganze Land gefahren wäre. Ich muß die Reise ohnehin unterbrechen. Schlafwagen ist sehr teuer – und ich würde lieber den Zug verlassen, in einem Hotel übernachten und dabei noch eine Stadt sehen – meine Beine strecken.

Als ich heute abend in einem chinesischen Restaurant mein Essen bestellte, fand ich einen Fetzen Papier vor mir auf dem Tisch; darauf stand: «Ein großes Vermögen ist Ihnen vom Schicksal beschieden. Haben Sie Geduld!»

Ich bin etwa zu 2/3 fertig mit dem Buch [*Air-Conditioned Nightmare*] – werde in N. Y. reichlich Zeit haben, es abzuschließen. Schreibe Ihnen vor der Abfahrt noch einmal. Jedenfalls geht's jetzt los!

HVM

[Hollywood, den 9. September 1941]
Dienstag morgen

Anaïs –
Heute morgen verkaufe ich den Wagen – für 75 Dollar – und heute abend oder morgen früh werde ich auf dem Weg nach Frisco sein.

Ich denke, ich werde sicher bis Samstag dort bleiben – c/o Colt

1 Sowohl in Europa als auch in Amerika hielt sich Miller Hefte, in die er Gedanken, Eindrücke und so weiter eintrug, in denen sich aber auch zahlreiche Zeichnungen und Aquarelle finden. Einige dieser Hefte verkaufte Miller an Sammler, wenn er in Geldnot war. Eines, das sogenannte *Red Notebook* mit den Aufzeichnungen, die er während seiner Reise durch die Vereinigten Staaten machte, erschien als Faksimile-Ausgabe.

Press – und den Leuten, wenn ich weiterfahre, eine Adresse angeben, damit sie mir die Post nachschicken können – vermute, es wird Portland, Oregon, sein, die nächste Station – aber ich bin vorher nie ganz sicher, welche Richtung ich einschlagen werde. Werde meine Fahrkarte jeweils nur für eine Teilstrecke kaufen, weil es möglich ist, daß ich jemandem mit einem Wagen begegne, der den gleichen Weg hat wie ich. Nehme nicht an, daß ich mich länger als einen oder zwei Tage an den einzelnen Stationen aufhalten werde. Ich habe jetzt reichlich genug Geld für die ganze Reise bei mir. Habe ein paar signierte Bücher und alte Manuskripte verkauft und einen unerwarteten Scheck über 38 Dollar für zurückliegende Tantiemen von Laughlin erhalten. Habe 2 Handkoffer per Express an R. & V. [Russell and Volkening] geschickt, die sie für mich aufbewahren sollen.

Es ist gut, daß sich die Dinge so entwickelt haben – mit der nördlichen Bahnlinie, meine ich; das gibt mir ein reines Gewissen, weil ich auf diese Weise das ganze Land bereist haben werde.

Als ich gestern die letzte Spritztour mit dem Wagen nach Santa Monica unternahm, dachte ich an Rank und daran, wie sehr er Kalifornien liebte. Es ist eine herrliche Fahrt von hier aus zum Meer hinunter. Manchmal sieht die Landschaft tibetisch aus. Wundervolle Berge und kurvenreiche Straßen. Ich habe mich zu einem guten Fahrer entwickelt, das steht fest – habe nicht ein einziges Mal einen anderen Wagen auch nur gestreift. Andererseits bin ich doch froh, daß ich das Auto los bin. Eine ständige Nervenbelastung. So oft ich hinter dem Steuerrad saß, malte ich mir alle nur möglichen Unfälle aus. Wenn ich reich wäre, würde ich mir einen Chauffeur halten und mich von ihm umherfahren lassen. Aber ich ziehe das Laufen vor. Ich bin ein *andarin.* Ich fürchte, ich habe inzwischen mein ganzes Spanisch vergessen. Ich würde jedoch gern damit weitermachen, wenn ich wieder in N. Y. bin.

Miriam Hopkins habe ich nie zu Gesicht bekommen. Ich kam schließlich zu der Einsicht, das es dumm wäre, noch irgendeinen Filmstar aufzusuchen. Es ist besser, sie im Kino zu sehen – genauso, wie es besser ist, die Autoren in ihren Büchern zu sehen.

Gestern fragte mich ein griechisches Mädchen, die Kassiererin in einem italienischen Restaurant, ob ich ein Filmschauspieler sei – wegen meiner Stimme! Es war das erstemal, daß mich jemand für einen Schauspieler gehalten hat.

Ben Abramson spricht jetzt von der Möglichkeit, Freds und mein *Aller Retour* in einem Band herauszubringen – dazu vielleicht die drei Geschichten [Auszüge aus *Wendekreis des Stein-*

bocks]. Und Larry Powell, der Bibliothekar an der Universität hier, würde gern das Kapitel aus *Schwarzer Frühling* über die Aquarelle machen. Ich glaube, das Griechenland-Buch wird bestimmt ein Echo finden. Es sind 350 Seiten in Buchform – und ich dachte immer, es sei ein kurzes Buch. Wenigstens im Hinblick auf das Publizieren war es ein gutes Jahr.

Mehr aus Frisco. Ich höre, Caresse Crosby und Dalí sind irgendwo hier draußen.

HVM

Reno, Nevada
Sonntag, nachmittag
[14. Sept. 1941]

Anaïs –
Bin hier heute abend bei Sonnenuntergang eingetroffen – mit dem Buick. Wartete in Hollywood auf den Kerl, der ihn nehmen wollte – aber der ließ sich nicht blicken. Ergebnis: ich kam am Freitag abend nur bis Frisco – und fuhr heute am frühen Morgen wieder von dort ab. Habe in S. F. noch einmal versucht, ihn zu verkaufen, aber man bot mir lächerliche Summen dafür. Werde es auf meinem Weg weiterhin versuchen. Falls ich kein Glück habe, werde ich in etwa 8 bis 10 Tagen in Chicago ankommen – das heißt, wenn ich nirgends einen Tag Pause mache, sondern auf der schnellsten Fernstraße ohne jede Unterbrechung durchfahre. Werde Ihnen vielleicht in ein oder zwei Tagen ein Brieftelegramm schicken, in dem ich Ihnen einen Punkt auf meiner Route angebe, an dem Sie mich im Notfall telegrafisch erreichen können. Bin mir noch nicht ganz im klaren über meinen genauen Reiseweg – das heißt über die Frage, welcher Weg der schnellste ist. Mein Geld wird noch ungefähr bis Chicago reichen. Roth von Colt Press hat mir versprochen, etwas zu schicken, wenn ich festsitze. Er brachte mich in seinem Haus in S. F. unter. Seine Eltern sind reich – haben in einem regelrechten Palast gewohnt. Aber sie gaben ihm keinen Heller für sein Verlagsunternehmen – er hat sich das nötige Geld aus den Geschenken, die sie ihm gemacht haben, zusammengespart. Die Fahrt von S. F. nach Reno heute war strapaziös. Das Bild, das sich einem bietet, wenn man sich Reno nähert, ist überwältigend – die natürliche Umgebung. Nevada ist *ungeheuer*.

Morgen mehr – fahre von hier in Richtung Salt Lake City weiter – müßte eigentlich übermorgen dort sein. Bin schwach auf den Beinen und benommen von der langen Fahrt durch die Berge.

HVM

[17. September 1941]
Rawlins, Wyoming
Mittwoch, den 17.

Anaïs –
Tag für Tag bin ich um 6 Uhr auf den Beinen und fahre, bis es dunkel wird. Habe mich nirgends aufgehalten und bin trotzdem noch nicht weiter. Wenn ich bis Sonntag abend in Chicago bin, dann habe ich Glück gehabt. Seit Reno in Nevada bin ich durch die trostloseste, gottverlassenste Gegend gefahren. Man kann sich keinen Begriff davon machen, solange man nicht einmal mit einer Geschwindigkeit von 45 bis 50 Meilen in der Stunde hindurchgefahren ist. Eine endlose Wüste voller Beifußgestrüpp. Dazu hohe Berge. Nevada, Utah und Wyoming liegen mehr als 5 000 Fuß über dem Meeresspiegel – selbst dort, wo das Land eben ist. Heute habe ich die Wasserscheide der Rocky Mountains in einer Höhe von 7 100 Fuß überquert. Das heißt, der «Ferne Westen» liegt jetzt hinter mir. Aber es ist immer noch ein weiter Weg bis zum Mississippi. Seit meiner Abfahrt aus Los Angeles habe ich rund 1 700 Meilen hinter mich gebracht. Ich schätze, 1 200 oder mehr habe ich noch vor mir – bis Chicago.

Hier ist wildester Westen – echtes Cowboyland. Heute liefen mir zwei wilde Pferde über den Weg. Kommt einem unglaublich vor. Entfernungen zwischen den einzelnen Ortschaften manchmal 100 Meilen und mehr. Und diese Ortschaften haben nur 250 bis 750 Einwohner. Ich habe das Gefühl, daß sich daran in den nächsten zwei oder drei Jahrhunderten nichts ändern wird. Ein riesiges Ödland. Der größte Teil Amerikas ist so. Furchterregend. Meine Handschrift sieht dürftig aus, weil ich immer noch von der Anstrengung des Autolenkens zittere.

Kam durch Salt Lake City – verbrachte dort die vergangene Nacht. Gottsjämmerliche Stadt. Die Fahrt über die großen Salzflächen – eine Strecke von etwa hundert Meilen – war eine Strapaze. Wie eine Fahrt durch Schnee. Blendende Helle. Man wird schläfrig davon. Sah in den Salzablagerungen Berge, die auf dem Kopf standen. Luftspiegelungen. Heute war ich den ganzen Tag über in den Wolken. Phantastisch.

Immerhin, ich komme voran, und bis jetzt macht sich der Wagen ausgezeichnet. Hoffe, ihn in Chicago verkaufen und von dort mit dem Zug weiterfahren zu können. Bleibe wahrscheinlich ein paar Tage dort, um mich auszuruhen. Komme mir vor wie ein Lokomotivführer.

Nachts im Bett lese ich ein paar Seiten aus Célines *Tod auf Kredit*. Gewöhnlich schlafe ich gegen 21^{30} rasch ein.

Morgen komme ich durch Cheyenne, Oshkosh und Ogallala!! (die beiden letzteren in Nebraska).

Schluß – mir fallen die Augen zu. Später mehr. Werde diesen Brief morgen irgendwann von Cheyenne aus abschicken. Kann Ihnen keinen Ort nennen, an dem Sie mich während meiner Fahrt erreichen können, weil ich nie weiß, wie weit ich jeweils komme.

HVM

[28. September 1941]
Chicago, Ill., am Sonntag

Anaïs –

Werde wahrscheinlich morgen oder Dienstag früh hier abfahren. Warte auf etwas Geld von Roth aus San Francisco. Ben [Abramson] gab mir 25 Dollar, aber das reicht nicht bis New York. Als ich mit ihm zusammen mein Konto prüfte, sah ich, daß ich fast 200 Dollar Schulden bei ihm habe. Ich überlasse ihm das Skizzenbuch zum Verkauf, und das Typoskript der *Welt des Sexus* verkauft er gleichfalls. Damit werden meine Schulden wohl beglichen sein. Ich muß sagen, er ist sehr anständig und zuverlässig. Und er bemüht sich ohne Zweifel, meine Bücher zu verkaufen.

Die Fahrt von hier nach New York wird mich gut vier Tage kosten. Ich werde vermutlich gegen Ende der Woche dort eintreffen. Werde wie gewöhnlich ins Royalton gehen – für's erste. Denke, ich sollte mir etwas Billigeres suchen – vielleicht das Hotel, in dem Lafe [Lafayette Young] und Dudley gewohnt haben.

Es hat viel geregnet, seit ich hier bin. Bin so entspannt, daß ich unentwegt schlafe – ein großer Unterschied im Klima. Ich vermisse die herrliche Sonne Kaliforniens.

Mehr von unterwegs.

HVM

[New York, Winter 1941][1]
Freitag

ANAÏS –
Vergaß, Ihnen etwas Wichtiges mitzuteilen! Harrison Smith sagte, Sie seien eine außerordentliche Frau – außergewöhnlich schön und so weiter. Bat mich, von Ihnen zu erzählen – was Sie bisher gemacht hätten und so weiter. Ich sagte ihm, Sie hätten fast alles schon einmal gemacht und Sie *könnten* auch alles – Sie seien eine Lebenskünstlerin. Er meinte: Oh, ja, ja! Das sieht man sofort.

Er gab mir nicht die Gelegenheit, mich noch weiter zu verbreiten. Deshalb hielt ich es für klüger, diskret und zurückhaltend zu sein. Bekam weder eine Whiskyflasche noch eine herzliche Geste zu sehen. Für ihn bin ich nur einer unter den vielen, die ein außergewöhnliches Buch geschrieben haben.

Als ich ihm zum Abschied die Hand schüttelte, las er bereits ein anderes Manuskript.

HENRY

P. S. Sie sind also schön!!!! – als ob ich das nicht schon vorher gewußt hätte.

[Beverly Glen, L. A., 18. Juni 1942][2]
Donnerstag

Bin gestern hier in Hollywood angekommen, aber es ist, als seien inzwischen schon einige Tage vergangen. Ich wohne im neuen Haus der Neimans – einer hübschen kleinen Hütte. Für 25 Dollar Miete im Monat. Mit einem großen Vorgarten und einem Stück Berg dahinter, auf dem zahllose Bäume und Blumen wachsen. Nebenan wohnt ein Freund von ihnen; er hat ein größeres Haus, und wenn ich will, kann ich auch dort wohnen. Alle sind gastfreundlich und umgänglich – ein anderer Geist hier. Das Auto und das Telefon scheinen unentbehrlich.

Morgen werde ich meinen Agenten aufsuchen und wahrscheinlich auch Bud Schulberg. Die Reise von Denver hierher war ermüdend – 2 Nächte auf dem Schlafsitz – schlechtes Essen und so weiter. Die letzte Nacht haben wir in dem Wagen verbracht, in

1 Miller traf am 9. Oktober 1941 wieder in New York ein und blieb dort bis zum Frühjahr 1942.

2 Miller fuhr ein zweites Mal nach Kalifornien. Er folgte damit einer Einladung von Neiman, der ihm freie Unterkunft angeboten hatte; er hoffte, in Hollywood Arbeit zu finden.

dem alle Mütter mit ihren Kleinkindern waren. Es gibt jetzt Sonderwagen für sie. (Alles für die Mutter!)

Ich muß gestehen, es scheint nicht übel zu sein hier – die Sonne strahlt warm, die Luft duftet. Alles sieht nagelneu aus. Ich denke immer an Rank, wenn ich hierherkomme – kann verstehen, warum es ihm so gut gefiel.

Ich ließ verschiedene meiner Sachen in Chicago, von denen ich mir einiges verspreche. Habe noch nicht damit begonnen, Ihr Buch [*Winter of Artifice*] herumzuzeigen. Ich wohne ziemlich weit außerhalb von Hollywood und werde nur dann in die Stadt fahren, wenn mich jemand im Wagen mitnimmt. Schreiben Sie mir direkt hierher, wenn Sie möchten – 1212 N. Beverly Glen, *West* Los Angeles, c/o Neiman.

Ich bin immer noch ein wenig benommen vom Reisen und vom Klimawechsel.

HVM

[Beverley Glen, Juli 1942]
Mittwoch, den 15.

Anaïs –

Heute erhielt ich Ihre beiden Briefe. Ich bin hier gut versorgt. Das einzige, was mir fehlt, sind Platz und die Möglichkeit, für mich allein zu sein. Ich war viel an der frischen Luft – schwimmen, reiten und so weiter. Bekomme schon Farbe und fühle mich herrlich. Obwohl ich die Vitamine schon eine Weile nicht mehr nehme, merke ich keinen Unterschied, und meine Augen sind viel besser als im vergangenen Jahr.

Ich sprach heute kurz bei den Agenten vor. Der Laden sieht aus wie eine Leichenhalle für reiche Leute. Der Mann, den ich suchte, war nicht da. Versuche, Marlene Dietrichs Adresse von einem Mann in Pickwicks Book Shop, der sie kennt, zu erfahren. Aber jedesmal, wenn ich hinkomme, ist er gerade weggegangen. In dieser Hinsicht ist es hier zum Verrücktwerden – die Entfernungen sind ungeheuer. Verpaßt man jemanden, dann verliert man einen halben Tag. Jeder erzählt mir, ich solle mich nicht darüber ärgern, nicht ungeduldig werden – und warten, bis der andere von sich hören ließe. Hollywood-Strategie.

Freue mich über Ihr Glück mit der Presse.[1] Der Bericht in der

1 Anaïs Nin hatte eine Idee der beiden aus der Pariser Zeit verwirklicht und sich eine alte Druckerpresse gekauft, um auf diese Weise ihre Bücher, die von den Verlegern als «unkommerziell» betrachtet wurden, selber drucken zu können.

Zeitung war ein bißchen blaß, finden Sie nicht? Aber Ihr Foto machte sich herrlich.

Ich habe noch immer nicht damit begonnen, für Ihr Buch [*Winter of Artifice*] Reklame zu machen. Ich muß warten, bis jemand in die Stadt fährt – es geht alles ein wenig hektisch zu.

Außerdem warte ich immer noch auf Nachricht aus Chicago wegen meiner Manuskripte.[1]

Besitze jetzt den *Julius Le Vallon* von Blackwood und *Der Fall Maurizius*[2] – habe sie hier antiquarisch bekommen. Der Blackwood scheint enttäuschend. Bei weitem nicht so gut wie [Blackwoods] *The Bright Messenger*. Ich werde es Ihnen später schicken.

Bald mehr.
HVM

[Beverly Glen, 31. Juli 1942]
Freitag

Eben Ihren Brief erhalten – über Caresse [Crosby], Goldberg und so weiter. Gut machen Sie das! (Übrigens, läßt Goldberg die *Schwarze Chronik* machen?) Wenn Caresse Sie ein paar Bücher machen läßt, dann ist damit zu rechnen, daß es ein großer Erfolg wird.

Ich trete immer noch auf der Stelle. Montag kommt der Agent aus dem Urlaub zurück; ich vermute deshalb, daß ich in der nächsten Woche anfangen werde, Leute zu interviewen.

Habe noch einen zweiten prächtigen Brief von Houghton bekommen – faszinierend. Außerdem ein paar von Fred – darunter einen langen Nekrolog, den er anläßlich des Todes von Jacques und Roger Klein geschrieben hat. (Seine Darstellung nach nahm sich Roger einige Tage nach Jacques' Tod das Leben. Wußten Sie das?)

Ich stecke zur Zeit bis über die Ohren in *Der Fall Maurizius* – ein wunderbares Buch – genau wie Sie sagten.

Es scheint, als ob Wassermann Thomas Mann *geformt* hat. Sicher ist er der größere von beiden. Bei Mann ist zuviel bloßes Dekor.

Die Tatsache, daß ich bei Bekannten wohne, bringt gegenwärtig einige Unordnung in mein Leben. Ich kann mich zu nichts

1 Miller hatte versucht, dort seine Manuskripte an Sammler zu verkaufen.

2 Vgl. *Maurizius Ferever*.

Ernsthaftem aufraffen – weil ich weder Platz habe noch die Möglichkeit, mich zurückzuziehen. Aber ich weiß, daß sich das bald ändern wird, und ich bin nicht im geringsten beunruhigt.

Jeder wundert sich über meine Unverfälschtheit! Offenbar kapitulieren sie alle, sobald sie hierherkommen.

Häufig ist Donald Friede im Nachbarhaus zu Besuch – ich habe ihn allerdings noch nicht kennengelernt. Heute abend gehe ich zum Essen zu Hiler. Er hat ein prachtvolles Haus, das nach seinen eigenen Ideen gebaut wurde – ein bißchen gefängnishaft freilich, will mir scheinen. Er erkundigt sich immer sehr herzlich nach Ihnen. Hat große Achtung vor Ihnen.

Wenn ich jetzt gleich in die Stadt fahre, werde ich vermutlich einen ganzen Stoß Post vorfinden. Warte auf Nachricht aus Chicago – wegen der Manuskripte und des Skizzenbuches, die ich dortgelassen habe.[1]

Versuche, Sie nicht wegen Geld zu belästigen – Sie brauchen eine Erholungspause. Niemand wird mich hier verhungern lassen. Wenn es zu peinlich wird, wende ich mich an Sie. Fahre jetzt los – das Auto wartet auf mich.

HVM

[Beverly Glen, 2. August 1942]
Sonntag

Hier ein Brief von Durrell, den Fred gerade an mich weitergeschickt hat. Traf heute Marlene Dietrichs Sekretärin (Violla Rubber). Sie war ganz verrückt nach meinen Büchern. Die Dietrich wurde nicht *einmal* erwähnt – aber ich glaube, damit muß man rechnen. Jedenfalls hat sie mich sehr herzlich für Dienstag zum Essen eingeladen – will mich Erich Remarque vorstellen.

Das Buch von Wassermann ist glänzend. Kerkhoven [in: *Der Fall Maurizius*] erinnert mich irgendwie an mich selber – ich weiß noch nicht warum.

Lernte gestern abend De Milles Sohn kennen, bezweifle aber, daß er mich seinem Vater vorstellen wird.

Es ist spät – ich bin gerade dabei, einen Stapel Briefe zu ordnen. Gabin fährt oft mit seinem Wagen hier vorbei – er scheint weiße Haare zu haben – und er ist klein.

HVM

1 Vgl. S. 351.

[Beverly Glen, August 1942]
Sonntag, den 9.

ANAÏS –

Vermute, Sie fragen sich bereits, was mir zugestoßen ist. Habe mir neulich im Studio der Warner Brothers einen leichten Sonnenstich geholt. Ließ mir von einem Regisseur die künstlichen Straßen zeigen, die sie immer wieder verwenden können – Modellstraßen – aus N. Y., Chicago, Fez, Dijon und so weiter. Keine Menschenseele weit und breit. Und alles superrealistisch. Spürte ein wohliges Gruseln, als ich darin umherlief – eine neue Art von Totenstadt, in der Brunnen, Parks und Statuen über Nacht umgestellt werden. Wäre interessant, einmal in einer solchen wahnwitzigen nachgemachten Atmosphäre zu leben und zu schreiben.

Neulich abend wurde ich zu einem wahrhaft fürstlichen Bankett in einem Hotel in Pasadena eingeladen – von einer Griechin, die begeistert von meinem *Koloß* war. Ich fühlte mich ein wenig an Sie erinnert, Anaïs. Zum erstenmal wurde Ihr griechisches Blut für mich sichtbar. Sie fuhr am nächsten Tag nach N. Y. Ich sagte ihr, sie solle Sie aufsuchen – und ich glaube, sie wird das auch tun. Ihr Vorname ist Melpomene [Niarchos]. Sie ist eine Mischung aus Ihnen und Luise Rainer.

Habe soeben die Zusammenarbeit mit einem Ausländer an einer Synopsis für einen Film aufgegeben – reine Spekulation. Von dem Agenten habe ich bisher weder etwas gesehen noch gehört. Diesmal scheine ich weiter davon entfernt zu sein, beim Film zu landen, als im letzten Jahr. Aber ich glaube, Violla Rubber (die Sekretärin der Dietrich) wird sich als meine Retterin erweisen. Morgen soll ich mit ihr und der Tochter zusammentreffen. (Die Tochter wohnt bei ihr, nicht bei der Mutter.) Sie hat 3 Adressen und alle möglichen Telefonnummern – Miss Rubber, meine ich.

Gestern abend habe ich zum zweitenmal das Buch über Blake gelesen, das ich einmal erwähnte: *William Blake and the Circle of Destiny* – von Percival. Sie müssen es sich besorgen und lesen – es stehen Dinge über Mann und Frau, Dualität und so weiter darin, die erschütternd tiefschürfend sind. Ranks wortreiche, windige Thesen wirken daneben fade.

Hiler rief mich an und lud mich zu sich ein. Ich komme hin, und er schläft. Der Vater lebt wirklich wie ein Künstler – heiter und überaus produktiv. Seine Bilder sind hinreißend. Ich wünschte, ich könnte es genauso gut.

Erhielt einen Brief von Emil White, in dem er mir von Ihrer schönen Ausstellung im Schaufenster von Abramsons Laden erzählt. Scheint so, als habe er auch eines von meinen Büchern mit ins Fenster gestellt. Wir werden stets zusammen genannt, achten Sie mal darauf.

Dr. Friedman schreibt, daß er noch vor Ende des Monats herkommen wird.

Heute regnet es hier – 4 Monate zu früh. Ein seltsamer, unwirklicher Anblick.

Sehen Sie Allemany in nächster Zeit? Grüßen Sie ihn von mir. Wie steht es diesmal dort?

Ja. Eduardos [Eduardo Sanchez'] Buch[1] habe ich bekommen. Aber es gefällt mir wirklich. Die Reproduktionen fand ich sehr interessant. Es ist merkwürdig, daß er der erste sein sollte, der seine Bücher weggibt! Immerhin, es war wieder saubere Drucker-Arbeit.

Und Ihr Buch [*Winter of Artifice*]? Wie steht es jetzt damit? Ich versuche, es hier in den guten Buchhandlungen einzuführen. Jedenfalls sind alle Frauen, die es hier gelesen haben, absolut überwältigt davon.

Sehr bald mehr.

HVM

[Beverly Glen, 10. August 1942]
Montag

ANAÏS –
Erhielt Ihren Brief heute morgen und war traurig, daß Sie traurig sind – darüber, daß ich hier nichts erreiche. Es ist nicht etwa so, daß ich einem entschiedenen Nein begegnet wäre! Ich bin vielmehr umgeben von Miasmenschleiern. Solange die Leute kein Interesse haben, bleibt alles vage, schleppend und erfolglos. Vielleicht ist das zum Teil auch meine Schuld – mein Mangel an Aggressivität. Nur begegne ich bei denen, die es geschafft haben, so viel davon, daß ich instinktiv in die entgegengesetzte Richtung neige. Aber ich habe weder den Mut verloren noch aufgegeben.

Es ist schrecklich, Zeuge davon zu sein, wie jeden die Arbeit, die er verrichtet, anekelt. Eine ganz und gar vom Geldwahn besessene Welt. (Und dennoch darf man nicht offen zugeben, daß man an nichts anderem interessiert ist. Es wird verlangt, daß man großes Interesse mimt. Und das liegt mir gar nicht.)

Ich habe gehört, daß Faulkner hier ist. Er arbeitet für Warner

1 *The Round,* veröffentlicht unter dem Pseudonym Eduardo Santiago.

Brothers. Er muß das von Zeit zu Zeit tun, da seine Bücher nicht viel Geld einbringen.

Es gibt übrigens noch etwas anderes, das gegen mich arbeitet – die Tatsache, daß jeder mich als «rein» betrachtet. Jeder zeigt sich ungeheuer enttäuscht darüber, daß ich zum Kompromiß bereit bin. Niemand scheint wirklich davon überzeugt, daß ich's genau wie die anderen machen will.

Auch das ist mein Fehler. Schwache schauspielerische Leistung, kein Zweifel. Aber Sie müssen verstehen, wenn ich dieses Katzbuckeln, Lügen, Betrügen, Intrigieren und so weiter sehe, dann packt mich ein tiefer Ekel. Es fällt mir schwer, in diese Rolle hineinzuschlüpfen.

All dies schreibe ich, weil es mir ehrlich leid tut zu lesen, daß Sie enttäuscht sind. Ich wünschte, Sie machten sich um mich keine Sorgen. Ich habe es so satt, eine Bürde zu sein. Es ist wirklich gleichgültig, was geschieht. Ich kann mich mit allem abfinden.

Bitte, seien Sie nicht enttäuscht – Sie machen mich traurig. Nur in der Welt der Geldmacher kann ich scheitern. Und ich bin bereit, dafür die Konsequenzen auf mich zu nehmen – *ich will es!* Ich will nicht, daß Sie alle Verantwortung tragen. All die alten Befürchtungen und Ängste in bezug auf Hunger und so weiter sind verschwunden. Das ist eine negative Aussage – aber vielleicht wird später einmal etwas Positives daraus. Begreifen Sie, was ich meine?

Ich arbeite zur Zeit wieder an «The Sleeping Sleeper Asleep». Hoffe, daß ich bald damit fertig bin und es als Buch anbieten kann. Ich komme gut voran.

Vielleicht liegt das eigentliche Problem darin, daß ich (und ich gebe zu, es klingt schrecklich) nur tun kann, was ich tun will – ganz gleich, was ich sage, was ich tun möchte oder was ich tun sollte. Dafür muß man einen Preis zahlen. Und wie gesagt, ich bin jetzt bereit, diesen Preis zu zahlen. Handle ich anders, so werde ich ewig schuldig sein.

Heute sehe ich deutlich alle Irrtümer meines Lebens vor mir. Vielleicht ist die nächste Stufe Klarheit – wahrheitsgetreues Handeln. Das schlimmste an mir – das wird mir in diesem Augenblick bewußt – ist, daß ich allen Menschen, die mir nahestehen, Schmerz und Leid zufüge, obgleich ich nie den Wunsch habe, irgend jemandem weh zu tun. Das beunruhigt mich zutiefst – und bringt mich auf den Gedanken, daß irgendeine grausame Selbsttäuschung im Spiel sein muß.

Versuchen Sie, mir zu vergeben, selbst für die «Enttäuschung». Ich werde mich mit der *curette* bearbeiten.

HVM

[Beverly Glen, 16. August 1942]
Sonntag

Anaïs –

Den Geburtstagsgruß von Eduardo [Sanchez] habe ich erhalten – es war etwas kompliziert, weil die Leute von der Western Union mein Geburtsdatum wissen wollten und dieses Datum nicht mit dem übereinstimmte, das Eduardo angegeben hatte. Ich sagte ihnen, das Ganze sei ein Scherz.

Abramson hat mir ein paar Fotos von der Ausstellung Ihrer Bücher in seinem Schaufenster geschickt. Kann hier nirgends einen Umschlag finden, in den sie hineinpassen, werde aber einen auftreiben, wenn ich in die Stadt fahre. Ich höre, die Ausstellung hat ein bemerkenswertes Interesse gefunden.

Die Buchhändler hier reagieren sehr kühl auf das Buch – vor allem wegen des Preises, glaube ich.[1] Satyr [Book Shop] ist ungefähr der einzige, der zu einem Versuch bereit ist. Der Krieg bringt es mit sich, daß es in der Welt der Bücher immer prosaischer zugeht. Technische Bücher scheinen am meisten gefragt zu sein. Kunst ist für unbestimmte Zeit aus dem Rennen. So viele der Talente – die jungen Enthusiasten – sind jetzt in der Armee. Ich vermute, man muß warten, bis der Krieg zu Ende ist.

Gestern abend habe ich gerade den Teil in *Der Fall Maurizius* gelesen, in dem Wassermann von den Vorzügen des Krieges spricht – den Vorzügen für den Arzt. Klingt grauenhaft und grotesk. Ich lese sehr langsam, weil ich nicht so schnell zum Ende vordringen möchte.

Noch einmal: schauen Sie in das Blake-Buch [*William Blake and the Circle of Destiny*] hinein! Sollten Sie es nicht auftreiben können, so teilen Sie mir das mit; ich werde dann Abramson bitten, Ihnen ein Exemplar zu schicken.

Seit ich Ihnen das letztemal schrieb, hat sich nichts von irgendwelcher Bedeutung ereignet. Im Augenblick komme ich nicht weiter.

Auch zum Schwimmen bin ich seit zehn Tagen nicht gegangen – weil ich der Sonne nicht mehr so recht traue. Sie ist erstaunlich stark und trügerisch hier. Und sobald man sich im Schatten aufhält, ist es, als stände der Kühlschrank offen. Typisches Wüstenklima, stelle ich mir vor. Alles im Extrem.

Die Menschen sind zur Zeit in erschreckendem Maße mit dem Krieg beschäftigt – selbst wenn sie nicht unmittelbar davon betroffen sind. Ich verfolge die Nachrichten nur flüchtig. Wüßte

1 Kleine, von Anaïs Nin selbst gedruckte Ausgabe von *Winter of Artifice.*

nicht einmal, daß Krieg herrscht, wenn ich nicht bei meinen Fahrten in die Stadt die Zeitungen sähe. Ich bin vollkommen desinteressiert.

John Cage schreibt mir wieder und drängt mich, etwas zu machen, was man im Radio gebrauchen kann – mit seiner Musik. Sagt, irgend jemand sei interessiert daran. Also werde ich es versuchen. Die Schwierigkeit ist nur, daß ich nicht weiß, was um Himmels willen ich schreiben soll! Ich komme mir vor wie in einem luftleeren Raum.

Wie sieht es bei Ihnen aus?

HVM

[Beverly Glen, 17. August 1942]
Montag

ANAÏS –
Soeben erhalte ich Ihren Brief mit dem Zitat aus Alyse Gregorys Brief. Übrigens, ich bekomme ständig die schmeichelhaftesten Kommentare zu meinem Buch von Frauen, die es gelesen haben. Gerade kürzlich erzählte mir ein Mädchen aus Mallorca (Salts ehemalige Frau) davon. Im Augenblick liest es Miss Rubber. Gestern war ein großer Tag im Hause des Astrologen. Eine phantastische Angelegenheit! Seine gräßlichen, furchtbar reichen Klienten aus Pasadena waren vollzählig versammelt, dazwischen Homos und Showgirls – die groteskeste, unglaublichste Kollektion von menschlichen Wesen, die ich je versammelt gesehen habe.[1] Auch die Tänzerin Maria Montez war da – ein weiteres Opfer, und zwar ein prachtvolles. Hinreißend schön, aber eitel und anmaßend wie ein Pfau – unerträglich. Dem Rat des Astrologen jedoch folgt sie wie ein Kind bei jedem Schritt, den sie unternimmt. Die meisten waren reiche Kranke mit Limousinen und Chauffeuren; ein paar adlige Damen mit vorstehenden Zähnen und verrückten Hüten wie aus Houghtons Romanen; ihre Unterhaltung war so dümmlich, daß ich dazu überging, mir die alten Weiber einzeln herauszupicken und sie offen zu beleidigen.

Übrigens traf ich mich zum Abendessen mit Strawinski – und seiner bezaubernden russischen Frau – erinnert mich an jemanden, den wir beide kennen, dessen Namen ich aber vergessen habe. Er war sehr sympathisch, herzlich, liebenswürdig und bescheiden. Sprach viel von Cingria und Cendrars, die er gut kannte. Ich war nicht gerade entflammt für ihn – zu glatt, zu verbindlich und be-

1 Vgl. «Astrologisches Frikassee» in *Lachen, Liebe, Nächte.*

tont höflich. Sprach über kleine Dinge, wie es die Art der Europäer ist.

An einem anderen Tag in der öffentlichen Bibliothek hätte ich fast geschworen, daß mein Vater auferstanden wäre. Da stand er an einem Katalogkasten und las in einem Buch. Er sah distinguiert aus wie ein Gelehrter. Noch nie habe ich eine solche Ähnlichkeit erlebt. Wäre fast auf den Mann zugegangen, um ihn nach seinem Namen zu fragen.

Im Hause der Jordans, dem Nachbarhaus, in dem ich schlafe und arbeite, ist ein prächtiger russischer Wolfshund. Ich habe mich mit ihm angefreundet und mache lange Spaziergänge mit ihm. Die Leute halten mit ihren Wagen an und fragen mich nach dem Tier. Morgens kommt er an mein Bett und leckt mir das Gesicht, um mich aufzuwecken. Erinnert mich an den großen Hund in Louveciennes.

In ein oder zwei Tagen wird Dr. Friedman eintreffen – ich weiß nicht, ob er hierbleiben will oder nur Urlaub macht.

Ich arbeite zur Zeit an dem Radiotext für John Cage. Muß mich beeilen, meint er. Ehrlich gesagt, diese Texte langweilen mich zu Tode. Ich kann einfach kein Interesse dafür aufbringen. Erwecken in mir den Drang, mich wieder an den *Steinbock* zu machen. Eines ist unübersehbar: Alle kommen hierher, um ihre Seele zu verkaufen! Es ist furchtbar. Jung und alt, Eingeborene und Ausländer. Niemand denkt auch nur daran, sich dem zu widersetzen. Wollen ihren Zaster, das ist alles. Ihre Geschichten erwecken Mitleid. Ich kann nur eines hoffen: daß die Japaner die ganze Filmindustrie für immer von den Landkarten verschwinden lassen!

Es ist möglich, daß Gilbert [Neiman] wegen der Einberufung nach San Francisco fahren muß. Vielleicht begleite ich ihn auf dieser Fahrt. Aber wenn, dann nur für zwei oder drei Tage.

Die öffentliche Bibliothek in L. A. [Los Angeles] fasziniert mich. Eine der besten im Lande. Hell, heiter, fröhlich und hilfreich; man kann an alle Bücher heran, und es gibt große separate Leseräume. In Santa Fe gab es eine noch bessere – im indianischen Stil –, vielleicht die beste, die ich je gesehen habe.

Margaret [Neiman] hört von Zeit zu Zeit von Frieda Lawrence. Frieda ist eine alte Bauersfrau. Sie werkelt herum und verfertigt kleine Dinge, die sie verkaufen kann, um auf diese Weise ein paar Pfennige zu verdienen und das Dach über dem Kopf zusammenzuhalten. Sie gefällt mir langsam mehr und mehr – der Eindruck, den ich durch Lawrences Bücher von ihr hatte, ändert sich vollkommen.

Das Wassermann-Buch [*Der Fall Maurizius*] fasziniert mich nach wie vor. Ich war sprachlos und entzückt, als ich zu Etzel Andergast vordrang und jene flüchtige Rekapitulation des Falles Maurizius las, die er in der Mitte des Buches gibt. Ein Bravourstück! Und dann die Analyse von Etzel – das Bekenntnis! Mein Gott, ich wünschte, zu so etwas wäre *ich* in der Lage! Ein großartiger, überwältigender Stil, wie ein Katarakt, der einem über den Kopf hinwegbraust. Und immer wieder abrupte Unterbrechungen. Belanglosigkeiten, Zweifel, kosmische Probleme, Andeutungen, Hinterhalte. Er scheint zu tun, was ihm gerade gefällt.

Ich holte mir ein Buch über Indien aus der Bibliothek, das Dane Rudhyar mir wärmstens empfohlen hatte – es heißt *Om* und der Autor ist Talbot Mundy. Habe noch nicht damit begonnen. Bin jedoch sehr neugierig. Hier in der Bibliothek von L. A. gibt es ein offenes Regal mit der Aufschrift «Okkulte» Literatur! Darauf stehen drei Exemplare von *Julius Le Vallon*. (Ich muß daran denken, Ihnen das Exemplar, das ich habe, zu schicken.)

Komisch, der gleiche Eindruck wie im vergangenen Jahr! Hier sind es die jungen Männer, die gut aussehen. Nicht die Frauen. Und sie bleiben bei den fürchterlichsten Exemplaren hängen. Wie in Griechenland, wenn die alten reichen Bauersfrauen sich mit jungen Männern verheirateten.

Um zum Schluß zu kommen: ich habe Gilberts Roman über Mexiko [*There is a Tyrant in Every Country*] durchgelesen und ihm dabei geholfen. Er ist noch nicht fertig damit. Aber es war großartig. Ich glaube, ich habe einen wirklichen Schriftsteller entdeckt. Und alles wirkt – auf eine eigentümliche Weise – so spanisch. Er ist ein Charakter, eine Art Grande, der mich ungeheuer an Ihren Vater erinnert.

So, jetzt fahre ich in die Stadt und mache ein paar Besorgungen. Das Auto wartet.

HVM

[Beverly Glen, 23. August 1942]
Sonntag

ANAÏS –
Habe die Botschaft von Eduardo[Sanchez] erhalten – alles in bester Ordnung. In der vergangenen Woche war es kalt hier. Wie im Herbst. Übrigens, ich werde Abramson bitten, ihnen ein Exemplar des Blake-Buches [*William Blake and the Circle of Destiny*] zu schicken. Sie müssen ein eigenes Exemplar davon haben. Es wird eine Bibel für Sie sein.

Miss Rubber konnte neulich abend nicht kommen. Schickte statt dessen hübsche Blumen. Zur Zeit völlig in Anspruch genommen durch die Dietrich und den Vater des Mädchens.

Neulich abend hatte ich das intensive Gefühl, daß etwas nicht in Ordnung sei – am Himmel. Fühlte eine drohende Katastrophe (ein Erdbeben). Rief den Astrologen an, um mir Auskunft zu holen und erfuhr, daß wir eine Mondfinsternis hatten – und daß draußen im Pazifik ein Beben registriert worden war. Er fügte hinzu, daß wir am 10. September eine Sonnenfinsternis haben würden – mit Hungersnot, Pest und so weiter im Gefolge (klang wie Moricand!).

Ich lese zur Zeit ein faszinierendes Buch, das mir Dane Rudhyar empfohlen hat – *Om* von Talbot Mundy. Ein romanhaftes Werk über Indien und Tibet. Aufregend.

William Faulkner ist hier und arbeitet bei Warner Brothers für 300 Dollar in der Woche. Ich werde versuchen, ihn kennenzulernen. Ein stiller, bescheidener Mann, wie man mir sagt.

Ich habe das Gefühl, daß all die Frauen, denen ich Sie ans Herz lege, Sie belagern werden, wenn Sie nach New York zurückkehren. Ich glaube, die Griechin (Melpo Niarchos) und Carson McCullers könnten interessant sein.

Ich bin auf dieser Reise bisher noch niemandem begegnet, den ich faszinierend oder aufregend fand. Der Astrologe sagt eine nahe bevorstehende Periode «großer Aktivität» voraus. Ich bin gespannt, was das bedeutet. Ich habe das Gefühl, daß ich bald zurück sein werde. Und ich habe auch noch ein anderes Gefühl: daß nämlich die Japaner die ganze Küste hier bombardieren und besetzen werden.

Ich gehe jetzt zu einem Polen, der ein paar erstaunliche psychische Erlebnisse gehabt hat. Bald mehr.

HVM

[August 1942]
Hollywood, Dienstag

Anaïs –

Hier ein Brief von Durrell, der vor ein paar Tagen eintraf. Ich war überrascht zu erfahren, daß man Ihr Buch in Kairo kennt. Vielleicht wird es durch den Krieg in ferne Gegenden gelangen. Ich lernte einen jungen Mann aus der Navy kennen, der mir erzählte, meine Bücher machten unter den Mannschaften der Flotte die Runde.

Gestern war ich in der Nähe von Swaseys Haus in Altadena. Herrliche Lage am Fuße einer schroffen Bergkette. Eine reiche Kolonie, wie mir schien. Wir fuhren den ganzen Tag lang von einem Hundezwinger zum andern, um einen passenden Partner für den russischen Wolfshund zu finden. (Hier eine ironische Anmerkung: der Besitzer stellt 5 Gallonen Benzin beiseite für den Fall, daß die Hündin läufig wird und schnell zur Paarung gebracht werden muß!) Ich sah eine Menge wundervoller Hunde – alle gut gepflegt – besser gepflegt als manches menschliche Wesen, versteht sich. In einem der Zwinger hätte ich selber wohnen können – geräumig, kühl, blitzsauber. Ich sagte es dem Besitzer. Fast beneidete ich den Hund!

Seit der Rationierung des Benzins hier ist der Transport zu einem Problem geworden. Fünf Gallonen pro Woche reichen nicht einmal aus, um die notwendigen Besorgungen zu machen. Ich bin viel zu Fuß unterwegs – manchmal zehn und zwölf Meilen am Tag. Ich kann jetzt länger laufen als der Hund.

Nun, viel Neues hat sich nicht ereignet. Habe Donald Friede neulich für ein paar Minuten gesehen. Er zieht heute ein. Wirkt auf den ersten Blick außerordentlich höflich und angenehm. Dazu absolut egozentrisch. Ich bin jetzt beinahe neugierig.

Bald mehr.

HVM

[Beverly Glen, 30. August 1942]
Sonntag

Anaïs –

Nur schnell ein paar Zeilen, um Ihnen zu sagen, daß sich bisher nichts Neues ergeben hat. Vorläufig hat sich noch nichts Ernsthaftes angebahnt – aber ich sehe viele Leute. Julian Johnson von Fox Films will mich kennenlernen. Außerdem habe ich mich mit Vincent Korda getroffen – netter Kerl – sieht ein bißchen wie Zadkine aus. Es scheint, daß hier alles seine Zeit braucht.

Habe gerade heute damit begonnen, ein wenig zu schreiben – für Dr. Friedman. Das Zweig-Buch. Ein paar jüdische Flüchtlinge aus Frankreich, die mit dem Film zu tun haben, möchten, daß ich mit ihnen zusammenarbeite – ich weiß noch nicht, ob ich es tun werde. Ich bin vielen Schauspielern, Regisseuren, Drehbuchautoren, Agenten und Promotern begegnet – gesellschaftlich. Alle furchtbar. Alle wie die Blutegel. So gierig sind sie hinter dem Geld her. Geier. Ich stehe abseits und beobachte das alles wie ein seltsames Schauspiel.

Was ich wirklich genieße, ist die Ruhe vor der Arbeit. Ich fühle mich fast wie damals in Griechenland. Wenn ich eine kleine eigene Hütte irgendwo in den Bergen hier hätte, würde ich, glaub ich, zum Einsiedler werden.

Margaret [Neiman] ernährt mich nach der Hay-Diät – und es bekommt mir großartig. Man Ray ist mit seiner Julie hier und wartet darauf, daß wir zum Essen herumkommen. Hier wird ständig eine Art Gemeinschaftsleben praktiziert. An der Oberfläche scheint alles leicht. Aber in den Studios wird verdammt hart gearbeitet. Alle, die mitmischen, wirken erschöpft, gehetzt, angewidert.

Gestern abend sah ich *La bête humaine* – ich fand den Film absolut großartig. Wie eine alte Lithographie. So zart und französisch in jedem Detail.

Auch Orson Welles' neuen Film – *Der Glanz des Hauses Amberson* – habe ich gesehen. War wieder einmal hingerissen. Bin neugierig, was Sie dazu sagen werden.

So, jetzt muß ich schließen. Das Essen steht auf dem Tisch. Fühle mich gelassen und innerlich ruhig, zufrieden. Ganz anders als in N. Y.

HVM

[Beverly Glen, September 1942]
Hollywood, am Mittwoch

Anaïs –

Nachdem ich gestern an Sie geschrieben hatte, traf ich mich mit Dr. Friedman und hörte eine wichtige Neuigkeit zum *Fall Maurizius*. Er hat aus der Schweiz – von Wassermanns Nachlaßverwalter – eine letztwillige Verfügung des Autors erhalten. Sie autorisiert ihn, die Filmrechte für dieses Buch und neun weitere Werke zu verkaufen.

Ich arbeite zur Zeit an einer Synopsis und einer Inhaltsangabe des Buches, um es auf diese Weise einem Produzenten schmackhaft zu machen. Bin mit Schwung und Energie bei der Sache, da ich die Erlaubnis habe, sie auf meine eigene Weise zu machen. Wenn das Buch angenommen wird, folgt daraus zwar noch nicht zwangsläufig, daß man mir auch die Bearbeitung überläßt – aber es kann sein, daß man mir das Recht einräumt, daran mitzuarbeiten.

Friedman verspricht, alles zu tun, was in seiner Macht steht, und ich glaube ihm das. Ich hatte gedacht, man brauche nur darauf hinzuweisen, daß er der alleinige Agent sei, wenn man es verkaufen wolle. Ich dachte, Wassermann sei so bekannt, daß es keiner Inhaltsangabe bedürfe, aber das scheint nicht so zu sein. Selbst Wassermann muß an den Film «verkauft» werden. Und dabei haben sie sich seit seinem Tode unentwegt darum bemüht, die Filmrechte für sein Werk zu bekommen.

Jetzt, da ich das Buch noch einmal lese und damit beschäftigt bin, seine hervorstechenden Züge herauszuarbeiten, staune ich über die Vielfalt der Handlungsfäden und das Geschick, mit dem er alles verknüpft. Was ich bisher übersehen hatte, gewinnt jetzt entscheidende Bedeutung: daß sein Interesse an dem Fall Maurizius (Etzels) mit dem Brief aus Genf (von seiner Mutter) begann oder doch auf *geheimnisvolle* Weise mit diesem Brief in Zusammenhang stand. Wassermann hebt irgendwo hervor, daß das Schlüsselwort für Etzel «Geheimnis» hieß. Die unbewußte Erkenntnis, daß seiner Mutter vom Vater Unrecht getan worden war, wird zur bewußten Tatsache in dem Fall des verurteilten Mannes. Es gibt einen Brief, den er an seine Mutter schreibt und nie abschickt, und den ich vergessen hatte. Ich habe das Gefühl, in einen Wirbelwind geraten zu sein.

Es gibt einen Griechen hier im Cañon – Honest John's Kaffeestube –, mit dem ich interessante Gespräche über seine Heimat führe. Er stammt aus Sparta. Er sagt: «Sie sollten öfters hereinschauen ... Ich höre Ihnen gern zu. Sie reden nicht wie die Leute hier aus der Gegend.»

Bald mehr.

HVM

[Beverly Glen, 8. September 1942]
Dienstag

ANAÏS –

Ja, alles ist klar und eindeutig. Meine Stimmung hat sich auf der ganzen Linie erheblich verbessert. Habe über eine Woche lang nach der Hay-Diät gelebt – großartige Sache. Rührte vier Tage lang keinen Bissen Brot an – fühlte mich gereinigt. *Und* – fing an, meinen *falschen* Hunger zu verlieren. Konnte herzhaft essen, wenn ich mich zu Tisch setzte – aber kein nagender Hunger mehr, wie ich ihn früher spürte, wenn ich nur daran *dachte*, daß ich etwas zu essen brauchte.

Außerdem habe ich mich intensiv in den *Fall Maurizius* vertieft. Es macht mir großen Spaß, den Sinn klar herauszuarbeiten

– einen Sinn, der übrigens sehr tief geht. Ich werde Ihnen eine Kopie der Einleitung schicken (sobald Friedman sie abgeschrieben hat), in der Wassermanns Dilemma angesichts von Etzel *oder* angesichts der Frage nach der Gerechtigkeit – nach Schuld und Sühne – dargelegt wird. Er scheint – in sämtlichen Büchern – auf alles die gleiche Antwort zu haben: daß «Liebe» die einzige Lösung ist (ganz ähnlich wie in *Seraphita*!). In seinem letzten Buch (mit dem er ein zweites *Aaron's Rod* schreibt) vereinigen sich der Schriftsteller und der Weise; es ist großartig und außerordentlich aufschlußreich. Seine Frauengestalten gefallen mir, glaube ich, besser als die irgendeines anderen Autors. Seine persönlichen Probleme (als Mann und Schriftsteller) berühren mich zutiefst.

Ich widme mich dieser Arbeit (*Fall Maurizius*) mit aller Kraft – ein letzter verzweifelter Versuch. Habe das Gefühl, daß sie verkauft werden wird. Aber das Thema ist zur Zeit nicht besonders gefragt – es steht im Gegensatz zu allem, was wir vertreten. Wenn es aber akzeptiert wird, dann wird man eine törichte Propaganda daraus machen – davon bin ich überzeugt. Ganz gleich, was es mit der Bedeutung auf sich haben mag: die Episoden sind dramatisch, die Charaktere außerordentlich.

Friedman wird sich mit jemandem zusammentun und irgendeine Agentur gründen. Vielleicht übernehme ich eine Halbtagsarbeit – durch die ich meine Lebenskosten bestreiten könnte. Innerhalb der nächsten 10 Tage werde ich Genaueres erfahren.

Gestern abend war ich bei Miss Rubber – zum erstenmal, seit ich ihren Namen zuletzt erwähnte. Alles schön und gut, aber kein entscheidender Fortschritt. Diese Leute führen ein erstaunlich «vergeßliches» Leben. Sie machen sich keine Vorstellung davon, wie viele Einladungen ich – in der Hoffnung, Fuß zu fassen – angenommen habe. Der einzige Erfolg: Schweigen. Alles bleibt unklar und unverbindlich hier – weil die Leute selber es auch sind.

Das Neueste ist, daß ich Erich Remarque (den Autor von *Im Westen nichts Neues*) kennenlernen soll. Man sagt mir, er sei ein großer Bewunderer meines Werks. Er ist reich – und großzügig. Vielleicht hilft er mir.

Was Argus [Book Shop], Fraenkel und so weiter betrifft, so bin ich ihnen auf den Fersen. Ohne Erfolg. Ich glaube, ich bin vom Schicksal (das heißt vermutlich von «meinem Charakter») dazu verdammt, kein Geld zu verdienen. *Oder* – es wird eines Tages durch einen glücklichen Zufall urplötzlich da sein. (Wenn ich alle Hoffnung aufgebe, nehme ich an.) Das ist das große quälende Problem für mich. Aus diesem Grunde komme ich immer wieder auf den gleichen Gedanken zurück: daß sich alles von selbst lösen wird, wenn ich es fertigbringe, in den einfachsten Verhältnissen zu leben, den Gedanken ans Geldverdienen beiseite schiebe und in Ruhe meiner Arbeit nachgehe. Aber es will mir einfach nicht in den Kopf, daß ich nicht einmal in der Lage bin, dieses Minimum zu verdienen. Der Fehler muß bei mir liegen.

Ja, natürlich werde ich versuchen, Aufträge für die Presse zu bekommen. Übrigens, Miss Rubber ist sehr angetan von Ihrem Buch [*Winter of Artifice*]. Ich glaube, sie kauft sich ein Exemplar. Gestern abend sah ich Noel Cowards *The Astonished Heart* in Reinhardts Workshop (handelt von einem Psychoanalytiker, der sein Leben verpfuscht). Sehr gut war das.

Friedman erzählte mir, daß das Dr. Kerkhoven-Buch [*Fall Maurizius*] kürzlich plagiiert worden sei – von den Filmleuten.

Ja, Ganna! Ich lache mich krank, wenn ich von ihr [Wassermanns Frau] lese. In diesem Punkt kann ich kein Mitleid für ihn haben – es ist so offenkundig, daß er selber im Irrtum war. Aber diese Erfahrung versetzte ihn in die Lage Maurizius' Scheitern in der Auseinandersetzung mit seiner Frau und Anna Jahn zu erklären. Großartige Seiten gibt es da. Wie ein Detektiv habe ich seine Spur verfolgt. Alles in allem erscheint Etzels Kreuzzug als ungeheuer fruchtlos. Er ist nichts als der Hasser der Ungerechtigkeit – er ist es, weil seine emotionale Natur verstümmelt wurde – durch den Verlust der Mutter. Solche Menschen (Hitler und Trotzki sind Beispiele dafür) stellen die Welt auf den Kopf in ihrem Drang, die Dinge ins Gleichgewicht zu bringen – und sie suchen dabei die Krankheit stets *außerhalb* ihrer eigenen Person, statt in sich selber.

Bekam wieder einen Brief von Houghton. Habe ihn Donald Friede gezeigt (der H. zu meiner Überraschung mag). Es besteht die Möglichkeit, daß er eines der Bücher bei einem Produzenten unterbringt. H. hat bereits Angebote aus Hollywood erhalten. Ich habe kein engeres Verhältnis zu Friede – eine höfliche, nüchterne Beziehung, mehr nicht. Er hat etwas von einem schwächlichen Cagliostro. Eine Niete ist er freilich nicht.

Das Wetter ist im Augenblick herrlich. Als ob der Frühling noch einmal zurückkommt. Abends ein starker Jasminduft – betäubend. Dazu herrliche chinesische Nebelschleier. Ich erkunde alle Seitenwege des Cañon. Prachtvolle Häuser gibt es hier! Ich bin beinahe neidisch. Ich nehme allerdings an, daß es nicht mehr sehr lange dauern wird, bis die Japaner alles erobern werden – die gesamte Küste.

HVM

[Beverly Glen, 29. September 1942]
Dienstag

ANAÏS –

Friede sagt zu allem Nein! Wieder der Krieg. Nicht einmal die Möglichkeit, mir einen Job zu besorgen – zur Zeit brauchen sie nur erfahrene Drehbuchautoren. Meint außerdem, daß niemand Interesse an dem *Fall Maurizius* habe. Sagt, das Buch sei jahrelang von Tür zu Tür angeboten worden. Das kann kaum stimmen, da niemand bisher das Recht hatte, es zu verkaufen. Er antwortete mir schriftlich. Was Rosenfelds Artikel betrifft[1] – ich finde ihn nicht schlecht, um die Wahrheit zu sagen. Er ist sehr wohlwollend und verständnisvoll; und wenn er auch mitunter ein bißchen verschwommen und weitschweifig ist, so gehört er doch zu der Art von Kritik, die Ihnen nicht schaden, sondern nützen wird. Ich glaube nicht, daß er sich Ihrer Bemühung bewußt war, die Sache mit Ihrem Vater geheimzuhalten. Nur wenige Menschen werden das erkennen. Derlei Dinge können ohnehin auf die Dauer nie geheimgehalten werden – Sie werden sehen. Auch der letzte Abschnitt ist interessant.

Heute morgen kam das Telegramm. Herrlich. Übrigens, Man Ray hat Ihr Buch sehr gelobt – die Form und den Erzählstil. Sagte, er hoffe, er könne etwas von seinen eigenen Sachen bei Ihnen in Druck geben. Meinte, es sei das erste schöne Buch, das er in Amerika gesehen habe. Die Drucktype gefiel ihm sehr. Meinte, sie gehe auf alte römische oder griechische Grabsteininschriften zurück und sei deshalb gewählt worden, weil sie weniger stereotyp wirke. Die Vokale sind sehr groß und die Konsonanten eng zusammengeschoben. Klar ausgeprägt und angenehm für das Auge – besonders die fetten Buchstaben. Was er sagte, zeugte, wie immer, von großer Urteilsfähigkeit.

Ich zweifle nicht daran, daß Sie eine Menge Aufträge bekommen können – aber wie steht es mit Ihren Augen? Ist es die Sache wert, daß Sie sich die Augen dabei ruinieren? Ich nehme nicht an, daß Sie irgend jemanden gefunden haben, der Ihnen hilft.

Übrigens habe ich ein Buch über die Augen – über das Sehen ohne Brille –, das mir einiges klargemacht hat; der Autor ist Dr. Peppard. (Der Begründer dieser Theorie ist Bates – schauen Sie in sein Werk hinein, wenn Sie Gelegenheit haben.) Die Art, wie Sie lesen – immer gleich einen ganzen Absatz auf einmal –, soll äußerst schädlich sein. Wenn man schwache Augen hat, sollte man

1 Am 26. September 1942 erschien in der *New Republic* eine Besprechung von *Winter of Artifice* aus der Feder Paul Rosenfelds.

langsam lesen, *ein Wort nach dem anderen!* Ich habe es ausprobiert – ohne Brille. Es geht! 3 oder 4 einfache Übungen werden empfohlen. *Blinzeln* (wie die Katze), *die Blickrichtung variieren* und das Auge auf einen Punkt konzentrieren. Das ist das Wesentliche. Was man in dem Buch über das Erblinden lesen kann – höchst aufschlußreich! (Ähnlich wie die Taubheitstheorie.) Alles wird zurückgeführt auf nervöse Spannungen – Ängste. Wenn wie in Ihrem Fall, körperliche Ermüdung, Anämie und so weiter der Grund sind, dann ist *keine* Brille nötig. Man muß zu den Wurzeln vordringen. Das erste, was man lernen muß, ist, *nicht* den Versuch zu machen zu sehen. Nicht anstrengen. Man sieht mit dem Gehirn. Das Auge ist nichts als eine Kamera aus Muskeln. Das Bild ist stets vorhanden. Wir sehen, was wir sehen wollen – und so weiter und so weiter. Sehr wahr – schmerzlich wahr. Und ohne Zweifel gibt es für Ihre Anämie auch irgendeine einfache Erklärung. Ich meine, wenn es Jacobsohn einmal gelungen ist, sie zu heilen, dann muß es sich so verhalten, daß Sie durch Ihre Lebensweise seine Bemühungen zunichte machen. Ich bin keineswegs der Meinung, daß sie etwas mit Ihrer unzureichenden Ernährung zu tun hat. Mir ist aufgefallen, daß Sie mehr essen als ich. Ich glaube vielmehr, Sie wissen nicht, wie man *ausruht.* Sie tun, als ruhten Sie sich aus – und dabei verkrampfen Sie sich die ganze Zeit.

Diese Vitamine und Injektionen sind genau wie alle anderen Krücken. Die Ärzte werden nichts ausrichten bei uns – sie experimentieren lediglich mit uns herum wie mit Meerschweinchen –, solange wir nicht den Wunsch haben gesund zu sein und gesund zu bleiben. Im Grunde will der Mensch krank sein. Es ist das gleiche wie mit Krieg und Frieden. Es fehlt an dem *echten* Wunsch nach Frieden, Gesundheit, Freude und so weiter. Wir kämpfen nur gegen Negatives.

Im *Accent* (Winternummer 1942), in der übrigens ein guter Essay von Dudley Fitts über «*Hamlet (2.)*» [«Experiments in Life and Death»] steht, las ich eine kritische Auseinandersetzung mit Céline. Céline, so heißt es darin, war sich tief und bitter der unheilbaren Krankheit der Menschheit bewußt. (Der Artikel ist, nebenbei bemerkt, ein Angriff.) Er sah den Mangel an Bereitschaft, das Perverse in den Menschen – und das entmutigte und verbitterte ihn. Er wurde davon vergiftet. Ich schreibe eine herrliche Deutung von Wassermanns Verhältnis zur Welt – ich sehe ihn jetzt ganz klar vor mir. Er wollte uns ein entscheidendes Buch über *Illusion und Desillusion* geben. Wie bezeichnend!

Um auf Ihre Bemerkungen über den Krieg und meine Haltung

zurückzukommen: Gewiß, was Sie sagen, ist mir bekannt – daß alles seine Auswirkungen auf uns hat. Aber Sie könnten genausogut von Tornados oder Erdbeben reden. Es interessiert mich dennoch nicht. Wir müssen mit ihnen rechnen. Ebenso wie wir mit Krankheit und Unfall zu rechnen haben. Es ist ziemlich gleichgültig, was den Tod eines Menschen herbeiführt. Das Wissen um diese Dinge macht ihn nicht wieder lebendig. Alles Kämpfen dagegen scheint mir im Grunde sinnlos. Man muß sich zurückziehen. Die Verwandtschaft, von der Sie sprechen, scheint mir oberflächlich. Ich habe nichts mit solchen Dingen gemein. Man ist nur mit dem verbunden, für das man Begeisterung empfindet. Denn daß wir zu essen und ein Dach über dem Kopf haben müssen, daß wir krank werden und sterben müssen und so weiter, ist so ziemlich das Uninteressanteste am Leben. Das alles ist biologisch – trifft genauso für Tiere und Pflanzen zu wie für uns. Das Nachdenken darüber führt zu nichts. Ein bißchen guter Wille und Toleranz würden ausreichen, um die meisten dieser fundamentalen Probleme aus der Welt zu schaffen. Übrigens, gestern in Westwood Village sah ich auf der Straße den Mann, der in dem Film *In Fesseln von Shangri-La* den Mönch spielte. All diese Filmschauspieler sehen im Leben ihrem Leinwand-Ich erstaunlich ähnlich. Man ist fasziniert. Man hat ständig das Gefühl, solche Menschen genau zu kennen. Es ist unheimlich, sie umherlaufen zu sehen. Sie wirken wie lebendige Geister.

Bald mehr. Gilbert [Neiman] hat sein Radio und seinen Plattenspieler aus Denver bekommen – dazu eine erstaunliche Sammlung guter Schallplatten. Wir laben uns Abend für Abend daran. Außerdem mache ich in meiner Freizeit ein paar hübsche Aquarelle.

Wünschte, ich könnte Ihnen bei Ihrer Presse helfen. HVM

[Beverly Glen, Oktober 1942]
Samstag

Soeben Ihren Brief bekommen; es tut mir aufrichtig leid, daß Sie soviel Kummer mit der Presse haben.[1] Ein Grund mehr für Sie, nur Ihre eigene Arbeit zu machen – ich bin froh darüber, um die

1 Mit ihrer altmodischen Presse brauchte Anaïs Nin einen ganzen Monat zum Druck der ersten vier Seiten eines Buches. Später schaffte sie zwei bis vier Seiten am Tage.

Wahrheit zu sagen. Der Gedanke, daß Sie zum *Buchdrucker* werden könnten, erschreckt mich. Zweifellos ist der Krieg ein entscheidender Faktor dabei. Alle sind begeistert von Ihrem Buch [*Winter of Artifice*]. Unter normalen Umständen hätten Sie die verdiente Anerkennung geerntet. Es ist nicht Ihr Fehler!

Übrigens, ich habe eine ermutigende Nachricht von Friedman. Er hat von irgendwoher Hilfe bekommen und macht – zusammen mit ein paar anderen Leuten – eine Art Agentur auf. Er verspricht mir zunächst einmal hundert Dollar – «in bar» – für meine Arbeit an dem Maurizius-Buch. Wenn es verkauft ist, bekomme ich meine Prozente. Nach mir werden sich andere damit befassen müssen – letzte Hand anlegen. (Diese Drehbücher gehen durch einen regelrechten Fleischwolf! Sie können sich gar nicht vorstellen, was mit ihnen aufgestellt wird – es ist unglaublich.) Wie dem auch sei, es steht zu erwarten, daß sich mehr Arbeit ergeben wird – oder irgendein ständiger Halbtagsjob als Berater und Mitarbeiter in den Anfangsstadien der Drehbuchbearbeitung. Erst in zwei Wochen werde ich die «Hundert» erhalten – aber es scheint eine sichere Sache zu sein.

In dem Büro, in dem er arbeitet, habe ich ein Mädchen entdeckt, das ich aus Paris kenne – sie ist die Cheflektorin dort. Sie las gerade eines meiner Manuskripte, als ich hereinkam. Wollte nicht glauben, daß es meine Arbeit war. Ich habe die Hoffnung, daß sie etwas für mich tun kann. Hoffe, dieser Werbungsmensch nimmt einige von meinen Sachen! Wenn ja, dann habe ich das Geld für die Rückfahrt nach N. Y. Wenn ich nur jemanden in N. Y. finden könnte, der mir eine Unterkunft anböte! Hier bekomme ich alle möglichen Angebote – sogar Hiler will mich beherbergen – und Friedman desgleichen. Wo jetzt alle eingezogen werden, sollte es eigentlich eine Möglichkeit geben. Ich glaube, das einzige, was ich tun kann, ist billig leben, nach Kräften etwas Geld verdienen und mit meiner eigenen Arbeit fortfahren. Alle anderen Pläne sind Zeitverschwendung. Ich muß mich mit einem bescheidenen Leben abfinden – das ist der Preis, den man zahlen muß, wenn man schreiben will, wie einem der Sinn steht.

Halten Sie also Ausschau – nach einer Unterkunft. Und lassen Sie sich nicht entmutigen. Dieser «Wirklichkeitssinn», von dem die anderen reden, ist Unsinn. Das ist es, was die Welt in den Krieg stürzt; alles beruht auf dem Kompromiß, und am Ende gewinnt die nackte Wirklichkeit die Oberhand. Die Korruption fängt unten an und vergiftet alle Ebenen. Die ganze Welt beruht auf Täuschung und Lüge.

Ich bin nicht verbittert über all das. Im Gegenteil, ich glaube, wir können von Glück reden. Wir haben das Glück, daß wir nicht – seelisch oder körperlich – teilhaben an der allgemeinen Katastrophe. Die Welt wird aufwachen – wenn sie genug gelitten hat. (Wir haben genug gelitten. Und wir haben gezahlt. Die andern wollen sich nicht zum Leiden bekennen – sie betrachten es als «irgend jemandes Fehler».) Ich denke, für mich wird es jetzt besser werden. Ich glaube mich zu erinnern, daß es in meinem Horoskop für dieses Jahr hieß, in diesen letzten Monaten würde ich zu nichts fähig sein. Erinnern Sie sich? Wie dem auch sei, der verrückte Astrologe hier versichert mir jedenfalls, daß ich jetzt «eine Periode großer Aktivität» vor mir habe. Auch ich habe dieses Gefühl. Ich habe irgendeine Wende hinter mich gebracht. Und bei mir ist es stets so, daß sich dann, wenn ich den absoluten Tiefpunkt erreicht habe, ein Lichtstrahl zeigt. Ich glaube immer noch an meinen guten Stern. Jetzt werde ich *Sie* trösten müssen! Geben Sie die Presse nicht auf. Wir wollen versuchen, ob wir nicht doch unseren ursprünglichen Plan verwirklichen können – *Ihr eigenes Werk*. Kämpfen Sie dafür!

HVM

[Beverly Glen, Oktober 1942]
Donnerstag

Soeben Ihren Brief und die Postanweisung erhalten! Versuche, meine Clichy-Geschichten zu finden – habe sie verlegt. Was den langen Brief für Glen Jocelyn betrifft, so kann ich nur sagen, daß ich neugierig bin. Ich würde ihn selber gern noch einmal sehen, bevor er an ihn abgeschickt wird. Ich hatte an zwei andere Alternativen für ihn gedacht: 1. das Vorwort zu Tylers Buch über Hollywood [*Original Preface to ‹Hollywood's Hallucination›*]; 2. das kleine Buch über Aquarelle, das ich Emil Schnellock gegeben habe – handgeschrieben. (Ich könnte ihm auch den langen Text «Wiedersehen in Brooklyn» geben, wenn ich eine Kopie ausfindig machen kann.) Beim Aufbruch gab ich einiges in Verwahrung. Ich muß mir das Gehirn zermartern, damit ich herausfinde, wo es ist.

Für Goldberg könnte ich als Ersatz entweder einen Titel aus «The Rosy Crucifixion» oder «The Sleeping Sleeper Asleep» anbieten. Ich werde das jetzt zum Abschluß bringen.

Gerade fertig mit meinem Abriß des *Fall Maurizius* – über hundert Seiten. Kann sein, daß ich jetzt einen noch kürzeren verfassen muß. Glaube aber, daß die Chancen, diese Arbeit unterzubringen, gut sind. Wenn sie verkauft ist, dann wird meine Zeit hier nicht verloren gewesen sein.[1]

Ich werde jetzt herauszufinden suchen, ob sich irgend etwas mit den Houghton-Büchern machen läßt. Die Agentur dort, wo Friedman seine Büros hat, ist gut, und das Mädchen, das ich kürzlich traf, hat eine gute Stellung. Vielleicht ergibt sich doch noch etwas.

Merkwürdig, das mit Ihrem Horoskop! Auch mir kam dieser Gedanke, als ich kürzlich über Sie nachdachte. Vielleicht ist für uns alle ein radikaler Wandel fällig.

Ich werde versuchen, das Buch, das Sie mir empfohlen haben, in der Bibliothek zu finden.

Fürs erste will ich mich noch einmal an einem originellen Filmdrehbuch versuchen – eine letzte Chance. Wenn ich erst wieder in New York bin, werde ich mich auf mein Buch [*The Air-Conditioned Nightmare*] konzentrieren – und zwar ausschließlich. Ich habe neue Ideen dafür, neue Impulse. Die Wassermann-Bücher haben mir sehr geholfen.

Ich will zum Schluß kommen.

HVM

[Beverly Glen, Oktober 1942]
Montag

Habe seit Tagen nicht geschrieben – weil ich mit der Abschrift von Gilberts [Gilbert Neimans] Roman [*There is a Tyrant in Every Country*] beschäftigt bin! Er mußte nach Sacramente fahren und einen Job übernehmen, bei dem er mit mexikanischen Landarbeitern zusammenarbeitet. Viking bat inständig um das Buch – er ist beim letzten Kapitel. Also machte ich mich mit Nachdruck an die Arbeit – bin jetzt fast fertig. Außerdem gab ich ihm etwas von dem Geld, das ich von Friedman bekommen habe – weil die Regierung ihm vor Ende des Monats nichts zahlen wird.

Inzwischen habe ich Abramson (3mal) telegrafiert, er möge die Texte zurücksenden, die ich an Goldberg schicken will! Mir war entfallen, daß er sie hatte. Ich dachte, vielleicht würde er anbeißen – nehmen Sie sie, zahlen Sie mir (350 Dollar) dafür, bat ich – und schicken Sie Goldberg etwas anderes.

Es besteht jetzt die Chance, daß ich die Filmbearbeitung eines

1 Millers Arbeit wurde nie als Grundlage einer Verfilmung verwandt. Buchveröffentlichung vgl. *Maurizius Forever*.

Romans von Graham Greene (*Am Abgrund des Lebens*) machen kann – durch Vermittlung des Mädchens, das ich in der Agentur wiedersah. Allerdings ist die Sache noch nicht sicher. Wenn es klappt, bekomme ich eine ansehnliche Summe – Bargeld.

Außerdem habe ich einen Brief von Houghtons Agenten in Hollywood bekommen, in dem ich gebeten werde, sie aufzusuchen. Ein kleiner Hoffnungsschimmer. Vielleicht mache ich etwas für ihn – und für mich selber.

Haben Sie Glen Jocelyn gesehen oder gesprochen? oder möchten Sie, daß ich ihm schreibe? Zweimal habe ich ihm bereits geschrieben, als ich hier ankam – aber keine Antwort. Ich hoffe, er meint es ernst. Und Goldberg ebenfalls. Das wäre die Rettung!

Als ich von Wohnungen sprach, meinte ich «freie» Unterkünfte!

Ich glaube nicht, daß es unter den gegebenen Umständen unumgänglich ist, Miete zu zahlen. Hier draußen werden mir alle möglichen Unterkünfte angeboten. Muß jemanden ausfindig machen, der beim Militär ist und ein Zimmer oder eine Wohnung entbehren kann!

Nein, schicken Sie mir noch kein Geld. Ich habe das Gefühl, daß ich für eine ganze Weile keines brauchen werde.

Zusammen mit der Karte von Fred, die Sie mir schickten, kamen ein Brief und weitere Postkarten. Auch ein Brief von Dudley. Es sieht so aus, als ob er und Lafe [Lafayette Young] hierherkommen wollen. Ich werde versuchen, ihnen das auszureden – wieder so ein Wunschtraum.

Höre, daß bei Colt Press ein Konkursverwalter eingesetzt ist – jetzt wird schon offen darüber geredet.[1] Vielleicht wird Mrs. Palmer ihre Meinung ändern.

Sie scheinen in N. Y. ein glänzendes Leben zu führen. Mein Leben hier ist das genaue Gegenteil. Aber ich bin bester Laune. Niemand wird glauben, wie einfach dies Leben sein kann – inmitten von Feilscherei und Korruption. Die Tage sind wunderschön. Und die Zeit vergeht im Fluge.

Hiler geht zur Küstenwache. Sonst würde er eingezogen werden. Es geht jetzt «cliches o chicharrones». Gilberts Buch ist voll von spanischen Sätzen, spanischen Gerichten und spanischer Musik. Es macht mir Spaß, daran zu arbeiten. Glauben Sie, daß Goldberg mir etwas zahlen wird – oder die Steloff? Und wieviel? Ich bin gespannt. Ich meine, die beiden Texte sollten zwischen

1 Die Colt Press in San Francisco geriet vorübergehend in Zahlungsschwierigkeiten, stellte jedoch die Produktion nicht ein.

250 und 350 Dollar einbringen. Ich habe jetzt eine lange Erzählung, die ich Jocelyn schicken könnte, wenn er Wert darauf legt: «Wiedersehen in Brooklyn». Mehr, wenn ich mit dem Tippen fertig bin.

HVM

[Beverly Glen, 5. November 1942]
Donnerstag

Anaïs:
Falls das Manuskript heute nicht kommt, werde ich Ihnen die Durchschläge schicken, die ich jetzt von Herbert West habe. Abramson teilte mir in einem Brief mit, daß er sie abgeschickt habe – per Express, nehme ich an. Gab zu, daß er nachlässig und saumselig gewesen sei; sagte, er werde eine Anzahl kaufen, falls sie je gedruckt würden. Ich werde also das Manuskript für Goldberg per Eilboten an Sie senden – da ich mir vorstellen kann, daß er sogar Angst hätte, es auch nur in Empfang zu nehmen.

Übrigens schicke ich Ihnen dazu noch zwei Geschichten; wenn sie [Gotham Book Mart] nur eine davon drucken wollen, dann sollten sie «Stille Tage in Clichy» nehmen. Drucken sie beide, so bleibt der Titel des Bandes der gleiche.

Und jetzt werde ich sofort an Jocelyn schreiben. Ich muß erst herausfinden, was er haben will. Aus diesem Grunde habe ich bisher noch nichts geschickt. Aber in seinem Falle erwarte ich Bargeld bei Annahme des Manuskripts, finden Sie nicht?

Gestern erhielt ich einen Scheck über 15 Dollar von Herb West. Gilbert [Neiman] bekommt erst am Ersten des kommenden Monats Geld! Das ist die bürokratische Pedanterie der Regierung. Er und Margaret sind außerordentlich anständig und großzügig; sie haben sich mir gegenüber großartig benommen, besonders wenn es ums Geld ging. Als Gilbert wegfuhr, hatten sie fast nichts mehr. Daß ich ihnen etwas lieh, war das wenigste, was man von mir erwarten konnte. Ihm gefällt seine Arbeit mit den Mexikanern; er sagt, sie würden von uns wie Dreck behandelt. Einige verlieren schon am ersten Tag ihre Finger, weil sie nicht wissen, wie man mit unseren Landmaschinen umgeht. Sie wollen für ihn, für Gilbert, arbeiten – sehen nicht ein, warum das nicht so sein soll. Es ist erschütternd.

Wenn Sie wissen, wo Tyler ist, würden Sie ihn dann bitte fragen, ob er mir die Erlaubnis gibt, das Vorwort zu verwenden, das ich für sein Buch [*The Hollywood Hallucination*] geschrieben habe[1] (ich habe ihm zweimal geschrieben und ihm gerade eben ein Telegramm von Paalen geschickt). Paalen will es veröffentlichen, und es geht sofort in Druck. Ich fürchte, er ist umgezogen.

Nein, *Die Träumer* haben Sie mir nie gezeigt. Behalten Sie sie lieber dort, bis ich zurückkomme.

Die russische Frau klingt interessant. Und es hat mich mächtig gefreut zu hören, daß die öffentliche Bibliothek Ihr Buch kursieren läßt. Haben Sie der Library of Congress ein Exemplar geschickt?

Jetzt, wo ich allein wohne und für mich selber koche, merke ich, daß ich sehr billig leben kann. Wenn ich eine Wohnung mit Kochgelegenheit finde, für die ich nichts zu bezahlen brauche, dann gibt es nichts mehr, worüber ich mir Sorgen machen müßte.

Der Yogi schickt mir ein Exemplar des voluminösen Buches von Ramakrishnas ergebenem Schüler und Boswell[2]. Ich bin entzückt. Das Blake-Buch [*William Blake and the Circle of Destiny*] werden wir beschaffen, wenn ich zurück bin – oder ich schicke es Ihnen, wenn ich es hier antiquarisch erwischen kann.

Paalens Briefe machen den Eindruck, als ob er ein sehr netter Kerl ist. Hat etwas Herzliches und Großzügiges an sich. Lafe Young schreibt, er sei ein regelrechter Heiliger.

Zu dem Merkwürdigsten in Huxleys Buch über die Augen gehört das, was er über «Erinnerung und Einbildungskraft» schreibt. Er sagt zum Beispiel, daß man ein Objekt leichter sehen kann, wenn man in der Lage ist, sich seiner zu erinnern – und das treffe nicht nur für bestimmte Dinge zu, sondern für alles. Er führt Übungen an, die man mit geschlossenen Augen im Bett ausführen kann: Man stellt sich vor, einen Gummiball zu halten und ihn zusammenzupressen oder seinen Namen mit einem imaginären Bleistift zu schreiben, der an der Nase befestigt ist. Versuchen Sie es – es ist faszinierend zu fühlen, wie die Muskeln arbeiten. Es ist übrigens völliger Unsinn, daß kleine Schrifttypen schädlich für die Augen sind. Man muß nur richtig lesen. Die Sache mit dem langsamen Lesen – Wort für Wort, gelegentlich sogar Buchstabe für Buchstabe – ist interessant und nützlich. Ich

1 «Preface to Parker Tyler's *America's Hallucination*».

2 Mahendra Nath Gupta (Pseudonym «M»): *The Gospels of Sri Ramakrishna.* Das umfangreiche Werk wurde von Swami Nikhilananda – dem Yogi – übersetzt und erschien, mit einer Einleitung des Übersetzers versehen, 1942 in New York.
James Boswell wurde durch sein biographisches Werk *Life of Samuel Johnson* berühmt.

halte das Buch beim Lesen zunächst immer für eine Weile falsch herum. Jetzt setze ich im Hause bereits oft keine Brille mehr auf. Und morgens, wenn ich zum Gemüsemann gehe, lasse ich sie auch daheim. Seit etwa einer Woche vor meiner Abfahrt aus N. Y. visiere ich stets einen Punkt vor meinen Augen an, der im Laufe des Tages kommt und geht. Außerdem jongliere ich ein bißchen mit Tennisbällen – wegen des Astigmatismus. Ich machte mich ernsthaft daran, nachdem ich gelesen hatte, daß das Auge genau wie eine Kamera gebaut ist, daß es ein Loch hat, durch das alle Bilder eindringen, ob man hinschaut oder nicht. Begreifen, daß man nicht länger versuchen darf zu sehen: das ist das Grundprinzip. Er spricht von einer «dynamischen Entspannung». Klingt wie Laotse. Jedenfalls ist es der Idee des Kampfes entgegengesetzt. Selbst um schwarz zu sehen, wenn man die Augen schließt, muß man nicht an schwarz denken. Man denkt an angenehme Dinge ... man vergißt ... man ist geistesabwesend. Dann werden die Dinge schwarz. Auch spricht er davon, daß man Zuversicht haben, sich den Resultaten gegenüber jedoch gleichgültig verhalten muß. Sehr orientalisch. Wie aus dem Bhagawad-Gîtâ. Denn wenn man nur Zuversicht hat, besteht die Gefahr, daß man enttäuscht ist, wenn die erwarteten Resultate ausbleiben, und das wiederum untergräbt, beeinträchtigt unsere ganze Zuversicht. Klingt mir sehr vernünftig. Ich habe oft versucht, mein Werk auf diese Weise zu betrachten, und wenn ich ganz ich selber bin, tue ich es in der Tat. Auch Wassermann spricht davon, dort, wo Etzel Ghisels, seinen Lieblingsautor interviewt. Eine wundervolle Passage.

Ich brenne darauf, mich wieder mit Céline zu befassen und das Buch [*Tod auf Kredit*] zu Ende zu lesen. Der Schriftsteller Céline interessiert mich mehr als jeder andere. Wegen seines Stils und der Freiheit des Ausdrucks. Sein Toben stört mich nicht im geringsten – es bringt mich höchstens zum Lachen. Es deprimiert mich nicht.

Bevor Gilbert [Neiman] wegfuhr, hatte ich eines Abends mit ihm ein großartiges Gespräch über Rimbaud, von dessen Gedichten er (ebenso wie von denen Valérys und Baudelaires) einige hervorragend übersetzt hat. Kann sein, daß ich gesagt habe, Gilbert erinnere mich irgendwie an Osborn. Aber er hat etwas Gewisses – *er ist* ein Schriftsteller. Und er kann mit einer umfassenden Lektüre in drei Sprachen aufwarten. Ich weiß, daß sein Spanisch glänzend ist – und daß er das Spanische allen anderen Sprachen und die Spanier (oder vielmehr die Mexikaner) allen anderen Menschen vorzieht. Der Spanier wird dort unten «gachupin» genannt, ein abschätziger Ausdruck – ich weiß nicht, was er bedeutet. Aber zurück zu Rimbaud. Ich lag im Bett. Ich regte mich auf, und ich kam mit der ernstgemeinten Ansicht heraus, daß ich Rimbaud als Schriftsteller höher einschätzte als irgendeinen anderen Schriftsteller, den ich kenne – um seines Zieles, seiner Reinheit und Aufrichtigkeit willen. Ich fügte hinzu, daß ich selber in gewisser Hinsicht vom Weg abgeraten sei, und daß es mein höchstes Ziel sei, jene Eigenschaft wieder zu erlangen, die Rimbaud hatte und die ihn für meinen Geschmack von allen anderen Schriftstellern unterscheidet[1]. (Ich spreche hier nicht von Bedeutung und Inhalt.) Das hängt zusammen mit dem, was ich über das «Spiel» gesagt und geschrieben habe. (Jetzt kommen Sie mit dem Wort «jeu».) Aber das französische Wort besagt weniger als das, was ich meine. Im Spiel, das ich mit dem Wesen der Schöpfung selbst in Verbindung bringe oder gar identifiziere, kann man nichts Falsches tun! Das ist es, was ich meine. Sobald andere Dinge hinzutreten, ist die Verfälschung da. Außerdem bin ich nicht der Meinung, daß Spiel und Surrealismus ein und dasselbe sind; der Surrealismus tendiert zum Teil in diese Richtung, aber er ist zugleich begrenzt oder vergiftet durch Motive, die darüber hinausweisen.

Gilbert hat die Fähigkeit, die subtilsten und oft noch unausgesprochenen Gedanken zu erfassen. Er hat eine Witterung dafür. So ist es auch mit den Menschen. Ich werde nie vergessen, wie er Ihren Gang beschrieb. Die Vielfalt der Details, die er heraufbeschwor. Und er zweifelte nicht einen Augenblick daran, daß Sie es gewesen waren – obgleich er nur Fotos von Ihnen gesehen hatte. Er schien Ihren Geist als solchen zu erfassen.

Das Problem bei all dem ist, daß man erst dann, wenn man fast am Ende ist, zu erkennen beginnt, worum es eigentlich geht. Soviel von unserer schriftstellerischen Arbeit erwächst aus reinem Zwang. Wie man nicht lebt, solange man sich nicht zu irgendeiner hohen Disziplin bekennt – es muß nicht unbedingt Yoga sein –, so schreibt man nicht eher, als bis man sich vom Unrat befreit hat. Hier reichen sich Kunst und Leben die Hand. In den meisten der großen Bücher blitzt das nur gelegentlich auf – der Rest sind Füllsel, wie tief und zweckvoll das Ganze auch scheinen mag. Man sollte nicht mit dem Medium kämpfen – man sollte es meistern und es wie ein Gott gebrauchen. Klein wie er war, scheint mir Rimbaud doch mehr von diesem Gott in sich gehabt zu haben als andere – darum geht es mir. Stimmen Sie mir zu? Sie tun

1 Vgl. Miller: *Vom großen Aufstand.*

es nicht, ich weiß. Sie fragen, wie es mit Dostojevskij und Wassermann steht, nicht wahr? Kann sein, daß ich ein wenig kategorisch bin. Aber ein Körnchen Wahrheit ist daran. Und alles, was ich berühre, alles was ich denke, steht in Zusammenhang mit diesem Körnchen Wahrheit. Das meinte ich, wenn ich vor einiger Zeit davon sprach, daß alle Dinge von Grund auf in Frage gestellt werden müßten. Ich betrete neuen Boden. Ich spüre, daß ich mich immer mehr von dem entferne, was ich bisher getan, gesagt oder vertreten habe. Ich will nicht einfach so weitermachen . . .

H

[Beverly Glen, 9. November 1942]
Montag

Anaïs:
Heute nachmittag bringe ich alle Ihre Manuskripte[1] zusammen mit meinen beiden für Goldberg bestimmten Texten zum Satyr [Book Shop] und lasse sie Ihnen per Express zuschicken. Mußte die Kopien meiner Sachen senden, da ich die Originale noch nicht von Abramson zurückbekommen habe. Ich glaube aber, sie sind lesbar – ein paar Seiten habe ich noch einmal ganz abgeschrieben. Ich möchte darauf hinweisen, daß ich – falls sie gedruckt werden – Wert darauf lege, die letzten Fahnen zu sehen und zu überprüfen, damit mögliche Fehler vermieden werden.

Am Samstag habe ich 25 Dollar von Margaret und Gilbert [Neiman] erhalten. Sie bleiben beide für unabsehbare Zeit dort, behalten aber diese Wohnung, weil der Job nicht sicher ist. Ich bin also allein und arbeite an meinen eigenen Sachen weiter, bis es an der Zeit ist, hier wegzugehen. Kürzlich schrieb ich einen guten Brief an Jocelyn – tut mir leid, daß er krank ist. Auch ich habe in letzter Zeit Rückenschmerzen gehabt. Mein Nachbar desgleichen. Aber jetzt ist es überstanden. Ich fühle mich großartig. Habe endlich Parkers [Parker Tylers] Erlaubnis erhalten, Paalen das Vorwort [zu *Hollywood Hallucination*] zu geben. Wenn die Londoner Verleger sagen, daß sie das Amerika-Buch haben wollen, werde ich es vielleicht noch einmal durcharbeiten, ausschließlich die gelungenen Teile verwenden und sie auf Hochglanz bringen.

Das Radio posaunt ununterbrochen Meldungen über die Inva-

1 Anaïs Nin hatte Miller einige Manuskripte von eigenen Arbeiten gegeben, die noch nicht abgeschlossen waren.

sion in Nordafrika aus. Klingt wundervoll. Der erste große Schlag von seiten der Alliierten. Italien wird jetzt bald zusammenbrechen und Frankreich wird sich in einem Aufstand erheben.

Man hat mir soeben ein Exemplar von Prokoschs *Sieben auf der Flucht* geliehen. Das Buch beginnt großartig – mit einer poetischen Schilderung Zentralasiens, die noch besser ist als die in *Die Asiaten.* Außerdem habe ich einen Band Ramakrishna bekommen – mehr als tausend Seiten. Das Wetter hier ist weiterhin schön – tagsüber warm und des Nachts kalt. Bei mir haben die Ratten Einzug gehalten – haben an Gilberts und Margarets Kleidung herumgenagt – ich selber bin bisher heil davongekommen, abgesehen von einer Tasche, die ein bißchen angeknabbert ist. Sie machen mich verrückt mit ihrem Gehusche unter dem Dach über meinem Kopf. Klingt, als wenn's Affen wären. Ab und zu taucht eine Taschenratte aus irgendeinem unterirdischen Gang auf. Manchmal kommen Rehe von den Hügeln herab und gehen im Hof umher. Ein herrlicher Anblick.

Bald mehr. Fahre jetzt in die Stadt. Dieses Hin- und Herfahren kostet jedesmal drei bis vier Stunden. Oft gehe ich zu Fuß, bis jemand mit dem Wagen anhält und mich mitnimmt. Ich bin noch nie jemandem begegnet, der auch auf der Landstraße dahinmarschierte. Es ist erstaunlich. In ein paar Tagen aber wird das anders werden. Vier Gallonen pro Woche reichen für die Leute hier nicht aus. Nun ja, bald mehr.

HVM

[Beverly Glen, 7. Dezember 1942]
Montag nachmittag

Anaïs,

Als ich gestern die Straße hinunterging, um Pierce Harwell, den Astrologen, aufzusuchen, traf ich ihn bereits unterwegs; er war gerade auf dem Weg zu mir – um mir die Nachricht zu bringen, die ich beifüge. Ich denke, Sie werden daraus ersehen, daß ich hinsichtlich des «Arbeits»-Problems bereits selber zu dem richtigen Schluß gekommen war. Sehr merkwürdig ist allerdings die Sache mit Saturn und Neptun, die sich gegenseitig aus ihren Häusern vertreiben! Kein Wunder, daß Sie das Gefühl hatten, einem Zusammenbruch nahe zu sein. Ich dagegen merke von alledem nichts. Vor einigen Monaten, als ich die langen Briefe schrieb, spürte ich es noch stärker. Seither habe ich mit dem Problem gerungen und bin auf alles vorbereitet.

Heute, als ich wegen einer Arbeitsmöglichkeit die Runde machte, erlebte ich etwas wirklich Ermutigendes. Die Arbeitsstellen, von denen ich höre, werden immer zahlreicher. Einer empfiehlt mich dem anderen weiter. Als ich heute einen Menschen im War Information Bureau frage, verweist er mich an denselben Mann, den mir auch Russell & Volkening empfahlen. Morgen werde ich ihn in der Filmagentur aufsuchen – merkwürdiges Zusammentreffen.

Habe mich bei einem Amt für Bewährungshilfe beworben. Kam mir vor wie in den alten Zeiten bei der Western Union. Aber sie sagten mir, daß ich ein College-Examen brauchte. Deshalb werde ich morgen die Abteilung für jugendliche Delinquenten – von 12 bis 18 Jahren – aufsuchen. Außerdem habe ich zwei Empfehlungsschreiben für leitende Männer in der Flugzeugindustrie.

Ich habe immer das Gefühl, daß *ich* die Leute interviewe, nicht umgekehrt. Ich komme mir vor wie in einem Kindergarten. Natürlich sind diese Männer meist jünger und mir unterlegen. Ich finde es lustig, sie zu beobachten. Es war außerordentlich interessant für mich, im Büro der Bewährungshelfer zu sitzen, während die Haftentlassenen hereinkamen, um sich zu melden oder Raten der Summe zu zahlen, zu der sie verurteilt worden waren. Die Häftlinge gefallen mir – die Bewährungshelfer nicht. Auch die Häftlinge sind nichts als Kinder, die vom rechten Weg abgekommen sind. Was für eine Flut von ihnen. Ein einziger Mann bearbeitet siebenhundertundfünfzig Fälle! Er tat mir leid. Mir fiel auf, daß er keinerlei Sympathie für die Häftlinge empfand. Er meinte: «Dic haben keine Persönlichkeitsprobleme.» (Sic) Ein Homosexueller, der eine hohe Geldstrafe (wegen Unterschlagung) abbezahlte, zog einen unglaublichen Haufen Scheine aus der Tasche. Dabei gab er sich betont überlegen. Die meisten von ihnen wirkten forsch, unbekümmert, gutmütig und trugen schäbige Arbeitskleidung – richtige Kerle. Sie interessierten mich. Sie hatten ihre Qualitäten. Ich habe es wirklich bedauert, daß mir diese Gelegenheit entgangen ist. Ein junger Mexikaner, etwa zweiundzwanzig Jahre alt, ein typischer Dandy-Gangster aus L. A. [Los Angeles] (es gibt hier eine ganze Horde davon, die zur Zeit alles mögliche anstellt), war die Sorglosigkeit, die Prahlerei, der Hohn und die Geringschätzigkeit in Person. Unverbesserlich. Man konnte merken, wie sehr er die Überwachungsbeamten, die im Grunde nichts als Schreiberlehrlinge sind, verachtete. Ich war arg in Versuchung, sie anzusprechen, hinauszugehen und mit ihnen zu trinken, mir ihr Zuhause anzusehen und ihre Geschichten anzuhören. Das Ganze erinnert mich an die Zeit bei der W. U. [Western Union], als ich mein erstes Buch – *Twelve Messengers* – schrieb. Wieviel mehr könnte ich heute über solche Erlebnisse berichten! Damals war ich jung und unerfahren und wußte nicht, mit was für Goldstücken ich es zu tun hatte.

Nein, auf dem Heimweg im Bus war ich in bester Laune, obwohl Resultate ausgeblieben waren. Es war wie ein Ausflug in die kleinliche Alltagswelt, wie eine neue Verbindung mit dem Leben in seinem Rohzustand, das ich im Grunde zwar nicht brauche, das aber dennoch, wenn ich jetzt damit in Berührung komme, wie ein Stärkungsmittel wirkt. Ich fühle mich wie der Abgesandte eines anderen Planeten. Natürlich steht im Augenblick nicht alles zum besten. Aber die Kontakte, die sich ganz zufällig ergeben, machen mir deutlich, daß ich den richtigen Mann kennenlernen werde und daß sich daraus ein neuer seltsamer Job, neue Erfahrungen und so weiter ergeben werden. Mir ist zumute, als könnte ich diesen Mann beinahe aus dem blauen Himmel herbeizaubern.

Erhielt (über Huntington Cairns) ein Kabel aus England, in dem ich gebeten werde, mich mit einem Redakteur (von *Tomorrow*) in Verbindung zu setzen. Heute kam ein Telegramm von einem Mann, der hier zu Besuch ist (auch ein Freund von Cairns), und der anfragt, ob ich mich morgen mit ihm treffen wolle. Seit ich den Entschluß gefaßt habe, den entscheidenden Schritt zu wagen, helfen mir die Götter. Gott hilft dem, der sich selber hilft.

Heute morgen beim Frühstück hielt ein schlichter Philosoph im Radio eine große Rede über die Frage, wie man anderen Leuten hilft, um sich selber zu helfen. Als ob es ausdrücklich für mich bestimmt war. Zum Lachen. Hat man ein Problem und entschließt sich erst einmal, es ernsthaft in Angriff zu nehmen, dann scheint man plötzlich umgeben von Leuten, die Lösungen bereithalten. Alles will einem partout helfen.

Übrigens, der Brief des jungen Astrologen mag vielleicht nicht besonders aufregend klingen – er ist kein Schriftsteller –, aber es ist herrlich, ihn reden zu hören. Er läßt Moricand weit hinter sich. Er weiß es. Wir verstehen uns vollkommen. Das Bild, das er mir von meinen beiden ungünstigen Quadraten entwarf – dem Quadrat des Neptun und des Jupiter und dem Quadrat des Saturn und der Venus – war glänzend. Als ob ich fest zwischen zwei starren Mauern stünde, gezwungen, geradeauszugehen, gezwungen mich zu approfondir (mich zu vertiefen). Die schlechte Phase, in der ich mich zur Zeit befinde, wird noch zwei Jahre oder ein wenig länger dauern; das schreckt mich nicht im geringsten. Übrigens bin ich in der Zeit zwischen meinem 22. und meinem 24. Lebensjahr durch eine ähnliche Phase gegangen – ich habe sie Ihnen oft geschildert; es war die Zeit, in der ich mit der «Witwe» [Pauline Chouteau] zusammenlebte. Diesmal bin ich jedenfalls bis zu einem gewissen Grad immun. Die Bildhauerin in Paris (Wilson) hat mich einmal davor gewarnt. Nein, bei Gott, Neptun wird nicht untergehen. Die Freiheit der Seele – vortrefflich. Und das ist es, was Sie mir in so verzweifelter Anstrengung geben wollten. Sie konnten mich nicht gegen die Geldgeschichte versichern – das ist mir klar – niemand könnte es, nicht einmal der Allmächtige. Aber ich habe etwas Besseres erhalten – durch die Sicherheit. Ich stürme voran, bewaffnet mit einem Dreizack.

Ja, ich werde an den goldenen Regen denken – in seiner schönsten Gestalt.

Ich frage mich, wie es Ihnen jetzt geht. Kein Brieftag. Ich hoffe jedoch zu hören, daß sich Ihre Situation radikal verbessert hat. Ich denke nicht, daß ich mich als Nietschläger verdingen muß. Ich glaube, daß sich etwas weit Interessanteres ergeben wird. Ich erwarte Wunder, und ich werde alles tun, um meine Erwartung in Erfüllung gehen zu lassen.

Muß schließen – stehe morgens sehr früh auf. Ich bin dem Buch von Isak Dinesen [*Die Träumer*] auf der Spur – ich weiß, wo es ist. Ich höre, Isak Dinesen ist das Pseudonym einer Dänin[1]. Lese gerade, was Trotzki 1935 über Céline geschrieben hat. Nichts Aufregendes.

HVM

[Beverly Glen, 14. Dzember 1942]
Montag vormittag

Anaïs,

Ich freue mich zu hören, daß sich das Blatt für Sie gewendet hat. Habe Ihre beiden heiterer, hoffnungsvoller wirkenden Briefe erhalten. Nun gut, ich behalte den Postscheck, aber schicken Sie fortan keine mehr, hören Sie? Ich bin sicher, daß alles bestens klappen wird. Ich werde überschüttet mit Angeboten für die Zukunft. Zwei darunter sind sehr interessant. Erinnern Sie sich an den Mann, von dem ich sagte, daß ich von ihm Wunder erwar-

1 Pseudonym der dänischen Erzählerin Karen Christence Blixen.

tete? Nun, auf seine Vermittlung hin ging ich zur Myron Selznick Agency – der besten Agentur hier – wo Friede (der jetzt beim Militär ist) früher war. Dort lernte ich einen Mann kennen, der wirklich interessiert zu sein scheint. Er glaubt, daß er bei David Selznick, der Filmgesellschaft, vielleicht etwas für mich finden kann. Außerdem fragt Gilbert [Neiman] in einem Brief an, ob ich bei ihm einen Job übernehmen wolle – ähnliche Arbeit wie seine eigene – mit den eingewanderten mexikanischen Arbeitern. Sagt, er habe mit seinem Boss gesprochen und sie meinten, sie könnten mich vielleicht auf Grund meiner Erfahrung in Personalangelegenheiten[1] gebrauchen. Ich muß anfangs so tun, als könnte ich ein bißchen Spanisch; wenn ich den Job erst habe, werden sie mir Unterricht geben. Das mag bedeuten, daß ich für eine Weile an einen anderen Ort in Kalifornien ziehen muß – nicht nach Sacramento. Kann sein, daß mich das Amt für Bewährungshilfe nun doch haben will – obwohl ich kein College-Examen vorweisen kann! Für eine vorübergehende Beschäftigung, bis zum Ende des Krieges. Sie sehen also, es tut sich etwas. Die Bibliotheksarbeit brachte zuwenig ein – 35 Cent in der Stunde und nur 30 Stunden pro Woche. Jetzt habe ich eine andere Bibliothek in der Nähe von Pasadena an der Hand – eine reiche –, wo ich evtl. Übersetzungsarbeiten (französisch) machen kann – bessere Bezahlung, bessere Umgebung.

Ich habe wieder einen ausgefüllten Tag vor mir. Kann nicht viel schreiben. Ich habe ein Exemplar von *Die Träumer* bekommen und die Geschichte, von der ich schrieb, gelesen. Werde Ihnen später ausführlich darüber berichten; für heute nur soviel: Es ist eine treffendere und bessere Beschreibung Ihrer Person, als ich je zu finden gehofft hätte! Gleichzeitig hat die Sache etwas Verwirrendes – dem ich beim nochmaligen Lesen zu Leibe rücken werde. Meine Tage sind reichlich ausgefüllt.

Bekam einen Brief von Politis, dem Griechen; er drängt mich. dem *National Herald*[2] wegen der Veröffentlichung des *Koloß* in Griechenland zu schreiben. Glaubt, daß eine Möglichkeit bestünde – meint, daß ich 500 Dollar in bar für die Rechte bekommen könnte. Mein Verleger in L. A. will sich noch nicht zu den Briefen äußern. Aber ich weiß, daß er mich sehr gern drucken würde.

1 Anspielung auf seine Arbeit als Leiter der Botenzentrale bei der Western Union.

2 Griechisch-amerikanische Zeitung in New York, die später (28. Februar 1943) Millers «To-day, Yesterday and To-morrow» veröffentlichte.

Sagt, er wisse, daß «ich sein Glück machen könnte»! (Kahanes Worte.)[1]

Die Zeichen stehen günstig, trotz des Durchgangs des Saturn. Ich glaube, Gott hilft denen, die sich selber helfen! Das ist es zweifellos, was Sie mir begreiflich machen wollten. Und das ist es auch, was Stalin herausgefunden hat, nicht wahr? Ja, nehmen Sie wirklich einmal alles auf die leichte Schulter! Ruhen Sie sich aus! Ich fühle mich großartig. Bald mehr.

HVM

[Beverly Glen, 19. Dezember 1942]
Samstag

Anaïs –

Habe schon seit Tagen nichts mehr von Ihnen gehört. Hoffe, es geht Ihnen nicht wieder schlechter! Hatte heute morgen eine enttäuschende Begegnung mit zwei Männern bei Myron Selznick. Hatten mich telegrafisch zu sich gebeten – ich dachte, ich bekäme einen Job. Aber nein, nichts dergleichen. Genau das Gegenteil von meinen früheren Gesprächen mit ihnen. Fragten mich, ob ich nicht einfach Mist in Cellophan verpackt (das waren ihre Worte) schreiben könnte, mit einem kleinen Opfer darin; Opfer kommen immer an!

Aber es stehen noch andere Dinge aus. Ich erwarte jeden Tag eine Nachricht von dem Amt für Bewährungshilfe – sie haben, wie ich Ihnen schon berichtete, die Beschränkungen aufgehoben. Inzwischen schreibe ich einer Reihe von Leuten und versuche, ob ich irgendwo Rezensionen machen kann. Bekam einen Brief von der Zeitschrift *Tomorrow*, in dem es heißt, sie würden mir wahrscheinlich demnächst ein paar Bücher zum Rezensieren schicken. Außerdem solle ich, wenn möglich, einen Artikel für sie schreiben. Sie zahlen zehn Dollar für eine Besprechung. Ich würde nur ein paar davon im Monat brauchen, um über die Runden zu kommen. Deshalb schreibe ich jedem, der mit der literarischen Welt in Verbindung steht.

Politis schickt mir eine gute Besprechung des Griechenland-Buchs aus der Londoner *Times*; zeigt sie auch dem künftigen Verleger des Buches. Ich habe das Gefühl, daß ich hier Erfolg haben

1 Miller hatte keinen Verleger in Los Angeles. Die Veröffentlichung einiger seiner Texte durch Satyr Book Shop war allerdings erwogen worden.

werde. Versuche gegenwärtig, meinen Verleger in L. A. zu überreden eine Neuauflage des Buches zu machen, da Colt pleite ist.

Als ich mein Adressbuch durchblätterte, stieß ich auf den Namen Norman V. Daggs, der früher einmal Redakteur beim *Modern Mystic* war, in dem zwei meiner Sachen erschienen sind.[1] Er ist der Mann, der Cairns neulich das Telegramm geschickt hat. Ich hoffe, daß er mir irgendeinen Auftrag verschafft.

Gilbert [Neiman] schreibt, daß man ihn vielleicht zum Leiter eines Büros für die Einstellung mexikanischer Arbeiter machen wird. Wann das geschieht, brauche ich mir keine Sorgen mehr zu machen. Aber die Dinge sind noch in der Schwebe. Er hat noch nicht einmal das Gehalt für die letzte Hälfte des Monats November bekommen.

Vor kurzem habe ich einen weiteren Scheck erhalten. Weiß nicht mehr, was ich tun oder sagen soll. Aber eines weiß ich genau: es gibt nichts, was mich verärgern, entmutigen oder zu Verzweiflung bringen könnte. Ich tue mein möglichstes, und ich erwarte Resultate. Jeder Tag bringt irgendwelche günstigen Nachrichten. Kürzlich kam ein Brief von Budd Schulberg; er schreibt, daß er aus Mexiko zurückkehren und mich aufsuchen werde. Will mit mir über Filmarbeit in Mexiko reden. Er ist der Mann, den ich aufsuchen wollte, als ich hierherkam. Überdies hat mich Saroyans Agent Stanley Ross neulich besucht. Auch er will etwas für mich tun. Es sieht so aus, als ob das Schicksal mir zu helfen versuche. Aber ich bin nicht mehr vom Schicksal abhängig.

Dieser Brief wird Sie vermutlich um Weihnachten erreichen. Ich schicke Ihnen ein Aquarell als Geschenk. Morgen sehe ich Arensberg und bekomme sie alle von ihm zurück. Er meinte, einige darunter seien «wirklich faszinierend». Ich hoffe, er kauft eines!

HVM

P. S. Heute abend gehe ich mit dem Astrologen zum Planetarium – um den *Saturn* zu betrachten!

[Beverly Glen, 30. Dezember 1942]
Mittwoch

Anaïs –

Schreibe Ihnen aus einem Buchladen in Hollywood – habe den Postboten unterwegs erwischt.

1 In *The Modern Mystic* waren «Die Weisheit des Herzens» (April 1939) und «Seraphita» (Mai 1939) erschienen.

Eine Menge guter Nachrichten. Connolly hat mir einen Scheck über 20 Pfund (80 Dollar) für den ersten Abschnitt des Amerika-Buches im November-Heft des *Horizon* [«Good News! God Is Love»] geschickt. Sagt, es mache Furore in London. Terence Holliday (der New Yorker Buchladen) bittet Benét, mir Geld aus dem Writers' Fund zu besorgen. Forderte mich auf, ein Telegramm, das vom Empfänger bezahlt wird, zu schicken, wenn ich Hilfe brauchte – ich habe es getan. Erwarte also etwas von dort.

Außerdem erhalte ich Zusagen für Buchbesprechungen – von der N. Y. *Tribune*, der *New Republic* und so weiter. Bekomme 3 meiner Bücher als Geschenk (Shanghai-Ausgabe) von einem Dichter in Selma, Cal.

Außerdem neue Angebote von verschiedenen Leuten, die mir nahelegen, bei ihnen zu wohnen. Eines lautet: Wohnung, Essen, Zigaretten, Briefmarken und so weiter frei – «für unbegrenzte Zeit». Berge von wundervollen Briefen aus allen Himmelsrichtungen – prächtige! Wie ein Gezeitenwechsel.

Natürlich habe ich dafür gearbeitet. Während der letzten 2 Monate habe ich *Hunderte* von Briefen geschrieben! Jetzt werden die Erfolge sichtbar. Ich habe Schreibmaschine und Füllhalter abgenutzt – beides in Reparatur.[1]

Auch ein paar kleine 5 Dollar-Aufträge für Aquarelle bekomme ich.

Im Augenblick keine Zeit noch mehr zum Schreiben. Morgen! Hoffe, daß sich jetzt auch Ihre Lage ändert. Habe erfahren, daß die englische Ausgabe des *Koloß* nach 30 Tagen verkauft war. Müßte eigentlich bald Geld dafür bekommen. Der Grieche schickt mir haufenweise Briefe und kleine Geschenke und knüpft Verbindungen für mich an – Politis. In ein paar Tagen soll ich Venizelos' Sohn kennenlernen. *Hurra!*

[Beverly Glen, 3. Januar 1943]
Sonntag

Anaïs –

Hier einiges von Pierce [Harwell] zu Ihrem Horoskop. Hoffe, es sagt Ihnen etwas. Merkwürdig, daß er bestätigt, was ich Ihnen vor kurzem schrieb – in bezug auf Ihre außergewöhnliche Erholungsfähigkeit. Morgen schicke ich Ihnen das Buch von Collins.

1 Als seine Bemühungen um eine Arbeit erfolglos blieben und seine finanzielle Lage kritisch wurde, verschickte er einen «Open Letter to All and Sundry», in dem er um Unterstützung bat.

Man hat mich mit Briefen überschüttet. Mit jeder Post scheinen neue erfreuliche Nachrichten zu kommen. Von Dorothy Norman erhielt ich einen Scheck über 25 Dollar und das Versprechen, mir auch auf andere Weise zu helfen. Zwei unbekannte Freunde aus Chicago bieten mir Essen und Unterkunft «für unbegrenzte Zeit» an. Ich erhalte Zusagen für Buchbesprechungen. Das neue Jahr läßt sich gut an. Holliday, der Mann mit dem Buchladen, schreibt noch einmal – sagt, er habe Benét gebeten, mir zu helfen, und auch er selber werde alles für mich tun, was in seinen Kräften stehe – ich solle ihm Bescheid geben.

Ich werde das Buch von Harding bekommen. Mein Freund Powell,[1] der Bibliothekar bei der U. C. L. A. [University of California, Los Angeles] ist, sagte, er habe es vor ein paar Tagen mit dem Gedanken an mich bestellt – er habe gedacht, es werde mir gefallen.

Margaret [Neiman] ist für eine Weile wieder hier. Sie stellt das ganze Haus auf den Kopf und bringt es wieder in Ordnung. Gilbert [Neiman] ist in Santa Maria – hofft, einen noch besseren Posten zu bekommen – vielleicht in Mexiko.

HVM

P. S. Halte immer noch nach Dr. Chews berühmten chinesischen Kräutern Ausschau. Haben Sie es mit Ingwer versucht – und mit Honig? Jedenfalls werden Sie nicht dahinschwinden, wie Sie es sich ausgemalt haben. Sie haben die neun Leben einer Katze. Und noch etwas: Wollen Sie jetzt, wo ich keine Hilfe mehr brauche, nicht bald mit dem Druck des Tagebuchs anfangen?

1212 N. Beverly Glen Blvd.
West Los Angeles, Cal.
11. Januar 1943

Anaïs,

Bin, nachdem ich Margaret [Neiman] zur Busstation gebracht habe – sie fährt zu Gilbert nach Santa Maria, weil er von Covici die Nachricht bekommen hat, daß sein Buch [*There is a Tyrant in Every Country*] angenommen ist, und ihnen jetzt ein paar korrigierte Seiten schicken muß –, eben wieder zu Hause angekommen und fand hier meine reparierte, gesäuberte und geölte Schreibmaschine sowie meinen auf Hochglanz gebrachten Füllhalter vor.

1 Powell war als amerikanischer Schüler im Lycée Carnot in Dijon gewesen, als Miller dort unterrichtet hatte.

Dazu einen Haufen Post im Briefkasten. Der erste Brief, den ich öffnete, enthielt einen Scheck über 200 Dollar, ein Darlehen des National Institute of Arts and Letters, das ich Mr. Holliday verdanke. Fragen mich, ob ich das Darlehen annehmen will und fügen hinzu: «Sie werden nie dazu aufgefordert werden, das Geld zurückzuzahlen. Sollten Sie jedoch einmal in der Lage dazu sein, so fließt es wieder unserem durch Rückzahlungen sich selbst erneuernden Anleihefonds zu und kann dann einem anderen Künstler oder Schriftsteller, der in Not ist, helfen.» Das nenne ich ein faires Angebot; – genauso wollten wir's vor Monaten auch einmal machen, erinnern Sie sich? Scheint nur gerecht, daß ich das Geld bekomme – schließlich habe ich mich sehr darum bemüht, einen solchen Anleihefonds ins Leben zu rufen – so etwas wie ein göttlicher Ausgleich, finden Sie nicht?

Ich zittere – es kommt zu unerwartet. Beinahe jeder Brief, den ich zur Hand nehme, bringt eine neue gute Nachricht, neue Zusagen, neue Einladungen – und neue Bücher. Meinen letzten «Geschäfts»-Brief habe ich gestern abend geschrieben. Ich war unentwegt bei der Arbeit – wie ein Monomane. Jetzt spüre ich, daß ich mich wieder meinem Buch zuwenden und schreiben kann – mit einem Gefühl der Befreiung. Wenn die Rezensionsarbeiten eintreffen – was meiner Überzeugung nach mit Sicherheit geschehen wird –, bin ich endgültig aus dem Sumpf heraus. Ich hoffe, diese guten Nachrichten werden Ihnen neuen Lebensmut geben. Nicht zuletzt die großartigen Worte, die Pierce [Harwell] Ihnen auf Ihrer Geburtsurkunde schickt, werden Sie im Nu heilen!

Ich bringe das Geld vorerst zur Bank. Stellen Sie sich vor, ich habe Geld auf der Bank – ich kann es kaum glauben. Mein Gott, ich komme mir vor wie ein Kapitalist. Und bald sind auch noch Tantiemen fällig – aus England, von Laughlin und Colt Press. Letztere hat weder die Tore geschlossen, noch ist sie in den Händen von Konkursverwaltern – nur von Neuveröffentlichungen wird für eine Weile Abstand genommen. Der Verlag hat noch 500 Exemplare des *Koloß* übrig – von 2000 –, und wenn er, wie ich hoffe, seine Produktion wiederaufnimmt, dann wird nach Meinung der Verantwortlichen eine zweite Auflage erscheinen. Jetzt muß ich einen Übersetzer für das Griechenland-Buch suchen – Vlavianos will es in Griechenland veröffentlichen, wenn ich einen geeigneten ausfindig mache.

Aber ich muß zum Schluß kommen. Ich bin heute fast so erregt wie damals, als der *Wendekreis des Krebses* herauskam.

HVM

[Beverly Glen, 1943]

Mittwoch, den 20. Jan., am frühen Morgen

Gerade einen Haufen Briefe erledigt. Sie fragten, ob ich mit dem *Steinbock*[1] begonnen hätte. Das habe ich – einen Tag lang – dann wurde ich überschwemmt – nicht nur von hin- und hergehenden Briefen, sondern ebenso von Verabredungen; alles kommt gleichzeitig auf mich herab, wie ein Funkenregen. Als ob es zusätzlich zu der Reaktion auf den äußeren Appell [«Open Letter to All and Sundry»] noch eine wohlabgestimmte Reaktion auf den inneren, stillen Appell gäbe. So etwas war noch nie da. Gerade habe ich einen letzten Brief an eine Reihe von Künstlerkolonien und Stiftungen geschrieben, um herauszufinden, woran ich bei ihnen bin. Wenn ich die Antworten erhalte, werde ich Ihnen davon berichten – für andere, die es vielleicht nötig haben.

Sehr froh, daß Sie Pierces [Pierce Harwells] Analyse bekommen haben. Wenn Sie ihm schreiben, wird er Ihnen ohne Zweifel noch mehr sagen. Ich kann Ihnen nur dazu raten. Ja, schicken Sie ihm ein Exemplar Ihres Buches [*Winter of Artifice*] – ich bin sicher, daß es ihm sehr gefallen wird. Wieviele haben Sie übrigens noch? Nicht allzu viele, hoffe ich. Gerade gestern hörte ich, wie ein Soldat im Satyr-Buchladen nach dem Preis des Buches fragte. Er hatte gerade nicht genug Geld bei sich. Aber er besaß bereits Ihr *House of Incest* – hatte es in einem guten Geschäft in New Haven gekauft. Wissen Sie, daß Satyr die folgenden Titel unter der Überschrift «hervorragende Bücher» auf dem auffälligsten Regal stehen hat: Ihr Buch, das meine, Fraenkels Buch, das Blake-Buch [*William Blake's Circle of Destiny,*], Patchens *Albion Moonlight* und verschiedene andere sehr gute Sachen – die Titel sind mir in dem Augenblick entfallen, wo ich sie Ihnen nennen will. Eine glänzende Kollektion.

Die *Dyn*-Nummern[2] habe ich bislang noch nicht gesehen. Ich dachte, sie wollten das Vorwort über den Film verwenden. Vielleicht das nächstemal. Übrigens, das Stück aus dem Amerika-Buch, das Connolly [«Good News! God is love!» in *Horizon,*] abgedruckt hat, findet ein Echo. Vielleicht aber dringen auch nur die Reaktionen derer bis zu mir durch, die die *New Masses* mein «trotzkistisches Intelligentsia»-Publikum nennt. Ich mußte lachen

1 Miller meinte die Fortsetzung seiner «Saga», aus der *The Rosy Crucifixion* wurde.

2 In *Dyn,* einer in Coyoacán (Mexiko) erscheinenden Zeitschrift, wurden im Herbst 1942 Millers «The Ghetto» und «Preface to Parker Tyler's *America's Hallucination*» abgedruckt.

über diesen Seitenhieb. Ich kann mit Trotzki genausowenig anfangen wie mit Stalin. Seine Sache über Céline war absolut unreif und konventionell. Wie von einer alten Dame verfaßt. Gegenwärtig überfliege ich Arthur Koestlers *Abschaum der Erde.* Bei weitem nicht so gut wie *Sonnenfinsternis,* das ich Ihnen einmal empfahl. Es würde mich interessieren, was Sie mit dem letzteren anfangen können – dafür sind *Sie* zuständig. Ich weiß nicht genug über diese Dinge, um beurteilen zu können, ob es wahr klingt oder nicht. Das einzige, was ich sagen kann, ist – mir gefällt er, ich bin geneigt, ihm zu glauben.

Ich weiß nicht genau, was Sie meinen, wenn Sie sagen, «die Reise» als solche in Bette Davis' Film [*Now, Voyager*] hätte Sie so fasziniert. Was ich blendend fand, war der Augenblick, als sie mit einem Schwächegefühl in die Anstalt zurückkehrt und, während sie auf den Arzt wartet, ihr früheres Ich in der Gestalt des kleinen Mädchens sieht – und dann die Erleuchtung. Wie stümperhaft wirkt dagegen die Romanze zwischen ihr und dem verheirateten Mann mit dem Strick um den Hals! Ich bin sicher, daß dieses Dilemma seinen Ursprung im Büro von Hayes hat. In *Random Harvest* werden Sie bestimmt Ihre Freude an dem letzten Zweck des «Schlüssels» haben. Auch der «Blick des Erkennens» – wenn ich das so nennen darf –, den die beiden am Ende von *Gefundene Jahre* wechseln, wird Sie begeistern. Eine Welt von Bedeutung liegt darin. Von diesem Standpunkt aus gesehen ist neunzig Prozent der Menschheit immer noch gespalten. Die Sache wäre noch besser gewesen, wenn der Schock nicht durch eine Bombe, sondern durch einen inneren Kampf ausgelöst worden wäre. Was mich an diesen Themen immer fesselt, ist die wilde Verzweiflung, von der die betroffene Gestalt gepackt wird, wenn sie entdeckt, was während ihres Gedächtnisverlustes mit ihr geschehen ist. Entwickeln Sie diesen kleinen Aspekt weiter, und Sie haben das Drama der Reinkarnation. Wir alle haben gleichsam die «Erinnerung an Gott» verloren. Und Erinnerung ist sozusagen der Schlüssel zur Seele. Wenn die Erinnerung schwindet, ist es Zeit zur Wachsamkeit. Früher habe ich mich stets gegen das Beharren auf der Erinnerung gewehrt. Seither habe ich an mir selber erfahren, warum sie wichtig ist.

Pierce [Harwell] hat mir gestern abend ungeheure Dinge gesagt. Im Gespräch kommen Worte über seine Lippen, die zugleich orakelhaft und von Ehrfurcht gebietender Klarheit sind. Ich kann mir vorstellen, daß er nicht gut schreibt. Aber er hat eine besondere Gabe – er ist auf eine gewisse Weise rein, er sieht blitzartig, wenn die Kraft über ihn kommt. Die Dinge, die er über mich sagte, ließen mir einen Schauer über den Rücken laufen – so sehr trafen sie ins Schwarze. Das Ganze erinnerte mich an die spiritistische Sitzung mit dem Armenier in Athen. Unter anderem sagte er, ich sei der geistig gesundeste Mensch, den er je kennengelernt habe – zu gesund. Und ich weiß, was er damit meinte. Ich verstehe alles, was er sagt, auch ohne daß er sich die Mühe macht, es zu übersetzen. Er gestand auch mir diese Gabe zu. Meinte, ich könne einen Charakter besser als der Astrologe lesen. Auch seine Analyse Gilberts [Gilbert Neimans] war unheimlich exakt – bis ins letzte Detail. Er sah sofort, daß Gilbert eine Art Über-Heiliger ist. Und dann sagte er – in einem anderen Zusammenhang – über Sie: «Ihre einzige Schwäche ist ihre Vollkommenheit.» Dabei lächelte er sonderbar. Dann, nach ein paar weiteren Worten und einem Wechsel des Themas sagte er: «Nun, wenn das Ihr Gefühl ist, wenn Sie das wirklich meinen, dann sind Sie bereits im Nirwana. Sie sind dort – aber Sie wissen es nicht.» Und da hatte ich wieder jenes flüchtige Gefühl, das ich bei dem Armenier gehabt hatte, als er sagte: «Sie werden niemals sterben»; ich verstand es, weigerte mich jedoch, es hinzunehmen und begrub es auf der Stelle, sehr tief. Der Neurotiker hat, wenn er neurotisch genug werden und bis zum bitteren Ende gehen will, einen herrlichen Weg vor sich. Im Verlauf des Integrationsprozesses wird der Teil, den die «Bearbeiter» zusammenleimen würden, abgestreift und – wenn überhaupt – nur als Flügel wieder angesetzt. Die Neurose stirbt wie die Nachgeburt in der Frau, und das Kind lebt weiter. Um die Mutter sollte man sich keine Sorgen machen – das Kind ist es, das zählt. Die Mutter ist eine Konstante, sie besteht immer weiter; das Kind ist eine Verheißung, ein Himmelsstürmer. Nun, genug . . .

HVM

[Beverly Glen, 1943]
Sonntag abend, den 30. 1.

Anaïs –

Ich habe zehn hektische Tage hinter mir – sie kamen mir eher wie zehn Wochen vor –, und ich glaube, ich habe Ihnen nicht geschrieben. Viele unerwartete Besucher und schließlich Gilbert [Neiman] und seine Frau, die wieder für ein paar Tage zurückkamen. War für kurze Zeit krank, erholte mich aber schnell wieder. Und während der ganzen Zeit immer mehr gute Nachrichten – ich kann gar nicht mehr alles so schnell registrieren.

Hoffe, Sie haben inzwischen das Blake-Buch [*William Blake's Circle of Destiny*] erhalten. Pierce [Harwell] sagte, er habe Ihr Buch [*Winter of Artifice*] bekommen und Ihnen einen längeren Brief geschrieben. Er fand alle möglichen großartigen Dinge in Ihrem Werk. Ja, er scheint nur nach dem Großartigen Ausschau zu halten. Er ist ein Zauberer – Rimbaud ähnlicher als irgend jemand anders, den ich kenne – ihn um sich zu haben ist, als hätte man einen Kometen im Haus. Ich bin nie jemandem begegnet, der erstaunlichere Deutungen zu bieten hätte – und zwar mit Lichtgeschwindigkeit. Kocht wie ein Geysir. Kennt keine Müdigkeit. Hat nie einen Katzenjammer. Wenn je ein Mensch frei war, dann ist er es; aber es ist keine Freiheit, um die er zu beneiden ist. All das beeinträchtigt in keiner Weise die Macht seiner Worte.

Aus irgendeinem seltsamen Grunde nahm ich heute abend Ihr Buch zur Hand und las etwa die letzten 30 Seiten. Ich begriff mehr als jemals zuvor. Aber wieder spürte ich gegen Ende des Erlebnisses mit der Stimme ein Element des Unergründlichen. Bis dahin sehe ich klar, und plötzlich gerate ich in absolute Verwirrung. Der einzige Anhaltspunkt, den ich Ihnen geben kann, ist dieser: sooft Sie beim Reden oder beim Schreiben das Wort «menschlich» hervorheben, wird das Geheimnis spürbar, wenn es sich auch nie ganz enthüllt. Fast könnte man sagen: Je offener und deutlicher Sie werden, desto besser gelingt es Ihnen, unergründlich zu bleiben. Das erinnert mich an Moricands Definition von *reveler* – erinnern Sie sich? Eines der merkwürdigsten Worte der menschlichen Sprache.

Hier ist es jetzt frühlingshaft. Wir sind ohne Winter vom Herbst in den Frühling geraten!

HVM

P. S. Ich bekomme Aufträge für Rezensionen, und *Town and Country* druckt einen Teil der Posse über den Astrologen von Hollywood ab [«Hello June 26th! Yoohoo!»].

Rudhyar ist hier in Hollywood und will mir ein Exemplar seines Buches schicken. Schauen Sie in Arthur Koestlers Bücher hinein – *Abschaum der Erde*, und *Sonnenfinsternis*.

[Beverly Glen]
9. 2. 43

ANAÏS –

Habe seit Tagen nichts von Ihnen gehört! Sie sind doch hoffentlich nicht krank? Ich habe Pierce [Harwell] ein paar Ausschnitte aus 1942er Nummern der *American Astrology* geschickt, die ich Ihnen zusenden werde, sobald ich sie wiederbekomme. Sie scheinen sich ohne Ausnahme mit Neptun zu beschäftigen – faszinierend! Neptun ist – seit dem vergangenen Oktober – für die nächsten 16 Jahre im Sternbild der Waage – und phantastische Dinge werden aus diesem Umstand für die Zukunft abgeleitet. Wenn Sie schon davon gelesen haben, dann berichten Sie's mir. Ihr Aszendent ist die Waage, und Sie sind ganz und gar Neptun – deshalb werden Sie mehr als die meisten anderen Menschen betroffen sein.

Soeben habe ich mein erstes Buch zum Rezensieren bekommen – eine Biographie von Kierkegaard[1]. Schlug das Kapitel «Metamorphosis» auf und war wie gebannt. Das betrifft *mich.* Ich werde es Ihnen schicken, sobald ich es gelesen habe.

Immer noch kommt eine Flut von Briefen – mehr und mehr gute Botschaften. Es ist, als schwämme ich im Überfluß – als hätten die «anderen» mich endlich gefunden und badeten mich.

Schreiben Sie bitte und lassen Sie mich wissen, ob es Ihnen gut geht.

HVM

Neue Adresse: Big Sur, California
21. April [1944]

LIEBE ANAÏS,

Die Rezension von Edmund Wilson[2] hatte ich bereits gesehen – verschiedene Leute schickten mir die Ausschnitte. Sie war gut gemeint, aber unpassend und unangemessen, finden Sie nicht? Ich selber war wütend. Das also führte zum Ziel. Wie erbärmlich unecht ist alles, was hier Erfolg hat. Neulich abend, nach der Lektüre der Korrekturfahnen für mein neues Buch bei Laughlin (*Sunday After the War*), dem ich noch einige Seiten über Sie, das Tagebuch und so weiter (alles Dinge, die Sie kennen) hinzugefügt hatte, nahm ich mir wieder den Essay «Un Être Étoilique» vor und las ihn noch einmal durch. Ich hatte Tränen in den Augen. Er ist vielleicht das beste, was ich je geschrieben habe. Auch wenn

1 Die Rezension, die unter dem Titel «Prince of Denmark» in der *New Republic* vom 16. Mai 1943 erschien, war die erste Besprechung, für die Miller ein Honorar erhielt.

2 Eine Besprechung von Anaïs Nins *Under a Glass Bell*, erschienen am 1. April 1944 in *The New Yorker*.

kein Mensch all das in Worte fassen kann, was sich über das Tagebuch sagen ließe: ich habe das Gefühl, daß mir hier ein großartiger, wenn auch unvollständiger Versuch gelungen ist. (Und wie seltsam, daß der englische Schriftsteller George Orwell in seiner linkischen Attacke gegen mich[1] meinen Ausdruck «im Innern des Wales» übernommen hat. Ich denke unentwegt darüber nach, wie wir Ihr Tagebuch lancieren können. Ich habe es vorgeschlagen, sooft und wo immer es nur möglich war. Und ich werde es auch nie aufgeben. Kürzlich schrieb mir ein Mann namens Kurt Wolff – der sagte, Sie seien ihm bekannt – und fragte an, ob er etwas von mir veröffentlichen könne. Ich wies ihn darauf hin, daß es eigentlich seine erste Aufgabe sein sollte, die frühen Bände Ihres Tagebuchs herauszubringen. Er hat mir nie geantwortet.

Nun zu Bern Porter ... Ich will Ihnen alles erzählen, was ich von ihm weiß. Vor ein paar Monaten suchte er mich eines Tages in Beverly Glen auf. Er sagte, er wolle etwas von mir drucken, ganz gleich was. Er war jung und aufgeweckt, wie mir schien. Zuerst unternahm ich nichts, um ihm zu helfen. Als er wieder in Berkeley war (er ist, soviel ich weiß, ein junger Naturwissenschaftler und arbeitet zur Zeit für die Regierung), schrieb er mir einen Brief. Irgendwie wurde ich daraufhin wach. Und seither habe ich brieflich eine Menge mit ihm zu tun. Ich kann wohl sagen, er ist mein glühendster Jünger. Er scheint fast ebensosehr an der Malerei wie an der Schriftstellerei interessiert zu sein. Er hat drei kleine Sachen in Druck gegeben[2], die er auf den mit Briefkopf versehenen Bögen ankündigte, die ich hier verwende. (Es ist sein eigener Entwurf – als Geschenk gedacht.) Er bezahlt das alles von seinen eigenen kleinen Ersparnissen. Er will kein Geld verdienen, sondern erreichen, daß Geld in meine Tasche kommt. Ich halte ihn für einen gewissenhaften Arbeiter, aufrichtig, loyal und großzügig. Was läßt sich mehr dazu sagen?

O ja, unvorsichtigerweise übernahm er eine Aufgabe, die größer war, als er erwartet hatte, als er den Vorschlag machte: eine Bibliographie meiner Arbeiten zusammenzustellen, eine Bibliographie, die nicht nur die Bücher enthalten sollte, sondern daneben alles, was in Zeitschriften und kritischen Heften

1 1940 veröffentlichte Orwell in London die erste eingehende Auseinandersetzung mit *Wendekreis des Krebses* und *Schwarzer Frühling* unter dem Titel «Inside the Whale».

2 «Semblance of a Devoted Past.», «The Plight of the Creative Artist in the U.S.A.», und «What Are You Going to Do About Alf?»

über mich erschienen ist und so weiter und so weiter. Auf seinen Reisen im Auftrage der Regierung hat er an den verschiedensten Orten Aufenthalte eingelegt, um sich Briefe, Bilder und alles andere von mir, was er für irgend bedeutsam hielt, anzuschauen – und das alles für seine Bibliographie [*Henry Miller: A Chronology and Bibliography*]. Darüber hinaus entdeckte ich vor kurzem, daß er an viele meiner Freunde geschrieben und sie gebeten hatte, etwas zu einem Buch [*Happy Rock*] über mich beizutragen, und er zahlt ihnen auch noch für ihre Beiträge! Das war als Überraschung für mich geplant, aber unglückseligerweise kam ich dahinter. Vielleicht sagt Ihnen das ein wenig mehr über ihn.

Ich muß Ihnen erzählen, daß ich versuche, eine ansehnliche Summe zusammenzubringen – um ein Jahr lang unbehelligt alle Arbeiten zu Ende führen zu können, die ich begonnen habe. In den vergangenen zwei Jahren habe ich viel Zeit damit vergeuden müssen, mich über Wasser zu halten. Es kümmert mich nicht weiter, und es schmerzt mich auch nicht, aber es war eine reine Verschwendung. Ich erhalte bereits feste und halbe Zusagen für eine beträchtliche Unterstützung.

Kürzlich gab meine Agentin Patience Ross von Heath & Co. – als sie mir den Empfang des Abschnittes über Sie für das neue Buch [«More About Anaïs Nin» in *Sunday after the War*] bestätigte – zu verstehen, daß sie lebhaft an Ihrem Werk interessiert sei und hoffe, etwas für Sie tun zu können. Sie bat um ein Exemplar des neuen Buches (*Ihres* neuen Buches) [*Under a Glass Bell*] und ich schickte ihr eines. Ich bitte Sie dringend, irgendwelche Vorschläge von seiten der Engländer auf keinen Fall gering einzuschätzen. Diese Leute haben eine Menge für mich getan – weit mehr als die Amerikaner. Ich erhalte zahlreiche Briefe von drüben, in denen nach Ihnen und Ihrem Werk gefragt wird, und ich beantworte sie stets sorgfältig und ausführlich.

Ich finde es nach wie vor überaus bedauerlich, daß man trotz Ihres ungeheuren und wahrhaft «legendären» Rufs nur winzige Proben Ihrer großen Begabung zu Gesicht bekommt. Ich bitte Sie von ganzem Herzem, sich auf das Tagebuch zu konzentrieren. Glauben Sie mir, die Welt wird hingerissen sein, wenn sich Ihr Geist in seiner wahren Gestalt zu offenbaren beginnt. Wie gesagt: als ich meine eigenen Worte über Sie noch einmal las, geriet ich so sehr in Erregung, daß ich ganz außer mir war. Es muß Sie rasend machen. Mich jedenfalls bringt es zum Wahnsinn.

Alle Zeichen deuten darauf hin, daß mein eigener Stern im Steigen begriffen ist. Ich erwarte nichts anderes von jenem sogenannten «Erfolg» als die Macht, die Menschen dazu zu bringen, daß sie in schnellere Bewegung geraten, mehr Bereitschaft zeigen, zu erkennen und zu akzeptieren, was auf sie wartet.

Das Geld läßt noch auf sich warten. Aber es tut sich etwas, und es wird das beste sein, wenn ich mich einfach in Geduld fasse. Ich habe keine echten Sorgen, absolut keine. Sie fragen, ob ich meine Zurückgezogenheit genieße. Ja und nein. Ja, weil ich mehr und mehr mit der Natur lebe – und die Landschaft von Big Sur (in der ich nun seit zwei Monaten lebe) ist wahrhaft überwältigend. Nur etwa 25 Menschen wohnen an dieser Postroute. Weiter ab von der Küste, hinter den Bergen, ist absolute Leere. Sie wirkt fast so drohend wie Tibet, und sie fasziniert mich. Ich würde gern noch einmal hinziehen und für eine Weile ganz allein dort leben. Aber dazu brauchte ich ein Pferd, eine Axt und einige andere Dinge, mit denen ich nie umgegangen bin. Ich habe ein bißchen Angst davor.

Kürzlich bot man mir ein kleines Haus auf einem Berg an – völlig von der Außenwelt abgetrennt – schwer zu Fuß zu erreichen (und die Füße sind das einzige, was mir zur Verfügung steht). Trotzdem nehme ich es. Nächste Woche ziehe ich ein. Meine Adresse bleibt die gleiche. Ich werde die wirkliche Einsamkeit zu schmecken bekommen. Sicherlich entbehre ich alles andere – furchtbarer Gedanke. Aber ich schätze mich dennoch glücklich. Und ich lebe mehr und mehr im Frieden mit mir selber. Ich weiß nicht, ob es Ihnen bewußt ist: dies ist die Landschaft, über die Robinson Jeffers schreibt. Er wohnt in Carmel, aber ich vermute, er hat zu Fuß oder zu Pferde die ganze geheimnisvolle Gegend durchquert. Ich traf ihn einmal. Ein sehr seltsamer Mann – fast wie ein verwundetes Tier – oder das Opfer einer Schützengrabenneurose.

Was Caresse [Crosby] betrifft, so höre ich, daß man ihr die Bilder geschickt hat.

Ich erwarte nichts von der Ausstellung.[1] Hoffe nur, daß sie schnell vorübergeht. Ich habe so viele Aquarelle in Beverly Glen gemacht. Und nun kommt alles zu spät. Ich habe mehr als die Hälfte weggegeben, darunter die besten. Aber ich habe Fortschritte auf diesem Gebiet gemacht, und das ist es, was mich interessiert. Ich habe wieder eine unbändige Lust zu malen.

Überrascht es Sie, wenn ich sage, daß der einzige Schriftsteller mit dem ich wetteifern, den ich nach Möglichkeit sogar übertref-

1 Die Ausstellung von Aquarellen Millers fand in Washington D. C. statt.

fen möchte, Rimbaud ist? Ich arbeite fieberhaft, um meine sämtlichen autobiographischen Arbeiten zum Abschluß zu bringen, damit ich zu einem ganz neuen Abenteuer der Literatur aufbrechen kann. Die Aquarelle haben mir sehr geholfen. Sie gaben mir Mut. Es ist eine sonderbare Geschichte, zu lang, als daß ich sie hier erzählen könnte.

O ja, ich muß Ihnen berichten, daß ein Schriftsteller namens Wallace Fowlie gern mit Ihnen in Verbindung treten möchte. Er ist ein katholischer Autor, ein Freund von Maritain und ähnlichen Leuten. Er hat eine Professur in Yale und schreibt ebensogut Französisch wie Englisch – erscheint in zwei Sprachen. Er ist ein großer Bewunderer Ihres Werkes.

Außerdem habe ich kürzlich einen Brief von Larry Durrell aus Kairo (oder Alexandria) bekommen; er schreibt, daß er und Nancy sich getrennt haben. Er bittet mich, Ihnen liebe Grüße zu schicken. Er wirkte deprimiert – vor allem wegen des Krieges, vermute ich.

Ich habe einen prophetischen Text geschrieben, der in dem neuen Buch [*Sunday After the War*] erscheinen wird und der offenbar niemandem gefällt – der Titel lautet: «Of Art and the Future.» Ich wüßte gern, was *Sie* davon halten. Es ist kein sehr heiteres Bild, das muß ich gestehen. Die Leute scheinen unbedingt zu wollen, daß die Zukunft heiter ist, und doch kann jeder, der nur halbwegs sehen kann, erkennen, was für eine Zukunft sich gegenwärtig anbahnt. Sie warten auf irgendwelche Wunder, weigern sich jedoch, die echten Wunder wahrzunehmen, die sich ereignen.

Dieser Brief war ein wahrer Ausbruch, aber es schien mir der rechte Augenblick dafür zu sein. Es gab so viel, was ich Ihnen sagen wollte.

HENRY

[Frühling 1944]
Big Sur, California
Dienstag, den 25.

ANAÏS –

Eben Ihre Nachricht erhalten. Ich kaufe es lieber, und ich kann es mir leisten! Wenn Miss Steloff es auf meinem Konto als Schuld verbucht hat, statt mir eine Rechnung zu schicken, so ist das ihre Sache. Ich habe ihr verschiedentlich geschrieben und um eine Rechnung gebeten. Habe nie etwas von ihr gehört. Aber wenn das bedeutet, daß Sie für diese Exemplare[1] kein Bargeld bekommen, so teilen Sie mir das bitte mit, und ich werde direkt an Sie zahlen. Sagen Sie mir wieviel. Es ist mir entfallen, was ich bei ihr bestellt habe – sie sind jetzt alle weg. Ich habe an verschiedenen Orten bestellt – *und ich zahle auch!* Wenn ich für *Ihre* Bücher nicht zahlen könnte, würde ich mich weiß Gott vor mir selber schämen. Bitte, hören Sie auf mir zu sagen: «Ich kann es mir nicht leisten.» Ich weiß, mit meinen Finanzen geht es wie mit Don Quichotte zu, aber ich bin immerhin in der Lage, auf meine Weise Ordnung zu halten. Sie dürfen nicht von mir erwarten, daß ich meine Angelegenheiten wie ein Bankier oder ein Makler regle. Das Wichtige ist meiner Ansicht nach, daß immer dorthin Geld gelangt, wo es gebraucht wird und wo es am meisten hilft.

Wird die 2. Auflage ebensoviel kosten wie die erste? Ich werde Ihnen später mitteilen, was ich davon übernehmen kann. Sie sollen sie mir nicht *geben.* Es macht mir Freude, sie zu *verdienen.*

Ich bin überrascht, daß Sie etwas für Porters Buch [*Happy Rock*] schreiben möchten. Ich bitte Sie nicht darum. Aber wenn Sie es wirklich gern tun, wunderbar! Ich bin sicher, daß Sie Dinge sagen werden, die wahr sind. (Es war keineswegs meine Idee, ein solches Buch herauszubringen. Um die Wahrheit zu sagen: das Ganze bringt mich ein wenig in Verlegenheit.)

Ich habe gerade von dem nicht unterzeichneten Telegramm in französischer Sprache gehört. Gestern bekam ich einen Brief von dieser immer noch anonymen Person. Scheint, als ob der Schreiber meinen «Formularbrief»[2] bei Gotham [Book Mart] gesehen hat und mir das Geld, um das ich bat, geben möchte. Muß ein paar Tage auf eine endgültige Nachricht warten. Kann sein, daß Cairns inzwischen auch einen Gönner für mich hat. Und der Millionär in Iowa will auch etwas tun. Ich vermute, daß sich etwas Definitives und Konkretes ergeben wird.

Varda findet Ihre Einleitung *verblüffend.* Aber er ist verrückt nach dem Buch. Er sagt, er könne nicht begreifen, warum Tausende von Menschen es nicht läsen. Will nicht, daß Sie «abdanken» – als die «Prinzessin».[3]

Vielleicht könnten Sie ihn irgendwann einmal eines Ihrer Bü-

1 Anaï Nin hatte ihre Erzählungen *Under A Glass Bell* unter ihrem eigenen Impressum – The Gemor Press – herausgebracht.

2 Gemeint ist einer von Millers Bittbriefen.

3 Anaïs Nin wurde von ihren Freunden gelegentlich «die Prinzessin» genannt.

cher illustrieren lassen. (*Meine Idee!*) Jedenfalls hoffe ich, daß Sie ihn bald kennenlernen. Ich bin sicher, daß die Begegnung für Sie beide bedeutungsvoll sein wird.

Sie *werden* ein Exemplar des «Engel»-Buches[1] bekommen. Obgleich sie aufgehört haben, weiter daran zu arbeiten, werden die Geschenkexemplare gemacht werden. Ich bin froh darüber. Ich glaube, es wird ein schönes Memento für Sie sein.

Ich werde das neue Haus mietfrei bekommen. Jemand anders intervenierte und bestand darauf, die Miete zu zahlen. Wirklich, jeden Tag entdecke ich aufs neue, wie viele unbekannte Freunde ich habe. Ich scheine doch einen Schutzengel zu haben. Ich glaube, wir alle haben ihn, wenn wir es nur zugeben würden.

HENRY

P. S. Pantheon Press hat ein Buch mit dem Titel *Das Büchlein vom Leben nach dem Tode* von Fechner herausgebracht, der den Autor von *The Bright Messenger* beeinflußt hat. Es ist kurz und großartig. Ich könnte mir vorstellen, daß es *Ihnen* Freude machen wird.

[Big Sur, Cal.]
8. Juni [1944]

LIEBE ANAÏS,

Vor kurzem habe ich Ihnen einen Scheck geschickt. Bitte, lösen Sie ihn ein. Ich fürchte, wenn Sie es nicht tun, könnte am Ende kein Geld mehr auf der Bank sein. Ich bin der Meinung, Sie sollten nehmen, was Sie brauchen, und davon das andere Buch [*Winter of Artifice*] binden; Sie werden das Geld ohne Zweifel schnell durch den Verkauf der zweiten Auflage zurückbekommen. Außerdem denke ich, daß Sie eine günstige Antwort aus England erhalten werden – eine englische Ausgabe betreffend; Patience Ross scheint Sie zu bewundern. Ich schrieb auf einer Postkarte, daß ich ein paar Verbesserungen an dem Text, der in *Circle* erschienen ist [«Letter to Anaïs Nin»] vorgenommen hätte – für das Buch, das bald erscheinen soll: *Sunday After the War*. Der Abschnitt über Sie in diesem Buch heißt: «More about Anaïs Nin.» Er ist in zwei Teile gegliedert. Der erste Teil ist ein Brief an Bradley über Ihr Tagebuch, den ich für ausgezeichnet hielt und der jetzt im rechten Augenblick kommen wird – Sie

1 Eine begrenzte, numerierte und signierte, mit Illustrationen versehene Ausgabe von Millers *Der Engel ist mein Wasserzeichen*, zuerst erschienen in *Schwarzer Frühling*.

werden sehen. Der zweite Teil ist der Text, der in *Circle* erschienen, aber jetzt, wie ich glaube, erheblich verbessert ist.

Ich habe das Gefühl, daß Bern Porter versuchen könnte, das Tagebuch für Sie zu machen; er ist darüber informiert, und ich deutete an, daß er, falls er noch etwas haben wolle, und Sie einverstanden seien, Gebrauch davon machen könne oder dürfe. Die Entscheidung darüber liegt natürlich bei Ihnen. Er hat sich im Augenblick mit meinen Sachen ziemlich verausgabt. Aber ich glaube, wenn er sich wirklich etwas in den Kopf setzt, dann findet er auch einen Weg. Er ist ein bemerkenswert praktischer Bursche, Physiker, glaube ich, und das hier ist sein Hobby und sein Anregungsmittel. Sein Freund George Leite, der *Circle* herausbringt, ist ein prächtiger Kerl – portugiesischer Abstammung – feinsinnig, intelligent, ernsthaft. All diese jungen Leute neigen natürlich zur Übertreibung, sind überenthusiastisch, unbekümmert, nachlässig und was weiß ich – Fehler oder Tugenden der Jugend, die mich nicht stören, da ich auch einmal so war. Sie machen überdies gelegentlich mal ein paar schlimme Schnitzer oder lassen die Dinge halbfertig liegen, wie das die Art der Jugend ist. Und manchmal sind sie taktlos und scheinbar ohne das nötige Feingefühl. Aber sie meinen es gut. Ich weiß, sie machen einen ziemlichen Kult aus mir – ich kann's nicht ändern – es hat seinen Grund im Schreiben. Das gehört zu meinem Erfolg, nehme ich an.

Viele junge Menschen sind so; sie beginnen damit, daß sie ihre Vorbilder nachahmen. (Haben nicht auch Sie sich einst vorgestellt, Sie seien eine Jungfrau von Orleans?) Eines jedoch dürfen wir nicht vergessen: Sie haben Menschen wie Sie und mich gewählt statt anderer. Sie alle sind ernsthaft bemüht und suchen nach einem Menschen, der sie aus der Verwirrung herausführt, in der sie zu versinken drohen. Einer, den ich wirklich gern mit Ihnen bekannt gemacht hätte, ist Wallace Fowlie, den ich nur aus seinen Briefen kenne. Aber er ist fast zu schüchtern; meinte, er wisse nicht, wie er es anstellen solle. Obwohl er ein glühender Katholik ist, bewundere ich ihn sehr – als Schriftsteller wie auch als Menschen. Er hat mit einer Einsicht über Rimbaud geschrieben, wie sie vor ihm noch keiner gezeigt hat.

Um auf das Drucken und Veröffentlichen zurückzukommen ... Sehr viele meiner Sachen kommen in diesem Jahr heraus. Ich habe das Gefühl, daß ich zu etwas Geld kommen muß – jetzt oder nie.

Ich lebe in einem regelrechten Paradies hier, was die Landschaft betrifft. Aber die Arbeit, die damit verbunden ist, geht fast über meine Kräfte. Ich wohne am Ende eines steilen Weges, der über eine Meile lang ist, weit abseits von der Landstraße. Dreimal in der Woche kommen Lebensmittel und Post, und ich schleppe das Ganze mit dem letzten Fünkchen Energie, das ich in mir habe, herauf. Wenn ich hinuntergehe, um die Sachen zu holen, spüre ich eine freudige Erregung. Denke immer, ich sei in den Anden, so großartig ist der Blick. Oft ist das Meer hinter dicken Wolkenschleiern oder seifigem Dunst und Nebel versteckt. Aber wenn ich zurückkomme, muß ich in den Wald gehen und nach verdorrten Ästen suchen, alles herschleppen und -zerren, zersägen, zerhacken, für jede Mahlzeit ein Holzfeuer machen – die Hausarbeiten sind endlos. Ich habe etwa zwei Stunden zu tun –, und anschließend bin ich nicht gerade erfrischt. Aber es ist ein gesundes Leben, und ich hoffe, ich werde mich mit der Zeit daran gewöhnen. Das Problem ist einfach, daß ich schwere körperliche Arbeit, besonders das Tragen und Heben nicht gewohnt bin.

Zur Zeit ist Emil White hier oben, in einer Hütte sechs Meilen entfernt von hier. Er will mir einen kleinen Packesel besorgen – vielleicht kauft er auch einen Wagen. Er kommt manchmal herüber und verbringt beinahe den ganzen Tag damit, Holz für mich zu hacken. Demnächst werde ich jedoch einen Kerosinofen haben. Und Türen, die mit einem feinmaschigen Drahtnetz bespannt sind. Die Fliegen wecken mich um sechs Uhr morgens! Kein Paradies ohne vergiftete Äpfel! Emil hat mir erzählt, wie wunderbar Sie ihm in Alaska geschrieben haben. Er ist ein guter Kerl. Ich scheine umgeben zu sein von Helfern.

Well, in dem letzten offenen Brief, der in «The Plight of the Creative Artist in the United States of America» erscheint, versuche ich zu erzählen, wie ich mir endlich der Tatsache bewußt wurde, daß es überall in der Welt Menschen gibt, die mir helfen wollen. Das wird mir von Tag zu Tag deutlicher. Ich erinnere mich auch an Moricands letzte Worte über mein Horoskop. Was ich jetzt erlebe, ist die Periode, die er mir präzise schilderte: Lohn und Gewinn, die Ernte des guten Karma. Es wird ein seltsames Erlebnis sein, die Uneinigkeiten und Widersprüchlichkeiten in den Beiträgen über mich, die Porter in dem Buch [*Happy Rock*] zusammenstellt, zu lesen. Ja, er wird den Titel ändern! Die Ausstellung [von Aquarellen Millers] in Washington war ein totaler Mißerfolg, wie ich erwartet hatte. Wenn Sie damit beginnen wollen, die Ankündigungen Ihres Tagebuchs zu verschicken, erinnern Sie mich daran, daß ich Ihnen eine neue Namensliste gebe – eine gewaltig lange und gute. Die meisten der darauf verzeichneten Leute wissen von Ihrem Werk. Wir werden gemeinsam eine Kampagne für Sie ausarbeiten, wenn die Zeit gekommen ist. Es wird ein Ereignis werden!

Ich dachte gerade heute, als ich von der Invasion hörte (eine Nachricht, die mich ungeheuer erregte, besonders wegen der Franzosen! von denen ich große Dinge erwarte, Feuer, Rache, Blut, wie man es nie zuvor erlebt hat!), darüber nach, wie seltsam es ist, daß es jetzt geschieht, in diesem großen Augenblick, genau 30 Jahre nachdem Sie ihr Tagebuch begannen – und jetzt da der Tag unmittelbar bevorsteht, an dem wir es gedruckt sehen werden. Dreißig Jahre! Hätten Sie je erträumen können, wie es enden und ans Licht kommen würde und in welchem historischen Augenblick?

Ich wollte noch sagen, daß ich, wenn ich an Ihrer Stelle wäre, das heißt wenn ich es selber drucken lassen würde, mir nicht die Mühe machen würde, Exemplare an Kritiker zu verschicken (sie sind sämtlich ohne Bedeutung). Ich würde vielmehr kleine billige Anzeigen in eine Reihe von Zeitschriften und in die Literaturbeilagen großer Zeitungen setzen; Emil sagt mir, er habe großen Erfolg mit dieser Methode und verkaufe damit jede x-beliebige Sorte von Büchern. Ignorieren Sie die Kritiker völlig. Die werden am Ende zu Ihnen kommen und um Leseexemplare bitten. Sie brauchen diese Leute nicht. Etwas anderes ist es natürlich, wenn ein Edmund Wilson oder ein Rosenfeld darüber schreiben möchte.

Nun, ich muß schließen. Ich bin gerade von meiner zweiten Schlepperei nach dem Essen zurück. Es ist jetzt 10.30.

Noch ein Hinweis ... übersehen Sie nicht die Tatsache, daß in der Schweiz Übersetzungen von Büchern in verschiedenen Sprachen herausgebracht und im Ausland verkauft werden. Claude Houghton erzählte mir, daß er auf diese Weise fünf seiner Romane veröffentlicht habe – auch Spanien hat sie genommen. Stellen Sie sich das vor – selbst in dieser schlimmen Zeit macht Spanien so etwas.

Henry

[Big Sur, Cal.]
21. Juni [1944]

Liebe Anaïs:

Hiermit schicke ich Ihnen die Briefe zurück.

Ich kann mich an keinen der von Ihnen genannten Namen erinnern. Mein Namensgedächtnis läßt nach.

Ich bin erstaunt, daß Sie schreiben, 200 Dollar reichten für 200

Seiten in Linotype aus. Was besagt das genau? Nicht für die endgültigen gedruckten Seiten, oder? Nur für die Setzerkosten, nehme ich an? Ich meine folgendes: wenn tausend Dollar für tausend Seiten ausreichen, wieviel mehr braucht man dann für den endgültigen Druck? Ein Dollar pro Seite scheint ungeheuer billig – niedriger als der Preis, den der Stenograph verlangt. Verblüfft mich. Aber es klingt wundervoll. Ich hoffe, alles läuft so weiter. Hoffe auch, noch ein oder zwei Gönner zu finden – ich brauche sie. Ich würde gern später, wenn eine Auflage vergriffen ist, die Platten eines meiner Bücher zurückkaufen, es in meinem eigenen Namen neu auflegen und mir so ein kleines zuverlässiges Einkommen verschaffen. Meine Tantiemen bringen nichts ein – gehen im voraus für Geschenkexemplare drauf. Laughlin gibt mir jetzt *fünfzig* Freiexemplare von jedem Buch – das hilft mir recht gut weiter. Tambimuttu schreibt, seine Direktoren spielten mit dem Gedanken, mir ein kleines monatliches Stipendium zu geben. Die Engländer sind als Verleger weit besser als die Franzosen und die Amerikaner – in finanzieller Hinsicht.

Die Invasion? Ich habe nur einen Gedanken: Wie furchtbar ist es, durch Wandalen befreit zu werden! Was wird von Frankreich übrig sein, wenn wir es befreit haben? Es wird ein Haufen schwelender Ruinen sein. Soweit ich sehe, wird durch den Krieg nichts Endgültiges erreicht. Ich werde demnächst eine Broschüre von etwa hundert Seiten mit dem Titel «Murder the Murderer» herausbringen! Bis jetzt haben sich alle meine Vorhersagen erfüllt. Die wichtigste Prophezeiung ist die einer furchtbaren Revolution, die bald ausbrechen wird – ausgehend von Frankreich. Ich prophezeie, daß Rußland der schlimmste Feind der Freiheit sein wird. Mit Unterstützung von England und Amerika, wohlgemerkt. Sie werden sehen, einer der Alliierten wird sich mit Japan aussöhnen und neue Unruhe stiften. China wird ohne Hilfe bleiben und dem Chaos überlassen werden. Alle Probleme, die den nächsten Krieg heraufbeschwören, sind bereits deutlich sichtbar. Es mag ein kurzes Interregnum geben, aber dann wird es wieder losgehen – und zwar schlimmer. Es muß ein gründliches Ende gemacht werden – und dieser Krieg wird dazu nicht ausreichen. Das ganze Gebäude ist nach wie vor verrottet. Die neuen Friedenspläne sind noch nicht einmal so gut wie die nach dem letzten Krieg. Das Ganze ist eine Farce und ein Tohuwabohu. Und die Großmächte werden noch größer, hochnäsiger, kampflustiger und verheerender für alle Beteiligten sein. Ich bin erregt über die Invasion, ja, aber ich weiß, man wird uns hassen wie die Pest.

Der Entwurf für den neuen Briefkopf ist vortrefflich – wirkt wie ein Linolschnitt. Sieht chinesisch aus und paßt zu Ihrem Namen. Das Exemplar des Engel-Buchs [*Der Engel ist mein Wasserzeichen*] werde ich morgen per Einschreiben an Sie abschikken. Hoffe, Sie mögen es.

Haben Sie Chagall kennengelernt? Bin neugierig, wie er ist. Würde sehr gern seine Bekanntschaft machen.

HVM

25. Mai 1945
Big Sur, California

LIEBE ANAÏS –

Sie fragen, ob ich den ersten Abschnitt Ihres Buches [*Ladders to Fire*] gelesen habe. Ich glaube nicht – es sei denn, es handelt sich um das arabische Fragment, das George [Leite] in der nächsten Nummer [des *Circle*] druckt. Ist es das? Davon habe ich in meinem letzten Brief gesprochen. Es hat mich einigermaßen verwirrt – verwirrt in bezug auf die Vorstellung von der Frau, die Sie beim Leser erwecken wollen. Ich dachte zunächst, ich sähe etwas – aber dann stand ich vor einem Rätsel und wußte nicht weiter. Sagen Sie mir, um welchen Text es geht – hat George ihn bekommen? Ich scheue immer noch davor zurück, irgendwelche Sachen zu lesen – ich meine nicht die Ihren, sondern den ganzen Kram, der sich über mich ergießt. Ich komme mir vor wie eine Amme. Ich rebelliere. Ich habe niemals jemanden um Rat in diesen Dingen gebeten. Diese jungen Leute sind krank – kein Selbstvertrauen.

Die einzige Lektüre, die mich befriedigt, ist die der französischen Bücher, die ich erhalte. Ich habe gerade Saint-Exupérys *Pilote de guerre* gelesen – fand es großartig.

Eben erhielt ich einen Brief von Girodias – auf dem Weg über Deutschland – das heißt über einen amerikanischen Soldaten, der dort stationiert ist. Briefe von Frankreich brauchen drei bis sechs Monate. Er will sämtliche Obelisk-Bücher in englischer und in französischer Sprache neuauflegen. Spricht von einer Auflage von 10 000 Exemplaren je Buch, das in englischer Sprache erscheint. Die Soldaten haben bereits alles aufgekauft. Will 120 frcs für das Exemplar fordern und bietet mir 5 % Tantiemen an. Ich habe ihm geraten, statt dessen 350 oder 500 frcs. zu nehmen. Ich erzähle Ihnen das nur, um Ihnen eine Vorstellung davon zu geben, wie die Dinge stehen. (Fred hat mir eine Postkarte aus

Paris geschickt; er schreibt, daß alles «unverändert geblieben ist, schön wie eh und je und heiter».) Andere sind anderer Ansicht. Queneau (bei der *N. R. F.* [*Nouvelle Revue Française*]) schreibt, daß ich Europa nicht wiedererkennen würde. Ich nehme an, beide haben recht. Deutschland wird sicherlich nicht wiederzuerkennen sein!

Wenn Sie jemand fragt, wie er an meine Bücher kommen kann, sagen Sie ihm, er möge mir schreiben. Die meisten können jetzt aus England bezogen werden – alle mit Ausnahme der verbotenen Bücher.[1] Die Engländer behandeln mich königlich. Sie sollten Patience Ross aufsuchen, wenn Sie durch London kommen. Sie klingt intelligent.

Ich erzähle Ihnen nicht, was ich tue, weil ich bezweifle, daß es Sie interessieren würde. Ich habe seltsame Dinge gemacht – eine lange Studie über den *Maurizius,* zum Beispiel [*Maurizius Forever*]. Zur Zeit arbeite ich an einer eingehenden Untersuchung von *Eine Zeit in der Hölle.*

HENRY

15. Juni 1945
Big Sur, California

LIEBE ANAÏS –

Ihr Rundschreiben [für die neue verbesserte Auflage von *Winter of Artifice*] ist prächtig. Notieren Sie mich für ein Exemplar vor! Ich werde Ihnen die Überweisung ein wenig später schicken. Darüber hinaus schicken Sie mir doch bitte, wenn möglich, weitere Rundschreiben – ich verspreche Ihnen, daß ich sehr klugen Gebrauch davon machen werde. Vierzig Exemplare sind sehr wenig. Wird es keine billigeren geben?

Entzückt, daß Sie Eduardo [Sanchez] gebeten haben, mir wegen Rimbaud zu schreiben. Gerade durch Rudhyar von ihm gehört – er läßt Ihnen Grüße ausrichten. Wurde vor kurzem geschieden und ist jetzt glücklicher – lebt einstweilen in Nevada.

Ich verstehe nicht, was Sie über die Romantiker sagen, aber das, was Sie in bezug auf die Reife sagen (le roi soleil d'adolescence – bereits ausgeglichen auf dem Gipfel der Adoleszenz und dort im Kokon verrottend), entspricht in etwa meinen eigenen

1 *Wendekreis des Krebses* und *Wendekreis des Steinbocks* erschienen in den Vereinigten Staaten erst 1961, *Schwarzer Frühling* sogar erst 1963. Danach erschienen diese Bücher auch in England.

Vorstellungen. Dieser Text gehört neben die Balzac-, Maurizius- und A. N.-Texte. Dazu habe ich eine Menge über mich selber gelernt, während ich mich damit beschäftigte. (Ich frage mich, ob jeder in ihm so starke Übereinstimmungen mit sich selber entdeckt wie ich.) Ich habe ganze Bögen voll von Analogien und Entsprechungen aufgestellt!

Ich kenne die *Kenyon Review*, aber ich kann sie ebensowenig ausstehen wie die *Partisan*. Absolut unfruchtbar und akademisch, finde ich. In ihnen versammeln sich die trockensten aller amerikanischen Kritiker. Das ist zumindest mein Eindruck.

(Ich sehe gerade, daß sich Ihr Rundschreiben auf die farbigen Druckstock-Exemplare bezieht. Ein Irrtum meinerseits. Was wird das Buch kosten – und wie viele drucken Sie?)

Ich danke Ihnen, daß Sie George Leite die «Mumien»-Fotos geschickt haben – wußte nicht, ob Sie sie noch hatten. Dank auch für die chinesischen Fotos von Lt. Dark. Einige darunter sind einfach wundervoll.

Ja – die Kisten in Louveciennes! Porter hat sogar Marius Battedous Namen in die Bibliographie aufgenommen! Ich frage mich oft, was wohl in diesen Kisten war.

Habe ich Ihnen von den Plänen des jungen Kahane für eine Neuauflage und für französische Ausgaben erzählt. Ein ehrgeiziges Unternehmen. Aber 120 Francs pro Exemplar (für die englische Ausgabe) scheint mir zuwenig. Ich meine, 350 oder 500 Francs wären eher angemessen.

Durch einen Soldaten erhielt ich Nachricht von Tschann, dem Bibliothekar am Blvd. Montparnasse. Er war bis vor kurzem in einem Arbeitslager in Deutschland.

Was die arabische Frau betrifft, so habe ich das Gefühl, daß es nur eine Einleitung zu dem war, was Sie sagen wollten. Wo ist das übrige? Aber darin liegt nicht das Geheimnis. Irgendwann einmal werde ich Ihnen das detaillierter erklären.

HENRY

P. S. Albert Cossery[1] schickt mir Exemplare der französischen (Original-)Version seines Buches. Möchten Sie eines davon haben? Es ist der Art, wie Sie über Fez und so weiter schreiben, sehr verwandt.

1 Vgl. Millers Aufsatz über Cossery in *Stand Still Like the Hummingbird.*

Anderson Creek, Big Sur
17. 5. 46

Liebe Anaïs:
Ja, schon während ich das Drehbuch[1] schrieb, ahnte ich, daß am Ende nicht mehr nötig sein würde, es abzuschicken. Aber ich mußte es fertig schreiben, um mir volle Klarheit zu verschaffen. Wenn man sich ergibt, hört das Problem auf zu existieren. Man versuche es zu lösen oder zu bewältigen – und man macht den Widerstand nur noch größer. Ich bin jetzt tief überzeugt davon, daß die Bürde fallen wird, wenn ich erst wirklich das bin, was ich zu sein wünsche. Was sich am schwersten zugeben und mit der ganzen Existenz begreifen läßt, ist die Tatsache, daß man allein über nichts gebietet. In der Lage zu sein, sich auf die Kräfte des Jenseits, die die wahrhaft wirksamen sind, einzustimmen, in ihren Rhythmus einzuschwingen: das ist die Aufgabe – und die Lösung, wenn man überhaupt von «Lösungen» sprechen kann. Das Schuldgefühl wurzelt, wie wir beide wissen, in der richtigen Erkenntnis, daß man sich nicht vollständig hingibt. Ich sage das auf die eine, Sie auf die andere Weise.

Gleichgültig hingegen läßt mich die Frage, was die Leute denken, wie sie die Dinge mißverstehen. Daran ist nichts zu ändern. Es war so merkwürdig, bei Ihnen zu lesen, daß «nur die Eingeweihten verstanden, was gemeint war». In diesem Punkte haben Sie, glaube ich, nur halb recht. Was mich mehr und mehr staunen läßt, ist die Erfahrung, wieviel die Menschen begreifen, wenn man ihnen nur die volle Dosis gibt, ihnen nichts vorenthält. Besonders die Jungen – mit den Alten ist es ohnehin hoffnungslos. Die schwachen Keime, die man dann und wann in ihnen entdeckt: irgendwann tragen sie einmal Früchte. Ich kann jetzt mit einer wachsenden Klarheit des Blicks zurückschauen und genau – bis ins kleinste Detail – sehen, was es war, das mich wahrhaft bewegt hat – was es war, wie es war, wann es war und wo es war. Ich kann sehen, daß auch die winzigsten Teilchen niemals verlorengingen, daß sie sich gleichsam Element für Element zu einem Organismus zusammenfügten, der den Scheinorganismus verdrängte.

Und mir scheint, ich sehe noch etwas anderes: man muß es zulassen, daß die Menschen in Verzweiflung geraten, sich völlig verirren. Nur dann sind sie empfänglich für das richtige Wort, nur dann sind sie in der Lage, sich die Wahrheit zunutze zu machen.

1 Gemeint ist wahrscheinlich Millers Versuch einer Filmbearbeitung von Wassermanns *Der Fall Maurizius*.

Ihnen das richtige Wort in diesem Augenblick vorzuenthalten, wäre freilich ein Verbrechen. Das größere Verbrechen aber wäre es, sie zu schonen. Und hier liegt der Kern des Problems. Der *menschliche* Instinkt, dem anderen seine Qualen zu ersparen (die in jedem Sinne des Wortes sein Mittel der Erlösung sind), ist ein falscher Instinkt. Hier treten die kaum wahrnehmbaren Versuchungen auf den Plan – die gefährlichen und tückischen, weil so undurchschaubaren und vielschichtigen Versuchungen. Auf dieser sogenannten «menschlichen» Ebene regiert das Ego – nicht selten in den erstaunlichsten Verkleidungen. Die Versuchung gut zu sein, Gutes zu tun, tritt an uns alle irgendwann einmal heran. Sie ist, wie mir scheint, die letzte List des Ego.

Sie sind der einzige Mensch, den ich kenne, der das Schweigen wirklich zu nutzen wußte. Es war manchmal in der Tat niederschmetternd – ich glaube freilich nicht, daß Sie sich dessen bewußt waren. Aber die Menschen bekamen mehr und wirksamere Antworten von Ihnen, als ich ihnen mit meinem Brüllen und Toben, mit meinem Schmeicheln und Zureden je geben konnte. Sie wiesen sie auf sich selbst zurück. Das heißt nicht, daß Sie es bewußt getan haben. Ich war mir nie sicher, ob das der Fall war. War es so?

Aber der Lärm und die Aufregung, die ich allenthalben – selbst schon aus der Ferne – zu entfachen scheine, sind mein *eigenes* Werk. Ich weiß es.

Ich erzählte Ihnen schon, daß ich ein Stück Eigentum bekomme – ein Heim. Das ergab sich auf eine seltsame Weise. Es ist tatsächlich so gut wie unmöglich, hier Land oder ein Haus zu erwerben. Auf dem Hügel, auf dem ich wohnte, hatte ich eine Nachbarin namens Mrs. Wharton, die mich – auch ohne meine Bücher zu lesen – zu verstehen scheint. Man sagt, sie sei eine Anhängerin der Christian Science – aber darüber ist sie hinaus. Sie ist der einzige mir bekannte Mensch, der unter dem Wort Realität das gleiche versteht wie ich. Auf dieser Ebene begegnen wir uns. Diese Frau nun bietet mir regelrecht ihr Haus an. Sie hat alles getan, um mir die Sache leichtzumachen – der Preis ist lächerlich. Sie zieht sogar aus und will sich ein neues bauen, sobald sie das nötige Material bekommen kann. Aus diesem Grunde sind wir jetzt nicht oben. Sie hat absolutes Vertrauen – und ich fühle, daß es nicht nur ein Vertrauen in mich ist, sondern in die ganze Menschheit. Sie verbreitet einen Zauber um sich.

Hinzu kommt, daß das Plätzchen selbst genau das ist, was ich erträumt, aber für unerreichbar gehalten hatte – daß es eine Lage hat, die ganz und gar meinen geheimen Wünschen entspricht.

Manchmal denke ich, daß sie mir mit dem Angebot, meinen Traum zu verwirklichen, nur eine neue Lehre erteilen will. Sie sagt, zum Beispiel, um damit ihre Bereitschaft, das Haus aufzugeben, zu dokumentieren, daß sie es jetzt in sich trage und es deshalb nie verlieren könne. Sie können mir glauben, daß das nicht seine Wirkung auf mich verfehlt. Bin ich nicht in der letzten Zeit mehr und mehr zu der Überzeugung gekommen, daß die Dinge, die ich im Innersten ersehne, mir kampflos in den Schoß fallen? (Ich habe Ihnen noch nicht genug erzählt von dem Zauber, der in wachsendem Maße mein Leben prägt – von den Wünschen, die fast schon im Augenblick ihres Entstehens erfüllt werden. Sie würden erstaunt sein.) All der Kampf ist also ein Spiel mit Phantomen, ein Kampf mit Schatten. *Ich weiß es jetzt.*

Es mag also sein, daß ich, um Ihre Frage von neulich zu beantworten, einfach lerne, was es heißt, ein «Heim» zu haben – das einzige, was ich bisher nie gekannt habe. Und wenn dieses Heim wirklich ein Teil meiner selbst wird, dann spielt es keine Rolle, wo und wie ich lebe. Das Heim in Brooklyn, das ich vor mir sehe, sooft ich dieses Wort höre, ist das Irrenhaus! Es war niemals ein Heim für mich! Und jenes Bild von damals verallgemeinerte ich vermutlich so lange, bis ich den Begriff Heim fast ausgelöscht hatte.

Morgen gehe ich in die Stadt, um mir Vardas Tochter anzuschauen, die gerade zwei Wochen alt ist. Die Lepska[1] ist da und hilft Virginia [Varda], die eine schlimme Zeit hinter sich hat – weil sie Angst vor der Geburt hatte. Ich vermisse unser Baby. Es ist jetzt sechs Monate alt. Kann es nicht ertragen, auch nur einen Tag lang nicht bei ihm zu sein. Es ist überintelligent, fürchte ich, aber immer vergnügt. Hat uns vom Tage seiner Geburt an keinerlei Ärger gemacht.

Was Camus betrifft – er mag bereits auf seinem Weg hierher sein. Harry Bull schrieb, daß er mich besuchen werde. Ich kenne nur das eine Buch von ihm – *L'étranger*. Habe noch keine feste Meinung über ihn. Von Sartre hingegen, fühle ich mich stark angezogen. Alles, was ich von ihm lese, trifft für meinen Geschmack genau den richtigen Ton. Seine Arbeit in *Portfolio 3* spiegelt meine eigenen Empfindungen bis ins letzte wider. Haben Sie sie gelesen? Und *Les mouches* – glänzend. Nicht nur in der Darstellungsweise, sondern auch hinsichtlich der Philosophie, die dahintersteht. Ich kann bisher nicht finden, daß er in den «traditionellen» Schablonen befangen ist. Aber Sie kennen die Franzo-

1 Am 18. 12. 1944 heiratete Miller die Polin Janina M. Lepska. Am 19. November 1945 wurde seine Tochter Valentine geboren.

sen besser – Sie sehen ihre Schwächen. Ich bin immer nur auf ihre Stärken aus. Wenn das auch in Amerika so wäre, dann würde ich hier vermutlich besser vorankommen.

Das *Maurizius*-Buch [*Maurizius Forever*] ist erschienen. Werde Ihnen ein Exemplar schicken, sobald ich welche bekomme. Bin sehr gespannt, was Sie von dem Rimbaud [*Vom großen Aufstand*] (1. Teil) im *New Directions Annual* Nr. 9 halten – gerade erschienen. Ich bin mit dem 2. Teil fertig und werde noch mehr daran arbeiten. Es fesselt mich. Sie werden sehen, warum. Kommen Sie auf jeden Fall in diesem Herbst hierher! Ich muß Sie unbedingt sehen.

HENRY

P. S. Der Brief muß ein P. S. haben! Die beste Neuigkeit ist, daß ich mich nun wirklich der «Rosy Crucifixion» nähere. Noch zwei Wochen und ich werde wahrscheinlich in der Lage sein, daran weiterzuarbeiten. Und dann – das glaube ich ernsthaft – werde ich mich ausschließlich damit befassen – alles in ein großes Gefäß hinein, selbst wenn noch sechs weitere Bände daraus werden. Ich sehe langsam wieder Licht. Was für ein Kampf!

[Big Sur, Juli 1946]
Montag

LIEBE ANAÏS –

Ich füge eine Besprechung des *Wendekreis des Krebses* bei, die ich soeben von Denoël erhalten habe. Ich dachte, es würde Ihnen Spaß machen, sie zu lesen. Für mich war sie wie die Apotheose aller Kritiken. Wir haben lange genug auf eine solche Würdigung gewartet, nicht wahr? Ich bekomme fast ebenso schmeichelhafte Rezensionen von *Printemps noir*. Das bedeutet mir ungeheuer viel. Ich dachte bereits, daß mein Werk bei all den Veränderungen, die zur Zeit vor sich gehen, ein hartes Urteil finden würde.

Nun ja, schicken Sie die Besprechung zurück, wann Sie wollen. Ich habe auch gerade zwei Exemplare der französischen Fassung des *Krebses* bekommen, in Leinen gebunden. Sieht sehr hübsch aus.

Seit ich Ihnen zuletzt schrieb, geht mir die Frage im Kopf herum, ob Ihre Freundin Dolly Chareau nicht vielleicht auf ihrem Rückweg ein bißchen Geld von Girodias mitbringen könnte – wie denken Sie darüber?

Ich schrieb Gore Vidal, nachdem sein Buch eingetroffen war, habe es aber noch nicht gelesen.

HENRY

Big Sur, 19. Juli [1946]

LIEBE ANAÏS,

Hier ist die Besprechung, die ich Ihnen schicken wollte – die beste, die ich je bekommen habe –, von einem jungen Kritiker einer kommunistischen Zeitung! Bitte, schicken Sie sie mir zurück, wenn Sie sie gelesen haben. Selbst die Angriffe von seiten der faschistischen Kritiker sind noch zahm im Vergleich zu den Verrissen, die mir amerikanische Kritiker zuteil werden lassen. Die letzte Neuigkeit, die ich von einem Freund in Bordeaux weiß, ist, daß einige Minister erwägen, Schritte gegen meine Bücher zu unternehmen. (Ich bezweifle allerdings, daß sie damit Erfolg haben werden! Das Interesse wächst, die Rezensionen werden zahlreicher, die Diskussionen werden erregter.)

Ich glaube, es ist gut, daß Sie die Presse hier aufgegeben haben. Drucken Sie unter allen Umständen in Frankreich, ja! Kein Problem heutzutage, einen Verleger zu finden – in Europa!

Ich habe wundervolle Briefe von Arnoldo Mondadori bekommen, dem italienischen Verleger, der mich übernommen hat. Seine Briefe sind außerordentlich schön und bewegend – zivilisiert, liebenswürdig, besonnen und verständnisvoll. Er ist der beste Verleger in Italien. Er ist seit 40 Jahren im Geschäft und hat fast alle großen ausländischen Autoren verlegt. In meinem Antwortbrief an ihn habe ich mich leidenschaftlich für Ihr Tagebuch eingesetzt und ihn gedrängt, sich mit Ihnen in Verbindung zu setzen. Er war während des Krieges in der Schweiz, nachdem Mussolini ihn ausgewiesen hatte. Offenkundig ein Mann der alten Welt und ein Mann, der die Freiheit liebt – in jedem Bereich. Auch schwedische, dänische und norwegische Verleger kommen in Frage.

Machen Sie sich nicht die Mühe, für meine Bücher zu kämpfen – ich glaube nicht, daß irgendeiner dieser kommerziellen amerikanischen Verleger den Mut und die Macht haben wird, sie zu drucken. Ich kann warten. Ich werde in so vielen anderen Ländern veröffentlicht, warum sollte ich mir Gedanken über das arme Amerika machen? Ich brauche die Hilfe Amerikas nicht. Allein schon die Franzosen werden für mein Taschengeld sorgen, und mehr als das.

Jetzt können Sie wirklich eine Gelegenheit finden, Ihr Tagebuch zu veröffentlichen. Ich bin überzeugt davon. Und es ist höchste Zeit. Ich bin sehr froh, daß Sie ganz von vorn beginnen wollen. Ich weiß, daß die ersten Bände in französischer Sprache die Menschen unmittelbar ansprechen werden. Was die englischen Teile betrifft, so nehme ich an, daß Sie jedem von uns ein anderes Manuskript zum Lesen geben werden. Ich hoffe, daß ich niemals das letzte Wort lesen werde – es sei denn im Himmel.

Es ist schade, daß Sie nun doch nicht hierherkommen werden. Ich habe mich so sehr darauf gefreut, Sie zu sehen. Emil Schnellock ist hier zu Besuch – kam mit dem Wagen, brauchte einen Monat dafür. Er ist berauscht von der Landschaft. Und Sie wären es auch gewesen. Ich habe mir dieses Fleckchen Erde nicht von ungefähr ausgesucht. Es gefällt mir wie nichts anderes in Amerika. Es hat Majestät und Würde. Und die Lage des neuen Hauses ist einfach herrlich. Ich werde bald dorthin ziehen können – spätestens im Herbst, glaube ich. Jedermann hilft uns, alles herzurichten. Die Anhängerin der Christian Science, die mir das Land (zusammen mit ihrem eigenen Haus) verkauft hat [Jean Wharton], ist eine bemerkenswerte Frau. Sie ist einer der ganz, ganz wenigen Menschen, die mir begegnet sind, die ihrem Glauben gemäß leben. Am Ende ist doch noch das Glück auf meiner Seite.

Sie wollen also wirklich im September fortgehen? Ich bin neugierig. Ich versuche, irgendeinen Herausgeber oder Verleger zu überreden, mir einen Auftrag zu geben, der mir erlauben würde zu reisen, ein oder zwei Monate unterwegs zu sein und ein Gutteil von Europa zu sehen. Zuerst würde ich gern nach Irland fahren. Wie anders würde man mich jetzt empfangen, wenn ich nach Kopenhagen, Stockholm, London, Rom oder Paris käme! Seltsam, heute würde ich am liebsten ausschließlich mit dem Flugzeug reisen – je schneller desto besser. Der Gedanke, in 24 Stunden in China sein zu können, fasziniert mich. Und die Fahrpreise sind nicht zu hoch. Nun ja, sehr bald mehr.

HENRY

Nachwort des Herausgebers

Seit der vorliegende Band 1965 in den USA erstmals erschien, hat das umfängliche Werk der Tagebücher Anaïs Nins, das seit 1966 nach und nach veröffentlicht wurde, in aller Welt die Aufmerksamkeit auf die Frau gelenkt, an die diese Briefe gerichtet sind. Mittlerweile wurden die Arbeiten Anaïs Nins in mehr als ein Dutzend Sprachen übersetzt, und Millionen von Exemplaren ihrer Bücher wurden rund um den Globus verkauft. Nach vielen Jahren des schmerzlichen Kampfes um und der vergeblichen Hoffnung auf Anerkennung ist Anaïs Nin – wie vor ihr Henry Miller – aus dem literarischen «Untergrund» in die Sphäre der international anerkannten Literatur aufgestiegen.

Der erste Band der «Tagebücher der Anaïs Nin»* beginnt 1931 in Paris in einer entscheidenden Phase ihrer Entwicklung: in der Zeit ihrer ersten Begegnungen mit dem unbekannten Schriftsteller Henry Miller. Die drei folgenden Bände (Band II, 1934–1939; Band III, 1939–1944; Band IV, 1944–1947) umspannen den gleichen Zeitraum wie die hier vorgelegten Briefe Millers. Sie bieten uns endlich einen Einblick in die Persönlichkeit des «stummen» Partners, an den diese Briefe gerichtet sind.

Überdies steht uns heute ein ungekürzter Teil des ursprünglichen, in französischer Sprache geschriebenen «Tagebuchs» zur Verfügung, das Anaïs Nin 1914 als Elfjährige auf ihrer ersten Reise ins amerikanische «Exil» begann («Journal d'Enfance», 1914–1920, 2 Bände, Édition Stock, Paris 1979). Diese Blätter gehören zu den ersten fünfzig handschriftlichen Bänden, die Henry Miller so sehr fasziniert hatten und die

* «Die Tagebücher der Anaïs Nin 1931–1934». Hg. v. G. Stuhlmann. Hamburg 1968

ihn veranlaßten, sich mehr als dreißig Jahre lang bei jeder Gelegenheit für die Veröffentlichung dieses ebenso gigantischen wie verborgenen Werks einzusetzen.

Anaïs Nin war Zeugin der zögernden Anerkennung Henry Millers als bedeutender Schriftsteller und des «Sieges» über die Zensur, den er Anfang der sechziger Jahre davontrug in dem Land, in dem er geboren wurde. Sie erlebte das überwältigende Echo, das ihr eigenes Werk in den USA, in Frankreich und in Deutschland hervorrief. Den weltweiten «kommerziellen» Durchbruch dieses Werks freilich erlebte sie nicht mehr. Wenige Monate, bevor ihre Arbeit in mehreren Ländern erstmalig zum «Bestseller» wurde, starb sie dreiundsiebzigjährig – im Januar 1977 in Kalifornien.

Henry Miller starb im Juni 1980, wenige Wochen vor der geplanten Erstveröffentlichung seines Werks über D. H. Lawrence – einem Werk, mit dem er bereits rund fünfzig Jahre zuvor, auf den Seiten dieser Briefe, gerungen hatte.

Becket, Mass.; im Sommer 1980 Gunther Stuhlmann

Register

Namenregister

Titelregister

"AU PETIT POUCET"

1, Rue Biot - 5, Place Clichy

PARIS (XVIIe)

Consommations de Premier Choix

BUFFET FROID

TABAC DE LUXE

Ouvert ... heures du matin

TÉLÉPHONE 3 lignes — Numéro d'appel Marcadet 12 28

R. C. Seine 322 459

— m...
song of t...
anticipal...
Paris; ...
remain...
had a t...
the tre...
— like
napole...
Rabelais...
at Diji...
of those
— the ...
famili...
just th...
André ...
lived f...
St. Den...
thron...

P.P.S. Yes. I believe in that method of preserving germs. Track a thing down to the ultimate — and in the subsequent book make a fine, edible croute au pot of it! Boxes with marrow in them. A little marrow on bread.

Cafe nights! Room too
cold, fingers freeze. Half-
way thru the last insertion
for T of C. Got drunk on it.
To-night, reading Putnam's
abelais", I see so many
oints of correspondence —
amazing. His chapter on
ancois' first visit to Paris
ts me terribly — the
streets again and Putnam
me when he says: But
pite the changes, always
the same.' I have always
hering to some day cover
tory of a few great men
nibal Alexander, Caesar,
, Genghis Khan — and now
looks good to me. In fact,
I got the authentic flavor
ities from the students
y names of the cities are
to me & mean things.
h — it was at 54 St.
des Arts, Paris, that Rabelais
a while (the former Hotel
). And it was only a stone's
way, on this very street.

ARTHUR MILLER

Brennpunkt

«Unverkennbar ist das humanitäre Gepräge bei einer streng realistischen Darstellung aller Vorgänge, die damit gleichsam zu einer indirekten Anklage und zu einem unausgesprochenen Anruf zur Toleranz wird. Arthur Millers Realismus wird bestimmt durch eine unvoreingenommene Beobachtung und hat genaue psychologische Logik, durch Ausschaltung allen Beiwerks in der Konzentration auf das Wesentliche und durch eine unübertroffene Charakterzeichnung.»

Kölnische Rundschau

Roman. Aus dem Amerikanischen von Doris Brehm
312 Seiten. Geb.

Nicht gesellschaftsfähig

[The Misfits]

«Dies ist einmal nicht das obligate ‹Buch zum Film›, sondern eine eigene literarische Leistung. Ein großartig konzipiertes Thema, dessen Dramatik auch in dieser reflektionslosen Romanform mitreißt.»

Die Bücher-Kommentare, Stuttgart

«Das ist ein Experiment, das nur einem so zupackend und treffsicher schreibenden Realisten wie Miller gelingen konnte, der seine Vision eines Films nicht nur den Kameraleuten, sondern auch – kraft des virtuos gehandhabten Worts – dem Leser aufzwingen kann.»

Der Tag, Berlin

Film-Roman. Aus dem Amerikanischen von Hugo Seinfeld
168 Seiten. Geb.

Ich brauche dich nicht mehr

Die besten Kurzgeschichten des zumeist nur als Dramatiker weltberühmten Autors – erzählerische Vignetten voller Prägnanz und Menschenkenntnis.
Erzählungen. Aus dem Amerikanischen von Hermann Stiehl
rororo 1620

ROWOHLT

444/8

97/21

36/26